Pauline Deysson

LA BIBLIOTHÈQUE
Vivre

www.paulinedeysson.com

ISBN : 978-2-9558140-6-2
Dépôt légal : Septembre 2018

Site internet : www.paulinedeysson.com

À l'enfant qui rêvait d'ailleurs

Sommaire

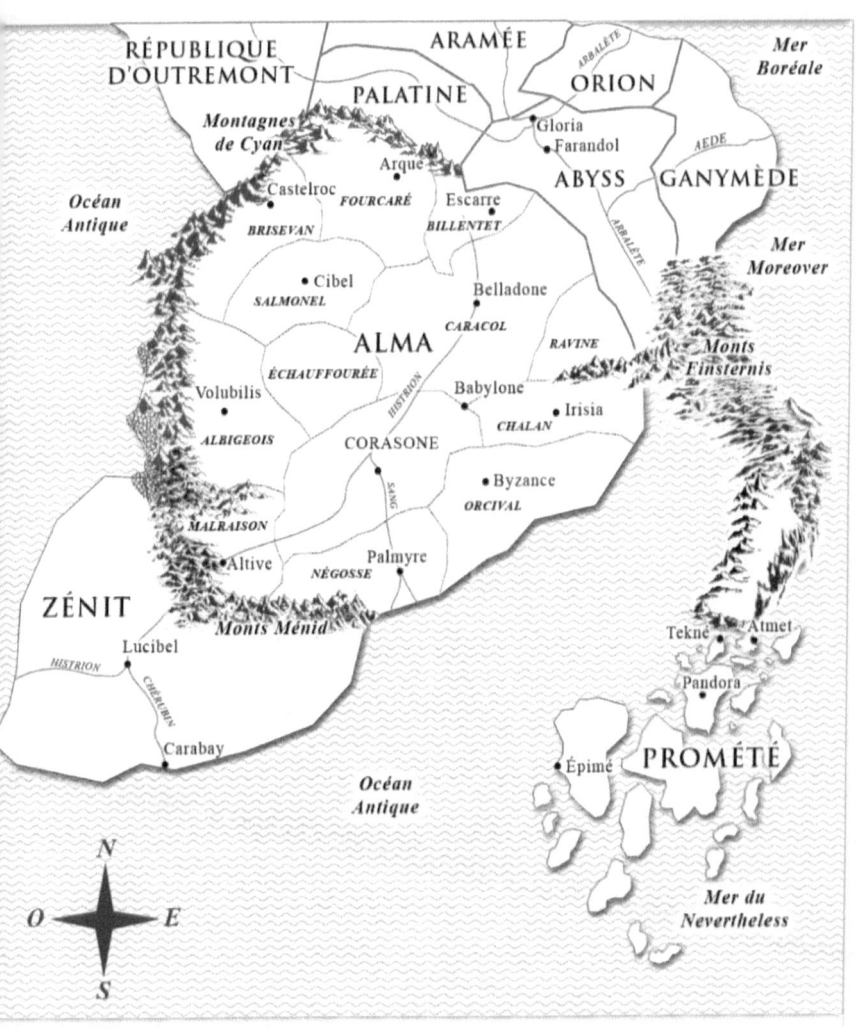

CHAPITRE 1 : CORASONE

I

Le soleil s'est couché sur Terre.

L'heure est au rêve et à la fantaisie.

Les âmes quittent leur enveloppe charnelle. Elles vont par-delà la conscience et la pensée, loin, jusqu'aux confins de l'univers.

Elles cherchent la Bibliothèque. Chaque livre y est un rêve, et chaque rêve leur est prêté, chaque nuit, par la Bibliothécaire.

Depuis toujours et pour l'éternité, les âmes partent lire un fragment du pays des songes.

Cependant, l'une d'entre elles n'est pas seule. Elle n'a pas abandonné son corps en même temps que les autres. Quelque chose s'est accroché à elle et l'a ralentie. Elle vole avec peine vers la Bibliothèque. Elle traîne avec elle ce poids mort, qui aspire ses forces au fur et à mesure qu'elle avance. Elle voudrait faire demi-tour : elle est trop épuisée pour lire. Mais la chose l'en empêche.

Enfin, la porte de la Bibliothèque apparaît. L'âme craint de s'y engager : ce qu'elle transporte gagne en puissance à l'approche du lieu du rêve, menaçant de la dévorer. Elle prend peur. Elle doit fuir ! Son corps l'appelle, il faut le rejoindre… L'intrus est trop fort. Il la guide d'une poigne de fer. Il lui fait mal. Il la tord, il la déforme, il s'immisce en elle… Ils pénètrent la Bibliothèque et l'âme n'a pas de voix pour hurler sa déchirure. Elle meurt sans savoir qui l'a tuée.

Un homme brun aux yeux sombres se matérialise dans la Bibliothèque. Un sourire de triomphe aux lèvres, il fixe une femme aux cheveux noirs argentés. Celle-ci tend un livre à un être bleuté, qui s'assoit à l'une des centaines de tables alentour pour commencer sa lecture. Une âme partant rêver… C'est alors que la Bibliothécaire l'aperçoit.

« Jean !

– Bonjour, Antonie.

– C'est impossible… Comment es-tu arrivé ici ?

– Une âme charitable m'a offert le voyage. Elle n'a pas survécu… »

L'étonnement d'Antonie se mua en colère. Une colère froide, concentrée, calculatrice.

« Toi qui te montrais autrefois si attentionné auprès des rêveurs, murmura la Bibliothécaire. Te voilà devenu un monstre….

– Je donne aux hommes l'opportunité de vivre leurs rêves dans la réalité, et tu oses me traiter de monstre ?

– Combien d'hommes as-tu assassinés, toi qui cherchais jadis à les faire rêver ?

– Aucun idéal ne s'accomplit sans sacrifice.

– Nul sacrifice n'est justifié par ton idéal. À travers leurs rêves, j'ai vu ce que tu as fait aux hommes. J'ai vu les guerres, les emprisonnements, les tortures au nom du Grand Progrès…

– As-tu remarqué la fin de l'injustice, de la misère, des inégalités ?

– J'ai vu mourir l'amour, la curiosité, le goût de l'aventure, la paix dans l'esprit des hommes. Leurs rêves sont fades, leur vie est dénuée de sens.

– Leur vie est devenue un rêve éveillé.

– Ils ne vivent plus. Leur corps végète pendant que leur âme s'éteint ; ceux qui voudraient se libérer périssent dans tes Centres d'Aptitude.

– La fin justifie les moyens.

– Que fais-tu ici ? Tu as semé la mort sur la Terre. Je ne peux pas te laisser repartir.

– Tu oublies la nouvelle Bibliothécaire. Que pensera Émilie de toi en voyant mon cadavre à tes pieds ? »

À la mention d'Émilie, les traits d'Antonie se contractèrent. Une aura d'énergie bleue enveloppa Jean, qui recula vers la porte de la Bibliothèque. Son apparente nonchalance disparut aussitôt ; des fluides sombres émanèrent de son corps et s'entremêlèrent au bleu. Il esquissa un pas vers la Bibliothécaire, sans parvenir à la faire faiblir. Ils s'affrontèrent de longues minutes ainsi, dans le silence le plus total, sans qu'aucun d'eux l'emporte sur l'autre.

Le combat sembla cesser d'un commun accord, aussi soudainement qu'il avait commencé.

« Je ne suis pas facile à vaincre », sourit Jean.

Antonie l'ignora.

« Tes caméras ont filmé Émilie alors qu'elle disparaissait du Centre, n'est-ce pas ? lança-t-elle. La seule victime à t'avoir échappé… Elle est hors de ta portée.

– Elle n'est encore qu'apprentie. Serait-elle si douée qu'elle maîtrise déjà l'écriture des rêves ?

– Elle en sait assez pour ne pas se laisser piéger par toi.

– Alors fais-moi pénétrer dans son rêve.

– Pourquoi désires-tu approcher mon apprentie ?

– Ton apprentie ? Ne serait-elle pas plutôt la mienne ?

– Tu n'es pas Bibliothécaire.

– Je suis allé plus loin que n'importe quel Bibliothécaire. Entrer dans les livres, vivre plusieurs vies, à quoi bon ? Pour un homme, les songes ne sont que d'éphémères souvenirs. Émilie, toi et moi sommes les seules personnes au monde à pouvoir nous incarner dans les rêves… Perdre la mémoire, encore et encore, nous oublier dans les êtres de papier jusqu'à être dépossédés de notre identité, quel privilège ! Les livres sont des illusions stériles ; ce que j'ai donné aux hommes est bien réel. Émilie le comprendra que tu le veuilles ou non. Je sais qu'elle est loin d'être prête… Mais si tu te sens capable de prendre le risque, allons rêver avec elle. Nous incarnerons deux personnages… Si tu me démasques, tu parviendras peut-être à me détruire. N'est-ce pas cela que tu souhaites, Antonie ? N'est-ce pas cela que tu désires le plus ?

— Que comptes-tu faire avec Émilie ?

— Je ne cherche pas à la tuer. La Bibliothèque désignerait quelqu'un d'autre à sa place… Non, je veux seulement savoir de quel bois elle est faite. Je veux la connaître, m'assurer qu'elle suivra ma voie. La voie du véritable Bibliothécaire. »

Antonie jaugea Jean du regard. Un regard froid, calculateur, qui ne trahissait rien de ses réflexions vertigineuses. Le doute qu'elle dissimulait se métamorphosa en hypothèse, puis en certitude, avant de s'épanouir en décision. Lentement, elle conduisit son ancien apprenti parmi les âmes endormies.

Après d'interminables détours, ils parvinrent à une rêveuse différente des autres. Une jeune fille d'une quinzaine d'années, aux longs cheveux blond cendré et aux yeux bruns. Quelqu'un qui appartenait corps et âme à la Bibliothèque.

Alors qu'ils la rejoignaient, Émilie s'estompa. Il ne resta bientôt d'elle qu'un mince contour nacré, qui rappelait son existence et empêchait le livre de se refermer : elle venait de commencer à rêver. Sans un mot, Jean et Antonie s'inclinèrent au-dessus du livre.

Trois formes argentées se penchaient à présent au-dessus des mêmes pages.

Trois rêveurs, trois personnages.

II

Elle se tenait sur un immense pont de pierre, suspendu à une trentaine de mètres du sol. À ses pieds, une cour pavée bourdonnait de vie. Une épée à leur côté, la cape des hommes recouvrait une tunique et des collants chatoyants. Les femmes portaient des robes qui leur tombaient jusqu'aux pieds, leurs dentelles et rubans rivalisant de beauté.

Émilie avait un habit semblable au leur. Une robe bordeaux, et plusieurs jupons supportés par une armature métallique qui pesait lourdement sur ses hanches. Le vent caressait sa gorge décolletée. Ses longs cheveux formaient une couronne tressée, dont le poids engourdissait sa nuque.

Au-delà de la cour s'étendait une ville. Dômes d'or, fines tours de marbre rose, temples imposants, parfois assombris par le passage d'un nuage, tous les styles architecturaux semblaient s'être réunis au même endroit. Des ponts épars dessinaient les anneaux d'un fleuve serpentin. Les arbres paraissaient des champignons verts au milieu des toits. Dans le lointain, des monts ardoise marquaient les limites de la cité de Corasone.

À côté d'Émilie, une tour immense montait vers le ciel. Son poids se répartissait entre six arches blanches qui reliaient entre elles les deux parties d'un château. Cette remarquable fleur minérale donnait l'impression de flotter entre les quatre tourelles aux extrémités des ailes du palais.

« Votre Altesse, une grave nouvelle vient de nous parvenir. Le roi votre père a succombé à ses blessures suite à la dernière bataille contre le royaume d'Abyss.

– Il est... mort ?

– Oui. Je sais quelle doit être votre douleur, et je m'en veux de vous presser mais... Si nous n'agissons pas, nous perdrons la guerre. Le maréchal Raphaël de Quéribus a été fait prisonnier par le roi d'Abyss, notre armée est au bord de la déroute. Les pairs d'Alma se réunissent en ce moment même pour organiser les préparatifs de votre mariage avec le marquis de Belladone... Je vous en prie, Altesse, venez avec moi, vous signerez les papiers nécessaires.

– Je vous suis. »

Émilie ne savait pas quoi penser. Son père décédé lui semblait aussi lointain qu'un fantôme. Sa mort ne lui causait aucune tristesse. Quant à son mariage, pourquoi avait-elle l'impression d'en entendre parler pour la première fois ? Pourquoi ne connaissait-elle pas le visage de ce marquis à qui elle était promise ? Elle était donc princesse ? Mais son enfance, et tous ces souvenirs qui se bousculaient en elle, des événements qui n'auraient jamais pu arriver dans un endroit comme celui où elle se trouvait...

L'homme qui était venu la chercher avait les yeux bleus et des cheveux gris noués en queue de cheval. Par-dessus sa chemise blanche, il portait un veston rouge sombre assorti à un pantalon et des bas clairs. Cet habit et son propre costume paraissaient si incongrus à Émilie... Elle hésitait à demander son nom à l'inconnu. Que penserait-il d'elle ? Se rendrait-il compte qu'elle n'était pas princesse ?

Cependant, alors qu'elle avançait, sa mémoire lui dévoilait une autre vie. Était-ce elle, cette fillette solitaire qui jouait dans une chambre richement meublée ? Cette femme souriante, s'agissait-il de sa nourrice ? Cet homme austère qui venait la voir une fois la semaine, paré de vêtements magnifiques, serait-ce son père ? Et ces leçons d'histoire, de géographie, de lecture, d'écriture, de musique, de dessin, de danse, de maintien, de broderie, qui les lui avait données ? Comment savait-elle qu'en cet instant, il convenait de se taire ? Le nom de son guide… Le comte de Ravine, cela lui revenait. Elle se rappelait le visage du marquis de Belladone… Fiancés, ils l'étaient depuis toujours. Oui, elle se souvenait, à présent. Elle était Émilie, la princesse d'Alma, l'héritière d'un royaume immense. Le marquis de Belladone, favori du roi Arès qui aurait voulu avoir un fils, n'avait pas laissé passer une seule occasion de lui faire sentir son infériorité, à elle, l'indésirable. Adulte, il la considérait comme sa propriété. Arrivé à la Cour enfant, Lionel de Belladone accompagnait le roi Arès dans toutes ses campagnes ; celle contre Abyss devait conclure une longue suite de victoires et se clore par leur mariage. Mais le conflit s'éternisait. Les combats duraient depuis plusieurs années, Abyss déployait des ressources insoupçonnées. Le décès du roi représentait une catastrophe…

Son entrée dans la salle des pairs interrompit le flot de souvenirs d'Émilie. Le comte prit sa place parmi les vassaux ; tous les regards convergèrent vers elle.

« Monsieur de Ravine vient de m'informer de la mort du roi mon père. Il m'a également fait part de la nécessité qui pressait mon mariage avec le marquis de Belladone. Messieurs, je vous écoute. »

Émilie ne comprenait pas. Les mots sortaient bien de sa bouche. Pourtant, elle n'avait pas ce vocabulaire, cette manière de tourner les phrases dans son esprit. Elle ne connaissait pas les hommes réunis autour d'elle, n'avait aucun contrôle sur la situation…

« Votre Altesse, répondit l'un des pairs, nous venons de recevoir les émissaires du roi d'Abyss. D'après eux, le décès du roi votre père est un accident.

— Le roi a été blessé au combat, intervint un autre pair. Sa santé s'améliorait au soir, quand on l'a trouvé mort au matin. Tous les soupçons sont permis.

— Que proposent les émissaires d'Abyss ? »

Quelle sensation étrange ! Émilie parlait, mais ce n'était pas elle. Elle n'avait plus aucun contrôle sur son corps ; ses pensées mêmes ne lui appartenaient plus. Elle se remémorait son père. Ses visites trop rares, la sécheresse de leurs rapports, son regard illuminé en présence du jeune marquis de Belladone. Lionel… Elle le connaissait à peine. Elle se révulsait à l'idée de l'épouser… Sa loyauté de principe envers son père défunt le disputait à l'allégresse de son cœur libéré.

« Votre Altesse, le roi d'Abyss demande votre main. Dans l'attente de plus amples négociations, il nous propose une trêve ; ses ambassadeurs sont en route.

– Restons prudents, Monsieur de Salmonel. Une telle alliance pourrait conduire à l'annexion d'Alma : nous devrions attendre le retour de Monsieur de Belladone avant de nous prononcer.

– Vous parlez avec pondération, comme toujours, Monsieur d'Orcival… »

Marquis de Salmonel. Duc d'Orcival. Le nom de ses vassaux revenait à Émilie. Cette demande en mariage du roi d'Abyss… Elle tenait trop à sa liberté pour la compromettre si tôt. Elle aurait voulu avoir le temps de réfléchir à sa décision. Le temps… Une trêve…

« Messieurs, paix, je vous prie. La disparition du roi doit éteindre toute dispute entre vous.

– Votre Altesse, répondit le marquis de Salmonel, vous n'ignorez pas que le roi votre père était, au-delà de mon maître, un ami précieux, et son décès…

– Faites savoir aux émissaires du roi d'Abyss que nous attendons ses ambassadeurs. Je recevrai le marquis de Belladone à son arrivée. »

Les vassaux d'Émilie la regardaient comme s'ils la voyaient pour la première fois. Ils cherchaient en vain la jeune fille soumise et silencieuse qu'elle avait prétendu être pendant des années : cette princesse était devenue une future reine… Elle s'était métamorphosée quelques instants plus tôt, sous les yeux du comte de Ravine, à l'annonce de la mort de son père.

Tout arrivait si vite ! Une joie étrangère l'envahissait à l'idée d'annuler son mariage avec le marquis de Belladone. Ce sentiment se juxtaposait aux souvenirs confus d'un lieu empli de livres ; elle évoluait dans un monde inconnu que ses pensées lui dévoilaient par rafales. Comme si elle renaissait à une autre personnalité, qui l'attirait irrésistiblement vers cet ailleurs où elle devait tout réapprendre.

Lionel de Belladone était le fils du duc de Caracol. Le duché de Caracol, dirigé depuis plusieurs générations par la même famille, égalait en puissance le domaine royal, dont Corasone était la capitale. Le roi Arès était déterminé à s'allier cette dangereuse puissance : le mariage de sa fille avec l'héritier du duc fournissait l'occasion idéale.

Alma se composait de treize domaines, représentés chacun par un pair, vassal du roi. Autour de ce pays se trouvaient Zénit, Abyss et Promété. Tout au sud d'Alma s'étendait l'océan. La longue chaîne des montagnes de Cyan délimitait la frontière nord-ouest ; derrière se déployaient le royaume de Palatine et la République d'Outremont.

Le grand-père d'Émilie avait annexé le comté de Négosse. Son fils Arès, après avoir agrandi son royaume jusqu'aux montagnes de Cyan, avait revendiqué les terres d'Abyss, dont le roi venait de mourir. Au nom d'une antique alliance matrimoniale entre les deux pays, le roi Arès s'était lancé dans une guerre sans fin contre le fils du défunt monarque. Qui pouvait blâmer ce prince d'avoir défendu ses frontières ?

Mais le roi d'Abyss avait demandé sa main. Pourquoi ne s'était-il pas contenté de mettre fin au conflit ? Peut-être ressemblait-il au roi Arès, avide de gloire et de conquêtes... Ou au marquis de Belladone, qui se comportait comme si Alma lui appartenait déjà.

Non ! Émilie ne voulait pas être reine. Elle se souvenait de certaines choses, d'actes accomplis par le passé, lointains comme dans une autre vie, qui la dégageaient de toute responsabilité. Des mots qui luttaient pour ne pas être oubliés, des pouvoirs plus grands que n'importe quel homme.

Les sirènes, Avalon, les fées... Ne les confondait-elle pas avec les légendes de son enfance ? Que dire alors de ces amis qu'elle s'étonnait de ne pas avoir à ses côtés, Cosme, Narga, Italy, Lilas ?

Les Clandestins… Qui étaient-ils ? D'où lui venaient ces images d'immeubles géants, de bateaux, d'avions, de perles noires, d'écrans colorés et immatériels ?

Une partie d'elle ne voulait pas comprendre, cherchait à écarter cette situation inexplicable. La magie, la science de l'inexplicable… Non. La magie n'existe que dans les contes. Tu as grandi ici, au palais de Corasone, et tu n'en es jamais sortie.

◆

Fascinée par son quotidien, Émilie se laissa happer par la succession des jours. Les repas, l'architecture, la peinture, les vêtements, tout son environnement l'intéressait, du plus insignifiant au plus grandiose. Curieuse de tout, elle ne se sentait jamais autant elle-même qu'en observant. Dès qu'elle parlait, elle devenait une autre, autoritaire, habituée à être obéie, au fait de toutes les manigances politiques qui l'entouraient. Une autre, une étrangère, qui possédait son corps et partageait ses souvenirs avec elle, décidait de ses occupations, préparait l'arrivée des ambassadeurs d'Abyss et reçut, au jour dit, Lionel de Belladone.

Les cheveux noirs noués en queue de cheval, les yeux bleu nuit et les lèvres fines, le marquis avait les traits crispés par la colère.

« Altesse, je vous prie d'accepter mes condoléances. La mort du roi votre père représente une perte terrible.

– Il vous aimait comme un fils. »

Le marquis lui jeta un regard glacial. Il savait ce qu'elle avait décidé : le ton de sa voix, sa raideur, toute son attitude le criait.

« Je suis revenu le plus vite possible, reprit-il. Pour conclure notre mariage et diriger l'armée sans que ma légitimité soit remise en cause. »

Émilie ne répondit pas.

« J'ai appris que vous alliez recevoir les ambassadeurs du roi d'Abyss.

– En effet.

– Comptez-vous épouser le roi ?

– J'ai accepté une trêve dont les conditions demeurent à déterminer.

– Que faites-vous de la promesse de mariage signée par votre père ? »

Le duc avait haussé le ton ; la retenue d'Émilie vola en morceaux.

« Mon père a donné sa parole ; vous n'avez jamais eu la mienne.

– Une femme doit savoir rester à sa place...

– Une princesse est en droit de négocier son mariage.

– Vous m'étiez fiancée !

– J'ai le droit de choisir ! »

Les poings du marquis de Belladone se contractèrent.

« J'exige que vous m'épousiez.

– Vous exigez, Monsieur ?

– Comment pouvez-vous songer à accepter le roi d'Abyss, l'assassin du roi Arès ? Ce lâche a fait empoisonner votre père...

– Je n'ignore pas cette version de l'histoire. Je vous répète que les actes et les paroles du roi Arès ne m'engagent à rien : je me suis déliée de ses promesses.

– Si tous les pairs procédaient comme vous, demain Alma n'existerait plus.

– Leur servitude est consentie. Je ne demande qu'à avoir le choix, Monsieur de Belladone. »

Émilie et le marquis échangèrent un regard noir.

« Gardez-vous des jugements hâtifs. Je ne suis pas encore mariée au roi d'Abyss ; je n'exclus pas de m'allier avec vous. Reprenez votre place parmi les pairs : vous aurez voix aux négociations avec les ambassadeurs. »

La colère du marquis s'entremêla de surprise. À l'évidence, il ne s'attendait pas à ce revirement, et cherchait à déterminer si Émilie lui mentait. L'espoir qu'elle lui laissait était trop beau pour risquer une rupture définitive...

« Très bien, s'inclina-t-il. Nul pair ne défendra les droits d'Alma avec plus de ferveur que moi. »

Émilie serra les dents. Ce compromis fragile valait mieux qu'une guerre ouverte.

Le combat le plus difficile commença le jour de l'arrivée des ambassadeurs abyssins.

L'offre de leur roi était simple : la trêve serait actée si Émilie acceptait de lui donner sa main. En signant le contrat de mariage, elle obtiendrait la libération du marquis de Quéribus et conserverait l'intégralité de ses terres, à la seule condition que son époux règne sur Alma avec elle.

La proposition du roi d'Abyss divisait les pairs. Le marquis de Belladone s'y opposait farouchement, rejoint par le marquis d'Albigeois, le duc d'Orcival, le comte de Brisevan et le comte de Ravine : trop de doutes entouraient la mort du roi Arès, un mariage avec le roi revenait à une annexion d'Alma par Abyss, l'alliance avec Caracol devait être maintenue pour renforcer l'unité du pays. À l'inverse, le marquis de Salmonel, le comte d'Échaufouré et le marquis de Billentet pressaient Émilie d'accepter : la guerre avait causé trop de ravages, il fallait s'allier la puissance d'Abyss et mettre un terme définitif au conflit en créant un nouvel empire. Incapables de prendre une décision, le duc de Malraison, le vicomte de Chalan, le duc de Fourcaré et le comte de Négosse ne savaient à qui donner leur faveur.

Émilie laissa volontairement la discussion durer, s'envenimer, s'accélérer, s'apaiser, jusqu'à ce que les vassaux de chaque parti soient à court d'arguments.

« Messieurs, je vous remercie de m'avoir fait part de vos opinions. À la paix vous opposez l'annexion ; la guerre nous oblige à lever des impôts que les corporations verront d'un mauvais œil. Nulle solution ne vous satisfait : voici donc une troisième option. Maintenons la trêve avec le royaume d'Abyss et invitons le roi à mon couronnement. Allons plus loin : ouvrons nos frontières, nouons de nouvelles alliances. Que le prince de Zénit et l'empereur de Promété soient conviés à cet événement. Le choix de mon mari viendra plus tard : la présence du roi d'Abyss à Corasone nous assurera quelques mois de paix. »

Colère et stupéfaction se répandirent parmi les pairs. Être reine et être libre, cela représenterait un état de fait sans précédent.

« Le roi d'Abyss pourrait considérer ce couronnement comme un affront, protesta le marquis de Billentet. En devenant reine maintenant, vous laissez ouverte la possibilité de régner sans votre époux… Cela ne s'est jamais vu.

– Votre Altesse, demanda le marquis de Salmonel, envisagez-vous réellement de refuser la proposition du roi d'Abyss ? Vous mettriez tout le royaume en péril.

– Je souhaite connaître le roi d'Abyss avant de me prononcer, répondit Émilie. Zénit et Promété ont également des avantages à offrir.

– Qu'en savez-vous ? lança le marquis de Belladone. Leurs frontières sont tellement fermées que je les crois fort capables de renvoyer nos émissaires sans même les avoir écoutés.

– N'ayez crainte, Monsieur de Belladone. Si Zénit et Promété restent sourds à mon invitation, et si l'union avec Abyss s'avère trop déplaisante, je pourrais encore m'associer avec Caracol. »

Surpris par cet aveu officiel, le marquis ne répondit pas.

« Nos frontières évoluent sans cesse, pourquoi s'interdire d'innover ? souligna le duc d'Orcival. Nouons des alliances avec Zénit et Promété, dissuadons le roi d'Abyss de poursuivre la guerre.

– Comment s'assurer que le roi ne les retournera pas contre nous ? observa le duc de Malraison.

– Chacun de ces princes a tout intérêt à se joindre à Alma, rappela le comte de Brisevan. Notre territoire est plus vaste qu'aucun de leur pays.

– Tel est aussi mon avis, renchérit le comte de Ravine. Quoi de mieux pour renforcer la souveraineté d'Alma que de marquer la singularité de notre royauté, en couronnant la princesse ? Ainsi son choix ne passera pas pour une annexion par l'un de nos voisins.

– Et si le roi d'Abyss ouvre les hostilités avant la fin de la trêve ? souleva le marquis de Billentet.

– Le roi ne reprendra pas la guerre tant qu'il sera notre invité, intervint le comte de Ravine. La trêve tiendra : ce qui s'ensuit ne dépend que de nous.

– Notre future reine n'exclut pas de s'allier avec moi, rappela le marquis de Belladone. Je ne doute pas qu'après avoir rencontré le roi d'Abyss, le prince de Zénit et l'empereur de Promété, elle fasse le seul choix qui s'impose pour le bien d'Alma.

« – Et si ce choix ne se porte pas sur vous ? ironisa le duc de Fourcaré.

– Je me soumettrai à la décision de la reine. »

Beaucoup de vassaux semblaient dubitatifs quant à la bonne foi du marquis. Désireux de saisir la chance que lui laissait Émilie, et manifestement persuadé de soutenir la comparaison face aux monarques étrangers, il mit toute son énergie à convaincre les pairs d'accepter cette proposition inédite.

À la suite d'âpres discussions, les vassaux cédèrent : Émilie serait couronnée en présence des souverains d'Abyss, de Zénit et de Promété, et choisirait l'époux qui lui conviendrait le mieux.

Armés de cette contre-proposition, les ambassadeurs d'Abyss quittèrent Corasone accompagnés par les émissaires d'Alma.

Après leur départ, on procéda à l'inhumation du roi Arès.

♦

Le corps du roi fut ramené dans un carrosse escorté par dix cavaliers. Nettoyé, embaumé, on parvenait encore à écarter de lui l'odeur de la mort. La Cour fut autorisée à se recueillir auprès de lui pendant une journée.

Émilie dut veiller son père jusqu'à l'aube, en compagnie du marquis de Belladone. Durant cette nuit interminable, celui-ci ne détourna pas une seule fois les yeux de cet homme, qu'il aimait plus que sa propre famille.

Émilie regarda le cadavre avec curiosité. Une partie d'elle ne connaissait pas le roi Arès. Dans le silence nocturne, elle luttait pour ne pas se laisser envahir par l'aversion de la présence étrangère. Elle était Émilie, orpheline depuis l'âge de quatre ans… Non. Elle allait bientôt régner sur Alma. Le corps était bien celui de son père, un homme qui l'estimait moins qu'un cheval, et s'intéressait davantage au bien-être de ses chiens qu'au bonheur de sa fille. Mais elle se sentait incapable de haïr ce cadavre…

En observant le marquis de Belladone à la dérobée, elle se fit la même réflexion. Un fragment de son cœur lui en voulait encore ; lors de leur rencontre, il s'était montré si autoritaire qu'elle avait cédé à la colère. Suite à la rupture de leurs fiançailles, cet instinct l'abandonnait. La liberté lui revenait et avec elle l'envie de voir le monde. Une sensation qu'elle n'éprouvait plus depuis… Depuis l'annonce de la mort du roi Arès.

Émilie quitta la pièce dès les premières rougeurs de l'aube. Le marquis de Belladone l'ignora ; la veillée funèbre s'acheva sans qu'ils aient échangé un seul mot.

Le roi Arès fut inhumé au milieu de l'après-midi, sur l'île qu'entouraient les jardins royaux. Si des arbres centenaires et des sculptures de marbre ornaient les chemins, le lac était le véritable joyau des jardins. En son centre, une île parfaitement ronde abritait un temple de pierre, qui se devinait derrière le feuillage mordoré des chênes, des tilleuls et des platanes. Arc brun assorti aux ocres de l'automne, la courbe élégante d'un pont de bois reliait l'île aux jardins.

Le temple était à la fois le tombeau des rois et le lieu de célébration du croyantisme, confession dominante à Alma. Afin de faciliter l'annexion des provinces voisines, la famille royale avait désolidarisé la religion du pouvoir des générations avant Émilie. Croyantins modérés, les rois construisaient des temples et donnaient des offrandes ; les autres cultes s'épanouissaient sans être inquiétés, moyennant un impôt supplémentaire. Le panthéon croyantin comptait dix dieux : les plus importants étaient Coros, divinité du ciel, et Urse, la force guerrière. Le déisme se contentait d'une seule entité, Deus, qui existait aussi dans le théisme sous le nom de To. Quoique minces, les différences entre ces deux religions avaient jeté leurs fidèles dans d'innombrables luttes fratricides, auxquelles le croyantisme tolérant d'Alma était parvenu à mettre un terme.

Émilie avançait en tête de la procession funéraire. Elle avait décidé de tout avec ses vassaux : les porteurs, le placement des nobles dans les rangs, le tombeau prévu pour le monarque… Elle aurait voulu parler librement devant la Cour, mais fut une fois de plus contrainte de prononcer d'autres mots, des mots convenus, qu'elle ânonna, guidée par le prêcheur croyantin qui menait la cérémonie.

Les drapeaux tenus par les gardes représentaient le blason de sa famille : un homme encadré par deux épées aussi hautes que lui, silhouette jaune sur fond violet, à la symbolique on ne peut plus claire. Une vague de mépris envers Arès parcourut Émilie. Cet homme aurait pu faire le bien, au lieu de quoi il avait préféré consacrer son existence à la guerre...

Quand le rite fut achevé, Émilie et ses vassaux suivirent les porteurs à l'intérieur du temple. Intégralement recouverts de fines gravures colorées, qui figuraient l'histoire d'Alma, des piliers de granit soutenaient son toit de marbre. Les porteurs déposèrent le cadavre d'Arès dans le cercueil de porphyre qui lui était réservé. Un gisant au bouclier orné de ses emblèmes refermait sa tombe ; le bas-relief sculpté montrait ses victoires. Au-dessus de chaque scène était écrite la devise d'Alma : « À cœur vaillant, rien d'impossible. »

Au bout de quelques minutes, Émilie réalisa que la présence étrangère ne l'obligeait plus à rester devant la sépulture du roi Arès. Elle était libre ! Ses bras, ses mains, ses pieds lui obéissaient ; alors qu'elle gagnait la solitude des jardins, il lui sembla voler tant elle se sentait légère.

L'après-midi touchait à sa fin. La douceur du crépuscule automnal illuminait les arbres et les pavés blancs. Émilie se délectait du moindre souffle d'air, de chaque son, de chaque odeur. Un cheval de marbre l'attira hors du sentier. L'un de ses antérieurs relevé, son port de tête altier, sa crinière agitée par un zéphyr imaginaire, des taches de soleil parsemaient sa robe immaculée. Émilie rêva de l'enfourcher et de partir, loin...

Le bruissement du vent lui fit lever les yeux. Elle se tenait sous un chêne pluriséculaire, dont les branches s'étendaient sur plusieurs mètres de long. Ses feuilles envahissaient la pelouse, flocons d'or sur tapis d'émeraude. La brise et la lumière jouaient dans ses frondaisons. Souvenir oublié qui refaisait surface... Dans cette autre vie, hors d'Alma, Émilie s'était déjà émerveillée devant cette vision. Elle y avait trouvé la paix. Et après...

Elle devait regagner l'île. De nouveau, son corps ne lui appartenait plus. Au moment où elle arrivait devant le temple, le marquis de Belladone en émergea.

« Votre Altesse, » dit-il en s'inclinant.

Émilie attendit que les mots sortent de sa bouche, mais rien ne vint. Elle devait parler… Elle pouvait enfin s'exprimer comme elle l'entendait.

« Monsieur de Belladone, sommes-nous condamnés à nous affronter pour le restant de nos jours ? »

Le marquis écarquilla les yeux.

« L'amour que vous portiez au roi révèle une belle nature. Je ne suis pas votre ennemie : en dépit de nos divergences, nous avons tous les deux à cœur de servir Alma. Par amour pour elle, restez-moi fidèle.

– Ma famille est depuis longtemps alliée de Corasone, répondit le marquis. Ma cousine, qui est parfaitement formée aux usages de votre rang, serait ravie de vous le montrer. »

À peine affranchie, Émilie éprouvait une difficulté croissante à imposer ses mots. Contrainte d'abandonner de nouveau la parole à une force étrangère, elle résista assez pour ajouter une question à sa réplique.

« Je serai honorée d'avoir votre cousine pour dame de compagnie. Quel est son nom ?

– Céleste. Elle est l'épouse du marquis d'Arrimande. »

Céleste d'Arrimande… Serait-elle aussi ambitieuse que son cousin ?

Le marquis offrit de la raccompagner au château ; Émilie accepta en souriant le bras qu'il lui présentait. Quelle étrange coutume de marcher en se tenant ainsi… Étrange et agréable.

◆

« Votre Altesse, vous avez en peu de mots fait bruire la Cour de plus de fureur que les combats de votre père.

– Je crains que ce ne soit l'accueil réservé à tous les annonceurs du changement.

– Vous êtes plus qu'une simple messagère : vous incarnez le changement ! Tout Corasone est suspendu à vos lèvres. Il faut voir comme vos courtisans vous redécouvrent : certaines de leurs suppositions sont fort divertissantes ! »

Émilie avait rencontré Madame d'Arrimande dans les appartements du marquis de Belladone. Les yeux bleus et rieurs, les cheveux d'un noir de jais, elles avaient sympathisé dès les premiers mots.

Vive et pleine d'humour, la cousine du marquis ne craignait pas de railler l'hypocrisie qui régnait à la Cour. Auprès d'elle, Émilie se sentait merveilleusement libre. Elle pouvait dire ce qu'elle voulait, aller où bon lui semblait. La présence étrangère s'attachait au respect de l'étiquette : elle obligeait Émilie à parler dans une langue soutenue, lui interdisant de se faire appeler par son prénom ou tutoyer. Elle la laissait s'imprégner de son monde en lui évitant les faux pas, transformant peu à peu leur cohabitation forcée en complicité. Tout en redevenant elle-même, Émilie s'habituait à cette autre vie, alors que de nouveaux intérêts s'éveillaient en elle.

« Poursuivez, je vous en conjure, répondit Émilie en riant. Que dit-on de moi dans les alcôves ?

– L'on murmure que vous entretenez une correspondance secrète avec le roi d'Abyss, le prince de Zénit et l'empereur de Promété, et que vous êtes une femme perdue. Quand on ne vous reproche pas d'être corrompue de mœurs, on s'interroge et l'on se demande si vous ne seriez pas un homme… Enfin, le vicomte de Chalan craint que le deuil de votre père ait déclenché en vous quelque crise d'hystérie. Il s'alarme tant de votre métamorphose qu'il est allé consulter les astrologues sur votre compte ! Il a vu ses pires inquiétudes confirmées lorsqu'il vous a entendue louer les mérites de la sole durant le déjeuner d'hier, puisque depuis toujours vous présentiez le cerf comme votre plat préféré.

– Je comprends mieux son attitude durant le dernier conseil ! s'esclaffa Émilie. Quand j'ai annoncé que je m'entretiendrai en personne avec le roi d'Abyss après mon couronnement, il est devenu pâle comme un linge.

– Votre ambassadeur est donc enfin revenu de Promété ?

– Oui, et c'est une victoire. Le roi d'Abyss, le prince de Zénit et l'empereur de Promété acceptent tous trois d'être présents à mon sacre : la négociation de la trêve avec Abyss se fera immédiatement après.

– Le roi d'Abyss nous présentera sa sœur, à ce que j'ai entendu ?

– En effet. L'empereur sera accompagné par une dame de qualité, tandis que le prince de Zénit viendra seul. »

Comme beaucoup, Céleste tentait de s'imaginer l'apparence des monarques étrangers, dont deux sortaient pour la première fois de leur pays. Les descriptions qu'en avaient fait les ambassadeurs laissaient voix aux plus folles rumeurs.

« La porte de Zénit nous est pourtant restée fermée, commenta Émilie. Notre émissaire est demeuré dans la muraille des monts Ménid sans voir le prince : tout s'est joué par courrier.

– Malgré cela, Monsieur de Négosse colporte auprès de qui veut l'entendre l'ancienne légende zénitienne du prince descendant des quatre grands dragons créateurs du monde. Cela a beaucoup amusé Monsieur d'Orcival...

– Au moins, il sait en rire ! Il n'est pas comme Monsieur de Ravine, qui envisage le pire chez chacun de mes invités. À l'en croire, le roi d'Abyss serait un conquérant avide de gloire, le prince de Zénit un vieillard confit en dévotion et l'empereur de Promété un sauvage des îles n'ayant pas le sens des réalités.

– Au moins, il est honnête... À la différence du duc de Malraison. Lui ne dit mot et cache fort bien le fond d'une pensée qu'il prétend ne pas avoir.

– C'est l'homme le plus secret qu'il m'ait été donné de rencontrer, soupira Émilie. Heureusement, mes autres vassaux ont des caractères plus ouverts... Il est assez difficile de contenter tout le monde sans que chacun s'avise de dissimuler sa véritable opinion !

– Même si le comte de Ravine désapprouve l'arrivée des princes étrangers, vous pouvez compter sur son soutien. Il s'entend fort bien avec le duc d'Orcival et le marquis d'Albigeois, qui sont réputés pour leur droiture. »

Émilie peinait encore à assimiler toutes les connaissances que lui distillait son passé sur les pairs d'Alma et l'état de leurs provinces. Quand on mentionnait devant elle un nom à l'improviste, il lui fallait souvent quelques secondes pour faire le tri dans ses souvenirs : il lui était interdit de répondre en ignorante.

« J'apprécie le marquis d'Albigeois. Il est discret mais parle toujours à propos, et fait preuve de beaucoup de sagesse dans toutes ses suggestions.

– À ce que j'ai entendu dire, la lignée d'Albigeois est l'une des plus contrastées qui soient, commenta Céleste. Les héros dispendieux y côtoient les irréductibles belliqueux, et les avares rachitiques figurent à côté des lâches généreux. Le marquis a bien su tirer son épingle du jeu : il en est quitte pour une grande noblesse d'âme, jointe à un certain mépris des arts de la guerre. Il aime l'intelligence et l'innovation, se montre juste envers ses sujets et s'abstient de lutter contre des mentalités trop bornées.

– On ne pourrait imaginer personnage plus opposé à Monsieur de Salmonel…

– Sournois, veule, fier, appréciant les femmes, je ne connais rien de plus détestable que cet homme !

– Il m'a déplu dès le premier Conseil. Je ne conçois pas que mon père s'en soit fait un allié !

– Il a sans doute préféré l'avoir à la Cour pour le surveiller, plutôt que de le laisser fomenter des complots dans sa province. Et regardez Monsieur de Brisevan : on n'aurait pu imaginer caractères plus différents que le comte et le roi Arès ! Pourtant, ils se sont fort bien compris, et Monsieur de Brisevan a donné au roi son plus brillant stratège…

– Le marquis de Quéribus.

– Pensez-vous parvenir à le faire libérer ?

– La rançon qu'en demande le roi d'Abyss est trop élevée. J'aviserai pendant les négociations du traité de paix…

– Le maréchal est très regretté de vos pairs. En dépit de leur drôlerie, vous devez vous garder d'alimenter les rumeurs qui circulent à votre sujet… Votre position est aussi fragile que révolutionnaire. »

◆

Les jours devinrent des semaines, les conversations avec Céleste alternaient avec les confrontations du Conseil des pairs, et le temps porta soudain Émilie au jour prévu pour l'arrivée du roi d'Abyss.

Elle l'attendait sous la flèche d'or de Corasone. Vus d'en bas, les ponts de pierre ressemblaient à s'y méprendre aux pétales d'une fleur architecturale. Cette tour dressée vers le ciel, touchant à peine le sol, défiait la logique. De part et d'autre se déployaient les ailes du château... Et en face, l'équipage du roi d'Abyss.

De superbes chevaux ouvraient une procession d'éléphants dont le plus chamarré portait le palanquin royal. Bleu, jaune, rouge, orange, pourpre, les couleurs se mêlaient en des motifs complexes peints sur l'ensemble du corps des pachydermes. De lourdes parures chargées d'or, de nacre et de pierres précieuses tombaient sur le front et les flancs de celui sur lequel se tenait le roi.

Celui-ci descendit de sa monture et s'avança d'un pas assuré, le sourire aux lèvres. Il avait les yeux d'un vert hypnotisant. Son turban, surmonté d'un joyau en forme d'étoile, ne masquait pas complètement ses cheveux blonds. Sa peau d'un blanc rosé s'accordait aux colliers de perles qui recouvraient son cou et ses épaules, laissant à peine voir son manteau que resserrait une ceinture ornée d'un poignard. De l'or, de l'or à ne plus savoir qu'en faire, la parure d'Armand Alexandre Auguste Constantin, roi d'Abyss, resplendissait jusqu'à ses babouches.

L'habit de la princesse d'Abyss, Madeleine, n'était pas moins riche que celui de son frère. Son sari somptueux jouait avec la lumière ; des guirlandes de pierres précieuses ornaient ses innombrables boucles brunes. Avec ses lèvres minces et le volume de ses cheveux, elle aurait pu être belle si ses yeux noirs n'avaient pas été profondément enfoncés dans leurs orbites. Cette particularité frappa Émilie, ainsi que la fierté qui émanait de toute sa personne.

Les salutations d'usage furent échangées. À nouveau privée de contrôle sur le moindre de ses gestes, Émilie ne retrouva pas sa liberté de parole avant le dîner, qui se déroulait dans le salon des asphodèles. Sur les murs de cette enfilade de quatre pièces en carré, des asphodèles, dont les pétales blancs s'entrelaçaient avec des aiguilles, fleurissaient sur des tiges d'un vert idéal. Dans chaque salle, un sol de mosaïque représentait une scène mythologique.

Cerf, saumon, chevreuil, sanglier, sole, rôti, mijoté, tartare, carpaccio, les assiettes arrivaient toutes faites devant chaque convive, se succédant comme dans une danse pour déployer toute la richesse des saveurs d'Alma.

La conversation du roi d'Abyss s'avéra pleine de charme : il complimentait tout ce qu'il voyait et multipliait les mots d'esprit.

« Votre Altesse, je suis infiniment séduit par l'architecture de votre palais. La fleur en est-elle le motif dominant ?

— Oui. Il est de tradition dans notre famille d'associer chaque femme de la maison à une fleur ; Corasone est le jardin où elles s'épanouissent.

— Quelle est la fleur qui vous revient ?

— Le lys. »

Cette réponse ne sembla pas surprendre son interlocuteur, mais éveilla en Émilie une émotion imprévue. Encore un de ces souvenirs inexplicables... Émilie craignait ce qui se produirait si elle parvenait à percer ce secret. Elle ne voulait pas, elle ne devait surtout pas savoir...

Lorsque le dîner fut terminé, le roi demanda à visiter le salon des lys.

Cette fleur se trouvait mise à l'honneur dans la tour nord-est. Tous les couloirs qu'ils parcoururent pour s'y rendre étaient ornés de fleurs. Au sol, les tapis reprenaient chacun un motif floral : jasmin, lotus, tulipe, orchidée, coquelicot. Au plafond, plusieurs centaines de caissons carrés, d'un bois sombre au cadre argenté : à l'intérieur de chacun, une fleur peinte.

Agencés d'une manière similaire au salon des asphodèles, les murs vermillon du salon des lys étaient recouverts de lys immaculés au cœur d'or. Le blanc des fleurs géantes dominait, rendant les pièces plus lumineuses.

« Cette omniprésence végétale est assez originale, commenta la princesse d'Abyss.

— Trouvez-vous le palais de Corasone à votre goût ? demanda Céleste.

– Ses attraits, quoique réels, restent fort inférieurs à ceux des châteaux abyssins. Vos artistes ont la main plus lourde que les nôtres ; si la paix entre nos deux pays se concrétise, vous aurez tout intérêt à les envoyer se former dans notre Académie. »

Céleste ne répondit pas. Émilie se retint de sourire : l'attitude hautaine et légèrement méprisante de la sœur du roi était aux antipodes du caractère de sa dame de compagnie...

Alors que la visite s'achevait, le moment vint pour la princesse d'Alma de s'entretenir seule avec le roi d'Abyss.

« Votre Majesté, nos deux pays se sont affrontés à tort, déclara Émilie. J'espère que ce jour marquera l'avènement d'une amitié aussi pérenne que la guerre fut constante. »

Non ! Les mots n'étaient pas les siens. Pourquoi ? Combien de temps encore serait-elle ainsi contrainte ?

« Je partage le même espoir que vous, répondit le roi d'Abyss. Je sais que ce n'est ni le lieu ni l'heure, mais je doute que ce le soit jamais ; ma conscience est trop lourde pour porter ce fardeau plus longtemps. Je vous présente mes plus sincères condoléances pour la disparition du roi votre père.

– Je vous pardonne de bon cœur. La mort est fille de la guerre, le roi Arès ne l'ignorait pas. Il était l'agresseur et non l'agressé...

– Votre bonté me fait trop d'honneur. »

Le roi plongea ses yeux dans ceux d'Émilie. Ce vert intense, ce sérieux, la beauté de ce visage ne la laissaient pas indifférente.

« Pourquoi avoir convié le prince de Zénit et l'empereur de Promété à votre couronnement ?

– Il n'est pas aisé de devenir la première reine d'Alma. Certains de mes vassaux grondent ; l'annulation de mes fiançailles avec le marquis de Belladone fragilise une alliance essentielle à l'unité de mon pays. L'ouverture des frontières et le développement du commerce sont indispensables au maintien de la paix. Je veux faire d'Alma une passerelle entre les civilisations.

– Que pensent vos pairs de cette situation ?

– Ils me recommandent de refuser tout compromis avec vous tant que Monsieur de Quéribus sera votre prisonnier.

– Vous avez décliné ma demande en mariage. Vos vassaux devraient être heureux que je n'aie pas rompu la trêve… Acceptez ma proposition et Monsieur de Quéribus sera libre.

– Nous pourrions commencer par signer un traité de paix.

– Je doute que vous puissiez satisfaire mes exigences.

– Je vous prouverai le contraire. Je vous prie seulement de patienter jusqu'à mon couronnement. »

◆

Le prince de Zénit arriva à Corasone par le fleuve. Ses jonques mordorées avaient fière allure au milieu des navires almalites : le soleil d'or emblématique de son pays se discernait sur toutes les voiles.

Admirablement proportionné, le prince dépassait Émilie d'une bonne tête. Une couronne sertie de joyaux ceignait son front ; pourpoint, hauts de chausse et collants formaient son costume. Ses cheveux d'un noir de jais n'étonnaient pas autant que sa peau, d'un brun presque noir. Une couleur qui rappelait à Émilie un autre roi, un roi aux yeux blancs… Mais ceux de Francesco Théodoros Braham, prince de Zénit, étaient aussi sombres que sa peau.

Il salua Émilie dans un almalite parfait. Sa voix était tiède et douce ; son maintien ouvert et la franchise de son regard respiraient la sincérité. Il n'aurait pu être plus éloigné de la peinture prétendument prophétique de Monsieur de Ravine… Face à lui, le roi d'Abyss semblait étrangement petit : les deux monarques se témoignèrent néanmoins tous les égards possibles. De son arrivée jusqu'au dîner, le prince ne fit pas un seul faux pas.

« Votre Altesse, comment avez-vous appris notre langue ? lui demanda Émilie. Et par quel miracle êtes-vous si bien informé de nos coutumes, alors que vous n'êtes jamais sorti de Zénit ?

– Je me suis toujours beaucoup intéressé à tous les pays du monde connu. En d'autres temps, les étrangers étaient acceptés à Lucibel : je me suis instruit grâce aux livres qu'ils nous ont laissés. Les frontières de Zénit sont un héritage indépendant de ma volonté… Je suis heureux d'avoir passé la muraille des monts

Ménid et navigué le long du fleuve Histrion pour vous rencontrer. »

Émilie se représenta Zénit. Ce pays en forme de triangle, au sud-ouest d'Alma, était séparé de Corasone par trois domaines : le duché de Malraison, le marquisat d'Albigeois et le comté de Négosse. Le partage du fleuve Histrion et du fleuve Sang se situait non loin au nord de Corasone, de sorte que sans la barrière des monts Ménid, les deux capitales eussent été reliées par voie fluviale. Les autres côtés du triangle de Zénit donnaient sur l'océan Antique.

« Les Zénitiens aiment les fleuves mais craignent la mer, expliqua le prince. Mes ministres ont cessé depuis longtemps de financer des expéditions… Nous cultivons nos terres et honorons To : tel est notre bonheur. »

Après le dîner, Émilie fit visiter à ses hôtes le salon des roses. Quand elle y pénétra, un frisson de ravissement la parcourut.

La pièce était tapissée de livres.

Le mot lui vint à l'esprit naturellement, comme si elle l'avait toujours connu. Livres. Odeurs de cuir, de vieux papiers, murmures d'histoires. Des couvertures aux armes de Corasone, une fleur à six pétales au milieu d'un cercle, figurant une couronne. Des lettres d'or pour indiquer les titres. Au sol, prises dans le plancher, de nouvelles mosaïques mythiques. Des escaliers de bois verni facilitaient l'accès aux étagères les plus hautes, qui touchaient le plafond. Sur les murs, on avait peint des roses jaunes, portées par des rosiers grands comme des hommes. Ils s'entrelaçaient au mobilier, se poursuivaient sur les rayonnages et le cadre des tableaux, inscrivant l'art jusque dans les meubles.

Luttant contre la présence étrangère, Émilie prit un livre au hasard. Un beau volume couleur émeraude, au parfum enivrant, familier. Elle l'ouvrit avec une émotion qu'elle ne s'expliquait pas… Elle pouvait le lire.

Elle aurait dû exalter, pourtant… Pendant un instant, elle avait cru résoudre le mystère des souvenirs qui la hantaient, de sa personnalité même, curieusement inadaptée à son milieu. Mais les mots du livre ressemblaient à tous les autres. Ce n'était pas le langage des…

« Votre bibliothèque est fort belle. »

Le compliment venait du prince de Zénit. Émilie referma le volume et leva les yeux sur lui, confuse.

« Quel est votre roman favori ? poursuivit-il.

– *L'Odyssée*, s'entendit répondre Émilie. J'ai toujours adoré cette œuvre mystérieuse, issue des terres au-delà de l'océan Antique.

– S'il existe un texte fondateur, c'est bien celui-ci ! Lire est un voyage : prendre le périple d'Ulysse comme objet revient pour la littérature à parler d'elle-même.

– Mise en abyme, n'est-ce pas le nom de ce phénomène ?

– Ou métaphore, quand le parallèle n'est pas explicite.

– Je possède l'un des plus anciens manuscrits de cette épopée. Voulez-vous le voir ?

– Rien ne me plairait davantage. J'adore les livres, c'est grâce à eux que j'ai pu tant apprendre sur des terres et des sujets qui m'étaient interdits ! »

Les yeux du prince brillaient d'une joie teintée de retenue, comme s'il craignait de trop s'enthousiasmer.

« Je la conçois plutôt comme un moyen de pénétrer les secrets du cœur humain, intervint le roi d'Abyss. Mais je lui porte un amour similaire au vôtre ! L'un de mes passe-temps favoris, à mes heures de loisir, était de faire la lecture à voix haute à mon entourage.

– Un art auquel vous excellez, observa Madeleine. Enfant, je ne me lassais pas de vous écouter. »

Les pages enluminées de *L'Odyssée* firent le plus grand bonheur des hôtes d'Émilie. En connaisseur, le roi d'Abyss caressait du regard les plus précieux trésors de la bibliothèque. La délicatesse des lettrines, le miracle de l'imprimerie, la puissance évocatrice des romans, sa conversation aussi savante qu'intarissable enchanta tous ses compagnons. Sa lecture à voix haute acheva de conquérir son auditoire, Céleste y compris. Il s'appropriait les phrases comme si elles eussent été siennes. Il incarnait le personnage du livre : les yeux perdus dans le lointain, il se morfondait comme lui dans la douleur d'un retour impossible.

♦

Bien qu'il arrivât également par le fleuve, on attendait à sa demande l'empereur de Promété dans la cour du château. Un bruit pétaradant, régulier, comme le ronronnement terriblement déformé d'un félin, annonça sa présence longtemps avant qu'on l'aperçoive. Enfin, un engin de bois que rien ne tractait passa la grille du palais.

Voiture, pensa aussitôt Émilie. Voiture, mais dans la vie dont elle se souvenait malgré elle, cet appareil était vieux de plusieurs siècles... À Corasone, ses roues de frêne et ses sièges en cuir faisaient sensation. Par quel miracle cet étrange carrosse avançait-il ? Des regards sidérés convergèrent vers le jeune homme auquel le chauffeur s'empressa d'ouvrir la porte, à l'arrière du véhicule. Sa redingote laissait voir un gilet court, que surmontait une lavallière. Ses cheveux noirs crépus étaient retenus par une queue de cheval. Sa peau était aussi sombre que celle du prince de Zénit, mais il avait les lèvres pleines et le nez aplati. Le contraste formé par ses yeux bleu clair sur son visage d'ébène frappait quiconque l'observait. À la fois hautain et candide, il sourit en tendant la main à une femme qui sortait à son tour.

Âgée d'une trentaine d'années, un superbe manteau de fourrure reposait sur les épaules de Sophie Dalmeida. Ses cheveux aux reflets roux, à la croisée du brun et du bordeaux, dégageaient son profil, d'une beauté pétillante : des yeux azur, un petit nez, une peau blanche parsemée de discrètes taches de rousseur.

Pendant le dîner, toute la Cour ne parla que des Prométéens. Leurs habits, leur façon de marcher, de s'exprimer et surtout, cet appareil révolutionnaire qu'ils nommaient automobile.

Après des siècles de protectionnisme, le lointain archipel de Promété ouvrait pour la première fois ses frontières. Isolées au milieu de la mer Nevertheless, ses douze îles principales formaient une couronne, reliée au reste du monde par une chaîne de montagnes titanesques, aussi improbables qu'impraticables. Sorties tout droit de la mer Moreover, elles s'étendaient sur des centaines de kilomètres entre l'île Wilderness, la plus au sud de

Promété, et les monts Finsternis, au nord d'Abyss ; elles avaient valu à cette contrée son surnom de Flèche noire.

« Nous avons remonté le fleuve Sang, expliqua l'empereur. Nous nous sommes arrêtés en amont de Corasone, pour finir le trajet en automobile.

– Un pays où l'on fabrique de tels appareils doit offrir un aspect peu commun, observa le prince de Zénit.

– Je vous le montrerai avec plaisir.

– Depuis que j'ai aperçu votre automobile, Alma me fait l'effet d'un vieux continent, renchérit Émilie. Je brûle d'en voir davantage. Comment nos deux pays ont-ils pu s'ignorer si longtemps ?

– Avant d'être un pays, Promété était un protectorat de la lointaine Europa, au-delà de l'océan Antique. Nous nous sommes battus pour obtenir notre indépendance : pour la conserver, nous sommes volontairement restés isolés de nos voisins. Votre invitation est arrivée à point nommé pour mettre un terme à cette époque... Je suis aussi curieux de vous que vous l'êtes de moi.

– Méfiez-vous d'Abel, les prévint Madame Dalmeida. Sous ses dehors ouverts, il cache un intérêt commercial à toute épreuve, et vous ferait vendre vos parents à votre insu ! »

Interloquée par l'emploi du prénom de l'empereur, Madeleine eut un regard exorbité, et manqua de peu d'avaler de travers. Céleste eut une moue satisfaite, tandis qu'Émilie ironisait dans la même veine :

« N'ayez crainte, Madame, la méfiance est une seconde nature chez les Almalites.

– Appelez-moi Sophie, je vous en prie ! En me disant Madame, vous me donnez de l'âge. »

Émilie répondit par un sourire rayonnant ; Madeleine dissimula avec peine sa grimace derrière une toux passagère.

Émilie proposa à l'empereur de Promété de lui montrer le salon des azalées, dans la tour nord-ouest du palais. Des murs noisette les accueillirent, parsemés de fleurs roses bordées de blanc. Les azalées possédaient chacune cinq larges pétales : le blanc, omniprésent, rehaussait l'intensité des cœurs roses. Le vert sombre des pieds qui portaient les fleurs se fondait dans le brun environnant. Aucune azalée n'était représentée seule : cette plante ne poussait qu'en buissons, ou en grappes, savamment disposées autour des tableaux et des fenêtres.

Sur les tables, dés, cartes, pions et plateaux attendaient les joueurs.

« Vous laisserez-vous tenter par un jeu de hasard ? proposa Émilie.

— Avec plaisir ! répondit l'empereur.

— De tels amusements sont interdits à Zénit, déplora le prince. Je le regrette, mais je crains de ne pouvoir me joindre à vous...

— Peut-on connaître la raison de cette prohibition ? demanda Sophie.

— La notion de hasard va à l'encontre de l'existence de To. Le monde ayant été créé par Lui, Sa toute puissance en contrôle les moindres aspects : la chance et l'aléatoire ne font pas partie de Sa création.

— C'est ainsi que nous interprétons également la loi de Deus, renchérit Madeleine. Nous avons de nombreux jeux à Abyss, mais tous ont en commun de faire appel exclusivement à l'intelligence des participants.

— Fort heureusement, nous ne sommes ni à Zénit ni à Abyss, remarqua Sophie. La seule loi qui prévaut aujourd'hui est celle de l'hospitalité de la future reine d'Alma...

— Sophie, je crains que vous ne mettiez mal à l'aise nos compagnons, tempéra l'empereur. Laissez-les donc libres de leurs choix...

— Non, elle a raison, déclara le prince de Zénit. Je ne crois pas au hasard, et j'ai toujours été persuadé que, si la main de To présidait en tout, cela devait aussi valoir pour les jeux. Je jouerai : si je dois gagner, ce sera par la volonté de Pi.

— Ainsi soit-il, sourit le roi d'Abyss. Je ne saurais tolérer que Deus se retire devant To. »

Madeleine n'eut d'autre choix qu'imiter son frère, avec une mauvaise grâce palpable. Au comble de la joie, le prince de Zénit jouait avec une avidité d'enfant, et paraissait à chaque tour s'émerveiller de n'être pas foudroyé par To pour son outrecuidance.

◆

La veille de son couronnement, Émilie passa la journée à revoir les préparatifs auprès de ses pairs. Le trajet qu'il lui faudrait suivre jusqu'au temple, les mots qu'elle devrait prononcer, le parcours de son carrosse à travers Corasone, les banquets à organiser dans la ville, le bal : en fin d'après-midi, elle avait tellement répété ces événements qu'il lui semblait les avoir déjà vécus.

Angoissée par ce savoir qui demeurait résolument abstrait, elle ne parvenait pas à trouver l'apaisement nécessaire au sommeil, et pria Céleste de la rejoindre. En tenue de nuit, ses longs cheveux noirs coiffés à la hâte, elle ne donnait cependant aucun signe d'avoir été tirée des bras de Morphée.

« Que puis-je pour vous, Votre Altesse ?

— Céleste, pardonnez-moi de vous faire appeler à une heure si tardive.

— Ce n'est rien. Je n'étais pas encore couchée… Je suis aussi impatiente que vous. Demain sera un grand jour pour Alma.

— Je ne regrette pas ma décision. Mais quand j'aurai ceint la couronne, il sera temps de gouverner… Je sais ce que j'ai à faire pendant mon sacre : au-delà, je suis devant un gouffre d'incertitudes.

— Il vous faudra négocier le traité de paix avec le roi d'Abyss.

— Comment m'y prendrai-je ? Je n'ai pas la moindre expérience, et j'ai la sensation qu'il n'acceptera rien si je ne m'engage pas à l'épouser.

— Derrière sa galanterie se cache en effet un homme de pouvoir. Là-dessus, Monsieur de Ravine n'avait pas tout à fait tort… Malheureusement, hors la plus grande prudence, je ne saurais que vous conseiller. On m'a appris à manœuvrer en coulisses et non à ciel ouvert…

— Que voulez-vous dire ?

— Alma est un pays d'hommes. Les fils héritent des pères et se font chevaliers au service des seigneurs, les filles élèvent leurs enfants et s'occupent des foyers. C'est ce à quoi votre père vous destinait. En montant sur le trône, vous vous êtes attribué la charge qu'il réservait à mon cousin… Vous avez pris votre destin en main : si grisant soit-il, ce choix n'est pas sans conséquence. Je ne puis rien vous recommander d'autre que de vous fier aux vassaux qui vous sont fidèles.

– Cette catégorie inclut-elle Monsieur de Belladone ? »

Céleste détourna les yeux en lâchant un léger soupir, avant de les ficher à nouveau dans ceux d'Émilie. Une franchise teintée de tristesse perçait dans la profondeur de ce regard bleu.

« La piété filiale voudrait que je vous assure des mérites de mon cousin. C'est dans ce but qu'il m'a placée auprès de vous. Il attend que je lui rende compte de vos inclinations et de vos doutes. Comme tous les Almalites, il considère les femmes comme des objets à son service… Néanmoins, ce serait mentir que vous le présenter sous un jour trop noir. Il se remet certes difficilement de l'annulation de vos fiançailles, mais tente par tous les moyens de remonter dans votre estime pour renouer l'alliance perdue. Il aimait véritablement votre père, et éprouve envers Alma un intérêt sincère. Si vous parveniez à lui faire admettre que votre rupture est nécessaire pour le bien du pays, il serait capable de céder sans coup férir… Mais ce sera chose extrêmement ardue. Le roi Arès et son propre père le persuadent depuis l'enfance qu'il est le meilleur parti possible : il ne reconnaîtra pas aisément qu'un autre peut mieux valoir que lui, fût-ce un roi ou un empereur.

– Je ne puis donc pas me fier de lui autant que je le voudrais. Après ce que vous venez de dire, je suis cependant assurée de vous, et cela m'est déjà d'un grand réconfort. En dépit de ce que j'ai déclaré à Sophie, je ne m'habitue pas à vivre dans la méfiance perpétuelle. Le compromis n'est pas dans ma nature : j'aimerais mettre un terme à la guerre et repartir sur des bases saines pour construire ensemble un monde meilleur. Loin des querelles politiques et des jeux de pouvoir…

– Votre pensée relève malheureusement de l'utopie. Il vous faut agir en accord avec les règles de la société dans laquelle nous vivons…

– Des règles qui semblent fort différer d'un pays à l'autre, maintint Émilie.

– J'ai moi aussi été frappée par la liberté de parole de Sophie, sourit Céleste. Promété doit être un État véritablement surprenant ! Mais souvenez-vous de la princesse d'Abyss : son frère l'a contrainte à jouer alors qu'elle ne voulait pas. Chez elle, l'autorité masculine prévaut...

– À Zénit, la religion paraît régner sans partage... Je m'étonne que des pays si proches vivent selon des règles si différentes. Comment être certaine de faire les bons choix pour Alma ?

– Jugez par vous-même. C'est la meilleure chose à faire quand on ne sait que décider. »

Émilie ne répondit pas. Alors que Céleste s'apprêtait à sortir, elle l'arrêta.

« Pourquoi m'avoir dit la vérité sur votre cousin ? Il n'est pas dans votre intérêt de le trahir...

– Ni de l'encenser. Je dois d'abord gagner votre amitié, avant de tenter de vous rapprocher de lui. Tels sont les ordres qu'il m'a donnés... »

Ce fut au tour de Céleste de rester silencieuse. Un silence qui sembla durer une éternité.

« Mes quatre frères sont morts en combattant dans l'armée du roi Arès. J'avais une petite sœur ; elle est morte elle aussi quand j'avais sept ans. Égarée en forêt, elle fut dévorée par les loups... À l'époque, mes frères vivaient, et mon père fut assez peu chagriné du destin de ma sœur. De ce jour, je compris que les femmes étaient de peu de prix, et qu'il faudrait me battre pour survivre dans ce monde d'hommes. Ma mère, la marquise de Mycènes, fut profondément ébranlée par cette indifférence, et m'éleva avec un soin tout particulier. Elle m'instruisit, et m'apprit que l'on pouvait manipuler les hommes si l'on savait rester discrète. Elle ne put m'éviter le mariage politique que mon père m'imposa avec Monsieur d'Arrimande. Comme j'ai haï ce jour ! Mon époux avait plus de soixante ans, il était laid et d'une bêtise consternante, jaloux de tous les hommes à qui j'adressais la parole. Vous n'imaginez pas comme j'ai été heureuse le jour où Lionel m'a fait sortir de ma province pour entrer à votre service... Encore une fois, je le dois à ma mère, qui a écrit sans relâche à mon cousin pour le persuader de m'utiliser. L'annulation de vos fiançailles fournissait l'occasion idéale. »

Céleste parlait d'un ton posé, à la fois déterminé et résigné.

« La vie m'a appris que l'on n'obtenait rien sans prendre de risques. Ce que je suis aujourd'hui, je le dois autant à vous, qu'à ma mère ou à Lionel. Je donne de l'amitié à ceux qui m'en témoignent : il n'est pas dans mon intérêt de mentir et mon cœur n'est déchiré par nulle obligation. Je ne vous cacherai jamais la vérité sur mon cousin.

– Je vous remercie pour votre honnêteté, Céleste. C'est une qualité qu'à ma hauteur je trouve rarement autour de moi. Conservez-la, je vous en prie, même si un jour elle doit vous conduire à me dire quelque chose que je ne souhaite pas entendre.

– Je m'y engage, votre Majesté. »

Loin de l'ironie, de l'amusement et de la complicité dont il se faisait habituellement le vecteur, le sourire qu'Émilie et Céleste échangèrent ce soir-là avait valeur de promesse.

◆

Le couronnement d'Émilie se déroula dans le temple au milieu du lac. Guirlandes et bannières aux armes d'Alma dansaient au gré du vent dans tous les arbres du chemin. Un nombre considérable de courtisans et de notables s'était réuni au palais pour l'occasion, un mur de visages inconnus que les gardes maintenaient à distance respectable d'Émilie.

Il lui sembla que la procession durait une éternité. Sa longue traîne vermeille bordée d'hermine ralentissait son pas. Une fleur de lys ornait les poignets de sa robe blanche. Le temps n'aurait pu être plus radieux : le soleil brillait de tous ses feux dans des cieux d'azur. Enfin, elle s'agenouilla devant le Grand Prêcheur qui avait enterré son père et prononça les paroles rituelles.

« Que Coros soit avec toi, commença le prélat.

– Maître du ciel, j'exercerai le pouvoir en ton nom, répondit Émilie.

– Qu'Urse guide ta main contre tes ennemis.

– Guerrière aux mille ruses, aide-moi à conserver le royaume d'Alma.

– Que Dédale emplisse ton esprit de la lumière de la création, qu'Alice y déverse sa sagesse.

– Ô dieux gémellaires, élevez mes pensées.

– Qu'Anselme te prête sa force.

– Palais, temples et villes seront à son image.

– Que Théna fasse de la nature sauvage ton alliée.

– Pour chaque bête tuée, elle aura sa part.

– Qu'Yvanoé apaise ton âme par la beauté des arts.

– Peintres, sculpteurs et poètes lui rendront hommage.

– Que Médée veille sur ton foyer en le préservant des luttes fratricides.

– Ô déesse, accorde-moi une descendance nombreuse et puissante.

– Que Lux aux mauvaises paroles n'atteigne pas tes oreilles.

– Nul mal ne me corrompra.

– Que Polaris te détourne de la mort.

– Je défendrai pour elle l'amour de la vie.

– Par la volonté des dieux, Émilie, je te sacre reine d'Alma. »

Le Grand Prêcheur ceignit de la couronne la tête d'Émilie. Serti d'un unique diamant de la taille d'une noix, le fin cercle d'or lui parut léger.

Acclamée par le peuple, elle parcourut Corasone dans son carrosse, au son des cloches et des chants, des trompettes et des tambours. Partout, des victuailles s'amoncelaient sur les tables et tréteaux dressés en son honneur.

« Jugez par vous-même. C'est la meilleure chose à faire quand on ne sait que décider. »

Les paroles de Céleste lui revenaient sans cesse en tête…

Dès qu'elle mettrait le pied hors du carrosse, le cérémonial se poursuivrait. Et après… Qu'arriverait-il, après ? Il faudrait faire libérer le marquis de Quéribus. Négocier la paix avec Abyss… Comment s'y prendrait-elle ? L'ignorance d'Émilie s'étendit soudain devant elle dans toute son ampleur. Elle ne savait pas gouverner un pays. La présence étrangère elle-même ne parvenait pas à combler l'abîme d'incertitude vers lequel elle la précipitait.

45

Épouser le roi d'Abyss semblait la solution la plus sage. Il régnerait volontiers à sa place. Elle voulait être libre… Mais elle devait monter sur le trône. Elle n'avait pas le choix.

« Jugez par vous-même. C'est la meilleure chose à faire quand on ne sait que décider. »

Gouverner… Que signifiait gouverner ? En premier lieu, éviter la guerre. Accroître ses richesses pour avoir une armée plus puissante… Nouer des liens commerciaux avec Zénit, Abyss et Promété, pour n'avoir plus à craindre aucun conflit ? Faire l'économie d'une armée, s'intéresser davantage à la technique… Avoir des voitures… Que faisait l'empereur à Promété ? Lui qui n'avait jamais mené de guerre dans son monde, comment gouvernait-il ? Et le prince de Zénit, retranché derrière ses montagnes ? Si le roi d'Abyss montait sur le trône d'Alma, qu'en ferait-il ?

Des exemples. Émilie avait désespérément besoin d'exemples…

« Jugez par vous-même. C'est la meilleure chose à faire quand on ne sait que décider. »

Cette pensée l'obséda jusqu'au soir, l'obsédait encore dans les bras du roi d'Abyss, avec qui elle devait ouvrir le bal. Plus puissante que les paroles de Céleste, plus forte que sa propre curiosité, c'était une évidence, un ordre impondérable auquel elle n'avait d'autre choix que de céder.

Ils se tenaient au milieu de la tour de Corasone. Soutenus par des sculptures de bois jaillissant des murs, d'immenses escaliers permettaient d'en atteindre le sommet. Des milliers de bougies se succédaient le long de la rambarde. À la perspective des cercles de lumière s'élevant vers le haut de la tour répondait celle du parquet, disposé en cercles de plus en plus petits au fur et à mesure qu'on allait vers le centre.

Émilie savait ce qu'elle devait faire. La musique la portait ; bientôt elle virevoltait. Elle s'approchait du roi, s'éloignait, lui tournait le dos, revenait. Les pairs se mirent à danser et toute la Cour finit par les rejoindre.

« Je voudrais voir Abyss, murmura-t-elle.
— Voir Abyss ? répéta le roi.

– Voir Abyss. Explorer Zénit. Découvrir Promété. Ne partagez-vous pas cette curiosité ?

– Quand avez-vous décidé un tel voyage ?

– À l'instant.

– Ce n'est pas le lieu pour en parler.

– Alors, réfléchissez-y. »

Le protocole ne laissa pas au roi le temps d'exprimer sa surprise. L'empereur devait lui succéder au bras de la reine. Sa veste bleu nuit en queue de pie, résolument moderne, donna à Émilie l'impression de porter un déguisement.

« Puis-je vous prendre au mot ? lança-t-elle au milieu de la danse.

– C'est-à-dire ?

– Vous parliez d'aller à Promété. Accepteriez-vous de m'accueillir, si j'exprimais le désir de venir ?

– Ce serait un grand honneur.

– M'accompagneriez-vous, si avant Promété je me rendais à Abyss et à Zénit ?

– Qu'aurais-je à y gagner ?

– Des modèles de gouvernement différents du vôtre. Une ouverture sur le monde, des idées à reproduire... Peut-être même des liens commerciaux ?

– Vous m'intriguez. Quand comptez-vous partir ?

– Dès que possible.

– Vous venez à peine de ceindre la couronne ! En tant que première reine d'Alma, n'est-il pas dangereux de déserter vos pairs ?

– Il serait mal avisé de les diriger sans ambition. »

La fin de la musique obligea l'empereur à sourire avant de céder la place au prince de Zénit. Avec sa haute taille, son maintien et son expression de douceur bienheureuse, il ressemblait à un prince de contes de fées.

Encore une valse, mais différente de la précédente.

Plus rapide.

Plus intense.

Plus rythmée.

La musique est somptueuse. Elle précipite l'imagination d'Émilie dans des fantaisies insoupçonnées. Le prince la guide, elle se laisse aller au plaisir de la danse. Elle sent la chaleur de son bras autour d'elle.

Ils dansent.

S'éloignent.

Se séparent.

Se retrouvent.

Le prince la guide, toujours, lui montre le chemin : elle s'abandonne… La présence étrangère l'oblige à parler.

« Avez-vous déjà songé à vous rendre à Abyss et à Promété ?

— C'est un rêve que je n'ose formuler.

— Je pourrais le faire pour vous.

— Trop de devoirs m'attendent à Zénit.

— Je suis la première reine d'Alma. Je ne pourrais choisir une époque plus critique pour quitter mon pays. Pourtant, c'est vers Abyss, Zénit et Promété que mon cœur me porte…

— Pourquoi ?

— Je dois voir mon pays sous le prisme d'autres lois et d'autres mœurs. Ainsi, je pourrai le faire évoluer dans la bonne direction. Il faut que la paix ait un sens ; sans cela, elle restera toujours une simple trêve entre deux guerres. »

La danse s'acheva. Émilie aurait dû assister à la suite de la fête depuis son trône, mais elle tendit sa main au marquis de Belladone. La surprise la plus totale se peignit sur ses traits. Danser avec la reine ! Émilie ne pouvait lui accorder plus insigne honneur… Peut-être est-ce pour cette raison qu'il acquiesça sans hésitation quand elle lui proposa de se joindre à l'expédition qu'elle envisageait.

◆

Émilie entretint avec application le projet de voyage qu'elle avait semé dans l'esprit de ses invités. D'entrevues privées en négociations diplomatiques, il prit racine et se fit connaître par l'ensemble des pairs. Nombre d'entre eux émirent des critiques virulentes contre cette fantaisie sans précédent, qui dépossédait Alma de sa reine dans un moment déterminant.

Ils tentèrent tour à tour de la dissuader. Elle pouvait à tout moment être prise en otage. Son pouvoir encore fragile risquait d'être mis à mal par certains de ses vassaux (précisément ceux qui l'encourageaient à partir). Après cinq années de guerre, les finances du Trésor supporteraient difficilement pareille dépense. Alma n'avait besoin d'aucune réforme : le rôle d'Émilie consistait à résoudre les problèmes au fur et à mesure qu'ils survenaient, et à veiller à la reconstruction des provinces affaiblies par le conflit abyssin. Puisqu'elle tenait absolument à ce périple, ne pouvait-elle au moins attendre quelques années ?

Non, répétait inlassablement Émilie. La réunion du roi d'Abyss, du prince de Zénit et de l'empereur de Promété n'aurait plus jamais lieu : il importait qu'eux aussi fissent le voyage. L'empereur de Promété avait déjà accepté de se joindre à elle sans contrepartie ; le prince de Zénit n'exigeait qu'un pacte de non-agression, pour assurer sa protection. Il partageait l'idée que, pour bien gouverner, il importe d'avoir des exemples variés. Seul le roi d'Abyss restait à convaincre, et sa décision reposait sur l'accord qui devait sceller la paix entre Abyss et Alma. Le marquis de Belladone l'accompagnerait, et veillerait en personne à sa sécurité.

Dubitative, Madeleine demeurait persuadée que la meilleure option d'Émilie serait d'épouser son frère. Tout en éprouvant une relative curiosité envers Zénit et Promété, elle ne cachait pas son agacement à l'idée de voyager avec certains compagnons dont elle aurait pu se passer. Sophie la poussait avec un enthousiasme inaltérable à faire cette expédition révolutionnaire, le plus sincère gage de paix qui soit. Céleste n'osait se réjouir de cette initiative, redoutant toujours le pire, et conjurait Émilie de ne pas se laisser duper par sa soif d'idéal.

Au prix d'efforts considérables, ce projet aussi improbable que malvenu prit forme. En dépit de ses faiblesses, de ses risques et de ses inconvénients, ou peut-être à cause d'eux, cette idée folle prit le pas sur la réalité et sur la logique. Poussée par la présence étrangère, Émilie se surprenait elle-même d'avoir réponse à tout avec une telle aisance. Semblable périple ne s'était jamais vu.

Quatre pays se trouveraient temporairement dépossédés de leurs monarques : il fallait organiser les régences, préparer le convoi royal, anticiper délais et trajets pour ne pas être bloqués par l'hiver, choisir les châteaux et les villages qui accueilleraient cette Cour itinérante d'un genre nouveau. Ne restait plus qu'à obtenir l'accord définitif du roi d'Abyss.

« Votre Majesté, je me dois de vous féliciter, commença le roi d'Abyss. Vous avez en peu de jours rallié tous les cœurs à une entreprise dont le passé ne fournit pas d'exemple. Vous me voyez aujourd'hui aussi impatient que vous de faire ce voyage, et désireux de signer le traité de paix qui le conditionne.

– Alors acceptez de retirer vos troupes. Rendez-nous le marquis de Quéribus. En échange, je m'engage à rappeler mon armée…

– Mais vous refusez de m'épouser.

– Je ne l'exclus pas. Nous resterons ensemble plusieurs mois : je ne peux vous donner meilleur gage de paix. Ce voyage ne vaut-il pas toutes les promesses d'alliance ?

– Certainement. »

Émilie se retint à grand-peine de soupirer. Après s'être montré étonnamment réceptif à l'expédition qu'elle projetait, le roi d'Abyss semblait prendre un malin plaisir à en retarder l'exécution. Le moindre détail devait en être prévu, et chaque étape conditionnée par une clause écrite.

« La guerre entre nos deux pays ne doit pas recommencer, trancha-t-elle.

– Haïssez-vous la guerre à ce point ? C'est pourtant l'art des rois…

– C'est une perte de temps et de ressources. Je veux faire d'Alma un royaume prospère : je suis prête à tout pour y parvenir. Je souhaite choisir mon époux en souveraine éclairée, voir son pays et la manière dont il gouverne et juger par moi-même si ses lois sont dignes d'être imitées. Aucune guerre, aucun complot ne doit entacher ce voyage placé sous le signe de l'amitié et d'une saine émulation. Joignez-vous à moi et défendez la paix. C'est le chemin le plus sûr pour unir nos États.

– Votre passion est aussi peu commune que contagieuse. Vous me donnez l'impression d'être l'un de ces princes de contes que j'admirais enfant, et dont la gloire s'acquérait par la sagesse autant que par les armes… »

Émilie soutint en silence le regard du roi.

« Très bien. J'accepte. Je rappellerai mes troupes.

– Libérerez-vous Monsieur de Quéribus ?

– Je m'engage à ce qu'il rentre avant vous à Corasone. Nous discuterons plus amplement des conditions de sa libération une fois que nous serons à Abyss. »

Émilie n'obtiendrait pas davantage. Restait à faire approuver ce compromis par ses vassaux.

« C'est un piège, déclara le comte de Brisevan. Votre sécurité à Abyss n'est pas assurée : il serait très facile au roi de vous faire prisonnière.

– Ce n'est pas dans son intérêt, lui rappela le marquis de Belladone. Le roi s'est abstenu de nous attaquer à la mort du roi Arès, quand tout l'y invitait. Il a retenu son bras et nous a offert une trêve : en trahissant la reine, il se verrait honni par tous les princes du monde connu.

– Admettons, répliqua le comte de Ravine. Il n'en reste pas moins que le roi repousse la libération de Monsieur de Quéribus pour en durcir les termes. Nous ne pouvons pas accepter.

– Refuser annulerait le voyage, protesta Émilie. Monsieur de Belladone me conseillera à Abyss et Monsieur d'Orcival vous informera de ce qui se décidera. La guerre est terminée, cela seul représente une victoire ! Donnez l'ordre de rappeler l'armée, reconstruisez ce qui a été détruit, prospérez : mon retour marquera l'entrée d'Alma dans une ère nouvelle. Le roi accepte de retirer ses troupes : nous ne pouvons obtenir meilleure garantie.

– Tout ceci n'est pas dénué de bon sens, observa le duc de Fourcaré. Votre Majesté part bien accompagnée : nous sommes assurés de sa sécurité. La présence constante du roi d'Abyss à vos côtés sera un gage du maintien de la paix. Vous nous reviendrez mûrie et mènerez Alma d'une main plus sage. »

Le débat se poursuivit quelque temps, mais le marquis de Belladone avait mis la majorité des pairs du côté d'Émilie. Émilie confiait la régence au duc d'Orcival, dont elle attendait des lettres régulières. Le traité de paix, qui assurait à Alma plus d'un an de stabilité, fut solennellement signé devant toute la Cour la veille du grand départ.

Une fois encore, la présence qui l'habitait veilla au bon déroulement de la cérémonie et au respect du protocole. Elle guida son esprit dans la relecture des clauses de cet accord complexe, ratifia pour elle ce premier pacte victorieux, sourit à sa place au roi d'Abyss, remercia en son nom le duc d'Orcival, puis la fit sortir de la salle du trône, digne, insensible aux regards pénétrés de doute de ses courtisans.

Soudain, au milieu de la galerie, alors que plus aucune obligation n'appelait Émilie nulle part avant le dîner, cet autre en elle disparut. Il ne s'agissait pas d'un bref évanouissement, comme après la mort du roi d'Abyss, ou durant ses conversations avec Céleste. Émilie était bel et bien seule. Plus libre qu'elle ne l'avait jamais été.

Elle quitta ses courtisans et gravit les innombrables escaliers qui menaient au sommet de la flèche d'or de Corasone. Une marche de lumière, deux marches d'ombre, une marche de lumière, deux marches d'ombre... Avec une régularité de métronome, le soleil éclairait ses pas, toujours plus haut, encore plus haut. Une fois au sommet de la tour, elle se pencha avec délectation par-dessus la rambarde. Les fenêtres disposées en cercle, les cercles concentriques du parquet, le cercle de l'escalier escaladant la tour... Quelle splendeur ! Et dehors...

L'horizon. Une immensité d'azur, au-dessus des champs bruns et des arbres dorés. Les ombres des nuages se dessinaient nettement dans la plaine. Corasone paraissait minuscule ! D'ici, on voyait les remparts qui la protégeaient. Le fleuve Sang venait du nord-ouest et s'écoulait au sud vers Palmyre, chef-lieu de Négosse. Au loin, Émilie crut même distinguer l'Histrion qui lui donnait naissance. Surnommé le fleuve-roi, il traversait presque toute l'étendue d'Alma, de Caracol au nord jusqu'à Altive, capitale du duc de Malraison, au sud-ouest, et au-delà sillonnait Zénit pour se jeter dans la mer.

Le château avait été bâti sur une éminence rocheuse ; on atteignait ses grilles par un long chemin serpentin. Les maisons de Corasone semblaient ternes après l'intérieur chatoyant du palais.

Un vent frais vint fouetter son visage. Elle posa ses mains sur les créneaux de la tour. Au-dessus de sa tête, l'arrondi du toit masquait le ciel : le chef d'œuvre doré qui donnait son nom à la flèche de Corasone. Le froid s'intensifiait. Émilie respira profondément. Elle voulait retenir le moindre détail de ce paysage. Ces terres, ces villes dans le lointain, ces champs et ces arbres, ces fleuves, tout lui appartenait. Elle était fière de régner sur Alma… Elle existait. En dépit de ses pairs, en dépit du vent qui mordait sa peau et glaçait son cou. Elle se sentait vivante : toutes ses inquiétudes fondaient sous l'effet de cette sensation.

Vivante et libre ! Libre enfin de partir et de voyager, de découvrir d'autres contrées et d'autres mœurs…

Libre…

Elle n'avait jamais voulu être reine. Vivre heureuse, au gré de ses envies, était son seul souhait…

Non. À nouveau la voix de l'étranger s'élevait en elle. Mais cette fois, elle ne se laisserait pas faire. Elle ne céderait pas. Qu'il parle en son nom, qu'il se sépare d'elle, cet être qui la possédait à sa guise ! Qui était-il ? Que voulait-il ? Elle ne lui permettrait pas de vivre à travers elle. Elle existait… Elle existait !

« Qui es-tu ? »

Elle devait redescendre de la tour… Se préparer pour le dîner…

Elle s'agrippa aux parapets de pierre.

« Qui es-tu ? »

Le monde autour d'elle s'effaçait…

« Qui es-tu ? »

Le combat dura-t-il longtemps ? Émilie l'ignorait ; le temps de l'esprit ne se mesure pas en minutes. Ses mots mêmes lui semblaient des cris, alors qu'ils ne franchissaient pas ses lèvres.

Mais, à travers le mystère et les ténèbres, par-delà la conscience et la pensée, sa volonté se fit verbe, et l'Autre, enfin, lui répondit.

« Je suis toi. »

La lutte avait cessé.

« Quel est ton nom ? demanda Émilie.

– Je suis l'enfant du roi Arès. Je suis toi.

– C'est impossible.

– Telle est la réalité.

– Tu parles à ma place, tu danses pour moi, tu m'obliges à suivre un protocole dont j'ignore tout. Pourquoi ?

– Je suis toi.

– Je ne voulais pas devenir reine. Pourquoi m'y as-tu contrainte ?

– C'était nécessaire. Maintenant, tu as le pouvoir de changer le monde.

– Ce n'est pas ce que je souhaite…

– Tu l'as déjà fait, pourtant. Tu m'as montré les sirènes, le petit peuple et les fées. Cette fois, tu es reine : tout ne dépend que de toi.

– Mais toi, que veux-tu ?

– Je veux ce que tu désires. Je suis toi. »

Émilie n'avait pas la force de répondre. Sans s'en rendre compte, elle s'était vidée de son énergie ; l'Autre s'évanouit aussi subtilement qu'il était apparu.

Il lui semblait avoir couru des heures, et elle se demanda si tout ce qu'elle venait de vivre n'était pas un rêve. L'Autre lui avait-il réellement parlé en pensée, ou avait-elle tout imaginé ?

Elle n'était pas l'enfant du roi Arès…

Pendant le dîner, Émilie regarda les mosaïques qui ornaient la tour des asphodèles comme si elle les voyait pour la première fois. Comment ne l'avait-elle pas remarqué plus tôt ? Une silhouette noire, bras tendus vers l'avant, une plume d'or plantée dans la main. Une plume tenue par un homme blond… Et, dans une autre pièce, une jeune fille agenouillée devant un arbre, une fleur rouge dans les mains. Le mythe du Voleur de Cœurs… Mais la légende fondatrice s'échappait au fur et à mesure qu'elle tentait de la saisir.

Les mots de l'Autre résonnaient en elle… Changer le monde. Face à un tel objectif, que valait sa véritable identité ?

CHAPITRE 2 : ABYSS

I

Les éléphants du roi d'Abyss laissèrent un jour d'avance à l'équipage composite de mulets, de domestiques, de malles et de caisses qui devait préparer l'arrivée des monarques. Les pachydermes précédaient un autre convoi, plus riche, de chevaux fringants et de carrosses.

Émilie se hissa sur l'éléphant à l'aide d'un marchepied et fut bientôt assise avec Sophie, Madeleine et Céleste dans le palanquin. Une sorte de tente soutenue par de petits piliers les protégeait de la pluie et du froid ; s'y ajoutaient d'épais rideaux bleu nuit parsemés d'étoiles orange.

« Nous voici parties pour Farandol, lança Sophie. La capitale d'Abyss…

– C'est une cité magnifique, vous verrez, répondit Madeleine. Avec Gloria, elle fait la fierté de notre pays. Les deux villes communiquent grâce au fleuve Arbalète : il naît des montagnes du nord, puis se divise en bras successifs qui relient Abyss à tous les États voisins, Ganymède à l'est, Orion et Aramée au nord, Palatine à l'ouest. Trois des bras se jettent ensuite dans la mer Boréale. Le quatrième traverse Palatine puis Outremont pour rejoindre l'océan Antique.

– Êtes-vous parvenus à trouver une solution durable à la querelle qui vous opposait jadis à Orion et Ganymède ? voulut savoir Céleste.

– Le mariage de mes tantes avec les héritiers de ces royaumes a pourvu à tout.

– Le différend qui vous divisait touchait aux droits de navigation sur la mer Boréale, si je ne m'abuse ?

– Vous êtes bien informée. Mon frère désespère de gagner jamais l'océan… L'Arbalète facilite le commerce avec Ganymède, Orion, Aramée et Palatine, mais les monts Finsternis nous empêchent d'accéder à la côte. Tous les travaux entrepris dans ces montagnes se sont soldés par des échecs…

– Ces mêmes montagnes qui traversent la mer Moreover jusqu'à l'archipel de Promété, dit Sophie. Cette curiosité géographique m'a toujours fascinée !

– Moreover, voilà un nom bien étrange, commenta Émilie.

– C'est un mot très ancien, expliqua Sophie. Il nous vient des premiers habitants de Promété, les Ingalais. Mais peu importent les noms : l'eau qui baigne nos côtes au sud est la même que celle de la mer Boréale.

– Comment avez-vous pu vivre aussi longtemps en autarcie ? demanda Madeleine.

– Promété est un archipel idéal aux multiples ressources. Tous les climats s'y retrouvent, permettant à la fois l'exploitation minière, l'agriculture et l'élevage… Nos rapports tendus avec Europa nous ont contraints à fermer nos frontières. »

Le claquement des sabots se mêlait aux pas lourds de l'éléphant. Émilie aimait ces sons, ces odeurs, elle se délectait de ce voyage loin du protocole et des responsabilités. Avant d'atteindre Abyss, ils traverseraient les domaines du comte d'Échaufouré, du duc de Caracol et du marquis de Billentet.

Chacune de leurs haltes était minutieusement préparée. On s'empressait de les conduire dans les plus luxueux appartements de chaque château, où leurs effets personnels les attendaient. D'épaisses tapisseries couvraient les murs ; sur le sol, on tentait de retenir la chaleur avec plusieurs couches de tapis. Dans chaque ville, le peuple guettait leur convoi déjà légendaire. Partout, on s'émerveillait du grand train du roi d'Abyss, de la peau sombre du prince de Zénit et de l'originalité des habits prométéens. Partout, on acclamait Émilie et on se réjouissait de la fin de la guerre.

Belladone demeurait l'escale la plus attendue : ils s'y reposeraient une journée avant de reprendre la route.

Ils entrèrent dans la capitale de Caracol au crépuscule. Tant de bougies éclairaient le château qu'Émilie put l'observer à loisir. Hautes fenêtres, plafonds somptueux, carrelages remarquables, ce palais se composait de trois ailes, formant un fer à cheval dont le creux constituait la cour principale.

Le duc de Caracol dégageait une grande force de caractère, tant par son imposante carrure que par sa manière de parler : ses cheveux blancs n'ôtaient rien à sa stature. Avant d'ouvrir le banquet, il sollicita un entretien privé qu'Émilie lui accorda.

« Majesté, je ne puis vous cacher plus longtemps ma surprise sur le cours pris par les événements depuis la mort du roi Arès.

– Mon père, je vous en prie, tempéra le marquis de Belladone. Je vous ai déjà expliqué les raisons qui ont conduit Sa Majesté jusqu'à nous aujourd'hui.

– On ne rompt pas ainsi une promesse vieille de plus de quinze ans. Mon fils, je ne vous savais pas si prompt au pardon. »

L'Autre restait muet. Émilie pouvait se taire, ou intervenir comme elle l'entendait. Prise d'une antipathie immédiate pour le duc de Caracol, elle eut tôt fait de préparer ses paroles.

« Tous mes vassaux ont juré fidélité à Corasone. Alma est assez puissante pour chercher des alliés hors de ses frontières. Quant à la décision du roi Arès, elle ne m'engageait pas personnellement.

– Une fille n'a pas à remettre en question les ordres de son père. Elle lui doit l'obéissance.

– Un père outrepasse ses droits en privant un enfant de sa liberté. Il doit lui apprendre à choisir et non choisir à sa place ; en faire un être libre et non un esclave. Je ne me soumettrai pas à une tradition aussi injuste qu'irrationnelle. »

Outragé, le duc de Caracol quitta la pièce. Sous le choc de ses propres mots, qu'elle n'avait pas l'intention de rendre si durs, Émilie ne réagit pas.

« Vous avez gravement offensé mon père, murmura le marquis de Belladone, pâle de colère. Ne cesserez-vous donc jamais, avec vos maudits principes ?

– J'ai dit la vérité, je ne cherchais pas querelle…

– Vous l'avez pourtant trouvée. »

Ce fut au tour d'Émilie de s'enflammer.

« Parce que votre père, lui, est innocent ? Je suis la reine : il me témoigne son hospitalité par des reproches. Vous savez pourquoi notre mariage a été annulé, ce n'est pas uniquement parce que je l'ai souhaité. »

Une étrange expression se mêlait à la colère du marquis de Belladone ; Émilie n'y prêta pas attention.

L'attitude glaciale du duc de Caracol au cours du repas ne passa pas inaperçue. Émilie s'en moquait. Elle était reine, rien ne l'effrayait : s'il le fallait, elle le montrerait au monde entier.

On se croyait permis, parce qu'elle était femme, de la forcer au silence, de l'insulter, de défier son autorité. Si le duc voulait un duel, qu'il le réclame, elle se sentait la force de le taillader à coups de hache !

Elle devait se calmer. L'Autre tentait à nouveau de la dominer… Mais cette colère lui était-elle totalement étrangère ?

Non. Depuis son couronnement, la présence étrangère n'intervenait que pour alimenter certaines de ses émotions. Elle ne les lui imposait plus. La gloire, la colère, cette ivresse de pouvoir qu'elle ressentait parfois lui appartenaient en propre. Elles ressemblaient pourtant si peu à l'image qu'elle se faisait d'elle-même, dans cette ancienne vie… Cette vie où la magie existait.

Pourquoi avait-elle insulté le duc de Caracol de la sorte ? Elle s'était crue capable de résister à l'antipathie qu'il lui inspirait, mais ses premiers mots l'avaient animée d'une virulence qu'elle ne s'expliquait pas. Comme si quelqu'un l'entraînait malgré elle sur une pente qu'elle entendait éviter…

Qui était-elle ? Que recherchait-elle ?

Elle n'était pas parvenue à parler de nouveau avec l'Autre depuis son départ. Retournant sans cesse dans sa tête ses réponses sibyllines, elle se répétait les questions qu'elle devrait lui poser…

Le lendemain, encore pleine des réflexions de la veille, Émilie rejoignit ses compagnons pour une promenade à cheval.

Sophie la tira brutalement de ses pensées. Échappés de sa queue de cheval, ses cheveux rouge sombre retombaient en boucles désordonnées autour de son visage. Elle portait un pull violet par-dessus un chemisier blanc, de hautes bottes noires et... Un pantalon. Un élégant pantalon de velours gris, qui laissait voir deux jambes élancées.

Émilie se souvenait d'un temps où elle revêtait des pantalons avec la plus totale insouciance... Mais l'Autre lui interdisait formellement de les essayer. Il ne l'empêcha heureusement pas de rire avec Céleste en apercevant l'expression outragée de Madeleine, et le visage ébahi du prince de Zénit. Même le roi d'Abyss ne put masquer sa surprise, quoiqu'il s'abstînt du moindre commentaire ; le marquis de Belladone fut moins habile à dissimuler sa désapprobation.

Pendant la promenade, évitant soigneusement de mentionner le duc de Caracol, la conversation tourna sur l'histoire d'Abyss.

« Avant l'arrivée au pouvoir de notre père, le roi Apollon, Abyss se trouvait dans une situation critique, expliqua le roi. Malgré de nombreuses alliances, les seigneurs de Gloria et ceux de Farandol se sont longtemps affrontés pour obtenir le trône. Farandol est la capitale royale depuis bientôt deux cents ans... Dans une dernière tentative pour s'emparer du pouvoir, le duc de Gloria, cousin de notre père, a rallié à sa cause tous les mécontents du royaume pour former la Ligue. Le roi Apollon a dû fuir devant eux ; notre grand-père a eu toutes les peines du monde à les repousser. Il a passé le restant de ses jours à sillonner le pays afin d'apaiser les tensions.

– Notre père en a conçu une grande haine des puissances provinciales, poursuivit Madeleine. Dès son arrivée au pouvoir, il a fait ajouter des dépendances considérables au château de Farandol, dont il a renforcé le mur d'enceinte. Il a convoqué à Farandol les plus fins ingénieurs, pour bâtir un palais dont la renommée traverserait les frontières et assoirait l'autorité royale.

Peintres, écrivains, ébénistes et décorateurs sont bientôt venus en nombre.

– Le roi Apollon promettait mille faveurs à qui le servirait, renchérit le roi. Les seigneurs de province y ont vu un moyen plus profitable que la guerre d'accroître leur influence. Dans l'espoir d'être bien considérés du jeune roi, ils sont montés en masse à Farandol. Nous avions prévu pour eux les dépendances nord, qui peuvent loger trois mille âmes et s'étendent sur plus d'un kilomètre. Ceux qui parvenaient à obtenir la faveur de notre père étaient admis au cœur du palais. Nous poursuivons cette tradition, et continuons à accueillir des centaines de personnes à l'intérieur du château.

– Ces seigneurs de la guerre, le roi Apollon en a fait des courtisans, qui ne reculent devant aucune bassesse pour recevoir des privilèges, observa Madeleine. À présent, ils ne songent qu'à leur image et dépensent des fortunes pour entretenir leur renommée à la Cour. Ainsi, ils n'ont plus assez de temps ni d'argent pour lever une armée contre nous. Nos provinces sont paisibles...

– Du moins l'étaient-elles jusqu'à ce que le roi Arès vous déclare la guerre il y a cinq ans, tempéra Émilie. Pour une absurde histoire de succession qui remonte à nos grands-parents...

– Heureusement, vous ne suivez pas son exemple, sourit Madeleine.

– Au contraire, c'est votre modèle que j'entends imiter.

– La vie du roi Apollon est très édifiante, intervint Céleste, mais Alma est plus vaste, et Corasone plus lointaine à rallier pour les provinces les plus distantes. Dans la lignée de son père, le roi Arès s'est entouré des aînés de chaque grande famille, afin d'en faire ses meilleurs alliés : cette stratégie a permis d'éviter la sédition pendant de longues années.

– Plusieurs fiefs restent très attachés à leur indépendance, souligna Émilie. Je compte fédérer Alma davantage. »

Fidèle à cette idée, elle convoqua le duc de Caracol et le marquis de Belladone à son retour. Elle regrettait l'algarade de la veille, qui ne lui ressemblait pas.

« Monsieur, je souhaite faire la paix, dit-elle en guise d'ouverture.

– Mon fils m'a parlé de vos désarmants éclats de bonté. En ai-je là un exemple ?

– Dites-moi ce que vous voulez, je m'engage à vous répondre avec calme et sincérité.

– Pourquoi avoir renoncé à épouser le marquis ?

– L'annulation de cette union a plusieurs raisons. La première et la plus importante est la trêve offerte par le roi d'Abyss, jointe à sa demande en mariage.

– Cela me suffirait, si je vous savais fiancée à ce prince. Mais vous organisez ce voyage improbable…

– Ce qui m'amène à la deuxième raison. Je veux choisir mes alliés en toute connaissance de cause. J'ai désiré connaître les souverains des pays immédiatement voisins du mien, afin de prendre la meilleure décision possible.

– Dans votre situation, il n'y a pas de plus belle option qu'une alliance avec Abyss. Si vous la refusez, la guerre recommencera.

– J'ai souhaité mettre à profit cette trêve autant que faire se peut.

– Vous ne pouvez en tirer plus grand profit que celui que vous avez déjà.

– Qui sait ? Nous gagnerons à mieux connaître Zénit et Promété.

– Y a-t-il une troisième raison ? »

Une lueur de surprise traversa les yeux du duc, comme s'il avait parlé sans comprendre ce qu'il disait. Émilie répondit malgré elle, poussée par une force irrésistible :

« Je n'ai pas épousé votre fils, Monsieur, parce qu'il m'était insupportable. »

Émilie voulait se taire. Qu'était-elle en train de faire ? Mais les mots sortaient de sa bouche, intarissables, impossibles à retenir :

« À la mort du roi Arès, j'étais dévorée par une colère jalouse, à un point tel que je puis dire sans excès que je n'étais plus moi-même. L'honneur que mon père accordait à votre fils me semblait profondément injuste ; j'abhorrais de lui sacrifier une liberté à peine retrouvée. »

Livide, le duc de Caracol ne répondit pas.

Sous le choc de ses paroles, Émilie peinait à comprendre ce qui venait de se produire. Pourquoi avait-elle parlé ? Qu'avait-elle fait ? Ce n'était pas l'Autre, elle le savait. Elle connaissait trop bien cette présence, elle la sentait aussi surprise et déconfite qu'elle-même. Qui s'était exprimé par sa bouche ? Combien d'êtres dissimulait-elle malgré elle ?

L'angoisse d'Émilie était telle qu'elle réagit à peine quand on lui annonça que le duc de Caracol, pris d'une fièvre soudaine, n'assisterait pas au dîner. Elle ne s'émut pas davantage devant son absence le jour de son départ, toujours au motif de cette maladie.

Pendant tout le reste du voyage, elle tenta en vain de parler avec l'Autre, de comprendre le mystère de cette possession imprévue. Escarre, capitale du marquisat de Billentet, portait encore les traces de la guerre contre Abyss : en apercevant les champs dévastés et l'état de misère des paysans, elle sortit brutalement de sa rêverie, et ordonna que l'on distribue à chacun assez d'or pour aider aux réparations, quitte à vendre quelques-uns de ses effets. Avec une galanterie toute à son honneur, le roi d'Abyss insista pour participer à ce geste.

Perché sur une éminence à l'extrémité de la cité, le donjon-château du comte de Ravine s'intégrait à ses remparts. Ses douves, son pont-levis et les perpétuelles patrouilles de ses soldats indiquaient assez qu'Escarre vivait dans la peur constante d'une attaque : le positionnement du château désignait d'avance Abyss comme le coupable.

Une petite chaîne de montagnes jalonnait la frontière d'Abyss, qui se remarquait d'autant par le changement radical du paysage. Tandis qu'Alma était une contrée vallonnée, Abyss multipliait les terrasses de rizières verdoyantes. Entre celles-ci s'étendaient d'immenses forêts, dont les arbres paraissaient noirs. À l'approche de la nuit, une écharpe de brume tombée du sommet des rizières les enveloppait.

♦

Ils arrivèrent à Farandol vers midi.

63

Émilie et le roi d'Abyss allaient en tête du convoi d'éléphants. Rideaux relevés, leur palanquin chatoyant dominait une mêlée non moins bigarrée. Drapés jaunes, verts, roses, bleus, orange, rouges, saris et turbans, babouches brodées d'or et poignards de cérémonie se fondaient en une foule hétéroclite et parfumée. Ceux qui le pouvaient se penchaient pour les admirer depuis les fenêtres. Radicalement différentes des cités almalites, des maisons blanches au toit rond composaient la capitale abyssine : le soleil qui donnait sur les murs rendait la ville éblouissante. Cris, bousculades, signes de la main, tout le monde se pressait pour contempler le roi et ses invités.

Émilie aperçut le château de Farandol longtemps avant de l'atteindre. Au premier plan, deux bâtisses longilignes, que protégeaient des grilles dorées. Entre ces ailes, deux immenses fontaines de galets en forme de coquillage, où se jouait un ballet de jets d'eau. Enfin, au centre, au bout d'une allée de sculptures végétales, le palais du roi. Des tours blanches, constellées de fenêtres, entrecoupées de terrasses, couronnées de dômes chamarrés. Toutes les variations du bleu et de l'orange s'entrelaçaient en sphères qui s'enroulaient sur elles-mêmes pour se terminer en pointe. Sur celles-ci flottait le drapeau d'Abyss, étoile orange sur fond bleu. « Briller toujours », telle était la devise de la Flèche noire.

Ils passèrent les grilles du palais. Dans l'entrée, la porte ouverte laissait voir au sol une étoile orange sur fond bleu, dont les branches touchaient les murs. Ce motif se retrouvait dans toutes les pièces, et sur chacun des innombrables présents, bijoux, robes et objets d'art offerts par le roi, qui attendaient Émilie dans sa chambre.

Le soir, elle alla dîner au bras du roi dans un somptueux sari vert émeraude. Installée sur des coussins de soie autour d'une table basse qui réunissait trente convives, elle contempla, ébahie, les dizaines de plats fumants et colorés prêts à être dégustés. Volaille rouge, riz jaune, sauce verte, pain bleu, la variété des teintes n'avait d'égale que celle des odeurs. Le roi, assis plus haut que ses invités, se servit avec les mains, imité par toute sa Cour. Des couverts avaient été prévus pour ses hôtes.

Sortant de nulle part, les notes d'une flûte s'élevèrent dans les airs, bientôt accompagnées d'autres instruments. Des danseurs entrèrent dans la salle ; le tempo s'accéléra. Les femmes laissaient voir leurs pieds, leur nombril et leurs bras, le visage voilé jusqu'aux yeux d'une étoffe transparente. Une large ceinture resserrait la taille des hommes. Tous portaient un pantalon bouffant qui rappelait celui du roi d'Abyss.

Émilie n'avait jamais entendu telle musique, ou vu semblable danse. Elle manquait d'adjectifs pour tout qualifier. Fascinant, exotique, oriental, d'où venaient ces mots étrangement inappropriés qui lui traversaient l'esprit ? Des souvenirs incompréhensibles lui revenaient, des danses irrésistibles, des festins incroyables au milieu des quatre saisons… Ces artistes accomplissaient des prouesses physiques défiant les lois de la logique. Sauts, roulades, contorsion, les danseurs racontaient l'histoire de chaque note. Lorsque la danse prit fin, un murmure d'approbation émana des convives.

Déjà, un deuxième morceau commençait, au milieu des rires et des conversations.

« D'où vient la musique ? voulut savoir Émilie.

– Les musiciens se trouvent derrière les moucharabiehs. »

Devant l'incompréhension d'Émilie, le roi développa sa réponse. Ce qu'elle avait pris pour des murs élégants, constellés de motifs géométriques creux en forme d'étoiles, dissimulait un couloir qui faisait le tour de la pièce, assez large pour abriter les musiciens : on donnait à ces panneaux aériens, typiquement abyssins, le nom de moucharabiehs.

Émilie pria en vain pour que la pénombre cache sa déception.

« Vous pensiez à autre chose, peut-être ? lui demanda l'empereur de Promété.

– Pendant un instant, j'ai cru qu'il s'agissait d'un enregistrement. »

Une féroce lueur d'intérêt brilla dans les yeux de l'empereur. Sans savoir pourquoi, Émilie regretta aussitôt ses paroles.

« Pardonnez-moi, j'ai une imagination très vive.

– Qui parle d'imagination ? C'est de la prescience. ! s'exclama l'empereur. Comment avez-vous deviné l'existence du phonographe ?

– Le phonographe ? Est-ce l'ancêtre du… »

Émilie s'interrompit. L'Autre ne la guidait plus ; pouvait-elle continuer sur cette voie ?

« L'ancêtre de quoi ? Éclairez-moi, je vous en conjure.

– Du Revery ?

– Qu'est-ce que le Revery ?

– Je… Je ne sais pas. Un vieux songe. Expliquez-moi plutôt ce qu'est le phonographe.

– Seulement si vous me dites à quoi ressemble le Revery.

– Très bien. Le Revery se compose de deux petites perles noires qui se placent dans les oreilles et génèrent un écran holographique qui réagit à la vue. Il fait office de radio, mais aussi de téléphone, de télévision et de console de jeux. Êtes-vous satisfait ?

– Comment connaissez-vous l'existence du téléphone ? lâcha l'empereur, stupéfait. C'est l'une de nos plus récentes inventions…

– J'attends toujours que vous me décriviez le phonographe.

– La radio est l'un de nos secrets les mieux gardés…

– Le phonographe ?

– Mais le reste ? s'enflamma l'empereur. La télévision, une console de jeux, qu'est-ce que cela ? Vous dites que le Revery mélange toutes ces inventions ? Ce doit être un appareil fabuleux ! Où en avez-vous entendu parler ?

– Le phonographe.

– Qu'importe le phonographe. D'où tenez-vous vos connaissances sur ces techniques ? »

L'enthousiasme immédiat de l'empereur surprit Émilie. Ses questions la mettaient mal à l'aise. Elle ne voulait pas se souvenir. Elle ne devait pas. Ce monde n'existait pas… N'existait plus, depuis qu'elle était devenue princesse d'Alma. Mais elle ne pouvait avoir été autre chose… Elle se souvenait. Non, l'Autre se souvenait. Elle… Il fallait être rationnel. Avoir plusieurs vies, vraiment, quelle idée absurde… Elle devait se concentrer sur son présent. Le repas, la danse, les parfums, le vacillement des bougies. Tout le reste n'était qu'un vieux rêve d'enfance, une ribambelle de mots égarés.

« J'ai une imagination débordante. Rien de plus.

— C'est impossible... Seule une poignée de Prométéens connaissent ces inventions. Vous employez les mêmes mots que nous, des mots prométéens, alors que vous ne parlez pas notre langue...

— Que pensez-vous du spectacle ?

— L'origine de la musique m'intrigue, insista l'empereur.

— Je vous l'ai pourtant expliqué », intervint le roi d'Abyss.

Émilie agrémenta son masque d'un sourire. Le roi avait-il entendu leur conversation ? Détendu, souriant, il ne donnait aucun signe d'impatience ou de nervosité.

« Majesté, dit soudain l'empereur de Promété, permettez-moi de vous complimenter sur votre toilette. Vous êtes absolument éclatante de beauté. »

Le sourire d'Émilie s'accentua. Les yeux de l'empereur brillaient toujours de la même lueur.

◆

La tour principale du palais de Farandol se composait de trois étages, en plus du rez-de-chaussée. On accédait à chacun d'entre eux par un escalier à double révolution, au centre exact du château. Ce chef-d'œuvre architectural permettait à ses hôtes de s'apercevoir sans se croiser ; les pièces s'organisaient en étoile autour de ses rampes de marbre rose.

Chaque jour apportait son lot d'émerveillement. Le maître des lieux ne se joignait jamais à eux : en monarque modèle, il consacrait toutes ses matinées aux affaires de son royaume, à ses conseillers et à la gestion de ses peuples. Il revenait à Madeleine de distraire leurs hôtes. Elle s'acquittait de sa tâche avec soin, désireuse de montrer à ses invités ce qui faisait la gloire et le renom du château de Farandol.

Les jardins n'étaient pas le moindre de ses ornements. Fontaines fastueuses, arabesques de haie, allées d'arbres pluriséculaires, canaux savamment aménagés, au détour des chemins de gravier blanc, mille perspectives s'ouvraient à l'œil de l'observateur, et Madeleine les connaissait toutes.

Sur l'un de ses côtés, le palais donnait sur une vaste terrasse. Deux escaliers aux marches en coquillages la reliaient aux jardins.

Une fois dépassés les premiers parterres, qui s'étendaient sur plusieurs centaines de mètres, on descendait un nouvel escalier en coquillages, que sa seule taille eût suffi à rendre remarquable. Parfaitement aligné avec le château, il permettait d'accéder à la plus grande fontaine du parc. Prodiges d'art et de technique, douze statues décoraient ce bassin de vingt mètres de diamètre, placées de sorte à rappeler le cadran d'une horloge. Douze femmes ailées, qui couplaient leurs jets d'eau à ceux dissimulés à l'intérieur du bassin afin d'indiquer l'heure. Cette prouesse improbable allait jusqu'à préciser les secondes.

Émilie aurait voulu contempler chaque être de pierre, comprendre pourquoi ces visages lui étaient familiers. Cette femme qui donnait l'impression de bouger malgré la roche, celle-ci dont le regard traversait le marbre, celle-là qui tourbillonnait de colère, et celle de midi, dont Émilie ne parvenait jamais à se remémorer les traits…

L'après-midi se dessinait selon les divertissements prévus par le roi d'Abyss ; danses, jongleries et musique animaient chacun de leurs repas.

Un autre jour, Madeleine leur montrait les grottes artificielles en face de la fontaine, aménagées sous les jardins supérieurs. Véritables coquillages, nacre, perles, pierres précieuses, on n'avait rien épargné pour l'agrément de ce monde minéral.

Le roi d'Abyss ne tarda pas à conduire ses hôtes dans sa remarquable bibliothèque. Une enfilade de salles rondes, colossales, dont les murs recouverts de livres s'élevaient sur une vingtaine de mètres. On accédait aux paliers par des escaliers de bois ; disposés à intervalles réguliers, aucun ne se trouvait jamais directement au-dessus d'un autre, si bien que, loin de déparer l'ensemble, ils le décoraient. Tant d'histoires à découvrir…

« Les deux premiers étages sont consacrés au roman, au théâtre et à la poésie, résonna la voix du roi d'Abyss. Au troisième, ce sont les sciences humaines, histoire, philosophie, critique littéraire... Viennent ensuite les sciences techniques : mathématiques, biologie, alchimie, physique, ainsi que des traités pratiques d'agriculture, d'architecture et d'artisanat.

— Et au dernier étage ? demanda Céleste.

— Le plus haut revient à Deus, à ce que l'on sait de lui et à ce que l'on soupçonne. C'est le lieu de la métaphysique et de l'astronomie... »

L'empereur de Promété s'échappa dans les étages, bientôt rejoint par Sophie. Madeleine et le prince de Zénit suivirent, puis Céleste et le marquis de Belladone. Émilie resta seule avec le roi, qui offrit de lui faire la lecture du volume de son choix.

Enthousiasmée, Émilie examina les titres. *Gargantua, Le secret des mille mondes, La Princesse de Clèves, Le Roman de la Rose, La Belle et la Bête, Les Liaisons dangereuses, Les Voyages extraordinaires, Le Lys dans la Vallée, Splendeurs et misères des courtisanes, La Pierre de Lune, Les Âmes maudites,* tant de livres dont elle ignorait tout, et qu'elle désirait connaître... Elle finit par opter pour *Le Lys dans la Vallée.*

Le roi lui lut le baiser passionné, déposé par un certain Félix de Vandenesse, sur les épaules d'une femme inconnue.

« Monsieur ! conclut-il, et Émilie crut voir se lever la belle indignée.

— Vous lisez admirablement, s'émerveilla-t-elle.

— Le tout est de faire abstraction de votre présent. Voyez-vous cette fête mondaine ? Écoutez, ce sont des éclats de voix, des rires, le tintement des verres. Parvenez-vous à sentir les parfums entêtants ? Tendez l'oreille, vous percevrez le froufrou des robes ; ouvrez les yeux, vous verrez briller les bijoux. Au milieu de tout cela, représentez-vous Félix de Vandenesse, cet échappé de province à peine entré dans le monde. Devinez-vous ses désirs ? Ses ambitions ? Ses frustrations ? Dans cet océan d'agitation, il y a le calme. Une femme, assise, seule, aux épaules idéales. Apercevez-vous son dos ? Sa nuque frémissante ? La gaze de sa robe ? Enfin, il y a l'instant. Le temps s'arrête. L'abandon. Le baiser d'un homme qui aime. »

Ce fut ensuite un poème, dont la lecture bouleversa Émilie. On aurait pu peindre ce que le roi lisait, tant il l'exprimait bien. Avec une émotion puissante qui ne larmoyait pas, il conservait à la fois le mystère de la beauté et l'insaisissable de la contemplation.

« Le secret de la poésie réside dans l'âme même de celui qui la lit, expliqua-t-il à une Émilie passionnée. Lire la beauté revient à livrer une partie de soi à son auditoire.

– Il n'est pas aisé de mettre ainsi son cœur à nu !

– C'est pour cette raison que beaucoup de courtisans préfèrent s'adonner à la lecture de comédies.

– Rire me ferait du bien.

– Que ne l'avez-vous dit plus tôt ? Molière n'est pas si loin de Racine qu'il y paraît. »

Le roi se lança aussitôt dans l'interprétation d'une pièce de théâtre. Le rire d'Émilie attira ses compagnons. Céleste donna bientôt la réplique au roi et l'après-midi fila le plus agréablement du monde, tandis que chacun s'essayait tour à tour à la lecture à voix haute.

◆

Après la bibliothèque, la Ménagerie royale était la deuxième merveille de Farandol. Construite à l'écart du palais, elle consistait en une grande bâtisse rectangulaire, surmontée d'un dôme recouvert d'arabesques. La blancheur de ses murs était rehaussée par des lignes grises. À même la pierre, des gravures représentaient de complexes motifs floraux, feuilles, tiges et fleurs entrelacées, courbes fantasmagoriques, à la fois sauvages et géométriques. Des animaux, réels ou imaginaires, stylisés à l'extrême, aux visages expressifs et aux membres élégants, se pliaient eux aussi aux caprices de l'architecture.

L'entrée de la Ménagerie consistait en une pièce ronde. Quatre paires de bouquets de porcelaine dans des vases en jade encadraient les portes de la salle. Les murs, le sol, le plafond même étaient en porcelaine. Une explosion chatoyante couronnait la pièce, petites fleurs, fleurs pastel, si nombreuses qu'elles recouvraient tout le plafond.

« Qui n'a pas vu Farandol ne connaît pas la beauté, murmura le prince de Zénit.

– Je suis sûre que Lucibel n'a rien à envier à Farandol, sourit Madeleine. Voulez-vous que je vous montre mes protégés, ou désirez-vous admirer plus longtemps le travail des artistes du roi Soleil ?

– C'est ainsi que l'on surnommait votre père, n'est-ce pas ? dit Céleste. Il est vrai que son palais est d'une splendeur à faire pâlir d'envie l'astre du jour. Ce sont deux rois dont la majesté a ceci de commun de n'être à nulle autre comparable.

– Un roi est au-dessus de tout, et doit le faire savoir au monde entier, commenta le marquis de Belladone.

– Me voilà curieuse de voir les animaux que peut renfermer un tel lieu, intervint Émilie. Auriez-vous par hasard des chimères et un Pégase ?

– Nous avons assez de créatures insolites pour vous étonner. »

Quelques minutes plus tard, un lion et deux lionnes la fixaient de leurs grands yeux jaunes. Un bâillement leur fit entrevoir les crocs acérés des fauves à la puissance tranquille.

Ils passèrent devant un lynx blanc, un tigre, un guépard et un ours. Les animaux étaient dans de vastes cages qui occupaient les trois quarts de chaque pièce. Guillerette, Madeleine débordait d'anecdotes sur chacun de ses pensionnaires, et laissa ses hôtes bouche bée en glissant ses bras dans la cage de l'ours, qui vint répondre à ses caresses en grognant de plaisir.

« C'est mon favori, dit-elle à ses compagnons alors qu'elle grattait énergiquement l'animal derrière les oreilles. Je le connais depuis qu'il est tout bébé. Mon père a abattu sa mère dans la forêt. Il s'est attendri en voyant l'ourson. »

L'ours tenta de lui lécher le visage ; elle se redressa en riant.

On accédait à la volière par un escalier qui débouchait sous un immense dôme grillagé. Aras, toucans, cigognes, paons, ibis, hirondelles, rossignols, toutes sortes d'oiseaux vivaient dans cette volière colossale.

Les piaillements et les cris couvraient les conversations ; le sifflement de Madeleine quand elle sortit en ouvrant un pan du

71

moucharabieh qui les séparait des animaux se confondit avec le brouhaha environnant. Un corbeau vint se poser sur son bras.

Madeleine se promena dans toute la volière, examinant ses protégés, les effleurant parfois du bout des doigts. Ses cheveux frisés semblaient une couronne noire autour de sa tête ; avec son sari d'un jaune flamboyant, elle formait au milieu des oiseaux un tableau d'une grande beauté.

Depuis l'étage, ils pouvaient contempler le parc. Sept espaces s'étendaient autour de la Ménagerie, pour les oiseaux, les fauves, les singes, les girafes et les éléphants. Arbres, étangs, buissons, sables, rochers, l'habitat naturel de chaque espèce avait été reconstitué.

Ils poursuivirent leur promenade dans les jardins. Madeleine flatta les éléphants ; elle leur parlait d'une voix douce, riante, qu'Émilie ne l'avait jamais vue employer avec un humain.

« Vous éprouvez beaucoup d'affection pour ces animaux, Altesse, observa le prince de Zénit.

— Je tiens cette passion de ma mère, sourit Madeleine. C'est à elle que Farandol doit cette Ménagerie. Elle a été construite dans le respect de l'ordre créé par Deus... »

L'ordre divin évoqué par Madeleine remontait à des millénaires. Il établissait une stricte hiérarchie entre les animaux, plaçant les oiseaux au-dessus des mammifères et les reptiles aux tréfonds des enfers. Toutes les institutions abyssines se voulaient le reflet de cette mesure divine, qui avait introduit des castes parmi les hommes, selon qu'ils soient nés de l'un ou l'autre des fils du principal prophète déiste. La caste la plus basse se composait d'esclaves, auxquels nul n'adressait jamais la parole crainte de se souiller ; la caste la plus élevée regroupait les princes et les prêtres. Les castes les plus humbles travaillaient aux champs et à divers métiers ; les castes les plus hautes se consacraient à l'art, à la guerre et à la prière.

« Si j'ai bien compris, paysans, artisans et domestiques abyssins nourrissent une aristocratie rentière, récapitula Sophie. Leur ascendance détermine leur mode de vie, en leur interdisant de choisir une voie différente de celle de leurs aïeux... Pardonnez-moi, mais cela me paraît d'une grande injustice.

– Qualifieriez-vous d'injuste la condition de la gazelle par rapport à celle du lion ? Elle est une proie, lui un prédateur, chacun doté d'armes à sa mesure : aucun ne peut vivre sans l'autre. Il en va ainsi des Abyssins.

– Les êtres humains appartiennent à la même espèce, commenta le prince de Zénit. Que diriez-vous de deux frères, deux lions dont l'un asservirait l'autre ?

– Si l'asservissement déplaît à celui qui le subit, il ne tient qu'à lui d'en sortir, en utilisant les armes que la nature lui a données.

– La nature ne distribue pas toujours ses dons de manière équitable... »

Sophie s'interrompit ; Madeleine eut un sourire de triomphe.

« Précisément. Nous ne naissons pas égaux en talents ou en qualités. Vous prônez une égalité dont la nature ne donne pas d'exemple : la hiérarchie d'Abyss ne fait que respecter cet ordre divin.

– À la naissance, rien ne distingue un Abyssin d'un autre, protesta Émilie. L'habit fait la catégorie, mais c'est l'éducation qui fait l'homme...

– Nous avons des universités. Tous peuvent s'y présenter ; Deus exige seulement que certains hommes ne se mêlent pas à d'autres.

– Vous ne pouvez nier que, à talents égaux, un noble restera toujours plus favorisé qu'un roturier, et un riche qu'un pauvre, remarqua le prince de Zénit.

– Deus décide des talents. Il ne commet aucune erreur. »

Ses lèvres pincées par l'agacement, Sophie s'apprêtait à répondre, mais le prince de Zénit la devança, contredisant Madeleine avec une douceur déterminée.

« Permettez-moi de ne pas être d'accord. Si aucune société ne peut éradiquer l'inégalité, un bon souverain doit toutefois être capable de piper la nature, pour faire pencher la balance vers ceux qui auront le plus de difficultés à l'atteindre.

– Vous courez le risque de dérégler la balance, intervint le marquis de Belladone. Les paysans voudront se faire nobles et ne le pourront pas ; les jeunes personnes développeront d'immenses désirs irréalisables. Cette liberté de vie leur causera un grand malheur ; tandis que si chacun n'a pas d'autre ambition que celle à laquelle sa naissance le destine, tous s'épargnent le cruel labeur de rêves inassouvis.

– La prédestination est une question délicate, remarqua Céleste. Comment être certain de ce que nous valons avant d'avoir fini de vivre ?

– Deus décide de tout, répéta Madeleine. Il agit avec une sagesse qui ne nous sera jamais accessible.

– Ne trouvez-vous pas commode d'attribuer à Deus la responsabilité du malheur du monde ? souleva Émilie.

– Le malheur du monde, comme vous le nommez, est une charge qu'aucun homme ne peut supporter. Deus l'a voulu pour une raison connue de Lui seul ; il ne nous est pas permis de remettre Sa sagesse en question. »

L'Autre empêcha Émilie de répondre. Mais elle ne pouvait rester silencieuse face à de tels paradoxes. Sa frustration lui donna la force qui lui avait manqué jusqu'ici ; à nouveau, elle obligea l'Autre à parler en son nom.

« Tu n'as pas le droit de me faire taire !

– Si tu persistes, tout se brisera.

– De quoi parles-tu ?

– L'histoire doit suivre son cours.

– La liberté est une valeur positive. Comment Monsieur de Belladone et Madeleine peuvent-ils y voir un mal ? Pouvoir mener sa vie comme on l'entend et choisir son métier est un droit élémentaire…

– Certains ne savent pas choisir ; leurs espoirs déçus les rendent malheureux. L'inégalité des conditions voulue par le système abyssin les protège de semblables égarements. La voie de chacun est toute tracée, loin du doute et des hésitations. Alma n'est pas différent. Les serfs appartiennent aux seigneurs, et l'on est toujours vassal de quelqu'un. Aux yeux de tes compagnons, tu n'as aucune raison de remettre les castes d'Abyss en question.

– Peu importe ce qu'ils pensent ! Leur raisonnement n'est pas naturel. Je n'ai jamais vu le monde de cette manière. Pour moi, nous sommes tous libres et égaux en droits, en dépit de nos différences naturelles. J'ai lutté pour gagner le droit de choisir ma voie… Même si certains risquent de se tromper, tous devraient avoir ce pouvoir.

– Les Abyssins croient en la prédestination. Pour eux, le chemin est tout tracé, il faut s'en contenter : c'est de l'adéquation entre ses actions et sa condition que vient le bonheur. Un paysan ne peut être heureux qu'en labourant et un roi qu'en gouvernant. Si cela ne leur suffit pas, ils doivent réformer leur caractère pour se conformer à leur situation. Tu ne peux les contredire : l'histoire doit suivre son cours. »

◆

Ce deuxième entretien vida Émilie de ses forces. Pendant plusieurs jours, elle se laissa placidement guider par les événements, et ne reprit pleinement possession d'elle-même qu'en recevant la première lettre du duc d'Orcival.

Votre Majesté,

Vous voici partie de Corasone et tout le royaume regrette votre absence. Monsieur de Billentet m'a confirmé que le roi d'Abyss avait rappelé ses troupes. Il souhaite vivement vous voir épouser le souverain de la Flèche noire : je ne sais si c'est manque de foi à votre égard, ou excès d'enthousiasme de sa part.

Monsieur de Ravine est soulagé mais méfiant.

Le dernier voisin d'Abyss, Caracol, gronde. Le duc est venu réclamer la place de son fils au sein des pairs.

Le maréchal de Quéribus est très attendu : tout Corasone espère que vous parviendrez à le faire libérer.

On me rapporte que vous avez fait bon voyage, et êtes arrivée sans encombre à Farandol. On n'a jamais vu plus splendide cortège que celui de votre départ ; je ne puis m'empêcher de vouloir admirer promptement celui de votre retour.

Remplir votre office est rôle difficile, quoique le plus honorable qui soit ; je m'efforce de rester en chaque occasion

Votre dévoué Serviteur

Émilie repensa aux événements survenus à Belladone. Elle aurait voulu les enfouir dans les tréfonds de sa mémoire, oublier cette angoisse qui l'avait saisie après des paroles qui pouvaient bien s'avérer fatales. Elle ne pouvait prendre le risque d'insulter davantage le duc de Caracol en le renvoyant dans ses terres.

Monsieur d'Orcival,

La venue du duc de Caracol est de mon fait : il désapprouve la rupture de mes fiançailles avec Monsieur de Belladone. Notre halte à Belladone s'est terminée par une altercation dont je suis en partie coupable. Acceptez qu'il remplace son fils parmi les pairs. Rendez-lui tous les honneurs, laissez-le parler : ainsi traité, il se montrera peut-être plus loquace, ou moins prudent.

Soyez rassuré quant à mon voyage. Je n'ai pas encore vu toutes les merveilles de Farandol que je regrette déjà de ne pouvoir y demeurer plus longtemps ! Le roi vit dans un palais digne des contes de fées, dont les jardins pourraient contenir Corasone avec toutes les campagnes avoisinantes.

J'ai visité ce matin la Ménagerie. Le lion et le tigre ne m'ont pas autant impressionnée que le guépard, dont les membres fins rappellent les jambes d'une danseuse : quand il vous fixe de ses grands yeux d'or aux larmes noires, il vous plonge dans une émotion indéfinissable de douceur et de force mêlée. Les singes sont d'une astuce aussi drôle qu'étonnante. La Ménagerie regorge enfin des oiseaux les plus rares et les plus beaux. Comme il vole, c'est l'animal le plus proche de Deus et le plus sacré à Abyss : il est réservé à la table des rois.

Je vous remercie de porter sans faillir le fardeau de la régence jusqu'au retour d'

Émilie

Reine d'Alma, Duchesse de Corasone

Émilie réalisa avec stupéfaction qu'elle écrivait pour la première fois de sa vie. Elle en éprouva une joie intense. Une lettre était comme une preuve tangible de la pensée d'autrui ; elle n'en avait jamais tenu entre ses mains. Quel bel objet ! Avec ce papier épais, cette odeur d'encre, ce lourd cachet de cire rouge. Cela lui procurait un sentiment tellement plus fort qu'un message vidéo… Heureusement, l'empereur de Promété ne lisait pas dans son esprit. Elle écrivait…

Pourtant, quelque chose lui disait qu'elle ne savait pas écrire, seulement lire. À chaque fois qu'il lui semblait se rapprocher du mystère, ses pensées s'en détournaient malgré elle. Pourquoi une intuition aussi impérieuse lui ordonnait-elle de rester ignorante ? S'agissait-il de l'Autre ?

Émilie voulut en avoir le cœur net. Elle tenta de se rendre dans la bibliothèque ; à la porte de sa chambre, l'Autre s'interposa. Elle lança sa question à travers le vide.

« Pourquoi m'empêches-tu de retourner là-bas ? »

Faute de colère pour l'animer, il lui fallut déployer un effort de concentration considérable pour obtenir une réponse.

« L'histoire doit suivre son cours.

— Dans le monde d'où je viens, les livres n'existent pas. Ici, leur présence est normale. Je dois comprendre. Laisse-moi passer !

— Tu dois rejoindre le roi d'Abyss. Tel est ton rôle à cet instant. Plus tard, tu pourras lire…

— Je pourrai ? Tu ne m'interdis donc pas d'élucider ce nouveau mystère ? »

L'Autre hésita. Il voulait partir ; Émilie le retint avec une volonté telle que ses sens se brouillèrent. Leur lutte s'étendit hors du temps. Elle exigeait qu'il parle en son nom ; l'entité se débattait désespérément. Ses mots résonnèrent comme un déchirement.

« Je suis toi… Nous ne comprenons pas ! »

Émilie était tombée sans s'en rendre compte. Elle entendit un domestique entrer avant de perdre connaissance.

◆

« Nous revenons. Que s'est-il passé ? »

Une voix d'homme, familière.

« Non. Elle rêve encore. Elle a lutté trop violemment contre les mots. »

Une femme lui répond, une amie.

« Sait-elle que nous sommes là ? reprend l'homme.

– Elle repart, répond la femme.

– Tout cela est très divertissant. Je n'avais pas rêvé depuis si longtemps… Je ne dors plus, sur Terre. J'ai perdu ce pouvoir.

– Tu y as renoncé de ton plein gré.

– Je ne vieillis pas non plus. Je suis devenu immortel.

– En es-tu certain ?

– Tu ne parviendras pas à m'atteindre. Tu ignores où je me cache.

– Les rêves sont trompeurs. Méfie-toi des apparences. »

L'homme semble rire.

« Ainsi, tu lui fais lire ce rêve… Quelle cruauté. Tu ne l'épargnes pas.

– C'est un passage obligé.

– Te souviens-tu comme il m'a dévasté, ce rêve terrible ? Que d'illusions j'ai perdues alors…

– Tu les as regagnées depuis.

– Non. J'ai bâti un nouveau rêve, plus solide que tous les tiens réunis.

– Un rêve écrit en lettres de sang.

– La nature humaine m'interdisait toute alternative. J'aurais aimé pourtant redonner à l'art sa place parmi les hommes… Comme à Abyss. Mais pour un artiste heureux, combien sombrent dans les affres de l'angoisse et de la solitude ?

– Tu avais choisi Promété, lui rappela la femme.

– L'impératrice de Promété était sublime. Si j'avais su ce dont elle était capable… Ton apprentie m'imitera.

– Je ne te laisserai pas l'influencer.

– Elle est pétrie d'idéal. Elle sera facile à posséder. »

Émilie ouvrit les yeux. Deux noms flottaient sur le bout de ses lèvres… Mais ils sombraient déjà dans les brumes du rêve que son esprit oubliait malgré lui. Quel songe étrange… De quoi parlaient ces deux voix ? Tout avait semblé limpide sur le coup, mais à présent cela ne signifiait rien… Des domestiques l'entouraient. Elle avait perdu connaissance pendant plusieurs heures.

◆

L'évanouissement d'Émilie inquiéta beaucoup le roi d'Abyss, qui redoubla d'attentions à son égard. Ce fut aussi l'occasion idéale de profiter des vertus curatives des thermes du palais.

Émilie s'y rendit accompagnée de Céleste, Sophie et Madeleine ; les hommes empruntèrent un autre chemin. Une fois en tenue appropriée, on les conduisit dans un labyrinthe de couloirs d'une exquise délicatesse, où résonnaient les voix des courtisans qui se baignaient. La vapeur qui s'élevait au-dessus de leurs têtes ne masquait pas complètement les immenses arches sculptées qui reliaient entre elles plusieurs dizaines d'alvéoles.

Partout, au sol, sur les murs, encadrées de marbre, se dessinaient des mosaïques. Sous l'eau, des milliers de tesselles figuraient dans chaque bain une sirène d'une grande beauté, aux lèvres et aux cheveux bleus, ses yeux une pupille blanche sur un fond bleu clair, sa longue queue de poisson d'un magnifique bleu nuit.

Des marches en forme de coquillage s'enfonçaient dans l'eau. Émilie frissonna en touchant l'eau brûlante. Leur alvéole, assez vaste pour que quatre personnes puissent s'y sentir à leur aise, jouxtait celle du roi d'Abyss, de l'empereur de Promété, du prince de Zénit et du marquis de Belladone : le tressage élaboré des moucharabiehs leur interdisait de se voir mais leur permettait de s'entendre.

« Ces sirènes sont extraordinaires, commenta l'empereur de Promété. On les croirait réelles…

– C'est l'œuvre de Leblond, l'un des artistes attitrés de notre famille, répondit le roi. Aujourd'hui encore, les hommes les plus talentueux viennent de tout Abyss pour embellir Farandol. Même nos voisins envoient leurs artistes se former dans notre Académie… Ainsi le roi de Ganymède, pour célébrer le mariage de son fils avec la princesse d'Orion, a commandé à ses peintres de décorer un grand château qu'il fait construire près de la mer Boréale : il m'a prié de les garder quelque temps à la Cour, afin qu'ils apprennent des meilleurs maîtres.

– Le roi a fait élever un palais pour le mariage de son fils ? répéta Émilie.

– L'ouvrage s'est fini voilà trois ans, l'informa Madeleine. Comme le prince avait dix ans, et la princesse huit, quand le traité de mariage a été signé, le château s'est trouvé prêt le jour de leur majorité, cinq ans plus tard.

– Comment ont-ils pu être mariés si jeunes ? se révolta Sophie.

– Ainsi le veut la règle, Madame, lui répondit le marquis de Belladone.

– C'est le mariage qui a mis un terme à la guerre territoriale qui opposait jadis Abyss et Alma, remarqua le roi. C'est lui aussi qui a permis à Orion de faire la paix avec ses deux voisins, Ganymède et Aramée. Le roi de Palatine n'a que des filles, mais je n'exclus pas de m'allier avec lui par le mariage de ma sœur, si un fils vient à naître.

– Les époux auraient plus de vingt ans d'écart ! s'insurgea Émilie. Madeleine, seriez-vous prête à accepter cela ?

– Je remplirai tous les devoirs que mon frère jugera bon de m'imposer. L'amour, souvent, naît dans le mariage : il serait dangereux de l'attendre pour contracter une alliance. L'affection qui s'accroît au fil des années vaut mieux que la passion qui s'étiole au fil des jours.

– Ne préférez-vous pas épouser la personne de votre choix ? insista Émilie.

– Le choix ne fait pas partie de notre culture, lui rappela Madeleine. Tout est écrit : dès la naissance, la vie de chacun est tracée selon un unique chemin. Seul Deus possède l'intelligence nécessaire à l'exercice de la liberté.

– En épousant quelqu'un par amour, vous pariez sur un avenir inconnu, remarqua le prince de Zénit. En contractant une union stratégique, vos gains sont immédiats et durables. En tant que monarque, vous devez vivre au présent. L'amour est un sentiment d'attachement provoqué par des circonstances fortuites : le mariage ne change que le caractère inopiné de la rencontre, non l'inclination qui en est le résultat logique.

— Vous parlez de gains durables, répondit Émilie. Le mariage entre nos aïeux a pourtant servi de prétexte au déclenchement d'une nouvelle guerre entre Abyss et Alma…

— Est-ce une raison valable pour refuser une deuxième alliance, si elle permet d'éviter un conflit dans les mois qui viennent ? demanda le prince.

— Les mariages que vous proposez ne font qu'alimenter un cycle éternel de guerres et de trêves, protesta Sophie. Mieux vaudrait réformer les pays en profondeur, et empêcher qu'un seul homme puisse déclarer de lui-même la guerre à toute une nation.

— En ce cas, chacun déferait ce que l'autre ferait, agissant pour plaire à la masse plutôt que pour le bien de son pays, observa le roi d'Abyss. Un monarque peut voir au-delà ; notre rassemblement présent prouve que tous les souverains ne sont pas des guerriers assoiffés de sang. »

L'Autre contraignit Émilie au silence. Il ne s'était pas manifesté depuis plusieurs jours, et elle se remettait à peine de leur dernier entretien. Cependant, la frontière qui les séparait s'était atténuée. Quand Émilie lança sa question en pensée, il ne lui parut pas crier pour se faire entendre au-delà du mur qui l'écrasait habituellement, mais plutôt murmurer par les étoiles d'un moucharabieh.

« Pourquoi ne me laisses-tu pas répondre ?

— L'histoire doit suivre son cours.

— Je connais un monde qui ne s'embarrasse pas de telles règles. Une société où chaque être est libre de décider de sa vie, et plus encore de ses amours… Du moins en théorie.

— Ce que tu décris viendra plus tard.

— Je l'ai déjà vu. J'y ai grandi. Le devoir, les responsabilités, les alliances politiques, tout ce que tu m'obliges à respecter m'est totalement inconnu ! Pour moi, seuls comptent la liberté et le bonheur de chacun. Je me suis battue pour que cet idéal triomphe du mensonge et des normes secrètes imposées par le système.

— Si nulle exigence ne relie les hommes entre eux, comment échappez-vous à la solitude ?

81

– Nous avons trouvé un équilibre entre deux extrêmes.

– Comment l'avez-vous mis en place ?

– Grâce aux fées.

– À Alma, les fées n'existent pas.

– Je le sais bien. Mais je veux rester moi-même, quel que soit le monde où je vis ; depuis la mort du roi Arès, tu m'obliges à être une autre. Pourquoi ? Que cherches-tu ? D'où viens-tu ? Et que s'est-il passé la dernière fois ? Qui ai-je entendu dans mon sommeil ? Ce ne peut avoir été un simple rêve, ces mots oubliés me hantent sans cesse... »

L'Autre demeura muet.

Émilie hésita puis le laissa s'effacer.

Un éclair de reconnaissance aussi fugace qu'incompréhensible lui parvint.

Une fois rhabillée et sur le chemin du retour, elle ne résista pas au plaisir de s'attarder devant la superbe sirène à l'entrée des thermes. Des bateaux improbables et des couloirs de perles, des mystères insondables, une colonne d'êtres étoilés, la tristesse d'un gouffre sans fond mêlée à un douloureux bonheur... L'empereur de Promété la surprit dans sa contemplation.

« Cette sirène vous est familière.

– Aurais-je malencontreusement froncé les sourcils ?

– Et écarquillé les yeux, sourit l'empereur. Comme quelqu'un qui se souvient de quelque chose, puis chasse cette réalité... Un peu comme lors de notre dernière conversation. Dois-je en déduire que, dans votre imagination, les téléphones coïncident avec les créatures fantastiques ?

– Cette créature me rappelle les mosaïques de Corasone. J'ai cru que le même artiste en était l'auteur ; cela m'a paru inconcevable, puisque plusieurs siècles séparent leur réalisation.

– J'ai observé les mosaïques de votre palais. Aucune ressemblance ne m'a frappé.

– Que voudriez-vous entendre ? soupira Émilie.

– La vérité.

– Je l'ignore moi-même.

– Vous la soupçonnez ?

– Je ne souhaite pas la connaître.

– Pourquoi ?

– Et vous, pourquoi montrez-vous tant d'intérêt à ces coïncidences ?

– Je suis d'un naturel curieux. Pourquoi ce secret ? Est-ce une question de confiance ? De principe ? »

La voix de l'empereur trahissait un appétit presque enfantin. Il fixait Émilie avec une intensité avide, à la croisée de l'amusement et de l'irritation.

« Je n'ai pas d'espions à Pandora. Êtes-vous rassuré ?

– Je n'entretenais pas de crainte à cet égard. »

Émilie soupira de nouveau. L'empereur posa ses mains sur ses épaules.

« Je vous en prie, comprenez-moi. Vos propos sur le Revery sont incroyables ! Avez-vous visité un pays que je ne connais pas, et promis à ses habitants de garder le secret ? Est-ce votre père qui vous a fait jurer ? Si vous êtes tenue par un serment, dites-le-moi, je jure à mon tour de ne pas vous forcer à le briser.

– Me forcer ? Majesté, vous pensez ou trop bien de vous, ou trop peu de moi. »

Émilie sentait la chaleur des mains de l'empereur sur ses épaules. Un tourbillon confus de colère et d'agitation balayait son esprit, mêlé à un nouveau souvenir. Une pièce blanche, un homme à côté d'elle, la menace, une douleur à l'épaule. La fuite en avant…

« Mettez-vous à ma place. Je cherche seulement à comprendre…

– Et vous, mettez-vous à la mienne, répliqua Émilie en se dégageant. Je ne veux pas que vous compreniez. »

◆

L'information n'ayant rien de secret, le roi d'Abyss prépara une surprise pour célébrer l'anniversaire d'Émilie. Après un repas d'un faste inégalable, il la conduisit dans un pan du palais encore inexploré, où des portes s'ouvrirent sur un instant d'éternité.

Des murs chargés de silhouettes joyeuses ou lascives, brandissant des milliers de bougies. Un colossal escalier de marbre. D'élégants piliers jaillissent de sa balustrade pour soutenir le plafond. Ses quatre coins abritent chacun une allégorie : poésie, peinture, sculpture, musique.

Émilie monte lentement l'escalier. Des brassées de fleurs blanches ornent les rambardes… Des lys. Plusieurs centaines de lys, des dizaines de paniers, qui remplissent toute l'entrée, débordent des balcons, s'élèvent jusqu'au plafond. Au cœur de chaque bouquet, une rose rouge. Le roi d'Abyss sourit ; une émotion incompréhensible s'empare d'Émilie. Pourquoi se sent-elle si démunie ?

Ils entrent dans la loge royale.

Un espace immense, tout en courbes d'or et en vagues vermeilles. Un océan de sièges veloutés, une superposition de balcons et de loges, qu'envahissent bientôt les murmures des autres spectateurs. La loge royale dispose de huit fauteuils individuels. Celui du roi d'Abyss est un véritable trône ; Émilie occupe la place de la reine. Les chuchotements se multiplient, les violons vocalisent.

Émilie observe l'aristocratie abyssine, les yeux rivés sur elle, les statues d'or qui ornent les balcons, le plafond… Autour du gigantesque lustre de cristal, une toile circulaire aux visages familiers. Faunes, dryades, sylphides, ondins, muses, gobelins, elle les reconnaît ! Ces monts vallonnés que parcourt une rivière riante, ce château avec ses tourelles d'or, dont la porte entrouverte laisse voir des colonnes de pierres précieuses…

« Que représente ce plafond ?

– Une vision du royaume secret de Brocéliande.

– Brocéliande… »

Dans son souvenir, cette terre porte un autre nom.

Des poussières d'enfance lui piquent les yeux.

Le roi sourit. Un sourire différent, presque gentil. Émilie voudrait observer plus longtemps ce visage démasqué, mais la flamme des bougies diminue.

Dans l'obscurité retentissent les premières notes. Mystère, danger, beauté, une mélodie flotte sur la scène vide. Des danseurs apparaissent, puis des décors figurant le jardin d'un palais. C'est une fête, et quelle fête ! Brillantes, chamarrées, les robes s'élèvent, retombent, tournent, planent ; les danseurs virevoltent, insensibles aux lois de la gravité. Un homme arrive, enchaîne pirouettes, gambades et volte-face. Comment peut-on sauter si haut, avec autant de facilité ? Et la musique…

La musique est si belle qu'Émilie s'y noie.

Plus rien d'autre ne compte, à présent.

L'un des danseurs s'enfuit…

Une femme apparaît. Elle porte un habit de plumes blanches. Sa robe ressemble à une fleur… Tutu, murmure une voix à l'oreille d'Émilie. Et les plumes… Un cygne ? Deux cygnes, trois, quatre, une farandole de cygnes envahissent les planches.

Un cercle se forme autour d'une danseuse. Elle est la plus belle, la plus élégante ; son front est ceint d'une couronne blanche.

Elle danse, et devant elle les autres se figent.

Elle danse, malgré la malédiction du sorcier.

Elle danse, et rencontre le prince qui doit la sauver.

Vient ensuite un bal. L'heure est au vermeil, les têtes scintillent, le prince attend sa bien-aimée…

Elle entre. Gracieuse, ravissante, elle a les traits du cygne blanc. Sa robe est noire ; une ombre maléfique l'accompagne… Elle danse.

Du cygne noir émane une sensualité nouvelle. Inscrite dans ses jambes, dans ses bras, dans le port de sa tête et jusqu'au bout de ses doigts.

Danse, danse, danse le cygne noir. Sauvage et libre.

Le cygne blanc s'éteint, blessé à mort par un serment d'amour brisé.

Dans le royaume d'où l'on ne revient plus, le prince et le cygne se retrouvent… L'écho de la harpe vole jusqu'au ciel.

Cygne blanc. Cygne noir. Deux femmes, un visage… L'Autre et elle… Mais la magie n'existe pas. L'Autre n'est pas maléfique. Reste cette force inconnue qui l'a contrainte à répondre au duc de Caracol… Et ces voix mystérieuses dont les mots lui échappent irrémédiablement…

Le roi d'Abyss la raccompagne jusqu'à ses appartements. Seule avec lui, ses doutes s'évanouissent. Son regard, l'assurance qu'il dégage, ses vêtements resplendissants, ils se tiennent si près l'un de l'autre…

II

Émilie s'éveilla l'esprit encore empli du baiser échangé avec le roi d'Abyss. Loin de l'Autre, loin de ses peurs et de ses incertitudes, elle rêvait à ce que pourrait être sa vie auprès de ce prince qui n'épargnait rien pour lui plaire.

Une lettre du duc d'Orcival la ramena à la réalité.

Votre Majesté,

Conformément à vos instructions, le duc de Caracol a été admis au sein des pairs pour remplacer son fils. Je ne saurais vous cacher ma surprise quand j'ai lu votre lettre. Le duc cherche à semer la discorde : il ne cesse de réclamer le renvoi de l'armée au front et se montre aussi fécond stratège que politicien.

Le Trésor souffre des dépenses occasionnées par la guerre. Accroître les impôts avec l'hiver à nos portes serait encourir l'ire du peuple, qui semble attendre un miracle de vous. Le roi Arès était aimé pour ses victoires : on sera prêt à chanter vos louanges pour un mariage qui comblerait les dettes de l'État.

Vos vassaux sont si partagés que vous rendre compte de leurs tendances me rappelle ces jeux d'enfants que l'on nomme casse-têtes.

Au sud, Négosse veut la paix, car il prospère, et Malraison la guerre, pour la même cause. L'un place toute sa foi dans le commerce des vins et de la soie, tandis que l'autre ne jure que par les rapines et les spoliations auxquelles les batailles l'ont habitué.

À l'ouest, Salmonel attend, Albigeois l'imite. Ils diffèrent en ce qu'ils ne mettent pas la même ardeur à vous défendre. Monsieur de Salmonel guette un complot qui servirait sa soif de pouvoir et Monsieur d'Albigeois ne demande pas mieux que de vous voir à l'œuvre.

Au nord, Brisevan souhaite renforcer nos défenses, Échauffourée prône l'attaque, et l'opinion de Fourcaré est semblable à la girouette qui se tourne où la pousse le vent. Le duc de Caracol exige que vous épousiez son fils ou soyez détrônée à son profit, et aimerait que la guerre reprenne pour l'y aider ; le marquis de Billentet réclame la paix pour ses terres dévastées.

À l'est, le comte de Ravine et le vicomte de Chalan rejoignent l'avis du comte de Brisevan, soutenus en cela par votre fidèle serviteur et par les corporations de tous les métiers, qui désirent âprement la réouverture du commerce avec Ganymède, Orion, Palatine et Aramée.

Tous attendent avec grande impatience des nouvelles de la libération du marquis de Quéribus.

Les merveilles que vous me décrivez donnent envie de troquer le manteau de régent contre celui de pèlerin : le marquis de Belladone a bien de la chance de vous accompagner. Peut-être, en une autre occasion, accorderez-vous cet insigne honneur à

Votre humble Vassal

André, Duc d'Orcival, Marquis de Byzance

Monsieur d'Orcival,

Le duc de Caracol s'est révélé : maintenant qu'il a semé le vent, il attend de récolter la tempête. Je me porte garante du roi d'Abyss : le traité de paix tiendra tant que durera notre voyage. La libération du marquis de Quéribus viendra promptement vous en apporter la preuve et mettre un terme aux complots que chacun échafaude pour se défendre d'une menace imaginaire.

Mon expédition ouvrira les frontières : la signature de nouveaux accords commerciaux alimentera le Trésor sans qu'il faille lever d'impôt supplémentaire.

J'ai vu hier mon premier ballet : un spectacle musical et dansé, aux costumes féeriques, qui élève au sublime la prouesse artistique. Il s'est tenu dans un théâtre à nul autre pareil, chargé d'or, de plafonds peints, d'arches sculptées et de boiseries d'un goût exquis.

Vous ne concevez pas la splendeur du palais de Farandol. Il me plaît d'imaginer qu'un jour Corasone sera semblable à ce château : un lieu où priment la culture et la magnificence, une cité où la violence et la bêtise n'ont pas leur place. Un hymne à la gloire d'Alma, dont l'éclat rejaillira sur

Émilie

Reine d'Alma, Duchesse de Corasone

Après avoir achevé sa lettre, Émilie ne s'attarda pas sur le plaisir de l'écriture, cette attente incompréhensible d'un miracle né de sa plume qui n'arrivait jamais. Elle se souvenait trop bien de ce qui s'était produit quand elle avait refusé d'obéir aux injonctions muettes de l'Autre, et céda aussitôt quand lui vint l'impulsion de rejoindre ses compagnons au salon de jeux.

De grandes fenêtres éclairaient des meubles d'une élégance rare. Quand le marbre ne répondait pas au bois sombre de l'ébène, il s'y mêlait un entrelacs d'acajou, de nacre et de pierres précieuses. Bergères, paysages, mythologie, aux sujets de marqueterie correspondaient des miniatures sculptées, jeunes filles et éphèbes immortalisés dans l'onyx vert, ou l'albâtre rose.

Joueurs, rimailleurs et bavards vaquaient à leurs occupations.

Autant de scènes, autant de groupes qu'Émilie traverse sans être remarquée. Poudrés, maquillés à outrance, il suffit de suivre les regards des courtisans pour retrouver le roi d'Abyss et ses hôtes. Émilie ne se joint pas tout de suite à eux : elle profite de ces quelques secondes pour observer ses compagnons.

Sophie joue aux cartes avec l'empereur de Promété, le prince de Zénit et le marquis de Belladone : ils sont si concentrés qu'on les croirait penchés sur l'avenir du monde. À une autre table, Céleste, Madeleine et le roi d'Abyss parlent avec animation. Ils rient ; le roi frôle la main de Céleste, qui rougit ; il cesse aussitôt de la regarder. Madeleine se lève, s'approche des joueurs, trouve un mot d'esprit qui arrache un sourire au prince de Zénit et fait lever les yeux au ciel à Sophie. L'empereur regarde celle-ci à la dérobée ; le marquis de Belladone esquisse un sourire, puis aperçoit Émilie.

« Nous échangions les meilleurs traits d'esprit qu'il nous ait été donné de lire, les informa Céleste.

— Je ne sais qui de ma mémoire ou de mon ignorance est le plus à plaindre, mais je crains de ne pouvoir me joindre à ce savant passe-temps, répondit Émilie.

— Peu importe, sourit le roi d'Abyss. Nous changerons de jeu.

— Expliquez-nous donc un de vos jeux abyssins, Majesté, s'enthousiasma Céleste.

— Avez-vous entendu parler du Roule-qui-Rime ? Chaque joueur se voit attribuer un éventail sur lequel sont écrits vingt mots. Le défi consiste à faire deviner tous les mots de l'éventail, au choix en deux alexandrins ou quatre octosyllabes, sans jamais les prononcer directement. Les tours sont comptés par un sablier.

— Peut-on faire deviner plusieurs mots à la fois ? demanda Céleste.

— Rien ne l'interdit, mais il est très difficile d'y parvenir.

— Vous ne me dissuaderez pas d'essayer. Majesté, Lionel, jouerez-vous avec nous ? »

Émilie et le marquis acquiescèrent. Le roi sortit de leur table quatre éventails et un sablier. Le meuble renfermait également dés, cartes, tapis et plateaux de jeux.

« Attention, les prévint le roi, si l'un de nous fait un poème inachevé, un vers qui ne compte pas le bon nombre de syllabes, ou prononce un mot défendu, il subira le gage écrit sous le mot qui l'a fait fauter. Cela vaut aussi si l'on reste silencieux : le gagnant, en plus d'arriver au bout de l'éventail, doit finir avec le moins de gages possible.

– Commencez, suggéra Céleste. Nous prendrons exemple sur vous. »

Elle retourna le sablier ; le roi ouvrit son éventail.

« Je suis l'opposé de la nuit,

Son cercueil et son ennemi.

Je suis son semblable, son frère,

Qui en tout point d'elle diffère.

– Le jour ! s'exclama Céleste.

– Correct ! Je me risque au prochain, écoutez bien.

Je porte du grand lion la sublime couronne,

Je suis père du prince et mon amour lui donne.

– Le roi, lança le marquis de Belladone.

– Exact, et le dernier grain de sable vient de tomber. À vous, Madame d'Arrimande.

– Mon sommet est si haut qu'il touche le soleil,

Et mon manteau de neige me sied à merveille.

– Une montagne, dit aussitôt le roi.

– C'est cela. Au prochain, et tentons d'en faire deux d'un coup !

Mon premier est un animal

Au ronronnement banal,

Et dont…

– Gage ! s'exclama le roi. Il manque une syllabe à votre deuxième vers.

– Je suis allée trop vite…

– Que dit votre gage ? demanda le duc.

– 'Déclamez un quatrain en alexandrins à la gloire de votre voisin de gauche'. »

Céleste s'empourpra ; le roi d'Abyss sourit.

« Vous allez devoir me louer en dépit de vous-même.

– Cela me servira de leçon. »

Émilie lut son éventail. Elle n'avait jamais tenu un tel objet et le faisait jouer entre ses mains avec délice. Bouclier, tapis, aventure et ménestrel… Chaque mot correspondait à une branche de l'éventail, en bas desquelles se trouvaient des gages, tels que 'Embrassez votre voisin de droite', 'Chantez une chanson en trois couplets', 'Énoncez en trois vers les défauts de la personne en face de vous' ou 'Racontez une histoire drôle'. Émilie voulut préparer les vers de son premier mot ; déjà Céleste se lançait.

« Nul art, Sire, ne vous rendrait plus bel hommage
Que l'innocent portrait de votre vraie image :
On voit, sur tous les traits de votre beau visage,
La vertu méritée d'un noble et haut lignage.

– Continuez ainsi, Madame, et vous deviendrez poétesse officielle, plaisanta le roi. C'est au tour de Monsieur de Belladone.

– Les poètes me louent tout autour de la terre,
Et pour m'avoir les femmes font mille chimères.

– Celui-là est difficile, commenta Céleste.

– Ce doit être une qualité, souligna le roi. Et aimée des femmes… La beauté ?

– Vous avez trouvé, et le temps s'est écoulé. C'est à vous, Majesté. »

Émilie entreprit de faire deviner le mot « baiser ». Comme il était ardu de composer des vers ! Là où les syllabes concordaient, les rimes lui manquaient ; le sablier était déjà presque vide quand elle énonça son premier octosyllabe.

« Je suis seule preuve d'amour
Entre deux êtres et au grand jour.
Un signe très tendre et si court…

– Gage ! s'exclama Céleste. Le dernier grain de sable est tombé, vous n'avez pas achevé.

– Quelle sera votre sanction ? voulut savoir le roi d'Abyss.

– Je crains que Monsieur de Belladone n'en fasse les frais : je dois embrasser mon voisin de gauche… On ne saurait moquer davantage qui n'a pas su faire deviner le mot 'baiser'.

– Mon gage n'avait pourtant rien à voir avec un chat, remarqua Céleste.

– La correspondance n'est pas systématique, concéda le roi. Majesté, nous ferez-vous l'honneur ? »

Le marquis se raidit ; Émilie déposa un rapide baiser sur sa joue en évitant de le regarder.

La partie dura une heure : le roi d'Abyss fut sans conteste déclaré meilleur faiseur de vers.

Avant de se rendre au dîner, il proposa à ses compagnons d'admirer le coucher du soleil depuis les terrasses. À cette hauteur, on voyait l'ensemble des jardins. Le dessin des haies, le tracé des chemins, l'emplacement des fontaines, les allées d'arbres apparaissaient dans toute leur logique, flattant le regard par la perfection de leur géométrie. Très vite, ils s'éparpillèrent entre les colonnes de mosaïque ; Émilie resta seule avec le roi.

Le soleil dardait sur Farandol ses derniers rayons. Une lumière orangée caressait les nuages bleus ; les premières étoiles brillaient au-dessus d'Abyss. Un éclair vert lui revenait en mémoire…

« C'est magnifique, murmura-t-elle.

– Après l'aube, c'est le crépuscule qui rend le plus bel hommage aux couleurs d'Abyss. »

Émilie ne répondit pas. Elle voulait se noyer dans le paysage, devenir le vent, devenir le froid. Au sommet du château de Corasone, elle avait ressenti la même exubérance silencieuse. Là-bas, elle avait parlé à l'Autre pour la première fois… Elle se força à inspirer, profondément, comme pour boire l'air glacial. Lentement, la forêt avalait le soleil.

« Souhaitez-vous rentrer ? demanda le roi. Vous tremblez de froid.

– J'aime le froid. Une fois passée la première attaque, il me donne le courage de me battre.

– Contre qui vous battez-vous ?

– Contre l'injustice. Contre l'oubli. Contre moi-même…

– Vos paroles sont bien étranges.

– Je dois rencontrer le marquis de Quéribus.

– Nous le verrons demain. »

◆

Un modeste carrosse conduisit le roi d'Abyss, le marquis de Belladone et Émilie à la prison de Farandol. Raphaël de Quéribus... Cousin du comte de Brisevan, né au château de Castelroc, dans les montagnes Cyan, l'informa l'Autre. Un stratège remarquable, profondément loyal à Alma.

On les mena à la cellule du maréchal. Un lit, une table et une chaise en constituaient l'unique fourniture ; une petite fenêtre ouvrait sur l'extérieur, carré de clarté dans la pénombre. À la prière d'Émilie, le roi d'Abyss les laissa seuls.

Monsieur de Quéribus se leva à leur entrée.

« Lionel !

– Raphaël... »

Les deux hommes s'étreignirent, puis le marquis de Quéribus s'agenouilla devant Émilie.

« Votre Majesté, je vous présente mes plus sincères condoléances pour la disparition du roi votre père, et vous prie d'accepter l'humble hommage d'un maréchal indigne de la confiance qui lui fut accordée.

– Monsieur, ne diminuez pas votre mérite. La paix avec Abyss est conclue.

– Le roi s'est engagé à vous libérer, mon ami, dit le marquis.

– Votre Majesté, j'ai appris que vous aviez été couronnée et partiez pour parcourir les pays frontaliers d'Alma. Maintes rumeurs circulent à votre sujet : votre mariage est l'enjeu des paris les plus fous. Je vous supplie de me révéler la condition qui a permis cette paix inattendue. Le roi d'Abyss était sur le point de vaincre l'armée d'Alma ; on vous aura dit les doutes qui entourent la mort de votre père. Ma capture n'a rien d'une prise de guerre, et ressemble davantage à un enlèvement...

– Le roi d'Abyss a demandé ma main.

– La lui avez-vous accordée ?

– J'ai suspendu ma décision jusqu'à mon retour à Corasone.

– Le roi d'Abyss est un stratège exceptionnel. J'ignorais que vous eussiez de tels talents de négociatrice, pour obtenir la paix sans rien lui donner, et qu'il s'en satisfasse. Défiez-vous de lui, mais gardez-vous de rester trop longtemps sans alliance. En ouvrant les frontières de Zénit et de Promété, vous avez mis de nouveaux pions sur l'échiquier : pour triompher, vous devrez vous emparer d'eux avant votre adversaire. Tel doit être votre seul objectif.

– J'ai promis votre liberté à mes vassaux. Votre retour me permettra d'éviter la sédition : ma priorité est l'unité d'Alma.

– Ma vie ne vaut pas votre mariage. Les pairs n'aiment rien tant que se disputer le pouvoir : ils utilisent ma captivité pour servir leurs intérêts. Montrez-leur les richesses que Zénit et Promété ont à offrir ; ils m'oublieront aussitôt.

– Je refuse de vous abandonner ici, protesta le marquis.

– La raison d'État passe avant la raison du cœur, maintint le maréchal. Ma libération sera un argument de poids dans vos négociations : utilisez-le à bon escient, même si cela implique de prolonger mon emprisonnement. »

Le retour du roi mit fin à l'entretien.

Durant le trajet jusqu'au palais, Émilie évita soigneusement de mentionner la libération du maréchal. Elle n'ignorait pas le prix du roi : la rançon était trop élevée pour qu'elle puisse la payer, et elle n'avait rien d'autre que sa main à offrir à la place. Une alliance... Pourquoi pas ? Certains de ses vassaux comptaient lui retirer leur appui si elle épousait le roi, mais il y a loin de la menace à l'exécution. Elle-même ne lui reprochait rien, hors certains aspects d'un gouvernement qu'elle ne connaissait qu'en théorie.

« Quels sont à Abyss les crimes passibles de prison ? s'enquit le marquis de Belladone.

– Le crime le plus grave est de ne pas honorer Deus, répondit le roi. Abyss ne tolère pas d'autre religion que le déisme : un roi, une religion, un État, telle est la politique que mon père m'a léguée. La deuxième offense punie de mort est de trahir le roi. Viennent ensuite les délits courants : meurtre, vol et agressions en tout genre.

– Vous sentez-vous menacé par le théisme ou le croyantisme ? demanda le marquis.

– Je suis un monarque absolu de droit divin : le représentant de Deus parmi les hommes. Qui renie Deus remet en question mon pouvoir. C'est ainsi que la Ligue a commencé : depuis, Abyss ne tolère plus la moindre dérive. Il n'y a qu'une vraie religion : la justice ne saurait s'appliquer autrement. »

Émilie resta coite. Comment pouvait-on punir de mort un homme qui ne croyait pas en Deus ? C'était inconcevable ! Prison : ce mot même ne renvoyait à rien. Centres d'Aptitude, Centres d'Observation, oui... Mais prison ?

« Dans le monde d'où je viens, les prisons n'existent pas. »

Elle n'avait pas parlé à l'Autre depuis longtemps. Peu importait : l'insouciance du roi d'Abyss alors qu'il évoquait la mort de ses sujets lui donnait la force de l'appeler.

« Dans le monde d'où je viens, les prisons n'existent pas, répéta-t-elle.

— C'est le lieu où l'on punit les coupables, finit par répondre l'Autre. Tu en trouveras dans toutes les sociétés du monde connu.

— Punir des coupables ? Cela ne veut rien dire. Le vol, le meurtre, le mensonge sont des signes d'inaptitude. Il n'y a pas de coupables : seulement des inaptes, des personnes qu'il faut rééduquer pour leur permettre de réintégrer la société dont elles ont enfreint les règles. Même si les Centres d'inaptitude enferment beaucoup d'innocents... Des gens qui sont simplement différents.

— Tu es la reine. Aujourd'hui, tu as le pouvoir d'enfermer ou de libérer à ta guise.

— Je ne comprends pas le roi d'Abyss. Il fait assassiner ceux qui ne sont pas déistes... Ceux qui pensent autrement. La vie humaine est trop précieuse pour être ôtée avec tant de légèreté.

— Souviens-toi. Le roi est comme tes ancêtres. Sous couvert de guerres de religion, ils se sont entretués pour conserver le trône. Notre histoire est truffée d'empoisonnements, de meurtres et de batailles : les fils assassinent leur père, les mères tuent leurs filles, les sœurs épousent leur frère. Les rois érigent leurs cités sur des sillons de sang. »

Au fur et à mesure que l'Autre parlait, Émilie se souvenait. Mais ce tissu d'atrocités ne lui paraîtrait jamais normal ; elle avait été élevée dans un monde où l'humanité reniait de tels actes, niait même qu'ils eussent jamais existé. Des Centres d'Aptitude, oui, mais des prisons... Pourtant, plus elle y réfléchissait, plus la différence entre ces lieux lui semblait ténue.

« Je fermerai les prisons d'Alma. Je ferai en sorte de rendre le vol et le meurtre inutiles, et chacun sera libre de penser comme il l'entend...

– Tu es la reine. L'imagination est la seule borne de ton pouvoir. »

♦

Situées au sud du palais, les Écuries royales abritaient les plus beaux chevaux du roi et servaient d'écrin à son extraordinaire collection de carrosses.

Ils restèrent quelque temps en admiration devant un carrosse bleu et or, qui devait être le plus élégant de tous. À lui seul, il convoquait dans leur esprit l'ensemble du cortège censé suivre le roi en parade : tous avaient en tête le même tableau d'un faste féerique.

« Les carrosses sont semblables aux monarques qu'ils transportent, soupira le prince de Zénit. Ce luxe, cet apparat irréprochable, cette inaccessibilité. Le carrosse est comme la cage dorée qui sépare le souverain de son peuple pour mieux le rehausser. C'est une barrière, aussi délicate qu'une œuvre d'art, aussi inaltérable que l'or, qui se dresse autour des rois et les distingue des hommes.

– Tous les monarques n'ont pas de tels atours, protesta Sophie.

– Tous les chefs doivent en avoir, rétorqua le prince. Leur statut en dépend.

– Ne devrait-il pas plutôt reposer sur leur mérite ?

– C'est ce que dicte la raison. Ce sont bien les actes qui prouvent la valeur d'un homme ; malheureusement, ce sont ses promesses auxquelles on croit. Les mots sont les carrosses des gouvernements.

– Des objets si simples, et des pensées si hautes ! sourit Sophie. Je n'ose imaginer les réflexions qui vous traversent devant une œuvre d'art.

– Ces carrosses sont des œuvres d'art. Voyez la pureté de l'or, la finesse des sculptures, les broderies, la perfection de l'attelage. C'est le fruit d'un labeur long et minutieux ; une œuvre d'autant plus précieuse qu'elle exige la collaboration de plus de talents que n'en peut réunir un seul homme. J'éprouve un grand respect pour les artisans de ces merveilles. Ils sont la main qui travaille au triomphe de l'esprit. »

Perdu dans ses pensées, le prince caressait le carrosse du regard. Madeleine le considérait d'un air approbateur ; l'empereur donnait tous les signes d'un profond ennui.

« Visiter un pays ne se résume pas à visiter un palais, commenta Émilie. Quand verrons-nous le reste de Farandol ?

– La ville offre peu à voir, hors les manufactures de verre et de porcelaine, répondit Madeleine.

– Je parle du peuple. Je voudrais observer la manière dont il vit…

– Cela ne vous apprendra rien.

– Détrompez-vous, intervint Sophie. À Promété, c'est à l'état de leur population qu'on juge le mieux des gouverneurs de nos îles : ce qui est vrai d'eux ne l'est pas moins d'un monarque.

– L'échelle, sans doute, n'est pas la même. Venez, vous n'avez pas encore eu le loisir de contempler nos carrosses d'apparat. »

Le prince de Zénit et l'empereur de Promété emboîtèrent le pas de Madeleine ; Sophie retint Émilie. Une aura d'assurance et de rébellion se dégageait de ses yeux clairs.

« Même si le roi acceptait de vous montrer autre chose que la prison de Farandol, vous ne verriez jamais la ville telle qu'elle est. Si vous souhaitez réellement savoir comment vivent les Abyssins, vous devez vous déguiser et vous mêler à eux.

– En faisant cela, nous manquerions à toutes les règles de l'hospitalité, protesta Céleste. Nous ne pouvons tromper ainsi le roi d'Abyss…

– Ni lui, ni sa sœur ne se lanceront jamais dans pareille entreprise, déclara le marquis de Belladone.

– Ils croient trop en la prédestination et en l'ordre divin : ils n'envisagent pas qu'un peuple puisse souffrir, poursuivit Sophie. Dans le déisme, la notion de semblable n'existe pas : Deus divise les êtres humains en castes qui ne supportent pas d'être ignorées. Chacun à sa place et la justice divine fera son œuvre… Madeleine et le roi ne manquent pas de cœur : ils estiment simplement que chaque chose a une raison d'être. Si l'un de leurs proches souffre, ils souffrent avec lui ; si c'est un inconnu, ce pourrait aussi bien être un caillou. Ils n'ont pas de semblables ; seulement des sujets.

– Raison de plus pour voir le peuple de nos propres yeux, insista Émilie. Tous les êtres humains sont égaux : le modèle abyssin doit faire ses preuves.

– Laissez-moi faire, proposa Sophie. Je me chargerai de vous faire sortir du palais.

– C'est de la folie ! protesta le marquis.

– Rien ne vous oblige à nous accompagner, lui rappela Émilie.

– Je ne peux vous laisser y aller seule. »

◆

Ils organisèrent leur escapade avec la complicité de l'empereur de Promété, qui resterait au palais pour s'assurer qu'on ne remarque pas leur absence.

Déguisés en gens du peuple, Sophie, Émilie, Céleste et le marquis de Belladone se fondirent dans la foule de Farandol. C'était jour de marché. Ville dans la ville, les étals envahissaient les rues ; les murs blancs disparaissaient derrière des montagnes d'objets colorés. Les piles de poteries jaspées succédaient aux présentoirs de bijoux, les babouches le disputaient aux sacs et aux poignards, les assiettes peintes chatoyaient au milieu des écharpes, des pantalons et des capes, tandis que l'on déroulait les tapis les plus rares dans un air chargé de senteurs d'encens, de myrrhe et de grenade.

« Bijoux, bijoux à vendre ! clamait un commerçant. Pierres précieuses, regardez mes belles pierres précieuses !

– Colifichets, babioles, breloques, brimborions, tout ce qui brille est là ! hélait un autre. Plaisir des yeux, venez faire plaisir à ces dames !

– Velours de Ganymède, boiseries d'Orion, parfums d'Aramée, ne laissez pas filer cette occasion ! »

Ils se frayaient difficilement un passage dans les allées noires de monde. Orangé, turquoise, vermillon, les vêtements des passants rivalisaient de couleur à proportion de leur richesse. Des toiles tendues entre les toits les protégeaient du soleil. La plupart des boutiques se tenaient à même la rue ; d'autres occupaient des renfoncements mystérieux qui leur donnaient l'allure de cabinets secrets.

Les discussions allaient bon train.

« Quelle pitié que tu n'aies pas vu arriver le roi et ses invités ! disait une femme d'une quarantaine d'années. C'était l'homme le plus beau du monde.

– Ç'a dû être un sacré spectacle, répondit une autre commère. Mais il fallait bien que j'aille accoucher ma fille... À quoi ressemblait la reine ?

– Je ne l'ai pas bien vue, j'étais trop loin. On dit qu'elle avait les cheveux dorés, comme le roi. Il paraît qu'elle est très belle...

– Alors ils feront de beaux enfants !

– Comment va ton beau-fils ?

– Depuis qu'il a perdu sa main à la guerre, la vie n'est pas facile. Il ne peut pas cultiver les champs comme il faudrait. On a pensé à le faire apprenti, mais les guildes n'acceptent pas les paysans. La vie est bien dure avec sept enfants à nourrir. On fait comme on peut. Le premier a sept ans, il commence à remplacer son père aux champs. Et la Jeannette ?

– Morte en couches. Ça lui faisait dix bambins, moins les trois que Deus lui a repris. Voilà le Paul tout seul avec bien des misères.

– Quel malheur ! Avec le pain qui coûte un sou, il faudra bientôt travailler un mois pour se nourrir un jour. »

La foule les sépara ; ils se retrouvèrent du côté des animaux. Chevaux, chiens, chats, ânes, chèvres, bœufs et gallinacés les entourèrent d'une cacophonie de cris. Une odeur de bête et de fumier les enveloppa.

Puis ce fut la nourriture, gourmandises et récoltes, mets raffinés et aliments bruts, saveurs alléchantes qui rassemblaient acheteurs richement parés et affamés venus dans l'espoir d'une aumône. La pauvreté des hardes, la maigreur des corps et la jeunesse des âmes furent autant d'estocades portées au cœur d'Émilie ; son œil se figea près d'un marchand d'épices.

Sur fond de tentures jaune d'or s'étalent des paniers remplis de poudres aux couleurs chaudes et des sacs d'herbes odorantes, autour desquels se pressent des chalands au regard alléché. À côté de la tente, blotti contre un tonneau, un enfant, si petit que personne ne le remarque. Sa peau pâle, salie par la boue, est de la même couleur que son habit, une pièce de toile effilochée. L'enfant n'a pas d'âge : il a de longs cheveux ternes, peut-être châtains, aussi raides que des brindilles de bois. Son visage, déformé par la crasse et la maigreur, ne permet pas de déterminer s'il s'agit d'un garçon ou d'une fille. Ses bras décharnés entourent ses genoux repliés ; ses chaussures trouées laissent voir ses pieds squelettiques. Et ses yeux... Ce sont ces yeux qui ont arrêté Émilie. Des yeux noirs, à la pupille dilatée, fixés sur l'étalage en face de l'épicier. Des yeux qui reflètent à la fois l'impuissance d'un être faible, le désespoir d'un être seul et la solitude d'un être malheureux. Des yeux presque animaux, si concentrés sur ce qu'ils voient qu'aucun cri ne les perturbe. Pourquoi une telle intensité dans le regard ? Pourquoi cette lueur sauvage, momentanée, alors qu'un acheteur s'éloigne de la boutique d'en face ? Émilie suit le regard de l'enfant, découvre l'objet de sa convoitise... Des gâteaux.

Le marquis de Belladone la tira par le bras.

« Venez. Nous sommes partis depuis plus de deux heures, nous devons rentrer ou notre absence sera remarquée.

– Mais cet enfant, on ne peut pas le laisser... »

Le marquis jeta un bref regard à la créature que fixait Émilie.

« C'est un pauvre, et après ? s'impatienta-t-il. La misère est de ces maux qui naissent avec l'humanité et ne peuvent mourir qu'avec elle.

– C'est faux. Il est des sociétés où elle n'existe pas.

– Hors des livres, je n'en connais aucune. Venez. »

Émilie se laissa entraîner par le marquis. Elle aurait voulu piétiner son indifférence avec la violence d'une mêlée fantastique.

Pour rentrer, ils traversèrent une autre partie du marché. Les passants semblaient plus pauvres, les étalages étaient moins riches. Tout à coup, Émilie comprit : ils avaient changé de caste. Des enfants en haillons couraient en tout sens, au milieu des rats et des immondices. On se bousculait dans les rues étroites, où le premier coup de vent s'engouffrait dans la moindre masure. La pierre blanche avait laissé la place aux planches de fortune ; leurs modestes habits paraissaient fastes au milieu de cette misère. Non loin, des mouches grouillaient sur un homme qui venait de mourir, pourchassées en vain par sa femme en pleurs.

« Un bon souverain se doit de n'ignorer aucune vérité, murmura Sophie. Ainsi, il peut agir en connaissance de cause. »

Agir en toute connaissance de cause... Des mots pour redresser les torts, des mots et tout devenait possible...

Céleste et son cousin, quoique frappés par ce triste spectacle, ne s'en indignaient pas autant que Sophie.

« J'admire le roi d'Abyss, poursuivit la Prométéenne une fois de retour au palais. Mais je trouve inadmissible d'infliger à un être humain un traitement qu'on ne réserve même pas aux animaux.

– Un animal ne peut être tenu pour responsable d'un crime, observa Céleste. Il est innocent jusque dans ses attaques les plus sauvages. Il obéit à la nécessité, tandis qu'à l'homme on a donné le choix. Affranchi des lois de la nature, il peut en toute liberté faire le bien ou le mal, et doit rendre compte de ses actes à la société qui l'élève.

– Quand la faim pousse à voler, on parle de crime : il est pourtant bien question de nécessité, remarqua Sophie.

– La hiérarchie humaine est elle aussi une nécessité, maintint Céleste. Si injuste semble-t-elle, elle nous préserve d'un désordre pire encore, d'une nature où nulle loi n'empêche les enfants d'être dévorés par les loups. »

Surpris par la véhémence de sa cousine, le marquis resta coi.

Émilie n'écouta pas la réponse de Sophie. Elle brûlait d'une rage que l'Autre lui interdisait d'exprimer.

« Tu n'as pas le droit ! Laisse-moi parler au roi d'Abyss, laisse-moi ! Comment peux-tu accepter ça ? C'est abominable ! Tu es un monstre ! Même au Centre d'Aptitude, on nous traitait mieux... Même les animaux de la Ménagerie sont mieux traités !

– L'histoire doit suivre son cours. Si tu parles au roi maintenant, personne ne comprendra.

– Je t'ordonne de me laisser !! Pars ! Personne ne comprendra... Réalises-tu ce que tu dis ? Des gens meurent de faim, de froid et maladie dans ces rues ! Dans mon monde, cela n'existe pas... N'existe plus depuis des siècles ! Nous parlons d'êtres humains... De personnes de chair et de sang, des gens comme toi et moi ! Ils ont le droit de vivre décemment... D'avoir un toit sur leur tête, des habits, de manger à leur faim !

– Abyss est le reflet de ce qu'en a fait le roi. Cette terre ne t'appartient pas : tu n'as pas le droit d'intervenir. À Alma, tu es la reine : tu auras le pouvoir de changer cela.

– À Alma... Tu veux dire que des Almalites vivent ainsi ?

– Peut-être. C'est dans l'ordre des choses.

– Ça ne peut pas être vrai. C'est impossible. C'est un cauchemar, je vais me réveiller. L'ordre des choses ! As-tu perdu la raison ?

– Tu as été élevée au palais. Tu as grandi dans le faste et la richesse. Le peuple ne vit pas ainsi, c'est une évidence : peu t'importe d'en savoir davantage.

– Puisque je te dis que cela n'existe pas, dans l'endroit d'où je viens !

– Si tel est ton désir, modèle Alma pour qu'elle ressemble à cette terre. Pourquoi es-tu si affectée par ce que tu as vu ? Tu n'as rien à voir avec ces personnes, tu ne les connais pas.

– Peu importe. Je me mets à leur place. Ce qui leur arrive pourrait m'arriver à moi aussi. Nous sommes égaux. Ils sont humains comme moi ; ce qu'ils éprouvent, je l'imagine, et cette pensée m'est intolérable.

– Tu n'as rien à voir avec eux. Tu es la reine. Jamais tu ne seras à leur place.

– Comment peux-tu rester aussi indifférent ? Tu as beau être l'enfant d'Arès, tu n'es pas à l'abri d'une telle misère. Si tu en es responsable, tu devrais être le premier à en souffrir !

– Nous ne comprenons pas. Je suis toi.

– Non, tu n'es pas moi. Quand je vois tous ces êtres malheureux, j'ai envie de les aider, tout de suite, de leur donner mes robes, mes bijoux, ma chambre au palais, tout ce que j'ai ! Toi, tu te contentes de dire que ce sera possible à Alma. Comme une éventualité parmi d'autres. Comme si j'avais le choix...

– Tu l'as. Tu es la reine. C'est pour apprendre les conséquences de tes choix que ce voyage devait avoir lieu. Ce que tu as vu n'est qu'un exemple d'inégalité, suite logique d'un système de castes hautement hiérarchisé. D'autres systèmes sont possibles, d'autres conséquences.

– Je n'ai pas besoin de les voir pour savoir ce que je compte faire une fois de retour à Corasone. Si tu me laissais faire, je n'attendrais pas pour repartir... Riches, pauvres, même si cette différence existe, il est inadmissible qu'elle prenne de telles proportions. Je connais un monde où cette horreur n'existe pas ; je ferai tout pour qu'Alma devienne ce monde. »

III

La salle du trône était sans conteste la plus belle pièce du palais. Sur toute sa longueur, de hautes fenêtres donnaient sur les tourelles de l'entrée et, au-delà, sur les blanches maisons de Farandol. Au plafond, loin au-dessus des têtes, des toiles de maître rendaient grâce au soleil combattant la nuit. À côté de ces scènes grandioses, c'était une infinité de détails. Partout, des mythes, des dieux et leurs accessoires, des hommes, leurs vices et leurs vertus, des histoires mises en peinture, qui laissaient Émilie glaciale.

Invités par le roi d'Abyss à assister à une audience royale, ses compagnons examinaient les lieux avec intérêt. Ni lui ni Madeleine ne s'étaient aperçus de leur brève évasion, pas davantage que le prince de Zénit. L'Autre imposait à Émilie de la tenir secrète, mais elle ne décolérait pas.

Les courtisans patientaient. Amassés dans les couloirs et les antichambres, ils guettaient la présence du roi. Il s'adressait parfois à quelques-uns ; il connaissait leur nom, savait quelles étaient leurs relations et ce qu'ils venaient chercher à la Cour.

« Recevez-vous tout le monde en audience ? demanda Céleste.

– Quelques castes sont habilitées à me soumettre leurs requêtes, répondit le roi. C'est Monsieur de Pertuisane, l'un de

105

mes conseillers, qui organise les audiences. Certains courtisans attendent plusieurs mois avant de pouvoir me parler. Aujourd'hui, vous verrez des audiences auxquelles seuls mes conseillers et familiers sont autorisés à assister. »

Le premier demandeur était un homme qui voulait mener une expédition commerciale d'envergure jusqu'à la République d'Outremont. Puis ce fut une femme, veuve d'un bénéficiaire dont elle était venue demander le maintien de la pension. Vint ensuite un vieil homme qui réclamait la récompense d'une vie de bons et loyaux services ; un homme encore, ayant pour projet la construction d'un canal à Gloria ; une femme désireuse de lancer une manufacture de soie… Avancements, rentes, œuvres d'art, ambitions pharaoniques, le roi d'Abyss renvoya bredouilles la majorité des quémandeurs.

Derrière leurs discours fleuris, tous ne voulaient jamais qu'un seul et même objet. De l'or pour acheter le talent d'autrui, de l'or pour transformer ses rêves en réalité… De l'or, car à qui peut payer rien n'est impossible. Le roi répondait à chaque requête par des questions d'une grande pertinence. Aucune entreprise ne parut le surprendre ; si jamais il hésitait, il recourait aussitôt à son conseiller le plus compétent en la matière.

Louis de Maupertuis fut le dernier courtisan à entrer.

« Votre Majesté, je viens de Faribol, au pied des monts Finsternis. J'ai l'espoir que vous accepterez de financer un projet dont le succès vous assurera une gloire sans exemple. Il s'agit de la construction d'une voie fluviale qui reliera Abyss à la mer. Peut-être commercerons-nous un jour avec l'archipel de Promété et le triangle de Lumière : j'apporte de nouveaux plans qui rendront ce rêve possible.

– Puis-je savoir ce qui vous préviendra des échecs de vos prédécesseurs ?

– Votre Majesté, j'entends me servir des montagnes pour étendre l'Arbalète jusqu'à la mer. En provoquant des éboulements bien choisis et en creusant certains tunnels à travers les monts Finsternis, nous pourrons créer une voie navigable à peu de frais… »

L'homme sortit de sa veste trois grands rouleaux de papier qu'il s'apprêtait à ouvrir, quand le roi l'interrompit.

« Abyss a déjà perdu beaucoup dans de telles entreprises. Le gain me semble très hypothétique.

– Votre Majesté, je suis prêt à engager ma fortune personnelle pour assurer le succès de cette affaire.

– Votre Majesté, si je puis me permettre, s'interposa l'empereur de Promété, le projet de Monsieur de Maupertuis me touche de trop près pour que je reste coi. Si vous accédez à la mer Moreover, vous serez sans doute tenté de rallier la ville d'Atmet, au sud de l'île Wilderness. Je dois vous avertir que cette île est le dernier bastion des Ingalais.

– Les Ingalais ? répéta Monsieur de Maupertuis.

– Des sauvages qui vivent dans les montagnes.

– N'avez-vous pas essayé de les chasser ? demanda le roi.

– Ils ne sont pas aussi faciles à vaincre que prévu. Si vous acceptiez de m'aider à les combattre, peut-être pourrais-je assister Monsieur de Maupertuis dans son entreprise…

– Votre proposition mérite d'être mûrement réfléchie. Nous en rediscuterons en entretien privé. »

En sortant de la salle du trône, Émilie s'attarda devant les tableaux qui ornaient ses murs. On y voyait représentée la famille royale. Le roi Apollon, couvert de colliers, son vêtement brodé d'or et de pierreries, le couvre-chef surmonté d'une plume et d'un joyau en forme d'étoile que portait aujourd'hui son fils. La reine Dulcinée, dont l'âge n'était pas si avancé qu'il l'ait déparée de toutes ses beautés ; le prince et la princesse d'Abyss, presque inchangés, débordant de fierté. La reine Dulcinée posait un regard empli de tendresse sur ses enfants. Le prince fixait le peintre, tendu comme un arc. Près de Madeleine, on avait représenté un corbeau sur un perchoir ; un ours couché à ses pieds la regardait avec adoration.

« Le roi d'Abyss est un monarque remarquable, observa le prince de Zénit. On sent à le voir faire que le métier de roi lui est familier depuis l'enfance ! Toute sa Cour lui est soumise. Il n'est pas un conseiller qui ne lui obéisse au pied de la lettre…

– Encore importe-t-il de savoir s'il utilise sa puissance à bon escient, répondit Émilie.

– Il ne m'a pas paru en mésuser devant nous.

– Pourquoi vous fascine-t-il autant ?

– Enfant, je rêvais de commander aux ministres de mon père comme lui à ses conseillers. L'on m'a persuadé qu'un tel pouvoir était mauvais, poussant l'homme à tous les excès... En voyant Abyss, je m'interroge. Je désapprouve le système des castes, mais le roi n'en est pas directement responsable ; aujourd'hui, il a reçu ses courtisans en prince mesuré, bien informé et digne d'être imité.

– Je lui envie moi aussi l'ascendant qu'il a sur ses conseillers, admit Émilie. J'aimerais que mes vassaux me soient aussi soumis !

– Dans ce cas, nous sommes deux à avoir appris de lui. »

Émilie rendit au prince son sourire alors que ses yeux se posaient sur une autre peinture. Un portrait aussi grand que nature, donnant à voir un très bel enfant. Un garçon de huit ans tout au plus, à la joie communicative. Son riche habit blanc et or, ses lourdes boucles blondes, ses yeux d'un vert magnétique, il ne pouvait s'agir que du roi d'Abyss...

Devenu un homme, restait-il en lui de cette bonté innocente ? Cet enfant aurait-il trouvé normal que d'autres vivent dans la misère la plus noire ? Le savait-il seulement ? Le roi omnipotent ne pouvait l'ignorer...

♦

« Quand comptez-vous négocier la libération du maréchal de Quéribus ? »

L'entrée en matière du marquis de Belladone n'aurait pu être plus directe. Le soleil brillait de tous ses feux dans l'air froid du matin ; le marquis avait saisi la première occasion pour se trouver seul avec Émilie. Leurs pas crissaient sur les fins graviers blancs, la rosée mouillait le bas de leurs habits. Devant eux s'étendait la superbe perspective de la Fontaine aux Fées.

« La véritable question n'est pas quand, mais comment, répondit Émilie. Alma ne peut payer la rançon qu'exige le roi d'Abyss, et lui accorder ma main serait prématuré.

– Le temps ne joue pas en votre faveur. Mon père fera tout pour monter les pairs contre vous à travers la captivité de Monsieur de Quéribus.

– Quelle solution suggérez-vous ?

– Vous avez entendu la proposition de Monsieur de Maupertuis. Prenez le roi de court ; alliez-vous avant lui avec l'empereur de Promété. Si l'on en juge par son automobile, l'arsenal de cet archipel doit valoir mieux que n'importe quelle armée. Avec Promété à nos côtés, Abyss ne représentera jamais une menace.

– Vous suggérez que j'épouse l'empereur ?

– C'est la seule proposition qu'il ne pourra refuser. Nous ne devons pas laisser le roi lui faire miroiter quoi que ce soit à travers le projet de Monsieur de Maupertuis...

– Pourquoi ?

– Si vous concluez ce mariage, vous ne craindrez plus rien. L'entreprise de Monsieur de Maupertuis ne doit en aucun cas se concrétiser avant : cela mettrait Alma dans un isolement dangereux. Il faut que vous agissiez la première.

– À vous entendre, gouverner se résume à éviter d'être envahi par ses voisins.

– Vous êtes la reine, seule doit vous importer la puissance de votre nation.

– Je ne peux m'unir à l'empereur sans connaître son pays. Voyez comment Abyss traite certaines parties de la population : je refuse qu'un tel système s'étende à Alma. Si j'épouse le roi, il devra se résoudre à l'abolir. Au moins suis-je avertie, mais qui sait ce que cachent les eaux de Promété ?

– Votre situation est trop instable pour vous donner le loisir de réfléchir à pareils sujets ! Souvenez-vous des paroles du maréchal de Quéribus : vous ne pouvez rester longtemps sans alliance, et Promété est le choix le plus sûr. »

Les arguments du marquis semblaient convaincants. L'empereur voulait connaître le secret du Revèry, elle n'aurait aucune difficulté à le persuader de l'épouser… La libération du marquis de Quéribus et l'abolition des castes seraient les conditions de la réalisation du projet de Monsieur de Maupertuis. Le roi ne prendrait pas le risque de lui déclarer la guerre…

Pour la première fois, ce fut l'Autre qui parla en premier.

« Ne l'écoute pas !

– Que dis-tu ?

– Tu es seule maîtresse de ta décision !

– Que veux-tu dire ?

– Ne le sens-tu pas ? *Il* est là ! »

Émilie ne maîtrisait plus ses pensées. Elle voulait s'allier à l'empereur de Promété… Soudain, ce désir s'envola. Il lui sembla qu'une présence disparaissait, quelqu'un qu'elle n'avait pas perçu jusqu'à ce qu'il s'en aille.

Au même moment, l'empereur de Promété les rejoignit. Monsieur de Belladone prétexta une migraine et retourna au château.

« Avez-vous offensé le marquis pour qu'il vous quitte si brusquement ? demanda l'empereur. Je vous en prie, dites-moi que oui, ou je croirai que je l'importune.

– J'ignore pourquoi il est parti. »

L'empereur offrit un bras guilleret à Émilie. Le palais de pierre blanche aux dômes colorés et aux tours constellées de fenêtres offrait un spectacle inoubliable, à cette heure proche du zénith où le soleil baignait les jardins de lumière.

« Comptez-vous prendre part au projet de Monsieur de Maupertuis ? lança Émilie.

– Bien sûr. Le roi est d'accord pour m'aider à mettre un terme à la menace ingalaise. Nous ferons ainsi d'une pierre deux coups !

– Une fois cette route achevée, comptez-vous commercialiser des armes avec Abyss ?

– Les suites de cette entreprise sont entre vos mains. Je n'aurai pas l'impudence d'exiger de vous une promesse de mariage, mais la mise en place d'un barrage sur la circulation des armes pourrait fort bien dépendre du secret de vos connaissances techniques.

– Ai-je le droit de réfléchir ?

– Jusqu'à la fin de notre voyage. Après, il sera trop tard. »

◆

Montée sur Bellérophon, l'étalon albinos qui avait mené le roi Arès à toutes ses victoires, Émilie guettait le retour de son faucon. Ils accompagnaient le roi d'Abyss pour une partie de chasse qui durerait deux jours ; faisan, corneille, perdrix, caille, lapin, elle avait depuis longtemps perdu le compte du gibier que rapportaient les rapaces.

Elle s'abîmait dans des réflexions sans fin sur l'empereur de Promété, le roi d'Abyss et le marquis de Quéribus. Que devait-elle faire ? Qui fallait-il choisir ? Sourd à ses supplices, l'Autre répondait à toutes ses questions par la même phrase dépourvue de sens : l'histoire doit suivre son cours. Quelle histoire ?

À l'exception de Madeleine et du roi d'Abyss, qui devisaient gaiement, ses compagnons étaient aussi silencieux qu'elle. Sophie repensait sans doute au triste spectacle du marché ; l'empereur, distrait, était tout à ses plans de reconquête de l'île Wilderness. Songeant probablement à ses ministres, le prince de Zénit donnait les signes de la plus intense mélancolie, tandis que le marquis de Belladone se murait dans une attitude agacée depuis leur dernière conversation. Restait sa dame de compagnie…

« Vous êtes bien silencieuse, Céleste. »

L'intéressée sourit ; les autres étaient trop loin pour entendre le commentaire d'Émilie.

« Pardonnez-moi, Majesté. Je suis pleine encore de ma dernière lecture. Je dévore les ouvrages du roi d'Abyss : ses romans en particulier sont d'un exotisme consommé.

– Avez-vous terminé *Le Lys dans la Vallée* ?

– Je l'ai adoré. Je me pose mille et une questions sur ce Paris terrible et fascinant… Et je me sens si proche de cette pauvre femme emprisonnée dans sa province. Comme je suis heureuse d'avoir échappé à ce sort !

– Je n'ai pas eu l'occasion de lire autant que je l'aurais souhaité. Les distractions prévues par le roi d'Abyss m'en ont détournée !

– Je l'ai croisé quelquefois dans la bibliothèque. J'ignore où il trouve le temps de lire ! Il se lève dès cinq heures du matin, et ne se couche pas avant onze heures…

– Voilà un rythme que je ne me sens pas capable d'égaler. Je ne conçois pas qu'il travaille si dur à l'intérêt de son pays, et laisse perdurer l'organisation des castes…

– Il n'est pas aisé de s'élever contre une tradition pluriséculaire. Alma vit bien du servage, et pas une seule fois vous n'avez songé à l'abolir. »

Le servage… Un système qui contraint les paysans à demeurer sur les terres où ils naissent, et à les cultiver pour leur propriétaire, de génération en génération. Pourquoi n'en avait-elle jamais pris conscience auparavant ?

« Ce sera chose faite à mon retour, déclara Émilie. J'étais trop préoccupée par mon couronnement et l'arrivée de nos compagnons… Le temps des réformes est proche.

– Avancez avec prudence. Vos vassaux vivent du travail des paysans : contester cette hiérarchie revient à perdre tous vos alliés.

– Vous-même, Céleste, n'aimeriez-vous pas être libre de quitter votre époux ? Tant de coutumes absurdes régentent nos vies… Le pouvoir m'est donné d'y mettre un terme, je compte bien l'utiliser.

– La tradition est un cadre à la fois rassurant et contraignant. Je m'y suis résignée et m'efforce d'en tirer le meilleur parti : il faut bien des règles pour vivre ensemble.

– C'est bien là le drame des rois ! soupira Émilie. J'aimerais parfois que chacun puisse vivre par lui-même, sans dépendre des autres.

– Vous avez en tête d'étranges utopies. Si mon mari ne m'est pas indispensable, j'abhorrerais d'être seule au monde ! Ne trouvez-vous aucun réconfort dans vos rapports avec autrui ?

– Trop de méfiance et de doutes entourent chacune de mes phrases. Avec vous je puis être naturelle ; Sophie même me semble digne de confiance. Dans mes autres échanges, le moindre mot de travers est susceptible de créer un incident diplomatique influençant l'avenir de milliers d'êtres humains…

– Déchargez-vous sur moi au préalable de vos mauvaises paroles, dit Céleste en riant. J'empêcherai qu'elles parviennent à des oreilles indiscrètes ! »

Quand ils arrivèrent en vue du pavillon où ils devaient passer la nuit, le ciel gris était lourd de nuages.

♦

Le lendemain, Émilie s'éveilla tôt. Quelques braises luisaient dans la cheminée. De minces rais de lumière traversaient ses volets, ficelles de soleil posées sur le bras d'un fauteuil, le pied d'une commode, la chute d'une robe. Elle frissonna quand son pied toucha sur le tapis. Par-delà les fenêtres, les promesses du jour l'attendaient... Elle ouvrit ses volets.

L'eau du lac s'était figée. Émilie fixa le reflet du monde et se demanda si, derrière cette image, quelqu'un la regardait. Autour, on ne voyait plus les arbres. Le pavillon lui-même n'avait pas échappé à la magie imprévue de la nuit. Émilie aurait pu l'anticiper : après tout, il faisait anormalement froid... Mais n'était-ce pas mieux de se laisser surprendre par la neige ? Une montagne gigantesque dont les skieurs dévalaient les pentes immaculées... Un véhicule solitaire dans l'immensité blanche. Et ici... Comment rendre avec exactitude la beauté d'une forêt enneigée ? La pureté du ciel, les arbres enveloppés d'un manteau cotonneux, le silence... Il faisait sombre encore ; la neige paraissait bleue.

Quelques instants plus tard, Émilie chevauchait Bellérophon. Le froid lui mordait le visage. Les sabots de sa monture s'enfonçaient dans la neige, bruit nouveau, sec et saccadé. Émilie s'enivrait du plaisir d'être la première à parcourir le sol glacé. En quelques foulées, Bellérophon avait dépassé le lac.

Un long chemin s'étendait devant eux. Émilie s'arrêta. Elle voulait se gorger d'espace, embrasser l'horizon du regard.

Elle n'eut qu'à effleurer Bellérophon ; l'étalon fusa, léger comme le vent. Émilie s'imagina libre. Fuyant, sans contrainte, loin de toute responsabilité. Un cheval blanc, plus beau encore que Bellérophon, la portait vers un ciel idéal, ses deux grandes ailes blanches battant l'air d'un mouvement régulier. Dans la nuit, sur une plateforme argentée, des ailes étoilées se dispersaient en mille morceaux. Un cri de joie retentissait : son amie s'élançait vers le ciel, affranchie des lois de la gravité. Libre… Heureuse. Comment douter de cette équivalence ? Bellérophon s'emballait. Libre lui aussi, les oreilles pointées en avant, il exultait. Le soleil se levait…

Quand Émilie se décida à revenir sur ses pas, il faisait jour. La neige semblait avoir enseveli toutes ses obligations de reine ; elle était Émilie, elle était libre. Elle trouverait le moyen de faire relâcher le marquis de Quéribus sans y laisser sa main…

Un cavalier venait à leur rencontre.

« Vous voilà, » haleta le marquis de Belladone en la rejoignant.

Il s'interrompit devant le sourire joyeux d'Émilie.

« Vous apprêtiez-vous à dire que mon escapade a mis tout le monde en émoi ? demanda-t-elle.

– Non. Mais sans doute est-ce uniquement parce que le château, à peine éveillé, ignore encore votre absence. Par chance, je me suis aussi levé de bonne heure ; quand on m'a informé que vous étiez partie, je me suis lancé à votre recherche.

– Je dois donc m'attendre à des remontrances bien sévères, pour avoir commis le crime de me promener seule ?

– Majesté, vous rendez-vous compte de ce que vous dites ? Une reine ne sort pas ainsi, exposant sa vie à tous les périls que recèle une forêt enneigée…

– L'avez-vous senti galoper ? le coupa Émilie. Cyrus, votre cheval, lui avez-vous prêté attention, alors que vous me cherchiez ? »

Le marquis la fixa sans répondre.

« Avez-vous perçu la puissance de ses jambes pendant qu'il galopait ? J'ai senti le vent sur mon visage, le parfum de la forêt, la neige cédant sous nos pas. J'étais heureuse, j'étais libre. Pendant quelques instants, j'ai oublié Abyss, oublié Alma… Je me suis oubliée. »

Le marquis resta muet.

« J'ai dépassé l'horizon, Lionel. »

Il tressaillit en entendant son prénom. Même intérieurement, Émilie ne l'avait jamais appelé ainsi. Lionel. Un simple être humain, dénué de toute fonction, loin du palais des illusions...

« Où voulez-vous en venir ?

– J'essaie d'accorder aux choses leur juste importance, déclara Émilie. Ne faites-vous jamais cet exercice ? On agit, on ruse, on se laisse entraîner et voilà que, subrepticement, on oublie de prendre plaisir à la vie. On oublie ce qui rend la vie même si précieuse. Ce matin, quand j'ai ouvert la fenêtre, la neige m'a rappelé tout cela. J'ai ressenti une joie que je croyais perdue, une fébrilité d'enfant. De la neige... Je m'attendais si peu à en voir, dans pareil endroit !

– Nous devrions rentrer au pavillon. »

Émilie allait acquiescer, quand de nouveaux mots lui échappèrent.

« Avez-vous déjà fait la course, Monsieur de Belladone ?

– Votre Majesté, nous ne sommes ni d'un âge, ni d'un rang propre à...

– J'arriverai au lac avant vous. »

Émilie ne maîtrisait plus ses gestes. Bellérophon partit comme une flèche, trop heureux d'obéir aux injonctions de sa cavalière. Le marquis suivit aussitôt. Elle ne le devançait que de quelques mètres, mais Cyrus ne parvenait pas à la dépasser.

Plus d'une fois, un virage trop serré faillit déséquilibrer Émilie. Qu'était-elle en train de faire ? Son corps ne lui appartenait plus. Elle ne voulait pas faire la course ! Aiguillonné par des mouvements indépendants de sa volonté, Bellérophon s'emballait. C'était le dernier tournant...

Clac !

Le claquement de la sangle résonnait encore au moment où Émilie heurta le sol.

La honte, le froid, une douleur cuisante au genou.

Le cri du marquis de Belladone, des bruits confus de sabot, des éclats de neige, le monde déstructuré.

Émilie gisait dans la neige, contusionnée, à moitié assommée. La honte, le froid, une douleur cuisante au genou... Elle aurait voulu s'évanouir ; au moins, elle ne se serait pas sentie aussi ridicule.

Le marquis glissa un bras dans son dos et l'aida à s'asseoir. Comment avait-elle pu perdre à ce point le contrôle d'elle-même ? L'Autre... Mais quel Autre ? Il n'y avait personne d'autre qu'elle sur la selle. L'angoisse lui serrait la gorge, la peur lui nouait l'estomac...

« Vous sentez-vous la force de vous lever ? »

Le calme du marquis ne la surprit pas tant que la compassion dans son regard. De la compassion, là où elle s'attendait à voir du mépris, de la moquerie ou, au mieux, de l'indifférence.

Il l'aida à se lever. Son bras autour de sa taille, sa main, tout semblait brûlant à Émilie.

« La sangle de la selle a cédé. C'est un accessoire de parade, il n'a pas été conçu pour résister au traitement que vous lui avez infligé... Comment vous sentez-vous ?

— Mal, quelle question ! Je viens de perdre une course, mon honneur et toute l'estime que je me flattais de vous voir entretenir pour moi.

— N'ayez crainte, sourit le marquis. Ce genre d'accident est humiliant, mais il ne dure pas. Remontez à cheval, vous vous remettrez vite.

— Pas de semonces ? Après les puérilités auxquelles je me suis livrée devant vous...

— Un cavalier sait toujours pourquoi il chute. »

Quelques secondes plus tard, Émilie était assise devant le marquis sur Cyrus. Sa peur était tempérée par le plaisir imprévu qu'elle tirait de cette proximité. Ses bras sur les épaules du marquis de Belladone, elle sentait sa main autour de sa taille. L'Autre haïssait cette situation, mais elle...

« Majesté, on vient de me rapporter votre accident. Je suis partagé entre le soulagement de vous voir en vie et la colère que me cause votre témérité. »

Assise dans sa chambre, Émilie n'avait jamais vu le roi d'Abyss aussi contrit.

« Je ne sais que vous répondre, plaida-t-elle. Mes mots sont trop faibles pour exprimer le remords que je ressens… Je voulais simplement voler quelques instants de liberté.

– Vous devez me promettre de ne plus répéter ce genre de frasque.

– Devrais-je vous demander la permission de me promener chaque fois que j'en aurai l'envie ?

– Tant que vous êtes à Abyss, il ne vous est pas permis d'aller où que ce soit sans mon autorisation ! »

Surprise par la virulence du roi, Émilie resta coite. Il la fusillait du regard, ses traits durcis par la colère. Il sembla soudain prendre conscience qu'elle le fixait, et poussa un profond soupir.

« Il y a tant de paramètres dont vous ignorez l'existence… reprit-il d'une voix radoucie. Si je ne puis avoir confiance en vous, je me verrai dans l'obligation de veiller en personne à votre sécurité. Vous devez me croire, quand j'affirme que j'agis en tout par amour de vous. »

Le baiser du roi se heurtait à l'enfant du marché. Émilie aurait voulu tout avouer, mais l'Autre maintint ses lèvres closes.

♦

Parmi les innombrables tours du palais de Farandol, la plus haute était aussi la plus fine. Une mince tourelle au toit doré, dont s'élevaient plusieurs fois par jour des chants mystiques invitant les Abyssins à prier Deus. La religion s'immisçait dans le quotidien de chacun, du plus humble au plus riche, à travers une suite complexe de rituels et de prières. Une fois par an, la Grande Prière venait clore la période la plus importante du calendrier déiste : le roi d'Abyss proposa à ses hôtes d'y assister.

Intégré au palais, le sanctuaire s'étendait sur une immense surface. Des milliers d'arabesques tapissaient ses murs ; des dizaines de colonnes soutenaient ses travées. Au centre, un dôme colossal laissait entrer la lumière.

Émilie connaissait le Grand Prêtre de vue. Il lut des poèmes d'une grande beauté, exhortant ses fidèles à se comporter d'une manière exemplaire. Ceux-ci, tantôt assis sur des bancs, tantôt debout, répétaient après lui certaines paroles liturgiques, issues du Livre saint : les mots étaient toujours les mêmes depuis des siècles.

« Loué sois-Tu Deus, Divinité unique et suprême régnant sur le monde. Accorde-nous Ta Miséricorde et pardonne nos transgressions. Deus le Grand, Deus le Miséricordieux, Deus l'Unique, Tu es le seul Dieu véritable, le Maître de nos vies. Créateur de la terre, Seigneur du ciel, rien n'égale Ta grandeur et Ta magnificence. Aide-nous à suivre Tes préceptes. Loué sois-Tu Deus, Divinité unique et suprême régnant sur le monde. »

Cette litanie, ponctuée de moments de recueillement, fut répétée des dizaines de fois pendant la Grande Prière. À l'inverse du déisme, le culte croyantin ne prônait pas la glorification permanente des dieux. Amateurs d'offrandes sonnantes et trébuchantes, ils laissaient plus de souplesse aux fidèles : chacun était libre de pactiser à sa manière avec le dieu qui le concernait. Lorsqu'on priait Coros, le plus puissant des dieux, on lui apportait les biens les plus précieux, on louait sa grandeur puis on passait à la supplique elle-même : Arès avait ainsi accompli de nombreux rites pour obtenir la victoire au combat. Si Coros aimait l'or, Anselme, le dieu des forgerons, préférait les épées ; Alice en tant qu'incarnation de la sagesse réclamait des livres d'images et Théna, force de la nature, appréciait les sacrifices d'animaux. Les prêcheurs croyantins s'occupaient davantage à examiner les offrandes qu'à énumérer les qualités des dieux…

Soudain, le Grand Prêtre se mit à chanter, bientôt imité par les fidèles. Leurs voix emplissaient l'espace, se réverbéraient sur les murs, montaient aux cieux, supplique plus émouvante que tout le reste de la cérémonie.

Pleine encore de ses récentes expériences, Émilie demeurait froide.

« C'est la première fois que j'assiste à une prière. Tout me paraît abstrait et dénué de logique. Pourquoi vénèrent-ils Deus avec tant de passion ? Ils n'ont aucune preuve de son existence… Cela vaut aussi pour les dieux croyantins. Les divinités sont des histoires transformées en règles de vie et vénérées comme si elles étaient réelles… Laisse-moi parler au roi d'Abyss !

— Tu ne peux remettre en question sa religion d'État. Le culte déiste justifie l'organisation de la nation abyssine. Souviens-toi : la religion est une manière de donner sens au monde et à la marche des sociétés. C'est une philosophie que chaque génération d'hommes réinterprète.

— Une philosophie qui mène ses contradicteurs à la mort.

— Un peuple ne peut exister sans principes fondateurs. Ces règles s'édictent en morale et s'expliquent dans beaucoup de cas à travers la religion. La croyance en des entités abstraites permet aux hommes d'aller de l'avant malgré leur conscience de la mort. Ne pas donner de sens à la vie reviendrait à accepter l'existence du hasard : toutes les souffrances endurées par chacun ne seraient que le fruit du chaos. Les êtres humains ont besoin de logique pour aller de l'avant : sinon, peu d'entre eux supporteraient de vivre. Sans Deus, le pouvoir du roi d'Abyss n'aurait pas de raison d'être. En rendant le déisme obligatoire, il interdit à quiconque de remettre ses actes et sa position en question.

— Dans le monde d'où je viens, il n'y a pas de divinité. Chacun est libre de croire à ce qu'il veut, la seule obligation est d'avoir un Revery. Cet appareil est censé nous rendre heureux. Si nous refusons de nous en servir, nous allons dans des Centres d'Aptitude… En prison. Avant d'y entrer, nous sommes persuadés que nous en sortirons. Mais nous restons seuls, toujours seuls. Nous n'avons pas faim, nous n'avons pas froid ; nous devons seulement prendre le Revery sur la table. Et ensuite…

— Une fois de retour à Corasone, tu pourras faire d'Alma ce que tu voudras. L'imagination sera la seule borne de ton pouvoir. Avant, tu dois apprendre et observer. »

◆

Lors de leur dernière semaine à Abyss eut lieu le Salon des Arts. Événement attendu par toute l'aristocratie abyssine, il s'agissait d'une gigantesque exposition réservée aux peintres et aux sculpteurs. Ils soumettaient leurs plus belles œuvres au jugement du roi, qui devait récompenser trois artistes dans chaque catégorie. Il délégua cet honneur à Émilie : la joie qu'elle en conçut se trouva quelque peu atténuée quand elle vit l'ampleur du Salon et mesura la difficulté de départager les artistes.

C'était un espace titanesque, couvert de peintures du sol au plafond. La plus petite toile ne dépassait pas trente centimètres de long ; la plus grande s'étendait sur plusieurs mètres. Pans de paysages, colonnes de portraits, galeries de natures mortes, allées de scènes de genre, rotonde de marines, pavillon de batailles, Émilie fut très vite submergée par la variété des thèmes.

Un portrait des plus originaux retint cependant son attention. Une poire en guise de nez, des cerises à la place des yeux, des cheveux de raisins, une couronne en épis de blé, un chou pour figurer une épaule que recouvre une tunique de fleur : un homme amusé se dessinait derrière cet assemblage inattendu de végétaux.

« Voilà ce que j'appellerais une illusion d'optique très réussie, dit l'empereur de Promété en la rejoignant.

– En effet ! Qui eût cru des légumes capables d'une telle expressivité ?

– Je ne sais si je dois être déçu ou surpris, poursuivit l'empereur. Je vous parle d'illusion d'optique et le mot vous semble banal…

– Majesté, je n'ignore pas ce que vous attendez de moi. Le jour approche où je vous dirai ce que vous voulez savoir ; aujourd'hui j'aimerais délaisser le monde au profit de l'art.

– Les seules toiles qui me plaisent sont celles qui parviennent à me tromper.

– Ne vous adonnez-vous jamais au plaisir du questionnement ?

– C'est le réel qui m'intéresse. Je laisse l'inconnu aux poètes.

– Je dois choisir, parmi toutes ces œuvres, trois peintures et trois sculptures, qui seront récompensées par le roi. M'aiderez-vous ?

– Si vous me dites où vous avez eu l'occasion de voir des illusions d'optique.

– Un jeu. Un labyrinthe, dont je ne parvenais pas à sortir à cause des murs en trompe l'œil.

– Majesté, dit l'empereur en lui offrant son bras, vous êtes le plus grand mystère qu'il m'ait été donné de rencontrer. »

Ils parcoururent le salon pendant des heures. Le cynisme de l'empereur venait tempérer le lyrisme d'Émilie : à l'exception du portrait végétal, aucune œuvre ne trouvait grâce aux yeux du Prométéen. Le charme des pêcheurs sur les rives de l'Arbalète ? Ennuyeux. La féerie de la brume descendant sur les rizières ? La voir une fois lui suffisait. La poésie des ruines ? Une poignée de promeneurs égarés.

Cette imperméabilité irritait Émilie autant qu'elle l'amusait ; elle ne désespérait pas d'éveiller son compagnon aux délices de l'art.

« Y a-t-il un sujet pictural qui échappe à vos critiques ?

– La peinture est pour moi un art inutile par excellence.

– Comment pouvez-vous penser cela ? La peinture est riche de tant de beauté, d'émotion, de sens…

– Du sens ? Les toiles n'ont de sens que ce que nous voulons bien leur donner. Il y a trop de symboles et d'allégories dans la plupart des peintures pour que l'œil humain embrasse tout en une fois. On passe, on s'attarde un instant sur l'agrément, le réalisme, le détail insolite, puis on continue son chemin. Les chefs-d'œuvre n'ont d'autre but que d'orner la vie : je serais fort surpris que vous leur trouviez une seule utilité. L'art est un passe-temps… Un simple passe-temps.

– L'art est ce qui donne un sens à l'existence humaine, le contredit Émilie. Sans lui, on pourrait vivre mais on ne le voudrait plus. Les œuvres d'art sont le sel de la vie ; des poignées de sens égrenées au fil des siècles. Personne n'en a besoin ; tout le monde le recherche. Comme le sel, on ne perçoit l'importance du sens que lorsqu'il est absent.

– La curiosité est la seule chose qui donne un sens à ma vie. J'ai soif de connaissances, de découvertes et d'exploration… Plus que tout, j'ai la passion des navires et de la mer.

– Que ne le disiez-vous plus tôt ? Venez, les marines sont de ce côté. »

Mer calme, tempête, port, bateaux de guerre, navires de marchandises, frégates, les vues foisonnaient. Émilie imaginait sans peine l'odeur de la mer, le toucher des embruns sur sa peau, la caresse du soleil.

« Voici longtemps que de tels navires ne mouillent plus à Promété, murmura l'empereur. Vous avez gagné : je les trouve plus beaux que n'importe quoi d'autre.

– D'où vous vient cette passion pour la mer ? Est-ce simplement de vivre dans un archipel ?

– J'ai toujours éprouvé la plus vive attirance pour les bateaux. Une merveille de technologie, qui réalise le rêve fou de dominer l'océan… Nulle sensation n'est plus grisante que celle du capitaine maniant le gouvernail, libre d'aller jusqu'aux confins du monde connu.

– Pourquoi être resté retranché dans vos îles, si la mer vous plaît tant ?

– Les premiers Prométéens ont traversé l'océan Antique pour atteindre l'archipel. C'était un voyage aussi long que dangereux, et ils ont dû affronter les Ingalais. Dès que nous l'avons pu, nous avons cessé de parcourir l'océan Antique : en demeurant dans l'archipel, mes aïeux voulaient protéger leur peuple et leur pouvoir de toute intervention extérieure. À l'époque, ouvrir ses frontières représentait un risque de guerre et une invitation à la conquête… Aujourd'hui, les temps ont changé. L'ère de l'échange est arrivée. Vous n'imaginez pas le bonheur avec lequel j'ai accueilli vos ambassadeurs ! Je pense comme vous que la paix et le commerce sont l'avenir de l'homme. »

Le sourire franc de l'empereur alors qu'il prononçait ces mots donnait envie de le croire.

◆

Votre Majesté,

Les manœuvres du duc de Caracol ont cristallisé les tensions qui divisent les pairs. Prétextant la trop longue captivité de Monsieur de Quéribus, il menace de s'allier contre vous avec le duc de Malraison, le marquis de Salmonel, le comte de Brisevan et le comte d'Échauffourée. Alma est au bord de la déchirure ; la moindre étincelle sera propice au déclenchement d'une guerre.

Même si vous parvenez à faire libérer le marquis de Quéribus, il devient urgent de nouer une alliance officielle propre à refroidir les velléités d'indépendance de vos vassaux.

Rien n'est moins certain que la loyauté du duc de Fourcaré et du comte de Négosse : leurs intérêts sont encore trop mal servis par aucun camp pour qu'ils se risquent à une association ouverte.

Vous pouvez compter sur le soutien sans faille du marquis d'Albigeois, du comte de Ravine, du vicomte de Chalan, du baron de Billentet et de

Votre fidèle Serviteur

André, Duc d'Orcival, Marquis de Byzance

Émilie posa la lettre.

« Que dois-je faire ? »

L'Autre ne répondit pas.

« Aide-moi ! Si je reste plus longtemps sans choisir un époux, Alma s'enflammera. Le roi d'Abyss, l'empereur de Promété, le prince de Zénit, qui faut-il choisir ? »

L'Autre demeurait résolument muet. Paniquée, Émilie mit toutes ses forces dans une dernière tentative.

« Ne m'abandonne pas ! C'est ton royaume avant d'être le mien. Je ne veux pas provoquer une guerre… Je peux faire libérer le marquis de Quéribus si je me fiance au roi d'Abyss. L'empereur… Je n'ai pas vu Promété. Si je le choisis et que le marquis de Quéribus reste prisonnier ? Le duc de Caracol cherche le moindre prétexte pour me défier. La puissance supposée de l'empereur ne l'arrêtera pas. Que dois-je faire ? Réponds ! »

Le murmure qu'elle reçut mit une éternité à franchir les ténèbres.

« L'histoire doit suivre son cours.

– Quelle histoire ? De quoi parles-tu ? Dis-moi ce que je dois faire ! »

Silence.

Il était temps de rejoindre le roi d'Abyss pour la remise des prix du Salon ; Émilie s'y rendit comme un automate, le regard terne, incapable de sourire.

Le roi remarqua aussitôt son trouble et la guida dans une alcôve à l'abri des regards.

« Que vous arrive-t-il ?

– Ce n'est rien. J'ai reçu… Nous devons attribuer les prix aux vainqueurs, la Cour risque de se rendre compte de notre absence.

– Qu'importe ! Vous êtes pâle comme la mort. Je vous en prie, dites-moi ce qui vous préoccupe. »

Émilie échangea un long regard avec le roi d'Abyss. Haine, colère, amour, mépris, ironie, surprise, il n'était pas une expression qu'elle n'ait vue sur ce visage. Si elle l'épousait et qu'il possédait enfin Alma, que resterait-il ? Pouvait-elle lui faire confiance ?

« Que craignez-vous ? Ne vous ai-je pas assez témoigné mon inclination, depuis votre arrivée à Farandol ?

– Je ne sais plus quoi penser. Tant d'intérêts vous lient à moi, tant de décisions reposent sur mes épaules…

– Avez-vous reçu de mauvaises nouvelles de Corasone ? »

Anxieux, le roi ne quittait pas Émilie du regard. Un regard inquiet, à la fois chaleureux et protecteur, qui la suppliait sans mot dire de lui ouvrir son cœur.

« Cinq pairs menacent de s'allier contre moi. Si je ne choisis pas rapidement un époux, ou si vous retenez le marquis de Quéribus plus longtemps, Alma sombrera dans la guerre civile… »

Une larme s'échappa des yeux d'Émilie. Il lui semblait porter à elle seule le poids du monde. Pleurer revenait à montrer sa faiblesse, mais la sollicitude du roi était venue à bout de sa résistance.

Avant qu'elle ait pu esquisser un mouvement, il lui prit les mains.

« Émilie, vous êtes quelqu'un d'exceptionnel. Vous êtes belle, intelligente, surprenante. Vous régnez sur le plus grand pays du monde connu. En votre personne, Deus réconcilie mon cœur et mon devoir. Je vous aime, Émilie, et ne sais plus dans quelle langue vous le dire. Nous poursuivons le même but. Je veux régner avec vous, je souhaite que vous portiez mes enfants, je désire faire de vous le plus brillant joyau de Farandol. Je vous aime... »

L'intensité de ce regard, ses mains prises dans les siennes, la chaleur de ses doigts...

« Je vous en conjure, acceptez de vous unir à moi. Le marquis de Quéribus sera libéré dans l'heure et vos pairs ne se risqueront pas à m'affronter. Zénit et Promété seront les étapes de notre voyage de noces ; à notre retour, nous gouvernerons ensemble.

– J'ai vu comment fonctionnent les castes de Farandol. Cela ne doit jamais arriver à Alma. Je veux en faire un pays heureux, où tous naîtront égaux et libres...

– Je ne ferai rien sans votre consentement. Nous dresserons tous les deux les fondations de l'empire almabyssin.

– Si nous nous fiançons... Vous libérerez le marquis de Quéribus ?

– Et je le renverrai à Corasone avec une somme valant dix fois sa rançon.

– J'accepte. »

Émilie récompensa sculpteurs et peintres dans l'entrée du Salon, près du grand escalier. Elle ne se vit pas appeler les artistes, remettre les prix, donner sa main à baiser aux heureux vainqueurs. Elle ne s'appartenait plus. Ses jambes tremblaient, elle avait chaud, puis froid, elle voulait rire et pleurer, tant le soulagement le disputait à la confusion. À la question de savoir si elle avait fait le bon choix répondait un bonheur inattendu ; le roi d'Abyss n'avait jamais été aussi beau.

Lorsqu'elle eut couronné les gagnants et reçu les applaudissements approbateurs des courtisans, le roi d'Abyss tendit la main à Émilie et l'attira vers lui ; un tonnerre de vivats accueillit la proclamation de leurs fiançailles.

Monsieur d'Orcival,

Le marquis de Quéribus est libre. Il rapporte à Corasone de quoi payer dix fois sa rançon. J'épouserai le roi d'Abyss à mon retour de Promété.

Annoncez la nouvelle à mes vassaux. Si leurs réactions me sont contraires, informez-m'en afin que je puisse répliquer aussi promptement que je viens de le faire.

J'ai vu le Salon des Arts ; vous n'imaginez pas la qualité des peintures et des sculptures qu'il rassemble. Beaucoup d'œuvres allient l'étude de l'homme à l'hommage politique ; toutes sont d'une splendeur apte à vous faire réfléchir sur les enjeux d'une vie.

Nous partons bientôt pour Zénit ; j'espère avoir le plaisir de rencontrer à nouveau Monsieur de Caracol lorsque nous passerons à Belladone.

Je vous suis reconnaissante de l'honnêteté avec laquelle vous remplissez le devoir que vous a confié

Émilie

Reine d'Alma, Duchesse de Corasone

♦

La promesse de mariage qui liait Émilie au roi d'Abyss fut lue en présence de l'empereur de Promété, du prince de Zénit, du marquis de Belladone et des conseillers du roi. Le contrat stipulait qu'ils régneraient « ensemble sur Abyss et Alma. » Le roi garantissait le retour du marquis de Quéribus sain et sauf à Corasone et l'envoi de trente coffres remplis d'or.

Au moment de signer le frêle parchemin dont découleraient de si importantes conséquences, Émilie suspendit sa plume. Sa posture lui rappelait quelqu'un. Des livres, la douceur du bois, un bureau, le grattement d'une plume bleue sur une feuille blanche… Et ce pouvoir de l'écriture. Signer. Pour vivre, ou bien créer…

Elle signa d'un geste brusque, espérant en vain que l'encre s'anime pour devenir autre chose.

Le roi l'accompagna voir le marquis. Le maréchal de Quéribus fixait Émilie d'un air grave : elle lut dans ses yeux qu'il savait tout.

« Monsieur, vous partirez dès aujourd'hui vers Corasone, où vous attend une fête digne des plus grands héros.

« – Ainsi, vous avez échangé votre main contre ma liberté…

– Le roi s'est engagé à régner avec moi sur Alma. Les pairs menaçaient de faire sécession si vous n'étiez pas promptement relâché… Nous leur ôterons ce pouvoir. Nous bâtirons un empire où la guerre sera impossible.

– Si une bataille venait à s'annoncer, vous verrez en moi un allié fidèle. Je quitte Farandol le cœur lourd de gratitude. »

Pour leur dernier soir à Abyss, le roi offrit à Émilie un portrait de femme. Une femme à la peau de miel et aux cheveux noirs, sur fond de paysage indéfini. Hypnotisée par ses prunelles sombres, Émilie croyait voir sa bouche s'étirer en un sourire ; quand elle regardait ses lèvres, c'étaient les yeux de la femme qui semblaient s'animer pour la suivre. L'arrondi de ses épaules, ses bras, ses cheveux négligemment relevés, rien ne manquait à cet être idéal… Au Salon, c'était l'un de ses tableaux préférés. Cette inconnue lui renvoyait son mystère, son assurance, ses certitudes.

« Ai-je fait le bon choix ?

– Tout peut encore basculer.

– Que veux-tu dire ? Le duc de Caracol et les pairs n'ont plus aucune raison de me déclarer la guerre. Le roi d'Abyss est un homme bon… Il réformera le système des castes. Nous gouvernerons Alma ensemble, c'est écrit sur la promesse de mariage.

– Ce n'est qu'un bout de papier. Que vaut une signature ? Tu restes libre de t'allier avec un autre prince.

– Cela reviendrait à trahir ma parole !

– C'est un travers auquel il faut hélas souvent se livrer en politique.

– Ton avis ne m'intéresse pas. Tu n'étais pas là quand j'ai eu besoin de toi ; j'ai fait mon choix. Monsieur de Quéribus est libre, le duc de Caracol se soumettra. Tout rentrera dans l'ordre. As-tu vu l'ascendant du roi d'Abyss sur ses conseillers ? Il saura s'imposer aux pairs d'Alma ; ensemble, nous construirons un monde meilleur. »

L'Autre ne daigna pas répondre.

CHAPITRE 3 : ZÉNIT

I

Ils quittèrent Farandol à la tête d'un convoi à peine plus réduit que celui de leur arrivée. À Belladone, ils devaient embarquer dans un navire qui les conduirait droit à Zénit.

Au fur et à mesure que leurs carrosses se rapprochaient de Caracol, le paysage changeait. La neige disparaissait, les collines succédaient aux forêts, les champs remplaçaient les terrasses de rizières. Les maisons abyssines laissaient place aux villages almalites. La pierre donnait la réplique au bois, l'ardoise se substituait au chaume. L'humidité augmentait. Il bruinait de plus en plus, de lourds nuages couvraient le ciel ; l'odeur de l'herbe mouillée emplit les narines d'Émilie dès qu'elle descendit à Belladone.

Le duc de Caracol leur réserva un accueil en grande pompe. Charmant, il ne laissa rien voir du désaccord qui l'avait opposé à Émilie, et se montra envers le roi d'Abyss d'une obséquiosité déconcertante.

Une lettre du duc d'Orcival apporta quelques explications à ce retournement.

Votre Majesté,

Le retour du maréchal de Quéribus a mis la Cour de votre côté.

L'annonce de votre mariage a été accueillie avec moins d'entrain. Dans sa majorité, le Conseil est favorable à votre union : la libération du marquis et l'or d'Abyss sont une marque de paix et de prospérité qu'il serait absurde de réfuter.

Toutefois, l'on sait la manière de faire du roi d'Abyss : l'on craint d'être dépossédé de ses pouvoirs, de perdre toute puissance politique. Le duc de Fourcaré pose déjà l'épineuse question de l'organisation du gouvernement. Régnerez-vous à Corasone ou à Farandol ? Nommerez-vous un régent en votre absence ? Si la princesse d'Abyss épouse un monarque étranger, comment pallier le péril des guerres de succession ?

En dépit des apparences, le duc de Caracol et le duc de Malraison sont vos plus grands détracteurs. Ils approuvent votre mariage tant qu'il vous éloigne d'Alma : Monsieur de Caracol espère bien mettre son fils sur le trône de votre père à travers la princesse d'Abyss. Le marquis d'Albigeois craint la guerre civile, et ne vous soutiendra que si vous restez à Corasone. Monsieur de Salmonel souhaite vous détrôner en tirant son épingle du jeu. Le comte de Brisevan, heureux d'avoir vu revenir le marquis de Quéribus, dit oui à tout tant qu'on lui fournit l'occasion d'exercer son talent de stratège. Le comte de Ravine est pour la paix. Moins pessimiste que Monsieur d'Albigeois, il regrettera de vous voir partir, mais est prêt à tous les sacrifices pour éviter le conflit. Les autres hésitent, s'interrogent et cherchent encore leur avantage dans cet écheveau d'hypothèses. Vous revoir, affronter le roi d'Abyss, dresser un contrat de mariage qui établirait définitivement les droits et les devoirs de chacun d'entre vous permettrait aux opinions de se déclarer plus ouvertement. Dans le doute, l'homme empruntera toujours la voie de son intérêt...

Je suis soulagé de vous voir prendre une décision aussi sage et vous prie de recevoir l'humble hommage de

Votre loyal Serviteur

André, Duc d'Orcival, Marquis de Byzance

Monsieur d'Orcival,

Le sort des pairs est de n'être jamais satisfaits. À ceux qui redoutent mon départ, dites que je resterai. Assurez ceux qui craignent la mainmise du roi d'Abyss sur le gouvernement qu'il n'en sera rien : la promesse de mariage que nous avons signée exige que nous prenions chaque décision à deux.

Je sais le danger qu'il y a à éloigner de soi les vassaux mécontents. Chez eux, ils seraient libres de monter leur armée. À Corasone, ils ont l'avantage de pouvoir semer la discorde, mais ils sont sous votre surveillance : je suis au moins consciente de ce qu'ils trament contre moi. Tant qu'ils fomentent, ils n'agissent pas : je puis encore triompher. Je suis ravie du changement d'attitude du duc de Caracol, même s'il est affecté. Il me donne le temps d'achever mon voyage dans une relative tranquillité.

Peu importe l'identité de celui qui occupera le trône de la Flèche noire : je les connais assez maintenant pour vous assurer que le roi d'Abyss et sa sœur ne s'attaqueront jamais.

Je vous remercie de votre loyauté. J'espère que les Almalites comprendront bientôt qu'ils n'ont pas lieu de remettre en doute la parole et l'affection profonde qu'éprouve envers eux

Émilie

Reine d'Alma, Duchesse de Corasone

« Combien de temps encore faudra-t-il ménager la susceptibilité des pairs ? tempêta Émilie. Laisse-moi retourner à Corasone. Laisse-moi leur parler comme je l'entends.

– L'histoire doit suivre son cours, répondit l'Autre. Tu ne peux te rendre à Corasone avant d'avoir achevé ton voyage.

– Dans le monde d'où je viens, la téléportation existe. Les distances ne sont pas un problème. Je peux traverser la planète en quelques secondes. Je suis heureuse de voir Zénit et Promété, mais je perds un temps précieux…

– La maîtrise du temps est la clé du pouvoir. Tu dois apprendre à agir au bon moment, au bon endroit.

– Que manigance le duc de Caracol ? Que veut le duc de Malraison ?

– L'histoire doit suivre son cours. »

♦

Saeta : ainsi se nommait la jonque sur laquelle ils vogueraient vers Zénit. Sa proue et sa poupe se terminaient en croissants de lune ornés de trois figures tutélaires. Leurs immenses visages se partageaient l'espace. L'un féminin, jeune et souriant, l'autre masculin, vieux et sévère ; le troisième, serein, impossible à cataloguer. L'avant de la jonque était un vaste pont ouvert à toutes les fantaisies, sous lequel on voyait dépasser plusieurs dizaines de rames qui attendaient de s'activer. Au milieu du bateau, une haute maison dressait fièrement son toit zénitien, dont les quatre extrémités se terminaient en croissants de lune. Toute en courbes et en pointes, ardoise sombre sur bois rougi, de minces bandes d'or venaient rehausser la ligne de ses murs.

Le cortège de malles et de serviteurs qui les accompagnait se répartissait dans des jonques plus petites bâties sur le même modèle. Si le visage des divinités tutélaires de Zénit n'était pas gravé sur toutes les coques, on retrouvait le curieux éventail à trois branches sur chaque navire : accroché à une porte, sur une poupe ou quelque part sur le pont. Le soleil d'or sur fond brun caractéristique de Zénit se déployait fièrement sur toutes les voiles. On venait de loin pour admirer cette exotique procession, qui descendait l'Histrion vers les monts Ménid pour la première fois depuis bien longtemps.

Lentement, les rives du fleuve roi changeaient. Les buissons se densifiaient, les arbres se raréfiaient, les pierres blanchissaient le long des berges. Le soleil perçait occasionnellement, pas assez pour faire s'évanouir la grisaille de l'hiver. Il renforçait les contrastes du paysage. Les nuages semblaient plus solides, les broussailles au bord du fleuve plus sombres, les arbres plus dégarnis, l'eau prenait une teinte métallique…

Le spectacle du fleuve Sang attira tous les compagnons d'Émilie sur le pont. La division de l'Histrion se faisait dans la violence, créant des tourbillons qui eussent empêché toute navigation sans la construction de savants barrages. Ils avaient déjà croisé plusieurs écluses ; Émilie admirait sans se lasser l'ingéniosité de ce mécanisme.

Situé au sud-ouest d'Alma, le Triangle de Lumière partageait sa frontière bordée de montagnes entre Négosse, Malraison et Albigeois. D'un climat propice à l'agriculture, et particulièrement à la culture des vignes, Zénit fabriquait des vins de haute qualité. Sa capitale, Lucibel, à la croisée de l'Histrion et du Chérubin, centralisait toute la gestion du pays. Retranchés derrière les monts Ménid depuis la chute de l'empire cotyle, les Zénitiens vivaient en autarcie, sous la férule de l'organisation maîtresse du théisme : la Pagode.

« Le théisme a provoqué l'effondrement de l'empire cotyle, leur expliqua le prince de Zénit. La Pagode a rassemblé les ruines de cette civilisation brillante, dont l'influence s'étendait jadis jusqu'aux portes de Farandol. Le système impérial de Cotylédone était corrompu, les factions politiques s'entredéchiraient… Quand la religion des Cotyles a commencé à être attaquée par le théisme, ce fut le coup de grâce. Celui-ci s'est répandu comme une traînée de poudre dans Zénit. Il s'est diffusé au-delà de ses frontières, jusqu'à ce qu'il rencontre le déisme. Les Cotyles se sont dispersés en groupuscules. Ce fut le début de l'Âge sombre, peuplé de guerres et de conquêtes éparses, alors que naissaient les nouveaux royaumes. La Pagode a émergé de concert avec le royaume de Zénit. Abyss, déiste, s'est farouchement défendu contre le théisme. Les conflits de religion ont marqué l'Âge sombre : pour en préserver Zénit, la Pagode a finalement fait fermer toutes nos frontières.

– Le théisme n'est-il pas né du déisme ? intervint Sophie.

– C'est bien cela, répondit le prince. To et Deus sont la même entité : elles le fussent restées, si les Cotyles n'avaient pas écouté la parole de Pi, qui se prétendait fils de To et né de Na, l'Immaculée Conception… Sous l'égide du Doyen Enrico Ier, la Pagode a utilisé son emprise politique pour introduire de nombreuses réformes. Monseigneur Enrico a établi l'égalité de tous devant la Sainte Trinité ; il a invité les rois à se soucier davantage du bien-être de leur peuple que de la construction de monuments à la gloire de Pi. Peu à peu, la Pagode a mené une série de réformes. Les rois ont signé une Constitution, chacun a été déclaré égal devant la justice ; les nobles et le clergé ont perdu l'exemption de l'impôt, le servage a été aboli. L'Assemblée Commune, élue par le peuple, vote désormais les lois ; le prince a conservé la puissance exécutive, tandis que la justice est devenue un agent pleinement indépendant. »

Contrairement à Abyss ou Alma, la naissance des hommes ne décidait pas de leur avenir : gratuite et obligatoire jusqu'à douze ans, l'instruction scolaire offrait à chacun des chances équivalentes dans le grand jeu de la vie.

Pi, présent dans les moindres aspects du quotidien, faisait figure de héros national. L'éventail théiste se retrouvait partout : écoles, musées, mairies, il n'était pas un foyer qui ne se réclamât de sa protection.

« Peut-on savoir pourquoi Pi a droit à une telle dévotion, alors que To est le véritable maître ? demanda Sophie.

– L'histoire nous est contée dans le Livre de la Sagesse. To a créé le monde ; un jour, pour ramener les hommes à Lui, Il a décidé de s'incarner en l'un d'eux. Il a choisi Na, une femme au cœur pur et très dévouée à Lui, pour porter Son Fils : Pi. Quand Pi a grandi, To a exigé qu'Il quitte Na et Le rejoigne au Ciel. Na aimait démesurément Pi : rendue folle de douleur par cette séparation, elle a renié To. Pour la punir, et châtier à travers elle la faiblesse des hommes, To a déchaîné les forces de la nature : foudre et pluie se sont abattues sur la terre. Afin de calmer le courroux de son Père, Pi s'est sacrifié. Son sang a coulé sur la terre, l'orage s'est tu. Trois jours plus tard, Pi s'est relevé et les hommes ont reconnu la puissance de To. Alors Pi a écrit le Livre de la Sagesse et édicté les règles auxquelles nous obéissons toujours aujourd'hui. Depuis ce temps, le monde vit en paix : les hommes suivent les principes de To, les femmes se soumettent aux lois de Na, et tous vénèrent Pi comme leur sauveur.

– Les préceptes qui gouvernent nos deux religions sont assez proches, observa Madeleine. Deus place Lui aussi le respect de Ses commandements au-dessus de toute chose. À Abyss, comme à Zénit, le devoir est la clé du bonheur.

– Nos dix dieux sont plus fantasques que dans le déisme et le théisme, remarqua Céleste. Ils représentent la lutte incessante de la vie, avec ses forces contraires et sauvages ; ils sont l'incarnation de l'ordre qui régit ces forces et leur permet de cohabiter. »

◆

Lorsque la jonque fit halte à Altive, le duc de Malraison les accueillit avec autant de pompe que le duc de Caracol, et se montra envers le roi d'Abyss d'une obséquiosité toute particulière.

Avant qu'ils ne repartent, Monsieur de Malraison pria Émilie de lui accorder un entretien privé.

« J'ai été très heureux d'apprendre la libération de Monsieur de Quéribus et l'annonce de vos fiançailles, commença-t-il. L'or rapporté par le marquis vous a valu de nombreux éloges... Malheureusement, votre mariage soulève autant de questions qu'il en résout. Me permettrez-vous de vous les soumettre, au nom de l'ensemble des pairs ?

– Le duc d'Orcival m'a informée de vos inquiétudes dans sa dernière lettre. Il m'a dit la crainte que vous aviez de voir le roi d'Abyss acquérir trop de pouvoir sur Alma, et les doutes que vous entreteniez quant à l'organisation pratique du gouvernement parallèle de nos deux pays. Je vous réponds comme à lui que nous régnerons à deux et qu'aucune de mes absences n'excédera jamais celle que ce voyage m'oblige à prolonger.

– La sœur du roi sera donc maîtresse d'Abyss ?

– Sans doute. Mais si le roi risque d'être amené à retourner à Farandol, je n'envisage pas de quitter Corasone.

– C'est un monarque expérimenté. Vous devriez vous confier à lui : il saura fédérer les pairs en votre nom.

– Je me montrerai à la hauteur de mon rang.

– J'en suis ravi. Avec l'ouverture des frontières que vous avez initiée, il sera urgent de légiférer sur les priorités en matière d'échanges extérieurs : les corporations d'artisans grondent et craignent pour leur monopole. Suite à la guerre contre Abyss, le blé atteint des prix inimaginables. Des serfs sont morts du choléra et une épidémie de peste vient de se déclencher non loin d'Altive : j'ignore moi-même comment éviter qu'elle ne se propage. Comme vous l'aurez vu au cours de votre voyage, les routes d'Alma, malmenées par le passage des armées, sont en piteux état, il faudra veiller à les refaire. Songez également à lever l'embargo qui nous interdit d'acheter la soie abyssine par les voies traditionnelles : Palatine nous la revend à des prix excédant dix fois sa valeur. Comme si cela ne suffisait pas, des groupes théistes sèment la zizanie parmi les déistes et les croyantins : ils clament que leur religion est la seule vraie, et appellent la Pagode à étendre son influence au-delà des monts Ménid, comme au temps des pires heures de l'Âge sombre. Les sujets de trouble ne manquent pas... »

Grand, mince et presque chauve, la sollicitude du duc semblait du dernier sinistre à Émilie. Sans parler d'une voix aussi mielleuse que le marquis de Salmonel, toute sa personne respirait l'hypocrisie...

« Je vous remercie, Monsieur de Malraison. Je veillerai à résoudre ces problèmes.

– Vous n'êtes pas encore mariée que je m'alarme déjà ! Mais soyez rassurée. Vous avez vu Abyss ; observez Zénit et Promété, apprenez ce qui vous fait défaut et vous pourrez ainsi régner en vous inspirant des exemples les plus illustres du monde connu. Ma dernière crainte porte sur un avenir plus lointain. Avez-vous songé au péril des guerres de succession ? Pour y échapper, l'annexion totale est la seule voie possible... Il faudrait fondre Alma et Abyss en un unique pays, les rendre économiquement dépendants l'un de l'autre. Malheureusement, certains pairs n'accepteront jamais de se soumettre à un Abyssin... Nous avons toute confiance en vos capacités. »

Émilie reçut les hommages du duc avec un calme qu'elle était loin de ressentir. Les souvenirs de l'Autre lui permettaient tout juste de comprendre la nature des problèmes évoqués par le duc ; elle avait beau retourner ces maigres informations dans tous les sens, elle se sentait profondément ignorante sur la manière de mettre un terme à ces difficultés. Que fallait-il faire pour satisfaire les corporations ? Comment empêchait-on une épidémie de se propager ? Pourquoi les théistes s'agitaient-ils soudain ? Surtout, pourquoi le duc d'Orcival ne lui avait-il rien touché de tout ceci dans sa précédente lettre ?

Quand la jonque eut enfin repris sa course sur l'Histrion, Émilie convoqua le marquis de Belladone. C'était le milieu de l'après-midi. Le climat s'adoucissait, la *Saeta* s'approchait des monts Ménid. Les quais ordonnés d'Altive n'étaient plus qu'un lointain souvenir, recouvert par la végétation des berges sauvages du fleuve roi.

« Vous semblez fort préoccupée, Émilie. »

Sophie venait de la rejoindre sur le pont, et s'accouda au bastingage. La désinvolture qu'elle mettait dans chacun de ses gestes ne manquait jamais de frapper Émilie.

« Gouverner est bien ardu. J'aurais dû y songer à deux fois avant de ceindre la couronne, sourit Émilie.

– Je suis heureuse que vous l'ayez fait. Sans cela, nous ne nous serions jamais rencontrées. Abel rêvait de sortir de Promété, vous auriez dû le voir quand il a appris que votre ambassadeur demandait à être reçu !

– J'aimerais que mes pairs soient aussi réjouis que vous de l'ouverture de nos frontières. Je voudrais mettre un terme à ces luttes incessantes entre eux…

– S'ils sont comme nos gouverneurs, ils doivent avoir en commun la fâcheuse manie de placer leur avantage avant celui du pays.

– Comment l'empereur maintient-il la paix entre eux ?

– Abel n'est pas seul. Toute notre politique est construite pour leur permettre de satisfaire leurs ambitions : chez nous, la puissance se monnaye et l'argent résout tous les problèmes.

– Le roi Apollon a ôté à ses seigneurs tout pouvoir sur Abyss. Il les a manipulés pour qu'ils n'aient pas d'autre obsession que de lui plaire : quand je vois la manière dont le roi d'Abyss gouverne, cette solution, plus économique que la vôtre, me semble la meilleure.

– Pareille décision ne s'applique pas sans heurts. Quoi que vous fassiez, chacun de vos choix aura toujours une bonne et une mauvaise conséquence : à vous de juger si le jeu en vaut la chandelle. Telle est la leçon que nous enseignent les écoles prométéennes.

– En réfléchissant comme il se doit, on peut agir sans se tromper. Vous ne me persuaderez pas du contraire.

– Vous êtes trop attachée à vos idéaux. Gardez-vous de les laisser déformer votre perception de la réalité.

– Vous parlez comme si vous aviez déjà commis cette erreur.

– Cela se peut. Il n'y a pas besoin d'être reine pour désirer un monde meilleur : pour réussir, j'ai cependant privilégié certaines ambitions au détriment des autres. La leçon fut difficile ; elle l'eût été davantage si j'avais été plus âgée. Vous avez pris votre vie en main, c'est une première victoire ! Assumez vos choix, mais ne vous bercez pas d'illusions : tel est mon conseil. »

Le ton de Sophie se voulait amical. Agacée d'être ainsi sermonnée, Émilie la remercia, tout en se promettant de ne pas renoncer si facilement à ses rêves.

L'arrivée du roi d'Abyss contraignit Sophie à lui céder la place. Lorsqu'ils furent seuls, il adressa à Émilie un sourire plein de sollicitude.

« L'entretien que vous avez eu avec Monsieur de Malraison vous a-t-il donné satisfaction ?

– La libération du maréchal de Quéribus et l'annonce de notre mariage ont apaisé bien des tensions. Le duc m'a assurée de son soutien.

– Dans ce cas, pourquoi semblez-vous si préoccupée ? »

Les paroles de Sophie résonnaient encore dans l'esprit d'Émilie. Elle avait choisi de faire confiance au roi... Pourquoi lui mentirait-il ? En ces temps instables, il était son meilleur allié.

« Sire, la situation d'Alma est critique à bien des égards. Une épidémie de peste vient de se déclencher près d'Altive, des troubles agitent l'entente entre théistes, déistes et croyantins, l'ouverture des frontières de Zénit et de Promété soulève des questions économiques que je n'avais pas prévues. Je crains à tout moment de prendre la mauvaise décision...

– Régner est un art difficile, qui demande à la fois patience, anticipation et fermeté. Vos pairs abusent de votre bonté. La mort subite du roi Arès vous a placée dans une situation à laquelle rien ne vous préparait… Vous n'avez plus à prouver votre perspicacité, mais vous restez vulnérable malgré votre force. Certains de vos vassaux désapprouvent notre mariage et feront tout pour vous déstabiliser.

– Je souhaite seulement que notre voyage parvienne à son terme sans mettre en danger la paix d'Alma. Après Abyss, j'ai soif d'apprendre de l'exemple de Zénit et de Promété…

– Vos pairs retourneront contre vous cette volonté admirable qui vous pousse à parfaire vos connaissances pour gouverner en reine éclairée. Je suis certain qu'ils craignent que vous ne les dépossédiez de leur pouvoir…

– Que faire ?

– Allez dans leur sens. Confortez chacun dans son intérêt et reposez-vous du reste sur moi. Votre seule préoccupation doit être l'examen de Zénit et de Promété. »

Le roi lui baisa tendrement la main, et plongea ses yeux hypnotiques dans les siens.

« Je vous aime, Émilie… Je vous protégerai. »

Cet entretien avec le roi laissa Émilie profondément troublée. Le duc de Malraison et le roi venaient de l'assurer de sa suprématie ; paradoxalement, elle ne s'était jamais sentie aussi impuissante.

« Que m'arrive-t-il ? »

L'Autre se faisait attendre.

« Réponds ! Pourquoi tout est-il aussi compliqué ?

– Beaucoup de choix reposent sur toi. Ainsi l'exige le titre de reine.

– Je ne voulais pas devenir reine. Tu m'y as obligée, et maintenant tu m'abandonnes ! Tu n'es jamais là quand j'ai besoin de toi. Tu ne parles plus à ma place.

– Je suis toi. Je souhaite ce que tu désires.

– Pourquoi ne me laisses-tu pas abdiquer ?

– Tu as le pouvoir de changer le monde. N'est-ce pas ce que tu voulais ?

– Je dois sans cesse ménager mes vassaux pour éviter la guerre. Je n'appelle pas ça être libre…

– Alors débarrasse-toi d'eux.

– On ne résout pas ses problèmes en assassinant les gêneurs !

– Telle n'est pas la morale des croyantins.

– Dans le monde d'où je viens, tuer est formellement interdit. C'est le pire signe d'inaptitude qui soit. Mais ce lieu est perdu pour moi… J'ai toujours voulu le fuir, voilà que je me surprends à le regretter.

– Quand tu seras de retour à Corasone, l'imagination sera la seule borne de ton pouvoir. Tu pourras changer le monde.

– Je voudrais te répondre que ce n'est pas mon objectif… Mais tu as lu en moi. Tu as vu les sirènes, Avalon et les fées. J'ai rêvé de renverser le système et j'y suis parvenue. Je ne comptais pas assumer d'autres responsabilités après cela… Aujourd'hui, après avoir vu Abyss, j'ai envie d'agir. À nouveau, je souhaite réformer ce que j'ai observé, imiter ce que j'aime, éliminer ce qui me semble injuste. Malgré la difficulté, régner sur Alma est une chance. Je ne veux pas attendre mon mariage pour la saisir. »

◆

Ils franchirent sans encombre les monts Ménid. Les nuages qui couronnaient leurs sommets escarpés ne dissimulaient pas entièrement la longue muraille bâtie par les aïeuls du prince de Zénit. Elle s'étendait loin au-dessus de l'Histrion, qu'elle enjambait cependant d'assez près pour menacer tout visiteur indésiré.

Le climat, nettement moins froid qu'à Alma grâce à la barrière naturelle des monts Ménid, occasionnait des promenades fréquentes sur le pont. Tout à Zénit semblait pousser en palier : arbres, buissons, fleurs, jusqu'à l'architecture qui se plaisait à multiplier les successions de toit.

Alors qu'ils approchaient d'un village, une jeune fille jaillit à toute allure des taillis, se figea en apercevant la *Saeta*, puis se mit à courir le long de la berge en remontant le fleuve. Vêtue pauvrement, elle avait la peau aussi sombre que le prince et les cheveux protégés par une sorte de bonnet rond. Avant qu'elle soit hors de leur vue, des hommes lui coupèrent la route. Elle essaya de fuir, en vain ; ils l'immobilisèrent et tentèrent de la ramener de force avec eux.

« Non ! hurla-t-elle. Je ne veux pas mourir, lâchez-moi !!

– Tais-toi ! Tu dois rejoindre ton époux, ainsi le veut la coutume.

– Non ! Je vais être enterrée vivante, je ne veux pas ! »

L'inconnue se débattait comme une diablesse.

« Non ! Pitié, par Pi… »

Un homme l'assomma d'un coup sur la tête ; les jonques étaient trop loin pour qu'ils puissent reconnaître leurs passagers.

Un lourd silence plana sur le pont, que Sophie fut la première à briser.

« Votre Altesse… Que signifie ceci ?

– Je regrette que vous ayez assisté à ce spectacle. C'est l'un des plus tristes de Zénit… »

Honteux, le prince se tordait les mains, n'osant pas regarder ses compagnons en face. Impitoyable, Sophie insista.

« Cette jeune fille va être enterrée vivante, et vous ne faites rien pour l'arrêter ?

– C'est l'une des coutumes les plus ancestrales de Zénit. Si son époux meurt avant elle, sa veuve doit être ensevelie avec lui.

– Cette enfant n'avait pas quinze ans, murmura Sophie.

– Les enfants sont fiancés dès leur naissance. Le mariage se fait au moment où la fille devient femme… »

Le prince de Zénit semblait au bord des larmes.

« Cette coutume est détestable. Elle repose sur une mauvaise interprétation du Livre de la Sagesse… Nous ne la pratiquons plus à la capitale, mais je n'ai aucun contrôle sur les agissements de ces villages reculés. Le Doyen estime que la règle doit être respectée… Ainsi le veut la tradition. »

Madeleine, dont la couronne de cheveux sombres accroissait la pâleur, ne dit rien. Paralysée par l'Autre, Émilie restait muette. Seuls Céleste et le marquis de Belladone semblaient partager son bouleversement ; l'empereur de Promété haussa les épaules, tandis que le roi d'Abyss retournait dans sa cabine. Outrée, Sophie fulminait le prince du regard.

Comme pour s'excuser, le prince se sentit obligé d'exposer en détail la situation des femmes à Zénit. Le théisme prônait en effet une différenciation extrême des sexes. Privées du droit de vote, les filles ne fréquentaient pas les mêmes écoles que les garçons : la religion et le chant étaient les seuls sujets qu'ils partageaient. Lecture, écriture, sport et mathématiques pour eux ; couture, broderie, canevas et entretien de la maison pour elles. L'alphabétisation des filles était mal vue et par conséquent quasi inexistante. À treize ans au plus tard, elles revenaient chez leurs parents, prêtes à rejoindre l'époux choisi pour elles. Si celui-ci mourait en premier, quel que soit leur âge, on les ensevelissait avec le cadavre. Paraître devant un étranger sans voiler ses cheveux valait à une femme trente coups de fouet ; se rendre à un bal sans tuteur la déshonorait pour le reste de sa vie. En cas d'adultère, il était d'usage de tondre les femmes et de les rouer de coups avant de les pendre, comme une sorte de traitement de faveur avant le Jugement de To, tandis que les hommes ne devaient craindre qu'un blâme public.

« Les règles du Livre de la Sagesse reposent sur un principe très simple, poursuivit le prince. Une femme est soumise, à chaque âge de sa vie, à l'autorité d'un homme, père, mari, fils ou frère. Elles doivent lui obéir en tout et ne peuvent sortir sans qu'il les accompagne : dans la majorité des cas, on ne les aperçoit que lorsqu'elles participent à des bals ou des fêtes, le seul moment où les deux sexes peuvent se réunir. En présence d'hommes étrangers à leur famille proche, elles doivent avoir les cheveux couverts. S'il est interdit aux moines de se marier, le commun des hommes peut avoir plusieurs femmes à la fois : la Première Épouse et des concubines. Au sein d'une demeure, les quartiers des hommes et des femmes sont strictement délimités. Quant aux repas, ils ne sont partagés que si cela correspond au désir du maître de maison… Seule la Première Épouse est enterrée avec son mari. Les concubines dépendent du bon vouloir des héritiers.

– Je ne conçois pas que vous toléniez semblable situation, déclara Sophie.

– N'accusez pas le prince, répliqua Madeleine. Il n'est pour rien dans ce que nous avons vu. Je… Je suis certaine qu'il convaincra le Doyen d'abolir cette coutume, quand le moment sera venu.

– Chacun est maître en son pays, opina le roi d'Abyss. Cette tradition me semble injuste, mais je ne doute pas qu'elle ait une raison d'être. »

Émilie aurait pu parler, mais elle préférait se taire plutôt que transformer sa colère en paroles policées.

« Cela me dégoûte ! tempêtait-elle intérieurement. Sans femmes pour porter les enfants, que feraient-ils ? Je ne comprends pas que le prince de Zénit laisse perdurer une telle situation…

– Ton avis est trop tranché.

– Cette idée ne vient même pas de Pi ! C'est un Doyen qui a extrapolé sur le Livre de la Sagesse. Et on obéit à sa parole comme si… Comme s'il était Pi lui-même !

– Ainsi l'exige la théologie.

– C'est injuste… Tu m'entends ? C'est ignoble ! Ridicule, cruel et monstrueux !

– C'est une autre forme d'inégalité.

– L'inégalité est une chose profondément insensée. Elle est gratuite, inutile et arbitraire. J'ai grandi dans un monde où elle n'existe pas. Je ne l'accepterai jamais et je me révolterai à chaque fois que je la rencontrerai. Comment les femmes peuvent-elles cautionner cette attitude ?

– Pour elles, c'est une tradition. Cela fait partie de la vie, c'est aussi naturel que l'air qu'elles respirent.

– Et la jeune fille qui vient de se faire capturer, qu'en fais-tu ?

– C'est une exception. Un peu… Comme nous. »

♦

La *Saeta* atteignit Lucibel quelques jours plus tard, en milieu d'après-midi.

Des ponts annonçaient la cité. Ils avaient tantôt la simplicité du quotidien, tantôt l'étrangeté des défis : la variété de leur architecture reflétait les âges traversés par le Triangle de Lumière.

Alors que la *Saeta* s'avance, les maisons sont de plus en plus hautes, avec leurs toits pentus en paliers et leurs innombrables lucarnes rondes. Tuiles vernies, piliers bruns, bois rouge et or. La foule les observe. Penchés au-dessus des parapets, agglutinés sur les quais, massés derrière les fenêtres et sur les balcons, ce sont des milliers d'yeux qui vrillent les invités du prince de Zénit. Les femmes portent des coiffes pointues, qui ne paraissent pas moins insolites que les perruques bouclées des hommes.

La *Saeta* avance jusqu'au cœur de Lucibel. Le point où le puissant Histrion, fatigué de sa longue traversée, donne naissance au Chérubin, avant de poursuivre sa course vers le lointain océan Antique. Au milieu de cet embranchement s'élève une île autour de laquelle cinq bateaux comme la *Saeta* peuvent s'amarrer. Une multitude de ponts relient cet embarcadère à Lucibel. À chaque étage, des passerelles de bois croisent des arcs de pierre, des escaliers le disputent à d'étranges rampes de métal où glissent des caisses de marchandises. Les yeux de l'empereur de Promété brillent d'une admiration enfantine devant cette ingéniosité improbable.

Depuis le sommet du débarcadère, on aperçoit le palais du prince de Zénit. Immense cité blanche et or au milieu du rouge, des dragons ornent les arêtes de son toit ; les trois visages tutélaires théistes se dessinent à chacun de ses coins. De hauts murs protègent son cœur des regards. Ses façades principales se poursuivent en une longue enceinte, derrière laquelle d'exotiques frondaisons laissent soupçonner un somptueux jardin.

« Voyez ces chapeaux, comme ils sont curieux ! s'amusa Céleste. Celui-ci est fixé par des rubans qui vont jusqu'à la taille… Et celui-là, avec ses plumes !

– Avez-vous remarqué les fruits et les bijoux sur celui-ci ? observa Sophie.

– Pourquoi les hommes mettent-ils ces perruques blanches et bouclées, alors qu'ils ont la peau noire et le cheveu raide ? s'étonna Émilie. Leurs habits ressemblent aux nôtres mais… En beaucoup plus anciens.

– Ce maquillage pâlissant est d'un effet des plus curieux sur leur teint sombre, commenta Madeleine.

– Oserai-je avouer que la mode zénitienne m'est toujours demeurée un mystère ? sourit le prince de Zénit. Je vous souhaite la bienvenue dans le Triangle de Lumière. »

Ils furent accueillis par un homme très grand, portant une longue robe beige et un collier d'or au bout duquel pendait l'éventail de la trinité théiste. Un bonnet assorti couvrait sa tête. Derrière son visage affable, il cachait un œil acéré. Le prince de Zénit posa un genou en terre et baisa la main du Doyen Massimiliano III, guide spirituel de Zénit et de la Pagode, maître de tous les théistes du monde connu.

Le Doyen présenta ses hommages à chacun des invités du prince, qu'il n'eut aucune difficulté à reconnaître, avant de leur ouvrir le passage vers le château.

À l'intérieur du palais, un bois verni, brun et parfumé, chantait sous leurs pas. Tous les murs étaient rouges, parsemés de motifs dorés d'une grande complexité. Des piliers entouraient chaque porte, à la façon des temples croyantins. Depuis ses fenêtres, Émilie voyait un coin du jardin, en grande partie masqué par le feuillage persistant d'un automne éclatant. Comme le roi d'Abyss, le prince de Zénit lui avait offert plusieurs vêtements et bijoux d'une valeur inestimable.

Ils mangeaient seuls ce soir : le prince de Zénit avait souhaité pour le jour de leur arrivée un repas en petit comité. Il profita de l'occasion pour leur présenter sa sœur, la princesse Ana.

Âgée de huit ans, elle portait une coiffe ronde, sa robe était en velours d'un rouge clair, parsemé d'arabesques d'or. Un liseré de fourrure noir ornait ses manches. Elle avait la peau aussi sombre que son frère, et promettait de devenir très belle. Le dos droit, la bouche close, l'air grave, elle maîtrisait chacun de ses gestes à la perfection. Elle parcourut l'assemblée des yeux avant de s'incliner profondément. Le prince s'agenouilla devant elle pour que son visage soit à la même hauteur que le sien : ils s'enlacèrent.

« Je suis heureux de te revoir, Ana.

– Francesco ! Vous m'avez beaucoup manqué. »

La voix de la petite princesse tintait comme du cristal.

« Ana, voici les amis dont je t'ai parlé dans mes lettres. »

La princesse s'inclina devant chacun d'eux et ne put dissimuler son étonnement face à l'accoutrement du roi d'Abyss et de l'empereur de Promété.

Le repas zénitien se prenait à table, avec des couverts similaires à ceux d'Alma. Il se composait exclusivement de bouchées de fruits et légumes savamment élaborées, mais surprenait par la variété de ses boissons. Des vins savoureux accompagnaient chaque plat. À la fin du dîner, les hôtes du prince découvrirent avec délice l'existence du thé, du café et du chocolat ; ce dernier fut particulièrement apprécié de Madeleine.

« Peut-on savoir à qui a été confié le soin d'élever votre sœur ? demanda le roi d'Abyss. Il me semblait que vous étiez le seul représentant de la famille royale de Zénit…

– Vous êtes bien informé. Mon père nous a quittés peu après la naissance d'Ana. C'est notre mère, Pi ait son âme, qui l'a éduquée, jusqu'à ce qu'elle s'en aille aussi, il y a tout juste un an. Les frères et sœurs qui nous séparaient n'ont pas atteint l'âge adulte. La tutelle de ma sœur est partagée entre une gouvernante et le moine Nicolino, qui est le deuxième plus haut dignitaire religieux de Zénit. »

Une ombre passa sur les traits d'Ana. Tant de sérieux, mêlé à tant de jeunesse…

« Que vous apprend-on, Altesse ? demanda Émilie.

– Ma gouvernante m'enseigne la couture, le chant, le dessin, la broderie et la musique. Maître Nicolino m'apprend à lire et à comprendre les préceptes du Livre de la Sagesse.

– Êtes-vous douée en musique ? Cela a toujours été mon sujet le plus faible.

– Le piano me plaît beaucoup. J'aime aussi la harpe, mais c'est un instrument plus difficile.

– Que préférez-vous, parmi tout ce que l'on vous apprend ? » demanda Sophie.

Ana réfléchit longuement.

« J'aime la couture, dit-elle enfin. Je sais très bien mettre des boutons ; j'apprends en ce moment à décorer les robes. »

La princesse baissa les yeux dès qu'elle eut achevé. Elle répéta cette mimique tout au long du repas, lorsqu'elle terminait de parler, jusqu'à ce que...

« Ana, vous êtes une princesse parfaite. Votre frère doit être très fier de vous. »

L'intéressée rendit à Sophie un sourire rayonnant, découvrant toutes ses dents d'enfant.

◆

Émilie s'éveilla tôt ; le prince de Zénit la rejoignit alors qu'elle se promenait dans les jardins.

Le ciel, ponctué d'étoiles, baignait les arbres d'une lumière bleutée faisant ressortir le givre. Encre blanche fascinante, qui dessinait le contour de chaque brin d'herbe d'un trait idéal...

Des baies rouges s'accrochaient au vert glacé des buissons. On retrouvait chez tous les végétaux un feuillage en paliers caractéristique de la flore zénitienne. L'odeur du pin se mêlait à celle de la terre mouillée. Les chemins serpentaient entre les arbres sans aucune logique apparente. Un pont débouchait sur une île au milieu d'une rivière de galets, une mare surgissait au détour d'un sentier... Noyé dans la verdure, le palais de Lucibel se devinait à peine.

« C'est étrange, murmura Émilie. À Farandol, l'architecte semblait s'être fixé pour dessein de civiliser l'horizon. Quel que fût le point où l'on se tenait, on était toujours assuré de tout apercevoir. Ici c'est le contraire. L'on est sans cesse surpris par des métamorphoses impromptues, la terre se change en pierre et le buisson en arbre, l'eau surgit de nulle part ; soudain l'on se trouve sur une île. Aucune sculpture, aucune géométrie... »

Le prince de Zénit sourit.

« Ce jardin se veut le reflet de la vie. Il n'est pas très grand : on peut en faire le tour en une heure, en ayant observé ce qu'il comportait de plus singulier. Quand on le regarde de près cependant, une force mystérieuse semble se mettre en branle. L'eau qui s'écoule, le mouvement des feuilles, le souffle de l'air... Cette irrégularité incessante, ces ponts surgis de nulle part, la terre, l'herbe, les pierres. Comme si quelqu'un, quelque part, agençait tout cela exprès, se plaisant à nous procurer l'illusion de la toute-puissance. Mais à peine a-t-on pris conscience de cela qu'on l'oublie, dérangé par quelque nouveauté. Nous voilà croquant à nouveau dans la vie que nous cherchions à savourer... C'est le cercle infini des rapports entre To, Na et Pi. Action, jouissance, équilibre.

– Cette philosophie s'applique-t-elle à tout ?

– C'est une manière d'être qui détermine chacun de nos actes à Zénit. Selon le Livre de la Sagesse, un homme ne peut mesurer toutes les conséquences de ses actions dans le temps, dans l'espace, dans l'esprit de ses semblables. Pour compenser cette faiblesse naturelle, il lui faut, avant et après chaque prise de décision, méditer pour jouir du présent, et travailler à équilibrer son jugement.

– Si je puis apprécier le présent, je ne suis pas sûre de comprendre ce que vous entendez par équilibrer son jugement. Le Bien n'est-il pas une valeur que tous devraient poursuivre ?

– Ce n'est pas aussi simple que vous le pensez, sourit le prince. Prenez l'avarice. Défaut universel que de ne rien vouloir donner à autrui. Mais distribuer sans compter, tout sacrifier, est-ce alors la plus grande des vertus ? Vous avez tôt fait de n'avoir plus rien. La reconnaissance de ceux à qui vous avez dispensé vos bienfaits n'est pas acquise : vous qui donniez tant, vous risquez de peu recevoir. N'eût-il pas été plus sage de vous ménager, de partager avec discernement, de faire fructifier vos ressources ?

– Je n'avais jamais envisagé les choses sous cet angle.

– Laissez-moi l'exprimer autrement. La qualité suprême est l'équilibre, qui s'oppose à l'excès : la mesure est la clé de toutes les vertus.

– Ne peut-on se laisser emporter par le bon ?

– Pour qu'une balance marche correctement, son équilibre ne doit pas être rompu. Si elle penche trop d'un côté, elle se déréglera. L'âme humaine fonctionne exactement selon le même procédé... Pour rester juste, elle doit être à la croisée de tous les excès. Le Bien est l'équilibre : l'emportement représente le Mal. »

Émilie avait une sensation de déjà-vu. Je serai la chaleur qui fait vivre et qui tue...

« Il existe d'autres explications, reprit le prince de Zénit. D'autres religions... Je crois profondément aux grandes vérités du Livre de la Sagesse. C'est le livre le plus ancien du monde : y sont transcrits les histoires et les principes fondateurs de notre religion. Pi Lui-même l'aurait écrit.

– Pi n'est-il pas un dieu ? Si Zénit possède un livre écrit de sa main, personne ne devrait douter de son existence...

– Ce n'est pas aussi simple. Ce livre est un condensé de textes rassemblés il y a fort longtemps. Trop longtemps pour pouvoir démêler avec certitude le mythe de la réalité...

– Avez-vous les textes originaux ?

– Nous avons des copies d'un écrit originel. Il a fallu des siècles de labeur pour établir le théisme en tant que vraie religion et bâtir le Livre de la Sagesse. Nombre de prieurs travaillent encore à le décrypter, écumant la moindre interprétation, pour s'assurer de ne pas être infidèle par ignorance.

– Comment pouvez-vous être certain que Pi en est l'auteur ?

– Les témoignages des copistes ont traversé les années : c'est la preuve de leur authenticité.

– Vous n'avez donc aucun original de la main de Pi ?

– Non, malheureusement.

– Si tous les textes du Livre de la Sagesse ont été écrits de main d'homme, et que le temps les a enfouis au cœur d'un vaste mystère, comment savez-vous que ce ne sont pas de simples légendes ? Des fragments de récits réunis au hasard des rencontres ?

– Des légendes ? Il y a trop de concordance entre ces textes, trop de profondeur, trop de coïncidences ! Métaphores, morales, ils ont en commun jusqu'à certaines paroles de Pi.

– Ils n'en restent pas moins un assemblage disparate d'histoires dont rien ne garantit qu'elles soient vraies.

– Seule la Pagode dispose de l'autorité suffisante pour décider de ce qui est vrai.

– Mais vous ? Qu'en pensez-vous ?

– Les préceptes du Livre de la Sagesse éclairent notre passé et guident notre avenir. Ils représentent une vision du monde que je n'ai pas la liberté de remettre en question. Ce serait absurde… On ne peut douter du cycle des saisons ou de la course du soleil. Ainsi en va-t-il des récits du Livre de la Sagesse. »

◆

Pour célébrer leur arrivée, Émilie et ses compagnons furent conviés à une liturgie théiste dans la pagode de Lucibel.

Une porte monumentale ornée de plusieurs dizaines de sculptures accueillait les visiteurs. Sur ses battants, enfants ailés, saints grisonnants et femmes suppliantes donnaient la réplique à une ribambelle de gargouilles effrayantes. On entrait ensuite dans une allée qui se divisait en trois aux deux tiers de sa longueur : vue du ciel, la pagode devait ressembler à un gigantesque éventail théiste. C'était un édifice magnifique, avec ses toits recourbés aux tuiles multicolores.

À l'intérieur, Émilie se sentit minuscule. Des tapis recouvraient le sol à perte de vue ; loin au-dessus de sa tête s'élevaient des plafonds voûtés. Le long des murs, des vitres qui paraissaient grises depuis l'extérieur dissimulaient un monde chatoyant.

Vitraux. Tel était le nom de ces plaques aux couleurs plus vives que n'importe quelle peinture… Ce bleu, ce rouge, ce vert, que de personnages fascinants et d'histoires inconnues ! Fenêtres en ogive le long des galeries, les vitraux formaient, au bout de chacune d'entre elles, un immense cercle au centre duquel figurait un unique protagoniste. À gauche, une femme à l'habit d'azur, assise, regardant modestement le sol, ses cheveux pris dans un long voile blanc qui lui descendait jusqu'aux pieds. À droite, un homme aux yeux farouches, dont le gilet rouge laissait deviner des bras forts, dressé vers l'horizon. En face, là où Émilie et ses compagnons s'engageaient, un jeune homme au regard doux, un livre ouvert dans les mains, les yeux tournés vers le ciel. Du livre sortait une lumière, formant un nouveau cercle au centre duquel souriait un enfant, avec le même regard que celui du jeune homme.

Les couleurs tranchaient avec la peau brune des personnages, dont les yeux blancs se voyaient de loin.

Le Doyen se tenait sur une superbe estrade de bois pour présider la liturgie. Derrière lui, on pouvait admirer un colossal meuble d'or. Au milieu, attirant immédiatement le regard, on avait placé une sculpture d'ébène, représentant un adolescent agonisant. Émilie parvenait à distinguer le sang coulant de son cœur, qui se répandait sur la terre. Ses jambes allongées, il maintenait d'une main le poignard qui lui transperçait la poitrine, tandis qu'il tendait l'autre au-dessus de sa tête : c'était le sacrifice de Pi.

Les portes se fermaient, les galeries s'emplissaient : les femmes et les hommes occupaient chacun un espace bien défini. Tout le monde autour d'eux s'agenouillait : sept chaises solitaires avaient été prévues à l'attention des invités du prince de Zénit.

Quand le Doyen commença son sermon, les fidèles se dressèrent sur les genoux, poing fermé contre main ouverte.

Outre le fait qu'elle ne mentionnait pas Deus, la liturgie différait de la prière en ce qu'elle parlait bien plus de la faiblesse des hommes que de la force de Pi. Toutes les histoires lues par le Doyen partaient du principe de la culpabilité fondamentale et originelle de l'être humain. Elles n'évoquaient l'amour divin qu'à travers la soumission, les épreuves et la résignation.

Au cours de la cérémonie, le Doyen recommanda aux fidèles de suivre des règles d'une grande diversité :

« Aime ton semblable. »

« Honore ton père et les ancêtres de ton père. »

« Lutte contre tes appétits charnels. »

« Abstiens-toi de manger si tu n'as pas faim. »

« Si on te frappe, laisse-toi faire. »

Émilie restait perplexe. Elle imagina que les pages égarées des romans qu'elle avait lus deviennent religion plusieurs siècles après elle… En dépit des explications du prince de Zénit, elle ne trouvait pas d'autre mérite au Livre de la Sagesse que son grand âge.

« Ne savent-ils pas que le monde est bien plus vieux que n'importe quelle religion ? lança-t-elle enfin à l'Autre, agacée. On me l'a appris au Centre d'Éducation…

– Nous ne comprenons pas.

– C'est pourtant simple. L'univers est fait d'atomes, de tout petits éléments invisibles à l'œil nu dont l'interaction génère des explosions colossales et, pour finir, la création de matière. Une gigantesque déflagration, des boules de feu à travers tout l'univers, la formation des galaxies, tout cela a pris un temps si long que nous n'avons pas les mots pour l'exprimer. Une de ces boules de feu a refroidi, la fumée de ses volcans s'est transformée en nuage, là-dessus il a plu si longtemps que les océans sont nés, puis le soleil est revenu, la vie s'est développée… Les bactéries sont apparues, elles sont devenues poissons, grenouilles, singes et hommes. L'être humain n'a pas été posé là un beau matin au milieu des autres animaux. Son existence est le fruit d'un très long processus… Sans compter que nous sommes des microbes, des moins que rien au milieu de galaxies plus colossales que tout ce que tu peux imaginer. Puis il y a eu l'invention des outils, la construction des villes… On nous a enseigné que les hommes avaient passé leur temps à se battre entre eux pendant des siècles, jusqu'à ce que la technologie soit assez développée pour répondre à tous nos besoins.

– La technologie ?

– Plus la peine de se massacrer pour un lopin de terre ou une pépite d'or ! Le Disali et le Divêti t'habillent et te nourrissent gratuitement, on te donne un toit dès que tu as dix ans et vogue la galère… À condition que tu prennes le Revery. C'est là que le bât blesse : si tu n'en veux pas, ils t'envoient en Centre d'Aptitude. Mais c'est un autre problème… Si tu acceptes le Revery, tu es relativement libre. Tu peux aimer n'importe qui, travailler si tu en as envie, voyager… Il n'y a personne pour te dire ce que tu dois faire, croire, manger, respirer. Tant que tu joues aux jeux vidéo et que tu utilises ton Revery, tu es certain d'être tranquille.

– Nous ne comprenons pas.

– C'est un autre monde, il n'y a rien à comprendre ! Mais tu m'interdis d'en parler, et personne ici ne semble le connaître… À croire que je vis au milieu d'extra-terrestres. »

Distant, lointain, craintif, l'Autre ne répondit pas. Son malaise s'étendit à Émilie ; elle éprouvait la désagréable sensation de partager sa tête et son corps avec un étranger. Comme si leurs pensées, initialement fondues en une seule, se dissociaient soudain en deux entités indépendantes…

« Ainsi est né le monde. Le sang de Pi arrose la terre, son corps la nourrit : Il l'a voulu, il doit en être ainsi. Il est mort et ressuscité pour que To préserve l'humanité. 'Je meurs pour que le monde vive', ainsi a parlé Pi. »

◆

À l'inverse du roi d'Abyss, qui orchestrait chaque minute de sa journée pour être vu, le prince se plaisait à varier le rythme des plaisirs. Zénit s'avéra une terre de bals. La moindre occasion était prétexte à danser : c'était le seul moment où un homme pouvait courtiser une femme, et l'ensemble de leurs interactions au fil de la soirée obéissait à un nombre incalculable de règles.

La salle de bal était l'une des plus belles pièces du palais. Carrelée de grandes dalles écarlates, blanc et or, des arêtes rouges en marquaient chaque coin, tranchant nettement sur la pâleur de ses cloisons. Par sa forme, elle évoquait un papillon, dont les ailes s'enroulaient autour des jardins que laissait voir une longue baie vitrée. Le soir, des lampions de papier coloré, dispersés dans des niches le long des murs, venaient compléter l'éclairage.

Les danses n'avaient rien de comparable à celles de Corasone. Chaque pas en était codifié, chaque espace de la salle revenait à une danse spécifique. Tous les groupes se mouvaient en symétrie, sans jamais s'abandonner à l'ivresse de la musique.

« Toutes les danses zénitiennes sont-elles ainsi réglementées ? demanda Émilie.

– Leurs pas s'efforcent de reproduire les règles de vie que Pi a dictées aux hommes, répondit le prince.

– Existe-t-il un seul domaine à Zénit auquel Pi soit resté étranger ?

– Trop, malheureusement. Il n'est pas un jour où je ne m'interroge sur la bonne manière d'appliquer les principes du Livre de la Sagesse. Là où mon idéal semble rejoindre celui de Pi, le Doyen s'y oppose et m'en détourne ; quand j'aspire à la paix, il m'invite à la méfiance, et me montre en quoi j'ai mésinterprété la parole divine. Depuis toujours, mes rêves se heurtent à la réalité… »

Le prince eut un sourire triste qui vint conclure la musique. La prochaine danse d'Émilie revenait à l'empereur de Promété.

« J'ai bien mal choisi ma danse, soupira-t-il. Aveuglé par votre beauté, j'ai voulu vous avoir pour partenaire, sans songer que ces maudits pas zénitiens m'interdiraient de vous regarder les trois quarts du temps.

– Vous me voyez bien assez depuis le début de notre voyage.

– Depuis que nous sommes à Lucibel, plus autant que je le souhaite.

– Les règles du sage Pi sont intraitables.

– Ce Pi m'a tout l'air d'un empêcheur de tourner en rond.

– Tourner en rond, voilà pourtant ce que nous faisons. D'après les injonctions de ce même Pi… »

Enfin, la danse les autorisa à se faire face. L'empereur, avec ses yeux d'un bleu profond et sa peau sombre, était plus séduisant que jamais dans son costume noir d'un autre âge. Il souriait encore de la réplique d'Émilie quand il répondit.

« Qu'avez-vous pensé de la liturgie ?

– J'ai trouvé cette cérémonie instructive à bien des égards. J'admire cette capacité de la religion à unifier les cœurs ; elle mêle si bien la morale à l'action qu'on ne saurait écouter l'une sans entreprendre l'autre.

– En dépit de notre isolement, des échos de l'Âge Sombre sont parvenus jusqu'à nous… »

Émilie n'entendait plus. Pourquoi pensait-elle soudain épouser l'empereur de Promété ? Non, elle devait se défaire de cette idée… Ce n'était pas l'Autre. Un instinct différent du sien la poussait à conduire l'empereur de Promété dans cette voie ; elle avait tous les arguments pour le convaincre. Elle devait l'épouser, le roi d'Abyss était un menteur… Mais elle ne pouvait pas évoquer pareil sujet au beau milieu d'un bal ! Si, c'était l'occasion rêvée, ainsi elle serait débarrassée du roi d'Abyss.

Émilie ne voyait plus. Les objets autour d'elle perdaient en netteté, des lignes apparaissaient sous ses yeux, elle devait épouser l'empereur... NON !

« Parlez-moi de l'Âge Sombre. »

Loin de s'offusquer du ton autoritaire d'Émilie, la surprise de l'empereur disparut sitôt arrivée, laissant place à son habituel sourire nonchalant.

« Résumer en trois mots une haine millénaire ! Vos exigences sont de plus en plus difficiles à satisfaire. Sachez seulement qu'en dépit de leurs ressemblances, le théisme et le déisme ne se sont jamais aimés. Je ne vous parle même pas du croyantisme, qui en son temps a engendré de nombreuses querelles. Imaginez simplement un ensemble de pays plongés dans une inextricable guerre, afin de déterminer laquelle est la vraie religion. Représentez-vous les seigneurs se montant les uns contre les autres, le peuple commettant spontanément les pires atrocités, des missionnaires semeurs de discorde parcourant les contrées en quête de protecteurs, des prélats aussi cupides que fanatiques. Vous aurez une idée de la situation d'Alma après la chute de l'empire cotyle, et ne vous étonnerez pas d'apprendre que la plus longue période de paix en ces temps reculés n'a pas excédé dix ans. Vous ne serez pas davantage surprise qu'un seigneur ait pu s'élever au-dessus des autres, qui prônait la paix au nom de toutes les religions, garantissant à ceux qui le rejoignaient la sécurité, quelles que soient leurs opinions personnelles. Vous comprendrez que cet homme ait rapidement acquis une grande puissance, qui l'a encouragé à repousser toujours plus loin ses frontières, jusqu'à considérer tout refus d'alliance comme une menace justifiant la déclaration d'une guerre. Vous apprendrez enfin sans la moindre stupeur que ce stratège génial est l'un de vos ancêtres, le célèbre roi Titan. »

Ébahi par sa logorrhée, l'empereur eut tout juste assez d'esprit pour retenir Émilie alors qu'elle perdait connaissance.

◆

« Nous sortons pour la deuxième fois. Que se passe-t-il ?

– Aurais-tu déjà oublié l'une des lois fondamentales du rêve ? Les personnages secondaires ne peuvent exister en l'absence de rêveur pour incarner le héros. »

Un homme. Une femme. Encore une fois…

« Tu as échoué. Elle refuse d'épouser l'empereur de Promété. Cette deuxième tentative était grossière…

– Elle m'a repoussé. Je n'ai pas pu la posséder. Comment est-ce possible ?

– Tu l'as sous-estimée…

– Non. Aucun apprenti de son niveau n'est capable de me contrer, aussi doué soit-il… Elle n'a pas agi seule. Quelqu'un l'a aidée. Pour une raison que j'ignore, ce n'était pas toi…

– Comment le sais-tu ?

– Je reconnaîtrais ta volonté entre mille. Pourquoi n'es-tu pas intervenue ? Où te cachais-tu ?

– Ne le devines-tu pas ? »

La voix d'homme répondit d'un ton méprisant.

« Encore cette légende du Maître des Mots… Tu n'abandonneras donc jamais ?

– Jamais.

– Quitte à laisser Émilie entre mes mains…

– Elle se débrouille très bien sans mon aide. »

Détachée, la femme ne trahit aucune émotion.

« Revivre ce livre me rappelle tant de souvenirs, murmure l'homme. Tu avais opté pour Zénit, n'est-ce pas ?

– Le Triangle de Lumière, en dépit du bon sens. J'étais aussi pétrie d'idéaux que le prince…

– Quand je vois ce que les hommes ont fait de la Terre, je ne regrette pas mon choix. J'avais oublié à quel point la religion peut être nocive… Voilà un fléau que je suis heureux d'avoir éliminé. »

Silence pensif.

« Pourquoi ne te joins-tu pas à moi ? Ensemble, nous pourrions mettre un terme définitif à l'inaptitude…

– Je t'ai déjà dit non une fois. Ma réponse n'a pas changé.

– Pourquoi ? Pourquoi persistes-tu dans cette voie stérile ? Les rêves et les livres ne sauveront pas les hommes. Ils ne les aideraient pas si leur vie en dépendait…

– Le temps a maintes fois démenti tes mots.

– Que m'importe le passé ? Il n'est qu'exceptions et anomalies. Mes actes, eux, sont massifs et durables. J'ai fait en peu d'années plus de bien à l'humanité que tes siècles d'illusions.

– Revivre le rêve d'Émilie ne te rappelle donc rien ? As-tu oublié à quel point le bonheur est éphémère et relatif ? En menant le Grand Progrès, tu as éradiqué tout ce qu'il y avait d'universellement beau dans le cœur des hommes.

– Tes rêves sont inutiles. Ceux qui s'en souviennent finissent en Centre d'Aptitude avant d'avoir pu comprendre ce qui leur arrivait.

– J'ai vu dans leur inconscient ce que tu leur faisais subir. Tu t'es servi d'eux pour venir jusqu'à moi… Tu es seulement allé plus vite que je n'aurais cru. Combien en as-tu tué pour me retrouver ?

– Et toi, combien en as-tu anéanti par tes rêves sans lendemain ?

– La chance qui nous est donnée ne peut être partagée. Nous devons faire ce pour quoi nous avons été choisis.

– Faire rêver les hommes, la belle affaire ! Tu n'as aucune preuve de ce que tu avances. Tes certitudes ne valent pas mieux que les miennes…

– Émilie repart.

– Ne l'abandonnons pas en si bon chemin. »

Émilie ouvrit les yeux, en sueur. Son cœur battait la chamade. On lui éponge le front ; épuisée, elle se rendormit presque aussitôt. Elle n'avait pas la force d'élucider cette énigme qui lui brûlait les lèvres.

Il lui fallut plusieurs jours pour se remettre de son évanouissement, au grand dam du prince de Zénit, qui venait la voir toutes les deux heures.

Ce deuxième rêve étrange s'évapora plus vite encore que le précédent ; quand Émilie fut rétablie, il ne lui en restait que des bribes de mots incohérents.

♦

Non contents de guider les âmes, les moines de la Pagode se voulaient aussi médecins des corps. Ils tiraient du Jardin botanique de Lucibel quantité de remèdes issus de plantes plus insolites les unes que les autres : le prince de Zénit y convia ses hôtes dès qu'Émilie fut remise, pensant qu'un peu d'air frais lui ferait le plus grand bien.

Le Jardin botanique se répartissait en plusieurs serres. Fleurs chatoyantes, rose, vert, bleu, jaune, pourpre, vermeil, les couleurs les plus vives et les formes les plus audacieuses se disputaient l'admiration des visiteurs. Les senteurs même rivalisaient de beauté, quoiqu'elles ne parvinssent pas toujours des végétaux les plus remarquables.

L'architecture participait de l'émerveillement. Les serres voûtées succédaient aux baies vitrées ; du lierre pendait le long des colonnes ; une glycine odorante masquait les arêtes. Au centre du bâtiment, une vaste coupole s'étendait au-dessus d'un bassin paisible, saturé de nénuphars et peuplé de créatures étranges.

Émilie ignorait que les plantes pouvaient ainsi empoisonner, attaquer et piéger : elle fut non moins étonnée d'entendre que certaines piqûres d'insectes s'avéraient létales. Elle se laissa distraire par une araignée, occupée à son métier dans les frondaisons d'un buisson exotique.

« Regardez-moi cette araignée ! s'exclama Madeleine. Toute noire, avec des pattes de fée qui tissent une toile blanche plus fine que de la dentelle... Repoussante, raffinée et aussi dangereuse que le poison le plus mortel. Patiente et précise, insidieuse et fulgurante. N'est-ce pas fascinant ?

– Vous avez choisi le mot juste en la qualifiant de repoussante, répondit Émilie. Elle me fait froid dans le dos. Il me déplairait beaucoup d'avoir une de ces bêtes dans ma chambre.

– Il est étrange que les hommes fassent si grand cas de ces petits animaux, ne trouvez-vous pas ? Nous chassons le tigre, mais nous fuyons l'araignée...

– Tigre ou araignée, serpent ou singe, c'est la ressemblance entre nos deux mondes qui me fascine le plus, remarqua le prince de Zénit en les rejoignant. De l'harmonie de la nature découlent les lois d'une société cohérente...

– La nature a pourtant placé l'araignée au-dessus du papillon et le loup au-dessus du mouton, répliqua Madeleine. Vous ne pouvez empêcher l'inégalité des mœurs et des intelligences de privilégier les uns au détriment des autres.

– Permettez-moi de vous contredire. To nous a offert le libre arbitre : Pi nous ordonne d'en faire bon usage. Il condamne ceux qui, tels des bêtes, remettent leur sort aux mains du hasard et abusent des plus faibles. Il calme les loups, tandis qu'aux brebis Il présente un berger : c'est ainsi qu'avec l'aide du Livre de la Sagesse, la morale s'uniformise. La Pagode a remédié depuis longtemps à l'inégalité des dons naturels en ouvrant des écoles obligatoires. La puissance de To préside à toutes choses.

– Vous-même, pourtant, êtes prince encore, malgré l'égalité dont vous vous revendiquez, insista Madeleine.

– Je suis prince, oui, car si un homme peut, avec de l'intelligence et des ressources, se gouverner seul, tel n'est pas le cas d'un peuple, qui ne peut se connaître lui-même comme une entité unique. Une multitude d'esprits égaux n'a pas le recul nécessaire pour voir ce qui bénéficiera à tous sur le long terme. Le peuple est un animal flottant. Il sait quand il a faim que c'est du pain qu'il lui faut ; une fois rassasié, il ignore ce qu'il lui faudrait encore, ou comment conserver sans faillir ce pain si durement acquis. Un peuple ne maîtrise ni ses ressources ni son potentiel : il connaît ce qu'il veut dans l'instant, mais il ne peut, d'une même voix, clamer ce dont il aura besoin pour préserver son bien-être dans les années à venir. Il est comme un ensemble de cellules, un corps inconscient de lui-même : le prince est à la fois l'esprit qui guide ce corps, et le médecin qui le guérit lorsqu'il souffre.

– Il arrive pourtant que le corps guérisse sans l'intervention d'un médecin, observa Émilie.

– Il arrive aussi que l'esprit tombe malade, ou que le médecin soit contaminé, acquiesça le prince. Aucun ne doit dominer l'autre : c'est dans l'équilibre que réside le secret de la réussite. Un équilibre aussi bien social que politique et individuel, pour prévenir tous les excès… La mission de l'État est de garantir à chacun une éducation et un cadre de vie respectables, réunissant ainsi les conditions nécessaires au bonheur de tous. »

Une abeille buta dans la toile de l'araignée. Prise au piège, elle se débattait en vain. La propriétaire des lieux resta immobile ; le prince sauva la malheureuse. Perdue dans ses pensées, Madeleine le vit faire, un sourire au coin des lèvres, et demeura longtemps silencieuse avant de lui emboîter le pas.

« Laisse-moi parler, soupira Émilie. J'ai le droit de réagir ! Je ne comprends pas cette manie du prince et de Madeleine : pourquoi se sentent-ils obligés d'invoquer la nature pour justifier l'organisation de leur société ? C'est absurde : la faune défend tour à tour le système des castes et l'égalité théiste. Là d'où je viens, nous ne nous posons pas la question. Le bien-être de l'homme est placé au-dessus de toute autre considération : nous sommes à la fois les enfants, les protecteurs et les maîtres de la nature.

– Toute civilisation a besoin de légitimer son organisation par une idéologie, répliqua l'Autre. L'être humain ne peut vivre sans donner un sens à son existence et à ce qui survient au fil de sa vie.

– Pourquoi m'obliges-tu à me taire ?

– Apprends. Observe. Une fois de retour à Corasone, tu seras libre d'exprimer ton opinion. »

Une lettre du duc d'Orcival tira Émilie de ces considérations.

Votre Majesté,

Le duc de Malraison m'a fait part de votre entretien. Quel piètre régent j'ai dû vous paraître ! Non content de me cacher les cas de peste de son duché, il s'est évertué à étouffer les troubles entre théistes et déistes afin d'être le premier à vous en informer. Il vous a présenté l'embargo sur la soie et la hausse des prix du blé sous le jour le plus noir, alors que ces sujets peuvent amplement attendre votre retour. Je vous recommande d'user de la plus grande prudence envers cet homme réputé pour sa fourberie.

La peste s'est hélas étendue à d'autres villages du duché de Malraison. Bien qu'ils n'aient pas été épargnés, les théistes y voient un châtiment divin visant à punir les déistes. Plusieurs altercations ont eu lieu dans les principales cités de ce fief ; des déistes ont été mis à mal et certains théistes refusant de payer l'impôt ont dû être emprisonnés. Les Malraisonnés sont réputés pour leur caractère changeant et irascible ; rarement une année s'écoule sans qu'ils ne provoquent quelque trouble. L'ouverture des frontières de Zénit sera sans doute cause de l'agitation des théistes qui peuplent aux trois quarts ces terres fertiles. Ils espèrent un mot de la mythique Pagode dont ils sont séparés depuis des siècles, et oublient les violences sanguinaires de l'Âge sombre. Le duc n'ose intervenir, crainte de compromettre vos relations avec le prince de Zénit. Il attend que vous lui ordonniez ce qu'il convient de faire. Cette attitude ne lui ressemble pas, mais je n'ai aucune preuve de quelque tromperie : il faudra se résoudre à lui répondre.

Les troubles voyagent plus vite que les bonnes nouvelles : un cas de peste s'est déclenché à Corasone. Je crains que cette brindille n'enflamme le fragile équilibre des religions.

Préoccupés de ces nouveaux sujets, vos vassaux ne songent plus à remettre en question vos fiançailles. Je reste pour ma part

Votre fidèle serviteur

André, Duc d'Orcival, Marquis de Byzance

Émilie regarda sans les voir les arbres sur lesquels donnait sa fenêtre. La peste… Une maladie atroce, qui avait décimé par le passé la moitié de la population d'Alma. Pourquoi les théistes s'agitaient-ils ainsi ? Qu'espéraient-ils de la Pagode ?

« Dois-je en parler au roi d'Abyss ?

– Tu as le choix.

– Je n'ai pas la moindre idée de ce qu'il faut faire. Tu as beau me ressasser tes leçons d'histoire, les guerres de religion restent pour moi totalement abstraites ! Je ne conçois pas que l'on s'étripe en masse pour prouver l'existence de Pi. Si ce n'était que moi, il n'y aurait pas de religion d'État, pas d'impôt religieux, et chacun serait libre de penser ce qu'il veut !

– Alors agis.

— Et si je me trompe ? Si, en supprimant cet impôt, je provoque un nouveau cataclysme ? J'aimerais demander son avis au roi d'Abyss… Je me sens tellement ignorante.

— Va le chercher, si tel est ton désir.

— Tu désapprouves.

— Tu es la reine. Tu dois être capable de décider par toi-même. Souviens-toi : l'imagination est la seule borne de ton pouvoir ! »

Émilie ne pouvait s'en défendre : cette idée lui plaisait. En dépit des apparences, l'altercation avec le duc de Caracol n'était pas de son fait. Contrairement à la libération du marquis de Quéribus, la résolution de la question théiste ne dépendait que d'elle.

Monsieur d'Orcival,

Ce que vous me dites de Monsieur de Malraison vient conforter la méfiance que j'entretenais à son égard. Il a sans aucun doute cherché à me déstabiliser en me prenant de court sur des points dont il savait pertinemment que vous ne m'aviez rien dit. Il n'en reste pas moins deux sujets de la plus haute importance à traiter…

Vous me voyez dépourvue de tout remède face à la peste. Isolez les malades, lavez la ville à grande eau, brûlez les maisons : n'oubliez pas que l'hygiène est mère de santé.

Que le duc de Malraison se garde de punir les théistes. Nous devons à tout prix éviter une nouvelle guerre de religion. Écoutez leurs revendications : s'ils attendent un mot de la Pagode, je veillerai à ce qu'il leur parvienne. Si l'impôt est cause de leur mécontentement, dites-leur que je suis prête à négocier sa suppression : pour bien régner, je suis convaincue que les affaires de l'esprit doivent en tout point rester séparées de celles de l'État. L'imagerie théiste est pleine de têtes coupées, de martyres et de larmes de sang : il importe de maintenir ces visions loin de la réalité.

Veillez à m'informer des suites de ces troubles et de l'avancée de la peste ; je vous remercie des efforts que vous faites pour servir le trône d'

◆

Après les bals, le passe-temps favori des Zénitiens était le théâtre.

« Nous avons hérité des Cotyles notre amour du verbe et de la rhétorique, déclara le prince. Cela se ressent dans notre politique… Et dans notre passion du théâtre, en dépit des efforts de plusieurs générations de théistes.

– Le théâtre n'est pas du goût des religieux ? demanda Madeleine.

– C'est une pratique qu'ils désapprouvent. Autrefois, ils l'interdisaient formellement. Faire du théâtre revenait à tromper les spectateurs en imitant la réalité. C'était les détourner de la seule vérité, de la seule vraie histoire, celle du Livre de la Sagesse.

– N'est-ce pas trop régenter la vie que d'en réduire les moindres aspects à des textes vieux de plusieurs siècles ? observa Sophie. Utiliser un passé mythique pour guider les hommes vers un avenir dont rien ne prouve qu'il existe, voilà une étrange manière d'envisager le présent…

– Vous êtes trop terre à terre, répondit le prince. Le théisme est une philosophie de vie.

– Qui se mêle de dire aux gens comment ils doivent se vêtir, se comporter et se divertir. À mon sens, c'est vous qui surestimez la part d'abstraction dans votre croyance, répliqua Sophie.

– Pour s'étendre et se mettre à la portée des moins brillants, il faut concéder quelques sacrifices aux idées, en les incarnant dans des commandements tangibles, dérivés des textes sacrés.

– Dérivés, donc appliqués d'après une pensée arbitraire et subjective.

– Subjectif ne signifie pas dépourvu de sens, insista le prince.

– Sans doute, mais les dogmes théistes ont été tant de fois interprétés qu'ils peuvent servir à prouver tout et son contraire, maintint Sophie. Ainsi, le Livre de la Sagesse vous incite à aimer le théâtre, alors qu'il enseigne aux moines à le haïr…

– Je ne désespère pas de ramener le Doyen à plus de raison. La religion évolue, Sophie. Elle n'est pas si figée que vous le prétendez.

– Elle progresse si lentement qu'elle paraît immobile ! »

Bras croisés, campée sur ses positions, Sophie toisait le prince d'un regard narquois, qu'il lui rendit alors qu'il répondait :

« Si vous acceptiez de vous convertir au théisme suite à la représentation, vous ne contribueriez pas peu à l'avancée de cet art dans l'estime du Doyen.

– Malheureusement pour vous, je n'ai pas l'esprit de sacrifice. »

Situé à l'Est de Lucibel, le théâtre de la Salamandre différait en tout point de celui de Farandol. Là où le roi d'Abyss misait sur l'or, le velours rouge et la richesse des ornements, le prince de Zénit restait sobre, tout dans les bruns et les noirs. Le parterre se divisait en carrés grillagés regroupant chacun une dizaine de personnes ; trois rangs se succédaient de chaque côté de la salle. Les murs étaient de bois, et la scène plus large que haute. La famille royale et les dignitaires religieux disposaient d'un espace exclusif au-dessus du parterre.

« Quel spectacle allons-nous voir ? s'enquit Émilie.

– Une tragédie. Nous allons assister aux amours contrariées d'un roi théiste et d'une princesse déiste.

– Je suppose que leurs deux royaumes sont en guerre, et qu'un mariage serait à même de tout arranger ? railla le Doyen.

– Exactement, approuva le prince. Avez-vous lu la pièce ? En homme peu amateur de théâtre, je ne m'attendais pas à ce que le sujet vous soit déjà connu.

– J'aime avoir un œil sur ce qui se fait. Je connais non seulement le sujet, mais encore la fin de la pièce. N'eusse été la grande affection que je vous porte, je ne me serais jamais présenté ici…

– Que reprochez-vous aux gens de théâtre ? voulut savoir Émilie.

– Leur faute est celle de tous les conteurs de fables. Ils font passer des mensonges pour de la réalité ; couverts par la fiction, ils se croient autorisés à s'affranchir de la morale en toute impunité. La Pagode valide toutes les œuvres de théâtre ; malheureusement, des insolents défient sa sagesse en jouant dans la rue, sans texte et sans autorisation. Cet outrage aux bonnes mœurs est férocement puni par l'Enquête. »

L'annonce du début de la pièce empêcha Émilie de répondre. Quelques secondes plus tard, le rideau se levait sur un décor antique. Des colonnes, une table, un lit, l'illusion de la mer à la fenêtre d'une chambre.

Un homme entra par le fond de la salle : le prince théiste.

« Hélas ! s'exclama-t-il. Qu'ai-je fait, je ne l'ai pas offensé.

Le temps est venu pour moi de me prononcer.

La mort, la vie, d'un mot je puis faire couler

Le sang de ma patrie, ou bien de mon aimée ! »

Le prince Theofilo devait se marier avec la belle Amaltée. La veille de leurs noces, la guerre contre le roi Tahil, déiste et ennemi du père de Theofilo, se soldait par une terrible défaite. La capture opportune de la princesse Bérénice, fille de Tahil, sauvait la capitale théiste du désastre. Le prince Theofilo se trouvait confronté à un choix difficile : tombé amoureux de Bérénice, il pouvait en l'épousant préserver son pays de la ruine, mais ce ne serait que pour mieux se précipiter dans l'abîme de la guerre civile, que ne manquerait pas de provoquer cet affront à la richissime famille d'Amaltée. Autorisé par Pi à avoir plusieurs femmes, le prince s'évertuait à unir dans le compromis deux camps divisés par une haine mortelle.

« Tels l'eau claire et le feu à jamais divisés,

Nos cœurs à se haïr seraient donc condamnés ?

D'un maigre différend cette guerre est la somme.

Tous nous sommes des frères, tous nous sommes nés hommes ! »

Contre toute attente, sa tentative allait réussir, quand le frère de Bérénice, Timotheo, mis en fureur par les paroles empoisonnées de sa sœur jalouse, tuait Theofilo. Bérénice se donnait la mort, tandis qu'Amaltée s'effondrait en larmes. Les rois ennemis trouvaient dans leur douleur commune un terrain d'entente qui mettait fin à la guerre.

« Par le sang de nos fils à nos yeux si précieux,
Par ces larmes terribles allant droit aux cieux,
Nous jurons aujourd'hui d'obéir au grand To,
Guérisseur en tout temps de chacun de nos maux. »

Au tomber du rideau, les acteurs furent salués par un tonnerre d'applaudissements, auquel Émilie s'efforça d'apporter une digne contribution.

« Le spectacle vous a plu, observa le Doyen.

– J'ai trouvé ce mélange d'amour, de politique et de morale fort bien dosé. J'en ai été fort touchée… Comme si j'avais moi-même vécu ce dont il vient d'être question.

– Cela vous a-t-il plu, Monseigneur ? intervint le prince de Zénit.

– Je ne saurais apprécier une mascarade où les passions les plus néfastes de l'être humain sont ainsi disséquées et amplifiées, maugréa le Doyen. Je voudrais une histoire qui m'inspire et me mette sous les yeux des modèles sur lesquels calquer ma conduite ; je n'ai hélas devant moi que des exemples à fuir. Des événements propres à susciter la terreur et la pitié, plutôt que l'espoir et l'envie de bien se comporter… On se trouve au sortir de pareille pièce perdu et désemparé, tandis que l'on devrait, si le théâtre faisait son office, ressortir grandi, calme et déterminé à agir selon la volonté de Pi.

– Pour ma part, la tragédie a rempli les trois tâches que vous lui avez assignées, dit Émilie.

– Une suite d'événements aussi terribles aurait dû vous plonger dans le plus violent émoi.

– Si je suis trop paisible, Monseigneur, il faut croire, selon vos propres principes, que vous ne l'êtes pas assez. Comment un roi peut-il espérer mener son armée au milieu des plus grands périls, si la simple contemplation des malheurs qu'il risque suffit à l'émouvoir ? Il faut faire preuve de fermeté dans l'adversité. Quant à l'amour, après avoir vu les dangereuses extrémités auxquelles il conduit, l'on est plus décidé que jamais à ne pas s'y laisser prendre. Cristallisant les excès des personnages, le spectacle purge celui qui le regarde de ses propres passions : l'on en sort nettoyé de l'intérieur, prêt à agir en toute sérénité dans ses affaires.

– La sagesse dont vous faites preuve est loin d'être l'apanage de la majorité : c'est de celle-ci dont je me soucie.

– Ne prenez pas ombrage de la réaction du Doyen, murmura le prince à Émilie alors qu'ils se dirigeaient vers le carrosse. Je cherche depuis des années à lui faire admettre les bienfaits du théâtre ; j'ai mis plusieurs mois à le convaincre de venir assister aux représentations. Il trouve toujours quelque chose à redire. C'est à croire qu'il le fait exprès : même quand la pièce lui plaît, il proteste que la majorité n'a pas l'érudition nécessaire pour apprécier le morceau à sa juste valeur.

– Il entre plus d'entêtement que de raison dans son argumentation », répondit Émilie.

Quand ils eurent regagné le château, Sophie revint à la charge.

« Pourquoi le Doyen s'attache-t-il autant à la morale, alors que l'histoire contée a si peu d'influence sur les agissements du public ?

– Seul un écho de la haute philosophie du Livre de la Sagesse parvient aux oreilles des foules, expliqua le prince. Il se matérialise dans ces histoires auxquelles vous accordez si peu d'importance. Bien peu ont lu le Livre de la Sagesse dans son entier. Il est fort aisé, pour un manipulateur, de s'affranchir de la tutelle de Pi pour raconter des affabulations en Son nom. J'aime les fables ; elles sont le sel de la vie. J'y vois parfois des pépites de bon sens, mais rien, jamais, ne saurait me les faire prendre pour argent comptant. Ce sont des inventions destinées à distraire et à enseigner ; si l'une d'entre elles s'avisait d'élever le mensonge au rang de vérité, ou d'aller contre la morale divine, je puis vous assurer que son auteur serait censuré avec la dernière rigueur.

– Vous êtes bien sérieux, soupira Sophie. À Promété, les histoires n'ont d'autre but que de divertir : plus elles sont échevelées, plus on les apprécie. Nous n'aimons rien tant que les romans d'aventures, les récits horrifiques, les satires sociales…

– N'avez-vous donc aucune notion de morale ?

– Chez nous, les plus forts gagnent, à condition qu'ils aient un code d'honneur auquel nous puissions nous identifier. Il n'est pas rare de voir s'affronter deux meurtriers dans un combat où seule l'emporte la vengeance légitime... »

Le prince de Zénit resta quelques secondes tétanisé.

« Je suppose que je devrais être soulagé de vous voir conserver la notion de légitimité, » lâcha-t-il enfin.

Sophie répondit par un sourire rayonnant.

Plongée dans ses pensées, Émilie ne réagit pas tout de suite. Une fausse réalité, une fausse vérité, des histoires qui ne veulent rien dire...

« Le Doyen utilise les fables pour vanter les mérites du théisme et les Prométéens en font le reflet de leur vie fantasmée, observat-elle. Dans les deux cas, les histoires servent d'écrin aux tendances dominantes d'une société.

– Votre remarque est fort juste, admit le prince de Zénit après un silence. Je n'avais jamais considéré le théâtre sous cet angle...

– Il ne vous reste plus qu'à lire nos romans, déclara Sophie. Ainsi vous pourrez mieux relativiser. »

◆

Ils étaient partis depuis un peu moins d'une heure. La journée s'annonçait fraîche ; le soleil ménageait des apparitions sporadiques. Émilie regardait défiler le paysage à travers les vitres du carrosse. Toute en contrastes, en pentes abruptes et en hauts plateaux, la campagne aux abords de Lucibel se déployait en immenses vignobles. Au fur et à mesure que l'on s'éloignait, la forêt reprenait ses droits. L'air était lourd de senteurs de pin, la terre humide. Leur chemin serpentait parmi les arbres.

« Les ruines de ce qui fut la ville la plus puissante du monde connu sont derrière cette humble butte, » annonça le prince de Zénit lorsqu'ils furent arrivés.

Creusées par le temps, les marches s'affaissaient en leur centre. Certaines, traversées par de grandes lézardes, menaçaient de se briser ; d'autres n'avaient de marche que le nom, tant il restait peu d'espace où poser les pieds. Cotylédone les attendait au sommet.

De larges dalles, comme une terrasse, au milieu de laquelle trônait ce qui fut une fontaine. Au-delà, les rues commencent. Des murets indiquent l'emplacement des anciennes maisons. On discerne des reliquats familiers : éviers, fours, citernes, amphores. De gros blocs de pierre gênent la circulation ; l'on devine parfois une porte, un bassin. De l'herbe pousse entre les rochers. Leurs pas résonnent dans le silence.

Pleine d'un mélange de respect, de crainte et d'émerveillement, Émilie ne parle pas. Elle veut intérioriser tout ce qu'elle voit, le graver dans sa mémoire, le vivre jusqu'au plus profond d'elle-même. Elle entend les éclats de voix de ses compagnons. Elle doit avancer, aller le plus loin possible, disparaître. Elle s'enfonce dans les ruines ; prend soudain conscience du marquis de Belladone à ses côtés, dont elle ne se souvient pas avoir pris le bras.

Au cœur de la ville, au milieu des décombres, ils atteignent le seul monument de Cotylédone dont le toit ne se soit pas effondré. Colossal, il surplombe la partie basse de la cité. Certains de ses piliers se sont écroulés, gigantesques cylindres jonchant le sol, évocations fantomatiques des colonnes ornementales sur les porches des demeures de Lucibel. La haute porte rectangulaire de l'entrée a disparu depuis longtemps : ce qui ressemble à un temple est désormais à la merci des éléments.

À l'intérieur, on ne voit rien. Émilie y entraîne le marquis. Il leur faut quelques secondes pour s'habituer à l'obscurité. Des projecteurs… Non. Il s'agit bien de trous dans le toit. Vu d'ici, le blanc sale des nuages passe pour éclatant de soleil. L'humidité sature l'atmosphère ; il fait froid.

« Voulez-vous ressortir ? »

L'écho amplifiait la voix du marquis ; l'image du Doyen dans la pagode traversa Émilie.

« Restons ici, répondit-elle. J'aperçois un endroit où s'asseoir au fond, à l'abri des courants d'air. »

Ils eurent bientôt atteint le fond de la salle. Un reliquat d'autel trônait sur une esplanade. Taillé dans le mur, un rebord faisait office de banc. Ces traits épars à la surface de la roche, s'agissait-il de gravures ?

Émilie resserra son manteau autour d'elle.

« Vous avez froid. Laissez-moi vous donner ma cape, offrit le marquis.

– Non, je vous remercie, je suis très bien.

– Je vous ai entendue claquer des dents. Pourquoi refusez-vous de reconnaître que vous avez froid ? C'est absurde.

– L'est-ce moins que de vouloir se sentir chez soi dans un lieu aussi chargé d'histoire et de leçons ? Je cesserai d'avoir froid le jour où j'aurai la force de faire ce qui est juste. Je ne dois jamais oublier cet objectif.

– Vous voici d'humeur bien métaphysique ; c'est à peine si je vous comprends.

– Ces ruines ont vu passer tant de siècles… Tant de temps, et l'être humain n'est que poussière. »

Émilie s'interrompit. Les ruines du Temps, la Vie, l'Amour… Non. Elle ne devait pas se souvenir. Cette histoire n'existait pas, ne faisait pas partie de cette réalité. Mais les mosaïques sur le sol du palais de Corasone…

« Ce lieu me rappelle le mythe de Léonore et Icare, commenta le marquis.

– Vous le connaissez ? s'exclama Émilie.

– Bien sûr. C'est le mythe fondateur de Corasone, tout Alma le connaît. Léonore, chassée par son mari jaloux alors qu'elle est enceinte de lui, parcourt le pays pour trouver un nouveau royaume, jusqu'à ce qu'elle atteigne les ruines d'une ancienne cité cotyle. Un arbre aux fleurs rouges l'incite à s'y arrêter… »

La fébrilité d'Émilie disparut. Ce n'était pas de cette histoire qu'elle se souvenait…

« … Jusqu'à ce qu'elle accouche d'Icare, son fils, qui deviendra le roi Sage, et vaincra son père lors d'une joute orale, sans verser la moindre goutte de sang. Personnellement, j'ai toujours trouvé cette fable un peu étrange… Est-elle la cause de votre mélancolie ?

– Non je… Je suis simplement étonnée qu'il subsiste si peu de choses d'un empire tel que celui des Cotyles. Cette ville n'est plus que ruines, alors qu'elle a commandé une partie du monde... Pourquoi a-t-elle été abandonnée ?

– À cause d'un tremblement de terre. C'est le coup de grâce qui a décapité l'empire… Presque tous les habitants ont péri, y compris beaucoup de chefs politiques. Les survivants n'ont pas voulu rester ; l'empire s'est dissous de lui-même. Peut-être s'agissait-il d'un signe divin ; en l'interprétant comme une manifestation de la colère de To, le théisme y a gagné un nombre considérable de fidèles.

– Comment les déistes ont-ils répliqué ?

– Par une réforme totale de leur religion. Le Deus mécontent et vengeur s'est lentement métamorphosé en Deus d'amour de l'ordre naissant. »

Deus, To, Pi, pourquoi ces divinités d'amour avaient-elles provoqué tant de combats ?

« J'ai appris que vous aviez reçu une lettre du duc d'Orcival.

– Votre père et Monsieur de Malraison semblent être revenus dans le droit chemin.

– Le roi d'Abyss connaît-il la teneur de vos lettres ? »

Des éclats de voix empêchèrent Émilie de répondre ; elle reconnut le timbre de Céleste.

« Je n'ai jamais rien entendu d'aussi drôle. Je suis tentée de croire que vous avez inventé cette histoire de toutes pièces !

– Un roi n'invente pas. Il sait. »

Le roi d'Abyss.

« C'est donc votre bibliothèque qu'il me faut remercier… »

Émilie et le marquis se levèrent.

« Regardez ! N'est-ce pas le temple dont vous me parliez, Majesté ? »

Leurs pas se rapprochèrent.

« Venez, » murmura le marquis en prenant Émilie par le bras.

Il l'entraîna dans le coin le plus obscur de la salle et se faufila à sa suite dans un interstice étroit, derrière un gros bloc de pierre. Avant d'avoir pu réfléchir, Émilie se retrouva plaquée entre le mur du temple et le marquis de Belladone.

« Vous êtes fou ! Pourquoi nous cachons-nous ? S'ils nous trouvent…

– Taisez-vous ! »

Les pas du roi d'Abyss et de Céleste résonnèrent dans le temple. Émilie entendait chaque mot de leur conversation. Tout cela était ridicule, ils devaient sortir…

« Regardez ! s'exclama Céleste. Il y a de la couleur sur ce mur… C'est la relique d'une fresque !

– L'ombre du temple l'aura préservée de la brûlure du soleil.

– Les ressemblances avec l'architecture zénitienne sont frappantes. Voyez ces voûtes, par ici… Cela ne vous rappelle-t-il pas la pagode ?

– D'après certains spécialistes, on retrouve des traces de la civilisation cotyle dans toutes les cultures de notre monde.

– Le théisme et le déisme se sont affrontés avec tant de virulence, j'ai toujours pensé que leurs différences devaient être plus grandes qu'il n'y paraissait.

– Les avis divergent, répondit le roi. Au-delà de ce qui les sépare, de nombreux points communs les rapprochent. Interdictions alimentaires, obligations sociales, hiérarchisation des rapports familiaux… Le déisme est la vraie religion ; le théisme en est une mauvaise interprétation.

– Je suis profondément croyantine. J'aime l'idée d'un monde aux multiples facettes, qui sont autant de dieux. »

Céleste souriait ; ils devaient se tenir non loin de l'autel.

« Les traités de ma bibliothèque ne vous ont pas fait changer d'avis ?

– Au contraire. Ils m'ont dévoilé un univers dont je ne soupçonnais pas l'existence, plus vaste encore et plus varié que dans mon imagination.

– Il faudra donc que vous reveniez à Farandol. Nous ne saurions rester en désaccord…

– Je pourrais passer ma vie dans votre bibliothèque. Elle est si belle !

– Ses portes vous seront toujours ouvertes. »

La chaleur dans la voix du roi… Une chaleur qu'Émilie entendait pour la première fois. La réponse de Céleste fusa.

« La bibliothèque n'est pas la seule flèche d'Abyss qui ait percé mon cœur. »

Silence.

Écho d'un pas qui veut s'éloigner.

« Ne partez pas. »

La voix du roi s'éteignit dans un murmure. Nouveau mouvement. Le froissement d'un vêtement… Un baiser ?

« C'est impossible. »

Tristesse dans la voix de Céleste ; sa détresse se percevait jusque dans le bruit de ses pas fuyant le temple.

Le roi d'Abyss resta silencieux. Il sortit longtemps après que les pas de Céleste se soient évanouis.

Émilie et le marquis attendirent plusieurs minutes.

« Nous n'aurions pas dû faire ça. Nous n'aurions pas dû.

– Ils se sont embrassés.

– Vous ne les avez pas vus.

– Vous avez entendu cet écho.

– Je n'aurais pas dû ! s'exclama Émilie. Si nous n'avions pas été là, si nous ne nous étions pas cachés…

– M'accusez-vous encore après ce que nous avons surpris ?

– Nous n'aurions pas dû rester là ! Nous ne devrions rien savoir !

– Oserez-vous me dire que vous êtes fâchée d'avoir appris la vérité ? Je ne voulais pas que le roi d'Abyss nous trouve seuls ensemble dans la pénombre. Son esprit retors aurait pu utiliser cela pour vous nuire. J'ai tenté de vous préserver… Bien m'en a pris ! Cet homme est un traître… Je savais qu'il feignait d'éprouver de l'inclination pour vous, mais ma cousine ! Une fille de Caracol, avec cet assassin ! Une femme mariée, avec un homme qui vient de se fiancer à une autre… Je croyais que nos serments avaient plus de valeur !

– Le roi m'a toujours témoigné une grande sollicitude…

– Ne vous y trompez pas. C'est un être hypocrite, avide de pouvoir. Un lâche. Un traître… »

Émilie ne laissa pas le marquis achever ; elle sortit du temple sans se retourner. Elle voulait oublier Céleste, oublier qu'elle s'était cachée… Elle courut longtemps parmi les ruines. Elle courut, courut, courut encore pour se perdre au milieu des pierres. Aucun abri n'était assez sûr pour échapper aux regards perçants qui la poursuivaient. Courir… Pourquoi l'air lui manquait-il ?

Elle s'adossa à un pan de mur. Elle devait se calmer. Si le roi d'Abyss la trouvait dans cet état, hors d'haleine, elle ne pourrait rien lui dissimuler.

Elle avait froid. Le vent l'enveloppait. Cette partie de la ville était envahie de végétation : de la mousse sur les pierres, du lierre sur les façades... Était-ce du gui, ces touffes de feuilles isolées sur les arches encore debout ?

« C'est impossible. »

La voix de Céleste quand elle avait prononcé ces mots... Désespoir et fermeté. Passion remords. Depuis combien de temps l'aimait-elle ?

« Je lui ai accordé ma confiance ! Au salon de Farandol, il a dit qu'il m'aimait... Nous nous sommes embrassés... Pourquoi me fait-il ça ? »

L'Autre resta muet.

« Réponds ! Je sais que tu es là, que tu vois tout... Réponds-moi ! »

L'Autre résistait.

« Arrête de te taire ! Tu te sers de moi, tu m'obliges à être reine, à voir tous ces pays, pourquoi ? Pourquoi as-tu besoin de moi pour exister ? J'en ai assez ! Je croyais que le roi m'aimait... Je croyais... Oh, comment ai-je pu être aussi stupide ?! Tout ce qu'il désirait, c'était m'épouser pour régner sur Alma... Régner ensemble... Rien ne prouve qu'il tiendra parole. Réponds-moi !

– Tu as le choix.

– Je me sens si seule... Je refuse de trahir le traité que j'ai signé. Changer le monde... Mais tout est si compliqué ! Je déteste ces responsabilités qui m'étouffent... Libère-moi ! Je me moque d'Alma, je me moque de ce qui arrivera. Un autre saisira la chance que j'ai laissée passer...

– L'histoire doit suivre son cours.

– Céleste n'avait pas le droit de l'aimer. Elle le savait. Elle le sait. Et lui... L'aime-t-il véritablement ? Est-il seulement capable d'aimer ? Il n'a aucun intérêt à la courtiser... Sa voix semblait si différente, si chaleureuse. Comme s'il s'abandonnait... »

Émilie peinait à retenir ses larmes. En dépit de sa méfiance, en dépit de ses doutes, elle en était venue à aimer le roi d'Abyss.

Armand… Parfois, elle avait imaginé leur avenir ensemble. Et Céleste à ses côtés…

Dans le lointain, un monument attira l'attention de son regard errant. Immense malgré son effondrement, il dominait tout Cotylédone. Une bâtisse circulaire, sans toit, aux motifs architecturaux sobres et réguliers : il ne pouvait s'agir que de l'Amphisée. La ligne du tremblement de terre traversait la ville et se poursuivait en faille sur la façade de l'édifice, ouverture béante qui laissait voir les dégâts provoqués par l'éboulement.

Irrésistiblement attirée, Émilie s'y rendit. Que l'Autre prenne sa place, oui… Comme il serait bon de tout oublier.

À l'intérieur, des centaines de gradins miraculeusement intacts entouraient une arène. Au centre, une vaste estrade ronde servait de scène. Plusieurs milliers de personnes auraient pu se réunir ici. Deux vues somptueuses se partageaient le sommet de l'Amphisée. À l'est, les ruines de Cotylédone, sur deux plateaux, le temple culminant au milieu des éboulis, des pans de murs et des restes d'escaliers envahis par l'herbe et la mousse. Ici et là, quelques arbres courageux brisaient la symétrie de la ville. À l'ouest, la forêt reprenait ses droits. Les pierres disparaissaient sous les frondaisons, la nature avalait la cité sans que l'on puisse distinguer de frontière nette entre les deux mondes.

« Les Cotyles étaient d'astucieux ingénieurs et de grands amateurs de théâtre, expliquait le prince de Zénit. L'Amphisée représentait pour eux un défi architectural et une prouesse culturelle. Ils désiraient créer un édifice capable de contenir la majorité de la population, un lieu à la fois dédié à l'art, au sport et à la politique. Danse, joutes verbales, combats, théâtre, élections, l'Amphisée constituait le cœur de Cotylédone. Grâce à sa forme en ellipse unique, il répartit les sons de manière idéale entre les gradins.

– J'ai toujours été fasciné par le mélange des fonctions dans la civilisation cotyle, intervint le roi d'Abyss. Un seul lieu pour la poésie, la politique et les jeux.

– Les jeux ? répéta Sophie.

– Les Cotyles appréciaient de voir s'affronter les hommes et les bêtes dans des combats à mort, l'informa Céleste. Ils pariaient sur le vainqueur et exhortaient les combattants pendant la lutte.

– Quelle pratique barbare ! Comment peut-on trouver agréable de regarder des hommes s'entretuer ?

– Pour certains seigneurs, hélas, la mort n'est pas autre chose qu'un divertissement. J'aimerais la faire disparaître définitivement… Si seulement l'Enquête ne m'en empêchait pas. »

Émilie n'écouta pas la réponse de Sophie. Elle sortit de l'Amphisée par un autre côté que celui où elle était entrée. Les arches s'élevaient beaucoup plus haut. Ses pas résonnaient sur les pavés ; elle s'adossa un instant contre une colonne. Emplie des ruines, emplie du vent dans les arbres, emplie des pierres éparses couvertes de lichen, elle tentait d'imaginer la foule des Cotyles se pressant pour aller à l'Amphisée. Ce lieu bruissait de tant d'histoires, elle voulait être seule pour les écouter… Libre.

Alma, Abyss, Zénit et Promété lui paraissaient loin…

Le soleil l'éblouit. Il faisait si bon, loin du monde, loin de tout.

II

Fallait-il parler à Céleste et au roi d'Abyss ? Émilie ne cessait de retourner la question sans parvenir à une solution. Que dire et dans quel but ?

Votre Majesté,

La peste s'est répandue dans Corasone en dépit de nos efforts. Elle vient d'atteindre Palmyre et Byzance et menace de s'étendre encore. Le peuple s'affole ; sanctuaires, temples et pagodes ne désemplissent pas. Persuadés de leur bon droit, les théistes invoquent la toute-puissance de To. Ils accusent les déistes d'avoir empoisonné l'eau des puits. Les Négossiens, très durement touchés, jurent de faire sécession si les théistes ne se voient pas exemptés de l'impôt religieux. Le comte de Négosse approuve ces revendications.

Orcival étant essentiellement croyantin, des affrontements ont eu lieu sur la frontière avec Négosse. Des morts et des blessés sont à déplorer ; il est à craindre que le conflit prenne davantage d'ampleur. Les corporations, particulièrement vivaces à Byzance, s'inquiètent de cette agitation.

Conformément à vos ordres, je me suis montré prêt à négocier. Cependant, les théistes réclament d'être seuls dispensés de payer la taxe religieuse : ils souhaitent que cet impôt soit doublé pour les déistes qu'ils jugent responsables de la mort noire. Semblable mesure a suscité des protestations d'une telle virulence parmi vos pairs que je me suis abstenu d'y adhérer en votre nom. Tous prônent la répression la plus ferme envers les théistes, à l'exception de Monsieur d'Albigeois, qui suggère d'abolir l'impôt pour les trois religions et d'emprisonner les théistes mécontents en se gardant bien d'en faire des martyres. Telle est également l'opinion de

Votre dévoué Serviteur

André, Duc d'Orcival, Marquis de Byzance

Monsieur d'Orcival,

Le métier de roi est bien ardu. Celui de régent l'est plus encore : je vous suis infiniment reconnaissante de l'exercer avec tant de discernement.

Continuez à lutter contre la peste. Appliquez la plus stricte quarantaine auprès des malades, hommes et animaux. Brûlez, lavez, aérez les zones contaminées dans leurs moindres recoins ; priez en mon nom Coros si cela peut réconforter le peuple.

Je vous approuve ainsi que le marquis d'Albigeois : nous devons abolir l'impôt religieux auprès des théistes et des déistes. Interrogez les pairs et voyez si ce projet peut emporter leur adhésion. Vous ne devez pas laisser la population colporter ces folles rumeurs sur l'empoisonnement des eaux : je vous demande de discréditer formellement cette accusation. Emprisonnez les contestataires mais veillez à ne pas les malmener. Tentez de les raisonner, libérez-les dès qu'ils donneront des signes d'apaisement. Si la moindre violence est commise envers eux, le coupable doit être puni avec la dernière rigueur, de quelque confession qu'il soit. Je vais faire en sorte d'obtenir du Doyen des exhortations officielles à la paix.

Le prince de Zénit conçoit l'existence d'une manière fort équilibrée : chaque force a sa faiblesse et le talent des monarques est d'être mesurés en tout. J'adhère à ce principe et tenterai de m'y tenir en cette occasion.

Vous n'imaginez pas la beauté de Lucibel, les ponts dont elle parsème l'Histrion et le Chérubin. Il règne ici une grande douceur de vivre, qui se manifeste jusque dans la flore. Le jardin du palais est une invitation à la méditation : ses chemins tortueux vous perdent et vous retrouvent malgré vous, vous conduisant naturellement à réfléchir au sens de vos pas. Vous percevez au loin des toitures bicolores, vert et jaune, bleu et blanc, mauve et or, tourelles, terrasses et toits en paliers se disputent votre attention, avec ces coins en pointe typiquement zénitiens. Les murs sont ivoire, orange, rouges, rayés, l'œil est à chaque coin de rue surpris par un nouvel agencement.

J'ai visité hier les ruines de Cotylédone, spectacle impressionnant s'il en est. La magnificence de cette déchéance m'a émue plus que je ne saurais l'exprimer. Je me suis sentie humble face à la force du temps : l'espace d'un instant, j'ai cru ne jamais venir à bout de la tâche qui m'attend. Je suis ressortie grandie de cette mélancolie passagère : me voilà déterminée à graver dans l'histoire le nom d'

Émilie

Reine d'Alma, Duchesse de Corasone

Le trouble d'Émilie suite à l'épisode de Cotylédone n'échappa pas au roi d'Abyss. Ignorant sa cause réelle, il mit à profit l'arrivée de la lettre du duc d'Orcival pour s'enquérir des nouvelles d'Alma. Il poussa sa sollicitude jusqu'à prier Émilie de lui faire voir son courrier ; outrée, elle se montra glaciale et ne lui fournit aucune explication. Il s'impatienta, haussa le ton, jusqu'à ce qu'Émilie interrompe l'entretien avec une brusquerie qu'il ne lui connaissait pas.

◆

La présence des hôtes du prince de Zénit coïncidait avec les élections législatives, qui se tenaient tous les sept ans. Pour inaugurer le lancement de la campagne, le prince de Zénit conduisit ses invités dans le palais où se réunissait l'Assemblée Commune.

De vastes colonnes rappelant les temples cotyles en marquaient l'entrée. Un somptueux vestibule rouge et or accueillait les visiteurs. Dans les couloirs se succédaient des dizaines de panneaux, formés de zelliges savamment disposés.

Enfin, la Chambre de l'Assemblée Commune apparaissait. Immense cercle de pierre couronné par une gigantesque verrière sphérique, ses rangées de bancs évoquaient les gradins de l'Amphisée, tandis que les motifs au sol se poursuivaient dans la continuité des lieux précédents.

Émilie et ses compagnons s'éparpillèrent dans la vaste salle. Comme à son habitude, l'empereur de Promété en examina l'architecture, tandis que le roi d'Abyss et Céleste se plongeaient dans les traités de loi qui en décoraient les murs. Madeleine et le marquis de Belladone feuilletaient les volumes de théologie ; non loin, le prince répondait aux questions de Sophie. Absorbée dans l'un des seuls livres illustrés de l'Assemblée, des bribes de leur conversation parvinrent à Émilie, qui se rapprocha sans s'en rendre compte.

« Cette pièce fut la Salle des Plaisirs, à l'époque où ce palais appartenait encore à ma famille, expliquait le prince. Nous en avons fait don à l'Assemblée Commune au moment de la signature de la Constitution.

– Vous n'intervenez donc à aucun moment dans l'élaboration des lois ? demanda Sophie.

– Une fois par semaine, je rencontre le Sénateur. Il est le chef de l'Assemblée et m'informe ainsi que le Doyen des lois qui ont été votées. Je donne mon avis, qui peut être ignoré ; il est plus délicat en revanche de ne pas tenir compte de l'opinion de Monseigneur Massimiliano.

– Je ne vous comprends pas. Vous qui êtes si éclairé, pourquoi devez-vous vous incliner en permanence devant l'obscurantisme de ce prélat ? Ce doit être insupportable ! Vous êtes prince, votre pouvoir devrait surpasser le sien.

– Je vous en conjure, ne le blâmez pas ainsi. Le Doyen a été un second père pour moi…

– Vous m'avez dit l'autre jour vouer une grande admiration à votre père. Lui ressemblait-il ?

– C'était un fervent théiste. Il priait avec dévotion et s'efforçait en chaque chose de respecter la parole de Pi…

– Mais ?

– Il était très amoureux de ma mère, Sarasvati. Elle était sa concubine favorite. Tous les enfants que lui fit sa Première Épouse sont morts de maladie avant d'avoir quinze ans… Elle s'est éteinte en donnant le jour à Ana. Comme j'étais son fils aîné, mon père a saisi l'occasion pour faire de moi son successeur officiel et épouser ma mère. Pour lui plaire, il a renvoyé toutes ses autres concubines. Le Doyen voyait leur idylle d'un mauvais œil ; il n'a rien épargné pour les séparer, mais la princesse Sarasvati avait toujours une longueur d'avance sur lui. Jamais il ne parvint à la prendre en défaut. Sur ses conseils, mon père entreprit de réformer en douceur la condition des femmes. Il exhorta les législateurs à interdire certaines pratiques, dont l'ensevelissement des veuves, et comptait même autoriser les femmes à hériter de leurs époux. »

Le prince marqua un silence.

« Que s'est-il passé ? murmura Sophie.

– La maladie les a emportés, ma mère et lui, à quelques jours d'intervalle, peu de temps avant que les lois soient votées. J'avais treize ans… Ana venait de fêter sa première année de vie. Le Doyen a vu dans cette mort prématurée la punition divine d'un excès de passion. Mais il m'a réconforté, et a parachevé mon éducation. Il m'a instruit dans la théologie, il a perfectionné ma connaissance de la politique et de la rhétorique. J'ai toujours trouvé en lui une oreille attentive.

– Vous ne me ferez pas croire que vous avez apprécié le sort réservé par To à vos parents.

– Leur mort… »

Le prince poussa un profond soupir.

« Leur mort m'a terrifié, reprit-il. Je ne concevais pas qu'un sentiment si beau, si pur, soit puni par To, alors qu'il incarnait en tout point les règles de Pi. Le Doyen m'a fait une telle peinture de l'amour par la suite que j'en ai développé une peur panique… Au point de refuser d'avoir des concubines. Le Doyen était capable de me faire avouer mes secrets les mieux enfouis. Quand il me réprimandait, c'était avec douceur, et ses mots comblaient ma solitude. Pour me conformer à ce qu'il attendait de moi, j'ai appris à réfréner mes émotions, à me méfier de chacune de mes impulsions.

– Comment a-t-il pu vous laisser partir seul à Alma ?

– L'invitation de la reine est arrivée à point nommé. Le Doyen me poussait à prendre femme ; je lui ai fait accroire que, pour vaincre ma résistance, je devais accepter la gageure d'un voyage à Alma. Il était résolument opposé à l'ouverture de nos frontières mais…

– Vous lui avez tenu tête ?

– J'étouffais. Je ne supportais plus son omniprésence. Enfant déjà, je rêvais de voir le monde, et parcourais avec passion les traités d'histoire et de géographie. J'ai appris l'almalite et l'abyssin dans les livres qui précédaient l'Âge Sombre. Ma mère m'a encouragé à développer cette passion des langues… Mon père désapprouvait la soif d'aventures qui m'habitait, et m'a toujours mis en garde contre l'idéal. Il a fini par rendre raison à Sarasvati… Quand l'ambassadeur d'Alma s'est présenté à nos frontières, une flamme que je croyais disparue s'est éveillée en moi. Les mots du Doyen ne me touchaient plus, car Pi lui-même invite à parcourir le monde dans le Livre de la Sagesse. Je n'ai pu rencontrer les émissaires d'Alma en personne, comme je l'aurais souhaité, mais je suis parvenu à faire plier le Doyen. J'ai juré de le tenir informé de mes mouvements par une correspondance régulière…

– Vous y êtes-vous astreint ?

– Bien sûr. Mais pour la première fois depuis longtemps, j'ai pu garder pour moi certaines pensées, et réfléchir par moi-même à ce que j'observais.

– La jeune fille capturée sur les berges de l'Histrion…

– Si vous saviez comme j'ai haï ce jour ! J'ai toujours trouvé cette coutume affreuse. Devoir vous l'exposer ainsi, dès votre arrivée… J'avais terriblement honte. Ce jour-là, le Triangle de Lumière m'a semblé une terre de barbarie.

– Comptez-vous reprendre les réformes de votre père ?

– À mon retour de Promété. Il serait trop risqué de m'opposer au Doyen à distance.

– Vous réussirez, murmura Sophie avec ferveur. J'ai foi en vous.

– Merci. Votre confiance me va droit au cœur. »

◆

Les potentiels législateurs défilaient dans le palais du prince de Zénit. Émilie assistait, intriguée, à l'effervescence unique d'une campagne d'élection, et interrogea plusieurs candidats.

« Je n'ai été élu qu'une seule fois : je vous laisse juger par vous-même. Prenez la loi sur laquelle je travaille en ce moment. Un édit qui vise à faire appliquer l'un des préceptes les plus méconnus du Livre de la Sagesse : 'Ne fais rien pousser près de la mer, le domaine de l'étranger : reste maître de ta subsistance.' Le Doyen voudrait revenir sur la définition des termes 'près de la mer'. Il estime que l'agriculture s'étend sur trop de terres et souhaite en consacrer davantage à l'élevage de bétail.

– Pourquoi se mêle-t-il d'économie ? demanda Émilie. Je croyais qu'il ne s'occupait que du salut de l'âme.

– La situation est plus complexe qu'il n'y paraît. D'après le Livre de la Sagesse, 'toute vie est née de To' : en tant que Son représentant sur Terre, le Doyen a droit de regard sur tout ce qui vit. Autrefois cela incluait le raisin, le blé et le maïs, mais la Pagode a dû les céder à la famille royale. Aujourd'hui, le Doyen ne perçoit plus qu'une taxe sur l'élevage.

– Et l'agriculture…

– L'Assemblée Commune prélève un impôt sur tous les produits issus de l'agriculture. Une partie va à l'État et un pourcentage est censé être utilisé par la Pagode pour subventionner les paysans. Le Doyen prétend qu'il faut d'abord terminer la somptueuse pagode de Carabay, près de la côte, pour plaire à To, et je ne crois pas que beaucoup d'argent revienne aux agriculteurs en difficulté.

– La Pagode a-t-elle une grande influence sur les élections ?

– Elle valide la candidature de chaque législateur : c'est un gage de la moralité des futurs élus.

– Quelle est votre opinion sur la culture des champs en bord de mer ?

– C'est le mal qui fait empiéter le raisin sur la terre. Les côtes doivent revenir à l'élevage. »

L'habillement des femmes, l'entretien de l'armée, la modernisation de l'agriculture, le montant des subventions accordées aux différentes régions du pays, les sujets de débat ne manquaient pas. Les candidats législateurs avaient en commun de se garder de tout propos qui pût déplaire à la Pagode. Pour se donner plus de force, les candidats se rassemblaient en groupes qu'ils nommaient « partis » : Émilie peinait cependant à les distinguer les uns des autres, tant leurs objectifs se ressemblaient.

« Ils sont carriéristes ! Reconnais-le : ils se moquent de ceux qui votent pour eux. Tout ce qu'ils veulent, c'est être élus par le peuple puis choisis par la Pagode pour devenir juges. Leur situation sera assurée, ils seront bien payés et ils n'auront plus qu'à obéir aux instructions des moines. À les entendre, ils désirent tous la même chose : c'est à se demander pourquoi ils forment des partis… Tu devrais me laisser leur répondre !

– Observe. C'est une autre forme de politique.

– Dans le monde d'où je viens, tout cela n'existe pas. Il n'y a pas d'élections, pas de partis, pas de représentants. L'élite de la société, ce sont les salariés. Ils gagnent plus de points parce qu'ils travaillent. Chacun est libre de faire ce qu'il veut : le Revery nous assure une vie saine et nous laisse le loisir de l'occuper comme bon nous semble. Le Grand Progrès a annihilé la politique. 'Les rois et les politiciens sont des hommes qui cherchent à s'élever au-dessus des autres pour concentrer les richesses et le pouvoir au mépris des droits humains les plus élémentaires. Ce sont des menteurs égoïstes qui entendent décider de tout à la place de tout le monde : de ce que chacun doit penser, manger, aimer. En donnant à chacun de quoi subvenir indépendamment à ses besoins, la technologie a permis aux êtres humains de s'affranchir du joug de ses oppresseurs !' Je devais ânonner ça toutes les semaines au Centre d'Éducation. À l'époque, je ne comprenais rien de ce que cela signifiait...

– Une fois de retour à Alma, l'imagination sera la seule borne de ton pouvoir.

– Malheureusement, j'ignore comment fabriquer les Disali et les Divêti pour les distribuer en masse à la population. Je ne sais pas non plus comment lutter contre la peste... Pourquoi faut-il tout centraliser ainsi ? Pourquoi avoir créé un pays ? Les animaux ne s'embarrassent pas de ces chimères.

– Les animaux ?

– Voilà que je me mets à dresser les mêmes parallèles que Madeleine et le prince ! Oui, les animaux vivent sans se soucier de rien.

– Ils sont à la merci des éléments. Ils peuvent mourir du jour au lendemain, se faire attaquer, tomber malades. Ils souffrent de la faim et du froid.

– Pourquoi tout est-il aussi compliqué ? Pourquoi ne peut-on vivre ensemble et se partager les ressources de manière équitable ? Je ne m'explique pas la nécessité de la hiérarchie.

– Un être humain seul ne vaut pas grand-chose. Il n'a ni fourrure ni griffes et ne court pas très vite. Pour vivre, il a besoin des autres. Sinon, comment élèverait-il des villes ? Comment dominerait-il les fleuves et construirait-il des bateaux ? Un homme ne peut faire tout cela par ses propres moyens.

– Oui, tu as raison... Je suppose que pour découvrir le secret de la téléportation qui a permis la création du Disali et du Divêti, il a fallu réunir un certain nombre de cerveaux. Mais pourquoi a-t-on besoin de règles pour collaborer ? Pourquoi faut-il des chefs ?

– Les chefs sont le maillon qui coordonne la chaîne. Ils ont la vue d'ensemble qui justifie l'accomplissement de centaines de petites tâches.

– Qui leur donne cette vue d'ensemble ?

– Deus. Pi. Coros. Le Doyen.

– Autrement dit, ils décident seuls, plus ou moins au hasard, selon leurs envies du moment.

– Apprends. Observe. Attends. Une fois de retour à Alma…

– L'imagination sera la seule borne de mon pouvoir, j'ai compris. »

◆

L'ouverture des frontières de Zénit fournissait aussi matière à des débats électoraux. Des étrangers seraient-ils autorisés à venir s'installer dans le Triangle de Lumière ? Le commerce était-il permis avec eux ? Le silence de la Pagode sur le sujet mettait les candidats dans une position confuse. Craignant de s'opposer au Doyen, ils souhaitaient tous le rencontrer… Grâce au prince, Émilie obtint sans attendre un entretien privé.

« Que puis-je pour vous, votre Majesté ?

– Monseigneur, Alma abrite une importante population théiste. C'est en leur nom que j'ai sollicité cette audience. Suite à l'ouverture des frontières de Zénit, ils guettent… Une manifestation de vous.

– Oui, je le conçois. Quand il a reçu vos émissaires, j'ai averti le prince des remous qu'il risquait de provoquer.

– Théistes, déistes et croyantins vivent depuis longtemps en paix au sein d'Alma. Je tiens à ce que cette situation perdure.

– Malheureusement, je ne saurais cautionner la présence de mécréants sur vos terres… Vous sollicitez la bienveillance du représentant d'une entité que plusieurs Almalites bafouent en toute impunité.

– Ne pouvez-vous inciter les théistes à cohabiter pacifiquement avec leur prochain ? 'Aime ton semblable', tel est bien l'un des commandements suprêmes de Pi.

– Je ne puis demander à des théistes de considérer déistes et croyantins comme leurs semblables.

– Dans sa grande mansuétude, Pi est bien intraitable avec ceux qui n'adhèrent pas à ses lumières.

– Il peut se laisser attendrir par certaines marques concrètes de bonne foi. »

Le Doyen ne pouvait être plus clair ; l'Autre obligea Émilie à garder son calme.

« C'est de la corruption ! Il veut que je le paie pour dire aux théistes d'appliquer les principes du Livre de la Sagesse. Je l'ai feuilleté, c'est écrit noir sur blanc : 'Aime ton semblable'. Cet homme se donne une aura de sainteté alors qu'il est le premier à mépriser la morale... Je déteste ce genre de personnes. Quand on sait ce qu'il a fait au prince de Zénit... Cela me met hors de moi !

– L'histoire doit suivre son cours.

– L'argent... Dans le monde d'où je viens, l'argent a depuis longtemps été remplacé par les points. Ils sont beaucoup plus faciles à gagner sans être essentiels pour vivre. Le système veille à ce qu'ils ne soient pas utilisés de manière frauduleuse... C'est à double tranchant, puisqu'il s'en sert aussi pour manipuler les désirs de chacun.

– Si tu ne cèdes pas, tu n'obtiendras rien du Doyen.

– J'en suis consciente. Mais si tu veux mon avis, les êtres humains ne valent pas grand-chose. »

Émilie rendit au Doyen son regard pénétrant.

« En dépit de ma confession croyantine, je suis sensible à la vérité des paroles de Pi. Laissez-moi participer au financement de la pagode qui s'élève à Carabay... Ce sera un gage de ma sincérité.

– Votre Majesté, vos mots me vont droit au cœur. Comment ai-je pu douter un seul instant de vous ? Je ne manquerai pas de m'adresser aux théistes d'Alma pour les exhorter à respecter la paix. Toute autre parole de leur part serait blasphème ! »

Peinant à contenir son irritation, Émilie remercia le Doyen et partit dans les jardins. L'indifférence de l'Autre, l'hypocrisie du Doyen et de ses affidés, alors que le prince de Zénit brûlait de tant d'idéaux... Quelle frustration de se voir cantonnée au silence !

« Vous devez cesser d'assister aux liturgies. Cela devient indécent ! »

Le roi d'Abyss. Il se tenait derrière le bosquet où elle s'était assise...

« Je ne compte pas me convertir. Je suis seulement curieuse d'un point de vue théologique... »

Madeleine. Émilie ne l'avait jamais entendue aussi contrite.

« Tel n'est pas votre rôle. Je vous ai emmenée en premier lieu pour plaire à la reine d'Alma, non au prince de Zénit.

– Ce n'est qu'une enfant, et elle vous est toute acquise.

– Plus maintenant, je vous le répète. Vous devez me dire quels sont ses reproches, au lieu de perdre votre temps à la pagode.

– N'envisagez-vous pas une alliance avec Zénit ?

– Il est trop tôt pour le dire. Alma est ma priorité et sa reine refuse de me parler : il faut à tout prix que j'apprenne la nature de ses griefs contre moi.

– Pourquoi est-ce si important ? Vous êtes fiancés, elle ne reviendra pas sur sa promesse.

– D'où vous vient cette certitude ?

– Aussi puérile soit-elle, elle n'en demeure pas moins pétrie d'idéaux. Elle se révolterait à l'idée de trahir sa parole.

– Il ne vous appartient pas d'en juger. Interrogez-la, c'est tout ce que je vous demande. »

Le roi d'Abyss quitta sa sœur sans lui laisser le temps de répondre. Partagée entre la colère et la pitié, Émilie attendit que son pas pressé se soit éteint avant de se lever. Madeleine n'avait pas bougé.

Quand la princesse d'Abyss vint la voir, plus tard dans la journée, Émilie était prête. Ne donnant aucun signe de la brouillerie avec son frère, souriante, elle la rejoignit autour d'un thé que beaucoup prenaient à Zénit en fin d'après-midi. Proposant à Madeleine une tasse de chocolat dont elle la savait friande, Émilie éluda ses questions et la mena sur le terrain du théisme.

« Quel est le résultat de vos observations liturgiques ? Vous assistez à toutes les cérémonies en compagnie du prince de Zénit… Avez-vous constaté quelque différence avec le déisme ?

– Le théisme oblige à prendre soin des miséreux, souligna Madeleine. Il a créé des écoles et encouragé la médecine… Il prêche un amour de son prochain très éloigné de la dignité de soi de Deus, bien que semblable en apparence.

– Comment le déisme et le théisme ont-ils pu s'affronter ? Pour avoir assisté à une liturgie et à une prière, il m'a semblé que c'étaient deux religions pleines de douceur, prônant l'amour et le pardon.

– Le Livre saint des déistes et le Livre de la Sagesse des théistes ont une partie commune. Leurs anciennes divinités incarnent à la fois l'amour et la colère : ce sont des entités qui demandent des sacrifices en échange de leurs faveurs, et déchaînent leur courroux sur ceux qui les offensent. Le rôle de Pi dans l'histoire les divise profondément... Chaque religion ayant été remaniée au fil des siècles par plusieurs prophètes, cela ne facilite pas les explications.

– N'êtes-vous pas gênée par la trop grande rigueur du Doyen ? insista Émilie.

– La rigueur n'est qu'interprétation. Dans le texte, le Livre de la Sagesse est loin d'être aussi sévère que la Pagode. Il serait à mon sens fort bénéfique à Zénit que le prince ait une voix plus forte à l'Assemblée Commune... Ne serait-ce que pour abolir cette coutume abjecte d'ensevelissement des veuves.

– Croyez-vous qu'il parvienne à se faire entendre ?

– S'il est bien accompagné, il ne saurait manquer d'y réussir. De même que mon frère et vous...

– Bien entendu. »

Émilie sourit. Un sourire de façade, froid, qui ne trahissait rien de son désarroi. Elle ne pouvait laisser s'envenimer la situation avec le roi d'Abyss... Mieux valait qu'elle prenne les devants.

◆

« Il est difficile de sortir indemne d'un spectacle tel que celui de Cotylédone. Une ruine aussi totale, pour une civilisation qui fut jadis une des plus puissantes du monde... Quel effet cela vous fait-il ? »

Émilie posa la question à Céleste alors qu'elles se promenaient dans les jardins, un matin, pendant la liturgie.

« Plutôt que de m'appesantir sur le passé, je préfère en tirer des leçons pour l'avenir, répondit Céleste. Ne vaut-il pas mieux profiter du présent, quand on voit ce qu'il reste de nous après notre passage ?

– Je cherche à construire un pays nouveau et à créer des lois justes. À quoi bon, si c'est pour finir comme l'empire cotyle ?

– Ne vous laissez pas abattre. Au soir de votre vie, vous aurez la satisfaction d'avoir œuvré pour le bien et rendu le présent meilleur. Il ne faut pas vouloir à tout prix vivre dans l'avenir : à trop contempler ses objectifs, on ne les réalise jamais.

– Passé, présent, avenir. J'aime l'idée d'un monde aux multiples facettes. Cotylédone m'a ouvert un univers dont je ne soupçonnais pas l'existence, plus vaste encore et plus varié que dans mon imagination. »

Les paroles d'Émilie furent suivies d'un long silence.

« Vous nous avez entendus, » murmura enfin Céleste.

Ce fut au tour d'Émilie de rester muette. Des larmes perlèrent aux yeux de Céleste.

« Majesté, vous devez me haïr pour ce que j'ai fait. Moi-même, je ne me le pardonnerai pas. Mais, si j'accepte d'avoir tous les torts, je refuse d'être accusée de duperie. Je vous supplie de me laisser vous raconter la chose sans m'interrompre : après, vous pourrez me juger et me condamner. M'autoriserez-vous à parler ?

– Je vous en prie.

– Rien ne sert de le nier. Le roi d'Abyss représente ce que j'ai toujours désiré. J'ai de l'amitié pour lui… Cela s'est fait de manière si insidieuse que je n'en ai pas eu conscience jusqu'à ce que nous nous rendions à Cotylédone. Je ne sais si la déliquescence de ces lieux m'a fait céder à une fausse impression de sécurité… Je ne cherche pas à excuser mon comportement. J'ai quitté le temple en ayant la ferme intention de réduire mon commerce avec ce prince : voilà plusieurs jours qu'il me courtise avec une assiduité aussi discrète qu'efficace. Votre Majesté, je vous supplie de ne pas avoir trop de colère à l'égard d'une pauvre femme qui n'a jamais cessé de vouloir être votre amie. Je ne désire rien tant que de vous voir reconquérir le roi, même si cela doit me briser le cœur ; j'aurai au moins l'assurance d'avoir fait ce que m'imposait mon devoir. Le temps aidant, mon inclination finira par s'éteindre ; si ma conscience devait me faire défaut, rien ne pourrait jamais réparer ce mal. »

Émilie sentit sa colère s'envoler. Le serment muet de la veille de son couronnement lui revenait en mémoire… Elle voulait croire Céleste. Elle refusait de s'éparpiller en haines stériles. Ce baiser avait été un coup au cœur... Mais Céleste était son unique amie.

« Céleste, ne pleurez pas. Vous m'avez dit la vérité : vous avez honoré votre promesse. Je parlerai au roi d'Abyss.

– Ne serait-il pas plus simple de me renvoyer à Alma ?

– J'ai besoin de vous. Vous êtes la seule à ne m'avoir jamais celé la vérité. En retour, apprenez que je vous ai vue bien malgré moi avec le roi dans le temple de Cotylédone, et que je vous pardonne. »

Avant de la recevoir en privé, le roi d'Abyss fit patienter Émilie plus d'une heure dans son antichambre. Irritée, inquiète, ce fut tout naturellement qu'elle appela l'Autre.

« J'ai mal. Je ne sais pas quoi faire.

– Tu as le choix.

– Étais-je amoureuse de lui ? Peut-être. Il m'a fait la lecture. Il m'a montré ses plus beaux livres. Nous avons eu des conversations passionnées sur la peinture, la musique, la sculpture. Il y a eu cette soirée magique, les fleurs de lys, le ballet. Il a libéré le marquis de Quéribus et a donné à Alma une forte somme d'argent, alors que rien ne l'y obligeait. Il a accepté de remettre en question le système des castes... Il m'a réconfortée après mon entrevue avec le duc de Malraison... Comment peut-il avoir menti pendant tout ce temps ? Il semblait si fervent... À la fois sincère et naturel. J'ai pensé que nous pourrions nous entendre, construire quelque chose de beau ensemble... Si je n'avais pas surpris cet échange avec Céleste, je n'aurais jamais mis en doute sa parole. As-tu vu sa réaction, quand j'ai refusé de lui montrer les lettres de Monsieur d'Orcival ? Et cette conversation avec Madeleine... J'avais l'impression d'être un pion. Une simple marionnette dans un vaste plan...

– Tu as le choix.

– Dois-je m'allier avec le prince de Zénit ? Il ne serait pas d'un grand secours si le roi d'Abyss me déclarait la guerre. Tu as vu comment il laisse traiter les femmes ? Il désapprouve cette situation, mais il n'a pas le pouvoir de la faire changer. Il craint la répression de la Pagode... C'est regrettable ; s'il régnait sur Alma, il ferait un bon roi.

– Tu as le choix.

– Je suis obligée de nouer une alliance. Si la guerre ne vient pas de l'extérieur, mes pairs la provoqueront. Je pourrais m'entendre avec l'empereur de Promété : il est drôle, féru d'inventions… Mais quelque chose en lui me déplaît. Il faudrait que je voie son archipel…

– Tu as le choix.

– Quel choix ai-je ? Si je romps avec le roi d'Abyss, il me déclarera la guerre. Je ne peux pas déclencher une guerre. C'est inenvisageable. Une guerre… Une guerre ! Dans le monde d'où je viens, on nous a appris à haïr la guerre. C'est le pire de tous les maux. Une absurde et sanguinaire acmé de violence. Des êtres humains qui s'entretuent sans savoir pourquoi, des milliers de personnes qui souffrent, perdent leurs bras, leurs yeux, leurs jambes, leur esprit, leur famille, pour rien. Pour des lignes sur des cartes. Pour des lopins de terre, des cailloux brillants, du pétrole… 'Rien n'est pire que la guerre. La technologie nous en a délivrés.' On nous le faisait répéter tous les jours au Centre d'Éducation… Comme pour nous rappeler à quel point nous étions heureux.

– Une fois de retour à Alma…

– L'imagination ne sera jamais la seule borne de mon pouvoir. Je ne veux pas de guerre, tu entends ? Ni à l'intérieur d'Alma, ni à l'extérieur, ni nulle part. La guerre n'est jamais une solution ! Elle ne sème sur son passage que la mort et le chagrin. Il faut que j'épouse le roi d'Abyss, je n'ai pas le choix. Même s'il m'a menti. Il n'avait aucun intérêt à courtiser Céleste… Peut-être l'a-t-il fait parce qu'il est vraiment amoureux d'elle. Ce qui signifie… Qu'il peut aimer. Il ne ment pas tout le temps.

– Quel est le rapport ?

– L'amour est une valeur hautement positive ! C'est un sentiment d'affection désintéressé, le plus beau et le meilleur qu'il y ait chez l'homme. Dans le monde d'où je viens, il est interdit, car il détourne les êtres humains de la technologie… Mais personne ne sait qu'il est prohibé. Je l'ai vu illuminer le cœur d'un ami, j'ai failli être broyée par lui quand une créature étrange m'a ouvert son âme.

– Et le roi d'Abyss ?

– S'il est capable d'aimer, il est capable d'être bon. Il aura le trône d'Alma. Il n'a aucune raison de m'écarter du pouvoir, nous régnerons ensemble. Je… Je lui dirai la vérité. Même s'il me considère comme un pion… Il peut encore changer. »

Pleine de ces louables résolutions, Émilie fit pénitence auprès du roi d'Abyss. Pour expliquer sa froideur, elle lui apprit qu'elle l'avait surpris avec Céleste dans le temple de Cotylédone. Abasourdi, il resta muet quelques instants, avant de la prier de bien vouloir excuser son attitude envers Céleste. Elle n'était qu'une tocade, cette incartade serait la dernière. Son cœur battait pour Émilie : au vu du tort qu'il lui avait infligé, elle se montrait encore trop douce en daignant lui parler.

La chaleur dans sa voix, la franchise de son regard, Émilie ne l'avait jamais vu aussi ardent, ni aussi séduisant. Il donnait tous les signes du plus vif émoi. Ne sachant comment se faire pardonner, il offrit de l'aider à gérer les affaires d'Alma dès maintenant. Il avait bien étudié la Ligue ; il n'accordait aucune confiance aux pairs qui siégeaient à Corasone. Il supplia Émilie de lui laisser l'occasion de prouver sa bonne foi.

Désemparée, submergée par un tel débordement de tendresse et de remords, Émilie accepta. Elle avait brûlé les précédentes lettres du duc d'Orcival, mais s'engagea à lui montrer la prochaine.

Cette nuit-là, elle réfléchit longtemps avant de s'endormir. Mille et une pensées la traversaient. Une seule aboutit en décision ; ce fut celle-là même qui guida sa main, alors qu'elle traçait ces lignes à l'adresse du duc d'Orcival.

Monsieur d'Orcival,

Un entretien imprévu avec le roi d'Abyss m'oblige à rompre le rythme de nos échanges. Ce prince a souhaité vous lire, aussi je vous prie d'user à l'avenir de tout votre talent d'épistolier. Il ne doit en aucun cas être informé des troubles qui traversent Alma. Le Doyen s'est engagé moyennant finances à parler aux théistes : faites suivre les fonds qu'il demande, agissez en tout point pour calmer les esprits. Vous pouvez mentionner la peste devant le roi,

*mais gardez-vous d'évoquer toute dissension au sein des pairs.
J'ai des raisons de croire que ce monarque n'est pas si honnête
qu'il le prétend : pour éviter que mon futur époux prenne trop
d'ascendant sur la politique d'Alma, il devient vital que mes
vassaux me soutiennent, ou du moins qu'il le pense. Considérez
ces mots comme une preuve supplémentaire de la confiance que
vous porte,*

Émilie

Reine d'Alma, Duchesse de Corasone

Émilie pria Céleste d'envoyer la lettre pour elle. Elle lui apprit
la teneur de son entretien avec le roi et lui fit promettre le secret.

♦

Les élections législatives étaient l'occasion de nombreux
déplacements officiels. Bains de foule, conférences, rencontres :
les candidats n'épargnaient rien pour s'attirer les faveurs des
électeurs.

L'Hôpital de Lucibel, lieu emblématique de la charité
populaire, devenait pendant ces quelques jours le centre de
l'attention. Grande bâtisse longiligne située au nord de la ville, ses
trois étages avaient vocation à accueillir les indigents et les
malades, auxquels toute la bonne société rendait visite en cette
période électorale.

Le prince de Zénit y conduisit ses compagnons, afin qu'ils
puissent constater par eux-mêmes les bienfaits du théisme.
Financé à parts égales par l'État et la Pagode, l'Hôpital
garantissait à chacun le toit et le couvert. Logés en dortoir ou en
chambre individuelle selon leur condition, les pensionnaires
sortaient dès que leur état le permettait : les moines les aidaient
ensuite à retrouver un travail, ou les envoyaient dans des pagodes
si aucune alternative ne s'offrait à eux. Des religieuses occupaient
la fonction d'infirmières, leurs cheveux pris dans un voile noir
sévère, assorti à leur habit que recouvrait une blouse blanche.

Filles-mères, vieillards, invalides, tuberculeux et orphelins constituaient les hôtes principaux de l'Hôpital. Derrière leurs sourires alors qu'ils saluaient le prince, Émilie crut cependant distinguer une sorte de langueur, qui s'approchait du désarroi dans le cas des jeunes mères.

« Que va-t-il arriver à ces femmes ? demanda-t-elle au prince.

– Si le père refuse de reconnaître son enfant et de les épouser, elles seront envoyées dans une pagode, tandis que les bébés se verront confiés à un orphelinat.

– C'est terrible ! s'insurgea Sophie. Ne pourraient-elles au moins garder leur enfant ?

– Et le priver de la chance d'être légitimé par une famille charitable ? répliqua le prince. To exige que la mère se voue à lui, mais l'enfant innocent doit rester de la responsabilité de tous.

– Votre charité est bien dure, opina Émilie. Vous ne sauvez les gens que pour les faire entrer en religion.

– Il est juste qu'ils reviennent à To : c'est Lui qui les sauve, alors qu'ils se voient réduits à cette extrémité pour n'avoir pas respecté Sa loi.

– Je trouve admirable qu'une telle institution existe à Zénit, intervint Madeleine. À Abyss, nous laissons à Deus sa responsabilité : vous avez beaucoup de cœur d'interpréter la loi divine de cette manière.

– C'est à Pi que nous le devons, sourit le prince. La Pagode dispose d'une puissance morale et d'une influence sur les mœurs qu'aucun autre pouvoir ne pourrait égaler. »

Pour sauver leur âme, la Pagode allait jusqu'à dicter à ses fidèles le contenu de leur assiette. Ainsi leur défendait-elle de consommer des chèvres, au prétexte que l'une d'elles avait allaité Pi à sa naissance.

« En êtes-vous certain ? s'amusa Sophie.

– Je n'ai pas le droit d'en douter. Par suite de ce prodige, il fut interdit de tuer des chèvres. Nul n'est autorisé à boire leur lait, et le fromage qui en est tiré ne peut être goûté qu'en des occasions spéciales. Le Livre de la Sagesse fait état d'un peuple qui a sacrifié des chèvres sans se soucier de l'avertissement de Pi : To envoya du ciel une maladie divine qui frappa tous ceux qui mangeaient de cette viande sacrée.

– Cela me rappelle l'épidémie qui a sévi à Promété voici quelques années, commenta l'empereur. Êtes-vous sûr que Pi, dans sa grande intelligence, ne s'est pas servi du théisme pour promulguer efficacement une mesure d'utilité collective ?

– Même si la religion est l'alliée de l'hygiène, vous ne me convaincrez pas que son mariage avec la politique soit désintéressé, trancha Sophie. Il suffit de voir le nombre de guerres qu'elle a causées, et les milliers de vies qu'elle a fauchées, pour comprendre qu'elle n'est pas un sujet à traiter à la légère. Je ne conçois pas que les hommes de toutes ces religions soient prêts à commettre les pires atrocités au nom de leurs divinités pacifiques. Afin de défendre leurs principes, ils les trahissent de la manière la plus éclatante… Comment voulez-vous, après cela, accorder foi à leurs propos ? Une religion qui exige de désobéir à son dieu pour mieux servir ses prophètes n'a aucune validité.

– Les divinités sont gourmandes en fidèles, remarqua Madeleine. Surtout quand elles touchent de si près à la légitimité du pouvoir royal.

– Les religions reflètent une forme de société, déclara Sophie. Ce sont des façades morales qui justifient différentes sortes d'injustices, soulagent la conscience des puissants et trompent les faibles. Prenez le déisme. Cette religion a une seule entité : curieusement, c'est dans les provinces les plus centralisées sur le plan administratif et politique que cette croyance a le plus de succès. Un Deus, un roi, un seigneur, auxquels on rend tous les hommages. Des prêtres, qui sont autant d'intermédiaires dans l'échelle sociale, et font souvent plus de difficultés en négociation que Deus lui-même. Du côté du théisme cependant, l'égalité devant la Sainte Trinité est une notion plus importante que le respect dû à son supérieur. Par une étrange coïncidence, les peuples qui l'ont adoptée ont aboli les castes et le servage…

– Vous êtes dure, tempéra le prince. La religion est d'une grande aide pour la structuration de la société. Il faut apprendre à user de la liberté qui nous est donnée.

– La liberté ne s'apprend pas. Elle se saisit et se défend. »

Sophie illustra ses mots par le geste, resserrant brusquement le poing.

« Voilà bien une vision prométéenne, lança Madeleine. Vous vous croyez maîtresse de la nature et du reste du monde, vous refusez d'admettre qu'il existe un ordre qui vous dépasse. Jusqu'au jour où le malheur s'abat sur vous…

– Promété s'est affranchi des aléas du hasard, affirma Sophie. Pour pallier tout accident, nous développons des compagnies d'assurance. Financées par l'argent que les adhérents mettent chaque mois de côté, elles réparent les maisons en cas d'incendie ou d'inondation, remboursent les objets volés et vont jusqu'à compenser la perte d'un être cher. »

Madeleine répondit par une moue dédaigneuse.

Contrainte au silence, Émilie s'ouvrit à l'Autre.

« Je connais les assurances ! Elles existent aussi dans le monde d'où je viens… Assurance annulation, pour récupérer tes points si tu annules un voyage de type croisière en mer ou dans l'espace, assurance remboursement si tu n'es pas satisfait d'une séance en Centre de Sport, assurance amour si tu ne trouves pas ta moitié sur les réseaux sociaux payants… Les assurances sont gérées par des robots, leur logique est imparable ! Il faut être très vigilant lorsqu'on y a recours… Il n'y a plus d'incendie ni d'inondation nulle part depuis belle lurette et aucune maladie ne résiste aux Centres de Soins. C'est curieux, quand tu y penses : nous n'avons aucune raison de nous inquiéter mais le système fait tout pour que nous ayons peur de l'imprévisible. Comme si le simple hasard n'avait pas le droit d'exister !

– C'est absurde en effet. Parfois, les accidents arrivent et l'on n'y peut rien, c'est une fatalité.

– Pourquoi ne me laisses-tu pas en parler avec Sophie ?

– Elle ne comprendrait pas. Ce serait… Incohérent. »

Un frisson de malaise parcourut l'Autre à ce mot.

« C'est cet Hôpital qui est incohérent, répondit Émilie. Regarde les barreaux aux fenêtres : la Pagode met dans le même sac les filles-mères, les mendiants et les prostituées. Nous n'avons vu que certaines salles ; je suis certaine que les autres sont bien

198

moins propres… Cet endroit a tout d'un Centre d'Aptitude. On y enferme ceux qui sont différents…

– C'est mieux que de les laisser mourir dans la rue.

– Peut-être. Je ne sais pas. J'aimerais en avoir le cœur net… Il est temps de voir le vrai visage de Lucibel. »

♦

Comme à Farandol, Émilie mit ses compagnons dans le secret de son escapade, à l'exception du prince de Zénit, du roi d'Abyss et de sa sœur. L'empereur de Promété se joignit à eux, Sophie leur procura des déguisements. Ils s'absentèrent pendant que le prince et les Abyssins assistaient à l'une des nombreuses liturgies de la semaine ; par un moyen connu d'elle seule, Madeleine avait obtenu l'autorisation d'y retourner, et avait exceptionnellement entraîné son frère.

Au fur et à mesure qu'ils s'éloignaient du quartier royal, les rues se peuplèrent. Quelques enfants jouaient dehors, les femmes faisaient leur lessive ; çà et là, des hommes effectuaient de menues réparations. Leur visage grimé pour masquer la blancheur de leur peau, ils ressemblaient à s'y méprendre à des Zénitiens.

Hors des pagodes, le théisme désapprouvait les représentations, qu'elles fussent humaines ou animales : il incitait l'homme à ne pratiquer l'art que pour rendre hommage à ses trois divinités. C'était dans les vitraux que le peuple zénitien avait trouvé un exutoire à ses penchants artistiques.

Cette curieuse technique florissait dans la fabrication de petits objets d'art, destinés aux acheteurs ayant peu de moyens. Mini-vitraux d'un art infini, fragiles icônes de verre qu'un rayon de soleil suffisait à parer de mille couleurs : Pi enfant, Pi vieillard, Pi écrivant le Livre de la Sagesse, Pi parlant à ses disciples, Pi mettant fin au combat entre To et Na, il n'était pas une icône où ne figurât Pi, pas une image qui ne fût tirée du Livre de la Sagesse. En ce jour de liturgie, de nombreux commerçants tentaient de vendre des icônes à ceux qui n'avaient pu se rendre à la pagode.

Ils passèrent les étals et débouchèrent sur une petite place, quand un tambour retentit dans la rue opposée à la leur.

« Oyez, oyez ! Mesdames et Messieurs, la compagnie de Leporello est là pour vous aujourd'hui ! Ne ratez pas cette occasion exceptionnelle de voir se produire les plus grands artistes de votre temps ! »

Le messager était un jeune garçon. Il portait un costume aux couleurs bigarrées qui prêtait à rire : un pantalon moulant, un justaucorps cousu de losanges jaunes, violets, verts, bleus et roses, des chaussures pointues et un bonnet à grelots. Son attitude bruyante et exubérante rappelait les fous qui animaient les repas de Farandol.

Il se rendit dans d'autres rues pour répéter son annonce. Quand il eut ameuté une vingtaine de personnes, il s'écria :

« Mesdames et Messieurs, suivez-moi pour profiter du spectacle de la compagnie de Leporello ! »

Émilie et ses compagnons se joignirent à une foule enthousiaste qui les conduisit vers une petite place. Quelques planches de bois et des rideaux composaient la scène ; un convoi de roulottes abritait les artistes. Ils furent bientôt une centaine : les enfants se pressaient pour aller à l'avant, les rares femmes présentes jetaient des regards intimidés sur la scène, les hommes semblaient à la fois réjouis et curieux.

Un, trois, puis cinq jongleurs envahirent l'estrade, dont le messager qui les avait sollicités. Leur numéro, ponctué de fumée et de petites explosions, ne dura que quelques secondes, le temps d'attirer l'attention de la foule.

Ils cédèrent les planches à un homme d'une cinquantaine d'années, dont la voix mélodieuse parvint sans peine à tout le public.

« Mesdames et Messieurs, soyez les bienvenus ! Nous allons vous raconter l'histoire de Rimbald et de Danaé. C'est une histoire d'amour entre un poète muet et une coquette ingénue… »

L'homme parlait très distinctement. Il renforçait l'emphase de ses mots par des gestes appuyés, marquant dans les phrases qu'il énonçait des pauses qui captaient l'attention de la foule. Le rideau se referma, pour se rouvrir sur les cris d'une femme.

« Oh, Rimbald, Rimbald, Rimbald ! Zoé, regarde ce qu'il m'a écrit !

– Mam'zelle Danaé, z'y allez trop fort. Un coup d'plus et vos parents sauront l'affaire. »

Zoé, replète, portait l'habit d'une servante ; les vêtements de sa jeune maîtresse semblaient correspondre à ceux de bourgeois zénitiens. Zoé écouta Danaé lui lire la lettre ; entra un valet nommé Scaramouche, qui trébucha, puis le père de Danaé, Germanito. Danaé cacha aussitôt la lettre compromettante dans son dos. Ce fut un ballet de ruses pour faire disparaître la missive, au nez et à la barbe du père. Le manège de Zoé et de sa maîtresse n'échappa pas à Scaramouche, qui exigea des explications sitôt le maître sorti.

Émilie riait tant qu'elle en avait mal aux joues ; elle applaudissait à tout rompre avec la foule dès qu'un tour réussissait. Les acteurs improvisaient, interagissant avec le public dont ils n'hésitaient pas à demander la complicité.

Rimbald apparut bientôt, jeune homme timide mais déterminé. Puis vint Lamello, l'amoureux jaloux ; il y avait aussi la mère de Danaé, et les valets des uns et des autres. Tout ce petit monde se taquinait, qui tirant les cheveux, qui pinçant les fesses ; Zoé se trouvait bien en peine avec trois laquais à contenter. On se moquait de tout : la crédulité de Germanito ne fit pas moins rire Émilie que l'orgueil teinté de lâcheté de Lamello et les frasques amoureuses de Zoé. Même les deux amants en prenaient pour leur compte.

La fin se dénouait le plus heureusement du monde, quand elle fut interrompue par le galop des chevaux. Des soldats zénitiens arrivaient. La foule se désagrégea ; des hommes se mirent à crier, des mères cherchaient leurs enfants, c'était à qui regagnerait le plus vite ses foyers.

Le marquis de Belladone entraîna Céleste et Émilie dans une rue étroite où ils s'accroupirent derrière des tonneaux, leur évitant de justesse d'être encerclés par les gardes.

La quasi-totalité du public avait pu s'enfuir, mais presque tous les membres de la compagnie de Leporello étaient là. La scène avait disparu comme par enchantement. Des soldats liaient les mains des acteurs avant de les frapper, d'autres fouillaient les roulottes.

« Arrêtez ! plaida l'homme qui avait ouvert le spectacle et jouait Germanito. Nous ne faisons rien de mal ! Le prince de Zénit a autorisé le théâtre à Lucibel...

– La Pagode l'a interdit. Le Doyen a ordonné que tous les théâtreux se produisant sans licence officielle soient arrêtés. Cette représentation ne figurait pas dans la liste de l'Enquête ; apparemment tu ne caches pas d'autorisation dans ton taudis...

– J'allais en demander une à l'Enquête ! Ce spectacle était un entraînement...

– Je connais les menteurs dans ton genre. Vos spectacles sont un tissu d'injures et de blasphèmes.

– C'est faux ! »

Germanito se débattit ; les soldats le poussèrent au sol et le criblèrent de coups de pied.

« Nous cherchons... À divertir...

– Pendant la liturgie ! Belle initiative, commenta le capitaine. Vous avez trouvé quelque chose ? » lança-t-il à l'adresse de ses hommes.

Des personnes avaient été jetées hors des roulottes : deux vieillards, trois enfants et un homme en béquilles. Ils furent enchaînés sans ménagement. Deux enfants se précipitèrent pour soutenir l'infirme ; ils reçurent une volée de gifles. Au total, il devait y avoir une quinzaine de ces « menteurs ».

« Emmenez-moi ça au cachot, reprit le capitaine. Confisquez les roulottes.

– Je vous en prie, plaida l'interprète de Danaé. Mon frère est blessé, ayez pitié... Nous allons à la liturgie tous les mardis...

– Tais-toi, femme. L'Enquête n'a pas de pitié pour les blasphémateurs.

– Qu'allez-vous nous faire ? » articula Germanito.

Le visage tuméfié et rouge de sang, tordu de douleur par les coups qu'il venait de recevoir, l'homme avait perdu plusieurs dents.

« Vous n'aurez rien d'autre que le châtiment imposé par le Doyen pour blasphème. Trente coups de fouet et une semaine de jeûne. Ça devrait vous faire passer le goût du métier...

– Nous avons des enfants avec nous ! s'exclama Rimbald. Épargnez-les ! »

Le capitaine ne daigna pas répondre. Il remonta à cheval, imité par sa garde, qui escorta les prisonniers en traînant par terre ceux qui n'arrivaient pas à courir.

Le marquis de Belladone attendit que les passants réinvestissent la place avant de se lever.

« Où sont les autres ? Il faut rentrer au plus vite. La liturgie sera bientôt terminée. »

Émilie ne répondit pas. Peu lui importait d'être à l'heure pour le déjeuner. Comment le marquis pouvait-il rester aussi froid ?

Sophie et l'empereur de Promété apparurent ; le groupe rebroussa chemin.

« C'est honteux, lâcha Sophie. Quand je pense que pendant ce temps, le prince de Zénit se prosterne devant le Doyen dans la béatitude universelle...

– Nous ne pouvons pas laisser faire ça, répliqua Émilie. Je faisais confiance au prince...

– Peut-être n'est-il pas au courant, remarqua Céleste.

– Il doit être informé.

– Mesdames, je vous supplie de baisser d'un ton, intervint l'empereur de Promété. Il sera temps d'avoir cette conversation plus tard. »

Ils se pressèrent dans les rues sombres et finirent par retrouver la venelle d'où ils étaient partis.

« Nous devons en parler au prince de Zénit, reprit Émilie. Il en va de la vie de quinze personnes...

– Ils ne sont pas condamnés à mort, lui rappela l'empereur de Promété. Si le capitaine a dit vrai, dans une semaine, ils seront libérés.

– Vous oubliez le jeûne et les trente coups de fouet ! Il y a des enfants, cet homme blessé...

– Je vous en conjure, cessez de vous alarmer, dit le marquis. Nous sommes en pays étranger, il ne nous revient pas de protester contre des lois qui ne nous regardent pas.

– Nous pouvons changer le sort de ces gens ! Nous pouvons intervenir...

– Nous ne resterons pas les bras croisés, dit Sophie. Mais pour toucher sa cible, encore faut-il viser… Si nous en appelons au prince trop hâtivement, il pourrait rompre tout commerce avec nous.

– Allons Sophie, vous savez qu'il vous aime trop pour réagir ainsi, » ironisa l'empereur.

À l'intérieur, Émilie hurlait. L'Autre la retenait, lui imposait le calme, l'autorisait à parler en modérant ses propos. Le monde continuait sa course.

« LAISSE-MOI PARLER !!!!! On vient de frapper des hommes sous mes yeux et toi… Tu m'as obligée à rester cachée, à ne rien dire ! Je voulais sortir, leur porter secours… Ce capitaine, je l'aurais massacré. C'est lui qui mérite d'être rossé ! Comment ose-t-il ?

– Tu aurais pu être gravement blessée. Si les gardes t'avaient reconnue, l'histoire n'aurait pu suivre son cours.

– Blessée ? Moi ?

– Tu ne sais pas te battre. Que comptais-tu faire ?

– Tu ne comprends pas. Rien ne peut m'arriver dans ce monde… »

Émilie avait beau lutter, impossible de se souvenir. Pourquoi ne craignait-elle ni la mort ni la souffrance ? Elle s'estimait invincible, et cela lui paraissait aussi naturel que l'air qu'elle respirait… Mais sa mémoire ne lui dévoilait aucune explication, rien en dehors de l'image confuse d'une grande bibliothèque.

« Ta colère est anormale, reprit l'Autre. Son ampleur surprendrait tes compagnons.

– C'est toi qui n'es pas normal ! Dans le monde d'où je viens… »

Silence.

« Dans le monde d'où je viens, on emprisonne certaines personnes en Centre d'Observation. On leur arrache les yeux, les cheveux et les ongles, on les frappe, on les force à regarder des atrocités. Existe-t-il un mot pour dépeindre ces horreurs ?

– Oui. Torture. Malheureusement, elle existe dans toutes les sociétés. Elle permet d'extorquer de force des informations à des personnes qui veulent se taire.

– Torture. Torture… On ne nous apprend pas ce mot, au Centre d'Éducation. On nous parle de la mort en général, on nous dit que tout ça appartient au passé et qu'aujourd'hui la technologie nous rend heureux. Mais la mort existe. Dans les Centres d'Aptitude et d'Observation. La torture… Le mot a disparu. Mon amie s'appelait Lilas… Elle a été torturée. Avec d'autres personnes, dans les Centres d'Observation. La magie l'a soignée, la magie a presque tout effacé… Mais ici, dans ce monde, la magie n'existe pas.

– Non.

– Et la torture… Dans mon monde, la torture est cachée. Même si elle existe, même s'il y a plusieurs Centres d'Observation… Peut-être torture-t-on moins d'innocents qu'à Zénit. Il faut que ce soit vrai. As-tu vu comme ils ont giflé les enfants ? Et Germanito, il a perdu ses dents pour toujours… »

Émilie pleurait. L'Autre interdisait à ses larmes de sortir, mais ne pouvait la contraindre à sourire. Elle ne s'était jamais sentie si malheureuse. En voyant les miséreux d'Abyss, elle avait éprouvé de la haine, de la colère ; assurée de l'existence d'un monde où cet état de fait était impossible, elle se croyait capable de remédier à une telle situation. Devant la malveillance de l'Enquête, elle restait impuissante. Chez elle aussi, on punissait sauvagement des innocents pour leur différence. Combien ? Où ? Et surtout… Qui ? Qui était responsable de ces monstruosités, dans le monde d'où elle venait ?

« Votre Majesté, vous avez un visage effrayant, murmura le marquis. Vous ne pouvez pas vous présenter ainsi devant le prince. Nous ne sommes pas en droit de nous mêler d'une politique étrangère…

– Monsieur de Belladone a raison, déclara Sophie. Au vu de votre position, il serait trop délicat que vous interveniez. Je parlerai. »

III

Le soir même, ils partageaient un repas avec le prince de Zénit, Ana et le Doyen. Fidèle à sa parole, Sophie n'attendit pas.

« Vous rendez-vous souvent au théâtre, Sire ?

– Je m'efforce d'y aller au moins une fois toutes les deux semaines.

– Fréquentez-vous toujours la Salamandre ?

– Je varie les plaisirs. J'aime à ce que ma présence dans la salle ne soit connue qu'au lever du rideau. Mais je sens que vos questions sont les émanations polies d'une interrogation plus profonde… Que voulez-vous savoir ?

– Vous lisez en moi comme dans un livre ouvert, plaisanta Sophie. La réputation d'un autre théâtre est parvenue à mes oreilles. Il s'agit du théâtre des rues, moins… Disons moins formel que la Salamandre.

– J'ignorais que la renommée de la commedia dell'arte fût si grande : je suis ravi de vous l'entendre mentionner. Qu'en dites-vous, Monseigneur ? N'est-ce pas là un bel hommage pour ceux que vous qualifiez d'amuseurs impies ?

– Nous ne savons pas encore sous quel jour cette commedia dell'arte s'est présentée à Madame Dalmeida, tempéra le Doyen.

– Rassurez-vous, Monseigneur, répondit Sophie. L'on m'a parlé de cette commedia dell'arte comme d'une chose fort divertissante ; l'ultime ornement, si je puis dire, de la vertu zénitienne.

– Dans ce cas, Madame, je crains fort que l'on vous ait trompée, opina le prélat. Dans le domaine du théâtre improvisé, seules les histoires les plus rigoureusement religieuses sont autorisées. Celles qui se prétendent comiques sont blasphématoires et interdites par la loi. Y assister est un crime dont Son Altesse, dans sa grande mansuétude, a souhaité exempter les coupables de peine... Il a toutefois reconnu avec moi qu'exiler les amuseurs ne suffisait pas, et qu'il fallait, pour leur faire passer l'envie de recommencer, les châtier dignement.

– C'est une mesure légitime, intervint le roi d'Abyss. Il n'est malheureusement pas d'autre solution pour mettre une borne aux langues trop pendues.

– J'étais certain qu'un monarque de votre envergure comprendrait ce point de vue, sourit le Doyen.

– Je crains que la peine soit encore trop dure, objecta le prince de Zénit. Tant qu'elles ne questionnent pas les principes de To, que peut-on reprocher aux pièces des amuseurs ? Le rire qu'elles provoquent me paraît cruellement châtié. »

Le Doyen lança au prince un regard courroucé.

« Peut-on savoir comment vous punissez les personnes trop bavardes ? demanda Sophie.

– Les amuseurs se voient gratifiés de quelques coups de fouet et d'une semaine de jeûne avant de retrouver la liberté, répondit le prélat. Les moins avisés recommencent jusqu'à ce que nous les attrapions de nouveau. Je milite en vain depuis de longues années pour que le châtiment augmente en cas de récidive. Cela vous semblera le comble pour un défenseur de Pi aussi ardent que moi, mais je crois que notre prince est trop bon. À force d'invoquer Na, il néglige les lois de To... Alors que Pi, Seul, est gage d'équilibre.

– Pi n'a pas toujours raison. »

Le Doyen se figea. C'étaient les premiers mots qu'Ana prononçait depuis le début du repas. Elle poursuivit de sa voix flûtée, en fixant son assiette :

« Pi est au ciel. Il est si haut qu'Il voit tout, mais Il est si loin qu'il y a forcément des choses qui Lui échappent. Il est là-bas depuis si longtemps qu'Il doit commencer à oublier la vie sur Terre. C'est pour cela que parfois, Il donne des commandements difficiles à suivre et injustes.

– De quoi veux-tu parler, Ana ? demanda le prince. Quelle règle te semble injuste ?

– Oh, plein, répondit Ana. Par exemple, quand Pi dit que les femmes sont plus fragiles que les hommes, et doivent rester à la maison. Ce matin, en revenant de la pagode, j'ai vu des dames aller à la fontaine avec de gros paniers de vêtements sur la tête : aucun homme n'est venu les aider à les porter. Et puis… »

Ana se tut. Du coin de l'œil, Émilie la vit se triturer les mains sous la table. Son frère l'encouragea à continuer.

« Eh bien, la reine d'Alma et Madame Dalmeida voyagent loin de chez elles sans être accompagnées par un homme de leur sang. C'est contraire aux règles de Pi. Pourtant, Pi n'est pas en colère… Il se passe plein de choses autour de nous qui déplairaient à Pi et Il ne dit rien. Pi n'autorise pas la peine de mort et les coups de fouet… Mais ils existent et Il ne dit rien. Pourquoi n'intervient-Il jamais quand on Lui désobéit ? Pourquoi le Doyen fait-il donner des coups de fouet, alors que le Livre de la Sagesse dit 'Tu ne feras pas de mal à ton prochain. Au contraire, si tu veux le punir, c'est que le mal s'est lové dans ton propre cœur.' »

Un silence cristallin suivit la diatribe d'Ana, la plus longue qu'elle ait jamais prononcée devant eux. Sophie réagit en premier.

« Voilà des arguments fort sensés ! Votre Altesse, je vous félicite. Votre esprit est très bien tourné : vos professeurs peuvent être fiers de vous.

– Tu devrais aller te reposer, Ana, suggéra le prince de Zénit. Il est bientôt l'heure de la sieste.

– Je ne suis pas fatiguée, murmura la princesse.

– Votre Altesse, que vous arrive-t-il aujourd'hui ? la réprimanda le Doyen. Vous voici devenue irrévérencieuse. Obéissez à votre frère. »

Ana attendit quelques instants avant de se lever.

« Monseigneur, je vous en prie, pardonnez à ma sœur, dit le prince. C'est une enfant, elle ne mesure pas la portée de ses mots.

– Détrompez-vous, elle la mesure fort bien. Elle se revendique de Na en dépit d'elle-même et oublie que Pi est son véritable maître.

– Elle n'a pourtant cessé d'invoquer Pi, en pointant du doigt les contradictions entre ce qu'on lui apprend et ses propres observations, remarqua Émilie. Je suis certaine que son intervention ne vous eût pas autant déplu si elle était infondée.

– Votre Majesté, dit le prélat en se levant, voici que deux femmes m'insultent à votre table. Les laisserez-vous faire ?

– Monseigneur, je vous supplie de ne pas vous offenser, répondit le prince. Ce débat mondain ne constitue en aucun cas une remise en cause de vos actions. S'il vous plaît, restez avec nous ; ne prenez pas ombrage de ces bavardages…

– Il est plus sage de me retirer. Si vous voulez bien m'excuser. »

Drapé dans sa dignité, le Doyen quitta la pièce sans se retourner. Désemparé, le prince de Zénit lui emboîta le pas.

Dès qu'ils furent partis, Madeleine s'enflamma.

« Émilie ! Pourquoi avez-vous parlé ainsi au Doyen ? Juste après que cette petite persifleuse l'ait offensé !

– Comment pouvez-vous prendre la défense de cet homme ? Il est corrompu et avide de pouvoir. Il se croyait bien à l'abri, retranché derrière la morale et la bienséance… Je suis ravie qu'Ana l'ait remis à sa place.

– Il était dangereux de joindre votre diatribe à la sienne, modéra le roi d'Abyss.

– Pardonnez-moi, Sire, si j'ai le courage de parler pour dénoncer l'injustice. Ne perdez pas espoir : un jour viendra, sûrement, où je serai aussi fade et hypocrite qu'une parfaite théiste. »

Émilie ne parvenait pas à déterminer ce qui l'insupportait le plus : les coups de fouet ou la situation d'Ana. Que le prince de Zénit sache, et qu'il ne fasse rien ! Que sa sœur s'élève contre l'injustice, et que personne ne la soutienne ! Elle n'osait imaginer ce qu'Ana subirait en conséquence de son audace…

Elle aussi, enfant, avait dit non. Elle se souvenait du jour où elle avait refusé le Revery. Des questions, des réprimandes, des brimades pour qu'elle cède. Jusqu'à ce qu'on l'envoie en Centre d'Aptitude…

♦

Le lendemain matin, les yeux d'Émilie s'ouvrirent sur le soleil le plus rayonnant qu'elle ait vu depuis son arrivée à Lucibel. Le jour naissant n'avait pas achevé de faire fondre le givre dans le jardin ; les aiguilles des cèdres se découpaient nettement sur le rose palissant de ce matin d'hiver. Alertés par le bruit des volets qui se dépliaient, quelques oiseaux s'envolèrent. Depuis ses fenêtres, Émilie discernait le début d'un pont rouge et noir, sous lequel s'écoulait une eau paisible.

Deux silhouettes retinrent son attention. Sophie et le prince de Zénit venaient d'apparaître sur le pont. Ils s'arrêtèrent pour observer la rivière, puis s'accoudèrent à la rambarde. La main gauche du prince fendait l'air, illustrant une énième démonstration. L'immobilité de Sophie trahissait sa concentration. Parlait-elle au prince de l'incident avec le Doyen ?

Le prince de Zénit offrit à ses invités de parcourir les quais du centre de Lucibel, communément appelés « promenade royale ». Le groupe s'aventura avec entrain hors du palais, vers le pont au nord-ouest de l'embarcadère.

Sous le soleil radieux de ce milieu d'après-midi, Lucibel ne s'activait pas autant qu'Émilie l'aurait cru. Quelques fiacres se croisaient, on échangeait de brèves salutations dans les rues.

« Aujourd'hui, le peuple est appelé à voter, les informa le prince de Zénit. Il se presse dans les bureaux pour élire ses représentants. »

Ils arrivèrent bientôt en vue du pont de la Constitution, ainsi rebaptisé lors de l'adoption par l'Assemblée Commune du texte fondateur de la politique zénitienne. Ce pont se voulait le reflet d'une transition jusque dans le choix de ses matériaux. Mélange de bois et de métal, il s'élevait au-dessus de l'Histrion en arc de cercle. D'une longueur impressionnante, son dénivelé culminait au milieu du fleuve, et sa pente était assez douce pour permettre aux carrosses de le traverser.

Parvenus au centre, ils s'arrêtèrent ; la scène du matin revint en mémoire à Émilie. À présent, c'était Madeleine qui accompagnait le prince de Zénit. Le roi d'Abyss avait offert à Sophie de se joindre à lui ; un marquis de Belladone taciturne se tenait à côté de Céleste, tandis qu'elle-même avait accepté le bras enthousiaste de l'empereur de Promété.

« Vous n'avez pas dit un mot depuis ce matin, murmura-t-il. Sophie a pourtant tenu parole.

– Cela ne rendra pas ses dents à Germanito. A-t-il déjà reçu le fouet ? À moins que les pieux exécutants de l'Enquête n'aient préféré commencer par les enfants ?

– Je me suis renseigné. L'Enquête est un tribunal fondé par la Pagode voici plus de trois cents ans afin de combattre l'hérésie. Les Enquêteurs punissent ceux qui sont soupçonnés de pratiquer un théisme déviant. Ils leur réservent un sort allant de l'amende à la mort en passant par la spoliation et la torture. Une simple dénonciation suffit à vous faire emprisonner par ce tribunal, qui ne mène sur vous que l'inquisition nécessaire à son enrichissement. Voici une cinquantaine d'années qu'ils n'organisent plus d'autodafés, mais ils ont brûlé assez de volumes pour vider plusieurs bibliothèques…

– Je n'ose imaginer ce qu'ils infligeraient aux déistes et aux croyantins.

– Ouvrez un livre d'histoire : certains sont illustrés.

– Vous êtes si… Détaché. On dirait que vous oscillez entre l'amusement et le mépris…

– Ce n'est pas mon rôle de partir en croisade contre les fanatiques : je les laisse à leur obscurantisme.

– Je ne sais que vous répondre. Après ce que nous avons vu, mon cœur frémit d'indignation. Je trouve effrayant que des êtres humains entretiennent de tels rapports entre eux. Jamais Alma ne doit devenir ainsi.

– Vous ne me ferez pas croire que vos prisons sont plus douces que celles de Zénit.

– Ce qu'elles sont n'est pas de mon fait. Elles changeront, je puis vous l'assurer.

– Ressembleront-elles à celles d'Abyss ?

– Vous avez été témoin de mes fiançailles. Le roi s'est engagé à régner de concert avec moi.

– C'est bien ce qui me chagrine. Que vous importent à présent les projets de Monsieur de Maupertuis et l'échange d'armes qui devait tant nuire à Alma ? Me voici dépourvu de tout moyen de pression à votre encontre. »

Émilie n'eut pas le temps de préparer sa réponse. Sa bouche s'anima malgré elle, malgré l'Autre, et elle en fut réduite à s'écouter, prisonnière de sa propre tête.

« Vous vouliez savoir ce qu'est le Revery. Apprenez que c'est un outil capable de contenir le monde entier. Avec lui, nulle histoire, nulle mélodie, nulle image, nulle pensée ne vous seront plus cachées : vous deviendrez le Deus omnipotent que les Abyssins révèrent.

– Qu'entends-je ? Vous parlez ainsi, sans contrepartie ?

– Souhaitez-vous en apprendre davantage ?

– Dites-moi votre prix.

– Que pensez-vous d'une promesse de mariage ?

– Le roi d'Abyss risquerait de nous déclarer la guerre.

– N'êtes-vous pas assuré de le vaincre ?

– Je suis partisan des alliances volontaires. Pourquoi reniez-vous votre parole ?

– J'ai des raisons de douter du roi. Si elles s'avéraient fondées, pourrais-je compter sur vous ?

– Ce que vous dites du Revery m'intrigue au plus haut point.

– Si vous m'épousez, je vous révélerai le moyen de l'obtenir.

– Je n'aime pas signer un contrat sans garantie. J'ai la désagréable impression que vous cherchez à vous ménager un choix dégagé de toute contrainte envers chacune des parties qui vous intéressent.

– Je vous laisse maître de vos décisions. Mais n'oubliez pas : tant que je ne serai pas mariée, tout reste possible.

– Je vous remercie de m'avoir averti de vos projets. Je garderai l'œil ouvert, et la main libre, tant que je le jugerai nécessaire. »

Le prince de Zénit les avait conduits sur les quais à l'ouest de Lucibel. Ils cheminaient sous l'ombre des cèdres ; une odeur de mousse et de pierre mouillée flottait dans l'air. Le soleil se réverbérait sous les ponts en vaguelettes de lumière aussi mouvantes que le feu.

« Es-tu satisfait ? lança Émilie dans les ténèbres. L'empereur de Promété est prêt à m'épouser. J'ai le choix…

– Tu as décidé de lui parler.

– Non… Je ne sais pas pourquoi j'ai dit cela. Je me suis laissée emporter… Comme avec le duc de Caracol. Je me sens misérable. J'ai signé une promesse de mariage, j'ai donné ma parole et voilà que j'envisage de la trahir… Pour rien. Pour voir si j'en suis capable… »

Émilie se tut. Pourquoi avait-elle parlé ? Était-ce véritablement malgré elle ? Et ces rêves étranges qui lui revenaient après ses évanouissements… Elle ne savait plus.

« J'ignore jusqu'à quel point le roi m'a menti. Je refuse de le tromper inutilement. Il doit avoir une chance. Souviens-toi de la richesse et de la beauté de sa capitale !

– Les pauvres qui meurent de faim et de froid dans les rues…

– Il est prêt à y réfléchir.

– Tu n'as pas apprécié qu'il te reproche les mots adressés au Doyen.

– Non. C'est cela qui m'a décidée à parler à l'empereur aujourd'hui. Même si j'ignore à quoi ressemble Promété, j'ai vu Sophie à l'œuvre : elle n'accepte pas de telles injustices. Elle est aussi indignée que moi.

– Attends. Observe.

– Comme il est étrange de se promener sur ces berges lumineuses, alors que des cris d'horreur résonnent dans les cachots de l'Enquête ! Je me nourris et je m'éveille dans des habits de soie, quand à Farandol on meurt d'épuisement au milieu des rats, à quelques mètres des pâtisseries du marché. Là d'où je viens, si l'on excepte les Centres d'Aptitude et d'Observation, tout le monde est heureux, tout le temps, partout. Les pays n'existent plus. La politique a disparu. Manger, se vêtir, dormir avec un toit sur la tête, ces actes ne procurent aucun plaisir tant ils paraissent normaux. Essentiels. Inaliénables. Jusqu'à un certain point, la liberté d'action et de pensée y est un état naturel ; le bonheur naît d'une longue suite d'événements variés, de voyages et de sorties qui pimentent le quotidien.

– Une fois de retour à Alma…

– Le roi d'Abyss sera la seule borne de mon pouvoir. »

Lucibel resplendissait. Partout, des tracés élégants, des ocres, des bruns, ces sortes d'éventails théistes au sommet des toits et dans les jardins, des arbres verts le long des quais malgré la saison. Des haies, des murets, de hautes portes carrées, des fenêtres rondes. Un sol régulier, des points de verdure dans la symétrie, comme autant de pierres précieuses disséminées dans une belle robe. La rumeur paisible d'une capitale au repos.

Ils traversaient le dernier pont de la promenade. Le spectacle de la perspective sur la tour de l'embarcadère absorbait tous ses compagnons ; Émilie s'approcha du prince de Zénit.

« Que va-t-il arriver à Ana ?

– Je crains que Sophie ne l'ait trop influencée.

– Pourquoi en êtes-vous contrarié ? Vous réprouvez le traitement que le théisme réserve aux femmes…

– Le Doyen est trop puissant pour que je le défie. C'est un homme d'une grande sagesse…

– Approuvez-vous aussi l'Enquête ?

– Vous savez que non. »

Le prince poussa un profond soupir.

« J'admire beaucoup Sophie. Je voudrais que les femmes zénitiennes lui ressemblent davantage. Mais les conditions qui lui ont permis de s'épanouir ne seront pas réunies à Zénit avant longtemps… Plusieurs générations seront nécessaires pour faire évoluer les mentalités. Je crains, en donnant trop d'espoir à ma sœur, de la rendre malheureuse pour le restant de ses jours. Elle apprend à lire, c'est déjà énorme… Elle ne pourra jamais être aussi libre que Sophie. Je vais bientôt devoir lui choisir un mari. Son unique rôle sera de le servir fidèlement et elle ne pourra jamais exercer une activité autre que celle de mère.

– Elle est si jeune ! Son avenir est-il vraiment tout tracé ?

– Oui. Je laisserai entrouvertes pour elle certaines voies du savoir ; je ne pourrai faire beaucoup plus. Le compromis est le prix de la paix.

– Si vous affrontez le Doyen…

– Je crains de déclencher une terrible guerre civile. La Pagode compte trop d'intégristes pour prendre un tel risque. »

♦

Entouré par de hauts murs blancs surmontés d'un liseré noir, trois portes permettaient d'entrer dans le cimetière de Lucibel. Une vaste terrasse arborée accueillait les visiteurs. C'était le jour des Morts : la foule, vêtue de blanc, marchait silencieusement dans le sillage du prince de Zénit. Ana aussi était présente. Un voile blanc cachait son visage en signe de deuil.

Le cortège du prince remonta une longue allée centrale. À l'inverse des tombes qui le composaient, le dessin général du cimetière était parfaitement symétrique. De larges traverses pavées séparaient des carrés surpeuplés, où de modestes stèles verticales côtoyaient des sépultures entourées d'un caveau, dont la forme allait du cercueil rectangulaire à la maisonnette en passant par la pagode petit format.

Au fur et à mesure qu'ils se rapprochaient du centre, les demeures mortuaires se faisaient plus imposantes, s'agrémentant de tourelles, d'arches, de fenêtres et d'anges. Partout, des fleurs, des éventails théistes, de grandes lettres noires ou dorées, des noms exotiques, que l'on chargeait de mille décorations et de quelques prières. Les morts requéraient-ils tant de soin ?

Au milieu de la nécropole, un petit palais entouré d'une vaste plateforme couverte attendait le prince de Zénit. Le Doyen s'y tenait, tout de blanc vêtu. Des milliers de lamelles de papier, suspendues sous cet auvent, dansaient au rythme du zéphyr. Le prince et sa sœur s'agenouillèrent devant le prélat. Tous les autres assistants restèrent debout : en ce jour, la famille royale se prosternait au nom de tous.

« Pour nous apprendre l'humilité, Pi est né et a vécu, disait le Doyen. Pour nous enseigner le sacrifice, Pi est mort et ressuscité.

Par la bonté de To, nous vivrons demain et pour les jours à venir… Adressez-vous à To : Son Amour Infini est le remède à toute souffrance… »

L'Autre empêcha Émilie de lever les yeux au ciel.

« La vie n'est rien. La mort n'est rien. Soyez humbles, faites corps avec le monde… Pi doit être votre exemple. Il est votre Père et votre Enfant. Obéissez-Lui ; protégez-Le. Soyez fermes, soyez doux. Soyez humbles, laissez votre existence s'unir à l'harmonie du monde… Gloire à To ! »

Oui, gloire à To. Mais préparez-vous à recevoir trente coups de fouet si vous osez rire sans l'accord du Doyen.

« To nous protège. Dans Sa grande mansuétude, Il nous guide et nous offre l'entrée au Paradis, si nous Le servons comme il se doit pendant notre vie terrestre. Ne laissez pas l'hérésie et l'impiété s'emparer de vos cœurs ; pensez au Paradis qui récompensera le labeur quotidien. Gloire à To ! »

Lorsque le discours du Doyen fut enfin terminé, la foule se scinda. Les Zénitiens devaient se recueillir auprès de leurs morts et honorer leur mémoire.

« À Abyss, nous brûlons nos morts et répandons leurs cendres dans l'Arbalète, commenta le roi.

– À Alma, chacun en dispose selon sa coutume, répliqua Émilie. Théistes et croyantins les enterrent aux abords des pagodes et des temples, tandis que les déistes les brûlent dans les sanctuaires.

– Pourquoi vous être adressée au Doyen avec autant de violence suite aux propos de la princesse de Zénit ?

– Son hypocrisie m'agace. Il prêche une morale qu'il est le premier à ne pas appliquer.

– Vous devez vous montrer d'une plus grande prudence. Alma compte une importante population théiste : si le Doyen l'ordonne, ils se retourneront contre vous. »

Se pouvait-il que le roi parle sans savoir ?

« La Pagode s'est prononcée contre la guerre.

– Après plusieurs siècles de conflits meurtriers.

– Le prince de Zénit ne laisserait pas la guerre reprendre. Bientôt, nous verrons Promété ; nous y signerons des traités commerciaux qui viendront couronner le succès de notre voyage.

– C'est mon unique espoir. Régner avec vous, dans la paix et la prospérité d'un empire florissant. Malheureusement, vous devez comprendre qu'un tel rêve ne se réalisera pas sans compromis.

– Vous avez promis d'abolir les castes…

– J'ai juré de ne rien faire sans votre consentement et je tiendrai mon engagement. Mais votre escapade à cheval dans les bois de Farandol, vos mots très durs envers le Doyen révèlent en vous une impulsivité qui m'effraie. Je vous conjure de tempérer vos actes et vos paroles : il en va de votre sécurité plus encore que de votre réputation. Faites-moi confiance, Émilie. Je ne vous donnerai pas lieu de vous plaindre de moi.

– Je vous fais confiance. J'ignore quelle preuve supplémentaire vous attendez de moi.

– Rien d'autre qu'une modération à toute épreuve. »

Le roi déposa sur la main d'Émilie un baiser brûlant.

« Que dois-je penser ? ne cessait-elle de se répéter. Puis-je lui faire confiance ? Sa remarque sur le Doyen était-elle innocente ? Il ne peut être au courant des troubles qui agitent Alma…

– Pose-lui la question, répondit enfin l'Autre.

– Vois ces morts autour de nous, que reste-t-il de leurs souffrances ? Un tas de pierres vides… Dans le monde d'où je viens, nous ne pleurons pas les morts. On nous interdit de les aimer assez pour ça. Les défunts sont évacués par des robots et un beau film montre la dispersion de leurs cendres aux vivants intéressés. De cela, je ne veux pas non plus… Plus encore qu'à la vie, c'est à la mort que l'amour donne un sens. Pleurer fait mal, mais de ces larmes salées vient aussi la valeur de la vie… Le Revery fait paraître fade tout ce que nous avons. Sans cesse, il nous met devant les yeux ce qui nous manque. Il exauce nos vœux si vite qu'il dépare la vie de la saveur de l'attente. Tout devient régulier, si bien qu'il faut toujours plus, toujours plus fort, pour ne pas mourir d'ennui. Mourir d'ennui, quand à Farandol on meurt de faim et de maladie !

– Cela fait relativiser.

– L'amour véritable et l'amitié sont la seule chose que le Revery ne peut remplacer. Ce sont aussi des sources de plaisir inépuisables…

– Et les seules causes de peine irrémédiable.

– C'est pour ça que le Technomonde les a bannis.

– Quelle étrange politique.

– Cela ne me dit pas que penser du roi d'Abyss. »

♦

Émilie voyageait avec Sophie et le prince ; Céleste et le roi d'Abyss avec Ana ; le marquis de Belladone en compagnie de Madeleine et de l'empereur de Promété. Entièrement vitrés, les carrosses offraient à leurs passagers une vue remarquable sur les rues de Lucibel.

« En quel honneur enfreignons-nous aujourd'hui la séparation des sexes ? demanda Sophie.

– C'est le début du Carnaval, répondit le prince. Ce sont les trois jours et les trois nuits dans l'année où les règles de Pi peuvent être renversées. Les femmes se mêlent aux hommes, les blasphèmes sont permis… C'est aussi le seul moment où je puis gracier des prisonniers sans encourir les foudres du Doyen. »

Tout autour d'eux n'était plus que bruit et couleur. Leur petit carrosse se frayait difficilement un chemin dans la foule de gens masqués aux costumes bigarrés. Le peuple se pressait autour des trois véhicules ; des mains s'agitaient au milieu de cris de joie tonitruants.

Les masques, blancs pour la plupart, ornés de paillettes d'or et d'argent, comptaient parmi les plus beaux objets qu'Émilie ait jamais vus. La majorité recouvrait tout le visage. D'adorables lèvres fermées, de toutes les couleurs de l'arc-en-ciel, figuraient les bouches. Les nez, discrets, se ressemblaient tous. Mais c'étaient encore les yeux qu'Émilie admirait le plus : deux grandes fentes en amande, derrière lesquelles se devinaient des iris véritables.

Certains, optant pour la veine comique, portaient des masques à rebours de l'élégance : c'était à qui arborerait le plus monstrueux. Nez crochu, menton en galoche, verrues, bosses en tout genre et sourires outrés aux dents multicolores se donnaient la réplique. Bouffons bardés de losanges, pantalons bouffants à l'extrême, ailes démesurées, chapeaux à cornes, à plumes et à fruits, robes aux formes improbables, les tenues rivalisaient de fantaisie.

Quand ils eurent passé le pont des Saltimbanques, le prince invita ses compagnons à banqueter sur l'île au centre de Lucibel.

Installée sous l'auvent royal, tout autour d'Émilie n'était que jonglerie, tours d'illusionnistes, numéros comiques et acrobaties. De frêles équilibristes perchés sur de hautes échasses se baladaient parmi les convives, menaçant à tout instant de dégringoler. Le buffet était chargé de mets inconnus, colorés, dont on ne pouvait prévoir s'ils seraient sucrés, salés ou épicés.

Le prince de Zénit riait de bon cœur à tout ce qu'il regardait. Il quitta bientôt la table avec Ana, coiffé d'un masque qui laissait voir sa bouche, pour aller observer un clown de plus près. Émilie enfila son propre masque avec délectation : elle eut tôt fait de se perdre dans la multitude.

Quelle agréable sensation de liberté !

Personne ne la remarquait, on la bousculait, on l'apostrophait comme n'importe qui d'autre… Sur les quais, tout le monde festoyait. Lucibel baignait dans une atmosphère d'exubérance, de transgression et de folie. Protégé par son masque, personne ne redoutait plus la loi de Pi. Aguicheuses, les femmes dansaient et riaient avec les hommes qui se laissaient aller.

Glissant parmi la foule, Émilie se fondit avec délice dans l'anonymat. Il y avait tant à voir, à toucher, à regarder ! Ses compagnons avaient disparu. Elle traversa le pont des Saltimbanques. Des odeurs d'alcool embaumaient ses narines. Certains masques se comportaient de manière on ne peut plus obscène : à plusieurs reprises, Émilie dut fuir des mains trop baladeuses, et résister à l'envie de répondre par des piques bien senties à des sous-entendus peu flatteurs.

« Souvent, les fêtes dégénèrent. Dans le monde d'où je viens, elles se terminent par des hurlements et des beuveries. Une fois, je suis passée avant que les robots nettoient : la nourriture jonchait tellement les rues qu'il devenait difficile de ne pas marcher dessus !

– Sois contente. Amuse-toi.

– Les enfants du Centre d'Aptitude me reprochaient d'être coincée. Peut-être que je réfléchis trop…

– Il faut savoir se laisser aller. Sinon la vie devient intolérable.

– Le prince de Zénit te répondrait qu'il faut être équilibré en tout. »

Non loin d'Émilie, une troupe de commedia dell'arte s'en donnait à cœur joie, mais sa farce était loin d'être aussi voilée que celle de la compagnie de Leporello. Le prince de Zénit avait-il fait libérer les prisonniers ?

Une horloge non loin rappela à Émilie qu'il ne lui restait que trente minutes pour regagner l'embarcadère. Elle s'était engagée dans une ruelle moins fréquentée pour respirer un peu. Au moment de faire demi-tour, un inconnu s'interposa.

« Belle dame, z'êtes perdue ? J'vais vous aider…

– Allons, tu vois bien qu'il s'agit d'une dame de qualité, surgit une autre voix derrière elle. Ne lui parle pas ainsi, tu vas l'effrayer. »

Les deux hommes lui barraient toute possibilité de fuite.

« Je vous remercie, messieurs, répondit calmement Émilie. Je sais parfaitement où je me trouve et m'en vais de ce pas rejoindre mes compagnons. »

Les inconnus se rapprochaient lentement.

« Des compagnons ? Pourquoi vous auraient-ils abandonnée ? Laissez-nous vous raccompagner, Madame. Une petite récompense suffira pour nous dédommager… »

L'un des deux hommes saisit les poignets d'Émilie et lui replia les bras dans le dos ; l'autre lui couvrit la bouche et entreprit de la fouiller en chantant à tue-tête. Émilie se débattait en vain, quand la voix d'un troisième homme se fit entendre.

« Lâchez-la ! »

Une épée chanta. L'homme qui fouillait Émilie poussa un cri et les deux compères s'enfuirent sans demander leur reste.

« Vous allez bien ? interrogea l'inconnu.

– Oui… Merci de m'avoir sauvée.

– Ils n'en voulaient qu'à votre bourse. Heureusement, vous ne portez pas d'or sur vous… Quand cesserez-vous donc de prendre des risques inutiles ? »

Seul un homme s'adressait à Émilie en cachant si peu son exaspération.

« Monsieur de Belladone ?

– J'avais l'intuition que vous ne résisteriez pas à la tentation de vous éloigner. Maintenant, dépêchons-nous. »

Le marquis la guida jusqu'au pont des Saltimbanques. Plus d'une fois, la foule les aurait séparés s'il ne lui avait pas tenu la main. Les ombres s'allongeaient, les mauvaises odeurs se faisaient plus prégnantes. La nuit ne tarderait pas à tomber ; la joie ne diminuait pas avec le crépuscule.

« Je suis ridicule. Pourquoi faut-il qu'il me voie dans cette situation ?

– Quel est le problème ? répondit l'Autre.

– Je devrais savoir me défendre toute seule, voilà le problème. J'étais persuadée que je ne risquais rien dans ce monde et je viens d'avoir… Peur.

– N'as-tu pas appris à te battre dans ton monde ?

– Je n'en avais pas besoin. Là-bas, des robots veillent en permanence sur ta sécurité : personne n'a le temps de frapper qui que ce soit. De toute façon, ton Revery te dénonce au moment où tu en as l'idée… »

Émilie et le marquis regagnèrent l'île à temps pour la remise des prix qui précédait leur départ. Comme la coutume l'exigeait, Ana récompensa le costume le plus beau et le déguisement le plus laid par une bourse bien garnie, et offrit la troisième à la personne de son choix. La foule tendait les bras et se débattait pour attirer son attention, les enfants se pressaient au pied de l'estrade. Ana choisit l'un de ceux qui portaient l'habit le plus modeste et lui remit son prix en souriant. Ils repartirent en carrosse par le pont du Commerce, sous les acclamations du peuple.

Il leur fut impossible de parler au milieu des vivats, de la musique et des cris. Lucibel revêtait son manteau de nuit : partout, le long des ponts, sur les fenêtres, au sommet des toits, on allumait des milliers de lanternes en papier, ocres, orangées, roses, blanches, vertes, bleues, arc-en-ciel. Ici et là brillaient de grands feux de joie. Émilie leur préférait l'ombre des flammèches qui dansaient en haut des murs, pareilles à des morceaux de soleil égarés dans la nuit. Illuminée de la sorte, la ville devenait une fantasmagorie nocturne peuplée d'êtres étranges.

Quand Émilie sortit dans la cour du palais, ce fut un nouvel ébahissement. Non content d'orner l'extérieur du château, le prince de Zénit avait fait poser des lampions sur toutes les façades intérieures. Des centaines et des centaines de lampions de papier…

♦

Avant de se rendre au bal masqué qui clôturait le Carnaval, Émilie s'examina une dernière fois dans le miroir. Un masque rouge en soie cachait le haut de son visage, dont le bas était peint en blanc, à l'exception de ses lèvres, vermeilles. Une fraise soutenait son cou. Une ceinture en pointe, rouge elle aussi, rehaussait sa taille, reliée à sa coiffe par une gaze assortie. Sa robe blanche touchait le sol.

Quand elle rejoignit les courtisans, il lui fut impossible de distinguer ceux qu'elle connaissait. On avait ouvert les portes de la salle de bal, comme pour l'étendre à tout le palais. Des buffets y étaient dressés à chaque extrémité. Lampions et lanternes illuminaient le château.

Il faisait plus sombre et plus chaud que d'habitude. Émilie glissa parmi les convives, s'efforçant de reconnaître une silhouette familière. Bientôt, elle perçut la haute stature du prince de Zénit, qui portait un masque d'or assorti à un superbe costume brun. Des filaments d'or s'enroulaient autour de ses bras et de ses jambes, partageant son déguisement de manière asymétrique.

« Émilie, dit-il en l'apercevant, vous êtes absolument ravissante.

– Ai-je le droit de vous appeler Francesco ? répondit-elle.

– C'est Carnaval. Cela fait partie des infractions autorisées.

– Voilà une dérogation fort bienvenue. Comment m'avez-vous reconnue ?

– J'ai mémorisé chacun des costumes que je vous soumettais. Étant votre hôte, je voulais rester capable de vous identifier.

– Vous me rassurez ! Pendant un instant, j'ai cru mon déguisement fort médiocre. Me mettrez-vous dans le secret, que je puisse deviner où sont nos amis ? »

Le début de la musique empêcha le prince de répondre. Quelques minutes plus tard, Émilie se laissait guider au rythme d'une mélodie qu'elle n'avait jamais entendue lors des bals précédents. Les pas de danse eux-mêmes différaient de tout ce qu'elle avait expérimenté auparavant : le prince se tenait plus près d'elle, effectuant des mouvements plus amples, plus souples que d'habitude.

Le cœur d'Émilie battait à tout rompre. Ses manches volaient autour d'elle, elle avait chaud ; elle ne pensait plus à rien, ne s'appartenait plus.

Ce ne fut que lorsque le prince la pria de l'excuser à la fin de la danse, pour rejoindre une autre cavalière, qu'elle se souvint de ce qu'elle souhaitait lui dire.

Pourquoi n'y avait-elle pas songé plus tôt ?

La musique, les rires, les parfums chassaient malgré elle les prisonniers de son esprit. L'heure était à la fête, elle voulait s'amuser…

« Émilie ? »

Un homme, à peine plus grand qu'elle, masque blanc surmonté d'une plume noire, costume noir, blanc et or. Le bas de son visage peint en noir, ses lèvres étaient blanches et il portait des gants. Elle l'avait déjà reconnu au son de sa voix…

« Lionel ! Comment avez-vous su que c'était moi ? »

Les lèvres blanches sourirent.

« Je vous ai entendue parler avec Francesco.

– Il semble que vous ne soyez jamais très loin de moi.

– Vous ne me ferez pas croire que ce n'est pas nécessaire. »

Le marquis de Belladone dansait habituellement moins bien que le prince de Zénit : ce soir-là, il le surpassa. Vigoureux, sûr de lui, il ne trahissait ni hésitation ni lassitude. Pourquoi sentait-elle cette main sur sa taille avec autant d'acuité ?

« J'ignorais que les pas de danse changeaient aussi en jour de carnaval, lança Émilie. Vous semblez avoir été averti pour le mieux.

– J'ai questionné Francesco sur le sujet ce matin. C'est une fête si étrange que je voulais être paré à tout.

– N'aimez-vous pas les surprises ?

– J'en suis peu friand. »

Ils se rapprochèrent. Une odeur plaisante envahit le nez d'Émilie ; un parfum qui ressemblait à une rose sucrée, avec une pointe d'amertume… Elle tourna sur elle-même, revint au marquis. Une partie d'elle s'émerveillait de danser avec autant d'aisance.

« Lionel, je n'ai pas eu l'occasion de vous remercier comme il se doit, pour l'autre jour. »

La danse venait de s'achever. Le marquis lui tenait encore la main.

« Vous devez cesser de prendre des risques inutiles. D'un autre côté… »

Nouveau sourire.

« Je commence à apprécier de vous sauver la vie.

– La vie ? Vous disiez vous-même que ces malandrins n'en voulaient qu'à ma bourse…

– Allons, Émilie, rien ne sert de le nier. Vous m'êtes éternellement redevable ; pour le bien d'Alma, vous devez me promettre de m'épouser. »

Émilie éclata de rire. Le marquis venait de se livrer à une parodie très réussie du roi d'Abyss.

« Mon cher Lionel, je ne vous savais pas si bon imitateur !

– Vous ignorez encore nombre de mes talents. »

Ils dansèrent ensemble les deux menuets qui suivirent, puis Émilie passa presque à regret dans les bras d'illustres inconnus. Elle finit par se retrouver à l'autre bout de la salle de bal et s'assit près d'une fenêtre pour se reposer.

La pièce baignait dans la pénombre feutrée des lampions. Émilie laissa son regard se perdre dans les jardins, qu'illuminaient des centaines de lanternes. La musique continuait, les couples rivalisaient de brio.

Émilie se plut à les comparer : la silhouette du prince de Zénit retint son attention. Sa partenaire ne pouvait être que Sophie. Était-ce la plume rouge sur sa tête ? Son masque pailleté de vert, dont les yeux cerclés de bleu répondaient au bas de son visage ? Sa longue robe qui mêlait le bleu, le vert et le rouge dans des motifs scintillants ? Sa taille, sa grâce, sa souplesse ? Toujours est-il qu'Émilie la reconnut instantanément.

Elle n'échangeait pas un mot avec le prince de Zénit. Ils virevoltaient dans la plus totale insouciance ; leurs corps se fondaient l'un dans l'autre tant ils dansaient bien. Bras tendu, jambe en avant, le prince se redressait, et le dos de Sophie s'arquait, s'arquait... Leurs visages se frôlaient.

Quand la musique s'acheva, le prince entraîna Sophie dehors.

Émilie avait chaud, elle aussi. Elle devait parler au prince : pourquoi ne pas le faire maintenant ?

« Sera-t-elle punie ?

– C'est ma sœur. Son éducation doit être irréprochable. »

Francesco et Sophie se tenaient dans le creux de la baie vitrée. Émilie se dissimula au coin du mur.

« Comment peux-tu la laisser aux mains des moines ? disait Sophie. Alors que tu vouais à ta mère une telle admiration...

– Ce sont des hommes instruits. Ils lui apprennent tout ce qu'elle doit savoir.

– Ils vont la briser. Est-ce vraiment ce que tu veux ?

– J'ai besoin de temps pour changer tout cela...

– Est-ce une raison pour sacrifier Ana ? Pour laisser de pauvres hères se faire flageller au nom de Pi ? Ton Doyen est un fanatique...

– J'ai donné ordre de libérer aujourd'hui tous ceux qui étaient accusés de blasphème.

– Es-tu intervenu à temps pour leur éviter le fouet ? »

Le prince soupira.

« Je ne peux pas risquer de m'opposer ouvertement au Doyen. Il a toute la Pagode à sa disposition : des richesses immenses et, en dépit de ce que tu crois, l'amour du peuple. »

Sophie émit une interjection incrédule.

« Je t'assure. Il a fait construire des écoles, il aide les pauvres…

– Il pense que les filles ne sont bonnes qu'à tricoter.

– Comme la grande majorité des Zénitiens. »

Sophie ne répondit pas.

« Il t'accuse d'avoir donné le mauvais exemple à Ana, sourit le prince.

– Bien lui en prend. »

Nouveau silence, plus long que le précédent. L'Autre empêchait Émilie de bouger…

« Ce n'est pas le rôle d'Ana de m'aider à faire évoluer mon peuple. Elle n'est pas censée être au premier rang. Cette place revient… À celle qui sera ma femme.

– Madeleine ? se moqua Sophie. À moins que le Doyen ne t'ait déjà choisi une épouse…

– Ce n'est pas son rôle.

– Francesco…

– Sophie. »

Lentement, il l'attira vers lui.

« Tout le monde va nous voir, murmura la Prométéenne.

– Peu importe. C'est Carnaval. »

Leur baiser dura longtemps.

Ils ne s'aperçurent pas du passage d'Émilie, qui rentra dans la salle de bal.

« Émilie ! »

Un homme, masque violet et or, costume assorti.

« Devinez-vous qui je suis ?

– Abel. Comment m'avez-vous reconnue ?

– Il n'y a qu'une femme au monde pour sortir contempler quelques lampions sans être accompagnée… »

Les yeux de l'empereur tombèrent sur Sophie et Francesco.

Avant qu'il ait pu émettre un son, un faible cri s'échappa d'une frêle silhouette vert et or non loin d'eux. Elle s'éloigna sitôt remarquée ; Émilie était certaine d'être la seule avec l'empereur à l'avoir entendue.

Madeleine.

« L'histoire se corse, commenta l'empereur.

– Êtes-vous un parfait insensible ?

– Ne l'aviez-vous pas compris ? »

Émilie voulut partir.

« Attendez ! l'arrêta-t-il. Venez danser. »

Quelques minutes plus tard, pleinement réchauffée, Émilie valsait dans les bras de l'empereur qui, à son grand soulagement, ne s'attarda pas sur l'identité de la femme qu'embrassait Francesco.

Savait-il qu'il s'agissait de Sophie ? Quelle importance ? Sophie et Francesco étaient libres. L'avenir de Madeleine dépendait de ce que déciderait son frère… Le Triangle de Lumière était un pays trop petit pour être inquiété par Abyss. Une alliance avec Promété serait bien plus avantageuse pour le roi.

« Quand comptez-vous prendre femme ? demanda soudain Émilie.

– Plusieurs partis intéressants s'offrent à moi. Je préfère attendre que chacun ait joué ses cartes : cela me donne l'amplitude nécessaire pour agir à plus long terme que les autres.

– Madeleine fait-elle partie de vos 'choix' ?

– Cela se peut.

– Vous montrez bien peu d'amitié pour une personne susceptible de devenir si proche de vous.

– La chose doit se décider avec son frère, non avec elle. C'est au roi d'Abyss que je fais la cour.

– Me permettrez-vous alors d'aller courtiser Madeleine à votre place ?

– Faites, je vous en prie. Je vais de ce pas chercher une cavalière moins sérieuse. »

Émilie trouva Madeleine dans une pièce adjacente à l'entrée du palais. Appuyée contre un mur, tournant le dos au monde, ses épaules tremblaient légèrement. Alors qu'Émilie s'avançait pour lui parler, le marquis de Belladone la précéda sans la remarquer.

« Madeleine ? Est-ce vous ?

– Monsieur de Belladone ? Que me voulez-vous ? »

Sa voix ne trahissait pas l'ombre d'un pleur ; seule une certaine résignation témoignait de l'émotion dont elle venait d'être victime.

« Je ne vous veux rien de précis, répondit le marquis avec une douceur surprenante. Je vous ai reconnue, je souhaitais vous saluer. Je suis assez fier de moi : j'ai retrouvé tous nos compagnons.

– Vous êtes bien chanceux. Je n'ai identifié personne à part le prince de Zénit.

– Vous pouvez l'appeler Francesco ce soir, et moi Lionel, vous souvenez-vous ? C'est Carnaval.

– Il n'est pas aisé d'oublier en un jour une habitude prise dès le plus jeune âge.

– Je m'y suis fait plus vite que je n'aurais cru.

– Dans ce cas, je vais m'y essayer. Lionel, dites-vous ?

– Parfaitement. Voulez-vous danser, Madeleine ? J'ignore si c'est l'effet des liqueurs ou du masque, mais je me sens en joie : rien ne vient à bout de mon énergie.

– Je m'efforcerai de ne pas vous décevoir. »

Avant de s'éloigner, Émilie surprit une dernière bribe de conversation.

« Dites-moi, Lionel, puisque vous avez reconnu nos compagnons, auriez-vous l'amabilité de me les décrire ? Ainsi, je pourrai les saluer à mon tour.

– Voyons… Votre frère Armand porte un habit blanc et orangé. Émilie est vêtue de rouge et de blanc… »

Madeleine saurait donc que le prince lui préférait Sophie. Pourquoi Émilie se mêlait-elle de cette histoire ? Elle n'avait écouté que trop de conversations privées…

« M'accorderez-vous cette danse, Émilie ?

– Armand. Comment m'avez-vous reconnue ?

– Ce sérieux dans votre maintien, alors que nous sommes au beau milieu d'une fête. Et vous ? J'ai contrefait ma voix.

– J'ai déjà dansé avec Lionel, Abel et Francesco : il suffisait de procéder par élimination. »

CHAPITRE 4 : PROMÉTÉ

I

Émilie et ses compagnons voguaient vers Carabay, à l'extrême Sud de Zénit, là où le Chérubin se jetait dans l'océan Antique.

Si Lucibel dominait le fleuve, Carabay annonçait l'océan. Le port s'étendait sur une vaste rade où étaient amarrés des centaines de voiliers. Un, deux, trois mâts, frégates et chaloupes se mêlaient aux lourds bateaux de pêche. Haubans, gréements, goélette, moussaillon, ces mots inconnus reflétaient jusque dans leur sonorité l'exotisme, l'excitation et la nostalgie qui se disputaient le cœur d'Émilie.

Le moine responsable de Carabay et l'ambassadeur de Promété les attendaient. Les traits de ce dernier étaient en tout point semblables à ceux de l'empereur : même peau noire, même nez aplati et lèvres pleines. Il se tenait très droit, un chapeau haut de forme dans une main et une canne à pommeau doré dans l'autre ; sa redingote n'aurait pu paraître plus décalée au milieu des habits de toile des marins zénitiens.

« Mes amis, annonça l'empereur, nous allons partir pour Promété dès maintenant. Je vous ai réservé une surprise. »

Vingt minutes plus tard, ils arrivèrent aux portes de la ville. À leur gauche s'étendaient des allées de vignes bordées d'oliviers ; à leur droite, c'était la plage et...

Impossible d'en douter, leur futur moyen de transport.

Un immense ballon ovale, vitré par endroits, doté d'une petite nacelle que reliait au sol un fragile escalier gris. Vu de loin, l'appareil ressemblait à un poisson de toile, de verre et d'acier flottant au-dessus des eaux.

L'effarement se peignit sur tous les visages.

Dirigeable, tel était le nom de cet appareil. Baptisé *Nautilus* en hommage à l'un des livres favoris de l'empereur, il effectuait pour la première fois un voyage sur de telles distances.

Pendant que l'empereur les abreuvait d'explications sur son fonctionnement, des domestiques à la peau blanche assistèrent les serviteurs pour monter leurs bagages dans la nacelle.

« De l'air chaud, disait l'empereur, remplace l'hélium à l'occasion. Les trois quarts du *Nautilus* ne sont que du vide, une bulle géante destinée à contenir l'air qui nous porte... Nous avons assez de réserves de nourriture et d'eau pour parcourir des kilomètres sans nous poser. »

À bord, de larges baies vitrées leur permettaient de se gorger à satiété du paysage alors qu'ils s'envolaient. Carabay s'étendait à leurs pieds, croissant de lune hétérogène : ses voiliers semblaient autant de mouchoirs fichés dans l'horizon. Puis c'était le Chérubin, petit fleuve qui n'avait jamais si bien porté son nom. Peu à peu, le *Nautilus* se détourna de la cité portuaire pour faire face à l'est.

Comme tout paraissait différent à cette hauteur ! Les villages ressemblaient à des maisons de poupées, les vignobles zébraient les collines zénitiennes ; monteraient-ils assez pour voir la courbure de la planète ?

« Majesté, lâcha le roi d'Abyss, vous devriez être couronné roi des surprises. Je ne crois pas avoir ressenti semblable excitation depuis mon enfance. Nous ménagez-vous d'autres découvertes de ce type à Promété ?

– Peut-être.

– En temps de guerre, un tel appareil vous assurerait la victoire, observa le marquis de Belladone.

– Le *Nautilus* n'est pas un engin de guerre. »

♦

Leurs chambres ne dépassaient pas en taille celles de la *Saeta*, cependant leur confort était bien supérieur à celui de la jonque royale. Émilie y décacheta la missive que son messager lui avait remise à Carabay.

Votre Majesté,

Vous m'interrogiez sur le duc de Caracol : vous serez heureuse d'apprendre qu'il s'est adouci et remplit la charge de son fils avec la sagesse qu'on est en droit d'espérer de semblable seigneur. À son image, vos autres vassaux attendent paisiblement la fin de votre voyage.

La peste continue son implacable course. En dépit des mesures d'hygiène et des quarantaines systématiques, la mort noire s'est répandue dans les forêts d'Albigeois et sur les plateaux de Brisevan, où l'hiver s'annonce d'une rigueur inhabituelle. Corasone, Malraison, Négosse et Orcival se vident ; les processions pieds nus succèdent aux offrandes orgiaques et l'on danse en vain devant les idoles. Je crains que patience et endurance ne soient notre seul secours.

Ce que vous m'écrivez de la politique zénitienne ne me surprend guère : pendant le temps qu'il a passé parmi nous à Corasone, le prince s'est comporté en parangon de modération. J'ai toujours considéré les royaumes comme un agrégat de forces contraires qu'un bon monarque se doit d'équilibrer pour mieux les manipuler, tel Coros répartissant les pouvoirs des dieux. La paix d'une nation et la prospérité de ses peuples sont les plus beaux lauriers de la couronne des rois ; les déposer aux pieds de l'héritière du roi Arès est le plus cher désir de

Votre humble vassal

Fidèle à sa parole, Émilie montra la lettre du duc au roi d'Abyss. Navré de la progression de l'épidémie de peste, il enjoignit à Émilie de demander davantage de précisions sur les prétentions de ses vassaux. Il paraissait impossible que tous accueillent leur arrivée avec le même état d'esprit : une trop grande paix pouvait dissimuler un complot d'égale ampleur.

Émilie céda et lui fit lire sa réponse.

Monsieur d'Orcival,

L'acharnement de la pestilence me laisse fort démunie : que ces échecs ne vous fassent pas abandonner les mesures d'hygiène et de propreté recommandées.

Êtes-vous certain que les pairs n'attendent pas notre retour pour mettre au jour quelque complot ? Je me garde de cette paix insolite : veillez à vous assurer de leur loyauté et à apprendre leurs doléances.

Là où Lucibel a la majesté d'une capitale, Carabay a l'exotisme d'un port. Dans l'une, les ponts extraordinaires le disputent aux monuments historiques ; les arbres ombragent la pierre brûlante et parfument l'air d'une odeur corsée. L'autre est peuplée d'oiseaux dont les cris aigus sont autant d'appels à l'aventure ; les voiles blanches gonflées de vents marins vous invitent au voyage dès le premier regard.

C'eût déjà été un périple fantastique, sans l'incroyable surprise que nous a réservée l'empereur de Promété. Vous ne pourrez pas concevoir l'endroit où je me trouve à l'heure où je vous écris. Je dois être quelque part entre Palmyre et Carabay, au beau milieu de l'océan Antique... Plusieurs dizaines de mètres au-dessus des eaux ! Oui, vous m'avez bien lue, je vole vers Promété dans le dirigeable de l'empereur. Imaginez un grand ballon ovale, dont la queue rappelle celle d'un poisson, avec une cabine en dessous, d'où l'on commande tout l'appareil. Il est recouvert de toile grise, pour retenir ce que l'empereur nomme hélium, un gaz capable de nous faire voler. D'immenses fenêtres permettent de contempler le monde et de se prendre pour ces dieux que les peuples vénèrent avec tant de constance. Ma chambre est petite, mais c'est la plus confortable que j'aie eue depuis longtemps : l'intérieur du dirigeable est aménagé comme un salon, pourvu de toutes les commodités. Le sol est recouvert de bout en bout d'un tapis sans motif dont on ne voit pas les extrémités, que l'empereur appelle « moquette ». Quant aux fauteuils, ils sont faits d'un cuir si doux que j'ai peine à croire qu'il s'agit de la même matière que celle dont sont constituées nos bottes. Les Prométéens venus accueillir l'empereur ont comme lui la peau très noire et le visage assez différent du nôtre, à l'exception de quatre hommes blancs qui ont porté nos bagages.

Je ne sais quelles autres merveilles m'attendent à Promété. Soyez assuré que je vous ferai part de tout ; poursuivez votre mission au nom d'

Émilie

Reine d'Alma, Duchesse de Corasone

Après avoir satisfait le roi, Émilie se rendit chez Céleste afin de lire le deuxième courrier du duc, envoyé dans une enveloppe à l'attention de Madame d'Arrimande.

Votre Majesté,

La peste qui se répand attise des haines que vos pairs sont bien en peine de contrôler. J'ai fait suivre à Zénit dans le plus grand secret les fonds que vous demandiez : le Doyen a aussitôt appelé les théistes à la paix et au renoncement. Malheureusement, avant que ces exhortations ne leur parviennent, les partisans de Pi ont cruellement puni ceux de Deus. Constantinople, limitrophe de Malraison et d'Albigeois, a été le théâtre d'affrontements sanglants. Tous les déistes de la ville, femmes, hommes, enfants et vieillards, ont été enfermés dans un sanctuaire auquel des théistes ont mis le feu. Les déistes se sont vengés à Altive en précipitant

234

des théistes nus du haut d'une tour ; à Corasone même, plusieurs centaines de théistes ont été jetés dans le Sang lestés de pierres à leurs pieds.

La parole du Doyen a apaisé les théistes. Cependant, les bourreaux sont devenus victimes de la haine qu'ils ont semée : les soldats peinent à contenir la fureur des déistes, tandis que les croyantins, las de ces affrontements, réclament l'expulsion de tous les intrus qu'ils accusent d'avoir apporté la mort noire.

Le comte de Négosse, le vicomte de Chalan, le comte de Ravine et le marquis de Billentet désespèrent de calmer ces combats. Le duc de Malraison, le marquis de Salmonel, le comte de Brisevan et le comte d'Échaufouré prônent une répression impartiale des fauteurs de trouble ; le duc de Caracol et le duc de Fourcaré menacent de remettre en question leur appartenance à Alma si aucune solution n'est trouvée. Monsieur d'Albigeois et moi-même aspirons en vain à la conciliation.

Je ne comprends pas comment la maladie a pu traverser les plateaux balayés par les vents du fief de Monsieur de Brisevan, où les chèvres et les moutons sont plus nombreux que les hommes. Il est à redouter qu'elle se répande dans toutes les provinces d'Alma, portée par la maigre résistance d'une population affaiblie par cinq années de guerre.

Quelle que soit la tournure prise par les événements, vous pouvez sans crainte vous reposer sur

Votre pair le plus loyal

André, Duc d'Orcival, Marquis de Byzance

Monsieur d'Orcival,

La conciliation est la seule voie possible. Emprisonnez les fauteurs de trouble, qu'ils soient théistes, déistes ou croyantins. À la manière des assurances prométéennes, offrez une assistance financière à ceux que la maladie a laissés sans ressources.

Rappelez aux pairs que nulle sédition n'est envisageable : veillez à ce qu'ils mobilisent toutes leurs forces armées pour le

nettoyage des villes et le respect de la quarantaine,
particulièrement en ce qui concerne les animaux.

Enfin, réclamez des délégations religieuses indépendantes de
mes vassaux pour chaque grande confession : nulle conciliation
n'est réalisable si les plaintes restent à l'état de rumeurs.

Soyez assuré que je n'oublie pas ce que je vous dois : vous
serez dignement récompensé des bons offices que vous rendez à

Émilie

Reine d'Alma, Duchesse de Corasone

« Quelles nouvelles d'Alma, ma reine ? demanda Céleste. Mon époux m'annonçait dans sa dernière lettre que la peste faisait des ravages à Corasone…

– Elle continue de s'étendre et sème la discorde entre déistes, théistes et croyantins.

– Le roi d'Abyss est-il au courant ?

– Il sait que nous sommes victimes de la peste, mais ignore les dissensions des pairs. J'hésite à lui accorder ma confiance. J'ai besoin de résoudre cette affaire seule… Ou au moins d'essayer.

– Je crains qu'une répression violente des fauteurs de trouble ne soit l'unique manière de ramener la paix au sein d'Alma. La rumeur est un vent de folie qu'on ne peut contrer avec douceur…

– Je dois à tout prix éviter la guerre.

– Pourquoi ?

– Elle est le pire de tous les maux. Je ne puis accepter l'idée d'envoyer des hommes à la mort pour une question de politique.

– Prenez garde. À trop vivre pour les autres, on ne vit plus pour soi ; à trop vouloir préserver la paix, on accroît la haine. Tôt ou tard, le sang coulera… Avec ou sans votre accord. Mieux vaut rester maîtresse de la situation et choisir quand frapper plutôt que d'être acculée à vous défendre. Certains combats méritent d'être menés ; certains idéaux méritent que l'on meure pour eux. »

Céleste parlait d'une voix étrange. Déterminée, elle dégageait une assurance à la fois paisible et farouche.

« Comment pouvez-vous en être si sûre ? »

La question d'Émilie sembla ramener Céleste à la réalité.

« Majesté, vous êtes malheureuse car le ciel vous a donné un cœur d'homme dans un corps de femme, et vous a fait aimer la paix, alors que vous êtes fille d'un seigneur de la guerre. »

Émilie ne répondit pas. Pouvait-elle accuser le ciel quand tant de souvenirs lui murmuraient qu'un autre monde existait, qu'une autre vie était possible ?

◆

Ils volaient chaque jour sous un indéfectible soleil, éclats de rayons sur les vagues le midi, disque orangé que l'océan avalait le soir. Émilie passait des heures à contempler la mer par les grandes baies vitrées.

L'empereur de Promété répondit avec enthousiasme à leurs questions sur le *Nautilus*. Émilie laissa échapper une exclamation impressionnée en voyant le ballon colossal qui retenait le gaz leur permettant de voler. Il fallait vingt personnes pour veiller au bon fonctionnement de l'appareil. La majorité du personnel de bord était blanc, mais quelques Noirs circulaient également sur les longues passerelles réservées aux serviteurs. Leur uniforme indiquait un grade plus haut que celui des Blancs : c'était toujours l'un d'eux qui venait rendre compte à l'empereur de l'avancée du dirigeable.

« Nous utilisons la vapeur pour propulser le *Nautilus*, leur expliqua l'empereur. Nous aimerions développer un appareil capable de voler grâce à sa seule énergie, sans l'aide de gaz... Ce serait beaucoup moins volumineux. Mais ce n'est encore qu'une ébauche !

– Nous apprendrez-vous à quels projets vous vous consacrez en ce moment ? voulut savoir Madeleine.

– Mieux que cela, je vous les montrerai.

– D'où tenez-vous cette passion pour la technique ? demanda le prince de Zénit.

– Les Prométéens ont traversé l'océan Antique pour fuir la guerre qui dévastait la lointaine Europa. Quand les premiers colons sont arrivés, l'archipel entier restait à défricher, à explorer, à dompter. Notre survie dépendait de notre maîtrise technique. Encore maintenant, ce trait nous caractérise : Promété est fécond en inventeurs et ingénieurs de toute sorte. La nécessité nous a contraints à fermer nos frontières à toute influence extérieure... Aujourd'hui, ce temps est révolu.

– Les Ingalais ne vous ont-ils pas aidés, au début ? dit Sophie.

– Ce geste n'a pas duré. Nos pères fondateurs ont bientôt dû s'armer contre des assauts répétés. Mené par mon aïeul, le roi Caïn, notre peuple a peu à peu prospéré. Quelques autres sont parvenus à nous rejoindre avant qu'Europa sombre dans l'horreur... Nous avons hérité de cette terre un individualisme prononcé, que l'archipel a favorisé. Chacun a réussi selon son mérite, y compris parmi les rois. Promété s'étendant, nous avons pris le titre d'empereurs, tandis que chaque île devenait un État dirigé par un gouverneur... Aujourd'hui, seule l'île Wilderness, au Nord, nous résiste encore. L'avènement de la démocratie à Promété est lié de près à la fin de l'esclavage. L'archipel traversait une crise économique sans précédent : les empereurs employaient une immense main-d'œuvre, tout en contractant des dettes colossales auprès des grandes fortunes. Leur monopole a fini par rendre impossible toute nouvelle entreprise. Leurs créances s'accroissaient, le peuple grondait : mon aïeul se dédouana en accusant les Blancs. Ils paralysaient l'économie de l'archipel, qui n'avait plus les moyens de les entretenir sur leurs vieux jours et de soigner leurs maladies. L'abolition de l'esclavage marqua l'avènement d'une économie nouvelle. Pour assurer le remboursement des dettes, l'empire répartit ses possessions entre ses débiteurs. Il ne lui est bientôt plus rien resté en propre, que des parts dans des entreprises diverses, minoritaires mais assez fortes pour que l'empereur pût faire entendre sa voix. Nous avons créé l'Assemblée Populaire : elle rassemble les représentants de la partie la plus pauvre du peuple. Le Sénat, assemblée historique, est élu par des personnes disposant d'un certain revenu. Pour passer, une loi doit être acceptée par les deux chambres ; cependant, si l'Assemblée Populaire vote une loi à l'unanimité, le Sénat est obligé de la ratifier, ce qui n'est pas réciproque. Grâce au soutien des gouverneurs, l'empereur est resté le chef des armées et l'ambassadeur de Promété, mais son vrai pouvoir est économique.

– Votre ancêtre a sacrifié son pouvoir politique au profit d'une puissance matérielle, commenta le prince de Zénit. Il a perdu en décision ce qu'il a gagné en action : il ne peut plus voter les lois, mais il peut influencer le développement des entreprises et, partant, la manière dont elles les appliquent… »

À travers les fenêtres, Émilie aperçut des baleines. Des gerbes d'écume signalaient la présence de ces géants des mers, dont les sauts de toute beauté ne manquaient jamais d'hypnotiser les compagnons de l'empereur. Alors qu'ils les contemplaient, un Blanc leur apporta un plateau chargé de boissons.

« Vous avez évoqué l'esclavage, reprit Émilie. L'archipel de Promété n'a donc pas toujours été une terre de liberté ?

– Promété est une terre d'immigration, répondit l'empereur. Ses premiers habitants furent les Ingalais : vous les reconnaîtrez à leurs cheveux noirs, à leur peau d'un blanc tirant sur le jaune et à leurs yeux bridés. Ils furent nos premiers esclaves, mais les maladies les ont décimés. Nous sommes ensuite allés chercher de la main-d'œuvre à Europa. Ravagée par des guerres terribles, ses seigneurs nous vendaient volontiers leurs prisonniers. Il pouvait s'agir de femmes et d'enfants aussi bien que d'hommes adultes ; certains rois organisaient même des rapts chez leurs voisins. Puis les combats ont empiré, rendant tout lien avec Europa dangereux : cela a marqué le début de notre volonté politique d'isolation. Les Prométéens ont longtemps utilisé les esclaves, jusqu'à ce que, l'industrialisation aidant, le système économique de l'esclavage devienne inadapté.

– L'État a donc libéré les esclaves ?

– Comme l'a dit Abel, il était question d'économie, non de liberté, intervint Sophie. Un esclave représentait une charge : il fallait l'entretenir quand il se faisait vieux, le soigner quand il était malade… Cela coûtait bien plus cher que ce qu'un ouvrier pouvait rapporter. En les libérant, on se déchargeait de toute responsabilité, mais on ne leur a pas pour autant donné les mêmes droits qu'aux Noirs. Le droit de vote, par exemple, ne fut obtenu dans les faits qu'après de longues années de lutte… Sans compter que personne n'acceptait de payer un Blanc. On leur a laissé les travaux les plus dégradants de la société. Aujourd'hui encore, le mélange des Noirs et des Blancs est très mal vu. Même si l'empereur l'a interdite, la ségrégation reste très forte. Jusqu'à récemment, les Blancs n'avaient pas le droit de monter dans la même diligence que les Noirs, d'entrer dans les boutiques par les mêmes portes qu'eux… »

Émilie dévisagea Sophie, incrédule.

« Mais vous-même… Vous êtes ici, aujourd'hui…

– Sophie est un brillant exemple du succès de la politique d'intégration, déclara l'empereur de Promété. C'est l'une des femmes les plus riches du pays et l'un des partenaires privilégiés de l'empire…

– Je suis l'exception qui confirme la règle.

– À force de vous côtoyer, j'en suis venue à croire que vous êtes une exception en tout, » observa Madeleine.

♦

Ce furent d'abord des îles, puis la ligne d'une côte. Au-dessous d'eux, la mer était claire. Des bateaux laissaient derrière eux de longs sillons d'écume. Les plages de sable blanc se démarquaient nettement sur le bleu turquoise de l'océan ; on distinguait aussi de hauts palmiers, des maisons somptueuses, des villages parfois, d'où émergeaient des silhouettes qui les pointaient du doigt.

Au fur et à mesure qu'ils approchaient de Promété, les îles grandirent. Les maisons prirent l'allure de villas. Émilie discernait des chaises longues, des parasols… Et ces rectangles bleus à l'intérieur des îles, ne s'agissait-il pas de piscines ? Vu de haut, cela paraissait tellement absurde… Une piscine, à quelques mètres de l'océan Antique !

Puis ce fut la côte. La ligne d'une île si grande qu'elle semblait un continent. Même plage blanche, mêmes palmiers, mêmes silhouettes amassées à l'extérieur pour les accueillir. Au-delà, des bâtiments hauts de plusieurs étages, très proches les uns des autres, quand ils n'étaient pas séparés par de vastes jardins et de larges avenues. À l'extrême pointe de la ville, une gigantesque esplanade les attendait. Lentement, le *Nautilus* amorça son atterrissage.

Quand la porte du dirigeable s'ouvrit, un vent chaud fouetta le visage d'Émilie. Elle descendit l'escalier au bras du roi d'Abyss, sous les applaudissements d'une assemblée noire.

Tout sourire, l'empereur conduisit ses compagnons dans une superbe berline. Le véhicule était si spacieux qu'il contenait aisément leur compagnie.

« Voilà qui me rappelle fort l'appareil dans lequel vous arrivâtes à Corasone, remarqua le roi d'Abyss. Votre suprématie technique dépasse ce que j'imaginais…

– Où allons-nous ? voulut savoir Céleste.

– Dans l'un de mes hôtels particuliers. Soyez les bienvenus à Épimé !

– Épimé ? répéta Émilie. Cette ville n'est donc pas Pandora ?

– Pandora est beaucoup plus au Nord, l'informa Sophie. Elle a beau être la capitale de l'archipel, ce n'est pas une cité côtière… Nous la rejoindrons plus tard. »

Leur voiture les promena plus d'une heure par les rues de la métropole. Émilie n'avait jamais rien vu auparavant qui s'approchât de près des avenues d'Épimé. C'étaient de hauts immeubles en pierre blanche, mais pas de ce blanc immaculé caractéristique de Farandol, non, un blanc jauni, presque gris, qui conférait aux bâtiments une aura de grandeur et d'éternité. Les fenêtres, plus amples et plus nombreuses qu'à Lucibel et Farandol, avaient des volets à l'extérieur et de petits balcons de métal.

Plus dense encore que celle du marché de Farandol, la foule était plus hétérogène, et s'habillait d'une manière radicalement différente. Les hommes portaient de sobres pantalons noirs et des chemises légères ; les jupes volumineuses de certaines femmes rappelaient celles d'Alma, mais on trouvait aussi des tenues beaucoup plus près du corps. Émilie se sentait étrangement hors de propos, avec sa robe ivoire et ses manches en soie bleue, toute en dentelles et en rubans…. Modernité : elle tournait et retournait ce mot dans sa tête, sans tout à fait le comprendre.

Le contraste entre richesse et pauvreté sautait aux yeux. Des passants rabougris, pressés, le cheveu court, l'habit terne, hantaient les pas des bourgeois. Des enfants couraient en tout sens ; c'était un miracle que cette masse puisse circuler, au milieu des voitures, des diligences, des exclamations et des coups de trompe, en se heurtant à peine. Il y avait des vendeuses de fleurs, des rétameurs avec leurs casseroles, des crieurs tentant d'écouler leurs journaux, des ouvriers qui revenaient du travail, des vagabonds qui demandaient l'aumône, des flâneurs ouverts à l'aventure...

La majorité de la population était noire. Quand un visage blanc apparaissait, il était toujours maigre, sale et fatigué, avec une allure de pauvreté qui le plaçait immédiatement au bas de l'échelle sociale. Sur la façade de chaque boutique, Émilie discerna deux entrées : l'une réservée aux Noirs, l'autre réservée aux Blancs.

À Épimé, aucune bâtisse n'était plus remarquable que les autres. C'était un concentré de progrès, un fourmillement de nouveautés : la ville elle-même, avec son incessant va-et-vient, formait un tout plus extraordinaire qu'aucune de ses parties.

Ils s'apprêtaient à traverser un fleuve, quand le pont devant eux s'éleva, coupé en deux, pour laisser passer un bateau.

Le soleil avait disparu. L'on devinait à peine quelques teintes rosâtres au bout de certaines rues. Des fenêtres s'illuminaient... Pas de cette lumière discrète et laborieuse caractéristique des bougies, non. Une lumière plus vive, plus constante.

L'électricité.

L'intuition d'Émilie fut confirmée quand leur voiture les déposa devant l'hôtel particulier de l'empereur. Un grand immeuble, trônant au bout d'une avenue qui dominait toute la ville. La double porte de l'entrée donnait à même la rue : elle s'ouvrit de l'intérieur pour les accueillir.

Au plafond, un lustre brillait de mille feux...

« L'électricité, dit l'empereur en réponse à leurs regards éblouis. Certains quartiers de Pandora en sont entièrement équipés... »

Algues, coquillages, poissons, crustacés, les mets se succédèrent durant le dîner, aussi raffinés les uns que les autres, tous élaborés à partir de produits de la mer.

La soirée s'acheva dans un salon adjacent. Des hommes fumaient le cigare, des femmes conversaient en rivalisant de coquetterie.

« C'est tout de même incroyable, ce *Nautilus*, dit un homme non loin d'Émilie. Imaginez, si nous pouvions le fabriquer en masse, la suprématie militaire qu'il nous conférerait...

– Aucune puissance ne pourrait nous vaincre, répondit un autre.

– Nous n'en sommes qu'à nos débuts, renchérit le premier homme. J'ai entendu dire qu'Abel travaillait sur une invention encore plus révolutionnaire que le dirigeable. Un appareil plus petit, qui ne fonctionnerait qu'avec un moteur et, partant, capable de monter plus haut. Il n'y aurait plus ce problème de pression sur les ballons de gaz... »

Émilie n'aurait pas dû goûter tous ces alcools fruités... Leur goût sucré, la chaleur dans le fond de sa gorge, une sorte d'amertume persistante... Les sens émoussés, son esprit baignait dans une paix bienheureuse.

« Enfin, nous foulons la terre de Promété. Cette histoire entre les Noirs et les Blancs me turlupine mais... L'empereur dit qu'elle appartient au passé. Ces immeubles me rappellent ce qu'aurait pu être mon monde... Avant. Juste avant que la technologie devienne obligatoire.

– Apprends. Observe. »

L'Autre n'était pas plus en verve qu'elle...

◆

Un bateau à vapeur les conduisait d'Épimé à Pandora. Les plages d'albâtre succédaient aux eaux turquoise ; les cris des dauphins se faisaient parfois entendre. Dans les plus grandes îles, des bâtisses longilignes libéraient de hauts panaches de fumée.

« Combien d'îles compte votre archipel ? voulut savoir Madeleine.

– Des milliers, répondit l'empereur. Hiraïam, près de laquelle nous voguons en ce moment, est l'île la plus au Sud. Aryouhir, où nous nous rendons, est située au Nord : c'est la plus vaste de

Promété. Elle est traversée par le seul fleuve du pays, le Nevermore, par lequel nous accéderons à Pandora. Au-delà, c'est une multitude d'îles moyennes : Comire, Gobak, Binire, je pourrais en citer des dizaines. La troisième île du pays par sa taille est Wilderness : l'île la plus au Nord, le dernier bastion des Ingalais. La plupart des îles ne sont pas adaptées à l'agriculture. Nous tirons notre subsistance de l'océan : poissons, fruits de mer, perles, nous pêchons et commerçons sans relâche entre nous... Et peut-être, très bientôt, avec vous. »

Il leur fallut plusieurs jours pour rejoindre Pandora en remontant le Nevermore. Les lianes succédaient aux palmiers, les prairies se dessinaient entre des arbres centenaires et des ports de pêche. Le fleuve mesurait parfois plus d'un kilomètre de large. Ses eaux allaient du vert émeraude au bleu azur ; par endroits, il entourait d'immenses îlots recouverts d'une végétation luxuriante. Pandora s'apercevait de loin : les tours étincelantes du joyau de Promété s'élevaient plus haut que n'importe quel arbre, trônant sur le Nevermore telle une gigantesque couronne.

Les ponts se levaient à leur approche. Une foule aussi dense qu'enthousiaste surchargeait les quais. Quand ils débarquèrent, ils furent applaudis avec la même liesse qu'à Épimé.

Une automobile les conduisit dans un dédale d'avenues colorées. Des fenêtres enchâssées dans des courbes impossibles surplombaient des balcons arrondis, sur lesquels les toits semblaient autant de vaguelettes. Le jaune se mêlait au bleu, le vert s'enchaînait au rouge, les pigments envahissaient la pierre et le verre. Œuf, carré, trapèze, la géométrie se pliait à toutes les fantaisies de cette architecture délurée. Des formes de plus en plus audacieuses, des tours de plus en plus élevées, de grandes arches de métal, du verre sous toutes ses formes, jusqu'à ce qu'enfin se dessine sur la route de briques rouges le quartier qui abritait la résidence impériale.

C'était une immense esplanade chargée de constructions qui rivalisaient d'ingéniosité. Une arcade colossale en marquait l'entrée.

Une tour au centre attira particulièrement l'attention d'Émilie. Haute d'une centaine de mètres, elle formait une spirale de pierre, de verre et de métal. Par un étrange effet d'optique, les reflets dans ses fenêtres bougeaient au fur et à mesure que leur voiture s'en approchait, donnant l'impression que l'édifice tournait sur lui-même.

« C'est votre palais ? murmura le marquis de Belladone, incrédule.

– Oui. Le quartier impérial abrite les hommes les plus riches de Promété… »

Palais, comme ce terme paraissait inapproprié…

« Pandora est très fière de ses tours, disait l'empereur. Pour bien marquer leur singularité, nous leur avons attribué des noms. La tour impériale a reçu celui de Torsade. »

Rectangle vitré adroitement inséré dans l'un des creux de la spirale, la porte de la Torsade s'ouvrait sur un vestibule de toute beauté.

Le plafond, circulaire, ressemblait à l'intérieur d'un pamplemousse en carrelage blanc s'enroulant autour d'un lustre de cristal. De gigantesques palmiers, accolés à des canapés blancs au dossier surdimensionné et aux courbes disproportionnées, remplissaient le vide. L'asymétrie se poursuivait dans les escaliers, à l'autre bout de la pièce, et dans un spacieux carré de bois vitré, adossé à l'un des murs de la Torsade.

« Combien d'étages comporte votre palais ? demanda Madeleine.

– Trente en tout. Rassurez-vous, je ne compte pas vous les faire monter à pied. »

Associant le geste à la parole, l'empereur invita ses compagnons à entrer dans le carré de bois puis actionna un levier : l'appareil s'éleva de lui-même. Son nom revint à Émilie au moment où l'empereur le leur révélait.

« L'ascenseur est l'invention la plus déterminante de ce siècle. Sans lui, personne n'aurait osé construire des tours aussi hautes… »

Leurs appartements se répartissaient sur les deux derniers étages de la Torsade : Émilie fut la première à gagner les siens.

Sous ses fenêtres, Pandora s'étendait jusqu'à l'horizon. Dômes de verre et tourelles colorées ponctuaient le paysage ; certains toits étaient recouverts de végétation tandis que d'autres s'enroulaient tels des vagues autour de mystérieuses cours intérieures. Scintillant, le Nevermore poursuivait sa course vers le nord de l'île. De la fumée se dégageait au loin. Le soleil dardait ses derniers rayons sur l'archipel, dont les plus éminents bâtiments lui renvoyaient des éclats orangés.

En voyant la salle de bains, un sourire illumina le visage d'Émilie. Des robinets, un lavabo, des toilettes, une baignoire ! Elle se sentait chez elle. La plomberie était en or, les supports en marbre, et les serviettes de bain surpassaient en douceur les plus fins tissus de soie.

« Tu te rends compte ? Une baignoire ! C'est un peu démodé dans le monde d'où je viens ; nous préférons les douches… Mais les plus riches se paient des jacuzzis ! Et les toilettes… Je ne sais pas comment j'ai pu supporter la chaise percée aussi longtemps. Des toilettes ! Mon trône pour des toilettes !

– Tu exagères.

– Si tu ne m'avais pas retenue, j'aurais dit à l'empereur qu'il s'agissait d'un ascenseur avant qu'il en parle… Maintenant que nous sommes à Promété, il ne va pas manquer de me questionner sur le Revery. Il ne pourra pas attendre. En dépit de ce que j'ai prétendu, il sait que j'épouserai le roi d'Abyss…

– Que vas-tu faire ?

– Je l'ignore. Le Revery vient de mon monde… Je peux en fabriquer un avec les bons composants, mais sans réseau il ne servira pas à grand-chose…

– Réseau ?

– Le réseau permet à tous les êtres humains de communiquer entre eux et d'échanger images et données en tout genre… Là d'où je viens, les tours sont différentes. Plus géométriques, plus modernes… Les fenêtres ne renvoient pas la lumière du soleil : elles forment de gigantesques écrans publicitaires que l'on peut entendre grâce au Revery. »

Le dîner se déroulait dans une immense pièce ovale au sommet de la Torsade qui offrait une vue imprenable sur Pandora. En dehors d'Émilie et de ses compagnons, il n'y avait que deux autres Blancs dans l'assemblée.

« Mes chers amis, lança l'empereur, je lève mon verre à l'ouverture de nos frontières et au succès du voyage inaugural du *Nautilus*, qui nous a portés sains et saufs de Carabay à Épimé. Ces bons augures me font présager le meilleur pour l'Exposition universelle. Bienvenue à nos invités et gloire à Promété ! Que tous vos propos et vos gestes soient le reflet de ces deux axiomes. »

La salle applaudit et le repas commença.

« C'est la première fois que vous mentionnez l'Exposition universelle, remarqua Madeleine. De quoi s'agit-il ?

– C'est un événement qui a lieu tous les quinze ans environ, répondit l'empereur. Une vaste foire, au cœur de Pandora, où chacun est invité à venir présenter ses découvertes. Il s'agit de rendre compte de tout ce que contient Promété : inventions extraordinaires, phénomènes inexplicables, faune et flore exotiques… Je remets des prix aux exposants les plus originaux : ce sont autant de garanties d'investissement dans leurs travaux futurs.

– Pourquoi qualifiez-vous cette exposition d'universelle, si seuls des Prométéens y participent ? demanda Émilie.

– Simple excès de langage.

– Nous veillerons à ce que cette appellation ne reste pas lettre morte, intervint le roi d'Abyss. Je suis très intéressé par vos recherches : à présent qu'elle s'est ouverte, je ne permettrai pas que la porte se referme. »

À l'approche de minuit, l'empereur invita ses hôtes à se rendre sur la terrasse de la Torsade. Pandora s'étendait à leurs pieds, ses dizaines de milliers de fenêtres illuminées par l'électricité. Soudain, une boule de lumière verte fila vers le ciel, où elle explosa en une pluie d'étincelles. Dans un bruit rappelant celui du tonnerre, d'autres lueurs suivirent. Jaune, bleu, rouge, mauve, orangé, aucune couleur ne manquait. Les lumières pétaradaient, se multipliaient, volaient, dansaient, s'élevaient, retombaient en bouquets de fleurs et en roues féeriques au milieu des cieux.

« L'ascenseur ne vous était pas inconnu avant aujourd'hui. Votre regard, tout à l'heure, était celui de quelqu'un qui se souvient. »

Par-dessus l'écho du feu d'artifice, Émilie murmura une réponse.

« Je vous ai promis la vérité. Je tiendrai parole.

– Vous ne pourrez pas repousser l'échéance éternellement.

– Je vous fais confiance pour ne pas me laisser l'oublier. »

◆

Pour satisfaire la fascination de ses hôtes, l'empereur de Promété leur fit visiter une usine d'automobiles.

On commençait par fondre du métal pour en tirer les différents éléments de la voiture : toit, portes, coffre, capot. Des chaudrons hauts de plus de deux mètres remuaient eux-mêmes leur contenu à l'aide d'un ingénieux système d'engrenages. Quand le métal était assez chaud, il se déversait dans des moules, dont il ressortait solide, pour être apporté à la salle suivante sur un tapis roulant. Toutes les pièces de l'usine s'organisaient autour de ce gigantesque tapis, qui permettait aux composants de passer d'une main à une autre. Murs gris, plafonds couverts de tuyaux, vastes espaces de travail, on était bien loin des salons de la capitale d'Abyss…

Il régnait dans les chaînes d'assemblage un bruit assourdissant ; une odeur chimique flottait dans l'air. Des hommes, installés en rang d'oignons, effectuaient toujours les mêmes actions au même endroit ; si la chaîne se brisait, toute l'usine se retrouvait paralysée. Ici on plaçait des vis, là on collait le cuir, plus loin on soudait des éléments clés : soulever, couper, orienter, les tâches simples succédaient aux gestes automatiques. Les ouvriers avaient en commun d'être silencieux, méthodiques et noirs.

« Comment font ces hommes pour supporter pareille répétition ? demanda Madeleine.

– Ces ouvriers font partie des mieux payés de Pandora, répondit l'empereur. Ils reçoivent cinq promestes par jour, soit près du double de leur salaire habituel… Alors que leur journée de travail est plus courte que la moyenne.

– Mais ils ne progressent pas, remarqua le marquis de Belladone. Ils ne gagnent ni en expérience ni en qualification. Sur le long terme, cela semble peu rentable…

– Notre économie n'est pas artisanale, expliqua Sophie. Ce n'est pas comme vos corporations, où le néophyte apprend auprès de son maître pendant plusieurs années, puis devient compagnon à travers le pays, avant de présenter son chef-d'œuvre pour se voir enfin consacré maître à son tour. Notre objectif est de permettre à nos ouvriers de consommer immédiatement les produits qu'ils créent : leur salaire nous revient ainsi sous forme de bénéfice. Plutôt que de vendre à une minorité fortunée, nous estimons plus rentable de faire en sorte que la majorité achète à moindres frais. Le profit est bien plus grand.

– Je ne conçois pas que des particuliers se plaisent à investir dans cette activité que vous nommez industrie, intervint le roi d'Abyss. Le labeur qui soumet celui qui l'exerce au joug de la nécessité est pour moi la pire des dégradations. Pourtant vous parlez de diriger cette usine comme d'un sort enviable…

– Je vois les pays comme de vastes entreprises, répondit l'empereur. Peu m'importe la nécessité : sans argent, les nations et les hommes s'effritent puis s'effondrent. Vos paysans travaillent la terre pour vous : les ouvriers de Promété produisent des biens de consommation pour tout l'archipel. Le Deus qui fige votre société donne vie et sens à la nôtre : nous répondons à nos besoins immédiats sans nous soucier de philosophie. Une seule chose est capable d'animer un peuple et de lever des montagnes. Ce n'est ni la gloire ni la poursuite du bonheur : c'est l'intérêt. Dirigez-le et vous dominerez le monde.

– Je ne suis pas certain d'apprécier de courir sans cesse après le profit comme un vulgaire marchand, insista le roi. Le luxe consiste au contraire à être maître de son temps.

– Je préfère être maître de mes moyens, déclara l'empereur avec ferveur. La technique repousse toujours plus loin les limites de l'être humain : le défi et la curiosité sont les moteurs de mon existence. »

Quel que soit le poste occupé, les ouvriers semblaient en bonne santé. Malgré le dos voûté et le regard absent de certains, aucun n'avait l'aspect famélique des pauvres de Farandol.

« Ce n'est pas la question, soupira Émilie en réponse à la remarque de l'Autre. Observe leurs yeux, ils sont abrutis et harassés de fatigue ! Dans le monde d'où je viens, être salarié représente le *nec plus ultra*. Les employés sont l'élite de la société ! Ils gagnent des millions de points, ils peuvent passer plusieurs mois par an dans l'espace… Les ouvriers que nous avons vus ont été remplacés par des robots depuis une éternité. Être obligé de travailler pour vivre, quelle idée ! Vivre est un droit inaliénable. Tu imagines, ne pas pouvoir manger ni te vêtir sans argent ? C'est horrible !

– Quels métiers exercent tes salariés ?

– Cinq choix sont possibles : réalisateur, inventeur, prestataire, éducateur et veilleur. Le réalisateur fabrique les histoires et les musiques pour les films et les jeux vidéo. L'inventeur crée de nouveaux appareils et l'éducateur s'occupe des enfants dans les Centres d'Éducation. Le veilleur regarde les images enregistrées par les Reveries et les caméras de surveillance pour repérer les anomalies.

– Quelles anomalies ?

– Les gens bizarres. Les amoureux, les passionnés, les aventuriers, les pirates informatiques, les cinglés, tous ceux qui n'utilisent pas leur Revery normalement. Il ne peut pas tout voir bien sûr : il s'aide d'équations de recherches pour trier les images. Il lui suffit de dicter ce qu'il veut et un algorithme s'actionne…

– Un algorithme écrit ?

– Les hommes n'écrivent plus depuis longtemps. Ils parlent, les processeurs comprennent et traduisent. Tout passe par l'image. Je soupçonne quelques salariés de savoir lire… Ils sont très peu. On les surnomme les Fantômes.

– Et les prestataires ?

– Ils proposent leurs services en tout et à tout le monde. Ils s'occupent principalement de gérer les réseaux sociaux et la procréation.

– Qu'appelles-tu procréation ?

– Ils créent des bébés. Ils sélectionnent les meilleurs gènes et fabriquent des enfants qu'ils élèvent en éprouvette pendant un an : les Absolus. On peut toujours faire un enfant soi-même si on préfère, mais c'est une pratique assez peu répandue. Celles qui le souhaitent ont la possibilité d'externaliser leur grossesse, histoire d'éviter les inconvénients physiques. Moi, j'ai eu des parents… Jusqu'à mes quatre ans. Après, ils ont été déclarés inaptes et envoyés en Centre d'Aptitude. Ils sont morts maintenant. Ils ont accepté le Revery pour me retrouver, mais il était truqué. Il les a plongés dans un monde virtuel tellement réaliste qu'ils ont oublié de s'alimenter…

– Le monde que tu décris ne semble pas très appréciable.

– Je le détestais, avant : je voulais le changer pour que chacun soit libre d'utiliser la technologie comme il l'entendait. Un peu, beaucoup, pas du tout, de temps en temps… Maintenant, je ne sais plus. Entre la misère de Farandol et les abus de l'Enquête, la société que j'abhorrais paraît presque sympathique… »

♦

Une bâtisse de briques rouges, toute en longueur, dont les hautes fenêtres rappelaient les vitraux de Lucibel et dont le toit ressemblait à la flèche d'or de Corasone : tel était le musée de Pandora.

Le long des couloirs, les vitrines succédaient aux vitrines : chacune d'elles renfermait d'anciens objets soigneusement étiquetés. Poteries, outils, bijoux, vaisselle, mais aussi armes, vêtements, et même un char, que seul un cordon séparait du public. Autant de reliques des civilisations antiques d'Europa…

Émilie dissimula mal sa déception en arrivant devant les bijoux. Quelques boucles d'oreille, deux colliers, un bracelet, une bague. L'or brillait de mille feux, mais elle apercevait tant de bosses et de creux maladroits ! On eût dit les premiers jets d'un apprenti inexpérimenté.

« Ces pièces d'orfèvrerie me semblent très inférieures à ce que nous savons faire. Comparées à la statuaire que nous venons de voir, je les trouve brouillonnes.

– Elles sont à l'image de nos civilisations, tempéra le prince de Zénit. Un concentré de technique, de beauté et de maîtrise, dont le temps ne laisse que des miettes… De ce passé en morceaux, nous tirons des leçons, des histoires et des principes, qui sont sans doute aussi éloignés de la réalité que ces bijoux déformés le sont de leur forme originelle. Qui peut dire ce qui restera de nos sociétés dans mille ans ? Peut-être les tessons de verre brisé de Pandora seront-ils considérés comme un témoignage précieux légué à la postérité par la culture prométéenne.

– Les Prométéens ont toujours eu le sens du troc, commenta l'empereur. Nous aimons nous entourer d'objets plus anciens que nous : cela nous donne une légitimité. Nous avons rapporté ces reliques d'Europa… »

L'histoire de l'évolution consistait en une immense galerie, où un gigantesque squelette d'éléphant les accueillit. Après le mastodonte vinrent des fossiles, puis des animaux empaillés ou en bocaux. Même les poissons et les insectes n'échappaient pas à l'inventaire : il régnait dans ces lieux murés de panneaux en bois une atmosphère de savoir ancestral.

La galerie des minéraux fut un nouveau déluge de merveilles. Des roches chatoyantes, aux formes les plus insolites ; des matériaux si improbables qu'on les croyait plus volontiers sortis de l'imagination de l'homme que des profondeurs de la terre. L'empereur leur laissa un bref répit devant les diamants aux couleurs variables : ces pierres, aussi petites que fascinantes, changeaient de teinte par le seul effet de la lumière.

« Dans le monde d'où je viens, il n'y a pas de musées. Le passé n'existe que dans les images des Reveries, et on apprend tout ce qu'il y a à en savoir dans les Centres d'Éducation. Le problème est qu'ils passent un peu vite des premiers hommes au Grand Progrès…

– Qui est à l'origine du Grand Progrès ?

– Je l'ignore. C'est comme si les hommes s'étaient réveillés un beau matin, après des années de guerre, et avaient décidé de tout arrêter. Il s'est tenu un Sommet de l'Humanité, réunissant tous les pays du monde : les frontières ont été abolies, tous les présidents ont renoncé à leur pouvoir et consacré leurs fonds au développement de la technologie. Tout cela est concomitant de l'invention du Revery, mais les éducateurs sont restés assez flous... Si tu t'intéresses de trop près à l'Histoire, tu es sûr de finir en Centre d'Aptitude.

– Quelles sont les grandes guerres de ton monde ?

– Des guerres mondiales, voilà ce qu'on nous a dit. Tous les pays se battant les uns contre les autres, pour des territoires, des matières premières, des idées. Les éducateurs ne sont pas rentrés dans le détail. Les sirènes... Les sirènes m'ont montré autre chose. Un monde qui ressemblait à la fois à Abyss, Zénit, Alma et Promété. Des époques, des lieux... Je n'ai pas tout compris. J'ai posé beaucoup de questions et oublié autant de réponses... Un musée permet de ne pas rester ignorant.

– Ton monde ne peut être dépourvu de reliques du passé.

– Il y a les Archives. Des souterrains labyrinthiques où se trouvent des centaines d'œuvres d'art, des ordinateurs, des livres... Seuls les Fantômes y ont accès. Les Ombres et les Masques ne connaissent pas leur existence. J'ai perdu une amie là-bas... Elle avait le pouvoir de se changer en n'importe quel animal.

– Tout ça est... Incohérent.

– Pourquoi détestes-tu autant ce mot ?

– L'histoire doit suivre son cours. »

◆

À l'image du monde qui hantait les souvenirs d'Émilie, Promété était une société hautement libertaire, dont l'emblème représentait une balance noire sur fond blanc. Droit de vote pour les hommes et les femmes, école obligatoire jusqu'à quinze ans pour les garçons et les filles, universités accessibles à tous grâce à un ingénieux système de bourses, l'archipel prenait grand soin de ses enfants. Le quotidien d'un ouvrier restait rude, mais la vie souriait aux ambitieux : les îles regorgeaient de belles histoires rapportant les odyssées de pauvres hères devenus riches.

La liberté de la presse rendait publiables tous les discours, même ceux qui déplaisaient à l'empereur ; s'il réagissait, c'était en accordant un entretien à un journal adverse. Majoritairement déiste, Promété autorisait toutes les religions sans contrepartie financière. Très éloignée de celle d'Abyss, sa version du déisme excluait la notion de caste et se trouvait résumée dans la devise du pays : « À chacun selon son mérite ».

Cet État quasi Providence avait permis le développement d'une classe de population dominante, que l'on avait qualifiée de moyenne. Assez aisée pour s'octroyer vacances, loisirs et dépenses superficielles, son apparition avait ouvert l'âge d'or d'un commerce de service, qui regroupait dans un même panier restaurants, hôtels, boutiques et grands magasins.

Ces derniers, en passe de devenir les lieux les plus courus de chaque métropole, tentaient en vain d'égaler le fleuron du genre, une superbe bâtisse en métal vert qui occupait à elle seule le coin d'un carrefour de Pandora. Des colonnes, de vastes porches, d'immenses vitrines et, en grosses lettres d'or, sur chaque façade, ces mots : *Au Bonheur de Tous*. À l'intérieur, des mannequins sans visage portaient les vêtements les plus luxueux de tout Promété.

Chaque étage avait une spécialité. Les vêtements monopolisaient deux paliers : un pour les adultes, un pour les enfants. Ces habits se divisaient eux-mêmes en plus de classes qu'Émilie n'en pouvait compter : les robes, les jupes, les pantalons, les hauts à manches courtes ou longues, manteaux, vestes, pour l'été, pour l'hiver... Puis venait un étage pour les chaussures, et un autre pour les accessoires. Ce terme recouvrait autant d'objets qu'il est possible d'imaginer : gants, écharpes, sous-vêtements, parfums, sacs, bijoux, montres et lunettes... Le cinquième, enfin, était dédié au repos et au loisir : café, restaurant, salle de lecture, bibliothèque, de l'espace à revendre pour se délasser de la frénésie des achats. Le rez-de-chaussée exposait les articles les plus à la mode de chaque catégorie. Des panneaux trop rares renseignaient les visiteurs ; une fois entré dans un rayon, dix autres s'ouvraient à vous, et l'on avait plus vite fait de se perdre que de se retourner.

« Comme cela me rappelle le monde d'où je viens ! Là-bas aussi, les grands magasins existent. Le Disali et le Divêti les rendent inutiles, mais les gens ne s'en lassent pas. Ils adorent se promener dans les allées, toucher, essayer. C'est une frénésie dont ils ne peuvent pas se passer. Comme ils prennent la peine de se déplacer, les robots leur font des réductions... Acheter toujours, acheter encore, dès que tu as des points, ton Revery te suggère d'acheter quelque chose en rapport avec ce que tu aimes. Une fois, j'ai tenté d'économiser : il s'est fait de plus en plus insistant. Il voulait que j'achète, c'en devenait obsessionnel !

– Nous ne comprenons pas. Quel plaisir apporte l'achat ?

– C'est le jeu du désir. Tout le système est basé là-dessus. Le manque te rend malheureux : sa satisfaction te rend heureux. Pour que tu restes heureux, il faut provoquer un nouveau manque, puis le combler, à nouveau le provoquer et ainsi de suite... Sans fin.

– Que survient-il si le système s'arrête ?

– Tu t'ennuies. C'est le rôle principal du Revery : veiller à ce que personne ne s'ennuie jamais.

– Les Centres d'Aptitude enferment ceux qui peuvent s'occuper sans le Revery...

– Parce que, quand ce n'est pas dangereux pour la société, ce qu'ils aiment risque de les rendre tristes. C'est à en devenir fou ! À Abyss, des vêtements et de la nourriture suffiraient à contenter tout le monde. À Zénit, il faudrait supprimer la Pagode. À Promété c'est le travail. Dans le Technomonde nous avons soi-disant tout ce qu'il faut pour être heureux... Mais nous ne le sommes pas ! L'être humain n'est jamais satisfait, nulle part. Pourquoi ? Pourquoi ce manque permanent de quelque chose ?

– Une fois de retour à Alma...

– Même sans le roi d'Abyss, je n'aurais pas assez d'imagination pour transformer Alma. Les fées n'existent pas. Instaurer le Technomonde en laissant chacun libre de sa vie ne suffirait pas.

– Mais si nous étions heureux, parfaitement heureux, serait-ce une vie ? Voudrions-nous manger, sortir, voyager, découvrir, créer, régner, aimer ? Pour pallier ce manque universel, nous avons réinventé le monde. Tout est-il si négatif ?

– Je ne sais pas. Je suis perdue. »

◆

Votre Majesté,

Les revendications de vos vassaux sont d'ordre territorial. Le duc de Caracol et le marquis de Billentet demandent réparation suite aux ravages de la guerre avec Abyss. Le duc de Malraison, le comte de Négosse, le vicomte de Chalan, le duc de Fourcaré et votre fidèle vassal réclament des traités commerciaux régissant l'ouverture des frontières de Zénit et de Promété. Aucune requête ne doit vous être un sujet d'inquiétude : toutes peuvent amplement attendre votre retour à Alma.

La peste étend son emprise par-delà les champs de blé d'Échauffourée et les arbres fruitiers de Salmonel. Elle vient de déployer son ombre à Belladone ; bientôt, tout Alma sera touché. Cependant, elle semble se retirer de Malraison. Partout, les rites croyantins succèdent aux prières déistes et aux liturgies théistes.

Je peine à visualiser ce dirigeable dont vous me parlez ; je n'ose imaginer l'ampleur de vos découvertes, à présent que vous êtes depuis plusieurs semaines sur le sol prométéen. À Corasone, les premiers flocons de neige sont tombés : je lève à l'occasion les yeux pour profiter du magnifique spectacle de votre ville blanche. Votre absence a créé un vide dans le palais et dans le cœur de

Votre dévoué Serviteur

André, Duc d'Orcival, Marquis de Byzance

Émilie demanda à voir le roi d'Abyss : on lui apprit qu'il passait la matinée avec l'empereur de Promété. Elle en profita pour lire la lettre secrète de Monsieur d'Orcival.

Votre Majesté,

Les troubles suscités par la peste ne diminuent pas. Vos mesures d'hygiène, si elles rencontrent quelque succès à Malraison, semblent impuissantes à endiguer l'invasion de la maladie.

Les prisons s'emplissent de fanatiques théistes, déistes et croyantins ; le manque de place m'oblige à solliciter de votre part l'autorisation d'utiliser certains de vos châteaux pour y loger les fauteurs de trouble.

Affolées par cette instabilité, les corporations redoutent les traités commerciaux qui seront signés à votre retour de Promété. Ébénistes, drapiers et joailliers craignent pour leur monopole et exigent des garanties.

Fidèles à la parole du Doyen, les théistes se sont résignés au martyre ; les déistes réclament qu'ils soient renvoyés du pays, tandis que les croyantins entendent punir les responsables de la peste et des violences par un châtiment exemplaire.

Aussi, bougez vos pions, mais ayez soin de les manœuvrer avec précaution. Une main de fer dans un gant de velours : telle doit être l'action d'un monarque. Veuillez considérer ceci comme le conseil amical de

Votre fidèle vassal

André, Duc d'Orcival, Marquis de Byzance

« Que dois-je faire ? Les agressions continuent, déistes et croyantins me demandent l'impossible…

– Tu pourrais leur promettre un Revery, suggéra l'Autre.

– Même si je le pouvais, ils ne s'en satisferaient pas… Ils doivent arrêter. La vengeance ne mène à rien. C'est écrit dans tous leurs textes religieux !

– Les croyantins n'en ont pas.

– Si je m'en désolidarise, le Grand Prêcheur va les retourner contre moi. Lui aussi est attaché à ses privilèges. Je ne sais pas quoi faire…

– N'oublie pas les paroles de Céleste. Tu ne peux vaincre la rumeur sans violence.

– Je refuse de céder à cette facilité.

– Tu dois faire montre de fermeté pour te faire respecter. Si tu ne fais rien, la situation risque d'empirer.

– Réglons d'abord le problème des guildes. Je m'arrangerai pour signer avec l'empereur des traités commerciaux avantageux pour Alma. »

Monsieur d'Orcival,

La haine appelle la violence, la rancœur est mère de vengeance. Libérez autant de prisonniers que vous le pouvez, à condition qu'ils s'engagent à ne plus semer la discorde. Gardez-vous de tout emportement envers ceux qui persistent dans leur agressivité : organisez des lectures obligatoires pour théistes et déistes et lisez-leur des passages de ces livres qu'ils vénèrent, pour leur montrer que leur foi les contraint à la paix.

Rassurez les guildes : je négocierai avec l'empereur des traités avantageux qui permettront à chaque corporation de croître et de s'enrichir dès la fin de la peste.

Je ne peux écourter mon voyage ; je serai bientôt de retour. Vous avez la gratitude d'

Émilie

Reine d'Alma, Duchesse de Corasone

Céleste fit disparaître la missive. Satisfait de la lettre du duc, le roi d'Abyss laissa Émilie libre de sa réponse.

Monsieur d'Orcival,

Ces nouvelles me rassurent ; espérons en la fin prochaine de la peste.

Promété se révèle à la mesure du dirigeable qui nous y a conduits. Pandora est la ville de la démesure, immense et tentaculaire : ses tours semblent vouloir toucher le ciel et ses avenues s'étendent aussi loin que l'horizon. L'on n'y vit pas dans des maisons, mais dans ce qui s'appelle des appartements : des pièces empilées les unes sur les autres sur plusieurs étages et qui servent de logis à des familles entières. De délicats toits de verre s'insèrent dans des arches de métal, des miroirs décuplent habilement l'espace et les immeubles s'élèvent plus haut que nos palais.

Nous avons visité un « musée » qui regroupe antiquités et curiosités naturelles : j'ai vu une souche d'arbre dont le diamètre dépassait la taille d'un homme, des diamants qui changeaient de couleur aux différentes heures du jour et des squelettes qui faisaient paraître étrange l'animal le plus familier. Je pourrais vous décrire sans fin les bocaux emplis d'une mystérieuse substance où se conservent certains animaux, avec leurs yeux, leur peau et tout ce qu'ils ont de périssable : leur regard vitreux vous donne le frisson par-delà la mort.

Nous avons été reçus dans une gigantesque boutique de vêtements. À Promété, le couturier n'œuvre point sur mesure selon le besoin de chacun : il vous impose ses créations et les adapte à votre morphologie. Des centaines de parures sont disposées à vos pieds, appel vertigineux à votre imagination, et quantité d'accessoires dont la beauté vous incite à l'achat en dehors de toute notion d'utilité. Les étoffes ne sont pas si luxueuses que chez nous, mais il devient à la portée de chacun de se vêtir d'une manière plaisante.

Il en est des habits comme des voitures : tout dans l'archipel est fabriqué en masse et vendu au plus grand nombre de gens possible. Le maître-mot est « profit » : chacun rêve d'atteindre les sommets de la richesse. Pour accélérer la réalisation de tous ces artefacts, les ouvriers se cantonnent à une tâche simple qu'ils répètent toute la journée : cela se nomme « travail à la chaîne ». Tout me porte à croire que cette activité est insoutenable, mais l'empereur a trouvé par l'argent davantage de fidèles à ce nouveau credo qu'à aucune autre des vieilles religions.

Votre constance est digne d'éloges ; vous serez noblement récompensé des services que vous rendez à

Émilie

Reine d'Alma, Duchesse de Corasone

◆

« Je ne supporte pas la manière dont certains Prométéens me regardent. »

La déclaration de Céleste était sans appel. Elle jouait aux cartes avec Émilie, dans l'une des nombreuses salles de détente de la Torsade.

« N'avez-vous pas vu comme ils nous prennent de haut ? Tout ça parce que nous avons la peau blanche…

– Je l'ai remarqué, oui. Certains regards, des froncements de sourcils…

– Parfois, ils tordent le nez, comme si nous sentions mauvais ! Seul le prince de Zénit trouve grâce à leurs yeux.

– Parce qu'il est noir lui aussi, je suppose.

– Cela ne semble pas vous heurter comme moi, commenta Céleste.

– Les castes m'ont outrée : elles vous ont laissée froide, lui rappela Émilie. Vous avez invoqué le poids de la tradition… Les Prométéens ne sont pas différents. La coutume veut que leurs domestiques soient blancs. Tout comme vous, ils n'envisagent pas de remettre leurs usages en question. »

Céleste posa pensivement quelques cartes.

« Depuis que j'ai assisté à la capture de cette pauvre femme à Zénit, j'ai de sérieux doutes sur la notion de tradition, murmura-t-elle enfin. Au début, j'ai tenté de me persuader que ce terme recouvrait des réalités très différentes d'un pays à l'autre… Des pratiques légitimes chez nous, à Alma, qui n'ont rien à voir avec celles de nos voisins.

– Il est trop facile de condamner Zénit et Promété sans remettre en question Abyss et Alma, trancha Émilie. Ce que vous appelez tradition, je le nomme injustice : de ce point de vue aucun État ne vaut mieux qu'un autre.

– Ce voyage me perturbe plus que je ne m'y attendais. Mes repères se fragilisent tour à tour ; bientôt je n'aurai plus d'Almalite que le nom… »

– Vous resterez à mes côtés après mon mariage. J'ai assez de pouvoir pour vous éviter de retourner auprès de Monsieur d'Arrimande.

– À quoi bon ? Si mon cœur venait à battre à nouveau pour un homme libre de tout engagement, la tradition me condamnerait à vivre cet amour en secret… Quand je vois Sophie, cette industrie prométéenne qui nous entoure, j'en oublie parfois le traitement des Blancs, et il me prend des envies d'immigrer. Tout semble possible à Promété… Même le divorce.

– Gardez-vous de céder à cette illusion, intervint le roi d'Abyss en les rejoignant. Sans l'aide de l'empereur, vous n'auriez aucune chance d'être considérée dignement à Promété. C'est une jungle où l'on doit se battre pour survivre… Et travailler. »

Le roi eut une moue de dégoût.

« Le sort des Blancs ne semble pas vous émouvoir, observa Émilie.

– Chaque pays vit selon des lois qui lui sont propres.

– Mais vous êtes blanc vous-même ! Ne vous sentez-vous pas touché par la condition de ces anciens esclaves ?

– Bien sûr que non. Je ne suis pas blanc : je suis roi. Abyssin, si vous y tenez. L'industrie déployée par Promété m'intrigue au plus haut point, mais je ne compte certes pas imiter l'empereur en d'autres domaines… »

Devant le sourire incrédule du roi, Émilie n'insista pas. Il était fondamentalement étranger aux nuances qu'elle tentait de lui faire saisir… Céleste posa une nouvelle carte sur le plateau. Pensive, ses yeux perdus dans le lointain, elle ne s'émut pas de gagner la partie.

♦

Désireux de plaire, l'empereur comblait Émilie d'attentions assez subtiles pour que le roi d'Abyss n'en prenne pas ombrage. Il la savait curieuse et aimait la surprendre ; lorsqu'il l'emmena au cirque, il était sûr de son succès.

Dans le chapiteau titanesque, des acrobates inaugurent le spectacle du « Cirque de la Lune ». Contorsionnistes, trapézistes et danseurs font de leur corps un instrument magique. Au-dessus de l'arène emplie de sable volent des silhouettes blanches. Ils tourbillonnent dans les airs et se lancent dans le vide avec une assurance totale. Leur vie tient au bout de leurs doigts : souriants, ils frôlent la mort en accomplissant les plus incroyables prouesses.

Les chevaux, avares de leur gloire, monopolisent la piste. Plus fins, plus élancés que Bellérophon, des étalons aux jambes légères entrent au son d'une mélodie éthérée. Quatre étalons se mouvant librement sur le sable, obéissant au geste, virevoltant, galopant de concert, un cavalier debout sur leur dos, puis se cabrant face au public.

C'est le tour des jongleurs et des illusionnistes. Des équilibristes escaladent des pyramides humaines, des vélos se promènent sur un fil, trois quilles se pourchassent dans les mains d'un homme à cloche-pied sur une chaise bancale. Ce sont des membres coupés qui se ressoudent, des têtes qui disparaissent, des objets qui changent de main, parfois des corps entiers qui se déplacent et réapparaissent. Soudain, une caisse est mise sur la scène. Un arbre en sort, pousse, déploie ses branches, bourgeonne, fleurit, feuillit : des agrumes finissent par mûrir. Le magicien en offre aux compagnons de l'empereur : Émilie goûte une des meilleures oranges qu'elle ait mangées. Comment le fruit de cet arbre mécanique peut-il être réel ?

Lorsque la clarté réinvestit le chapiteau, l'esprit d'Émilie était ailleurs. Elle se remémorait des facéties lointaines, entourées des brumes de l'extraordinaire ; quand elle revint à elle, elle se trouvait devant sa chambre avec l'empereur de Promété.

Ses yeux bleus la fixaient avec une intensité inhabituelle.

« J'ai passé un moment inoubliable en votre compagnie, murmura-t-il.

– Le Cirque de la Lune vous a donc émerveillé ?

– C'est vous qui rendez ce spectacle exceptionnel. Le regard que vous posez sur ce qui vous entoure me fascine. Vous restez sereine quand je crois vous surprendre, vous contemplez ce qui me paraît banal avec l'innocence d'un enfant qui découvre la vie. Depuis notre arrivée, cette incohérence se fait chaque jour plus obsédante... »

Émilie ne répondit pas.

« Je vous en prie, murmura l'empereur en lui prenant les mains. Pourquoi maintenez-vous cette barrière absurde ? Vous n'aviez jamais entendu parler du dirigeable ni du bateau à vapeur. Cependant, les tours de verre et les ascenseurs vous sont familiers... Allez-vous enfin m'expliquer cette énigme ? »

L'Autre restait coi.

« J'ai vu le monde dont vous rêvez, répondit Émilie. Un monde où l'être humain n'a plus de limites. Cette vie n'a rien de palpitant. On y est tellement habitué au miracle que rien ne surprend plus personne. La science a tout dévoilé : il n'y a plus de mystère ni d'émerveillement... Il n'est rien dont l'homme ne soit capable de se lasser : le bonheur, l'intérêt, la vie même.

— Vous m'avez dit que vous me révéleriez l'art de lire dans les pensées. J'en déduis que la vérité se situe entre ces deux extrêmes. Dites-moi ce qu'est le Revery et où vous en avez pris connaissance.

— Je vous ai appris en quoi il consistait. C'est un téléphone et une télévision tout à la fois. Un appareil que l'on... Met dans les oreilles, sur lequel on peut jouer. Grâce au réseau Internet, on sait ce qui plaît aux gens ; la musique qu'ils écoutent, les films qu'ils regardent, les jeux qui les intéressent... On peut s'en servir pour deviner ce qu'ils pensent.

— Internet ? Qu'est-ce que cela ?

— Rappelez-moi ce que j'obtiendrai en échange de cet aveu.

— La promesse de ne jamais rien tenter qui pût nuire à Alma.

— Je veux que vous la signiez dès aujourd'hui.

— Demain. Je m'y engage. Devant témoin.

— Internet est... En vérité, je ne pourrai vous dire avec exactitude en quoi il consiste. C'est un réseau, auquel on se connecte grâce au Revery, qui permet de partager toutes les informations.

— Savez-vous comment est fabriqué un Revery ?

— Oui. Non. Ce sont de si petits matériaux...

— Je ne comprends pas. Pourquoi vous rappelez-vous aussi bien les mots et l'utilité de tous ces objets, alors que leur fonctionnement vous échappe totalement ? On dirait... »

L'empereur se tut. Son visage exprimait la concentration la plus absolue.

« On dirait que ces appareils faisaient partie de votre vie quotidienne dans votre enfance, lâcha-t-il enfin. C'est la seule explication plausible. »

Tétanisée, Émilie ne savait quoi répondre. Sa mémoire bloquait. Sa vue perdait en netteté. Son enfance... Sa vie quotidienne... D'où venaient ses souvenirs ? Comment pouvait-elle avoir deux vies ?

« L'histoire doit suivre son cours. Je suis toi. »

L'Autre vola à son secours.

« Je m'enfuyais du palais, avoua-t-elle à l'empereur. Ce n'était pas difficile ; mon père ne se souciait pas de moi, l'on me surveillait mal. Une fois je me suis perdue : une petite fille m'a aidée. Elle venait de la République d'Outremont. Elle m'a emmenée chez elle ; c'est là que j'ai vu tous ces objets. Elle m'a montré des photos, m'a parlé de son pays natal. Je suis revenue lui rendre visite plusieurs fois... Puis, un jour, elle a disparu. Son père a fermé la menuiserie qu'il tenait, ils se sont évanouis dans la nature. Je n'ai jamais pu apprendre où ils étaient partis... »

Le récit se déroulait dans la tête d'Émilie. Elle se souvenait ; oui, elle se souvenait, à présent ! Elle aurait même pu retrouver le chemin de la menuiserie. Comment avait-elle pu entretenir autant de doutes ? Tout était si simple, tout concordait dans une merveilleuse et rassurante harmonie... Ces amis lointains, ces aventures magiques, oui, tout provenait du livre d'images de la fillette ! Des histoires qu'elles s'inventaient... Elle s'en voulait presque d'avoir fait attendre l'empereur si longtemps.

« C'est tout ? articula-t-il enfin.

– Je le crains.

– Vous vous moquez. Les frontières de la République d'Outremont sont aussi fermées que celles de Zénit... Vous ne me dites pas tout. Il doit y avoir autre chose. »

Le sourire d'Émilie s'effaça. Elle était persuadée que la fillette et son père venaient d'Outremont. Elle se souvenait même de leur nom : Narga et Cosme. L'empereur devait la croire... Il n'avait pas le choix.

Émilie se concentra si fort sur cette pensée qu'elle perdit pied avec la réalité. Les objets autour d'elle perdaient en netteté. Les couleurs se fondaient en un blanc parcheminé. Sa lampe devenait un amas de lignes…

Il devait la croire.

Il n'avait pas d'autre choix.

Tendue de tout son être vers ce but, Émilie résistait au néant qui menaçait de l'engloutir à nouveau. L'empereur se réduisait à un portrait, un dessin rouge d'énergie pure qui s'opposait violemment à elle. Son histoire était trop invraisemblable, elle lui mentait, il exigeait la vérité.

Non !

Il devait la croire.

Il n'avait pas d'autre choix.

Émilie en appelait à ses dernières forces. Ordonnant à l'Autre de l'aider, elle sentit sa volonté se joindre à la sienne et former une épée de certitude, qu'elle projeta aussitôt vers la barrière de logique dressée vers l'empereur.

Il devait la croire.

Il n'avait pas d'autre choix.

Enfin, l'interstice du doute s'ouvrit au fond de ses yeux…

Émilie et l'Autre s'y engouffrèrent.

Il devait la croire.

Il n'avait pas d'autre choix.

En échange de ses révélations, il signerait tout ce qu'elle désirait.

Il n'avait pas d'autre choix.

« Après tout, peut-être… résonna la voix de l'empereur. Ma mémoire me joue des tours… Un livre d'images… Je n'ai pas d'autre choix…

– Vous signerez avec Alma des traités commerciaux à notre avantage. Vous vous engagerez à ne pas nous attaquer, directement ou par l'intermédiaire d'un autre pays. »

L'empereur tenta en vain de s'opposer à Émilie. Le regard dans le vague, perdu, il ne pouvait la déloger de son être.

« Je signerai avec Alma des traités commerciaux à votre avantage, répéta-t-il enfin. Je m'engagerai à ne pas vous attaquer, directement ou par l'intermédiaire d'un autre pays. »

La lutte invisible cessa.

L'empereur lui lâcha les mains en soupirant. Il mit de longues secondes à retrouver ses esprits. Les jambes flageolantes, Émilie avait l'impression de sortir d'un marathon ; elle reprenait lentement contact avec ce qui l'entourait, revenant d'un évanouissement qui n'avait pas eu lieu.

« Pourquoi vous a-t-il fallu autant de temps pour me raconter cela ? murmura enfin l'empereur.

— Je ne le comprends pas bien moi-même… Je crois que j'avais honte… Honte d'avoir été conduite à de pareilles extravagances. Mais je me sens mieux, à présent, de vous avoir dit la vérité.

— Je suis… heureux de vous avoir aidée. »

Un étrange silence s'installa entre eux. Leur soulagement était presque palpable : chacun de leurs mots portait en lui une rassurante cohérence, comme autant de briques construisant la réalité. Pour la première fois depuis qu'ils se connaissaient, l'empereur semblait indécis… Instable serait le terme juste, mais cela ne voulait rien dire… Ce fut Émilie qui le ramena à lui.

« Vous vous êtes engagé à ne jamais vendre d'armes à un pays ennemi d'Alma. Signerez-vous ce pacte et les traités commerciaux qu'il appelle ? Deviendrez-vous partenaire officiel d'Alma ?

— Bien sûr. Je suis un homme de parole. Il faudra que je me procure ce livre d'images…

— Méfiez-vous, le Revery ne rend pas heureux.

— Non, sans doute. Mais il me rendra riche.

— Vous l'êtes déjà.

— Cela ne suffit pas. Ce ne sera jamais suffisant. »

II

Dès le lendemain, l'empereur de Promété signa devant ses gouverneurs un pacte de non-agression avec Émilie. Ce traité couronnait une dizaine d'accords commerciaux très favorables à Alma, qui rentreraient en application à la fin de la peste. Confortée par l'Autre, Émilie évita soigneusement de s'interroger sur ce qui s'était produit après le spectacle du cirque de la Lune. Pourquoi l'empereur avait-il accepté de la croire ? Comment pouvait-elle se souvenir avec une telle précision d'un monde imaginé de toutes pièces ? Ces questions la mettaient aussi mal à l'aise que l'Autre.

L'accord qui unissait désormais Promété à Alma initia une longue série de contrats avec Zénit et Abyss, dont celui qui définissait les modalités de réalisation du projet de Monsieur de Maupertuis. L'empereur offrit à ses compagnons de se rendre sur place dans l'île Wilderness pour constater l'avancement de sa conquête.

Ils traverseraient l'archipel en train pour rallier la ville d'Atmet, nichée sur une île à quelques kilomètres des montagnes. Plus rapide que le bateau, c'était l'une des plus récentes prouesses de Promété : une voie ferrée aérienne, reliant les îles les unes aux autres et leur permettant de commercer plus aisément.

Quand ils quittèrent la Torsade, le jour se levait à peine. Le sommet des tours se perdait dans une brume qui semblait englober tout Pandora, rendant certains immeubles invisibles. Ce paysage changeant se découvrait au fur et à mesure que l'on avançait, puis se refermait telle une mer de nuées.

La gare de Pandora était elle aussi plongée dans le brouillard. Les trains dégageaient une épaisse fumée grise qui venait se mêler à la blancheur floconneuse des cieux. En levant les yeux, on parvenait à discerner le plafond de la gare, vaste arche de verre qui masquait le ciel. Les sifflements des locomotives le disputaient aux cris des hommes et au roulement des chariots ; il régnait dans toute la gare une agitation bruyante.

Le train, long serpent noir de métal et de bois, les attendait à quai. Le wagon de l'empereur sentait le cigare et le parfum. Une double rangée de banquettes en cuir rouge sombre divisait en deux ce salon d'un genre nouveau ; sur les côtés, des tables fixées dans le parquet permettaient d'écrire.

La locomotive s'ébranla quelques minutes après qu'ils se soient installés. Pandora défilait sous leurs yeux ; les claquements réguliers du train scandaient leur progression.

« À quelle vitesse avançons-nous ? voulut savoir Céleste.

— Le train nous transporte de cent kilomètres chaque heure, répondit l'empereur. C'est à peu près trois fois plus vite qu'un cheval au galop.

— Depuis combien de temps l'avez-vous achevé ? demanda le roi d'Abyss.

— Nous l'utilisons depuis un an seulement. J'ai participé autant que je l'ai pu au financement de ce projet, qui a mis dix ans avant d'être terminé. Il a fallu trouver des îles suffisamment proches et rocailleuses pour stabiliser les ponts, construire des dizaines de piliers dans la mer du Nevertheless pour soutenir la voie ferrée...

— Seriez-vous capable d'aller jusqu'à Abyss ? insista le roi.

— Il faut d'abord vaincre les Ingalais.

— Ne commercez-vous pas avec le pays dont vous êtes originaires, au-delà de l'océan Antique ? demanda Céleste.

— Le voyage est long et cette terre ne nous est plus rien. Aujourd'hui, mes efforts portent sur les montagnes de la mer

Moreover, qui pourraient me permettre de rallier le continent sans passer par l'océan. Si nous développons les voies ferrées et les transports aériens conformément aux accords que nous venons de signer, tous les royaumes en seront changés.

– Les montagnes ne m'intéressaient pas jusqu'à très récemment, répondit le roi. Abyss est une terre d'art et d'agriculture : jamais auparavant je n'ai songé à en tirer... de l'énergie.

– Vous changez d'avis, observa Madeleine.

– Comment ne le pourrai-je pas, après avoir vu la supériorité technique de Promété ? N'importe quel roi rêverait d'avoir cette force à sa disposition. »

Le regard perdu dans le lointain, une étrange lueur brillait dans les yeux du roi d'Abyss. Une ferveur inhabituelle dans la voix, il contemplait un monde qu'il était le seul à voir.

Rien, dans la succession monotone des palmiers et des taillis, ne laissait présager le spectacle qui les attendait quand le train passa la côte. Une multitude d'îlots à perte de vue, taches sombres bordées de sable blanc, posées sur une mer de jade. Dans le ciel, des nuages gris menaçants donnaient la réplique à des cumulus de neige : au milieu de cet affrontement clair-obscur, le soleil dardait ses rayons comme autant de projecteurs éclairant les îles à l'improviste. Quelques oiseaux et les voiles colorées de bateaux de pêche apportaient la touche finale à cette peinture inoubliable.

Leur avancée fut ponctuée de nombreuses escales. Zoos, fabriques, exploitations agricoles, il n'était pas une curiosité que l'empereur ne leur montrât avec enthousiasme. Au fur et à mesure qu'ils approchaient du Nord, la flore se faisait moins chatoyante : lentement, la mer cédait le pas à la terre. Leur itinéraire incluait les îles à l'origine de la richesse de Sophie. Ils visitèrent ses usines, contemplèrent des pans entiers de forêts rasés pour y construire des entrepôts, se promenèrent le long des plages où le béton remplaçait le sable. Ils aperçurent des appareils imposants, manœuvrés par des Blancs pour soulever le sable à l'aide de poignées mécaniques et le déverser dans des bacs. Boueuses, défigurées par les traces que laissaient les palmiers déracinés, certaines plages avaient une allure apocalyptique.

Le prince de Zénit dissimulait mal son abattement devant pareil spectacle ; Madeleine, plus habile à masquer sa pensée, se contenta de pincer les lèvres en signe de désapprobation.

« Les Prométéens cueillent ce que la nature veut bien leur donner, expliqua l'empereur. Deus a mis le monde à notre disposition : ses ressources sont aussi infinies que Celui qui les a créées.

– La nature est pour moi gage d'équilibre et d'harmonie, objecta le prince de Zénit. Elle obéit à des lois immuables que nous nous devons d'imiter…

– Où est l'harmonie, quand la terre tremble et fait sans raison s'effondrer les cités ? répliqua l'empereur avec véhémence. Où est-elle, quand des vagues immenses déferlent sur nos maisons ? Pour les Prométéens, c'est à l'homme de donner du sens au monde impitoyable. C'est pourquoi nous accordons tant d'importance au mérite : cette capacité qu'ont les êtres humains à se démener pour obtenir ce qu'ils désirent, et à se battre ensuite pour le conserver, façonne la terre. Aide-toi, Deus t'aidera, telle pourrait être notre devise.

– Comment pouvez-vous en être aussi certain ? insista Madeleine. Comment savez-vous que l'exploitation impitoyable à laquelle vous livrez vos ressources naturelles ne vous conduira pas à votre perte ?

– Vous me rappelez les Ingalais, s'amusa l'empereur. Ils ne cessent de se préoccuper des fourmis et des cailloux, comme si cela comptait ! Je ne comprends pas cette manie de philosopher au lieu de saisir ce qui est à portée de main… »

Alors qu'ils devisaient en longeant la plage dévastée, Émilie réfléchissait intensément.

« À Abyss, la nature est perçue comme un tout parfait à accepter comme tel. En visitant Zénit, j'ai eu la sensation que la nature était envisagée dans toute sa dualité : fragilité et violence à la fois.

– Les sociétés abyssine et zénitienne s'inspirent de la nature pour justifier leur fonctionnement, confirma l'Autre.

– À Promété, c'est différent : l'empereur la considère comme un ensemble de forces chaotiques qu'il faut asservir et utiliser à son profit. Il ne s'inscrit pas dans la nature : il place la société des hommes au-dessus d'elle. Dans le monde que j'ai imaginé avec Narga, l'environnement est maîtrisé et respecté. Par le passé, on l'a bafoué : cela a conduit à la disparition de plusieurs milliers d'espèces animales. Grâce au Revery, on peut visiter les réserves naturelles en étant invisibles...

– Ces endroits ne sont-ils pas virtuels ?

– Je l'ignore. La nature n'est qu'un loisir de plus ; je ne sais pas si les animaux sont vrais. L'être humain est le centre du monde... »

Au temps du Revery, les animaux n'intéressaient pas Émilie. Du moins, pas dans l'histoire qu'elle avait inventée avec Narga...

« J'aimerais découvrir cet endroit que tu ne cesses de décrire, déclara l'Autre. Il m'intrigue.

– Une fois de retour à Corasone, je veillerai à nous procurer des livres d'Outremont. »

Émilie sourit en pensée ; pour la première fois, l'Autre lui sourit en retour. Un sourire timide, qui s'esquissa sitôt formé.

« Pour les Prométéens, le critère suprême de beauté est la couleur de la peau, disait Sophie. Plus elle est foncée, plus vous ferez de ravages chez le sexe opposé. Les rares Blancs qui peuvent se le permettre s'échinent à brûler au soleil pour ressembler aux Noirs...

– Voilà qui est bien étrange ! s'exclama Madeleine. Chez nous, au contraire, on méprise les gens à la peau basanée : c'est la marque que laisse le soleil sur les travailleurs des champs. Il n'est rien que l'on ne craigne davantage que cette lumière : on se poudre pour paraître plus blanc et l'on ne sort jamais sans une ombrelle ou un chapeau. »

◆

À Atmet, ils visitèrent une mine. Cette ville grise aux rues maculées de terre portait les marques d'un climat plus rude que celui du Sud : les chevaux y concurrençaient les automobiles et une pluie permanente accentuait l'odeur sale et humide émanant des ruelles.

Entrée pour les Noirs. Entrée pour les Blancs. Réservé aux Noirs. Réservé aux Blancs.

Ces écriteaux saturaient chaque rue qu'ils traversaient.

La mine s'organisait autour d'une vaste cour, au centre de laquelle était creusé un puits. Des hommes en émergeaient à travers de larges grilles métalliques : Émilie et ses compagnons empruntèrent une plateforme similaire pour descendre.

La cabine s'engouffra lentement dans l'obscurité ; une simple barrière les séparait du vide. Ils portaient un casque surmonté d'une lampe électrique. Le marquis de Belladone, le roi d'Abyss et Madeleine s'émerveillèrent de cette prouesse presque autant que du train.

« Ce modèle est à l'état de test, expliqua l'empereur. Les mineurs devront se cantonner aux lampes frontales à la chandelle encore quelque temps avant de prétendre à un tel outil. »

Enfin, ils touchèrent le sol.

Des bruits secs parvenaient jusqu'à eux, attaque de la pioche sur la pierre, passage d'un chariot empli d'une matière sombre et luisante sur des rails similaires à ceux des trains… Du charbon.

Loin au-dessus d'eux brillait un rond, comme une lune en plein jour : la surface.

Au fur et à mesure qu'ils s'éloignaient de l'entrée, l'air perdait de sa fraîcheur.

Émilie remarqua à peine l'ingéniosité qui maintenait debout ces couloirs de terre.

Elle voyait les bras d'enfants amaigris pousser de lourds chariots devant eux. Elle voyait passer des hommes à la peau noire de suie. Elle voyait des écorchures, des pieds nus, des yeux injectés de sang, et cette odeur âcre, cet air vicié, ces respirations sifflantes. Elle se souvenait d'autres tunnels, lumineux, couverts de plumes et de pierres précieuses… Sauf un, un seul, qui conduisait…

« Eh toi ! Avance ! »

Un coup sec, un cri. Un enfant avait laissé son regard s'attarder sur Madeleine ; le contremaître l'avait réprimandé d'une claque sur la tête.

Émilie n'eut pas le temps de réagir. Imperturbable, l'empereur leur expliquait en détail le fonctionnement de la mine. Comment, au plus profond des tunnels, on extrayait le précieux charbon, comment on l'acheminait jusqu'au puits par chariots entiers, comment on le remontait, pour le mettre dans des caisses, des sacs, des charrettes, des wagons redistribués dans tout l'archipel.

Les mines. L'ascenseur s'élevait vers le haut du puits ; le ciel pleurait. Les mines. Était-ce là le prix à payer pour le confort, la lumière et la chaleur des cités ?

Indifférent au sort des mineurs, le roi d'Abyss assaillit l'empereur de questions sur le fonctionnement de cette nouvelle industrie. Leur conversation animée rendit moins saillant le silence prolongé de leurs compagnons.

Après le dîner, le roi d'Abyss et l'empereur parlaient toujours. Émilie, Madeleine, le marquis de Belladone et Céleste demeuraient plongés dans leurs pensées ; le prince de Zénit se tenait à côté de Sophie.

« C'est impossible, lâcha-t-il enfin. Comment l'empereur peut-il tolérer cela ? Des enfants… Des enfants dans les mines ! »

Émilie l'avait rarement vu aussi près de céder à la colère.

« Tel est le sort des Blancs, soupira Sophie. Au nord surtout, ils sont exploités dès leur plus jeune âge…

– Je croyais que vos lois interdisaient de telles pratiques.

– Les Blancs et les Noirs sont égaux dans le droit, c'est vrai. Pas dans les faits. Plus vous allez vers le Nord, plus les injustices s'accroissent… Ils ne peuvent s'asseoir côte à côte dans un bus, encore moins exercer le même travail ou fréquenter les mêmes écoles. Un Blanc peut être frappé ou assassiné sans crainte de représailles ; qu'il insulte un Noir et il s'estimera heureux d'arriver vivant en prison. Quand ils ne refusent pas de nous soigner, les médecins noirs pratiquent des tarifs exorbitants. Les hommes périssent dans les mines, les femmes n'ont pas d'autre alternative que de servir les Noirs. Peu importe que l'école soit obligatoire ; les contraintes familiales vous en excluent dès le plus jeune âge. Le chemin de l'alcool, de la drogue, de la violence et de la mort est facile à suivre…

– Mais vous… Sophie, vous ne pouvez rien faire ?

– C'est dans cette zone de non-droit que je suis née. »

Sophie ne baissa pas la voix ; Émilie, Céleste et Madeleine restèrent immobiles.

« J'ai grandi au milieu des quartiers blancs, dans une atmosphère délétère de désespoir et de décrépitude, poursuivit la Prométéenne. Nous étions unis, mais les instants de bonheur étaient rares, et les injustices monnaie courante. Pas une journée ne s'écoulait sans que nous subissions les abus des Noirs. Mes parents ont lutté jusqu'à leur dernier souffle pour que j'aille à l'école aussi longtemps que possible ; ils sont morts de maladie et de misère alors que je n'avais pas quinze ans. J'ai dû abandonner mes études et j'ai commencé comme domestique chez un riche industriel. À plus de soixante ans, il s'est entiché de moi. J'ai refusé de lui céder. C'était un homme aimable, bien éduqué, qui me respectait assez pour ne pas user de la force, quoique je sois blanche. Il n'avait pas d'enfant, pas de famille... Il a fini par m'épouser. Cela lui a valu le mépris de ses pairs, et plusieurs menaces de mort. Nous sommes partis à Pandora ; il m'a appris son métier et est décédé peu de temps après en me laissant héritière de tous ses biens. Je lui dois beaucoup...

– C'est ainsi que vous en êtes venue à diriger son entreprise, déduisit le prince de Zénit.

– J'ai transformé son industrie en tremplin pour les Blancs. De toute façon, les Noirs qui ont accepté de travailler pour moi sont très peu nombreux... Mais je ne serais arrivée à rien sans l'aide de l'empereur. Déjà à l'époque, il songeait à ouvrir ses frontières : pour être bien considéré par les autres pays de cette partie du monde, il avait besoin de Blancs haut placés. Il m'a soutenue, m'a permis de prospérer ; il a financé des écoles et de nombreux projets menés par des Blancs. Néanmoins, je dois avancer prudemment... Beaucoup de Prométéens aimeraient me voir morte.

– S'il souhaite aider les Blancs, pourquoi laisse-t-il les mines dans cet état ? s'insurgea le prince. C'est à n'y rien comprendre...

– Avant, la situation était bien pire. Abel a autorisé les Blancs à exercer n'importe quel travail. Il a rendu la ségrégation illégale et permis la condamnation du premier Noir pour meurtre d'un

Blanc. Le combat reste difficile et inégal : tout est acquis dans le droit, mais beaucoup de Noirs traitent encore les Blancs de Blafards d'une race inférieure. Nous portons sur nous notre passé d'esclaves ; les coups de fouet, les mutilations et les chaînes ont laissé sur notre peau des cicatrices que le temps n'efface pas. Nous sommes Blancs, nous sommes sales : nous ne méritons pas le nom d'hommes. Les Noirs nous condamnent à la violence, à la peur et à la colère pour mieux nous en accuser. Ils donnent par écrit des droits qu'ils n'accordent pas dans les faits, puis prétendent s'étonner du résultat. 'Les Blancs vont à l'école mais ils finissent tous mineurs ou domestiques, ils ont le droit de vote mais n'en usent pas : c'est la preuve qu'ils sont inférieurs.' Tels sont leurs arguments, et le déisme se prête fort bien à ce type de détournement.

– N'y a-t-il aucune solution ?

– Abel s'est engagé à aller plus loin si je l'accompagnais à Corasone. Il est persuadé qu'il lui sera plus aisé d'améliorer la condition blanche en ouvrant ses frontières : il pense que les Noirs sacrifieront plus facilement leurs convictions que leur intérêt. À la fin de notre voyage, il lancera une vaste campagne de reconstruction des quartiers blancs. Il durcira les peines des Noirs qui nous insultent.

– Et si cela ne suffit pas ?

– Seule l'étincelle de l'injustice pourrait enflammer les Blancs. Ils sont aussi nombreux que les Noirs : la société leur a ouvert une brèche vers la réussite, et celle-ci est trop mince pour qu'ils s'y engouffrent tous. Cette brèche fait toute la différence entre les Blancs et les opprimés des autres nations. Si vous ouvrez la porte, ce doit être en grand, sinon vous feriez mieux de la laisser fermée. Arrêtez-vous à mi-chemin, vous chuterez. C'est une certitude mathématique. Même si Abel ne tient pas ses promesses, la condition blanche évoluera. Je me le suis juré. »

Contrainte au silence, Émilie appela l'Autre.

« Les pauvres, les femmes, les Blancs… Pour qu'une société perdure, faut-il nécessairement qu'une classe en opprime une autre ? C'est absurde… Comment peut-on haïr quelqu'un pour la couleur de sa peau ? C'est aussi ridicule que de lui reprocher la forme de ses pieds.

– C'est une autre forme d'inégalité.

– Cela me révolte. Je voudrais balayer ces inepties d'un revers de la main. Ignoble… Il n'y a pas d'autre mot ! Et la religion… Encore des hypocrites qui prêchent l'amour au sanctuaire et crachent sur leurs frères en sortant ! Haïr au nom de Deus, je n'ai jamais rien entendu d'aussi stupide. Dans le monde que j'ai imaginé, cela n'existe pas… Toutes les couleurs se mêlent, partout. Toutes les variations de l'être humain.

– Malgré les Centres d'Aptitude ?

– Ces endroits enferment des individus pour leurs caractéristiques mentales, jamais pour leur aspect physique ou leur condition sociale.

– Cela reste une manière de punir la différence.

– Nous parlons plutôt d'inaptitude. Tuer, voler, insulter, frapper, mépriser l'autre, ces actes montrent l'inaptitude d'un individu à vivre en société.

– Puisque cette société est si parfaite, pourquoi quelqu'un commettrait-il de telles actions ? Plus rien ne l'y contraint. Plus rien ne le menace.

– C'est vrai. Mais certains ne différencient plus les jeux et les films de la réalité. Ils ont besoin de violence, ils la recherchent, la créent, de manière aussi gratuite qu'aléatoire. Pourquoi… Je l'ignore. Le problème principal de mon monde inventé, c'est qu'il regroupe dans la même catégorie ces personnes et celles qui souhaitent se passer du Revery. Alors que cela n'a rien à voir…

– Chaque société définit ses règles de vie et ses modèles. Cela constitue un ensemble de normes que les individus doivent respecter pour être admis parmi les autres. Peu de normes sont universelles : la notion même de violence est partout relativisée. Nous l'avons constaté à Abyss et à Zénit : nous le voyons aujourd'hui à Promété.

– Une société ne peut-elle exister sans normes ? Un individu devrait pouvoir être simplement lui-même…

– Un être humain n'est jamais seul. Il reçoit une éducation, se construit par rapport à ses congénères. Il ne peut se définir sans normes ; telle est sa nature. Personne n'échappe à cette règle. »

Lorsqu'Émilie se coucha ce soir-là, elle était désemparée. Il lui semblait voir la Terre depuis un long télescope, et assister, impuissante, à la stupidité des uns et à la cruauté des autres. Elle aurait voulu leur montrer que ni l'une ni l'autre ne conduisait au bonheur, qu'il était à portée de main, là, à la frontière de la liberté. Il suffisait qu'ils ouvrent les yeux, qu'ils le saisissent… Mais ils ne l'entendaient pas. Elle avait beau crier, se débattre, elle ne changeait pas la face du monde. Elle ne modifiait rien, n'avait pas le moindre impact. Sa couronne l'écrasait, l'empêchait de bouger, l'obligeait à voir tout en lui interdisant d'agir.

Elle s'éveilla en nage, au beau milieu de la nuit. Elle avait trop chaud et ruminait toujours ces pensées qui l'avaient fait glisser dans un cauchemar. Maudite abstraction, qui piégeait son esprit dans la réalité, plaçant le salut de l'univers dans une position d'oreiller…

Il lui fallut plus d'une heure pour retrouver le sommeil.

◆

Ils gagnèrent Wilderness en bateau. Loin des plages de sable et des lagunes d'eau claire, on ne distinguait pas l'extrémité de cette île colossale, qui ne donnait à voir qu'à-pics vertigineux et écueils redoutables. À l'horizon, on discernait les contours d'autres montagnes perdues dans la brume. Ils furent hissés au sommet d'une falaise, puis marchèrent plusieurs heures avant d'atteindre les fortifications prométéennes.

Niché sur un promontoire qui dominait un immense lac entouré de forêts, le fort était conçu pour protéger ses habitants des offensives ingalaises. Des militaires veillaient à la sécurité des ingénieurs lors d'expéditions minières et topographiques. Ils assistaient également les ouvriers dans la construction d'une route pour contourner le lac et gagner la vallée au-delà. Les Ingalais saisissaient chaque occasion pour les attaquer : ceux que les Prométéens parvenaient à capturer finissaient emprisonnés dans un camp non loin d'Atmet pour être interrogés. L'ingénieux système du télégramme permettait au fort de dialoguer avec Atmet en temps réel.

En échange de l'aide technique de Promété, Abyss avait accepté d'envoyer une partie de son armée au nord de Wilderness, pour y construire de nouvelles fortifications et diviser les Ingalais sur la marche à suivre.

« La présence des Abyssins est connue des Ingalais, expliqua l'un de ses généraux à l'empereur. La route que nous traçons est un piège parfait. S'ils s'y aventurent en masse et que vos soldats sont tapis ici et là, ils n'auront aucune chance...

– Nous devons trouver leurs cachettes, répondit l'empereur. Nos éclaireurs doivent mieux les pister. Même si cela prend du temps, je suis assuré d'aboutir.

– La solution serait de susciter leur ire, observa le roi d'Abyss. Un homme enragé perd en intelligence ce qu'il gagne en force. N'ont-ils pas un territoire sacré ? Une terre qui, si on l'attaquait, ferait se lever tous les peuples en un seul ?

– Il y a bien le sommet le plus haut de Wilderness, au cœur de l'île, répondit l'empereur. Nous pourrions envoyer une petite expédition le profaner... Mais ces sauvages ont des yeux partout.

– Soyons méthodiques, assena le roi. Faisons tomber les camps un par un, en n'épargnant ni femmes ni enfants. Vos prisonniers n'ont-ils pas révélé leur localisation ?

– Difficilement. Nous avons conjecturé l'emplacement de trois groupes non loin de nous. Les fusils et les canons nous protègent ; hors d'ici, nous devenons vulnérables.

– N'avez-vous jamais tenté de négocier avec ces hommes ? intervint le prince de Zénit.

– Ce sont des sauvages, trancha l'empereur. Ils nous ont attaqués dès que nous avons posé le pied sur l'archipel. Même acculés dans les montagnes, ils continuent à nous menacer. Nous leur avons offert de s'intégrer à notre société : ils ont renvoyé la tête de nos émissaires. Ces barbares nuisent au développement de mon pays et à la sécurité des îles : je dois mettre un terme à cette situation. »

Émilie, résignée, écoutait sans intervenir. L'extermination des Ingalais allait dans le sens du pouvoir en expansion : que pouvait une mince peuplade contre l'ouverture des frontières et le progrès de la technologie ? Tous, ils mourraient bientôt. Leur oppression ne différait pas des autres... Elle ne parvenait même pas à se représenter leur visage : ils étaient pour elle aussi lointains que les habitants d'Europa.

Le conseil stratégique de l'empereur et du roi se poursuivit dans l'après-midi. Ils invitèrent leurs compagnons à visiter le campement : on leur montra le matériel, les fortifications, et ils eurent quelques explications sur la géographie de l'île et les Ingalais.

En plus du lac qui s'étendait à leurs pieds, les sommets enneigés de l'île Wilderness abritaient de denses forêts riches en gibier, des terres fertiles et de vastes rivières. Les Ingalais défendaient farouchement les très rares plages de l'île titanesque : repoussées toujours plus loin vers le nord, les différentes tribus avaient fini par se rassembler pour se protéger des Prométéens. Ils se cantonnaient néanmoins aux attaques furtives : ne se risquant jamais à découvert, ils attendaient que les Prométéens s'aventurent hors de leur camp pour les prendre par surprise. L'arrivée des Abyssins au nord les avait déstabilisés : l'empereur espérait ainsi les obliger à se regrouper pour un affrontement final.

Ils étaient sortis du fort pour examiner la route construite par les Prométéens ; Émilie profita de la pénombre du crépuscule pour ralentir le pas. Elle aurait voulu observer de plus près ce pays sauvage... Les gardes de son escorte l'empêchaient de s'éloigner. Non loin du camp, s'échappant de la forêt dense, elle discernait un promontoire rocheux. La vue devait être magnifique, de là-haut...

« Vous n'avez presque pas parlé depuis hier. Vous sentez-vous mal ? »

La question du prince de Zénit s'adressait à Madeleine. Aucun d'eux n'avait remarqué Émilie.

« Je ne peux m'empêcher de penser à la mine. Les enfants étaient si jeunes... Je ne me fais pas à ce traitement des Blancs. Je n'arrive pas à le comprendre.

– Moi non plus. À Zénit, la couleur de peau n'a jamais été un problème… Nous sommes tous aussi foncés que les Prométéens, mais nous n'entretenions pas de tels rapports avec les Blancs, à l'époque où nos frontières étaient ouvertes. Les livres anciens ne mentionnent même pas la différence de peau. Je suppose que tout est question de tradition…

– Tradition ! Ne me parlez plus de ce mot, je l'ai en horreur depuis que nous avons passé les monts Ménid.

– À cause de cette jeune fille sur les bords de l'Histrion…

– Son malheur m'a frappée, sans que je comprenne moi-même pourquoi. Il m'arrive encore d'en rêver la nuit… J'ignore pourquoi je vous dis tout ceci. Vous devez me prendre pour une présomptueuse qui blâme tout ce qu'elle voit…

– Au contraire. Je m'émerveille de l'effet que notre voyage a produit en chacun de nous. Les castes d'Abyss m'ont paru profondément injustifiées, tandis que vous avez été touchée par le sort de cette pauvre zénitienne. La mine prométéenne nous a tous deux émus… Ainsi la tradition d'autrui nous apprend-elle à critiquer nos propres us et coutumes.

– Vous avez raison, admit Madeleine. Je me surprends parfois à envisager Abyss sous le prisme d'un œil étranger, et je le vois comme jamais auparavant je ne l'avais considéré… Tradition. Comment un même mot peut-il recouvrir des réalités aussi différentes ?

– J'en suis venu à croire que chaque peuple nomme tradition des pratiques qu'il ne parvient pas à justifier autrement que par leur antiquité. C'est une manière de nier ce qui, pour toute personne avisée, paraîtrait d'une éclatante injustice. »

Émilie n'entendit pas la réponse de Madeleine ; elle était trop loin.

Les souvenirs affluaient en masse. Elle se rappelait une autre quête, d'un sommet à franchir, du danger, d'un passage secret… Au-dessus d'elle, le rose sombre du ciel virait au bleu nuit. Elle voyait de moins en moins où elle mettait les pieds. La végétation recouvrait la pente… Elle voulait être seule. Elle devait être seule.

Elle ferma les yeux.

Quand elle les rouvrit, elle se tenait sur la pointe de l'éminence minérale qu'elle avait observée. Son prochain pas était déjà enclenché ; paniquée, elle perdit l'équilibre.

Alertés par son hurlement, des cris retentirent dans le fort. Loin, beaucoup trop loin… Émilie se retenait à une racine, plus de dix mètres en contrebas du rocher.

« Votre Majesté, où êtes-vous ? » résonna la voix du marquis de Belladone.

Émilie ne parvint pas à répondre. Tout son corps lui faisait mal… Elle discerna des silhouettes qui s'échappaient du camp à sa recherche. Sous ses pieds, les pierres chancelaient. La racine émettait des craquements inquiétants.

Au moment où on la repérait, le bois céda.

Émilie cria. Elle revit une femme éjectée d'une falaise par un rocher.

♦

Les pierres s'effondraient sous elle. Elle ne tombait plus, mais le crépitement de l'éboulis ne s'arrêtait pas…

Crépitement ?

Une odeur de fumée. Du feu brûlait. Elle sentait sa chaleur… L'air autour d'elle était empli de voix étranges.

« *I'm telling you we should have killed her.*

– Think of what the Dark Faces will give to have her back. Look at her clothes, she seems like an important person.

– They cannot pay back the lives they took. She'll betray us ! »

Émilie ouvrit les yeux. Un bâillon l'empêchait de parler. Elle voulut bouger ; ses mains et ses pieds étaient attachés.

Elle était allongée dans une grotte. Un feu dansait au milieu d'un cercle de pierres. À côté d'elle, deux hommes discutaient, assis. L'un, contrarié, lui jeta un regard noir quand elle s'éveilla. L'autre se retourna, la dévisageant d'un air circonspect. Tous deux avaient les yeux bridés et de longs cheveux noirs très lisses. L'un d'eux, le plus agressif, les portait en chignon sur le sommet de sa tête ; l'autre arborait deux longues tresses.

Les hommes lui bandèrent les yeux ; elle crut les entendre manger. Endolorie, épuisée, Émilie savait qu'il était inutile de se débattre. Quelques instants plus tard, l'un des hommes la prit sur son dos et ils quittèrent leur refuge. Cette course chaotique lui semblait interminable ; elle sombra de nouveau dans l'inconscience.

Quand elle s'éveilla pour la deuxième fois, elle n'avait plus aucune notion du temps écoulé. Elle n'avait plus de bandeau sur les yeux ni de bâillon. On l'avait attachée en position semi-allongée, de sorte qu'elle ne puisse pas ramper hors de l'abri où elle se trouvait.

Deux hommes l'observaient, différents de ceux qui l'avaient amenée ici. L'un grand et musclé, au chignon orné de pics ; l'autre plutôt malingre, ses cheveux blancs détachés, une longue barbe pointue, l'œil vif. La fluidité de leurs cheveux, la forme de leurs yeux... Le haut de leur nez était très plat. L'un d'eux parla ; une femme entra. La peau très blanche, ses cheveux d'ébène lui arrivaient jusqu'à la taille. La dureté de ses yeux noirs, jointe à la force de chacun de ses gestes, rappelait quelqu'un à Émilie. Quelqu'un dont elle ne pouvait se souvenir sans un frisson de terreur et d'admiration...

Elle voulut bouger ; un élancement de douleur la parcourut.

« *Don't move*, dit l'homme musclé. *You need to rest.* »

Il parlait lentement, d'une voix grave et solennelle. Une force tranquille, à la fois douce et rassurante. Le chef ?

« Ne bouge pas, » dit la femme.

Elle connaissait sa langue !

« *I am chief Snowy Stone, and this is our chaman, Light Feather. My daughter, Solace, knows your tongue, and will speak for us.*

– Je suis chef Snowy Stone, et ceci est notre chaman Light Feather. Ma fille, Solace, sait ta langue, elle parlera pour nous. »

Snowy Stone, Light Feather, Solace... Solace.

« Bonjour, articula Émilie. Je suis la reine Émilie. Pourquoi m'avez-vous amenée ici ? »

Solace traduisit ses paroles ; Snowy Stone répondit par son intermédiaire.

« Tu dis que tu es la reine. Combien les Visages Sombres sont prêts à donner pour t'avoir avec eux ?

– Je l'ignore… »

Émilie s'interrompit.

« Vous êtes les Ingalais. »

Les Ingalais.

Le peuple que l'empereur de Promété et le roi d'Abyss projetaient d'exterminer. Les sauvages sanguinaires qui décapitaient les messagers…

« Tu comprends, reine Émilie. Nous sommes pas amis. »

La voix de Solace se confondait avec celle de son père. Émilie comprenait, oui…

Comme s'il lisait dans ses pensées, Light Feather intervint. Il parlait pour la première fois : sa voix était plus douce que celle de Snowy Stone.

« Si ta vie n'est pas notre vengeance, ta mort le sera. »

Sa mort…

« Reine Émilie ! Les paroles de Light Feather te font si peu d'effet ? »

Émilie sursauta. Solace avait parlé en son nom et dardait sur elle un regard furieux.

« Assez discuté, trancha Snowy Stone. Dis-nous maintenant ce que les Noirs donneront pour toi. Nous verrons si tu en vaux la peine.

– Mes compagnons vous donneront tout ce que vous voulez pour me récupérer.

– Tout… C'est intéressant.

– Pouvez-vous me détacher ?

– Solace s'occupera de toi. »

Les deux hommes sortirent. Solace lui fit manger de la bouillie fumante. Cela avait un goût de sel, de viande et d'autre chose…

« Qu'y a-t-il dans cette mixture ? »

La question d'Émilie n'obtint pas de réponse. Solace ne la regardait pas ; elle termina le bol le plus rapidement possible, lui donna à boire et sortit comme si elle craignait que la présence prolongée d'Émilie la contamine.

◆

Plusieurs jours s'écoulèrent ainsi, sans que personne lui adresse la parole. Matin, midi et soir, Solace venait la nourrir, sans répondre à aucune de ses remarques.

Émilie était placée de sorte à ne pas voir la porte de son abri. Le sol était recouvert de branches de sapin ; les murs semblaient faits d'écorce et de peaux de bête, que maintenaient des perches de bois. Les vêtements de Solace étaient eux aussi constitués de peaux animales ; différentes variétés de dents et de crocs composaient ses bijoux et les ornements de sa coiffure.

Émilie prenait peu à peu conscience des implications de sa situation. Elle était parmi les Ingalais et en position de parler avec eux… Ils ne lui faisaient pas confiance, mais pouvait-elle le leur reprocher ? Elle ne supportait pas de rester ainsi attachée… Cependant, après sa chute, ils auraient pu la tuer : à leur manière, ils l'avaient sauvée. Elle connaissait le sort que leur réservait l'empereur de Promété. Sans doute était-elle la seule émissaire honnête qu'ils aient jamais eue. Peut-être pourrait-elle éviter le massacre ? L'Autre s'immisça dans ses réflexions.

« Ce n'est pas ton rôle. Tu ne dois pas intervenir dans ce conflit. Tu es otage : contente-toi de marchander pour retrouver ta liberté.

– Je suis la première étrangère que les Ingalais ne tuent pas ! L'empereur l'a dit, ils n'acceptent aucun ambassadeur. La chance qui m'est donnée est inespérée…

– J'ai peur. Tu devrais être terrorisée. Au lieu de quoi, tu es dévorée de curiosité, presque enthousiaste…

– Mais je n'ai jamais vu personne qui ressemble aux Ingalais ! Ils sont si différents de tout ce que j'ai pu connaître, si incroyables…

– Les Almalites aussi t'ont semblé différents, au début.

– Tu m'as aidée à les accepter. Tu parlais pour moi, tu partageais tes souvenirs avec moi : tu m'as tant montré en une fois que tu as noyé mon étonnement sous tes certitudes. Aucun peuple, parmi ceux que nous avons vus, ne ressemble aux Ingalais… Je le sens, même toi, tu es sous le choc !

284

– Leur étrangeté m'effraie. Je veux repartir.

– Moi, je suis fascinée ! Je désire tout connaître d'eux et je souhaite les aider.

– C'est impossible. Souviens-toi de ta pensée pendant le conseil de l'empereur. Ils sont voués à la mort.

– Si j'avais su qui étaient les Ingalais, je n'aurais pas eu cette attitude. Les Ingalais ne peuvent pas disparaître. Ils sont... Hors du commun. »

Débordante de ferveur, Émilie ne songeait plus à la politique, aux intérêts d'Alma, Abyss, Zénit et Promété. Elle brûlait de s'abandonner à une passion que l'Autre, enfin, l'autorisait à exprimer : la curiosité ouverte, telle qu'elle la pratiquait dans son monde imaginaire. Pour la première fois depuis une éternité, Émilie se sentait pleinement elle-même.

Quand Solace vint la nourrir au repas suivant, sa décision était prise.

« Je dois parler à Snowy Stone et Light Feather. Les Prométéens donneront beaucoup pour me récupérer, c'est vrai, mais vous ne devez pas croire ce qu'ils vous diront. Ce sont des menteurs. Les Abyssins au Nord sont alliés avec eux... Vous êtes en danger. Ils veulent voler votre territoire. »

Pour la première fois depuis leur rencontre, Solace laissa son regard s'attarder sur elle. Comme à son habitude, elle ne répondit pas.

Quelques heures plus tard, Snowy Stone et Light Feather se tenaient devant elle.

« Solace a répété tes mots, déclara Snowy Stone. C'est la première fois que nous entendons la vérité d'une bouche ennemie. Pourquoi trahis-tu ton peuple ?

– Ce n'est pas mon peuple. Je ne suis pas la reine de ce pays, mais d'un État voisin. J'étais venue ici... En voyage.

– C'est pour ça que tu es Visage Clair et reine, dit Light Feather. Je me demandais. D'habitude, les Visages Clairs sont les esclaves des Visages Sombres. Ils ne comptent pas. Même si d'après nos frères, les Visages Clairs au Nord sont différents...

– Ce ne sont pas des Prométéens. Ils vivent dans un pays de l'autre côté des montagnes. »

Solace traduisit rapidement et rajouta quelque chose qu'Émilie ne comprit pas.

« Il y a très longtemps, les valeureux sont allés de l'autre côté au-delà de la Wilderness. De montagne en montagne, ils ont traversé la mer Moreover. Ils ont vu le Nord. Les gens, là-bas, sont des Visages Clairs, ils travaillent la terre et ne vont pas dans les montagnes. Pourquoi ils viennent ici, loin de leur maison ?

– L'empereur de Promété souhaite construire une route qui traverse les montagnes... Pour faire des échanges plus facilement.

– Hmm... On dirait que tu n'aimes pas beaucoup les Visages Clairs et les Visages Sombres, reine Émilie, commenta Light Feather. Tu nous dis tout ce que nous voulons savoir sur eux, facilement. Tu les trahis ? Pourquoi parles-tu maintenant ?

– J'ai décidé de vous dire la vérité parce que j'ai réfléchi. Ce qu'a fait l'empereur de Promété est injuste. Il a volé vos terres. Même si nous sommes très différents, vous ne m'avez pas tuée... Vous avez le droit de vivre, vous aussi. L'empereur de Promété a ouvert ses frontières...

– Pourquoi ?

– Il souhaite partager les montagnes avec le roi d'Abyss.

– Roi d'Abyss ? Qui est-il ? »

Snowy Stone et Light Feather posaient les questions à tour de rôle, avec une avidité grandissante. Émilie évitait d'entrer dans des explications trop complexes, qu'elle devinait Solace incapable de traduire.

« Je ne veux pas trahir mes compagnons ; j'aimerais vous permettre de négocier avec eux.

– Négocier, reine Émilie ? s'insurgea Snowy Stone. L'empereur de Promété ne t'a donc rien montré ? »

La rage dans sa voix pétrifia Émilie.

« Je sais que vous vous êtes beaucoup battus, que de nombreux Ingalais sont morts... »

Snowy Stone cracha par terre.

« Il y a aussi les prisonniers...

– *Places of endless pain.* »

Les lieux de souffrance infinie... Voulaient-ils parler du fameux camp de prisonniers, non loin d'Atmet ?

« Je croyais qu'il n'y en avait qu'un, hasarda-t-elle.

– Il y en a dizaines, assena Solace.

– Ce n'est pas le sujet, trancha Snowy Stone. La question tout de suite est : que faire de toi, reine Émilie ? Tu nous as appris ce que faisaient les Visages Sombres et les Visages Clairs. Mais tu n'as pas l'air de vouloir les rejoindre. Nous allons te tuer ? »

Émilie réfléchit longuement à sa réponse. C'était maintenant ou jamais.

« Je dois revenir avec les Prométéens, dit-elle enfin. Mais vous devez vous servir de moi pour demander beaucoup. De quoi avez-vous besoin ?

– Qu'est-ce qui prouve que tu dis la vérité ? Comment on peut savoir que tu ne tends pas un piège ?

– Les Prométéens comptent tous vous tuer ou vous faire prisonniers. Si vous ne m'écoutez pas, j'ai peur qu'ils réussissent. Je ne peux pas vous promettre la victoire, mais je peux vous faire gagner du temps. Je veux vous aider… Parce que les Prométéens sont injustes avec vous. »

Un silence tendu s'installa. Snowy Stone, Light Feather et Solace la fixaient intensément. Les deux hommes se lancèrent dans une conversation rapide en Ingalais, à peine entrecoupée d'interventions de Solace. Il y eut de nouveau un silence, puis Snowy Stone s'adressa à Émilie.

« Tu es blessée, mais pas trop. Dans dix jours, tu pourras retourner auprès des tiens. Maintenant, Solace va détacher tes liens et t'aider à guérir. Si tu mens ou si tu t'enfuis, reine Émilie, *the Spirits* le sauront et nous donnerons ta vie à eux. »

Quand Light Feather et Snowy Stone furent sortis, Solace libéra Émilie. En dépit de l'échange qui venait d'avoir lieu, la méfiance de l'Ingalaise restait palpable. Mais Émilie voulait que Solace croie en elle. Elle le désirait avec une telle force que Solace s'en rendit compte ; comme parcourue d'une décharge électrique, l'Ingalaise plongea ses yeux dans les siens.

« Tu as pouvoir étrange, reine Émilie. J'ai senti ta présence en moi… J'ai compris. Tu dis vérité. Alors… J'accepte de te parler. »

◆

Cet échange avec Solace marqua un nouveau départ. Émilie fut libre de sortir de son abri et vit enfin le reste du village ingalais. Situé dans une petite clairière à flanc de montagne, il se composait de modestes cabanes qui ne différaient entre elles que par la taille.

Tous les Ingalais avaient les cheveux noirs et les yeux bridés. Grâce aux explications de Solace, Émilie apprit le sens des coiffures et des tatouages, qui indiquaient la place de chacun au sein de la tribu et racontaient les exploits de leur propriétaire.

L'île Wilderness était le dernier territoire libre des Ingalais : les montagnes Moreover, difficilement praticables, étaient trop hostiles pour y vivre. D'après leurs légendes, ces montagnes étaient le berceau de la vie, auquel toutes les tribus ingalaises devaient leur existence. Plusieurs lieux de l'île Wilderness étaient sacrés : beaucoup de sources, des falaises remarquables, qui servaient d'épreuve aux courageux, et des grottes brillantes, dont Émilie soupçonna qu'elles devaient renfermer de l'or et des pierres précieuses. Autant de territoires que les Ingalais défendaient farouchement contre les invasions.

Ils refusaient de les quitter, ou de s'intégrer de quelque manière que ce fût aux Prométéens : ils préféraient perdre la vie plutôt que la liberté. Hors de question, pour eux, de travailler la terre et d'adopter un mode de vie sédentaire : ils étaient nomades, fils de l'eau et du vent, et parcouraient le monde au rythme des saisons. Ils changeaient de camp trois fois par an et ne faisaient plus confiance aux promesses trop souvent trahies des Noirs.

Vivant de pêche, de chasse et de cueillette, leur culture se transmettait uniquement par voie orale : chaque soir, ils chantaient et contaient les histoires de leurs aïeux. La mémoire prodigieuse de Light Feather ressuscitait les combats passés, donnait corps aux dieux et vie à la montagne. Chaque pierre, chaque feuille, chaque souffle d'air avait une existence propre. La nature, ici, était un être à part entière, une mère parfois impitoyable à laquelle les Ingalais vouaient un profond respect.

Émilie apprit enfin la nature des aliments dont elle se nourrissait.

« Racines de buissons bouillies. Avec viande séchée et feuilles d'aibika.

– Vous mangez comme cela à tous les repas ?

– Non. C'est le repas d'hiver. Pendant l'été, nous mangeons fruits et *vegetables*.

– *Vegetables* ?

– Oui. Salades, *tomatoes*...

– Ah ! Des légumes, c'est ça ?

– Oui, répéta lentement Solace. Légumes. »

Elle prononçait « léguioumes ».

« L'été, nous mangeons aussi viande fraîche, conclut Solace. C'est la saison de chasse.

– Où trouvez-vous ces fruits et légumes ? J'ai cru comprendre que vous ne cultiviez pas les champs...

– Cultiver ? se moqua Solace. Non. Nous cueillons. Nous sommes enfants de la nature : elle nous donne tout ce que nous nécessitons. Nous ne sommes pas comme les Visages Sombres, qui ont toujours peur de manquer. Ils vivent comme des proies, terrées dans des cachettes trop grandes pour eux, avec plus de nourriture qu'il ne faut. Nous sommes guerriers. Pas esclaves. »

Émilie fut frappée par l'assurance pleine de mépris de l'Ingalaise.

« Tu es comme les Visages Sombres. Tu ne peux pas comprendre. Tu as oublié la liberté de l'homme qui marche seul sous les étoiles. Sa fierté quand il se bat pour vivre, sa force quand il triomphe, son union avec mère Nature, tout cela, tu ne comprends pas, parce que tu ne connais pas. Le guerrier mange à sa faim : il ne supplie pas la terre pour cueillir ses fruits. Il tue lui-même ses proies, il n'a pas besoin de protection du roi pour survivre. Le guerrier est libre.

– Libre. »

Émilie répéta le mot comme si elle l'entendait pour la première fois. Libre...

« Snowy Stone est notre chef, poursuivit Solace. Il est le meilleur guerrier, plus fort et plus rusé. Quand il rejoindra les *Spirits*, un autre homme prendra sa place. Cet homme sera mon mari.

– Es-tu déjà mariée ? voulut savoir Émilie.

– Non. Père choisira son successeur quand le temps sera venu.

– Mais si jamais ton père a un accident et que tu n'es pas mariée, que ferez-vous ? »

Solace se renfrogna.

« Light Feather, le chaman, choisira.

– Et s'il a lui aussi un accident ?

– Ce n'est pas bien de faire mauvais présages.

– Je ne voulais pas t'offenser. Je suis curieuse…

– Si tu es curieuse, pose simplement la question. Ne fais pas mauvaises prédictions. »

Émilie ne répondit pas tout de suite. Elle peinait à déchiffrer le visage de Solace. Celle-ci semblait s'efforcer de déterminer si elle était ou non digne de foi.

« Si aucun homme vivant ne peut désigner le chef, les *Spirits* s'en chargent, pendant l'épreuve du chef, murmura Solace.

– L'épreuve du chef ?

– La montagne choisit celui qui doit guider son peuple. Il y a des signes qui ne trompent pas. Un bon chef réunit trois choses : la force qui protège, la ruse qui attaque et la sagesse qui fait prospérer. L'épreuve des chefs mesure tout cela : celui qui en sort vainqueur gagne le droit de guider la tribu.

– Pourquoi ne m'avez-vous pas tuée quand je suis tombée ?

– Nous observons toujours les Visages Sombres et les Visages Clairs. Far in the Night t'a vue apparaître de nulle part : il est apprenti de Light Feather. Tu as surgi dans la nuit, tu as survécu à une chute qui aurait tué un guerrier : il a considéré que c'était un signe des *Spirits* et il a insisté pour te sauver. Strong Arm a fini par dire oui ; il entendait tes compagnons t'appeler. C'est Strong Arm et Far in the Night qui t'ont amenée ici. »

Émilie ne répondit pas tout de suite. Apparue de nulle part… Que s'était-il passé au fort ? Comment s'était-elle retrouvée sur ce promontoire ? Non… Mieux valait ne pas se poser la question. L'Autre luttait de tout son être pour l'en détourner, l'Autre et un instinct confus qu'elle ne s'expliquait pas.

« Que sont les *Spirits* ? demanda-t-elle.

– The *Spirits* veillent sur nous. Ils ont créé l'univers, ils jugent les hommes pendant leur vie. Light Feather dit que les *Spirits* sont cachés derrière chaque geste que nous faisons, chaque mot que nous disons. Ils sont le monde, de la plus petite pierre à la plus haute montagne. Nous sommes en eux, ils sont en nous. Ils sont tout puissants.

– Où as-tu appris ma langue ? »

Le regard de Solace se durcit. Son silence sembla durer une éternité.

« Quand j'étais petite, j'ai été enlevée par les Visages Sombres avec ma mère. Ils ont mis nous dans un *place of endless pain* avec les autres. Nous sommes restées longtemps. Un an. Mère a protégé moi. Elle disait que pour être fort il fallait parler la langue de nos ennemis. Après, nous partirions. Alors, j'ai appris vite, parce que je ne voulais pas rester. On apprenait aux enfants pour les utiliser ensuite. Mère est morte quand nous avons fui. Elle s'est sacrifiée pour que je puisse échapper. J'ai juré de ne jamais oublier la langue de l'ennemi, de tremper mes mains dans le sang de ceux qui ont tué Mère. Aujourd'hui j'ai tenu ces deux promesses, mais les *places of endless pain* existent toujours. Je ne serai pas en paix tant qu'ils seront là. »

Places of endless pain… Quels étaient donc ces endroits si terribles que les Ingalais osaient à peine nommer ?

Alors que la journée touchait à sa fin, Émilie se répéta le peu de mots ingalais qu'elle connaissait. *Vegetables, Spirits, places of endless pain*… Cette langue lui paraissait mélodieuse, pleine de fluctuations absentes de son propre langage… Elle dut scruter longtemps sa mémoire avant de retrouver les sons spécifiques à l'Abyssin, au Zénitien et au Prométéen. Le roi d'Abyss, le prince de Zénit et l'empereur de Promété parlaient almalite sans aucun accent. Elle avait compris les passants d'Abyss, les comédiens de Zénit et les mineurs de Promété car elle avait appris ces idiomes dans son enfance…

♦

Émilie discuta longtemps avec Snowy Stone et Light Feather avant de parvenir à un arrangement satisfaisant. Enfin, il fut décidé qu'Émilie serait échangée contre cent prisonniers ingalais. Les cent derniers guerriers que les Prométéens avaient capturés. À l'aide d'un charbon de bois et d'un bout d'écorce, Émilie écrivit un message que Strong Arm se chargea de porter jusqu'aux Prométéens.

Les Ingalais étaient un peuple trop fier pour jamais s'abaisser à travailler : les priver de leurs terres revenait à les exterminer plus sûrement que par tout autre moyen. Retranchés de plus en plus loin dans les montagnes, leur passion pour la liberté s'était aiguisée en même temps que leur résistance, faisant de ce peuple un corps résolument indépendant. Conscients d'une fin inéluctable, ils avaient compris grâce à Émilie qu'une offensive groupée signerait leur perte, et réuniraient bientôt toutes les tribus pour tenter de parvenir à une alternative.

« Que comptez-vous faire ? demanda Émilie quand ils cessèrent de la questionner.

– Trouver la meilleure attaque, répondit Snowy Stone.

– L'empereur de Promété a des milliers d'hommes. Ses soldats auront des armes à feu, ils ne vous laisseront aucune chance.

– Si tu parles pour semer le trouble, garde le silence.

– Permettez-moi de plaider votre cause auprès des seigneurs d'Abyss et de Promété. Je suis certaine d'aboutir à un compromis qui satisfera vos deux camps.

– Impossible. L'offense des Visages Sombres ne peut être lavée.

– Reine Émilie, tu ne connais pas nos coutumes, intervint Light Feather. Pour nous, l'honneur se regagne dans le sang. »

Émilie attendit que les deux hommes quittent l'abri pour lâcher un soupir.

« Nous ne croyons plus aux promesses, lança Solace en guise de réponse. Les Visages Sombres désirent notre territoire. Nous ne le livrerons pas sans combattre. Plusieurs fois, nous avons essayé la paix : toujours, ils ont menti.

– C'est vrai qu'ils mentent beaucoup, » admit Émilie.

Pendant un long moment, elles écoutèrent les crépitements du feu.

« Si je le pouvais, je vous donnerais des terres à Alma.

– Tu voudrais donner librement ton territoire ? »

Émilie acquiesça.

« Si tu ne tires pas de fierté du sol qui t'appartient, tu ne le mérites pas.

– Je suis la reine…

– As-tu conquis ton pays ? As-tu versé ton sang pour ses arbres, sa terre, ses maisons ? Tu en parles comme si tu n'en voulais pas.

– Mon père me l'a transmis, je n'ai pas eu le choix.

– Guider son peuple est le plus grand honneur qui soit.

– Mais Alma est si vaste…

– C'est le problème quand tu possèdes la terre. Les Ingalais ne possèdent pas la terre. Nous cueillons ses fruits, nous mangeons les animaux. Elle s'occupe de nous car nous sommes ses enfants : nous la respectons. Nous ne forçons pas les plantes à pousser.

– C'est pourtant votre territoire que vous défendez contre les Prométéens…

– Nous défendons notre vie. Les animaux ont besoin d'espace pour vivre, comme nous. Si les Visages Sombres envahissent les *Moreover Moutains*, il ne restera rien. Ce sera la fin.

– Si vous les autorisiez à construire un chemin, ils vous laisseraient en paix…

– Non. L'homme au visage sombre est cupide. Il souhaite toujours plus que ce qu'il a. Ils ont trahi toutes leurs promesses. Les Visages Sombres respectent ce qui leur ressemble : si nous voulons vivre avec eux, nous devons être leurs esclaves. Mais cela, nous l'accepterons jamais : nous préférons mourir et rejoindre les *Spirits*. »

Émilie resta coite. Son séjour parmi les Ingalais remettait en question tout ce qu'elle croyait connaître.

« Riches et pauvres, hommes et femmes, Noirs et Blancs, aptes et inaptes, ces différences n'existent pas parmi les Ingalais. Personne n'est mis de côté, personne ne meurt dans l'indifférence générale. Les hommes chassent, les femmes cueillent, parfois les rôles s'inversent. L'argent n'existe pas, la hiérarchie et le sacré se limitent au minimum nécessaire à la cohésion du groupe… Est-ce cela, la société idéale ?

– À toi de juger, répondit l'Autre.

– Leur quotidien manque de confort. Ils sont à la merci de la nature et des épidémies, ils doivent se battre pour survivre. Contre les animaux, contre les maladies, contre le froid. Ils n'ont pas de livres, pas de maison fixe… Personne n'est seul, mais peut-on dire que la vie est heureuse pour tous ? Les moments de repos sont si rares ! Ils doivent fabriquer et laver leurs vêtements, quelle perte de temps ! Je ne sais pas quoi penser. De toute façon, comment veux-tu comparer une tribu et un pays ? Je ne peux pas exporter cette organisation. Pas de livres… Pas de temps pour lire, pas de temps pour écrire. Du temps pour écouter, chaque soir, ces merveilleuses histoires… Les Ingalais sont fiers et épris de liberté. Plus que n'importe qui dans mon monde inventé. Paradoxalement, leur liberté passe par un asservissement total à la nature…

– Un asservissement dont Abyss, Zénit et Promété cherchent à se libérer, chacun à leur manière. L'être humain aime prévoir et maîtriser son environnement. Mais vivre a toujours un prix.

– J'ignorais qu'une existence comme celle des Ingalais était possible. Dans mon monde inventé, la nourriture apparaît toute seule, les habits aussi, des robots se chargent des tâches difficiles autrefois confiées aux hommes. Je n'aurais jamais imaginé qu'un jour, des êtres humains aient pu vivre comme ça… Tous capables de chasser, de construire leurs maisons, de trouver des plantes comestibles. Cette liberté me fascine… Maintenant encore, cela me semble tellement impossible !

– Ce peuple est aussi libre et insouciant que les animaux…

– Oui, tout en ayant une civilisation d'une grande richesse. Un mélange parfait entre nature et culture. Une société qui se sert de son environnement au lieu de chercher à s'en affranchir. J'ai toujours pensé que vivre soumis à la nécessité était la pire des choses mais… À présent, je n'en suis plus si sûre. Les combats d'Abyss, Zénit et Promété me paraissent bien vains. Au moins, les Ingalais vivent pleinement… Ils sont dans l'instant présent.

– Une fois passée la frontière, le retour en arrière n'est plus possible. Les hommes sont unis en nations et l'histoire doit suivre son cours… »

Pour la première fois, l'Autre ne s'arrêta pas à son refrain.

« Merci de m'avoir fait découvrir les Ingalais. Sans toi… Seule la surface m'aurait été connue. »

♦

« Solace, pourrais-tu me parler des *places of endless pain* ? »

L'Ingalaise se figea.

« Pourquoi tu poses cette question ?

– J'ai besoin de savoir la vérité.

– Arrête, reine Émilie. Tu demandes à savoir, comme si c'était de la distraction. Pour nos habitudes, je tolère. Pas pour les *places of endless pain*. C'est interdit. »

Émilie garda un instant le silence.

« Pardonne-moi. Je suis dévorée par une curiosité qui doit te paraître malsaine… Mais cela fait si longtemps que je n'ai pas été moi-même. J'ai l'impression de me redécouvrir… Et je me laisse emporter. Je ne voulais pas te heurter… Je suis fascinée par ton monde, par ton peuple. Vous êtes si différents de tout ce que j'ai pu connaître… J'aimerais rester avec vous. »

Solace interrogea Émilie du regard. Et Émilie, sans penser que Solace ne comprendrait peut-être pas tout ce qu'elle disait, lui ouvrit son cœur. Elle lui parla de son enfance à Corasone, de son père, de son couronnement, de ce voyage qui touchait bientôt à sa fin et de son mariage. Elle lui décrivit Abyss, Zénit et Promété, lui avoua ses doutes et le pourquoi de ses hésitations. Elle lui raconta les souvenirs épars et abscons qui s'accrochaient à elle.

« Ta vie est compliquée, dit Solace quand elle eut achevé. Mais tu dois arrêter de craindre. Il faut faire un choix, ne plus changer d'avis. Tu ne dois pas faire confiance aux voix du passé : tout ce qui compte, c'est la réalité de maintenant.

– Pourtant, les voix et les souvenirs font partie de moi.

– Si ce sont tes ennemis, tu ne dois pas les suivre. Il faut refaire une autre vie qui sera bonne pour toi. Tu es reine, tu as la chance de changer le monde : il ne faut pas la gâcher. Tu as le cœur bon, c'est cela qu'il faut écouter pour te réconcilier à la vie. »

Était-ce le tremblement dans sa voix ? La ferveur de son visage ? Toujours est-il qu'une brèche se fit enfin dans le dernier mur que Solace dressait entre elles. Un mot tomba, puis une phrase qui devint récit.

Solace s'efforçait de garder un ton neutre. Parfois, l'émotion surgissait, imprévue, au détour d'un souvenir. Elle raconta à Émilie comment les Ingalais étaient, depuis plusieurs années, enlevés et emprisonnés. Elle raconta les grands exodes, les longues marches à travers le froid pour atteindre les montagnes Moreover, les camps où les armées prométéennes conquérantes enfermaient les vaincus. Elle raconta la violence, l'humiliation, la cruauté gratuite, les atrocités que les soldats prométéens commettaient sur son peuple, sans épargner ni les anciens ni les enfants. Elle avait été capturée avec sa mère lors de leur marche vers les montagnes Moreover. Elle avait connu la famine et la maladie, vécu dans la crasse et le dénuement, esclave du bon plaisir des hommes. Sa mère avait trouvé un trou dans la clôture qui lui permettrait de s'échapper, et attiré l'attention des soldats au moment propice. Elle l'avait vue se faire fusiller, un enfant mort dans les bras pour cacher sa propre disparition. Elle s'était glissée entre les barbelés, maigre, si maigre qu'ils l'éraflèrent à peine. Elle courut, poursuivie par les hurlements d'agonie des siens, elle courut jusqu'aux monts Moreover et le hasard la plaça sur le chemin de son peuple. On regarda son apparition comme un signe des *Spirits*. On voulait faire d'elle l'apprentie de Light Feather, elle refusa. Elle ne croyait plus à rien, sinon à la guerre, et n'attendait que le combat qui mettrait fin à ses souffrances. Les rares moments de plénitude qu'elle connût étaient ceux passés dans la montagne, seule, à chasser.

Émilie resta silencieuse. L'horreur serait-elle le propre de l'homme ?

« Tu comprends maintenant pourquoi nous ne pardonnerons jamais, conclut Solace. Toute vie est impossible pour nous hors des *Moreover Moutains*. Si nous devons mourir, c'est ici. Pas dans les *places of endless pain*.

– Je sais que mes paroles ne valent rien, Solace. Malgré tout, je te promets…

– Ne fais pas de promesses que tu ne peux pas tenir. Sinon, ton cœur te fera mal toute ta vie.

– Quand je serai perdue, je penserai à toi. »

Émilie sourit ; Solace détourna les yeux. Depuis qu'elle la côtoyait, Émilie ne l'avait jamais vue sourire.

III

« Reine Émilie, tu as donné à nous informations précieuses. Nous ne regrettons pas de t'avoir épargnée. »

La sincérité des paroles de Snowy Stone toucha Émilie. Le chef, accompagné de Light Feather, venait évoquer les modalités de son retour.

« Si ce que tu dis est vrai, il y a peu d'espoir pour notre tribu, dit Light Feather. Mais tu sais que la paix avec les Visages Sombres est pour nous impossible. Nous préférons nous battre.

– Nous allons appeler nos frères pour affronter les Visages Sombres et les Visages Clairs, poursuivit Snowy Stone. Nous t'échangerons contre des prisonniers. Tu nous as conseillé si nous le pouvons de voler de la dynamite, les bâtons de feu rouge. Nous ferons ainsi. Tu es prête pour partir ?

– Oui. Je vous remercie de tout ce que vous avez fait pour moi… J'aurais aimé pouvoir vous aider.

– L'histoire n'est pas terminée, répondit Light Feather. Nos chemins se recroiseront peut-être ; les *Spirits* aiment se jouer des hommes. »

L'escorte qui raccompagna Émilie jusqu'au fort prométéen se composait d'une dizaine d'hommes et de Solace. Les yeux bandés,

Strong Arm la portait sur son dos. Les Ingalais lui avaient de nouveau attaché les mains et les pieds et la balancèrent sans ménagement au bout d'une corde. Suspendue dans le vide sans aucun moyen de repère, Émilie n'eut aucune difficulté à feindre la terreur.

« Hommes noirs, nous avons la femme que vous cherchez ! clama Solace.

– Émilie ! »

Le cri provenait du marquis de Belladone.

Les voix de ses autres compagnons le rejoignirent bientôt dans un brouhaha général.

« Silence ! »

La voix de Snowy Stone, plus puissante que celle de sa fille, fit immédiatement effet. Les Ingalais firent semblant de lâcher Émilie, qui ne put retenir un cri.

« Avez-vous amené les prisonniers ?

– Les voici ! lança l'empereur de Promété. Cent, comme vous l'avez demandé !

– Laissez-les nous rejoindre ! » exigea Solace.

Les minutes s'égrenaient comme des heures. Émilie entendit des hommes s'enfoncer dans la forêt.

« Nous allons laisser passer cinq jours avant de vous rendre la femme blanche. »

Les mots de Solace furent accueillis par une clameur de protestations.

« Nous avons tenu parole ! s'insurgea l'empereur. Rendez-nous la reine !

– Dans cinq jours. Si vous tentez d'approcher, nous la tuons. »

Une fois à l'abri dans la grotte où elle s'était éveillée avec Strong Arm et Far in the Night, les Ingalais défirent les liens d'Émilie. Les prisonniers, en piteux état, donnaient tous les signes d'avoir été torturés. Le délai exigé par Snowy Stone leur permettrait de regagner le village en toute sécurité.

Les Prométéens connaissaient trop bien les Ingalais pour se risquer à quoi que ce soit ; cinq jours plus tard, à l'aube, Émilie se prépara à retrouver les siens. Elle les quittait le cœur serré :

l'enthousiasme de leur découverte cédait en elle le pas au doute le plus total.

« J'ignore ce que valent tes mots, reine Émilie, lui dit Solace en guise d'adieu. Le moment est venu de savoir. Les tiens ne doivent jamais apprendre ce que nous avons partagé... Moi non plus, je ne t'oublierai pas. »

Elle suspendit Émilie sur le promontoire rocheux avant de disparaître.

Ses compagnons la délivrèrent aussitôt et l'emmenèrent jusqu'au refuge.

« Majesté, nous avons bien cru que nous ne vous reverrions jamais, articula Céleste.

— Que s'est-il passé ? demanda le roi d'Abyss. Ces sauvages vous ont-ils violentée ?

— Que vous ont-ils dit ? voulut savoir l'empereur de Promété. Pourriez-vous nous guider jusqu'à leur campement ?

— Non... Ils ne m'ont pas parlé. J'ai entendu leurs tractations sans en comprendre un traître mot.

— Émilie vient de subir une terrible épreuve, intervint Sophie. Vos questions ne pourraient-elles pas attendre qu'elle soit rétablie ?

— Il n'est pas naturel que ces sauvages l'aient laissée vivre. Ils n'ont jamais montré la moindre inclination au marchandage...

— Avaient-ils déjà capturé une femme auparavant ? souligna le prince de Zénit. Cela explique peut-être leur attitude.

— Madame Dalmeida a raison, renchérit le marquis de Belladone. Nous devrions laisser la reine se reposer.

— Je vais voir si nos hommes ont pu retrouver la trace des Ingalais, » conclut l'empereur.

◆

Une fois dans le bateau qui les ramenait à Atmet, Émilie fut pressée de questions sur son séjour ingalais.

« Où vivent-ils ?

— De quoi sont faits leurs habits ?

— Que mangent-ils ?

– Je ne sais pas. J'ai eu les yeux bandés tout le temps. Leur alimentation est à base de racines et de viande séchée… Leurs vêtements sont faits de cuir, mais j'ignore tout de leur mode de vie. Je n'étais pas libre de mes mouvements, ma chute m'a beaucoup affaiblie… »

À Atmet, elle trouva deux lettres du duc d'Orcival.

Votre Majesté,

Les guildes se sont organisées : leurs représentants attendent avec impatience votre retour et se montrent fort satisfaits des premiers accords signés avec l'empereur de Promété. La douceur dont vous avez fait montre à l'égard des conspirateurs vous a gagné l'amour des théistes et des déistes, mais aussi la haine des croyantins. Certains de vos pairs maudissent ce qu'ils considèrent comme votre faiblesse et craignent que les violences ne reprennent.

Le duc de Caracol, le marquis de Salmonel et le duc de Malraison se réunissent en secret : je n'ai pu découvrir la teneur de leurs propos. Intriguent-ils contre vous ou contre le roi d'Abyss ? De quels feux se consument-ils pour justifier leur amour du pouvoir ? Monsieur de Ravine a accepté de se mêler au complot afin d'en savoir plus : j'attends très prochainement de ses nouvelles.

Ne prolongez pas votre voyage au-delà du terme prévu. Je resterai, en tout temps et en tout lieu,

Votre dévoué Serviteur

André, Duc d'Orcival, Marquis de Byzance

« Que dois-je faire ? J'en ai assez de ces luttes fratricides entre théistes, déistes et croyantins. Aucune de ces factions n'est jamais satisfaite ! En dépit de leurs belles paroles, ils ne font rien pour défendre la paix. Ils aiment vivre dans l'injustice et la haine.

– L'injustice n'est pas telle pour le privilégié. Élevé au-dessus de ses pairs, il s'estime abaissé par l'égalisation de son sort.

– Les êtres humains sont stupides. Ils ne voient pas plus loin que le bout de leur nez. J'en ai assez... Pourquoi chacun ne peut-il pas s'occuper de soi ? Pourquoi faut-il une hiérarchie, pourquoi faut-il un roi ?

– Pour avoir une vue d'ensemble.

– Oui, je sais. Guider le pays, compenser l'inégalité de naissance par une égalité des conditions... Mais c'est une tâche tellement complexe ! Il faudrait mesurer toutes les conséquences de chaque décision avant de trancher, c'est impossible...

– L'erreur est humaine.

– Je voudrais tant établir une société à l'image des Ingalais. Chacun subvient à ses besoins, chasse, cueille... Ils sont trop occupés à survivre pour songer à s'entretuer à cause de divergences d'opinions.

– Que comptes-tu faire ?

– J'en ai assez de céder tantôt aux uns, tantôt aux autres. L'égalité de tous est la seule voie possible. Je vais supprimer l'impôt religieux et peu importe ce qu'en diront les croyantins. Tant pis si le Grand Prêcheur me retire son appui : la religion n'a pas à se mêler de politique ni de royauté. »

Monsieur d'Orcival,

Calmez les esprits échauffés de Corasone. Il faudra bien que les trois cultes arrivent à s'entendre : préparez dès mon retour un entretien avec leurs représentants. Le conciliabule que vous avez surpris entre Messieurs de Caracol, de Malraison et de Salmonel n'augure rien de bon : je compte sur vous pour en percer le secret d'ici votre prochaine lettre.

Je m'en remets à vous, avec la certitude que vous ne décevrez pas

Émilie

Reine d'Alma, Duchesse de Corasone

Remettre sa missive à Céleste fut l'affaire d'un instant. Dans le train, Émilie put se consacrer sereinement à l'autre lettre du duc.

Votre Majesté,

C'est officiel : la peste est vaincue à Malraison. Les premières victoires se font à Corasone ; elle poursuit hélas sa course dans les contrées de Fourcaré et de Billentet. L'hiver la ralentit, mais vide à lui seul les cités plus sûrement que n'importe quelle armée. Jadis belliqueux et patriotes, les Billentêtés ne rêvent plus que de retourner à une vie tranquille.

Ce que vous me dites de Promété m'émerveille en tout point. Quelle étrange divinité que le profit ! Impersonnelle, universelle, cette lutte intéressée lie tous les cœurs entre eux en même temps qu'elle les éloigne des valeurs qui élèvent l'âme vers une plus haute sagesse. Si un roi se fixe comme ambition l'union des hommes, c'est à n'en pas douter cette nouvelle idole qui l'aidera dans sa quête. Mais comment ce monarque se maintiendra-t-il au-dessus de ceux auxquels aucun dieu n'interdira désormais nulle aspiration ? Peut-être l'empereur de Promété détient-il seul la réponse à cet ambigu dilemme.

Porter la cape de régent fut une tâche aussi ardue qu'honorable ; j'espère avoir dignement rempli la mission que vous avez bien voulu confier à

Votre fidèle Serviteur

André, Duc d'Orcival, Marquis de Byzance

Monsieur d'Orcival,

La peste sera vaincue. Adoucissez autant que faire se peut le sort des populations ; faute de pouvoir lutter contre l'hiver, donnez du pain aux foyers les plus durement touchés. Que chaque ville organise des distributions de nourriture en mon nom.

Je suis dans le train qui me ramène vers Pandora. Mais vous ignorez ce qu'est un train ! Représentez-vous un long serpent de

303

bronze, séparé en plusieurs segments qui sont autant de cabines où l'on peut s'asseoir, et dont le chemin est tracé par ce que l'on appelle des rails. Vous êtes porté sans effort sur la terre et sur la mer, laissé au loisir de regarder le paysage défiler sous vos yeux, tout en méditant sur les prodiges de la technique...

Lors de ma visite dans l'île Wilderness, j'ai oublié les dangers de ces lieux sauvages. Je serais morte sans l'intervention opportune des Ingalais, qui m'ont accueillie et soignée d'une chute qui aurait pu être fatale.

Ces gens, qui vivent d'une manière frugale, sont loin d'être les barbares que l'on dépeint. Ils sont à l'image des montagnes qu'ils vénèrent, d'une détermination à toute épreuve, profondément épris de liberté. Leur faire adopter notre mode de vie serait comme vouloir empêcher l'aigle de voler, ou le chamois de courir : cela reviendrait à faire un rosier d'un modeste buisson, et un cerisier d'un sapin. Ce serait transformer leur nature et c'est chose impossible. Mais l'arbre est-il moins odorant parce qu'il n'a pas de fleurs ? Et l'animal moins beau parce qu'il est sauvage ? Je crains que la fierté des Ingalais et l'ambition des princes soient inconciliables...

Le profit ne lie hélas pas les Prométéens de la manière dont vous l'imaginez. Les Noirs, immigrés volontaires d'Europa la lointaine, vouent aux Blancs, immigrés contre leur gré, une haine sans borne et sans logique. C'est bien regrettable dans un pays qui se dit parangon de l'égalité, mais force est de constater que les Blancs sont traités en inférieurs et les Noirs en tout point privilégiés. Pourquoi l'injustice se glisse-t-elle ainsi dans chaque contrée, toujours plus absurde et fielleuse ? Les riches contre les pauvres, les hommes contre les femmes et, à présent, les Noirs contre les Blancs. J'ai appris que cette injustice-ci portait le nom de racisme ; pour moi, elles se ressemblent toutes.

Dès mon retour, je veillerai à récompenser le plus honorable serviteur qu'ait jamais eu

Émilie

Reine d'Alma, Duchesse de Corasone

304

Le roi d'Abyss ne souhaita lire ni la lettre du duc ni la réponse d'Émilie. Rassuré par la précédente missive du duc sur les intentions des pairs d'Alma, il voulut savoir l'ampleur des ravages causés par la peste et se satisfit entièrement des nouvelles qu'Émilie lui transmit.

◆

« Si vous étiez restée avec les autres, rien de tout cela ne serait arrivé. Pourquoi vous être éloignée ?

– Je voulais observer les montagnes sans être gênée par la lumière du fort. Le spectacle était si beau… »

L'Autre aidait Émilie à conserver son calme. Ils venaient de regagner Pandora ; elle n'avait aucune raison de refuser à l'empereur l'entretien privé qu'il sollicitait. Déterminée à garder le secret sur son séjour parmi les Ingalais, elle était prête.

« Comment avez-vous échappé à la surveillance de vos gardes ? Vous avez en quelques secondes atteint un promontoire que vous auriez dû mettre une demi-heure à rejoindre. Votre escorte est persuadée de vous avoir vue juste avant votre disparition…

– L'obscurité les aura trompés.

– Dites-moi la vérité. »

L'empereur tenta en vain d'influencer Émilie ; c'était la première fois qu'ils s'entretenaient seul à seule depuis leur entrevue après le Cirque de la Lune. Devant le mutisme d'Émilie, peut-être hanté par ce souvenir désagréable, l'empereur n'insista pas. Elle fut à la fois surprise et apaisée de le voir abandonner ce mystère aussi facilement.

« Depuis votre réapparition, je vous trouve changée, poursuivit l'empereur. Vous ne souriez plus, vous parlez d'un air absent… Vous dites que les sauvages ne sont pas brutaux : votre attitude est telle qu'il est permis de s'interroger.

– Être épargnée par des hommes que votre bras voue à une mort certaine m'a profondément marquée. Je regrette qu'il n'y ait pas d'issue au conflit qui vous oppose.

– Vous éprouvez beaucoup de sympathie pour ces sauvages. Leur interprète ne s'est-elle pas donné la peine de discuter avec vous ?

– Non. Mais vous savez comme je suis sensible à la souffrance d'autrui…

– Les Ingalais ne peuvent pas rester dans les montagnes Moreover. Je n'ai pas la patience de les abattre un par un. Je veux qu'ils se regroupent pour une dernière attaque. J'ai englouti des fortunes dans l'exploitation de ces montagnes : par la faute de ces barbares, rien n'aboutit. Ils sont la lie de la civilisation. »

Émilie avait rarement vu l'empereur manifester autant de mépris.

« Nous parlons d'êtres humains, s'indigna-t-elle. Leur mode de vie est différent du nôtre, et après ? Nous avons les mêmes origines.

– De nombreuses études démontrent l'infériorité de ces sauvages.

– Les mêmes que celles qui prouvent la supériorité des Noirs sur les Blancs ?

– En leur suggérant de demander des prisonniers, vous n'avez fait que prolonger leur agonie.

– Vous insinuez que l'idée vient de moi ?

– Pourquoi n'êtes-vous pas restée avec eux ? Ils constituaient un objet parfait pour exercer votre amour irrationnel de la justice et de la liberté.

– J'ai d'autres responsabilités.

– Vous ne niez donc pas avoir communiqué avec eux ?

– Que vous importe ? Vous connaissez l'histoire mieux que moi.

– Votre passion pour les faibles vous perdra. Ce jour-là, vous regretterez de ne m'avoir pas imité.

– Si je regrette un jour de n'avoir pas trempé mes mains dans un sang innocent, je ne serai plus digne de vivre. »

L'empereur eut un sourire narquois.

« À vous de voir. Mais cessez d'avoir les yeux tristes et ne vous mêlez pas de ma politique intérieure. »

Émilie sortit de la pièce sans un regard en arrière.

« Te rends-tu compte de ce qu'il dit ? Pourquoi m'obliges-tu à me taire ? Pourquoi dois-je le quitter ?

– Tu ne peux t'opposer à lui, répondit l'Autre. Une fois de retour à Alma...

– L'imagination sera inutile ! Les pairs, les corporations, les religieux, il y aura toujours quelqu'un pour semer la malveillance. J'ai beau être la reine, je suis impuissante ! Je peux bien créer des écoles, abolir l'impôt, établir les droits de l'homme, les combats et les meurtres ne cesseront pas. Certains êtres humains saisissent n'importe quel prétexte pour se haïr mutuellement et entraînent les faibles d'esprit à leur suite. Les Ingalais vont mourir et je ne peux rien faire pour l'empêcher... Sauf épouser l'empereur, et déclencher la guerre avec le roi... C'est sans issue.

– Ta position te contraint à faire des choix. Comme dans la légende d'Icare, chacun d'entre eux porte en lui une part d'ombre et de lumière... »

Surprise par l'arrivée du marquis de Belladone, Émilie ne laissa pas l'Autre achever.

« Votre entretien n'a pas duré longtemps... Vous semblez en colère. Que se passe-t-il ? Que voulait l'empereur ? »

Un étrange désir de tout révéler au marquis s'empara soudain d'Émilie. Plus elle résistait, plus ce souhait se faisait impérieux. Elle tenta en vain de solliciter l'Autre. Elle ne pouvait se fier au marquis. Son père conspirait contre elle : comment le fils pourrait-il être son allié ? Le duc de Caracol l'avait probablement informé des troubles qui agitaient Alma... Mais le marquis l'avait accompagnée sur le marché de Farandol et dans les rues de Lucibel. Elle ne savait plus quoi faire...

Les mots jaillirent-ils malgré elle ? Elle voulait se confier et ne rien dire ; confuse de s'ouvrir au marquis, elle ne put retenir un certain soulagement. Elle lui avoua la vérité sur les Ingalais et sur Solace. Elle évoqua Alma, sa correspondance secrète avec le duc, ses doutes sur le rôle d'une reine, son désarroi devant les inégalités parfois haineuses qui déchiraient chacune à leur manière Abyss, Zénit et Promété. Elle parlait sans pouvoir s'arrêter, et pas une fois le marquis ne l'interrompit.

« Vous ne devez pas vous laisser abattre, déclara-t-il. La violence est le propre de l'homme, vous l'avez constaté par vous-même : pour y mettre un terme sûr, le seul moyen est d'y recourir d'une main ferme. Agir une fois, tuer s'il le faut, pour que tous vous obéissent sans faille par la suite.

– Je refuse de céder à l'appel du sang. Il est en mon pouvoir de changer cela…

– Vous ne pouvez guérir tous les maux de cette terre… Au combat, j'ai vu des scènes si terrifiantes qu'elles hantent encore mes nuits. Il faut vivre et aller de l'avant. Lutter contre l'oubli sera votre première victoire : c'est le meilleur hommage que vous puissiez rendre aux victimes que vous ne pouvez sauver.

– Vos paroles soulagent ma conscience. Sans doute est-ce le signe qu'elles sont justes…

– Si je dois me racheter, c'est dans l'avenir, non dans le passé. Ceux qui sont morts ne souffrent plus ; ceux qui regrettent courent le risque de s'apitoyer sur eux-mêmes sans plus rien entreprendre. En tant que reine, vous devez plus que quiconque vous garder des remords : vous avez un royaume à construire.

– La rencontre avec les Ingalais m'a marquée plus que je ne puis l'exprimer. Leur différence remet en question tout ce que je croyais savoir sur le monde…

– Tout Promété me fait cette impression. Mon épée paraît bien faible auprès de la dynamite, et que vaut ma richesse en regard de la puissance de l'empereur ? Les Blancs tels que moi sont ici traités comme de la vermine ; cette absurdité me rend étranger à moi-même. La notion d'égalité me pénètre malgré moi, et il me prend l'envie de libérer mes serfs… J'ai l'impression que toutes les souffrances endurées au cours des guerres de votre père n'ont servi de rien. Je me souviens de mes cousins morts pour sa cause. Quand je vois où je suis aujourd'hui, il me semble m'être jeté à corps perdu dans des futilités passéistes. En dépit de ce que j'ai pu penser au début de votre voyage, ce périple improbable était une excellente idée. À présent, vous pourrez faire d'Alma un pays neuf, tourné vers l'avenir, loin de ces querelles religieuses stériles.

– Je vous remercie de m'avoir écoutée. Vos encouragements me redonnent espoir…

– Vous pouvez compter sur mon entière discrétion. Nul ne saura un mot de ce que vous m'avez révélé. »

♦

Leurs derniers jours à Promété furent consacrés à l'Exposition universelle. Représentant l'aboutissement de plusieurs années de préparation, elle devait marquer l'entrée de Promété dans un nouveau millénaire.

Des dizaines d'innovations seraient rendues publiques cette semaine : l'une des plus attendues était le métropolitain, que l'empereur et ses compagnons seraient parmi les premiers à tester. Il s'agissait d'un train souterrain, pouvant transporter plusieurs centaines de personnes à la fois d'un bout à l'autre de Pandora. Cette invention révolutionnaire visait à désengorger les rues de la capitale, saturées de fiacres et de voitures, en permettant des déplacements à la fois moins chers et plus rapides. Plusieurs dizaines de stations ouvrirent le même jour : la plus proche du palais de l'empereur portait le nom évocateur de Torsade.

Sous les feux des photographes, l'empereur coupa le ruban qui marquait l'entrée des escaliers souterrains et s'y engouffra, suivi de ses royaux invités.

À l'intérieur planait encore l'odeur âcre des travaux. Les briques rouges des murs rappelaient les rues de Pandora. Des escaliers successifs les conduisirent de plus en plus loin sous terre, jusqu'à un long tunnel abondamment éclairé. Deux quais se faisaient face, séparés par deux voies de rail, une pour chaque sens de circulation.

Quelques minutes plus tard, un vacarme assourdissant annonça l'arrivée du métropolitain. Ses wagons ressemblaient à ceux des trains normaux ; à l'entrée de chacun se tenait un homme en uniforme, prêt à poinçonner les billets des passagers.

Quand le métropolitain se remit en marche, ce fut un déluge d'acclamations émerveillées. Deux arrêts seulement les séparaient de l'Exposition universelle.

À la sortie, ce fut une nouvelle agitation. Une vingtaine de journalistes guettaient l'empereur.

« Votre Majesté, comment était ce premier voyage ?

– Pensez-vous que le métropolitain sera mis en usage sur d'autres îles ?

– Quel est votre ressenti ? Avez-vous été incommodé durant le trajet ? »

Il y avait tant de monde qu'Émilie discernait à peine le tapis rouge qu'ils étaient censés suivre jusqu'à la prochaine invention. Enfin, ils s'extirpèrent de la foule et gagnèrent une vaste agora. C'était un océan de verre aux élégantes voûtes d'acier, des couleurs, des lumières, du bruit, de l'espace à vous en faire tourner la tête.

L'esplanade qui séparait les galeries Gold et Silver, les deux grandes allées d'exposition, s'étendait sur plusieurs dizaines de mètres. Une voûte de fer forgé s'élevait loin au-dessus des têtes, offrant à n'importe quel spectateur une somptueuse perspective. Cette partie non couverte était réservée aux animaux exotiques, dont les cages se succédaient à perte de vue. Quand ils passèrent devant la cage d'un tigre blanc, les lèvres de Madeleine se pincèrent.

« Vous désapprouvez quelque chose, observa Émilie.

– La cage de cet animal est beaucoup trop petite. Regardez comme il rugit, comme il marche et remue la queue : il est inquiet. Je ne serai pas surprise s'il attaque son propriétaire. »

Ce constat pouvait s'étendre à tous les animaux rassemblés pour le loisir des visiteurs. Si les fauves faisaient les cent pas, les singes, forts et frêles, avec ou sans queue, roux, noirs, blancs ou gris, ne semblaient pas moins agités. La plupart criaient sans discontinuer, s'agrippant aux barreaux de leur cage ou tendant les mains vers les observateurs d'un air implorant ; certains regardaient passer le flot d'humains devant eux, apathiques, avec une tristesse qui ébranla Émilie. Plusieurs d'entre eux portaient des traces de coups.

Une girafe dominait la place, douce demoiselle de la savane égarée dans la jungle de Promété. Aux fauves succédaient les ours, bruns, blancs, et une variété noire et blanche dont Émilie apprit qu'elle s'appelait panda. Des oiseaux au plumage arc-en-ciel avaient aussi été réunis pour l'occasion.

Quelques secondes plus tard, le silence sous-marin remplaçait la cacophonie terrestre. Des poissons aux lèvres humaines fixaient les visiteurs au milieu de forêts aquatiques chatoyantes. Leurs nageoires semblaient chevelures, tandis que d'autres brandissaient des piquants mortels semblables à ceux des porcs-épics. Des étoiles de mer étendaient leurs longs bras ; des hippocampes voguaient en troupeaux… Tant de couleur, tant de beauté, tant de mystère dans ce monde de mouvement !

« J'imaginais le fond des eaux plus paisible, observa le prince de Zénit. Qui eût cru que ces eaux sombres abritassent tant de vie ?

– La mer n'est pas différente de la terre, répliqua l'empereur. Dans un chaos semblable au nôtre, les animaux marins se battent en silence pour leur survie. Une même frénésie nous anime : dans les deux mondes, seuls triomphent les plus forts et les plus malins. »

Au règne animal succédait le règne humain. Spectacle d'automates, jongleurs d'exception, cracheurs de feu, mais aussi peuples de toutes les îles de l'archipel semblaient réunis à l'Exposition universelle, étiquetés et installés dans des stands.

De nombreux Ingalais, reconnaissables à leurs cheveux noirs et à leurs yeux bridés, côtoyaient des phénomènes de foire : obèse, nain, femme à barbe, c'était à qui serait le plus difforme. Il y avait même une femme nue, à la peau très pâle, aux yeux clairs et aux cheveux de neige, dont le bassin, anormalement proéminent, attirait la convoitise de tous les regards masculins.

D'après le présentateur, cette femme était une mutante ingalaise. C'était « l'Aphrodite d'Opilott », dont le corps était la preuve vivante de l'étrangeté de la race blanche. Sa peau qui ne supportait pas le soleil sans brûler démontrait l'infériorité des Blancs par rapport aux Noirs ; son visage plat la rapprochait de certaines espèces de singes tandis que ses cheveux sans résistance rappelaient les poils animaux.

Dans le regard de l'inconnue se lisait l'abattement le plus total. Elle n'avait plus la force d'être triste ; elle attendait la mort, inerte, ailleurs. La gorge d'Émilie se noua. Les autres « spécimens » avaient au moins obtenu des vêtements… De quel droit traitait-on ainsi cette femme, comme un objet, comme une chose sans nom ?

« Regardez comme les artefacts ingalais sont étonnants ! sourit l'empereur. Les guerriers des montagnes Moreover sont loin d'être aussi raffinés que les Ingalais des îles. »

Contrainte par l'Autre, Émilie ne répondit pas.

« Laisse-moi parler ! Regarde cette femme, mais regarde ! C'est atroce, elle est désespérée ! Tu n'as pas le droit de permettre ça. Nous n'avons pas le droit de passer sans réagir… Elle est nue et tout le monde la regarde, quelle horreur ! Dans le monde que j'ai inventé, les femmes qui échangent des points pour se montrer ainsi le font à travers un écran. Ce n'est pas pareil ici… Cette femme est une esclave. Laisse-moi parler, je t'en prie !

– Apprends. Observe. Je souffre avec toi, mais tel est notre rôle…

– Apprendre quoi ? Les mille et une manières d'opprimer son prochain ? L'humiliation ? La violence ? La haine ? L'injustice ? Vaste choix !

– Tu as reconnu que ton monde inventé n'était pas forcément le meilleur. Il contient des Centres d'Aptitude, des Centres d'Observation. La liberté est limitée.

– Mais nous sommes tellement près d'être parfaits, à côté de… Ça ! Les enfants dans les mines, les acteurs roués de coups par l'Enquête, la misère qui pave les rues de Farandol, les Ingalais dans les camps… Mes Centres paraissent ridicules en comparaison ! Ce ne sont pas des usines de mort aussi… Massives. Ni aussi cruelles… Je ne sais plus ! Que faut-il croire, que faut-il penser ?

– Les êtres humains sont insuffisants. Pourris de l'intérieur. Il faut penser à leur place ; tel est ton rôle.

– Que dis-tu ?

– Je ne sais pas. Je suis toi. On parle pour moi.

– Hein ? Qui ça, 'on' ? Explique-toi ! »

Effrayé, l'Autre s'était retiré. Contrainte de suivre l'Exposition, Émilie ne parvint pas à le rappeler.

« Les êtres humains sont insuffisants. Pourris de l'intérieur. »

Il avait paru si sûr de lui en prononçant ces mots… Habituellement, il pensait d'une voix calme, égale, assurée sans être péremptoire. Jamais il n'encourageait Émilie dans ses instants de rage intérieure... « On parle pour moi. » Mais qui ? Pourquoi ? Comment était-ce possible ? Se pouvait-il qu'Émilie abrite deux Autres en elle depuis le début ? Pourquoi seul l'un d'eux partageait-il une telle intimité avec ses gestes et ses pensées ? Et cette voix... Était-ce cette voix qui avait provoqué la rupture avec le duc de Caracol, la chevauchée avec le marquis de Belladone, l'offre d'alliance avec l'empereur de Promété ? Une voix que, par deux fois, elle avait entendue en rêve... Des rêves dont les échos inquiétants ne la hantaient plus depuis son dernier évanouissement. Elle ne comprenait pas... Elle avait peur. Elle voulait être elle-même, et elle était impuissante dans sa propre tête... Que ferait-elle alors sur le trône d'Alma ?

Les Ingalais souriaient, saluaient les visiteurs et se pavanaient dans leurs costumes traditionnels, pour le plus grand plaisir des spectateurs.

Seule l'Aphrodite ne souriait pas.

Son regard ne quitta plus l'esprit d'Émilie jusqu'à la fin de la journée. Elle ne vit pas les objets étranges, scientifiques et artistiques, rapportés des quatre coins de Promété, les cartes, les théories du progrès et de l'humanisme : le soir, ses yeux se fermèrent sur ceux de cette femme inconnue, et sur la sourde angoisse qui hantait son âme.

◆

« Nous allons voir une invention très attendue, le cinématographe, les informa l'empereur. C'est un appareil qui capture et retransmet la réalité en temps différé...

– Pouvez-vous être plus précis ? demanda Céleste.

– Vous connaîtrez bientôt le fin mot de l'histoire. »

Ils pénétrèrent dans une salle pourvue d'une cinquantaine de sièges qui faisaient face à un rectangle de toile blanche. Le velours sombre des fauteuils, faiblement éclairé par quelques lampes, les plongea immédiatement dans une atmosphère de mystère. Derrière la dernière rangée de sièges trônait un étrange appareil, sorte de cube recouvert de soie noire, avec un objectif rappelant celui des photographes à l'avant, et une manivelle à l'arrière.

Quand toute la salle fut remplie, les lumières s'éteignirent : l'image en noir et blanc de la gare de Pandora apparut sur la toile blanche. C'était si réaliste que plusieurs personnes s'écartèrent de leur siège au moment où le train s'ébranla dans leur direction. D'autres scènes se succédèrent, animées par la voix d'un commentateur.

« Voyez comme la foule se presse hors du *Bonheur de Tous*. Les bras de ces acheteurs débordent de paquets… Attention ! Le pauvre a bien failli être renversé. »

Le roi d'Abyss fut le plus emballé de la compagnie. Quand ils sortirent du cinématographe, les yeux pleins d'images inattendues, il s'extasia longtemps sur le génie inventeur de cet appareil fantastique.

« Imaginez ce que l'on pourrait en faire, répétait-il. Immortaliser des événements et les retranscrire à l'identique… Je pourrais montrer au monde entier les splendeurs de Farandol ! Le Salon des Arts serait ouvert à un bien plus grand nombre de participants… Je pourrais, moi, assister à ce qui se passe à l'autre bout de la terre, et donner mes ordres en conséquence, sans me déplacer ! C'est tellement extraordinaire que c'en est à peine concevable.

– Les images que vous verrez ont pu s'écouler des mois auparavant, tempéra Sophie.

– Promété est la terre du progrès. Cette invention est vouée à s'améliorer… Si vous recherchez un mécène, je suis votre homme.

– Je n'en attendais pas moins de vous, » sourit l'empereur.

La sortie du cinématographe débouchait à l'intérieur de la galerie Gold. Ils se retrouvèrent cernés par des appareils plus audacieux les uns que les autres. L'un de ceux qui attiraient le plus de visiteurs se nommait le téléphone. C'était un petit mécanisme couleur bronze, composé d'une sorte d'entonnoir relié par un fil à une base câblée sur le mur.

Le démonstrateur parlait avec une personne située dans la galerie Silver, et invitait les observateurs à prendre sa place. Il suffisait de voir leur visage abasourdi pour se convaincre du succès de l'expérience. L'un des courtisans de l'empereur se tenait dans la galerie Silver : il put échanger avec lui et attester devant tous l'absence de trucage.

« C'est prodigieux, murmura le marquis de Belladone. Si cette invention pouvait être développée sur tout Alma, cela faciliterait la gestion du pays à un point difficilement concevable. Les nouvelles iraient plus vite…

– C'est extraordinaire, renchérit le roi d'Abyss. Croyez-vous que l'on puisse un jour coupler le phonographe et le cinématographe ?

– Si l'on y parvenait, et que la technique progresse assez pour transmettre intensément le son et l'image d'un point à un autre, les pires dérives, tout comme les plus grands bienfaits, seraient à escompter, commenta le prince de Zénit.

– La technique ne sera pas qu'une arme pour les monarques, intervint Sophie. Elle permettra aussi à des villages éloignés de se coordonner pour mener de front leurs combats communs.

– La technique n'est rien de plus qu'un outil, trancha Émilie. Ce qui résulte de son usage dépend du pouvoir qui la brandit.

– Il est étrange que vous établissiez une différence entre la technique et le pouvoir, dit le marquis de Belladone. Pour moi ils ne font qu'un.

– Je rejoins l'avis de la reine, opina le prince. Tandis que la technique n'est qu'un outil, aussi élaboré soit-il, je vois dans le pouvoir une possibilité d'agir, conditionnée par l'étendue de la liberté.

– L'étendue de la liberté, voilà bien le point qui nous divise, intervint le roi d'Abyss. Je la concentre dans mes mains, la mêlant de manière indissociable avec le pouvoir et la technique, tandis que vous…

– Chaque souverain devrait se faire le défenseur de la liberté et l'accorder à son peuple, opina Émilie.

– N'oubliez pas que tout a son contraire, rappela le prince. L'excès, même d'une chose bonne, ne saurait conduire à un résultat positif. Est-ce être libre que de céder à tous ses désirs, sans tenir compte des conséquences de ses actes ? Pour moi, la liberté consiste avant tout à vouloir ce que l'on fait : c'est la preuve que l'on maîtrise ses actions.

« – C'est manquer de courage que craindre de réaliser ses désirs, » objecta l'empereur.

De la musique interrompit leur conversation. Non loin du téléphone, on exposait le phonographe, autre système de transmission du son. Puis c'était le gramophone, autour duquel quelques couples, portés par l'enthousiasme, s'étaient laissés aller à danser. Ces deux appareils permettaient d'immortaliser la musique et de l'écouter à volonté. « Transportez l'opéra dans votre salon », telle était la réclame du présentateur.

« Faire ce que l'on veut, ce n'est pas être libre, déclara Émilie. C'est dévaler une pente sans savoir où elle mène, ni si l'on sera capable de s'arrêter, pour le seul plaisir de courir. Un être libre doit pouvoir s'arrêter avant la fin de la pente pour profiter du paysage, sauter un obstacle et retourner en arrière s'il le faut.

– Majesté, vous dites tout et son contraire, remarqua le roi d'Abyss. C'est à n'y plus rien comprendre.

– Moi-même, je ne suis pas certain de vous suivre, dit le prince de Zénit. Il faut contrôler sa course en effet, puis avoir la sagesse de l'arrêter quand surgit un obstacle.

– C'est exact. Et en même temps… Les obstacles doivent nous pousser à avancer.

– Alors pourquoi contrôler sa course ? demanda l'empereur de Promété. Puisqu'en fin de compte, nous désirons avancer.

– Pour être véritablement maître de soi, il faut à la fois être capable de vaincre n'importe quel obstacle et de s'incliner, expliqua Émilie. Céder, même quand l'on peut agir. Agir, quand on préférerait céder. Réaliser ses désirs et les ignorer quand il le faut.

– Votre position a le mérite de rassembler tous les partis dans le même camp, ironisa le roi d'Abyss.

– C'est un peu facile, remarqua l'empereur. Vous donnez raison à tout le monde, mais votre position n'est pas tenable. Grâce à la technique, les Prométéens se sont affranchis des lois de la nature : aujourd'hui, nous maîtrisons la terre et la mer, demain le ciel. Après-demain, nous aurons peut-être vaincu la mort. Cette promesse folle lèverait les dernières barrières qui nous entravent. »

♦

Deux jours furent nécessaires pour parcourir la galerie Gold dans son intégralité. Inventions, vêtements, bijoux et objets exotiques les guettaient à chaque pan de mur.

À la fin du deuxième jour, une fraîcheur imprévue les enveloppa dès qu'ils eurent franchi les élégantes grilles de la galerie. Dehors, il faisait nuit. L'esplanade ne désemplissait pas. Une autruche se lissait les plumes, se disputant l'attention des passants avec une tortue géante et un ours blanc. On ne voyait pas les étoiles : les arches métalliques surplombant l'esplanade brillaient de mille guirlandes électriques. De longs fils parsemés de minuscules lampes, jaunes, bleues, rouges, vertes, blanches, qui formaient autant de motifs lumineux.

Certaines formes semblaient récurrentes dans les décorations : les étoiles, la mer, les cadeaux, les dauphins, des visages d'enfants émerveillés. À l'approche de la galerie Silver, ces évocations se firent de plus en plus marquées. Le souvenir d'un vieillard joufflu vêtu de rouge traversa Émilie ; celui que l'on avait peint sur les vitrines de la galerie Silver paraissait beaucoup plus vénérable et portait du bleu. Peint ? Non, sculpté ! Les vitrines étaient des espaces à part entière, où des figures bienveillantes d'hommes et de femmes s'animaient pour préparer et remettre des cadeaux... S'animaient ?

« Les automates vous plaisent-ils ? demanda l'empereur. Ils apparaissent en vitrine pour la première fois... La Fête de la Famille me semblait la thématique idéale.

– La Fête de la Famille ? releva le roi d'Abyss.

– La célébration la plus populaire de tout Promété. Le jour où chacun reçoit des cadeaux selon ses mérites... C'est chaque année l'occasion d'un grand nombre d'achats : nous avons estimé judicieux de coupler à l'Exposition universelle un espace de vente unique au monde, dont les vitrines seraient la porte d'entrée. »

Ils longèrent la galerie Silver, suivant les êtres bleus dans leur voyage à travers la nuit pour distribuer des cadeaux aux enfants méritants. Les scènes étaient magnifiquement représentées, mais les regards attendris des automates ne parvenaient pas à éclipser les yeux de l'Aphrodite d'Opilott, de Solace, de tous ces êtres en souffrance qu'Émilie avait croisés, et dont le malheur laissait profondément indifférents la multitude d'acheteurs bien intentionnés qui se pressaient autour d'elle.

Quand ils pénétrèrent dans la galerie Silver, les jouets et les bibelots s'étalaient dans toutes les directions. Ils recouvraient les murs jusqu'au plafond, s'entassaient en bacs dans les allées, se disputaient l'attention des passants sur les présentoirs. Partout, publicités et catalogues invitaient l'acheteur à céder.

« Offrez-lui le plus beau cadeau du monde ! »

« Rendez-le heureux. »

« C'est si simple d'être aimé… »

Ces mots se répétaient sur autant d'affiches le long de la galerie.

Les acheteurs s'empressaient, les bras chargés de paquets, le regard avide : ils s'attendrissaient d'avance sur la joie de leurs enfants. Partout, c'étaient des guirlandes colorées, des jouets bruyants, une invitation à l'achat. Émilie suffoquait ; l'étalage d'objets lui donnait le vertige.

La deuxième partie de la galerie était réservée à la nourriture : la foule, loin de diminuer, sembla s'accroître. Les bonnes odeurs faisaient saliver les gourmands, qui accumulaient tant de paquets qu'Émilie se demandait comment ils tenaient encore debout. Tant d'objets, tant d'aliments à vendre, et dans les montagnes de l'île Wilderness, les Ingalais luttaient pour leur survie…

« Je ne comprends pas cette obsession des Prométéens pour la consommation, remarqua le roi d'Abyss. À quoi bon acheter sans fin quantité d'objets inutiles et dépourvus de beauté ?

– Acheter revient pour beaucoup à être heureux, répondit l'empereur. Le bonheur à travers le confort, voilà ce que nous tentons de vendre.

– Tout le monde n'a pas la sagesse de vouloir ce qui est bon, commenta le prince de Zénit.

– Chacun n'a que ce qu'il mérite, dit Sophie. Si un homme désire ce qui doit le conduire à sa perte, il n'est pas digne de réussir.

– N'est-ce pas le rôle d'un souverain de le guider sur la voie de la paix intérieure, en dépit des pièges que lui tend son propre cœur ? protesta le prince.

– La société réunit les conditions qui lui permettront d'être heureux, répondit l'empereur. Aller jusqu'à lui dire comment remporter cette gageure, c'est outrepasser ses fonctions.

– Ainsi, pour vous, le bonheur est un prix auquel seuls les gagnants ont droit ? résuma Céleste.

– Vous m'avez très bien compris. Je suis pour la juste récompense des mérites.

– Je tente de réunir les conditions nécessaires au bonheur du plus grand nombre, parce que c'est ce qui est juste, répliqua le prince.

– Les hommes sont bien souvent cause de leurs propres malheurs, observa Céleste. De la même manière, ils sont responsables de leur bonheur…

– Vous accusez les hommes ; je reporterais davantage la faute sur la société qui les entoure, dit Émilie. Puisque le bonheur est une affaire relative, le mieux serait de dissoudre la société pour le rendre accessible. Renvoyer l'armée, mettre fin aux lois, fermer les tribunaux, abolir les frontières… Chacun serait alors parfaitement libre d'être heureux à sa façon.

– En dissolvant l'État, vous ne faites pas disparaître la force, remarqua le roi d'Abyss. Nous ne naissons pas égaux de nature : sans armée, qui osera s'en prendre au fort pour défendre le faible ? Sans lois et sans justice, comment mettre fin au cycle de la vengeance en cas de conflit ? Pour qu'une société soit viable, chacun doit y avoir un rôle. Qui dit rôle dit inégalité. Nourrir, protéger, instruire, diriger… Accepter de se soumettre et que les tâches ne soient pas toutes aussi gratifiantes.

– Le bonheur consiste à pouvoir choisir entre ces options, affirma le prince de Zénit. Les choix peuvent se multiplier et les rôles se succéder ; cependant, on ne peut refuser de jouer un rôle, simplement pour se garder ouverte la possibilité de tous les jouer.

– Je ne vous comprends pas, intervint Madeleine. Vous cherchez à réunir les conditions du bonheur, puis vous maintenez qu'il ne dépend que des hommes d'être heureux, comme si tous vos efforts ne servaient de rien…

– Je vais jusqu'où il me semble légitime d'aller. Au-delà, je ne puis qu'espérer, et regretter. »

La réponse de Madeleine se perdit dans le brouhaha ambiant. La beauté des vitrines, des arches, des présentoirs, cette conversation même, tout cela semblait tellement vide à Émilie. Prétendre que le bonheur pouvait s'acheter, qu'il suffisait d'être sage pour se voir récompensé… Et de l'autre côté, on infligeait à son semblable un traitement pire que celui réservé aux animaux. On encourageait le racisme, on ignorait l'existence des *places of endless pain*…

Une bataille féroce se livrait dans son cœur. Le prince, le roi et l'empereur se contentaient de la réalité. Émilie voulait changer la réalité… Mais l'Autre, trouvant cet argument risible, l'empêchait de le formuler à haute voix. C'eût été comme dire à un miséreux que les contes étaient vrais, qu'une fée le récompenserait s'il se montrait vertueux…

La voiture qui les ramenait à la Torsade emprunta les grands boulevards. Les éclairages de la Fête de la Famille rivalisaient de beauté, d'audace et d'ingéniosité. Les vitrines souriaient aux passants, tout Pandora semblait en fête.

« La misère côtoie des vitrines où l'on vend à n'en plus finir nourriture et jouets. C'est si artificiel, si creux… La frénésie de la consommation et le dénuement le plus total sont à quelques rues l'un de l'autre. Cela rend-il factices l'amour et la joie qui se lisent sur le visage des passants ? Ont-ils conscience de la cruauté de la situation ?

– S'il est paradoxal, le cœur humain n'est pas si noir, répondit l'Autre. Oublier est aussi humain que donner. La force de Promété réside dans la libre association, qui permet aux individus partageant une cause commune de se rassembler pour se donner les moyens de servir leur ambition : celle-ci va de la charité à la politique en passant par les droits des animaux… Et les droits des Blancs. Et toi, réalises-tu que tu juges tout ce que tu vois ? Pourquoi moralises-tu ainsi les actes que tu observes ? Depuis le début de notre voyage, tu compares chaque pays à ce monde que tu as imaginé. Dans quel but ?

– Je l'ignore. La comparaison s'est faite naturellement, je n'y ai jamais réfléchi… Dans ce monde que j'ai inventé, on m'a appris que la vie humaine comptait plus que tout. Les robots, la nature, tout était à notre service. La douleur humaine était intolérable, inadmissible : aussi, à chaque fois que je l'ai vue, j'en ai été choquée.

– Mais pourquoi la vie humaine serait-elle si importante ? Les Abyssins placent Deus et le roi au-dessus de leur vie. Les Zénitiens sont prêts à mourir pour défendre le culte de Pi. Les Prométéens se damneraient par amour du profit. Pour les Ingalais, il n'y a pas de vie qui compte plus qu'une autre. La pierre, l'oiseau, eux, tout est à égalité. Ils s'inscrivent au sein d'un ensemble et savent accepter la mort comme une chose naturelle… Tandis que les Prométéens cherchent à la vaincre.

– Chacun se construit par rapport au lieu où il a grandi, résuma Émilie. Si je place la vie humaine au-dessus de tout, c'est parce que le Centre d'Éducation m'a appris à penser de cette manière… Tout en le combattant, j'ai toujours cru fermement aux principes que m'a inculqués ce monde inventé. Je suis… Le résultat d'une éducation. D'une opinion particulière qui se transmet de génération en génération.

– Comme chaque être humain.

– Mais qui suis-je pour juger l'éducation des autres ? Le bien, le mal, tout est-il absolument relatif ? N'y a-t-il aucune justice absolue ?

– Les hommes ne sont pas dénués de conscience. Ils font de leur mieux avec ce que la nature leur offre, et ce que l'éducation leur apprend, par rapport à un système de normes donné.

– Tu as dit la dernière fois qu'ils étaient insuffisants et pourris de l'intérieur. Qu'il fallait penser à leur place. C'est toi qui as parlé…

– On a volé ma voix.

– Explique-toi ! Si tu es l'enfant d'Arès, qui a parlé pour toi ?

– Je… ne sais pas.

– Comment ça, tu ne sais pas ? Cesse d'avoir peur, nous devons être forts ! Même si nous ne comprenons pas… Même si les actions des hommes n'ont ni queue ni tête. Tu parlais de vue d'ensemble… À l'échelle du monde, les uns louent ce que les autres condamnent, les premiers construisent ce que les suivants détruisent, rien n'a de sens et la vie ressemble à un chaos infini de forces contraires.

– Seule la technique est logique. Cohérente. Si tu lui confies les intérêts des hommes, elle mènera sa mission à bien, sans préjugés ni corruption. Telle est la seule solution possible.

– Quoi ?

– Non ! Aide-moi, je disparais ! »

L'Autre s'évanouit. Émilie n'eut pas le temps de le retenir. Elle eut beau se concentrer de toutes ses forces, il se terrait dans son inconscient, inaccessible, apeuré. À nouveau il lui avait parlé de ce ton autoritaire, de cette voix rêvée… « Seule la technique est logique. Sans préjugés ni corruption. Les hommes sont insuffisants. » Incapable d'y répondre, elle se répétait ces mots inlassablement. Pourquoi sonnaient-ils si désespérément juste ?

◆

Votre Majesté,

La peste atteint les derniers rivages d'Alma. Son voyage s'achève sur les côtes de ce que les Prométéens appellent la mer Moreover, dans les fiefs de Chalan et de Ravine. Faute d'être épargnés, le vicomte et le comte espèrent que la mort noire se retirera de leurs terres aussi promptement que de Malraison.

Ce que vous me dites des Ingalais et des Prométéens montre à quel point votre périple vous a fait grandir. Consciente de la complexité du cœur humain autant que de la difficulté inhérente à vos fonctions, vous voici prête à régner sur votre héritage : la plus vaste contrée du monde connu.

Nul parmi vos pairs n'a autant de hâte de vous revoir que

Votre humble Vassal,

André, Duc d'Orcival, Marquis de Byzance

Monsieur d'Orcival,

Votre lettre me fait grand plaisir et vient agréablement clore mon séjour prométéen. Je vous serai éternellement redevable du service que vous me rendez. Dans l'attente d'une distinction plus substantielle, vous vous satisferez, j'espère, du modeste récit qui va suivre.

Apprenez que je parcoure depuis plusieurs jours les avenues de l'Exposition universelle. Vous n'avez jamais rien vu de plus extraordinaire que cet endroit. Il y a le lieu, bien sûr, avec ses immenses galeries. Mais il y a surtout des inventions si incroyables que je n'hésiterais pas à les qualifier de magiques, si l'on ne m'avait maintes fois assurée de leur caractère scientifique.

Imaginez un appareil, qui vous offrirait de me parler ici même, à Pandora, sans quitter Corasone : pure folie ? Détrompez-vous, cela existe, et se nomme radiophone. Une autre machine permet d'écouter de la musique sans musiciens ni instruments. La plus extraordinaire, le cinématographe, rejoue la réalité et fige le temps mieux que ne le ferait n'importe quel tableau.

Si toutes ces inventions se développent à Promété selon les plans de l'empereur, il pourra bientôt se rendre maître du monde connu. J'ai vu tant de merveilles que je peine à redescendre sur terre.

Cependant, ma joie a été tempérée par une tristesse encore plus grande, quand j'ai vu bafouer sous mes yeux, sans que cela cause le moindre scandale, la dignité humaine. C'était une femme que l'on exposait nue, pour mieux observer ses attraits ; une femme dont le regard était si désespéré que je ne l'oublierai jamais. À ses côtés se tenaient des Ingalais domestiqués, à la fois fiers et honteux de leur appartenance. Comment l'être humain peut-il être aussi ingénieux et aussi cruel ? Aussi génial et aussi monstrueux ? C'est un sujet dont il me tarde de m'entretenir avec vous, qui êtes un si ardent défenseur de la science et de l'humanité.

Rêvez aux étrangetés de l'Exposition universelle. Nous verrons ensemble si Alma peut un jour espérer égaler son glorieux voisin. Je repars pour Corasone dans quelques jours ; peut-être arriverai-je avant ma lettre ? Je suis impatiente de vous revoir, afin de récompenser dignement le plus valeureux serviteur d'

Émilie

Reine d'Alma, Duchesse de Corasone

Encore une fois, le roi d'Abyss se contenta du récit d'Émilie ; Céleste n'avait aucune nouvelle de son messager.

« Se peut-il que le roi ait découvert la supercherie ? s'inquiéta Émilie.

– Fût-ce le cas, il ne resterait pas indifférent, tempéra Céleste. Peut-être le coursier a-t-il simplement pris du retard…

– Monsieur d'Orcival a surpris des échanges illicites entre Messieurs de Caracol, de Malraison et de Salmonel. Il devait m'en dire davantage dans son prochain courrier. Si je rentre à Alma sans rien savoir…

– Il n'est pas dans leur intérêt de s'opposer à vous. Vous avez démontré une grande volonté de conciliation dans l'affaire des théistes, et le roi est connu pour son amour de la hiérarchie : vos pairs auraient tout à perdre en conspirant contre vous. Quelles que soient leurs ambitions, vous y répondrez de concert avec le roi…

– Peu importe, soupira Émilie. Je ne sais plus si je dois me battre ni quels idéaux je dois défendre. Les arguments échangés au fil de ce voyage, tout ce que j'ai vu… Je croyais pouvoir choisir en connaissance de cause : voilà qu'aucune solution ne me satisfait.

– Vous êtes trop idéaliste. Vous ne parviendrez jamais à éradiquer l'injustice de la face de la Terre. Il faut affronter les problèmes un par un, au fur et à mesure qu'ils se présentent.

– Avant de quitter Corasone, j'avais une opinion bien arrêtée sur ce qui est bien et sur ce qui est mal : aujourd'hui, tout me semble relatif. Ma vision n'est pas moins arbitraire que les autres. J'ai cru que régner consistait à agir pour rendre un peuple heureux, sain, riche et bien portant. Mais l'être humain n'est jamais satisfait. Chacun a sa propre définition du bonheur... Même le malheur est relatif. »

Émilie ne savait plus que penser. Elle qui avait pénétré le Cimetière des Naufragés, gravi l'Everest, trouvé les fées... Les fées. Remettre chaque chose à sa place, relativiser les événements les uns par rapport aux autres, vivre, aimer. Pourquoi ces principes, acquis au prix de tant de peines, s'oubliaient-ils si facilement ?

« Majesté, vous ne pouvez porter la responsabilité de toutes les injustices du monde. Telle est également la position du roi. Il ne se rend pas coupable du malheur de la terre entière.

– J'ignore si je peux lui faire confiance. Il accepte de gouverner avec moi, mais se montre dans ses avis en tout point opposé à ma manière de penser. Derrière chacun de mes choix se dresse l'ombre de la guerre...

– Elle est le prix de votre liberté.

– Mais Céleste, nous sommes tous libres. Tous égaux. Nous avons tous le pouvoir d'être heureux.

– Vous savez bien que non. Nous sommes enchaînés par l'Histoire, l'habitude et les préjugés. Aucune force ne peut lutter contre cela. Vous devez affronter cette vérité en face, prendre les hommes tels qu'ils sont et aller de l'avant malgré tout. Vers un monde qui vous semble meilleur. »

Rongée par les affres du doute, Émilie sentait une puissante bienveillance émaner de Céleste. Ce sentiment l'auréolait sans parvenir à la pénétrer. La bonté et la guerre étaient inconciliables ! Elle refusait de sacrifier quoi que ce soit à son idéal, mais perdait celui-ci de vue un peu plus chaque jour. Comment bâtir un monde juste, que faire une fois de retour à Alma ? Qui était-elle, que voulait-elle, que se passerait-il ? Et maintenant, l'absence de réponse du duc... Qu'adviendrait-il quand elle regagnerait Corasone ?

♦

Les deux galeries de l'Exposition, au lieu de s'achever au bord du Nevermore, se poursuivaient par-dessus, réunies en une troisième galerie vitrée qui surplombait le fleuve. Sous cette galerie, un pont couvert permettait le passage des voitures et des fiacres. Quatre colonnes soutenaient les deux passerelles. L'ensemble, aussi impressionnant qu'aérien, était magnifique et, aux dires de l'empereur, « le seul double-pont tournant du monde ».

Une horde de journalistes l'escorta jusqu'au ruban blanc, pour l'inauguration. Les escaliers qui reliaient la galerie Gold au pont formaient une jolie courbe, dont les parois vitrées offraient une vue splendide sur Pandora. Comme pour le métropolitain, l'empereur gratifia ses concitoyens d'un discours avant de donner son coup de ciseaux.

Les rideaux qui masquaient l'entrée du pont s'ouvrirent pour dévoiler une superbe allée de bois verni, bordée de vastes fenêtres. Des grilles se fermèrent devant les spectateurs ébahis et le pont s'ébranla dans un bruit infernal ; pendant une fraction de seconde, Émilie crut qu'il s'écroulait. Puis, lentement, très lentement, le sol tourna de concert avec le plafond. Une fracture apparaissait au milieu du pont, un rai de lumière, suivi d'un courant d'air froid. Peu à peu, le vide se faisait sur le Nevermore. Le pont du dessous observait le même mouvement : Émilie pouvait presque sentir les puissants engrenages en branle pour faire pivoter l'édifice.

Il fallut quelques minutes pour que la rotation s'achève. Les deux parties du pont s'étaient rangées le long des quais, parallèles au fleuve, laissant le passage libre aux bateaux de l'archipel.

Une salve d'applaudissements et d'acclamations salua ce nouveau prodige. Pendant que le pont se remettait en place, l'empereur répondit de bonne grâce aux questions des journalistes.

« Majesté, pensez-vous que l'Exposition universelle aura sur Pandora des bénéfices assez élevés pour compenser les pertes de la construction ? Les fruits de ce travail seront-ils redistribués dans tout Promété ?

– L'Exposition doit durer huit mois. Elle permettra de lancer un grand nombre d'inventions révolutionnaires, dont j'espère doter tout l'archipel le plus rapidement possible. Les dépenses que

Pandora a dû engager dans la préparation de l'Exposition sont le prélude d'investissements garants de prospérité.

– Certaines de ces inventions pourront-elles s'exporter ? Est-ce pour cette raison que vous avez convié à l'Exposition d'aussi illustres représentants étrangers ?

– L'Exposition doit être l'occasion d'ouvrir nos frontières. Fini l'isolationnisme ! L'heure est aux échanges et au grand commerce.

– Ne craignez-vous pas que la peste déclarée à Alma s'étende à Promété ?

– Nous prendrons toutes les mesures nécessaires pour éviter que cela se produise. Je mettrai mes meilleurs médecins à la disposition de la reine : je ne doute pas qu'ils trouvent rapidement un remède. »

La fermeture du pont à deux étages mit fin à cet entretien.

Ils débouchèrent sur les allées d'un parc. Entre elles se dégageait un espace semblable à l'esplanade du métropolitain, rempli d'attractions insolites. Au milieu se dressait une roue gigantesque, à laquelle étaient suspendues des cabines où l'on distinguait des voyageurs enthousiasmés. Ici c'était un assemblage de chevaux, de carrosses, de griffons, de dirigeables et de voitures tournant en musique autour d'un axe central, et portant chacun un passager ravi. Là, c'était un stand où l'on devait tirer des cibles au fusil pour gagner le droit de choisir un lot parmi tous ceux étalés sur la devanture. Ailleurs, on vendait des gourmandises colorées, on faisait des tours de magie, on donnait un spectacle de marionnettes.

Émilie chevaucha une élégante jument en bois blanc harnachée d'or, dans cet étrange carrousel qu'on appelait manège. Elle ne parvint pas à toucher une seule cible à la carabine, mais le roi d'Abyss n'en manqua aucune et lui offrit le superbe nécessaire d'écriture qu'il avait gagné. Le prince de Zénit joua pour Madeleine, à qui il donna une ravissante statuette de cheval, et Sophie remporta haut la main un très beau pistolet. L'empereur les invita tous sur la grande roue, du sommet de laquelle ils apercevaient nettement le quartier de la Torsade, les trains de la gare de Pandora et le Nevermore qui serpentait d'un bout à l'autre de l'horizon.

L'innovation technologique trouvait son point culminant avec ce que l'empereur nommait « trains des montagnes ». Des rails vertigineux, sur lesquels circulaient des sortes de trains dépourvus de toit, emportant les voyageurs à toute allure le long d'un circuit inégal. D'abord une longue montée, puis une descente abrupte et des virages se succédant à une vitesse effrayante. La structure de bois tremblait, menaçant à tout instant de s'effondrer. Autour d'Émilie, tout n'était que cris et hurlements exubérants.

Pour clore l'après-midi, l'empereur proposa à ses invités un tour en montgolfière. L'imposant ballon multicolore trônait à l'autre bout du parc d'attractions : une flamme incandescente brûlait en son centre et s'intensifia pour leur permettre de s'élever. Pandora ressemblait à une cité de poupées. Ils voyaient la grande roue, le pont, l'Exposition universelle, les maisons rouges, la Torsade, les quartiers blancs, loin de l'autre côté du fleuve.

Émilie se laissait porter dans un état second. Elle repensait à l'Aphrodite blanche, aux Ingalais, à l'Enquête, aux rues de Farandol, à son mariage. Toutes les expériences qu'elle avait traversées depuis son couronnement se ravivaient, liées dans un tout impossible et pourtant réel, comme les pièces d'un puzzle accourant pour se remettre en place. La tentaculaire Pandora devenait petite ; Émilie voyait dans ce changement de perspective la fin de toute existence humaine. Des pions inconscients de leur nature, qui seraient bientôt renversés par une nouvelle partie sur le même plateau de jeu. Des efforts vains, car rien n'avait de sens et rien ne comptait…

« Ressaisis-toi, lança l'Autre. Tu es la reine : le sort de milliers de gens est entre tes mains.

– Les hommes sont insuffisants. Seule la technique est cohérente. Ce sont tes mots…

– Non. On a volé ma voix ! Aide-moi !

– J'ai peur. Je ne sais plus ce que je désire… Le monde que j'ai inventé est celui que je souhaitais fuir ; aujourd'hui je veux le retrouver. La violence s'ouvre sous mes pieds, partout, quel que soit le chemin que je prends.

– Une fois de retour à Alma…

– J'ai le pouvoir de changer mon pays. De mettre un terme à la misère, la haine, l'injustice. Cette chance que les fées nous ont donnée dans mon monde inventé, grâce à toi je la tiens entre mes mains. Je ne veux pas partir. Ne pas saisir cette opportunité me condamnerait à une vie de regrets. Mais j'ai peur… Ce qui me semblait une évidence est devenu si compliqué. Rendre un peuple heureux, quel est le sens de ces mots ? Le bonheur se réduit-il à l'absence de malheur ? Je suis impuissante devant la peste. Je ne suis pas parvenue à empêcher théistes, déistes et croyantins de s'entretuer. Que ferai-je, une fois de retour à Corasone ? Je ne sais plus qui je suis… Émilie ? L'enfant d'Arès ? Et cette autre voix qui parle par ta bouche, qui est-ce ?

– Souviens-toi des mots de Céleste. Tu ne peux te rendre responsable de tout ni résoudre chaque problème. Même les rois n'ont pas ce pouvoir.

– C'est pourtant celui que les fées nous avaient offert.

– Les fées n'existent pas. »

Émilie pleurait des larmes invisibles ; la montgolfière voguait loin au-dessus de Pandora.

« Et Émilie, existe-t-elle ? Qui est-elle, cette fille bizarre qui se parle à elle-même ? Pourquoi sommes-nous un ? Pourquoi ai-je tant de souvenirs d'ailleurs ?

– L'histoire doit suivre son cours.

– Je ne supporte plus cette réponse !! Dis-moi qui tu es. Donne-moi ton nom !

– Je suis l'enfant d'Arès. Je suis toi.

– Je t'ordonne de me donner ton nom.

– On essaie d'entrer en moi…

– Qui ça, 'on' ? De quoi parles-tu ?! »

Terrorisé, l'Autre resta muet. Il s'accrochait à Émilie de toutes ses forces mais se faisait lentement, inexorablement, arracher d'elle.

« Que se passe-t-il ? hurla-t-elle en pensée. Pourquoi pars-tu ?

– Émilie, je retourne au néant… J'ai peur… Adieu ! Adieu !

– Reviens ! Ne pars pas ! »

Mais l'Autre ne pouvait plus parler. Un cri d'agonie répondit à l'appel d'Émilie, dont l'écho fut promptement noyé dans un océan de silence.

Le silence...

Le silence.

Un silence épais, noir, profond.

Un silence solide qui l'enveloppait.

Un silence qu'aucune pensée, jamais, ne traverserait plus.

CHAPITRE 5 : ALMA

I

Émilie guetta le messager de Céleste jusqu'à l'heure du départ, en vain.

Ils quittèrent Pandora aux premières lueurs de l'aube, loin des vivats et des honneurs.

Désespérée par l'absence de l'Autre, elle portait son deuil en silence, indifférente à ce qui l'entourait. Le superbe navire à vapeur qui les conduisit à Orcival voguait dans une mer terne ; les côtes d'Alma portaient le manteau de désolation de l'hiver. Leur cortège solitaire semblait traverser un pays mort.

Le jour où ils atteignirent Corasone, il neigeait en abondance. La flèche d'or se distinguait à peine des nuages ; l'horizon se fondait dans le ciel.

Quand Émilie précéda ses vassaux dans la salle du Conseil, elle ne fut qu'à moitié surprise d'y trouver le roi d'Abyss.

« Assisterez-vous à mon Conseil ?

– Vos pairs m'y ont très chaleureusement convié. Ils m'ont également appris les conflits qui embrasent théistes, déistes et croyantins. Le manque de confiance qui vous a incité à me cacher cette information me pousse d'autant à venir dès maintenant… »

L'entrée des pairs d'Alma les interrompit. Le duc d'Orcival, le marquis d'Albigeois et le comte de Ravine furent les seuls à paraître étonnés de la présence du roi.

« Messieurs, lança celui-ci, bien que mon mariage avec votre reine doive attendre encore, je me permets de devancer le droit en présidant le Conseil d'aujourd'hui. Nous avons beaucoup à faire.

– C'est à moi que revient le privilège de présider ce conseil, intervint Émilie.

– Votre Altesse, ne laissez pas votre orgueil occulter votre raison, tempéra le duc de Caracol. Votre alliance avec le roi d'Abyss est ce que nous espérions tous. Cet heureux événement doit ramener la paix et la prospérité à Alma. Voilà plusieurs mois que nous louons votre sagesse, ne nous donnez pas lieu d'en médire.

– Nous vous soutiendrons aussi longtemps que vos décisions seront pour le bien d'Alma, sourit le duc de Fourcaré.

– Avez-vous conservé le projet de contrat de mariage que je vous envoyai voici trois mois ? demanda le roi d'Abyss.

– Le voilà, votre Majesté, s'empressa de répondre le marquis de Salmonel. Tel que nous l'a transmis votre messager.

– Je vous remercie. Pouvez-vous en reprendre les termes principaux, pour ceux qui les ignoreraient encore ?

– Vous réclamez un droit de regard total sur les affaires d'Alma, et que tous les pouvoirs vous soient cédés, selon le même système qui régit Abyss. Vous demandez à régner sur Alma comme un monarque absolu, afin d'unir nos deux nations en un empire tout puissant.

– Un seul trône pour deux royaumes, tel est mon objectif, acquiesça le roi.

– Qu'en est-il de la lignée royale d'Alma ? voulut savoir le marquis d'Albigeois. Quelle sera la fonction dévolue à notre reine ?

– Elle sera l'ambassadrice du mariage entre nos deux pays et la mère des enfants de l'empire almabyssin. En tant qu'héritière du roi Arès, je prêterai également une oreille attentive à toutes les recommandations qu'elle voudra bien me faire.

– Il n'y a pas à hésiter, déclara le duc de Caracol. Une union avec Abyss fera de nous l'empire le plus puissant du monde connu.

– Quelle garantie avons-nous que vous tiendrez parole ? souleva le comte de Ravine. La Flèche noire est-elle assez riche pour financer la reconstruction des provinces d'Alma ? Serons-nous traités à égalité ?

– Même si l'or d'Abyss devait tarir, un mariage n'est pas un engagement que l'on peut rompre, répondit le roi. Nos deux pays seront unis quoi qu'il arrive. La gloire almabyssine dépassera les frontières : nos deux peuples seront égaux devant la couronne. J'ouvrirai les universités abyssines aux Almalites ; j'agrandirai les provinces de Ravine, Caracol, Billentet et Fourcaré qui sont limitrophes de ma terre. Pour résoudre les troubles religieux, j'imposerai à tous les réfractaires de se convertir au déisme.

– Que faites-vous de Zénit et de Promété ? demanda le duc d'Orcival. Ne prendraient-ils pas ombrage d'une union trop puissante ?

– N'oubliez pas que j'ai une sœur à marier. Aucun de ces deux pays ne pourra s'opposer seul à une alliance tripartite.

– Qu'en est-il de la République d'Outremont, de Ganymède, Orion et Aramée ?

– La République d'Outremont ne s'est jamais mêlée de ce qui se passe au-delà des montagnes de Cyan ; Ganymède, Orion et Aramée sont des alliés d'Abyss de longue date et le resteront après mon mariage.

– Je refuse de donner les pleins pouvoirs au roi d'Abyss. »

Émilie s'étonna de parler aussi froidement.

« Je souhaite que nous gouvernions à deux et que chaque décision soit validée à parts égales par lui et moi. De nombreuses réformes sont à mener dans nos deux pays…

– Majesté, vous devez accepter que le roi d'Abyss soit notre seul souverain, » insista le duc de Caracol.

Des larmes de rage perlaient aux yeux d'Émilie. Le duc d'Orcival baissait les yeux, ulcéré ; le comte de Ravine et le marquis d'Albigeois l'invitaient du regard à ne pas commettre l'irréparable. Acquis au roi d'Abyss, ses autres ministres la fixaient froidement. Le duc de Caracol, le duc de Malraison et le marquis de Salmonel exultaient.

Émilie était impuissante devant cette collusion du pouvoir, de l'argent et de l'intérêt : si elle ne cédait pas, au moins trois provinces s'allieraient à Abyss pour lui déclarer la guerre. Plier revenait à perdre tout pouvoir ; résister, à plonger Alma dans un nouveau bain de sang.

La gorge serrée, elle signa le contrat de mariage qui l'engageait à renoncer à tout pouvoir politique sur Alma.

Pendant le reste du Conseil, elle ne parla pas. Elle revoyait son voyage, cette insouciance qui lui coûtait sa liberté, le piège dans lequel elle s'était elle-même engluée, en offrant sa main au roi d'Abyss en échange de la liberté du marquis de Quéribus. Toutes les lois qu'elle voulait promulguer, tous ses combats pour l'égalité et la justice s'effondraient sous une chape de lassitude et d'iniquité. Malgré ses efforts, elle se retrouvait aussi impuissante qu'à la mort de son père... Pour protéger Alma. Pour éviter la guerre.

Aurait-elle dû préférer cette option ? Les tueries, les pillages policés de ses provinces exsangues, la souffrance partout autour d'elle ?

La mort, ou la misère...

Fais confiance au roi d'Abyss. Les hommes sont insuffisants. Seule la technique compte. Tu es inexpérimentée. Laisse-toi guider...

Comme il était doux de suivre ces pensées... En l'absence de l'Autre, comment savoir à qui elles appartenaient ? L'Autre... Il lui manquait tant en cet instant...

Peu importait...

♦

Le jour de son mariage fut l'un des plus passifs qu'il lui ait été donné de vivre. On l'habilla, on la coiffa, on la poudra, on lui dit tout ce qu'elle devait faire.

Toute la journée se déroula selon un cérémonial ancestral.

Le mariage fut célébré dans la salle de bal du palais, en présence des courtisans et des représentants officiels de chaque religion. Le carrosse parcourut les rues enneigées de Corasone ;

Émilie dut répéter un nombre incalculable de mots dénués de sens et multiplier les serments.

Le soir venu, après avoir changé de robe pour la troisième fois, elle ouvrit le banquet en cédant la parole à son époux, puis dansa sans joie pendant le bal qui suivit. Un poids morne écrasait son cœur, étouffant dans l'œuf toute velléité de rébellion.

« Je suis content de vous, lui murmura le roi pendant qu'ils dansaient. Votre comportement a été digne d'une reine. Notre mariage sera heureux… Mais n'oubliez pas que vous avez le droit de sourire.

— Vous m'avez trompée. Ne me demandez pas de feindre un bonheur que je ne ressens pas. »

La danse s'achevait. Une autre commença ; enfin vint le tour du marquis de Belladone.

« Vous avez été si triste aujourd'hui, on eût dit que le roi vous conduisait au tombeau, observa-t-il.

— Je n'ai plus aucun pouvoir sur mes vassaux et sur la terre d'Alma. Pour éviter la guerre, j'ai dû céder…

— Mon père m'a tout révélé. Il conspire contre vous depuis son arrivée à Corasone. L'intérêt vient à bout des haines les plus vivaces : le roi d'Abyss lui écrit en secret, ainsi qu'à d'autres pairs, depuis le début de notre voyage. Le duc d'Orcival avait fini par découvrir la vérité, mais ils ont fait tuer son messager.

— Le roi…

— Le roi est à la fois l'acheteur et l'acheté. Le mécontentement que vous avez disséminé autour de vous a réussi là où vos promesses ont échoué. Alma est unifiée, prête à contracter une alliance durable avec Abyss, pour se protéger de vos réformes et de vos coups de tête.

— Pourquoi me révélez-vous tout cela ? Ne soutenez-vous pas votre père ?

— Il arrive que le cœur à la raison s'oppose. »

Le marquis lui lança un regard perçant. L'impuissance qui enserrait l'âme d'Émilie s'intensifia, à tel point qu'il lui fallut lutter pour répondre.

« Ne me demandez pas de me rebeller… Je dois songer au bien d'Alma. »

Le bal sembla durer une éternité, avant qu'Émilie puisse enfin regagner sa chambre.

Le roi la rejoignit quelques instants plus tard.

De ce qui se produisit pendant cette nuit et celles qui suivirent, elle ne parla à personne.

Ces événements nocturnes peinaient à prendre forme jusque dans sa propre pensée ; elle ne cherchait pas à comprendre, elle voulait seulement oublier.

Oublier l'horreur, oublier la douleur, ne plus réfléchir.

◆

Le roi d'Abyss prit toutes les mesures nécessaires pour exclure Émilie de la vie politique d'Alma.

L'empereur de Promété, Sophie et le prince de Zénit regagnèrent leur royaume. Chacun à leur manière, ils tentèrent d'éveiller en Émilie la flamme qu'ils lui connaissaient. Ils la remercièrent chaleureusement pour ce voyage insolite, qui avait développé en chacun d'eux des espoirs inattendus. Le prince évoqua les réformes qu'il comptait mener, l'empereur se perdit en spéculations sur les marchés qui s'ouvraient à son commerce. Sophie l'invita à ne pas obéir si pieusement à son époux. Le jour de leur départ, Émilie crut entendre les échos d'une dispute entre la Prométéenne et le prince, auquel Sophie adressa un adieu plutôt sec.

En dépit des protestations d'Émilie, Céleste retrouva son mari, le marquis de Belladone son père. Sa dame de compagnie la quitta les larmes aux yeux, tandis que le marquis peinait à masquer sa colère.

Madeleine devint sa principale interlocutrice. Émilie ne participa plus aux Conseils des pairs ; tous ses courtisans semblaient s'être ligués entre eux pour l'empêcher de s'entretenir avec ceux qui la soutenaient. Quant à écrire une lettre, à qui aurait-elle pu s'adresser ? Elle n'avait pas le droit de se battre contre son propre pays. Pas quand le roi d'Abyss s'investissait autant dans la reconstruction d'Alma.

« La modernisation de Ravine, Caracol et Billentet est sa priorité, disait Madeleine. Les autres provinces viendront ensuite. Depuis toujours, mon frère rêve d'unifier Abyss et Alma, de créer le plus glorieux empire de l'Histoire. Cela ne saurait se faire sans une grande armée, une religion unique et des sujets fidèles à leur roi... Ainsi nous mettrons un terme aux luttes entre théistes, déistes et croyantins qui ont déchiré Alma en votre absence. Comme pour soutenir cette action, la peste recule elle aussi. Les remèdes de l'empereur de Promété semblent efficaces... Bientôt, nous pourrons faire entrer en vigueur les traités commerciaux signés à Pandora. »

Émilie occupait ses journées en brodant et en lisant, tandis que le roi se consacrait aux affaires du royaume. Aucun homme ne lui parlait ; les femmes ne tenaient autour d'elle que des propos d'une insipidité recherchée.

Les semaines devinrent des mois, le printemps remplaça l'hiver. Le gouffre causé par l'absence de l'Autre se refermait lentement.

À force de côtoyer la princesse d'Abyss, Émilie en était venue à l'apprécier. Derrière son orgueil se cachait un humour discret mais réel ; sans avoir le sens de la justice de Sophie, elle se montrait fine juge de l'âme humaine. Elle partageait avec Émilie une antipathie naturelle envers le marquis de Salmonel, et une certaine réserve à l'égard des ducs de Malraison et de Caracol.

« C'est pourtant grâce à eux que votre frère a gagné l'appui des pairs, commenta Émilie.

– La politique est fille de l'intérêt. Aucun de ces hommes n'a agi par conviction : ils ont changé de camp par sentiment ou par calcul. Je ne suis pas étrangère à ces retournements, mais ces trois vassaux me paraissent particulièrement retors. Deux d'entre eux ont longtemps professé une loyauté sans bornes envers le roi Arès, pour ensuite se rallier à mon frère sans coup férir. Je préfère mille fois la haine déclarée à une amitié feinte. Messieurs de Ravine, d'Albigeois et d'Orcival me semblent bien plus recommandables ; j'aimerais qu'Armand parvienne à les gagner à sa cause.

– S'il continue à prendre autant de soin de leurs provinces, il devrait y arriver sans trop de peine.

– Qu'est-il advenu des réformes que vous vouliez entreprendre ?

– Votre frère s'occupe d'Alma. Je n'ai pas le droit de m'élever contre lui si mon peuple en est content.

– Pourtant vous êtes si triste… N'ayez crainte, je suis certaine qu'un enfant finira par faire votre bonheur.

– Peu importe le mien : le vôtre sera bientôt d'actualité. Où en sont les tractations avec le Triangle de Lumière ?

– J'ai cru comprendre qu'elles aboutiraient sous peu. »

Au début de l'été, Madeleine épousa le prince de Zénit. Le mariage venait conclure de longs mois d'espoir et d'inquiétude. Profondément éprise du prince, Madeleine avait craint que son frère ne lui préfère l'empereur de Promété, dont l'archipel était riche de bien des promesses.

« Avec notre soutien, Promété deviendrait démesurément puissant, l'empereur pourrait prendre le dessus, expliqua Madeleine à Émilie. Ses idées politiques sont trop dangereuses pour s'allier avec lui autrement que par le commerce. Avec Zénit, Armand s'assure un appui plus modeste, mais durable. »

La joie de Madeleine faisait plaisir à voir. Elle ne doutait pas que le prince de Zénit revienne de son inclination pour Sophie et lui rende enfin son amour. Émilie assistait à tout cela comme dans un rêve, ne réagissant aux événements que pour les approuver. Après le départ de sa belle-sœur, elle multiplia les promenades dans le jardin. La splendeur des allées verdoyantes et des statues de marbre lui rappelait la fin de l'été précédent, où la mort de son père lui avait ouvert tant de chemins. Elle aimait s'isoler au centre du lac. Cependant, elle restait rarement seule : une fois Madeleine mariée, le roi d'Abyss s'était évertué à lui imposer une autre dame de compagnie. Ses moments de liberté, Émilie les goûtait la nuit, lorsqu'elle n'arrivait pas à dormir ; elle se levait en catimini pour ouvrir sa fenêtre et contempler les étoiles.

Elle trouvait un réconfort inattendu dans les lettres que lui envoyait Madeleine. Emplie du bonheur de sa vie à Zénit, sa belle-sœur lui décrivait les bals, les pièces de théâtre et les fêtes religieuses de cette terre de soleil ; de temps à autre, elle se permettait quelques réflexions politiques.

Les jours s'étendirent en semaines et les semaines en mois : trois années durant, Émilie vécut dans une langueur monotone contre laquelle elle ne songeait pas à lutter.

Jusqu'à ce soir d'hiver où elle trouva en se couchant une lettre sous son oreiller.

Majesté,

J'ai pris toutes les peines du monde pour m'assurer que vous lisiez cette lettre, et que vous la lisiez seule. Après votre mariage, j'ai été contrainte de rejoindre Monsieur d'Arrimande. Il m'a cloîtrée un an dans notre château ; il m'aurait gardée pour toujours enfermée si une opportune maladie ne l'avait conduit à la tombe. Veuve et manquant de soutiens, j'ai préféré me rendre à Belladone, plutôt que de risquer un retour dans une Cour dont les dettes de feu mon époux m'ont interdit l'accès.

Vous n'êtes pas sans savoir que mon cousin a regagné Belladone, afin d'administrer Caracol en l'absence de son père. Il désapprouve autant que moi le complot qui vous a privée du pouvoir ; il a perdu tout espoir de raviver en vous la flamme d'antan. Il vous reproche de ne réagir à aucune des mesures prises par le roi ; il ne connaît pas comme moi l'emprise qu'un mari peut exercer sur sa femme. Je sais que vous êtes maintenue dans la plus stricte ignorance : apprenez enfin la vérité que l'on s'évertue à vous cacher.

En fait de reconstruction financière, votre époux a renforcé les armées du pays. Il n'a rebâti les villages incendiés que pour permettre aux paysans de nourrir des garnisons supplémentaires qu'il a fait implanter un peu partout. « Promulguer le déisme » sont les termes qu'il emploie pour justifier les persécutions dont sont victimes théistes et croyantins à la suite des troubles qu'ils ont causés. Le peuple croule sous les impôts. Torture et emprisonnement sont devenus monnaie courante : quiconque refuse Deus renie l'autorité du roi. Ce monarque que je croyais éclairé s'est laissé aveugler par l'éminence religieuse. Il ne connaît plus d'autre loi que la foi. Il a fait brûler les livres qui le contredisent, donnant lui-même l'exemple en détruisant une partie de la bibliothèque de Farandol. Vos sujets grondent, mais il a le soutien de l'armée, à l'exception notable du maréchal Raphaël de Quéribus.

Les récoltes de l'été ne sont pas bonnes, l'hiver promet d'être rigoureux. Tout Caracol murmure contre le roi. Mon oncle, jadis si attentif, ne s'en soucie guère. Il semble qu'il ait été tout entier avalé par les intrigues de Cour. Vous savez que nous sommes croyantins : je ne puis supporter de voir les Caracoleurs ainsi accablés de souffrances injustes.

Ne laissez pas votre peuple subir plus longtemps cette absurde férule. Raisonnez le roi : les rêves de gloire dont il m'a tant parlé ne ressemblaient pas à la triste réalité qu'il est en train de façonner.

Ne cherchez pas à me répondre, ne vous fiez à personne. Rien ne me permet de garantir que je vous écrirai à nouveau. Si vous tentez de vous échapper, une cage dorée se fermera sur vous. Je vous invite à la plus grande prudence, et à la plus vive douceur : seules des suggestions empreintes de respect et d'admiration sont susceptibles d'atteindre votre orgueilleux époux. Je saurai m'enquérir du résultat de vos actions par moi-même.

Votre humble servante,

Céleste d'Arrimande

La lettre eut sur Émilie l'effet d'un choc électrique. Une porte que l'on maintenait fermée de force s'ouvrit en elle : il en jaillit une bouffée de colère, de joie et d'air frais.

L'Autre ne répondrait plus à son appel, mais ses dernières paroles résonnèrent en elle, comme s'il venait de les prononcer.

« Ressaisis-toi. Tu es la reine : le sort et le bonheur de milliers de gens sont entre tes mains. »

Ses courtisans lui mentaient. Le roi n'agissait pas pour le bien d'Alma. Son pays avait besoin d'elle.

Elle aurait dû suivre les conseils de Céleste, se montrer patiente et discrète, mais elle ne pouvait dominer sa volonté trop longtemps endormie. Tant qu'elle n'aurait pas d'enfant, le roi ne lui accorderait aucun crédit. Tout comme il restait sourd à ses suppliques quotidiennes, le soir, lorsqu'il la retrouvait dans sa chambre… Elle attendit le dîner pour mener son plan à exécution.

« Sire, j'entends chanter vos louanges à longueur de journée. Il semble que j'aie l'époux le plus parfait du monde : le maître d'un bras armé, qui n'hésite pas à affamer ses peuples et à tuer femmes et enfants pour établir le déisme. »

Avant de répondre, le roi s'essuya la bouche. Il posa méticuleusement ses couverts sur la table ; depuis son mariage, il avait renoncé à son habitude de manger avec les mains. Ses gestes soigneux ne trahissaient rien de sa surprise, tout juste perceptible derrière ses yeux verts.

« Comment de telles rumeurs vous sont-elles parvenues ? murmura-t-il enfin d'un ton doucereux.

– Un rêve, une intuition, qu'importe ? Vous n'avez que trop fait couler de sang almalite.

– Cessez vos enfantillages philosophiques. Songez davantage à me donner un héritier.

– Pour perpétuer vos nobles traditions ? »

Les traits du roi se durcirent.

« L'empire almabyssin a besoin d'une nouvelle lignée. Un seul trône, une seule foi, un seul royaume.

– Une seule foi ? Madeleine a pourtant épousé un roi théiste.

– Je le regrette aujourd'hui. Zénit se convertira : pour l'heure, le temps d'Alma est venu. Un temps de pacification, où l'hérésie est pourchassée jusque dans ses moindres bastions.

– Ce n'est pas la vision glorieuse que Farandol m'avait fait espérer.

– La notion de gloire vous sera à jamais étrangère.

– Sire, entendez-moi. Je ne cherche pas à monter une cabale contre vous. Cependant, je ne peux approuver votre ambition si elle se concrétise au détriment de mes peuples. Bâtissez un empire juste : la gloire suivra d'elle-même. »

En guise de réponse, le roi engagea la conversation avec le duc de Malraison.

« Les femmes ne devraient pas se mêler de politique. »

La remarque provenait du duc de Caracol, assis à la droite d'Émilie.

« Vous teniez fort bien votre rôle jusqu'ici, Majesté, poursuivit-il. Pourquoi vous arrêter en si bon chemin ?

– Il faut se méfier des rôles, seigneur, rétorqua Émilie. On ne sait jamais quel cœur ils dissimulent. Ainsi certains se prétendent amis de mon père, pour mieux livrer son royaume à l'homme qui l'a assassiné.

– Comment osez-vous ? s'empourpra le duc. Je suis persuadé que le roi d'Alma et le roi d'Abyss eussent formé ensemble une alliance exceptionnelle, si la vie ne les avait empêchés de se connaître. »

Le ton montait malgré eux. La musique couvrait leurs voix, mais la rumeur se chargeait de faire de leur altercation le centre de toutes les conversations.

« Madame, vous semblez souffrante, déclara enfin le roi à Émilie. Allez vous reposer dans vos appartements.

– Je me sens tout à fait bien, protesta Émilie.

– Je vous en prie. Ces dames vous raccompagneront. »

Le roi la rejoignit quelques heures plus tard.

« Vous m'avez fait un affront que je ne vous pardonnerai pas.

– Je suis la reine d'Alma. Vous-même m'avez autorisée devant mes vassaux à vous faire des suggestions. »

La gifle fut si brutale qu'elle projeta Émilie à terre.

« Je ne vous le répéterai pas. Vous êtes une femme. Votre rôle est de me donner des enfants ; ma volonté doit être votre seule loi. Levez-vous. »

Émilie aurait voulu hurler.

L'Autre ne l'en empêchait plus…

Quand elle s'efforça de se défendre, la violence du roi la réduisit au silence.

◆

« Un changement d'air vous fera le plus grand bien. Vous ne devez pas vous laisser atteindre par les mauvaises langues de la

Cour. J'ai donné des ordres pour que vous soyez installée là où rien ni personne ne pourra vous corrompre. »

Accompagné d'une suite discrète, le roi conduisit en personne Émilie à son nouveau logement, au sommet de la flèche d'or.

« Vous me punissez pour hier soir, constata-t-elle une fois qu'ils furent seuls en haut de la tour.

– Vous avez grand besoin de calme. Vous aurez ici l'occasion de réfléchir pleinement à votre comportement. Vous avez des livres et de la broderie pour vous occuper ; s'il vous manque quoi que ce soit, faites-le savoir aux domestiques. »

Émilie tenta de sortir, en vain. La tour ne comptait que deux pièces : une salle d'eau et une chambre. Des tapisseries décoraient les murs, plusieurs épaisseurs de tapis recouvraient le sol. Les meurtrières de cette ancienne salle de garde lui permettaient d'entrevoir Corasone…

Émilie prenait lentement conscience de ce qui lui arrivait. Alors que son cœur reconquérait sa liberté, elle se retrouvait prisonnière de son propre palais… Elle devait trouver un moyen de s'échapper. Comme elle regrettait l'Autre ! La solitude lui était devenue insupportable. Elle ne se laisserait plus faire… Cela ne pouvait pas être vrai ! C'était impossible !

Ses livres s'avéraient insipides, la broderie l'ennuyait ; au-dehors, une nouvelle Enquête étendait son ombre. Elle le savait. Elle aurait dû agir…

Un serviteur muet lui apportait ses repas. Le roi venait parfois la voir pendant la nuit, mais ses visites étaient si douloureuses et si brèves qu'elles ne permettaient pas à Émilie de lui parler. Fermement décidée à ne jamais lui donner d'enfant, elle désespérait de sortir… Pour aller où ? Aucun de ses pairs ne la soutiendrait. Quant à Promété… L'empereur l'accueillerait peut-être, pour la livrer au roi d'Abyss à la première occasion. Le mariage de Madeleine rendait inenvisageable une alliance avec Zénit. Restaient Ganymède, Orion et Aramée…

Ce fut aux Caracoleurs qu'elle dut de ne pas s'enliser dans une situation sans espoir.

Moins d'un mois après son emprisonnement, Émilie s'éveilla en sursaut au milieu de la nuit. L'heure à laquelle le roi venait la voir était passée depuis longtemps. Une silhouette lui prit l'épaule ; elle reconnut la voix du marquis de Belladone.

« Émilie, réveillez-vous, vous devez vous enfuir !

– Lionel ? Mais comment…

– Dépêchez-vous, il faut partir ! »

Émilie se levait lorsqu'ils furent surpris par la lumière.

Entouré d'une dizaine de gardes, le roi d'Abyss bloquait la porte. Un mur d'ombre et de métal, éclairé par les flammes vacillantes des lanternes…

« Eh bien, qu'avons-nous là ? Le marquis de Belladone, en train d'enlever la reine d'Alma ? À moins que l'héritière du trône ne songe à déserter son pays…

– Voici bientôt un mois que vous maintenez prisonnière l'héritière du trône, répliqua le marquis. Certains d'entre nous en étaient à vous soupçonner de l'avoir fait assassiner.

– Il suffisait de me demander un entretien avec la reine. Je vous l'eus volontiers accordé. Vous êtes à présent dans une position délicate ; je doute de pouvoir vous éviter la prison.

– Épargnez-moi vos regrets rhétoriques.

– Si la reine désire votre grâce, je vous sauverai peut-être.

– J'exige que vous me rendiez ma liberté ! s'exclama Émilie. »

Le marquis dégaina son épée. Émilie n'eut pas le temps de réagir : sur un signe du roi, elle se retrouva entravée par les gardes, tandis que le souverain d'Abyss et l'héritier de Caracol croisaient le fer.

« N'intervenez pas ! ordonna le roi à ses gardes. L'affaire est entre le marquis et moi : vous l'arrêterez quand je l'aurai vaincu… Pour tentative de régicide !

– Si je vous désarme en premier, me céderez-vous la couronne ? » ironisa le marquis.

Les deux hommes se battaient avec tant de férocité qu'ils forcèrent les soldats à reculer vers la porte. Soudain, les gardes qui maintenaient Émilie s'effondrèrent : trois inconnus, menés par Céleste, firent irruption dans la pièce pour occuper ceux qui restaient.

Le roi fut pris de court ; Céleste entraîna Émilie vers la sortie.

Le froid glacial la mordait de toutes parts ; déjà elles étaient entrées dans la tour et dévalaient l'escalier. Leurs poursuivants les rejoignirent au moment où elles arrivaient en bas. Céleste poussa Émilie vers les terrasses.

« Vous trouverez une corde dehors, fuyez, les grilles sont ouvertes. Un carrosse vous attend hors du palais. Je vais attirer les gardes de l'autre côté, dépêchez-vous ! »

Céleste s'élança dans la salle de bal tandis qu'Émilie sortait sur les terrasses. Elle descendit tant bien que mal dans la cour du palais. La corde lui mordait les mains, la pierre griffait ses pieds nus, mais elle parvint saine et sauve jusqu'au sol.

La cour du château ne lui parut jamais si grande que durant cette course effrénée vers les grilles de la ville. Des soldats sortis de nulle part s'élançaient à sa poursuite, elle courait à en perdre haleine…

Elle était dehors ! Le carrosse l'attendait en bas des escaliers.

Les chevaux filèrent dans un galop frénétique.

Les gardes les poursuivirent. Ils arrivaient de toutes parts, à pied, à cheval, de plus en plus nombreux.

La cavalcade faisait un bruit monstrueux. Les rues s'illuminaient de bougies ; en passant la tête par la fenêtre, Émilie comprit qu'ils n'avaient aucune chance. Les soldats les cernaient ; le cocher ralentissait.

Elle ouvrit la porte et sauta. Il y eut des cris, elle fut frappée sans savoir par quoi, une jambe, un étrier, les pavés. Elle n'était qu'une énorme ecchymose, mais le bruit s'éloignait. Le temps que les gardes fassent demi-tour, elle avait disparu. Elle courait au hasard des rues, dévalait des escaliers, courait, courait, finit par atteindre le Sang. Le galop des chevaux résonnait derrière elle, des gardes arrivaient sur les quais…

Elle se jeta dans le fleuve.

Emportée par le courant, elle nagea vers l'autre rive ; les soldats l'eurent bientôt perdue de vue. Elle devait regagner la terre ferme… Cette forme au loin, cela ressemblait à des marches… Rejoindre les escaliers, nager encore… Elle parvint de justesse à se hisser sur le quai. Trouver une cachette… Le pont ! Il y avait des niches dans les fondations… Il suffisait de se faufiler… Les gardes traversaient au-dessus d'elle…

Haletante, épuisée, meurtrie, grelottante, elle se laissa tomber sur la pierre froide de la niche où elle venait à grand-peine de se cacher. Avant de perdre connaissance, elle entendit du bruit dans l'obscurité.

◆

Quand Émilie s'éveilla, la lumière du soleil parvenait tant bien que mal jusque sous le pont. Elle était enfouie sous d'épaisses couvertures malodorantes ; tout son corps lui faisait mal.

« T'es réveillée ? murmura une voix bourrue. Tu te sens comment ?

– Qui êtes-vous ? balbutia Émilie.

– Moi c'est Bastan. C'est toi que les gardes ont poursuivie hier soir dans toute la ville ? T'es folle de t'être jetée dans le Sang, t'aurais pu mourir de froid. »

Émilie peinait à réfléchir. Ses membres la lançaient, sa tête lui faisait mal… Elle se sentait si faible.

« Comment tu t'appelles ?

– Émilie.

– Pourquoi les gardes te chassaient ? Tu serais quand même pas la reine ? »

Une vague de panique envahit Émilie. À peine libre, elle venait de révéler son identité… Elle n'avait plus la force de fuir.

« T'inquiète pas. Toute la ville sait que tu t'es enfuie, le roi a mis une récompense sur ta tête, mais je te trahirai pas. »

Émilie esquissa un sourire. Ses yeux se fermaient malgré elle.

« Guéris-toi. Tu crains rien, ici. »

Pendant plusieurs jours, Émilie oscilla entre la vie et la mort. Elle délirait durant son sommeil ; dans ses moments de lucidité, elle avalait difficilement une étrange mixture que lui donnait Bastan.

La fièvre finit par retomber. Émilie se réveilla un matin, toujours contusionnée, mais assez solide pour affronter la réalité.

« On dirait que tu vas mieux, commenta Bastan. T'es prête à sortir ?

– Sortir ?

– Tu peux pas rester couchée comme ça. T'es plus au palais. Les autres savent que j'ai ramassé quelqu'un, ils ont des doutes, si tu te montres pas ils sont capables de venir vérifier quand je serai parti. S'ils te reconnaissent, c'est pas dit qu'ils te rendront pas au roi.

– Que dois-je faire ? »

Bastan poussa un profond soupir avant de répondre.

« Faut que tu te déguises. T'es encore trop propre sur toi, regarde-moi ces dentelles. Si tu veux, je t'aiderai. »

Émilie acquiesça.

Elle n'éprouva rien quand Bastan lui coupa les cheveux à la garçonne à l'aide d'un couteau, et se laissa maculer le visage de terre sale.

« Savez-vous ce qui est arrivé au marquis de Belladone et à sa cousine ?

– Ils sont en prison, accusés de haute trahison. Le roi dit qu'ils t'ont enlevée. Mais faut pas beaucoup de jugeote pour comprendre que tu t'es enfuie toute seule. T'aurais pas sauté dans le fleuve en plein hiver sinon.

– Je suis désolée…

– C'est pas le moment de philosopher. Le matin, faut sortir travailler, après toutes les places sont prises. On parlera ce soir. Je t'appellerai Sanda. Avec tes cheveux coupés et mes vieux vêtements, personne te reconnaîtra. Viens. »

Bastan conduisit Émilie le long du quai, puis dans des ruelles sombres où régnait une odeur nauséabonde. Tout son corps protestait contre le moindre mouvement, le froid mordait sans pitié ses pieds que protégeait mal une vieille paire de sabots. Bastan n'était guère mieux loti qu'elle.

Il finit par s'arrêter dans une grande rue ; Émilie comprit bientôt ce qu'il entendait par « travailler ». Ils restèrent plusieurs heures assis dans la neige, main tendue, œil baissé, guettant les trop rares aumônes des passants.

« Ayez pitié, M'sieurs dames, répétait Bastan. Pitié pour les pauvres, M'sieurs dames, Deus vous garde... Charité, une pièce pour avoir du pain. »

Émilie ne trouvait pas la force de parler. Parfois, une pièce tombait dans sa main, donnée si rapidement qu'on eût cru le fruit de la honte. Son orgueil était trop blessé pour qu'elle soit reconnaissante ; elle se revoyait le jour de son couronnement, maîtresse incontestée d'Alma...

Comment en était-elle arrivée là ? Ses escapades dans les quartiers pauvres de Farandol et Lucibel lui semblaient risibles. Qui ne l'avait pas éprouvée ne savait rien de la misère...

À chacun de ses maigres repas, elle avait honte de sa voracité, honte de son impuissance.

« Avez-vous toujours vécu ainsi ? demanda-t-elle à son hôte un soir.

– Non. J'étais fils de marchand. Mes parents sont morts quand j'avais dix ans. J'avais pas d'autre famille qu'eux et ma sœur, on avait des dettes. On s'est retrouvés à la rue. Ma sœur a tenu cinq ans, puis elle est morte de froid un soir. Elle a glissé, elle est tombée dans le Sang. L'hiver était très dur cette année, le plus dur que j'aie jamais connu. On trouvait des cadavres de mômes et de vieux congelés un peu partout dans les rues. Je l'ai ressortie de l'eau tout de suite, mais elle est morte dans la nuit.

– Est-ce pour cela que vous m'avez sauvée ?

– Je suppose.

– Elle s'appelait Sanda, n'est-ce pas ? »

Bastan ne répondit pas. Émilie resta muette, absorbée par la mince flamme qui dansait devant eux.

« C'est étrange, murmura Bastan. Sanda est morte l'hiver où tu es née.

– Qu'avez-vous fait après sa mort ?

– Les temps étaient durs. J'ai demandé à tous les marchands de la ville de me prendre chez eux. Une fois qu'on a connu la rue, c'est difficile d'en sortir. On veut plus de toi. Même si tu te fais beau, la misère laisse des marques sur ton visage ; si tu quittes pas la rue rapidement, les traces s'effacent plus. Les autres ont peur de toi : ils veulent pas te prendre chez eux, ils croient que tu portes malheur. Sanda, c'est peut-être mieux qu'elle soit partie. Elle a pas été malheureuse trop longtemps.

– C'est injuste.

– Les rois et les nobles, ils ont d'autres soucis. Il faut faire la guerre pour garder son chez-soi, je suppose. Les aristos peuvent pas s'occuper de tout. Te biles pas, tu t'habitueras à la quémande. C'est pas folichon, mais ça permet de vivre. »

Les jours qui suivirent se ressemblaient tous. Chaque matin, Bastan se levait tôt, se rinçait le visage dans le Sang et gagnait l'une de ses « places de quémande ». Il passait sa journée à héler les passants ; quand une rare générosité lui laissait un alme d'or en main, il l'échangeait contre une tourte à la viande à la boulangerie.

Émilie ne s'était jamais rendu compte du prix de la vie avant ce jour, et voyait bien que Bastan aurait beaucoup mieux vécu sans elle. Ses blessures cicatrisaient lentement ; elle s'habitua vite à cette sensation de faim discrète et lancinante qui ne la quittait plus.

Des soldats la recherchaient dans toute la ville. Ils passèrent plusieurs fois devant elle sans la reconnaître. Sa fuite formait l'objet d'interminables discussions : des rumeurs aussi échevelées les unes que les autres circulaient à son sujet. On la disait à l'envi morte, exilée, levant une armée pour marcher contre Corasone, folle ou indifférente. Certains prétendaient que son escapade était un coup monté destiné à dissimuler son assassinat. Toutefois, les nobles n'osaient murmurer trop haut contre le roi qui se montrait si bon avec eux. Ils accouraient de plus en plus nombreux pour vivre à la Cour de Corasone.

Cependant, la foi exaltée du roi en refroidissait plus d'un. Alma totalisait plusieurs siècles de liberté religieuse : les théistes et les croyantins craignaient pour leur vie. Personne n'envisageait qu'Émilie puisse se cacher à Corasone sous l'apparence d'une clocharde déguenillée.

« Il t'a vraiment emprisonnée, le roi ? »

Bastan lui posa la question deux semaines après sa fuite : c'était la première fois qu'il l'interrogeait.

« T'es la reine d'Alma, j'ai du mal à croire qu'un roi étranger ait assez de pouvoir pour te mettre en prison...

– Je n'étais pas dans un cachot. Au début, je pouvais circuler, mais j'étais constamment surveillée. Quand j'ai appris que le roi prenait des mesures religieuses de plus en plus autoritaires, j'ai voulu lui parler. Je l'ai défié devant toute la Cour... Alors il m'a fait enfermer dans la flèche d'or. Le marquis de Belladone et sa cousine m'ont libérée au péril de leur vie. Même si tu m'as sauvée, le pouvoir reste dans les mains du roi ; aucun noble ne m'aidera.

– Et le duc d'Orcival ? Pendant l'hiver de la régence, il s'est bien comporté. Il a beaucoup aidé les pauvres en ton nom et il a bien combattu la peste.

– Le duc m'est fidèle, mais Orcival n'a pas la force militaire dont j'ai besoin.

– Tu comptes faire la guerre ?

– Je ne laisserai pas Alma aux mains d'un tyran. J'avais cédé à condition que le sang ne soit pas versé. Voilà que le roi tue et torture pour des questions religieuses : c'est intolérable.

– T'auras besoin du maréchal de Quéribus. Il est retourné à Castelroc : c'est là que tu dois commencer.

– Je n'ai aucun doute sur l'allégeance du maréchal, mais ce n'est qu'un seul homme, quand il m'en faudrait des milliers...

– Tu comprends pas. Le maréchal de Quéribus est un héros. Si tu veux qu'on se batte pour toi, il faut pas philosopher. Il faut te faire respecter par tes actes. Le maréchal l'a fait, le roi Arès aussi.

– Le roi Arès ne cherchait qu'à faire la guerre. Il a laissé mourir des milliers de gens comme Sanda et tes parents sans y accorder d'importance.

– Mais il s'est battu pour Alma. Il a montré qu'il avait du courage. Il a pas tué Sanda volontairement. Il avait d'autres soucis, on peut pas lui en vouloir. C'est pas sa responsabilité.

– Que fais-tu de la justice et du bien-être du peuple ?

– Pour moi c'est rien que des mots. Si tu veux que ça me parle, faut me montrer. »

Émilie repensa longtemps aux paroles de Bastan. Elle appréciait chaque jour un peu plus ce modeste clochard, qui vivait sans se plaindre et se satisfaisait de chaque bouchée de pain. Le visage très figé, ce quarantenaire qui portait une barbe châtain gris de grand-père n'attendait plus rien de la vie. D'un stoïcisme à toute épreuve, il demandait l'aumône pour avoir de quoi manger, mangeait pour bien dormir et dormait pour être en forme le lendemain, afin de demander l'aumône. Il ne désirait rien, ne jalousait personne, ne réfléchissait pas. Émilie ne s'incommodait même plus de son odeur, qu'elle avait trouvée écœurante les premiers jours. Leur abri ne la dégoûtait plus : c'était leur seul rempart contre le froid.

« On lavera tout à l'été, c'est la saison, » disait Bastan.

Il connaissait Corasone jusque dans ses moindres recoins. Souvent, en fin d'après-midi, il emmenait Émilie dans des ruelles hors du temps, ou vers de splendides édifices religieux.

« Ne peut-on pas rentrer ? demanda un jour Émilie. Ces monuments sont ouverts à tous, en particulier aux miséreux.

– On sent trop mauvais, on incommoderait les riches. Il faut attendre les heures creuses… Y en a beaucoup parmi nous qui passent leur temps à prier Deus, Pi et Coros. Ça leur donne du courage. Mais moi j'aime pas manger de ce pain-là. J'ai rien fait de mal dans ma vie ; j'ai prié des années et ça n'a jamais rien changé. Les dieux sont des sourds ou bien des ingrats s'ils ont le pouvoir de tout empêcher et qu'ils s'en servent pas. Ça me rendait encore plus pitoyable de les prier pour rien. »

Chaque jour était un combat contre le froid. Dès qu'Émilie se réchauffait, ses mains et ses pieds saignaient. Elle songeait avec amertume au confort des palais… Mais Bastan avait raison, elle n'avait jamais rien fait d'autre que philosopher. Le prince de Zénit, lui, agissait réellement pour son peuple… Là-dessus, elle rejoignait cependant l'avis de Bastan. L'idée d'une aide religieuse lui déplaisait : théisme, déisme ou croyantisme semblaient servir de prétexte pour soulager les consciences, au lieu de pousser chacun à agir par un altruisme véritable.

Elle voulait changer tout cela. Reconquérir le pouvoir, construire des hospices, des écoles, des lieux où l'on pourrait s'abriter et s'éduquer parce que c'était normal, et non par charité. Pour y parvenir, elle devrait lever une armée… À qui s'adresserait-elle ? Peut-être devait-elle suivre le conseil de Bastan et commencer par le marquis de Quéribus.

« De toute façon, tu vas pas voyager l'hiver, trancha Bastan quand elle lui fit part de ses plans. Réfléchis jusqu'au printemps ; je voudrais pas que tu finisses congelée sous un arbre. Les guerres, c'est comme le ménage : c'est une affaire d'été. »

Mais le roi d'Abyss menait contre le peuple une guerre qui n'attendit pas l'été pour se durcir. Les mesures prises contre les théistes et les croyantins devenaient de plus en plus virulentes. Un tribunal religieux fut créé pour juger, censurer et surveiller tout ce qui traitait « de morale et de religion ». On fut bientôt emprisonné sur simple dénonciation, puis torturé et assassiné, pour ne pas avoir assisté à l'office déiste, ou bien pour avoir en sa possession des livres contraires au culte de Deus. Il suffisait qu'un voisin vous accuse de sorcellerie pour qu'on vous croie coupable, sans besoin de preuve ; les tortures faisaient avouer n'importe quoi à n'importe qui. Tous les temples et les pagodes furent reconvertis en sanctuaires : les fidèles qui tentaient de résister furent tués en place publique. Pire que de jurer contre Deus, on punissait le crime de lèse-majesté par une mort lente et douloureuse. Tout Corasone se devait de rendre gloire au roi. La liberté de penser n'eut bientôt pour dernier refuge que l'esprit des clochards, cette lie de l'humanité, trop puante et misérable pour que quiconque songe à s'en approcher. Certains pairs, craignant pour leur vie, hésitaient à quitter Corasone pour regagner leur province ; le marquis d'Albigeois fut le premier à partir.

Émilie restait affaiblie par les rigueurs de sa nouvelle vie. Elle était libre, mais peinait à lutter contre la morsure gelée du désespoir. Elle ne sentait plus ses mains et ses pieds, n'avait plus conscience d'aucune puanteur. Elle attendait avec une morne avidité l'unique repas de leur journée, les quelques secondes de délice et de chaleur que lui procurait le pain avant de descendre dans son estomac. Toutes ses forces étaient concentrées sur sa survie, comme si l'hiver ne devait jamais prendre fin.

Les mendiants se multipliaient. Théistes, athées et croyantins privés de leurs biens venaient rejoindre la foule des malheureux. Les places devenaient de plus en plus difficiles à trouver : si un boulevard était trop plein, les quémandeurs étaient chassés par les soldats à coups d'épée. Émilie mesura quelle avait été sa chance de rencontrer Bastan : il n'était pas rare de croiser des cadavres en chemin, hommes assassinés, femmes violées ou mortes de froid, leur bébé dans les bras.

Au début, ces visions tétanisèrent Émilie de rage ; à présent, elles étaient si communes qu'elles parvenaient à peine à toucher son cœur gelé. Les soldats ne la recherchaient plus comme au premier jour ; elle avait cessé d'être le sujet de toutes les conversations. Il était interdit de mentionner son existence devant le roi. La croyait-il vivante, morte, exilée ?

L'avis de recherche n'avait pas été levé. Émilie ne se faisait plus appeler que Sanda. Elle regardait souvent avec nostalgie les fenêtres qu'éclairait la faible lueur des bougies, la nuit ; les visages souriants de familles unies ne manquaient jamais de la rendre triste. Tout cela lui rappelait une chaleur lointaine, un confort tenu jadis pour acquis et un amour qui, bien qu'inexistant dans cette vie, avait laissé en elle des traces profondes. Il lui semblait être exilée de l'humanité, seule au milieu des ponts gelés et des flocons tourbillonnants, la proie de visions à jamais inaccessibles.

◆

Un jour, la neige se mit à fondre.

Le soleil réapparut et, avec lui, les premiers rayons d'espoir. Timide à ses débuts, ne sortant qu'une ou deux fois par semaine, puis de plus en plus audacieux, jusqu'à ce que les premières fleurs réinvestissent les marchés.

Émilie cessa lentement d'être morte.

Au commencement, le soleil n'eut aucun effet sur elle. Un matin cependant, la pierre lui sembla moins dure et le vent plus doux.

Quand elle se mira dans une flaque d'eau, elle ne se reconnut plus. Ses cheveux étaient si crasseux qu'ils paraissaient bruns. Sa peau ressemblait à celle des mineurs de Promété. Il ne restait plus rien d'Émilie, reine d'Alma. Rien que des souvenirs… Et le cœur battant d'une âme qui se cherche. Se trouverait-elle, en demeurant à Corasone ? Se trouverait-elle davantage en levant une armée, en semant derrière elle le sang et la terreur de la guerre ?

Non.

Le sang coulait déjà dans les rues de Corasone, la fumée de la terreur s'élevait de la flèche d'or. La guerre, si elle éclatait, ne serait pas le fruit d'un orgueil démesuré, mais le juste combat d'un peuple privé de liberté. On ne parlait que des scandales sanguinaires survenus dans plusieurs régions d'Alma, portés aux oreilles de la capitale par des rescapés, des résistants et des lettres. Des massacres avaient lieu de toutes parts, on brûlait des villages entiers dans des temples et des pagodes pour les punir de n'être pas déistes.

Le roi craignait tant la rébellion qu'il s'inventait des ennemis. D'Abyss, on ne recevait aucune nouvelle, hors que son peuple migrait plus souvent que de coutume vers Alma. Les miséreux de Corasone, s'ils étaient malins, faisaient fortune en dénonçant de riches croyantins. Les régions périphériques étaient les plus durement touchées par cette vague autoritaire : à Altive, des civils s'étaient massacrés entre eux de la plus horrible manière, comme la célébration macabre d'un sacrifice inutile. Albigeois et Caracol grondaient, Négosse et Chalan courbaient l'échine. Les fiefs théistes ou croyantins subissaient plus cruellement cette autorité nouvelle que les provinces déistes.

Malgré les démentis du pouvoir, Émilie se persuadait chaque jour davantage qu'il ne manquait aux rebelles qu'un chef à qui se rallier pour former une armée. Si elle partait, ce ne serait pas en vain. Elle reprendrait des forces, trouverait des alliés et regagnerait ce qu'elle avait perdu. Elle serait reine, non par droit, mais pour protéger Alma des dérives dans lesquelles elle la voyait sombrer. Elle serait reine si elle le méritait, en libérant son pays : cet acte vaudrait mieux que toutes les philosophies.

« Je vais partir. »

Elle annonça la nouvelle à Bastan, un matin, alors qu'elle venait de se laver dans le Sang. Le vent avait cessé ; elle avait presque chaud.

« Où ça ? l'interrogea Bastan.

– À Volubilis. Là-bas, je trouverai des hommes qui m'escorteront jusqu'à Castelroc.

– Et ?

– Je demanderai au maréchal de Quéribus de m'aider.

– Comment on va savoir qui tu es ? T'es plus que l'ombre de la reine Émilie.

– Une ombre de reine, c'est encore quelque chose. Raphaël de Quéribus me doit sa liberté, il me reconnaîtra.

– T'es bien confiante.

– Peu m'importe de mourir. Tout mon peuple meurt déjà. Si cela doit m'arriver, que ce soit en brandissant une épée libératrice, plutôt que terrée ici comme un animal surpris par le froid. Jusqu'à aujourd'hui, ma vie n'a pas eu de sens : si ma mort en a un, je m'estimerai satisfaite.

– T'as changé. La petite fille que j'ai sauvée est devenue une femme.

– Quelque chose est mort en moi cet hiver. Je n'ai pas oublié ce que tu m'as dit, un des premiers soirs après notre rencontre : les mots sont inutiles, seuls les actes parlent en notre faveur. Jamais plus je ne philosopherai : maintenant, je me battrai. M'accompagnes-tu ?

– J'ai toujours tout raté. T'as pas besoin de quelqu'un comme moi à tes côtés.

– Tu m'as sauvé la vie. Sans toi, je n'aurais pas survécu à l'hiver. L'été n'est pas encore là ; les routes sont dangereuses pour une femme seule. »

Bastan fut un long moment silencieux.

« Je resterai avec toi jusqu'à ce que t'aies trouvé des compagnons plus appropriés. Mais aujourd'hui, c'est le jour du lavage : nous partirons demain. »

Ils passèrent la journée à laver tout ce qu'ils possédaient, jetant ou cachant ce qu'ils ne pouvaient emporter. Le lendemain, ils atteignirent les portes de Corasone avec les premiers rayons du soleil.

Les soldats les interrogèrent sans insister : leur état misérable parlait pour eux. Ils n'avaient pas de quoi payer un voyage en charrette. Bastan eut tôt fait de leur tailler des bâtons de marche, qui leur donnaient l'apparence de deux pèlerins.

Les routes, boueuses, portaient encore les traces de l'hiver et des ondées de printemps. Ils avançaient lentement, s'arrêtant dans chaque village pour trouver de quoi manger, voire, si la fortune leur souriait, un abri pour la nuit. Il arrivait souvent qu'on les couche dans les étables, au milieu des bêtes, mais ils ne s'en plaignaient pas : le foin était mille fois plus confortable que les pavés sous le pont. Ils traversaient tantôt des champs, tantôt des forêts, et n'eurent pas toujours la chance de dénicher un village où dormir. Parfois, la pluie et le vent les surprenaient loin de tout : leur seule protection était de cheminer pour se maintenir au chaud.

Quand l'espoir l'abandonnait, Émilie trouvait du réconfort dans la présence tranquille de Bastan. Il ne commentait rien, hors le temps et la nourriture, et apaisait son cœur inquiet par son bon sens et sa patience. Perdue dans ces solitudes sauvages, Émilie se rappelait Solace et les Ingalais, retranchés dans les montagnes Moreover ; elle se demandait s'ils vivaient encore. Elle repensait à son voyage, aux palais préparés à son intention tout au long du chemin, aux ressources colossales déployées pour le bien-être d'une poignée d'élus.

Un soir, après une marche particulièrement éreintante à travers bois, ils atteignirent les portes de Volubilis. Un passant généreux leur donna un alme d'or ; ils se mirent en quête d'une boulangerie pour le dépenser. La chance semblait hélas les avoir abandonnés à la porte de la ville : un groupe de malandrins, aussi miséreux qu'eux mais plus nombreux, eut tôt fait de les attirer dans une rue annexe. Émilie se retrouva avec un couteau sous la gorge ; on intima à Bastan de donner la pièce. Il se jeta sur ses adversaires, qui le poignardèrent dans le ventre avant de s'enfuir avec leur butin.

Tout s'était passé si vite qu'Émilie n'eut pas le temps de crier. Elle se précipita sur Bastan, qui se vidait de son sang dans des spasmes de douleur.

« Bastan ! Bastan, pourquoi ne leur as-tu pas donné la pièce ? Nous nous serions débrouillés autrement...

– Pardon, Sanda. J'ai pas réfléchi, tu sais bien que je réfléchis jamais. Il faut toujours que je frappe d'abord... »

Bastan crachait du sang. Il ne bougeait presque plus.

« Bastan, je t'en prie, ne m'abandonne pas ! J'ai besoin de toi...

– Mon vrai nom, c'est César. César Bastan, j'ai toujours trouvé que ça sonnait bien. Tu l'oublieras pas, hein ?

– Non, balbutia Émilie, le visage ruisselant de larmes. Je ne t'oublierai jamais, Bastan. César Bastan.

– Je sais pas pourquoi je te dis ça maintenant… Mais si la reine d'Alma se souvient de moi, j'aurai pas vécu pour rien, hein ? J'aurai pas vécu pour rien… »

Dans un dernier effort, Bastan prit la main d'Émilie dans la sienne.

« T'es quelqu'un de bien, Sanda. Je suis content de t'avoir suivie… Perds plus de temps ici. Cours vite, la reine Émilie a besoin de toi. »

Sa tête retomba et il ne répondit plus. César Bastan avait cessé d'être.

Émilie hurla.

Elle hurlait, et peu lui importait qu'on l'entende, qu'on l'emprisonne, qu'on la frappe. Elle avait besoin d'évacuer cette douleur qui lui déchirait le cœur.

« Hé là ! Ça va pas de crier comme ça ? C'est le couvre-feu, fais silence. »

Mais Émilie ne pouvait pas se taire. Elle pleurait comme une enfant, secouée de sanglots incontrôlables.

« Je te dis de la fermer, misérable ! »

Le soldat accompagna son ordre d'un coup de pied qui envoya Émilie rouler contre le mur de la ruelle.

Il lui fallut quelques secondes pour se remettre du choc, avant de se ruer sur le soldat. Bien que surpris, il eut tôt fait de prendre le dessus et de la plaquer au sol.

« Mais c'est qu'elle est enragée, la donzelle ! Attends que je te montre ! »

Il la gifla plusieurs fois, puis entreprit d'arracher ses vêtements. Elle se souvint du couteau de Bastan, l'extirpa de la main glacée de son ami et le planta dans la tête du soldat, qui émit un grognement de douleur avant de s'effondrer, mort.

Émilie eut à peine le temps d'échanger ses hardes contre l'armure de la brute avant l'arrivée des renforts.

« C'est quoi ce raffut, soldat ? Il y a eu un hurlement et des bruits de bagarre, que se passe-t-il ?

– Rien, répondit Émilie d'une voix rauque. Ces deux mendiants se battaient entre eux, je les ai calmés.

– Bien. Ces voyous se croient tout permis. Poursuivez votre ronde, maintenant. »

Personne ne remarqua que son armure était trop grande et mal attachée.

Le cœur serré, elle abandonna Bastan pour gagner le château de Volubilis. Non, il ne serait pas mort en vain…

Le palais, imposant édifice blanc entouré de larges douves, se trouvait au centre de la ville. L'eau, plus chaude que l'extérieur, dégageait une brume épaisse qui enveloppait les fondations du bâtiment, donnant l'impression qu'il flottait dans l'air.

Insensible à la beauté insolite du lieu, Émilie traversa le pont-levis : elle fut apostrophée par l'un des soldats en poste près de la herse.

« Que fais-tu là ? C'est pas l'heure de la relève.

– J'ai un message urgent pour le marquis d'Albigeois.

– Un message, à cette heure ? Pour qui te prends-tu ? Qui es-tu ?

– Un messager.

– Je te déconseille de jouer à ça ici, petit. Ton nom, maintenant. »

À la clarté de la lune, Émilie reconnut les armoiries d'Abyss sur le plastron du soldat. Elle se souvint des rumeurs entendues à Corasone : le marquis d'Albigeois avait entraîné à sa suite une cohorte de gardes abyssins, qui surveillaient toute la ville. Peu importait : le garde devait la laisser passer, en toute discrétion. Il n'avait pas d'autre choix. Il lui sembla que tout son corps irradiait de cette obligation.

« Je m'appelle César Bastan. J'ai un message de la part de Corasone qui ne peut pas attendre.

– Qui t'envoie ?

– Le roi.

– Tu n'es pas son messager habituel.

– Il est souffrant. Vas-tu me faire attendre longtemps ? Je te dis que c'est urgent, un complot théiste se prépare, je dois voir le marquis maintenant. »

Comme à Pandora, la volonté d'Émilie sembla prendre forme, effaçant le monde autour d'elle. Le soldat n'était pas de taille à lutter contre elle. Il céda bien plus rapidement que l'empereur de Promété, dans une autre vie, après le Cirque de la Lune.

Il devait la laisser passer.

Il n'avait pas le choix.

« Très bien, mais je t'accompagne, lâcha le garde.

– Comme tu voudras. »

Le soldat conduisit Émilie par plusieurs couloirs, mais il était trop vigilant pour qu'elle tente quoi que ce soit.

Le marquis venait de se mettre au lit ; il les reçut en robe de chambre.

« Seigneur, des théistes conspirent contre le roi, commença Émilie. Je suis navré de vous importuner à cette heure, mais je tiens de source sûre que les instigateurs de la rébellion sont déguisés en soldats abyssins.

– Impossible, protesta le capitaine qui l'avait escortée. Je connais tous mes hommes, ce ne peut être aucun d'entre eux. Le roi s'est montré particulièrement prudent dans le choix de votre garnison.

– C'est toujours ainsi que parlent les cœurs loyaux avant d'être trahis, commenta le marquis.

– Seigneur, avec tout le respect que je vous dois, vous n'êtes pas en position de force. Croyez-moi, le roi a été très minutieux sur tout ce qui vous regarde.

– Insinuez-vous que je suis surveillé ?

– Je vous recommande de ne pas douter du roi ni de ses hommes. C'est de ce messager qu'il faut se méfier ! »

Absorbé dans sa conversation avec le marquis, le soldat ne vit pas Émilie reculer. Dans l'obscurité, elle bougea si vite qu'il lui sembla se téléporter... Souvenir de l'île Wilderness. Elle lui planta son couteau dans la nuque avant qu'il ait pu se retourner. Deux meurtres, et si peu d'émotion... La mort de Bastan guidait sa main.

Le marquis d'Albigeois se leva ; Émilie ôta son casque et courut à lui.

« Monsieur d'Albigeois, je suis Émilie ! N'appelez pas vos gardes, je vous en conjure.

– Majesté ? Par Pi, comment est-ce possible... »

Soudain, le marquis s'élança vers une porte adjacente. Rapide comme l'éclair, il l'ouvrit d'un geste fluide et transperça le cœur du domestique qui les écoutait.

« À présent, nous pouvons parler en toute sécurité. Est-ce bien vous, votre Majesté ? Mais vos cheveux... Vous êtes maigre à faire peur, vous semblez épuisée...

– Je veux aller à Castelroc demander l'aide du maréchal de Quéribus pour lever une armée. Me donnerez-vous des hommes ?

– Vous avez pu voir par vous-même que mes soldats ne m'appartiennent plus. Même mes serviteurs me sont étrangers ; c'est un miracle que vous soyez arrivée jusqu'à moi.

– Ne vous reste-t-il pas des hommes en ville ?

– Je n'ai aucun moyen de communiquer avec eux. Je suis aussi étroitement surveillé que vous le fûtes à Corasone ; j'en suis plusieurs fois venu à envier votre fuite que je croyais mortelle.

– Elle l'eût été, sans le secours d'un ami précieux. M'accompagnerez-vous à Castelroc ?

– Vous avez assassiné l'un des hommes du roi : il n'en faut pas davantage pour qu'il m'envoie en compagnie du marquis de Belladone. Je ne peux ni vous cacher ni protéger mon peuple... Dans ces conditions, rejoindre Raphaël de Quéribus semble la seule solution rationnelle. Je suis avec vous. »

Ils dissimulèrent le cadavre du serviteur avec celui du soldat, dont le marquis prit l'épée. Émilie enfila rapidement les vêtements que lui tendait Monsieur d'Albigeois, heureuse de retrouver des bottes et des tissus plus chauds que ses hardes. Il baissa un chandelier accroché au mur et fit apparaître l'entrée d'un souterrain. Le marquis invita Émilie à s'emparer de l'épée posée non loin.

Le passage, de plus en plus humide, les conduisit jusqu'aux fondations du château. C'était un labyrinthe de tunnels qu'éclairait faiblement leur torche.

« Le secret de ces souterrains s'est transmis de génération en génération, depuis la création de Volubilis. Sans ces tunnels, ma lignée aurait cent fois péri, tant nous avons traversé de guerres et de révoltes… Faites-moi confiance, je sais le moyen de nous faire quitter la ville en toute discrétion. »

Ils sortirent à la faveur de la nuit, de l'autre côté des douves. Des lumières s'agitaient dans le palais, des gardes se pressaient le long des remparts : leur disparition n'était pas restée longtemps clandestine. Le marquis conduisit Émilie à travers les rues du bourg ensommeillé. Il anticipait les mouvements des soldats : attentif aux sons, il se dissimulait dans l'embrasure des portes, courait, s'arrêtait, tournait brutalement, et se plaça enfin sur le chemin d'un garde.

« Coral, par ici !

– Que… Seigneur, c'est vous ? On vous recherche pour meurtre !

– Coral, préviens ceux qui me sont restés fidèles : dès que l'occasion se présentera, fuyez la ville et partez vers le Sud. N'attendez pas, ou vous serez massacrés. Le roi doit croire que je suis avec vous et que nous souhaitons gagner Zénit.

– Bien, seigneur.

– Ralliez autant d'hommes que vous le pourrez en chemin. Poussez jusqu'à Altive, Palmyre et Byzance. Je passerai par le Nord. Quand la guerre éclatera, nous joindrons nos forces. »

Coral acquiesça. Le marquis poursuivit sa course avec Émilie jusqu'aux remparts de la ville. Il n'eut aucune difficulté à trouver dans le mur d'enceinte une brèche, qui leur permit de quitter la cité sans être vus. Il leur fallut encore une heure pour atteindre la forêt, et ils ne s'arrêtèrent de marcher qu'aux premières lueurs de l'aube. Le marquis invita Émilie à s'abriter dans une grotte dissimulée au milieu des fourrés.

« Combien de temps allons-nous rester ici ? demanda Émilie lorsqu'ils furent cachés.

– Nous repartirons ce soir. Voyager de nuit est plus prudent, et vous semblez épuisée.

– Ne vous inquiétez pas pour moi. Je me conformerai à vos instructions.

– Nous allons être traqués dans toute la région. Le roi doit s'attendre à ce que nous empruntions les voies les plus directes jusqu'à Zénit. Par principe, il fera certainement épier toutes les routes, particulièrement celles qui mènent à Castelroc. Pour gagner Brisevan, nous devrons traverser les montagnes de Cyan.

– Parfait.

– À présent, dormez. Je monterai la garde pendant votre sommeil. »

◆

Ils se nourrissaient de baies et de racines. Monsieur d'Albigeois avait de l'or : ils se seraient volontiers restaurés dans une auberge, mais les entrées de tous les villages étaient surveillées. Les soldats examinaient le visage de chaque passant, questionnaient et fouillaient les étrangers, n'hésitant pas à les emprisonner au moindre doute. Leurs vêtements auraient aussitôt fait repérer Émilie et le marquis d'Albigeois : ils les désignaient comme nobles, tandis que leur piètre état général les dénoncerait au premier coup d'œil comme fuyards.

Émilie apprit à attraper des poissons à la main, à suivre une piste, à faire du feu, et reçut quotidiennement des cours d'escrime. Les vagues rudiments glanés en espionnant les leçons du marquis de Belladone dans son enfance ne lui servirent pas à grand-chose face au marquis : elle dut tout réapprendre. Comment positionner ses pieds, les différents types d'attaques et de feintes, se tenir droite, ne jamais perdre de vue son adversaire… Petit à petit, son corps se muscla, ses réflexes s'améliorèrent.

Le chemin parcouru avec le marquis était également l'occasion de faire le point sur les événements de Corasone.

« Le roi d'Abyss a pris le pouvoir insidieusement, expliqua-t-il. Tout est arrivé grâce à la concertation du duc de Caracol, du marquis de Salmonel et du duc de Malraison. Le duc de Caracol désapprouvait que vous ayez rompu l'engagement de votre père au sujet de votre mariage : il n'a pas supporté que vous l'insultiez dans son propre palais. Cette situation n'est pas passée inaperçue du roi d'Abyss, qui lui a fait miroiter un mariage entre sa sœur et le marquis de Belladone : il lui fut facile de briser sa promesse suite à l'implication du marquis dans votre fuite. Quant au duc de Malraison, il lui déplaisait d'être gouverné par une femme. À l'instigation du roi, qui l'a vu en secret lors de votre escale à Altive, il a monté de toutes pièces une agression entre théistes et déistes, puis s'est attaché à entretenir la haine entre les trois religions au long de votre absence, afin de mieux vous déstabiliser. Le conflit s'est étendu hors de Malraison comme une traînée de poudre… Monsieur de Salmonel fut facile à rallier, autant par hostilité envers vous que par calcul. Monsieur d'Orcival avait tout découvert, mais ils ont intercepté son messager. Il n'en fallut pas beaucoup plus pour faire pencher contre vous la balance du comte de Négosse, du duc de Fourcaré et du vicomte de Chalan. Paix, stabilité, richesse, le roi promettait tout. Quant au comte de Ravine, au duc d'Orcival et à moi-même, nous n'avions pas d'arguments assez concrets pour nous gagner la majorité. Nous avons un cœur loyal, mais vous avez eu le don de vous faire beaucoup d'ennemis en très peu de temps…

– Telle n'était pas mon intention. En chaque occasion, je me suis efforcée de faire des compromis…

– Si vous comptez reconquérir votre trône, vous devez perdre votre innocence. Vos premiers mots ont été pour la liberté des femmes : en refusant d'épouser le marquis de Belladone, vous avez porté à Alma la première estocade de la guerre civile.

– Me le reprochez-vous ? Ne croyez-vous pas que les femmes ont autant de droits que les hommes et que les pauvres doivent être traités avec les mêmes égards que les riches ?

– J'ai lu de nombreux philosophes qui allaient dans votre sens. Il m'a été difficile d'accepter l'idée de renoncer à mes privilèges, reniant une grande partie de ce que mes pères m'avaient appris. Mais les livres ont fini par avoir raison de ma résistance. Aujourd'hui, je vous approuve ; vous oubliez cependant que pour vos pairs, de telles idées sont révolutionnaires, et les auteurs qui les professent, bons pour la prison. Pour que la noblesse se rallie à vous, vous auriez dû déployer des trésors de diplomatie. Faire renoncer une classe à ses privilèges ne peut s'obtenir que par la force ou par l'intérêt ; vous avez usé du mépris, et les avez perdus.

– Vous avez raison. Mais j'étais jeune, je me vis libre après tant d'années d'oppression !

– C'est hélas le sort des hommes, de toujours trouver trop tard l'idée qui les eût sauvés.

– Que faites-vous du peuple ? J'espérais qu'il me soutiendrait beaucoup plus fermement. C'est aussi pour lui que je me battais. Pour tous ceux à qui l'on refuse les droits les plus élémentaires.

– Votre couronnement n'a été suivi d'aucun acte durable. Vous êtes partie en voyage, ce fut le début d'un hiver particulièrement rude. Un peuple est difficile à contrôler… Qui peut dire quand les préoccupations individuelles se fondent dans la collectivité ? Même si le terrain est là, il peut rester longtemps en friche sans un geste fort, sans un meneur qui saura canaliser et concentrer les passions pour qu'éclate la révolte. Les principes importent aux individus, pas au peuple. Regardez-moi : je me suis toujours efforcé de traiter les miens avec justice, se sont-ils rebellés quand je me suis vu renvoyé de Corasone sous bonne garde, privé de mes domestiques et de mes gardes, emprisonné dans mon propre château ? Non. J'ignore même s'ils se seraient levés en me voyant exécuter en place publique. Lorsque la crainte est plus forte que la haine, chacun reste chez soi. Isolés, nous sommes faibles : il n'y a qu'en nous unissant que nous devenons invincibles. Encore ne cessons-nous pas d'avoir un corps, d'être des entités distinctes les unes des autres que les coups des soldats peuvent frapper. Pour ne pas éprouver cette peur, il faut être dépassé par l'espoir, ou par une aversion féroce, et cela ne peut survenir que dans des conditions particulières, difficilement prévisibles. La rumeur, bien sûr, est propice à la manipulation des peuples, et a joué contre vous. Le roi d'Abyss a pris le pouvoir de l'intérieur : vous étiez vaincue avant de revenir à Corasone. Nombre de courtisans vous disaient folle, en vous entendant suggérer d'abolir l'impôt religieux : l'on a été très soulagé de vous voir épouser le roi et vous plier à sa volonté.

– Pendant trois ans, j'étais comme morte. J'ignorais tout des décisions du roi. Je m'étais persuadée qu'il agissait pour le bien d'Alma, que je n'avais pas le droit de l'en empêcher. C'eût été aller contre mon devoir de reine. Jusqu'à ce qu'une lettre de Céleste m'apprenne la vérité…

– Ce qui explique que vous vous soyez éveillée après trois ans de somnolence. Mais votre éclat n'a fait que confirmer à la Cour les rumeurs insidieuses qui circulaient au sujet de votre folie. Quand le roi a pris la décision de vous enfermer, personne n'a été surpris. On prétendait que vous étiez hystérique, coutumière des crises et des changements d'humeur aussi prompts qu'imprévus. On admirait que le roi prenne autant soin de vous, l'on estimait sincèrement que cet isolement était pour votre bien.

– L'avez-vous cru ?

– Non. Mais votre caractère s'est révélé tellement original à la mort de votre père que j'avoue m'être posé de nombreuses questions à votre sujet. Je savais que le roi Arès vous maintenait dans une relative ignorance politique : je ne comprenais pas que vous puissiez avoir du jour au lendemain des idées aussi fermes sur la liberté et la justice. Je vous ai observée tant que j'ai pu avant votre départ, j'ai discuté de vos lettres avec Monsieur d'Orcival : nous en sommes venus à la conclusion que vous êtes ce que l'on peut appeler une excentrique. »

Le sourire amical du marquis montrait qu'il considérait sa remarque comme un compliment, mais Émilie ne le lui rendit pas.

« Pourquoi avez-vous quitté Corasone ?

– Après votre fuite rocambolesque, une partie de la Cour vous a crue définitivement folle à lier. L'autre, au contraire, comme le marquis de Belladone vous soutenait, a reconnu en vous l'âme fière et conquérante de votre père, et espérait en secret vous voir lever une armée sitôt échappée. Le roi s'est rendu assez impopulaire en multipliant les arrestations et en prenant des mesures contre deux des trois grandes religions. Certains nobles théistes et croyantins se sont convertis pour conserver leur richesse et leur position, mais l'on a fortement murmuré contre cette autorité inattendue. Ces excès religieux se sont doublés de l'invention d'un nouvel impôt, qui taxe les portes et les fenêtres sous prétexte qu'elles représentent des marques d'opulence. Ici les déistes n'ont pas été moins touchés que les autres…

– S'ils avaient su que je me cachais sous les ponts comme une vagabonde…

– Ils vous auraient reniée à jamais. »

Le ton du marquis se fit sérieux.

« Personne ne doit jamais savoir ce qui vous est réellement arrivé. J'insiste : personne. Surtout pas Raphaël de Quéribus. Si l'on apprend que la reine d'Alma a mendié sa pitance dans sa propre capitale pendant tout l'hiver, vous deviendrez la risée du royaume. Personne ne vous prendra plus au sérieux. Pour un roi, plus encore pour une reine dans votre position, il n'est pas de pire ennemi que le ridicule, et pas de pire travestissement que celui de miséreux.

– César Bastan m'a sauvé la vie. Je n'ai pas honte d'avoir partagé la sienne.

– Vous êtes excentrique. Je peine à croire que vous ayez pu tomber si bas… Ne tirez-vous donc aucune fierté de votre rang ?

– Je suis un être humain. Vous parlez de rang, de sang, de naissance, ce ne sont que des inventions humaines destinées à justifier l'inégalité. Pourquoi ne parvenez-vous pas à sortir de ce schéma ?

– Pour vous c'est un schéma. Pour moi, c'est aussi naturel que l'air que je respire. Vos idées font peur, Majesté. Elles sont trop nouvelles, trop différentes de ce que l'on connaît. Elles remettent toute notre société en question. »

Leur fuite de Volubilis remontait à plus d'un mois. Le printemps s'installait peu à peu autour d'eux, les arbres recommençaient à verdir, ils croisèrent quelques portées de nouveau-nés au cours de leurs chasses. Les chants d'oiseaux se multipliaient ; il faisait moins froid, en dépit des brèves ondées qui ponctuaient leur route.

Ils suivaient des chemins à flanc de montagne, glissants, boueux, et durent se résoudre à marcher de jour pour ne pas tomber. Ils avaient gagné les montagnes au-delà desquelles s'étendait l'océan Antique : ils pouvaient à présent se risquer à la lumière du soleil.

Parfois, au détour d'un sentier, les arbres se clairsemaient : une percée inattendue les faisait dominer les plaines. Ils apercevaient des villages, quelques carrioles ; plus rarement, une fumée épaisse annonçant la triste célébration d'un autodafé… Ou pire.

Ils pratiquaient l'escrime tous les jours : le marquis estimait qu'Émilie n'obtiendrait aucune légitimité si elle n'était pas capable d'accomplir tout ce que font les hommes. Philosophe à ses heures, il s'avérait un professeur patient, mais restait le plus souvent sans mot dire.

Émilie aimait cette marche interminable, qui la fortifiait et l'empêchait de trop penser. Cela lui rappelait Solace et les montagnes Moreover.

« Vous ne m'avez toujours pas dit pourquoi vous avez quitté Corasone, remarqua-t-elle un soir.

– C'est vrai. Notre dernière conversation m'a égaré en chemin… Après votre fuite, la Cour était divisée. L'emprisonnement du marquis de Belladone pour tentative de régicide dérangeait particulièrement. Le duc de Caracol ne savait plus dans quelle position se mettre. Fallait-il qu'il renie son fils unique pour mieux servir un roi qu'il n'avait au fond jamais aimé ? Ce fils qui venait de sauver une reine qu'il haïssait… Il a supplié le roi de le laisser en vie. La peine de mort a été suspendue, mais le marquis et sa cousine sont toujours en prison, et Monsieur de Caracol est dans une situation instable. L'atmosphère s'est tendue à la Cour : le roi a finalement renvoyé plusieurs nobles en qui il n'avait pas confiance, au motif qu'ils devaient 'rétablir le déisme dans leur province'. Je fais partie de ceux-ci… Même si le roi a tenu à ce que mon départ passe pour volontaire. En vérité, je me suis retrouvé assigné à résidence, avec des gardes et des domestiques choisis par lui. Je n'attendais plus grand-chose de l'avenir, et me voici en route vers Raphaël de Quéribus, accompagné de la reine ressuscitée d'Alma !

– Je n'ai commis que trop d'erreurs.

– C'est vrai, mais il est encore temps de vous rattraper. Tant que vous vivez, il reste un espoir : en usant de la chance qui vous est donnée, il est possible de vous racheter. Vous avez distribué du pain au peuple pendant la peste ; en rétablissant la paix religieuse, vous retrouverez son soutien, et vos égarements seront oubliés.

– J'ignore ce que je souhaite. Dois-je privilégier la sécurité de tous au détriment de la liberté d'action de chacun ?

– Vous êtes plus sûre de regagner votre trône en conservant à la noblesse ses prérogatives. Si vous suivez le chemin du peuple, nul ne peut dire où il vous mènera... Une chose est certaine : aucune voie n'est fiable quand on gouverne, seuls comptent les droits que vous donnerez à chacun. En restant fidèle à vous-même, vous risquez de perdre à nouveau votre royaume ; en n'agissant que par stratégie, vous servirez la volonté des puissants et non la vôtre. Il convient de trouver le juste milieu... Transformez vos ennemis en amis ; s'ils vous résistent, éliminez-les avec la même audace que vous le fîtes du soldat abyssin. Quand vous frappez, soyez brève et définitive, mais que vos récompenses soient tangibles et durables. Un bon roi doit être à la fois craint et aimé de ses sujets. Craint, car si le peuple se considère comme l'égal de son roi, il voudra mettre fin à une injuste hiérarchie. Aimé, car si rien ne vient réconforter la peur, on cherchera à se débarrasser d'un joug trop pesant. Il faut se tenir entre les deux et, quand on se voit obligé d'agir contre sa conscience pour conserver le pouvoir, cacher son crime autant que faire se peut.

– Non. Il ne gouverne que pour son profit : si son pays est en paix, c'est parce qu'il s'enrichit grâce à l'exploitation d'autrui. Je ne veux pas d'un système où une classe en écrase une autre. Tous mes sujets devront être égaux et libres. À eux ensuite de forger leur bonheur : je réunirai les conditions qui le rendront possible. Tel est mon objectif.

– Cela me semble sage. Mais il faudra longuement lutter pour y parvenir. »

◆

Castelroc fut en vue au début de l'été, trois mois plus tard.

Forteresse improbable perchée sur un à-pic vertigineux, ils durent grimper plusieurs heures pour l'atteindre. Le temps avait fait son œuvre. Une barbe de plusieurs semaines rendait le marquis méconnaissable ; Émilie, dont les cheveux en broussailles recouvraient le visage maculé de terre, pensait n'avoir aucun mal à se faire passer pour un garçon de ferme accompagnant son grand-père chez l'apothicaire.

Cependant, leur plan ne fonctionna pas comme prévu. Méfiants, guettant toute anomalie malgré presque quatre mois de quiétude, les soldats les arrêtèrent aux portes de la ville. Ils furent conduits sans ménagements à la prison du château et enchaînés dans deux cachots séparés, où un Abyssin se chargea de les interroger.

« Il y a des apothicaires dans les plaines. Personne ne vient jamais à Castelroc pour se faire soigner. Maintenant, dis-moi la vérité. »

Émilie resta muette. Le garde la gifla ; elle ne comptait plus les coups. Éreintée, seules ses chaînes la maintenaient encore debout. L'Abyssin saisit sa gorge et commença à serrer.

« Avoue ! Es-tu liée au marquis d'Albigeois ?

– Non. Je vous l'ai dit, nous sommes innocents… Argh ! »

Émilie ne parvenait plus à respirer. Elle tira en vain sur ses chaînes ; le soldat la poussa violemment contre le mur.

« Pourquoi faites-vous cela ? »

Le murmure rauque d'Émilie parvint à peine aux oreilles de son tortionnaire.

« De quoi tu parles ?

– On dirait que vous aimez ça. Me frapper. Me faire mal. Pourquoi ? »

L'Abyssin lui donna un tel coup dans le ventre qu'Émilie en eut le souffle coupé.

Quand elle reprit ses esprits, le marquis d'Albigeois se trouvait devant elle, le visage tuméfié, attaché sur une table, la tête immobilisée. L'Abyssin se tenait près de lui, une longue pince chauffée à blanc entre les mains. Un autre attendait, peinant à cacher son amusement.

« Tu veux savoir pourquoi ? lança-t-il quand Émilie fut revenue à elle. Je fais ça parce que tu refuses de me dire la vérité. Alors je t'aide à parler. »

Le garde mit la pince près des yeux du marquis, qui resta immobile.

« Non ! cria Émilie. Arrêtez, ne faites pas ça !

– Oh que si, je vais le faire. Je vais lui arracher les yeux, puis les doigts, jusqu'à ce que tu parles. Pauvre grand-père ! Il n'aura jamais été aussi mal soigné.

– Je vous ordonne d'arrêter !!! »

Sourde à ses mots, la pince s'approcha inexorablement de l'œil du marquis. Quand elle le toucha, il poussa un hurlement. Dans un bruit sinistre, le soldat extirpa un œil qu'il brandit devant Émilie.

« NOOOOOOOOON !!!   JE   VOUS   ORDONNE D'ARRÊTER ! »

Le rugissement d'Émilie dépassait les hoquets de douleur de Monsieur d'Albigeois. Soudain, les Abyssins semblèrent rétrécir, les couleurs s'affadirent, le monde perdait en netteté, mais Émilie savait ce qu'elle devait faire. Elle projeta sa volonté sur les deux tortionnaires comme un homme l'aurait fait d'une massue.

Ils résistèrent avec une force insoupçonnée, menaçant d'arracher le deuxième œil du marquis.

Alors, Émilie oublia ses chaînes, oublia son nom, oublia tout hors l'œil du marquis : son esprit déferla hors d'elle, enveloppa les deux hommes et balaya leurs dernières forces. Le premier lâcha la pince et vint la délivrer, tandis que l'autre libérait le marquis d'Albigeois.

« Conduisez-nous au maréchal de Quéribus. »

Hagard, le soldat ne répondit pas.

« Conduisez-nous au maréchal de Quéribus, répéta Émilie.

– Nous allons vous conduire au maréchal de Quéribus, ânonna le soldat.

– Nous devons lui parler sans être entendus par les Abyssins.

– Vous devez lui parler sans être entendus par les Abyssins. »

Glissantes et biscornues, regroupant des dizaines de maisons empilées les unes sur les autres, les rues de Castelroc semblaient étrangement vides, la nuit. Émilie avançait derrière son tortionnaire ; l'autre garde soutenait le marquis d'Albigeois à moitié inconscient.

La demeure du maréchal était un grand hôtel particulier. Deux soldats abyssins en gardaient l'entrée. Ils n'osèrent pas contredire leur capitaine, en dépit de ses compagnons inhabituels : quand ils eurent pénétré dans le vestibule, le garde les tua mécaniquement, si vite qu'ils n'eurent pas le temps de réagir. Alors qu'ils montaient les escaliers, un majordome s'avança, en alerte : il finit comme les deux autres Abyssins.

« Vous pourrez parler au maréchal de Quéribus sans être entendus par les Abyssins, dit le soldat. Il n'y a plus d'espions chez lui. »

Émilie sentait sa volonté lâcher prise. Elle emmena le marquis d'Albigeois à l'écart et lança aux gardes :

« Faites disparaître les cadavres et retournez à votre poste. Oubliez que vous nous avez vus. »

Une résistance embryonnaire s'opposa à elle ; Émilie riposta avec ses dernières forces.

Les soldats quittèrent lentement la demeure. Même loin d'elle, elle contrôlait leur esprit comme s'il était sien.

« Melchiad ? Que se passe-t-il, j'ai cru entendre du bruit… »

Le maréchal de Quéribus se figea.

« Monsieur de Quéribus, n'appelez pas ! Je suis la reine Émilie, et voici le marquis Alexandre d'Albigeois. Vos gardes abyssins sont morts ; aidez-nous. »

Émilie ne pouvait en dire davantage. Adossée au mur, elle restait difficilement concentrée sur les deux soldats, qui achevaient de faire disparaître les traces de leur capture.

Le maréchal de Quéribus ne posa aucune question.

Quelques minutes plus tard, ses domestiques emmenaient Émilie et le marquis d'Albigeois dans les étages. Ils furent soignés tant bien que mal, lavés puis habillés. Le marquis avait perdu connaissance ; Émilie était près de s'évanouir. Toujours occupée par les deux Abyssins, elle les vit enfin, au bout de ce qui paraissait une éternité, s'allonger pour dormir, hébétés et amnésiques. Elle soupira en relâchant sa prise, et sombra aussitôt dans un profond sommeil.

♦

« Comment puis-je être certain que vous dites la vérité ? »

Faiblement éclairés par une torche, Émilie, le marquis d'Albigeois, Monsieur de Quéribus et quelques domestiques se tenaient au milieu d'un souterrain humide et étroit. Ils avaient longuement bu et mangé, sans prononcer un mot, quand le maréchal les interrogea.

« Nous sommes à l'abri dans ce passage secret ; avant d'aller plus loin, je dois avoir des preuves de ce que vous avancez

– Nous nous sommes vus dans votre cellule à Farandol, murmura Émilie. Vous étiez à l'étage et ne disposiez que d'une fenêtre. Vous m'avez incitée à me méfier du roi d'Abyss. Je sais à présent que j'aurais dû vous écouter… Notre dernier entretien s'est conclu par ces mots : 'je reste fidèle à l'héritière d'un roi tant aimé'. »

Le maréchal mit la main droite sur son cœur.

« Majesté, je vous dois ma liberté. Mon épée vous appartient. Mais par tous les dieux, comment est-ce possible ? Par quel miracle êtes-vous entrée chez moi, et qu'est-il arrivé à Monsieur d'Albigeois ?

– Les Abyssins nous ont capturés alors que nous tentions de nous infiltrer dans Castelroc sous de fausses identités. Nous avons été torturés…

– Avez-vous parlé ?

– Non, intervint le marquis d'Albigeois d'une voix rauque. Je n'ai rien dit. »

Stupéfait, le maréchal de Quéribus dévisagea Émilie.

« Vous…

– Je n'ai rien avoué non plus. J'ai pu… M'emparer des clés par la ruse, et nous libérer à la nuit tombée.

– N'avez-vous pas lutté contre les gardes ? »

Le marquis d'Albigeois avait parlé d'un ton ferme. Il semblait déterminé à ignorer sa blessure.

« Mes souvenirs sont encore très confus, poursuivit-il.

– Je n'étais pas seule, mentit Émilie. Des soldats almalites nous ont aidés à fuir.

– Sans savoir qui vous étiez ? intervint le maréchal.

– Je leur ai dit que nous étions ennemis des Abyssins. Cela leur a suffi. Ils ont tué vos gardes et le majordome qui vous espionnait, et ont fait disparaître les corps avant de regagner leur poste. »

Le maréchal de Quéribus resta un instant silencieux avant de répondre. Dans la pénombre, Émilie peinait à discerner son visage.

« Quand je vous ai vus, affaiblis et ensanglantés, j'ai décidé de vous croire. Vous ne pouviez être mes ennemis, et le roi d'Abyss guettait la moindre occasion pour m'arrêter : la mort de ses hommes lui aurait fourni l'excuse idéale. Le souterrain où nous nous trouvons conduit droit au palais de Castelroc : là-bas, nous convaincrons aisément le vicomte de Taunère, qui s'occupe du fief en l'absence de Monsieur de Brisevan, de défendre votre cause.

– J'ai envoyé mes soldats se regrouper dans le Sud, l'informa le marquis d'Albigeois. Nous pensions faire de même au Nord, dans l'espoir de prendre Corasone en cisaille. Étant coupés du monde depuis notre fuite, nous ignorons si le roi a percé notre plan à jour.

– Probablement pas, mais sa peur de la révolte aura fait pour lui ce qu'eût accompli une meilleure connaissance de l'ennemi. Votre disparition a fait scandale dans tout Alma. On s'interroge sur la survie de la reine. Beaucoup se figurent que vous montez une armée contre le roi et vous accusent de félonie, tandis que les autres vous targuent de lâcheté. Le roi a renforcé les contrôles à l'entrée des villes, et posté des garnisons supplémentaires un peu partout.

– Nombre de soldats almalites se rallieraient à votre bannière, répondit le marquis d'Albigeois. Vous êtes un symbole unique de l'ancienne puissance d'Alma.

– Encore faut-il leur en donner l'occasion… Dans une telle configuration, une mauvaise organisation peut nous coûter la victoire. Un faux pas provoquera le massacre de milliers d'hommes dans toutes les villes d'Alma, sans que la véritable guerre ait eu lieu. Tous les gardes almalites ont été placés sous les ordres de soldats abyssins : ce sont ces capitaines que nous devons neutraliser. »

En plus du château de Castelroc, le passage secret du marquis de Quéribus débouchait en contrebas de la forteresse. Connu uniquement de certains Almalites dignes de confiance, ce souterrain peu usité avait permis au maréchal de communiquer, par l'intermédiaire de ses serviteurs, avec ses alliés à l'intérieur de la ville. Il s'agissait d'agir vite, pour empêcher que la nouvelle de la disparition de Monsieur de Quéribus atteigne le roi d'Abyss.

Au matin du deuxième jour qui suivait leur fuite, Castelroc était plongé dans un brouillard à couper au couteau : on n'y voyait pas à deux mètres. Émilie et le marquis, portant des vêtements propres, étaient redevenus conformes à l'image que l'on attendait d'eux.

Ils jaillirent dans la chambre du vicomte de Taunère au moment où les premiers cris de révolte montaient de la ville. Surpris, il quitta son bureau d'un bond.

« Monsieur de Quéribus, que se passe-t-il ? La rumeur dit vrai, le marquis d'Albigeois vous accompagne…

– Ainsi que la reine Émilie.

– Je la croyais morte !

– J'ai trouvé refuge auprès de Monsieur d'Albigeois, dit Émilie. Cachée, j'ai attendu la fin de l'hiver : je compte à présent reprendre mon royaume au tyran d'Abyss. Êtes-vous avec moi ?

– Majesté, je ne sais pas quoi dire… Les rumeurs circulant à votre sujet…

– Le roi a inventé ces mensonges pour m'ôter tout crédit. Aujourd'hui, j'ai appris de mes erreurs : j'entends reconquérir mon royaume à la force de l'épée. Ralliez-vous à moi, vous ne le regretterez pas.

– Qu'en est-il de vos projets de réforme ?

– Un bras qui m'a donné son appui n'a pas à craindre de perdre ses privilèges. Vous avez ma parole. »

Le vicomte dévisagea longuement Émilie. Il semblait la jauger, cherchant à déterminer si l'étincelle dans les yeux de sa reine relevait de la folie d'une hystérique ou du courage d'un chevalier. Lentement, le regard de l'homme sur la femme se mua en échange d'égal à égal, puis de vassal à suzerain.

Pris de court par le soulèvement de la ville, les Abyssins n'eurent pas le temps de s'organiser. Enflammés à l'idée de se battre aux côtés de Raphaël de Quéribus, les soldats almalites se retournèrent contre eux, aidés par les villageois, au moment précis où l'ordre leur en avait été donné : il y eut remarquablement peu de morts.

Les survivants furent emprisonnés dans le château, tandis que les gardes escortaient Émilie et ses compagnons par les rues brumeuses. Ils criaient aux nuages :

« La reine d'Alma est de retour ! Elle est parmi nous, la ville de Castelroc nous appartient. À bas les Abyssins ! Ho là, sortez, venez voir la reine d'Alma, le maréchal de Quéribus et le marquis d'Albigeois ! Voici venir la reine et ses alliés, Castelroc est conquis ! Venez voir partir les Abyssins ! »

Peu à peu, la foule se ralliait aux cris des soldats. On entendait les fenêtres s'ouvrir, les rues se remplissaient de monde. Le brouillard ne se levait pas. Inquiets, curieux, les gens se percutaient : un chaos indescriptible régna bientôt dans la ville. Émilie ne voyait rien au-delà de la tête de son cheval ; ils progressaient lentement le long du chemin étroit, suivant la pente qui menait aux portes de la ville.

Les passants s'agglutinaient autour de l'invisible cortège, ils criaient en aveugles et firent silence quand les soldats, guidés par le maréchal, leur en intimèrent l'ordre.

Ils avaient atteint l'entrée de Castelroc. Émilie devinait l'arcade de pierre de la porte, mais rien ne trahissait la falaise quelques mètres plus loin.

« Castelrocois ! clama-t-elle. Nous avons mené aujourd'hui la première d'une longue série de batailles pour libérer notre pays. Le marquis d'Albigeois, le maréchal de Quéribus et le vicomte de Taunère se tiennent à mes côtés. Mais Castelroc n'est pas conquis, Castelroc est libre ! Toutes les religions y sont désormais autorisées. »

Des vivats fusèrent de la brume ; il se mit à pleuvoir. Émilie devait crier pour se faire entendre par-dessus le vent et les acclamations.

« Nous allons à présent libérer l'ensemble d'Alma ! Répandez la nouvelle auprès de vos frères, de vos sœurs, de vos cousins, de vos parents, afin que chaque cité soit prête à se soulever quand le temps sera venu. »

Les cris, le vent et la pluie l'empêchaient d'entendre quoi que ce soit. Les silhouettes qui l'entouraient furent avalées par le brouillard alors que le retour au château s'amorçait au milieu des éléments déchaînés. C'était le triomphe le plus paradoxal qu'Émilie ait jamais connu.

◆

Émilie et ses compagnons restèrent quelques jours à Castelroc. Ils réorganisèrent la garnison et envoyèrent des émissaires à travers tout Brisevan pour allumer l'étincelle de la révolte à l'insu des Abyssins ; cependant, il fallait rapidement songer à partir.

« Pour avoir une chance de gagner, vous devez mener une guerre éclair, dit le maréchal de Quéribus. Emparez-vous des places fortes avant qu'elles aient eu le temps de se concerter : la surprise est votre meilleur atout.

– Quelle sera notre prochaine cible ? demanda le marquis d'Albigeois.

– Nous devons nous diviser : Cibel, Arque et Belladone seront nos destinations.

– Vous comptez prendre les trois villes en même temps ? répéta le vicomte de Taunère, incrédule.

– Même si nous sommes rapides, notre réputation nous précédera, maintint Monsieur de Quéribus. En dépit de notre prudence, les cités les plus proches s'attendront à une offensive directe. Nous devons être assez lestes pour saisir au vol le vent de la rébellion. Je me chargerai d'Arque et Monsieur d'Albigeois de Cibel ; avec la reine, vous attaquerez Belladone.

– Je n'ai pas assez de soldats pour tenir le siège d'une ville, protesta le vicomte. Votre plan est pure folie.

– Je n'emmènerai qu'une dizaine d'hommes, poursuivit le maréchal sans tenir compte de la remarque du vicomte. Je connais bien Arque : Monsieur de Fourcaré a cherché à imiter Castelroc sans y parvenir. Nous passerons par les montagnes Cyan et tenterons de nous introduire discrètement dans le château. Une fois sur place, nous ne manquerons pas d'alliés.

– Prendre Cibel ne sera pas aussi aisé, commenta le marquis d'Albigeois. Cette ville est au milieu d'une plaine, je risque d'être repéré plusieurs jours avant de l'atteindre.

– Pas si je vous déguise avec quelques hommes en marchands, et vous cache dans une carriole à double fond. Monsieur de Salmonel est l'un des favoris du roi : sa garde n'aura pas été renforcée comme la vôtre a pu l'être. Une fois passées les portes de la cité, vous infiltrer dans le château sera simple.

– Que faites-vous de Belladone ? demanda le vicomte. Le duc de Caracol a beau être en bonne position à la Cour, avec l'emprisonnement de son fils et de sa nièce, il est dans une situation délicate. Sa capitale est administrée par sa sœur et doit être truffée d'Abyssins.

– Mais le peuple est particulièrement divisé, répliqua Émilie. Il sera facile de nous trouver des alliés. Une fois introduits dans la ville, le tout sera de jouer finement… Si nous parvenons à informer la marquise de Mycènes de notre présence, je suis certaine qu'elle nous aidera. Céleste est sa fille !

– Précisément, objecta le vicomte. Peut-être jugera-t-elle plus sage de nous dénoncer pour sauver sa fille et son neveu.

– D'ici à ce que vous atteigniez Belladone, le sort du marquis et de sa cousine vous sera connu, trancha le maréchal. Soyez discrets, renseignez-vous avant d'agir. Si vous craignez une trahison, attendez-nous : nous viendrons à votre rencontre avec des renforts d'ici deux mois.

– Vous semblez bien sûr de vous, soupira le vicomte.

– Il n'y aurait pas de guerre si les deux camps n'étaient pas certains de gagner. »

En se couchant cette nuit-là, Émilie songea avec regret au téléphone et à tous les contretemps que cette invention leur eût épargnés.

Elle tenta à nouveau d'analyser les événements ayant conduit à la prise de Castelroc. Comment avait-elle pu influencer ainsi les gardes abyssins ? Que s'était-il passé ? Sa téléportation dans l'île Wilderness, le retournement de l'empereur de Promété, tout était-il lié ? Non…

Comme à chaque fois qu'elle y repensait, ces souvenirs lui donnèrent une violente nausée. Elle devait aller de l'avant. Ne pas réfléchir, se concentrer uniquement sur la libération d'Alma...

Voyager avec le vicomte de Taunère s'avéra de loin moins palpitant qu'avec le marquis d'Albigeois. Ils avaient prévu assez de provisions pour n'avoir pas besoin de chasser durant leur périple et avançaient dans une carriole à deux chevaux. Ils emportaient avec eux des vêtements chauds, des couvertures et des armes. Ne parlant que de chasse et de guerre, le vicomte se montrait hermétique à toute forme de philosophie.

« Que comptez-vous faire si vous regagnez le trône d'Alma ? demanda-t-il à Émilie.

— Je renverrai le roi d'Abyss dans ses terres.

— Si vous ne le tuez pas, Abyss demeurera une menace.

— Je ne veux pas dresser la princesse de Zénit contre moi.

— Elle ne se risquera pas à le venger s'il meurt, rétorqua le vicomte. Zénit est trop faible pour s'attaquer à Alma. Non, si vous capturez le roi d'Abyss, vous devriez annexer son pays.

— Je n'éprouve nul besoin d'agrandir Alma. Rentrer dans un cercle de représailles sans fin n'aboutira nulle part : j'entends faire d'Alma un royaume paisible et prospère.

— Paix et prospérité... Un royaume doit être puissant et respecté, le reste suit tout seul. C'est avec le pouvoir et l'or que les rois s'assurent de la loyauté des courtisans. Pour ma part, tant que je peux chasser tous les jours et faire la guerre de temps en temps, je m'estime satisfait.

— Vous parlez de la guerre comme s'il s'agissait d'une distraction. Réalisez-vous que vous tuez des hommes et que des villages entiers se ruinent pour soutenir les armées ?

— Vous oubliez le goût du danger. Ruser, montrer sa force, éprouver son courage... Cela fait voir du pays et procure des souvenirs impérissables. Quant à tuer des hommes... Là où l'on porte heaume et armure, il n'y a plus d'hommes, seulement des soldats. Chacun sait ce qu'il risque en s'engageant.

— Que faites-vous des villageois ?

– Les manants ? Ce sont des rustauds qui passent leurs journées à compter les vaches et à faire pousser du blé. Nous les protégeons, il est normal qu'ils nous assistent. »

Émilie tenta de minimiser ses discussions avec le vicomte, mais il était bavard et rien ne lui plaisait tant que de relater ses exploits. Les batailles impossibles succédaient aux mises à mort héroïques de sangliers et de cerfs géants.

Ils se trouvaient au cœur de la forêt, à un jour de cheval de Belladone, quand un cavalier arriva sur eux à bride abattue. Les soldats eurent tout juste le temps de se cacher dans les fourrés : un couple sur une charrette attirerait moins l'attention qu'un groupe entier de pseudo-paysans.

Le cavalier les croisa sans ralentir : impossible de voir son visage, mais Émilie eut un choc en apercevant le cheval qu'il montait. Fringant, d'un blanc de neige, les yeux bleus et les naseaux roses, il ressemblait à s'y méprendre à…

« Bellérophon ! »

Le vicomte n'eut pas le temps de reprocher son cri à Émilie. Déjà, le cavalier faisait demi-tour pour s'arrêter à leur hauteur ; il n'en fallut pas davantage à Émilie pour le reconnaître.

« Monsieur de Belladone !

– Majesté ? Majesté, est-ce bien vous ? »

Ils se dévisagèrent quelques secondes, puis tombèrent dans les bras l'un de l'autre.

« Émilie, par Coros ! On vous disait morte, puis la rumeur de Castelroc est parvenue jusqu'à nous et… Comme vous avez changé !

– Et vous ! Vous êtes si pâle, je doutais de jamais vous revoir vivant !

– Vous rendez-vous à Belladone ?

– Oui, nous comptons prendre la ville.

– Je vous accompagne. Mon aide ne sera pas de trop.

– Vous alliez dans la direction opposée, observa le vicomte de Taunère.

– Je cherchais à rejoindre Castelroc, pour prendre part au combat. »

Il fallut plusieurs heures pour mettre chacun au courant des péripéties de l'autre. Sans mentionner qu'elle avait été réduite à la mendicité, Émilie raconta au marquis cet hiver terrible avec Bastan, leur fuite vers Albigeois puis le long chemin avant d'atteindre Castelroc, et le marquis évoqua son emprisonnement.

« Mon père a pu nous éviter la torture et l'exécution ; la rumeur disait que vous aviez sauté du carrosse pour tomber dans le fleuve. Tout en craignant le pire, j'espérais que vous seriez parvenue à vous échapper ; j'ai donné au roi des informations aussi vraies qu'inutiles. Le carrosse devait vous conduire en lieu sûr à Promété : de là, vous entendiez tenter de gagner l'empereur à votre cause.

– L'empereur était mêlé à mon sauvetage ? Comment avez-vous réussi à le convaincre ?

– J'ai fait appel à Sophie, qui s'est émue de votre sort. Je l'ai priée de vous accueillir en secret, le temps de trouver une solution : elle a immédiatement accepté.

– Croyez-vous que nous puissions compter sur l'aide de Promété ? demanda Émilie.

– Aujourd'hui, j'en doute. Il n'est plus dans l'intérêt de l'empereur de se mêler de vos affaires.

– Comment vous êtes-vous échappé de Corasone ? Pourquoi avoir pris le risque de voler Bellérophon ?

– Messieurs de Ravine et de Billentet m'ont permis de m'évader. Le duc d'Orcival nous aurait sûrement aidés s'il avait pu, mais il est trop étroitement surveillé. Le roi n'a pas songé, en condamnant les théistes et les croyantins, qu'il s'en trouve jusque dans ses valets : il s'est fait de nombreux ennemis invisibles à la Cour. À commencer par Monsieur de Billentet, dont la mère est théiste et le père croyantin. Quant à Monsieur de Ravine, il ne supporte pas d'être gouverné par un Abyssin, mais il déploie de tels trésors d'hypocrisie que le roi n'a pas la moindre idée de sa véritable allégeance. La force de ces nobles cœurs, couplée à la ruse d'une poignée de soldats croyantins, est venue à bout des barreaux de ma prison, et m'a ouvert la porte des écuries royales. J'ai volé Bellérophon : il est le cheval du feu roi Arès, le panache blanc de la victoire, la monture qui l'a suivi dans toutes ses guerres et accompagné dans tous ses triomphes. Dans votre situation, un rien peut faire basculer le peuple en votre faveur... Ou contre vous. Or les peuples aiment les symboles, et ce cheval exceptionnel en est un.

– C'est un miracle qu'avec semblable destrier, vous ayez pu traverser la moitié d'Alma sans être inquiété, commenta le vicomte de Taunère.

– Il m'a fallu près d'un mois pour rejoindre Caracol. Je suis resté caché deux semaines à Corasone ; c'est la rumeur de votre triomphe à Castelroc, et de la réapparition de la reine, qui m'a poussé sur la route. Le roi est persuadé que ma fuite est liée au retour de la reine, et que le marquis d'Albigeois est à l'origine de tous ces événements. Je n'ose imaginer les cabales qui se sont formées à la Cour suite à votre victoire. J'ai pris le chemin de Belladone, en priant pour vous trouver avant qu'il ne soit trop tard. J'ai si bien évité les villages que vous êtes mon premier contact humain depuis mon départ de Corasone.

– Que faites-vous de votre père ? Est-il toujours à la Cour ? voulut savoir le vicomte.

– Le duc de Caracol s'est laissé aveugler par la haine et la cupidité. Il m'a publiquement renié et a donné son aval pour que je sois tué si l'occasion se présentait. Il est resté à la Cour : je suis venu reconquérir mon héritage.

– Qu'en est-il de Céleste ? demanda Émilie.

– Il eût été trop dangereux de la faire évader. Il fallait choisir. N'ayez crainte, elle ne constitue pas une menace assez forte pour être inquiétée.

– Nous voilà rassurés, ironisa le vicomte. Après une fuite aussi discrète que miraculeuse, nul doute que vous parviendrez à prendre Belladone.

– Monsieur, je suis las de vos sarcasmes, trancha le marquis. Vous pensez que je suis un félon : je n'ai ni le temps ni l'envie de me battre avec vous pour prouver le contraire. Acceptez le renfort de mon bras ou partez.

– La reine est ma seule suzeraine, répondit le vicomte en adressant au marquis un regard noir. Si elle a confiance en vous, je l'imiterai.

« – Le marquis de Belladone est mon ami, affirma Émilie. Je lui dois la vie ; il ne nous trahira pas.

– Sa fuite ne nous facilite pas la tâche. Les effectifs abyssins doivent avoir été triplés pour accueillir comme il se doit l'enfant prodigue de Caracol.

– Le château de Belladone surplombe la ville ; j'en connais tous les passages secrets. Il ne sera pas difficile de s'y infiltrer.

– Comment chasserons-nous les Abyssins ? demanda le vicomte.

– Même avec des garnisons renforcées, les Almalites restent plus nombreux, rétorqua le marquis. Il s'agit d'attendre le moment propice pour retourner la situation en notre faveur.

– Ne pouvons-nous rassembler les Abyssins au château ? suggéra Émilie.

– Vous avez déjà usé de cette tactique à Castelroc. Si vous les convoquez tous au palais, ils soupçonneront quelque chose. Non, il me vient une ruse plus habile… Je vais me laisser capturer.

– Quoi ?! s'exclama Émilie.

– Réfléchissez. Les Abyssins ont ordre de m'éliminer : ils ne résisteront pas à l'idée d'une exécution publique. Pas si ma propre tante les y invite.

– Et ?

– Et je compte sur vous pour intervenir, montée sur Bellérophon, afin de me libérer. Toute la ville sera rassemblée…

– Vous espérez que le peuple se soulèvera et rejoindra ma cause. Cela mérite d'être tenté.

– Folie pour folie, je n'ai plus rien à perdre, » soupira le vicomte.

◆

Ils atteignirent les remparts de Caracol le lendemain. Deux soldats déguisés en paysans firent entrer la charrette lourde de foin, tandis qu'Émilie, le marquis, le vicomte et les autres gardes étouffaient dans le double-fond. Bellérophon, maculé de terre, suivait, attaché à l'arrière. Ils furent fouillés, questionnés, le foin

383

retourné, mais les Abyssins ne parvinrent pas à déceler le subterfuge.

Les soldats et le vicomte de Taunère furent envoyés espionner les postes de garnison stratégiques. On cacha les chevaux et la charrette chez des alliés de confiance, qui leur jurèrent fidélité dès qu'ils reconnurent le marquis, et promirent de tout faire pour alimenter la haine déjà vivace du peuple envers les Abyssins.

Émilie et le marquis attendirent la nuit pour se rendre au château, qu'ils gagnèrent en passant par les égouts. Sales et nauséabonds, ils s'extirpèrent à grand-peine de l'ouverture étroite qui débouchait dans les cuisines. Ils aperçurent plusieurs soldats en allant vers le donjon : les Abyssins effectuaient leur ronde sans la moindre trace de somnolence. Mais le marquis connaissait bien son palais ; ils parvinrent jusqu'à la chambre de la marquise de Mycènes sans donner l'alerte. Deux gardes en surveillaient l'entrée, qui moururent en silence sous les coups conjugués d'Émilie et du marquis. La marquise ouvrit la porte.

« Que se passe-t-il ? J'ai entendu…

– Ma tante !

– Lionel ? Est-ce vous ? Mais les soldats…

– Nous sommes venus par les égouts. La reine Émilie est avec moi. »

Il fallut quelques secondes à la marquise de Mycènes pour retrouver ses esprits. Surprise, émue, elle finit par serrer son neveu dans ses bras en dépit de son odeur nauséabonde. Elle salua Émilie, et eut tôt fait de regagner son aplomb.

« Êtes-vous ici pour prendre la ville ?

– Ce sera chose impossible sans votre aide.

– Votre père a mis un arrêt de mort sur votre tête. Il vous a déshérité…

– J'ai choisi mon camp. Et vous, ma tante ?

– Ma fille est en prison, sans espoir de secours. Mon frère s'est mésallié : il a bafoué l'honneur de Caracol en préférant servir un prince ennemi plutôt que l'héritière de son roi. Vous pouvez compter sur moi. »

Le lendemain, toute la ville ne parlait que de l'arrestation du marquis de Belladone. Il serait exécuté dans trois jours, sur l'ordre de la marquise de Mycènes, qui avait officiellement renié son neveu.

« Oyez, oyez ! Le marquis de Belladone est condamné à mort. Traître à son roi, traître à son dieu et traître à son pays, il sera exécuté dans deux jours en place publique, comme l'exige la loi ! »

Des hérauts avaient porté la nouvelle dans tout Belladone. Certains prétendaient avoir vu des larmes sur le visage de la marquise, on espérait un complot sans oser y croire, on ne savait plus qui louer du fils ou du père. Le peuple hésitait. Le peuple grondait. On regardait les Abyssins avec des yeux mauvais ; l'atmosphère était chargée de menaces.

Les Abyssins ne doutaient pas de leur victoire. Ils se félicitaient de l'allégeance du duc de Caracol, tout en éprouvant pour lui et les siens le plus profond mépris. Ils les considéraient comme des traîtres, lâches et avides de gloire : se retourner contre son père ou contre son roi équivalait pour eux au même crime.

Les Almalites étaient divisés. Donner à la marquise le pouvoir de tuer son neveu revenait à donner à une femme la supériorité sur un homme : cet infanticide contre nature révoltait leur bon sens. Sans compter que la reine Émilie, après avoir livré son pays à Abyss, entreprenait de le reconquérir, et ils soutenaient cet espoir de toute leur force. Au moins sous Émilie pourraient-ils exercer leur croyantisme, tandis que le roi étranger les persécutait. Des phrases ressortaient d'anciens textes, Urse s'alliait à Coros et à Anselme pour combattre Deus. Ces vieilles maximes ne tenaient pas compte du sexe, tant que le cœur était au bon endroit. L'honneur de l'Almalite et celui du croyantin finirent par se rejoindre : il ne manquait qu'une étincelle pour allumer la flamme de la rébellion.

Émilie passa la nuit qui précédait l'exécution à laver Bellérophon. Le poids de l'attente broyait sa tranquillité ; prendre soin de l'étalon la détendait. Rendu nerveux par la tension ambiante, le cheval se calmait au son de sa voix. Tout irait bien. Elle prendrait Belladone. Après, il serait temps d'affronter le roi d'Abyss. Cette pensée renforçait sa détermination. Elle ne pouvait, ne devait pas perdre.

Émilie s'éveilla peu après l'aube et enfila les vêtements donnés par Madame de Mycènes. Des habits d'homme, qui portaient l'odeur de Lionel de Belladone. La marquise les avait bien choisis : ils étaient assez riches pour faire honneur au rang d'Émilie, et conçus de sorte à être utilisables dans une bataille.

Bellérophon était resplendissant. Les soldats avaient revêtu leur armure et se tenaient prêts. Sur la grand-place, l'échafaud attendait le marquis. Il serait décapité par un bourreau abyssin. La marquise se trouvait sur un promontoire temporaire, à quelques mètres de là.

Enfin, l'heure fatidique arriva.

Le marquis apparut, en simple chemise et pantalon noir, les mains attachées dans le dos.

« Avez-vous une dernière parole ? lança la marquise.

– À cœur vaillant, rien d'impossible ! »

Une rumeur répondit à l'exclamation du marquis, qui sourit. Le bourreau l'agenouilla sans ménagement et leva sa hache.

« À cœur vaillant, rien d'impossible ! »

Émilie hurla la devise almalite au moment où elle entrait au galop sur la place, imitée par ses compagnons. Elle tira son épée, Bellérophon se cabra : des dizaines de cris de guerre répondirent au sien. Les Almalites se ruèrent sur les Abyssins.

Le marquis de Belladone esquiva de justesse un coup de hache. Émilie fendit la foule et sauta de son cheval sur l'échafaud.

« Qui es-tu ? s'exclama le bourreau.

– Je suis la reine Émilie. Soumets-toi à moi, ou péris !

– Tu ne seras jamais obéie, reine déchue ! »

En guise de réponse, Émilie attaqua. Le combat lui parut durer une éternité. Elle n'avait jamais affronté un adversaire armé d'une hache, mais les longs mois d'entraînement avec le marquis d'Albigeois portaient leurs fruits. Chance ou talent, elle évita un coup mortel et transperça le cœur de son ennemi.

Le marquis de Belladone avait vu juste : tous les Abyssins s'étaient rassemblés pour assister à son exécution, et aucun n'échappa au massacre. Supérieurs en nombre, pleins d'une fièvre guerrière qui couvait depuis plusieurs semaines, les Almalites n'épargnèrent personne.

Émilie récolta tous les fruits de la bataille ; elle monta sur l'échafaud sous un tonnerre d'acclamations.

« Almalites, cette victoire vous appartient ! Caracol est à vous. Bientôt tout Alma pliera devant votre courage. M'acceptez-vous pour reine, Almalites ? »

Nouveaux cris de joie.

« Quant à moi, je vous jure fidélité, et longue vie à Caracol ! Que cette lignée valeureuse jamais ne s'éteigne. »

Émilie enfourcha Bellérophon au milieu des vivats. Le marquis à ses côtés, ils conduisirent les quatre Abyssins survivants aux portes de la ville. Ils furent jetés à terre sous les quolibets de la foule, et reçurent le même message qu'à Castelroc.

♦

Émilie et ses compagnons n'eurent pas à attendre longtemps pour apprendre la prise d'Arque et de Cibel. Le triomphe de Belladone eut l'effet d'une traînée de poudre : Billentet et Ravine se rebellèrent de leur propre chef pour participer à la grande guerre qui s'annonçait.

Un vent de révolte soufflait sur Alma. Albigeois se souleva contre l'occupation abyssine ; plusieurs soldats s'insurgeaient un peu partout, guettant la moindre occasion d'attaquer les Abyssins. Sous l'égide du maréchal de Quéribus, les troupes ralliaient Babylone, ville frontière entre Caracol et Corasone, une plaine entourée de forêts où le combat décisif se dessinait.

Émilie et le marquis de Belladone se mirent en route pour rejoindre le maréchal. Belladone comptait cinq cents gardes : il s'agissait d'en recruter d'autres sur le trajet de Babylone. Le marquis exigea que chaque famille donne un homme. Il fit envoyer des hérauts dans tous les villages, ainsi que des capitaines pour entraîner les garnisons qu'ils récupéreraient le long du chemin.

Quand l'armée quitta Belladone, Émilie ne put s'empêcher de remarquer quelques familles en larmes, qui laissaient partir leur père, leur frère, leur mari. Elle ne parvenait pas à oublier ces visages désolés alors qu'elle chevauchait à côté du marquis.

Pourquoi ne s'endurcissait-elle pas ? Pourquoi s'émouvait-elle autant du malheur d'autrui ?

« Qu'avez-vous, ma reine ? demanda le marquis. Vous paraissez songeuse.

– N'avez-vous pas vu ces femmes et ces enfants pleurer, en sortant de Belladone ? Nous prétendons les libérer ; notre premier geste est de les obliger à s'enrôler.

– S'ils veulent rester libres, ils doivent défendre leur pays.

– Mais ils ne sont pour rien dans tout cela. Ils n'ont pas demandé à feu mon père de déclarer la guerre, ils ont subi les conséquences désastreuses de mon mariage... Après avoir été persécutés par mon époux, voilà qu'ils doivent donner leur vie pour moi. À aucun moment ils ne sont libres.

– Les peuples essuient souvent des répercussions dont ils ne sont pas la cause, et se font ballotter par les appétits des rois comme des êtres sans âme. Mais pour conquérir un territoire aussi vaste qu'Alma, il faut unir tous les bras dans un seul esprit, les unir assez pour qu'ils désirent vaincre, et craignent de perdre. Ainsi naît le respect qui conditionnera votre prospérité.

– Le prince de Zénit n'a pas recours à la peur pour régner.

– Quel est son pouvoir ? Il n'a pu refuser l'alliance avec Abyss, et aurait été bien incapable de vous accueillir. J'ai fait appel à lui avant de me tourner vers Promété ; il a aimablement décliné ma proposition. 'Je comprends la position d'Émilie et je donnerais tout pour pouvoir l'aider, m'a-t-il répondu. Mais je ne saurais compromettre la sécurité de Zénit. Madeleine se retrouverait dans une situation délicate ; je tente de faire accepter à mes ministres une série de réformes sur le point d'aboutir. Toute intervention extérieure mettrait définitivement un terme à ce projet qui nous tient tant à cœur. Vous pouvez néanmoins compter sur mon secret : pas un mot ne trahira notre échange.' Il a conclu en me priant de brûler son courrier. »

Le marquis parlait avec une amertume tangible.

« Sa réponse m'a tellement déçu que je l'ai retenue par cœur, lâcha-t-il. Je le pensais plus courageux... Plus noble.

– Sa prudence est politique. Son pays passe avant ses motivations personnelles.

– Il est l'exact opposé du roi d'Abyss. Cet homme veut un État puissant, à son image, tandis que le prince n'impose pas sa loi. Vous devez être entre ces deux extrêmes. Pour qu'Alma soit libre, Alma doit être forte ; pour triompher d'Abyss, les Almalites doivent s'unir. Cela ne peut être obtenu en se contentant de bonne volonté.

– S'unir pour triompher, voilà de belles paroles. Beaucoup d'Almalites risquent leur vie dans cette guerre.

– Nous risquons tous notre vie. En tant que reine, vous êtes la seule à avoir assez d'éléments en main pour déterminer ce qui sera bon pour Alma. Vous devez cesser de réfléchir comme un individu : il vous faut avoir à l'esprit les intérêts de chacun, du plus humble au plus riche. Voyez le prince de Zénit : en donnant trop de puissance à ses élus, il se prive du pouvoir de décision, et son Triangle de Lumière serait incapable de se protéger en cas d'agression, incapable de se mettre d'accord pour agir d'un seul trait. Que penseriez-vous d'un corps humain dont chaque membre aurait une volonté propre ? Il faut une tête pour commander et faire fonctionner le corps. Multipliez les têtes, le corps n'avance plus. Nous sommes en guerre, nous devons faire front pour nous défendre : c'est l'un de ces instants où la collectivité prime sur l'individu. Pour le plus grand bien.

– Vous parlez sagement, mais j'ai peine à vous approuver. Chaque vie compte. Aucun choix ne doit être refusé, à qui que ce soit. Pourquoi faut-il en arriver là ?

– Parce que la folie d'un seul suffit à rompre l'équilibre de beaucoup. Parce que l'être humain est un animal grégaire qui vit en société : il a besoin d'une hiérarchie des tâches pour survivre, particulièrement à l'état sédentaire. Cette hiérarchie entraîne des inégalités sociales, de ces inégalités naît l'injustice, de l'injustice sort la guerre... Quand elle n'est pas le résultat d'une oisiveté cupide, comme ce fut le cas pour feu votre père. »

Le marquis de Belladone soupira profondément. Une nostalgie amère perça dans son regard.

« Ai-je bien entendu ? Vous désapprouvez le roi Arès ?

– J'ai vu avec vous Abyss, Zénit et Promété. J'ai vu les conséquences de votre mariage. J'ai passé plusieurs mois en prison… J'ai eu le temps de réfléchir à mes errements, au passé et à l'avenir que je voulais me forger. N'oubliez pas que pour vous, je me suis fait renier par mon père.

– Pardonnez-moi. J'ai tellement peu aimé le mien que j'ai du mal à concevoir votre peine.

– Comme vous parlez étrangement. Je n'ai jamais aimé mon père. J'éprouvais du respect et de l'admiration pour lui, peut-être une once de crainte… L'amour est allé tout entier au roi Arès. Je voulais que mon père soit fier de moi, mais je ne l'ai jamais aimé à proprement parler. Tout cela a changé quand j'ai été emprisonné. Mon père est venu me parler en des termes très durs : j'ai soudain pris conscience de toutes ses faiblesses. Je l'ai vu vieux, accroché à un honneur dont le sens est perdu, corrompu par la vie de cour et prêt à toutes les bassesses pour obtenir du roi une once de gloire. Malgré toute l'affection que j'ai éprouvée pour votre père, je sais à présent qu'il faisait la guerre par passe-temps plus que par nécessité. Il a attaqué Abyss pour renflouer un trésor presque vide… Et voilà le résultat.

– Ce n'était pas un homme très sage.

– Il avait cependant une honnêteté, une confiance envers ses soldats et ses vassaux, et une forme d'humilité que n'aura jamais le roi d'Abyss.

– Tout en aimant ma mère, il a toujours profondément ignoré les femmes ; cela, je ne saurais le lui pardonner. Je veux reconstruire Alma sur des bases plus saines. »

Le marquis garda quelques instants le silence.

« Ai-je tort ?

– Il est difficile d'oublier des croyances ancrées en vous dès l'enfance ; il m'aura fallu beaucoup de temps et d'épreuves pour y parvenir. Vous-même avez fini par changer au prix de grands efforts… Vous avez tué un homme pour me sauver. Aujourd'hui, vous méritez votre trône.

– Et vous, Lionel de Belladone, vous êtes digne de ma plus profonde estime. »

Ils chevauchèrent un long moment en silence. Le soleil resplendissait ; les plaines d'Alma s'étendaient à perte de vue, champs dorés parsemés de lointaines forêts, prairies sauvages protégées par l'écrin des montagnes. C'était sa terre, un héritage pour lequel Émilie se sentait prête à tout risquer. Elle voulait faire de cette opportunité unique un monde heureux, une terre libre et prospère où chacun pourrait vivre comme il l'entendait. C'était son rôle, sa chance. Si des hommes mouraient dans ce combat, ce ne serait pas en vain. Elle retrouverait leurs noms, elle les graverait dans le marbre.

Son regard croisa l'étendard d'Alma, le guerrier jaune sur fond violet ; une idée soudaine lui vint à l'esprit.

« Il est temps qu'Alma adopte un nouveau drapeau.

– Que dites-vous ?

– Ce guerrier sur fond mauve est à l'image du roi Arès. Je refuse que les armes soient l'emblème d'Alma.

– Quoi d'autre ?

– Je l'ignore… Mais tout doit changer. Je veux une devise différente, un hymne que nos soldats chanteront pour se donner du courage.

– Vous devez garder une continuité avec l'étendard de vos ancêtres, ou vos hommes ne se reconnaîtront plus en vous. »

Le marquis avait raison. Quel symbole pourrait rallier l'ancien et le nouveau ? Quelles paroles et quel chant ? Ils discutèrent longtemps sans parvenir à se mettre d'accord.

« Puisque nous n'arrivons à rien par la fusion, tentons l'addition, proposa Émilie. Je souhaite voir une femme et un livre sur ce drapeau…

– Et moi, un homme et une épée.

– Ils se tiendront dos à dos. La femme, un livre à la main, le doigt levé, proclamera la connaissance.

– L'homme, prêt à abattre son glaive, représentera la force.

– Corps et âme, sourit Émilie. Ce sera notre nouvelle devise.

– Cela me plaît, renchérit le marquis. Garderons-nous les mêmes couleurs ?

– À moitié seulement. Les personnages seront jaunes sur fond rouge : ils figureront l'aube de l'avenir. »

Cette symbolique convenait à Émilie : elle était d'une cohérence profonde avec ce qu'elle pensait, ce pour quoi elle combattait. Avec le marquis, ils composèrent le premier hymne d'Alma, l'apprirent aux tambours qui accompagnaient leurs troupes et firent venir des musiciens pour animer les soldats. Marquant le tempo, la musique redonnait espoir à ceux qui l'avaient perdu, au son claironnant d'une trompette :

> « Alma, tous tes enfants regardent
> Vers le soleil levant.
> Nous suivons tes pas,
> Pour la gloire,
> Pour savoir,
> Pas à pas.

> Alma, pour toi nous bâtirons
> Un monde plus propice,
> Liberté
> Et justice
> S'uniront.

> Alma, jardin béni acquis
> Au prix de plusieurs vies,
> Sois pérenne,
> Sois sereine,
> Sois éternelle. »

Ils chantaient cet hymne dans chaque village ; bientôt les soldats le connurent par cœur.

De cinq cents hommes, ils étaient passés à dix mille. Les murs de Babylone seraient en vue dans quelques jours. Émilie avait vu d'autres larmes couler et s'était juré que ce ne serait pas en vain. Ses soldats croyaient en elle. Eux ne pleuraient pas : surpris, gagnés puis enflammés par le chant, ils étaient prêts à se battre pour libérer leur pays.

◆

À Babylone, un océan de tentes entourait la ville, qui grouillait d'une activité anormale. Les retrouvailles avec le maréchal de

Quéribus et le marquis d'Albigeois eurent tôt fait de se transformer en conseil de guerre. L'armée du roi était à deux jours de marche : il fallait préparer un plan d'attaque.

« Nous ne pouvons lancer toutes nos forces de front contre lui, expliqua le maréchal. Nous sommes cinquante mille hommes en tout, il en a peut-être autant, mais n'oubliez pas qu'Abyss est derrière nous.

– Devons-nous nous attendre à être pris en cisaille ? demanda le marquis d'Albigeois.

– Nous ne pouvons ignorer cette éventualité. Abyss est loin d'ici, mais à la place du roi, je ne me serais pas privé de cette possibilité. Les hommes de Ravine et de Billentet ne m'ont rapporté aucune infiltration abyssine. Cependant, j'ai déjà combattu le roi : c'est un homme rusé, capable d'une anticipation peu commune. Je vous propose donc de suivre un plan de bataille susceptible de résister à une offensive sur deux fronts. »

Le maréchal déplia plusieurs cartes sur une grande table de bois, où il disposa des pièces au fur et à mesure qu'il parlait.

« La moitié de l'armée attaquera le roi frontalement depuis Babylone. L'autre moitié patientera en retrait. La reine, le marquis et le duc se partageront le commandement des troupes tandis que je resterai à l'arrière. Il n'y a que deux solutions possibles : si le roi attend un renfort du nord, ils vous repousseront vers Babylone avec fureur. Au contraire, s'ils sont seuls, ils tiendront leurs positions, et chercheront plutôt à vous rassembler qu'à vous disperser. Ils ne combattront pas de la même manière… Monsieur de Belladone, Monsieur d'Albigeois, puis-je compter sur vous pour que cette nuance ne passe pas inaperçue ? Vous m'enverrez un messager une fois que vous serez fixés : j'agirai selon ce qu'exige la situation. »

Le marquis de Belladone s'apprêtait à répondre quand une femme en haillons fit irruption dans la pièce, poursuivie par le soldat qui gardait l'entrée du château.

« Pardonnez-moi Votre Altesse… Cette mendiante dit qu'elle vous connaît, je n'ai pas eu le temps de la retenir…

– Je vous répète que je suis Céleste d'Arrimande, cousine du marquis de Belladone et dame de compagnie de la reine !

– Céleste ? »

Émilie n'en croyait pas ses oreilles. Les habits en lambeaux, sale, décoiffée, épuisée, son amie était méconnaissable. Mais cette voix, ce maintien, ces yeux, il s'agissait bien d'elle.

« Céleste ! s'exclama le marquis. Par Coros, comment vous êtes-vous échappée ?

– Soyez rassuré, mon cher cousin, vous n'y êtes pour rien.

– Céleste, venez vous laver et vous changer, la pria Émilie. Votre cousin nous a raconté son évasion, il s'inquiétait pour vous...

– Vraiment ? Ma cellule était à un couloir de la sienne, il aurait pu me faire évader sans difficulté. Mais il avait ses propres plans... Voler Bellérophon, aider la reine, vous ne vouliez pas être encombré dans votre glorieuse chevauchée. »

Les yeux de Céleste lançaient des éclairs.

« Peu importe, je n'ai pas fait tous ces kilomètres pour vous mettre en garde contre l'ambition démesurée de mon cousin. Émilie, le roi d'Abyss arrive à la tête d'une armée colossale. J'ignore comment il a pu réunir tant d'hommes : il y a autant d'Abyssins que d'Almalites. Vous n'avez aucune chance.

– Comment vous êtes-vous évadée ? demanda le marquis d'Albigeois.

– Vous me prenez pour une traîtresse ? J'aurais dû y penser. Avez-vous soupçonné mon cousin quand il vous a rejoints ?

– Non, et je suis aussi certaine de vous que de lui, trancha Émilie. De combien d'hommes dispose le roi ?

– Cent mille.

– Cent mille ! s'exclama le maréchal de Quéribus. Nous ne sommes pas plus de cinquante mille... D'autres hommes arrivent-ils par le Nord ?

– Vous devez fuir. Le roi a pactisé avec Promété ; ses armes vous réduiront en poussière.

– Fuir ? s'indigna le marquis de Belladone. Pour aller où ? Alma est notre pays. Il est temps de reconquérir ce qui nous appartient ! »

L'apparition de Céleste les avait divisés sur la marche à suivre. Le maréchal lui-même hésitait. Devaient-ils se cacher, ruser, attaquer de front ? La victoire était-elle seulement possible face à des soldats équipés par Promété ?

« C'est à la reine qu'il revient de décider, finit par opiner le maréchal. Elle est au-dessus de nous tous, le chef de l'État et de toutes les armées.

– Monsieur de Quéribus a raison, approuva le marquis de Belladone. Quel est votre souhait, Majesté ?

– Le terrain ne nous permet pas de ruser, dit lentement Émilie. C'est une plaine, les forêts sont éloignées. Notre armée est trop petite pour être divisée. Nous combattrons ensemble. Si nous capturons le roi, la guerre sera terminée...

– C'est précisément pour cette raison que le roi s'avérera très difficile à atteindre, acquiesça le maréchal. Pour avoir une vision globale du champ de bataille, il reste toujours à l'arrière de ses troupes. Si vous parveniez à traverser le charnier qui s'annonce, il vous verra arriver de loin : vous serez cernée par sa garde avant d'avoir pu frapper.

– Je dois donc l'attaquer par l'arrière.

– Vous l'avez dit vous-même, les plaines sont peu propices à semblables ruses. Il n'est nul angle d'où vous puissiez l'approcher sans qu'il vous remarque.

– Nous pourrions tenter de nous déguiser et d'infiltrer ses troupes, suggéra le marquis d'Albigeois.

– Oui, si nous survivons à la première offensive, répondit le maréchal. Il sera beaucoup plus facile de nous faufiler entre les rangs ennemis à la tombée de la nuit, quand chaque camp ramassera ses morts et ses blessés, qu'en plein jour, dans une armée fraîche où chaque capitaine peut encore identifier ses hommes.

– Ce plan me convient, affirma le marquis de Belladone.

– Parfait, déclara Émilie. Que des soldats de confiance se tiennent prêts à infiltrer les Abyssins. Monsieur de Quéribus, Monsieur d'Albigeois, je compte sur vous pour m'aider à diriger les troupes.

– Nous serons trois à porter vos couleurs, conclut le maréchal. Ainsi l'ennemi aura plus de difficulté à nous identifier. Il nous reste tout juste le temps de réorganiser l'armée pour une attaque frontale. »

◆

Le jour de la bataille arriva, lourd de nuages et d'anticipation. Émilie, le marquis de Belladone et le maréchal de Quéribus vinrent à la rencontre du roi, qu'accompagnaient le duc de Malraison et le duc de Caracol.

« Sire, lança Émilie, vous avez opprimé un peuple que vous aviez juré de protéger et trahi la confiance que j'avais placée en vous. Le sang de milliers d'Almalites a coulé pour votre bon plaisir : j'annule notre mariage. J'exige que vous quittiez le trône d'Alma et regagniez immédiatement vos terres. »

Elle savait cet exercice aussi rhétorique qu'inutile. Comme elle regrettait de ne pouvoir attaquer cet homme, qui se tenait à quelques mètres d'elle, seul et sans défense ! Pourquoi la tradition imposait-elle cette confrontation, tout en interdisant formellement qu'elle soit le lieu d'une offensive ?

« Madame, vous divaguez, répondit le roi d'Abyss. Je vous ordonne de me rejoindre et de vous conformer à vos devoirs d'épouse.

– Mon devoir de reine l'emporte heureusement sur mes obligations d'épouse. Les Almalites ne seront plus victimes de vos délires fanatiques. Quittez ces terres, ou subissez l'assaut de ma colère.

– Je regrette que vous n'ayez pas plus de raison. Sachez qu'une fois la bataille perdue, mon cœur et mon palais vous resteront ouverts. »

Ils rejoignirent leurs armées respectives sans un regard en arrière. La plaine s'étendait devant Émilie à perte de vue ; l'horizon était zébré par la ligne grise et menaçante d'une légion sans fin.

Émilie lança ses troupes la première. Montée sur Bellérophon, épée en avant, son cri de guerre fut repris par tous ses alliés. La cavalerie adverse s'ébranla ; poussée par l'adrénaline, Émilie ne réfléchissait pas. Les silhouettes en face d'elle n'étaient plus des hommes, seulement des pions qui se dressaient en travers de son chemin.

Bellérophon la guidait d'un pas sûr au milieu de l'affolement général. Les ennemis, innombrables, semblaient n'affluer que vers elle.

Elle tranchait, transperçait, mutilait et ne pensait pas.

Soudain, Bellérophon se cabra et la projeta à terre. Le maréchal de Quéribus surgit de nulle part et prit sa place. Il fondit dans la mêlée, suivi par les soldats abyssins qui s'agglutinaient autour de lui telles des mouches autour d'un pot de miel.

La voie d'Émilie s'éclaira. À pied, comme un simple fantassin, elle se battit, encore et encore, jusqu'à ce qu'un adversaire lui entaille profondément le bras.

Elle lâcha son épée et fut sauvée de justesse par un guerrier inconnu, qui poursuivit le carnage qu'elle avait entamé.

La tête lui tournait, son armure pesait trop lourd, elle saignait abondamment. Elle s'écroula. Autour d'elle, les combats faisaient rage. Elle voyait tout comme derrière un voile ; lentement, l'horreur parvenait à elle, diluée par le temps et l'ahurissement. Le monde se répandait en douleur et en gémissements de souffrance. Les coups répondaient aux coups, la haine à la haine. Il n'y avait plus d'hommes : seulement des bêtes assoiffées de sang.

Bientôt, des bruits secs et puissants retentirent, auxquels succédèrent des hurlements de terreur.

Des coups de feu.

Les armes de Promété arrivaient.

Ce fut la panique, puis la débandade. Un immense monstre de fer avalait le terrain. Des explosions survenaient de toutes parts.

Émilie sut aussitôt ce que cela signifiait.

Des tanks et des bombes.

Ils n'avaient aucune chance.

Un inconnu fut déchiqueté juste à côté d'elle ; des hurlements de terreur vrillaient ses oreilles…

Elle voulut se déplacer ; un homme trébucha sur elle et tout devint noir.

Elle s'éveilla au milieu de la nuit.

Dans la plaine régnait un silence absolu.

Elle devait se lever... Oui ! Il était temps d'infiltrer l'armée abyssine. Mais un poids l'écrasait... Elle lutta pour s'en dégager, s'extirpa avec difficulté de ce qui l'enfermait. Un frisson d'horreur succéda immédiatement à son soulagement. Elle venait de faire rouler un corps dépourvu de tête et de bras, au torse en lambeaux. Partout autour d'elle, des membres épars se distinguaient dans l'herbe humide de sang. La clarté de la lune ne lui épargnait aucun détail. L'air empestait la chair calcinée. Au loin brillaient des lumières... Le camp abyssin ?

Émilie se leva, fit quelques pas en titubant. Où devait-elle aller ?

« Émilie ? »

Elle tourna la tête.

« Émilie, vous êtes vivante, c'est un miracle !

– Céleste ?

– Suivez-moi, nous devons quitter cet endroit. Les hommes du roi vous recherchent ; heureusement, ses armes de malheur ont causé un tel carnage que l'identification des corps s'en trouve rallongée... Vite, nous devons gagner les bois avant qu'ils ne nous aperçoivent ! »

Émilie se laissa guider. Partir, oublier ce qu'elle venait de voir... Tout n'était qu'un cauchemar, elle allait se réveiller et la guerre n'aurait pas commencé... La guerre... Le trajet jusqu'à la forêt lui parut durer une éternité.

Elles s'enfoncèrent loin à travers les arbres, jusqu'à ce qu'Émilie s'écroule d'épuisement.

« Nous devons infiltrer les Abyssins, balbutia-t-elle. Il faut capturer le roi... Cela ne doit jamais se reproduire.

– C'est inutile, répondit Céleste. Nous n'avons plus d'armée.

– Quoi ?

– Je suis restée à l'arrière, j'ai tout vu. La stratégie du roi s'est révélée imparable. Sa cavalerie n'était qu'un leurre destiné à masquer les armes prométhéennes. Il a attendu que les combats soient engagés avant de lancer ses monstres de fer. Nos fantassins ne valaient rien contre ses artilleurs. Ils nous ont encerclés, puis le roi a déversé des boules de feu du ciel. Nos troupes ont été balayées ; les survivants se sont enfuis. »

Émilie resta un long moment silencieuse. Les images défilaient dans sa tête, s'accordaient peu à peu aux paroles de Céleste ; chaque lueur de compréhension était comme une nouvelle blessure. Blême, tremblante, son amie peinait elle aussi à revenir du poids de ses mots.

Par quelle folie avait-elle pu se laisser aller à faire la guerre ? Pourquoi n'avait-elle pas écouté Céleste, et fui ?

« Vous ne m'avez pas parlé des tanks et des bombes, lâcha Émilie.

– Pardon ?

– Les boules de feu et les machines de métal. Vous ne les avez pas mentionnées, l'autre jour.

– Croyez-vous que j'aie suivi le convoi abyssin à pied ? J'ai mis à profit le départ du roi et le changement du garde de ma cellule pour m'évader. J'ai réussi à séduire le nouveau soldat qui me gardait. J'ai fui en pleine nuit ; tout juste ai-je eu le temps de surprendre au détour d'une conversation l'existence d'armes prométéennes et le nombre d'hommes qui composait l'armée du roi. J'étais recherchée, je n'ai pas osé paraître dans les villages. J'ai volé des fermiers pour survivre et j'ai traversé la forêt au péril de ma vie pour vous prévenir.

– Cela n'a servi à rien, répondit Émilie. Je ne vous ai pas écoutée.

– Vous ne pouviez pas savoir. La décision était difficile à prendre… »

Un craquement de branche les fit sursauter. Un homme surgit d'entre les buissons ; elles reconnurent le marquis de Belladone.

« Céleste ? Émilie ? Est-ce bien vous ?

– Lionel ! s'exclama Céleste. Je vous ai cru mort, que s'est-il passé ?

– J'ai perdu connaissance pendant la bataille. Une bombe a explosé près de moi ; je m'étonne encore d'être en vie.

– Sommes-nous les seuls survivants ? demanda Émilie.

– Je l'ignore… Notre armée est détruite ; le maréchal de Quéribus et le marquis d'Albigeois sont morts. Un coup de feu a touché le maréchal en pleine tête et j'ai... J'ai vu une bombe tomber sur le marquis. »

Émilie vomit. Elle ne tenta même pas de se retenir. Toutes ces images d'horreur, la pensée qu'elle était responsable de milliers de morts, elle ne le supportait plus. La fin de ses deux alliés la rendait malade de tristesse et de dégoût.

Céleste passa une main amicale sur ses épaules.

« Émilie... C'était inévitable... »

Mais Émilie n'entendait pas. Rien de tout cela, jamais, ne devait se reproduire. Elle ne laisserait pas Alma sous la ferrule d'un pareil tueur... Elle pouvait changer la réalité. Elle l'avait déjà fait. En maintes occasions, cet étrange pouvoir incontrôlable avait pris le pas sur une certaine personne. À Zénit, il lui avait parlé de l'Âge Sombre malgré lui. Contraint de la croire à Pandora, il s'était soumis à sa volonté. Une volonté qu'elle avait de nouveau exercée à Castelroc...

« Nous devons aller à Promété, articula-t-elle enfin.

– Sophie pourra vous cacher, mais je doute que l'empereur vous accorde quoi que ce soit, répondit Céleste.

– Qu'en savez-vous ? protesta le marquis de Belladone. Émilie a changé, l'empereur prendra peut-être son parti...

– Partons à Promété, trancha Émilie. Là-bas, je trouverai un moyen pour vaincre le roi d'Abyss. »

Elle s'accrochait à ce désir avec toute la force qui lui restait. Elle se leva et gémit de douleur. La plaie de son bras saignait à nouveau.

Avec l'aide de ses compagnons, elle retira les reliquats de son armure. Céleste déchira un bout de sa robe pour bander sa blessure.

Ils s'enfoncèrent dans la forêt et cheminèrent jusqu'au lever du jour. Épuisés, ils s'abritèrent dans des buissons plus hauts qu'eux, aux feuilles douces et arrondies, typiques de la région de Chalan, où ils s'endormirent à l'aube. Ils s'éveillèrent peu après midi et poursuivirent leur route.

Indifférente à la succession des jours et des nuits, Émilie marchait jusqu'à ce que ses jambes ne puissent plus la porter. Lionel et Céleste pourvoyaient à ses besoins, chassant pour elle ou volant dans les fermes. Plusieurs fois, ils voulurent lui parler, tenter de comprendre ce qu'elle allait chercher à Promété, mais elle se murait dans le silence.

Elle rêvait de la guerre chaque nuit, elle y repensait chaque jour ; parfois, l'enfant affamé de Farandol, les acteurs de Lucibel et les Ingalais pourchassés lui revenaient en tête. L'être humain la dégoûtait. Pourtant, elle guérissait, s'habituant chaque jour un peu plus à l'idée de reprendre Alma, de mettre fin à toute cette injustice. Peu importait le bien-être de ses sujets ; les empêcher de s'entretuer constituait déjà un exploit.

♦

Il leur fallut près de trois semaines pour rejoindre la ville d'Irisia, où personne ne douta qu'ils fussent mendiants : de nombreux villageois avaient été jetés sur les routes par la guerre. Tous les passants ne discutaient que du triomphe du roi et de la disparition de la reine. Nul n'osait plus remettre en question la suprématie du roi : pétrifiés par la rumeur de la bataille, les Almalites priaient pour que cette guerre soit la dernière.

« Mais enfin, qu'allez-vous chercher à Promété ? demanda pour la énième fois Céleste quand ils furent sortis de Byzance. Espérez-vous former une alliance avec l'empereur ?

– Peut-être. »

C'était la première parole d'Émilie depuis plusieurs jours.

« C'est absurde ! protesta Céleste. L'empereur n'acceptera jamais de s'unir avec une reine renégate… »

Ses mots sonnaient étrangement faux ; Lionel la contredit aussitôt. Émilie refusait d'intervenir davantage dans la conversation. Depuis des mois, il lui semblait avoir enchaîné les mauvaises décisions ; à présent, faisant fi de la logique, elle écoutait cet instinct confus et longtemps combattu. Il se mêlait à ces souvenirs incompréhensibles, où la réalité s'était pliée à sa volonté. Elle convaincrait l'empereur à nouveau. Idée stupide, puérile, impossible, elle s'en moquait. Elle voulait fuir le terrible joug de la raison.

Malgré les protestations de Céleste, ils poursuivirent leur route vers Promété. L'hymne d'Alma résonnait parfois dans le cœur d'Émilie. Le sens de la vie, le devoir d'une reine, la quête de l'absolu… Tant de questions se mêlaient en elle, tant d'horreurs dans son passé, tant d'injustices, partout.

Le bateau qui les transportait clandestinement atteignit Promété par un jour de pluie. Une pluie dense, qui les trempait jusqu'aux os et les empêchait de voir. Émilie grelottait. Ses cheveux dégoulinaient, ses vêtements ruisselaient ; au lieu de la laver, l'eau faisait rejaillir la crasse accumulée pendant toute la traversée dans une insupportable promiscuité. Elle se sentait aussi misérable que dans les premiers jours avec Bastan.

Les tours des usines dominaient le paysage. L'épaisse fumée grise qui s'en dégageait se mêlait aux nuages ; la pluie uniformisait toutes les nuances et les textures dans une insipide couleur de pavé. Émilie et ses compagnons passaient d'autant plus inaperçus qu'ils étaient Blancs : la teinte de la pauvreté et de l'indifférence. Les immigrés débarquaient chaque jour par dizaines à Tekné, la ville la plus proche de la côte almalite, à l'extrême Nord de Promété : les visages et les identités se diluaient dans l'anonymat qui baignait l'archipel.

« Que comptez-vous faire maintenant ? demanda Lionel.

– Nous devons traverser la mer jusqu'à Atmet et prendre le train pour rejoindre Pandora, répondit Émilie.

– Avec quoi paierons-nous le voyage ? voulut savoir Céleste.

– Nous allons travailler.

– Je vous reconnais bien là, soupira le marquis. Dans les pires moments, vous parvenez encore à me surprendre. »

Ils n'eurent aucune difficulté à se faire embaucher dans une mine, terrain de travail privilégié des Blancs. Ils louèrent une mansarde misérable au sommet d'une bâtisse délabrée. Émilie peinait à déterminer ce qui des rats, de la moisissure ou de l'air vicié la dégoûtait le plus. Elle avait à peine la force de s'indigner, tant ses journées de labeur l'épuisaient. Elle s'éveillait chaque matin, ankylosée par les courbatures, les mains couvertes d'ampoules. Lionel et Céleste se trouvaient dans un état similaire.

À force de privations et de repas maigres, ils réunirent assez d'argent pour gagner Pandora et s'acheter des vêtements propres. Une navette les fit traverser le pan de mer qui les séparait de l'île d'Atmet. Elle n'allait pas jusqu'à la ville : il leur fallut une semaine supplémentaire pour rejoindre la métropole. L'été leur était de peu de réconfort dans cette zone au pied des montagnes qui, arrosée par la fonte des neiges, ne bénéficiait pas beaucoup de la chaleur du soleil.

Aux abords d'Atmet, ils furent accueillis par un spectacle d'horreur. Non loin de la cité se dressait un camp, entouré de barbelés, à l'intérieur duquel on déchargeait des wagons entiers d'hommes, de femmes et d'enfants. Des Ingalais par centaines, venus tout droit des montagnes de Wilderness. On arrachait les enfants des bras de leur mère pour les mettre dans d'autres trains, on séparait les hommes et les femmes, on poussait tout le monde à la chaîne, comme du bétail. Des soldats supervisaient les opérations ; ils tirèrent sur Émilie et ses compagnons afin qu'ils s'éloignent.

Places of endless pain… Les vieillards et les enfants tremblaient de peur. Émilie n'eut pas besoin d'écouter leurs murmures affolés pour connaître le nom de ce terrible endroit. De loin, elle entendait les coups de feu, les larmes, des cris déchirants ; une affreuse odeur de chair brûlée enveloppait le tout.

« Les plans de l'empereur ont dû fonctionner, lâcha le marquis de Belladone.

– C'est monstrueux, » balbutia Céleste.

Émilie pleurait.

À Atmet, ils trouvèrent un abri de fortune sous un pont pour passer la nuit ; ils gagneraient Pandora le lendemain matin.

Émilie ne parvenait pas à s'endormir. Des images entraperçues aux abords du camp la hantaient. Des hommes piétinaient une femme enceinte, puis se renvoyaient du pied, tel un hideux ballon, le cadavre d'un nourrisson. La scène se déroulait sans cesse devant ses yeux, elle l'obnubilait, la paralysait de rage et de désespoir.

À la faveur de la nuit, elle regagna le camp.

Tout était silencieux. Au-dessus d'elle, les nuages s'étaient enfin levés, laissant voir des étoiles d'une clarté peu commune.

Elle se tenait si près des barbelés qu'elle aurait pu les toucher. Elle croyait être passée inaperçue, mais quelqu'un sortit bientôt de la cabane la plus proche. Une silhouette pâle, si maigre qu'Émilie se demandait comment elle pouvait encore marcher. Son crâne blanc luisait malgré l'obscurité ; ses côtes saillantes créaient des ombres sur sa peau tuméfiée.

« Émilie. Tu as changé beaucoup.

– Solace ? C'est toi ? »

Émilie se remit à pleurer. Elle n'arrivait pas à regarder l'Ingalaise en face.

« Pas pleurer. Larmes servent à rien.

– Solace… Que s'est-il passé ? Non, ne me dis rien. Je vais t'aider à t'échapper, il doit y avoir un moyen de briser ces barbelés…

– Pas toucher, Émilie, ou lumière rapide te tuer.

– Lumière rapide… Tu veux dire, l'électricité ?

– Pas beaucoup de temps, Émilie, je dois retourner dans cabine, ou soldat noir me voir et me tuer. J'ai reconnu toi ce matin, je savais que tu viendrais. Le vent l'a dit à moi. Je te dis au revoir, Émilie.

– Solace…

– Mon peuple est mort. C'est fini. Mais grâce à toi, nous avons fièrement combattu. Tu es une grande reine, Émilie. Maintenant pars, vite ! »

Son instinct entraîna Émilie derrière un rocher avant qu'elle ait pu réfléchir.

Un garde arrivait.

« Toi ! Qu'est-ce que tu fiches ici, il est interdit de se lever la nuit ! »

L'Ingalaise n'eut pas le temps de répondre.

Un coup de feu retentit.

Solace s'effondra. Un mince filet rouge coulait de sa bouche.

Des Ingalais sortirent en nombre des cabanes les plus proches, des cabanes beaucoup trop petites pour abriter autant de personnes.

Sans mot dire, le garde cribla de balles le corps inanimé, puis finit par défigurer Solace à coups de crosse.

« C'est clair ? beugla-t-il à l'adresse de la foule. Défense de s'approcher des barbelés ! Vous deux, mettez ce débris avec les autres, on la brûlera demain. »

Pendant un long moment, Émilie n'osa pas bouger.

Elle ne voulait plus vivre.

Loin au Nord, Farandol dressait ses tours blanches dans le soleil ; à l'Ouest, la flèche d'or de Corasone resplendissait. Le champ de bataille aux pieds de Babylone était-il toujours rouge de sang ? Non, la beauté n'avait pas le droit d'exister, pas si près de l'horreur. C'était impossible. Elle haïssait les hommes, elle haïssait les plantes autour d'elle, le soleil qui dardait ses rayons joyeux sur ce monde triste. Elle était reine, et elle était impuissante.

Sauf si... Sauf si elle s'alliait avec Promété pour armer son pays. Avec ces machines à tuer à sa disposition, elle pourrait faire exécuter et respecter sa volonté. Elle ferait tuer les tueurs... Elle devait parler à l'empereur.

Émilie rejoignit Atmet au pas de course. Elle y trouva ses compagnons en proie à la plus grande inquiétude, et refusa de leur donner la moindre explication.

Trois heures plus tard, ils montaient dans le train, propres dans leurs habits neufs. Devant les suppliques angoissées de Céleste et du duc, Émilie finit par céder.

« Puisque vous tenez tant à savoir le fond de ma pensée, je mesure simplement l'ampleur de ma stupidité.

– Que voulez-vous dire ? s'étonna le marquis de Belladone.

– Il y a quatre ans, quand toute cette histoire a commencé, j'avais le pouvoir entre mes mains. J'étais reine, j'étais seule, j'aurais pu tout accomplir. Pour avoir cru que je pourrais adoucir le roi d'Abyss, me voilà en fuite, pauvre et sans appui. Si je m'étais tournée vers l'empereur plus tôt... Je n'aurais jamais dû faire ce voyage.

– Vous ne pouviez pas éviter la guerre, affirma Céleste. Si vous ne l'aviez pas épousé, le roi d'Abyss vous aurait attaquée.

– En lui procurant le loisir de former une alliance avec Promété, je lui ai donné les moyens de me vaincre. L'empereur est si puissant, comment ai-je pu hésiter une seule seconde ? En le choisissant, j'aurais écrasé Abyss. Rien de tout cela n'aurait eu lieu. J'aurais mis fin à la guerre contre les Ingalais...

– Croyez-vous que l'empereur se serait laissé si facilement manipuler ? observa le marquis. Cela aurait très bien pu finir comme avec le roi d'Abyss.

– L'empereur n'est pas comme le roi. Il aime la puissance, mais il se moque de la gloire. Il n'aurait pas cherché à contrôler Alma de manière si absolue. Tout ce qu'il désire est le profit : celui-ci s'obtient aussi bien en usant de liberté et d'égalité que de force et d'injustice.

– Ce débat ne mène à rien, trancha le marquis. Pour moi, la ruse est le seul moyen de vaincre, et le roi d'Abyss ne peut rester en vie. Quant à parler au conditionnel, la façon la plus sûre de préserver Alma eût été de l'assassiner tant qu'il était encore temps, juste après votre mariage. »

Émilie ne répondit pas.

Une partie d'elle ne pouvait s'empêcher d'approuver le marquis, tandis que l'autre se révoltait à l'idée d'éliminer quelqu'un de sang-froid, par simple calcul politique. Elle avait déjà tué... Des inconnus. Par légitime défense, toujours. Des hommes qui, si elle n'avait pas agi, l'auraient anéantie les premiers. Leur mort avait été une triste nécessité. Mais assassiner un être qu'elle avait jadis aimé, préparer ce meurtre en stratège à la manière dont le maréchal de Quéribus avait organisé la prise de Castelroc...

Depuis son accession au trône, Émilie s'était comportée en enfant utopiste. Elle se rappelait ses premiers émois, ses conversations avec l'Autre. Elle poursuivait certes un but louable, mais il existait tant d'autres maux, bien plus horribles et plus urgents à éradiquer que le malheur. Le dénuement, l'inégalité, l'ignorance, la brutalité, quand elle aurait vaincu tout cela, elle s'estimerait la plus heureuse des reines. En réunissant les conditions de la paix et de la prospérité, chacun trouverait la voie de son bonheur personnel. Surtout, il fallait se doter d'une puissance assez redoutable pour défendre ce trésor. La force, la justice, la loi : pour agir efficacement, elle devait concentrer les trois pouvoirs entre ses mains. Elle ne permettrait à aucun vassal de la contredire.

◆

S'introduire dans la Torsade et parler à l'empereur ne fut pas aussi difficile que prévu. Ils se présentèrent chez Sophie, où une domestique les reconnut. La Prométéenne les rejoignit à la fin de la journée, les vêtit et les restaura. Si elle n'avait rien perdu de sa vivacité, une certaine froideur se dégageait néanmoins de ses propos.

Elle leur ménagea une entrevue avec l'empereur tard dans la nuit et promit de ne pas les livrer au roi d'Abyss.

L'empereur fut très surpris de les revoir vivants et aussi changés. Tout Alma était persuadé qu'ils avaient péri dans la plaine de Babylone.

« Nous aiderez-vous ? demanda Émilie. Vous étiez prêt à m'accueillir, voici un an ; vous n'auriez pas accepté sans avoir d'autres plans en tête. Sont-ils toujours d'actualité ? »

Elle s'était entretenue avec lui seule à seul. Il l'avait écoutée raconter son histoire sans l'interrompre. Plus sérieux que jamais, il réfléchit longtemps avant de se prononcer.

« Peut-être. Cela dépend de ce que vous me proposez.

– L'incident à Wilderness. La téléportation. Je vous révélerai comment j'ai pu me déplacer aussi vite sur ce promontoire rocheux.

– Vous commencez à avoir le sens des affaires.

– Que répondez-vous à mon offre ?

– Admettons que je dise oui. Que ferez-vous du roi d'Abyss, après l'avoir vaincu ?

– Je l'emprisonnerai pour le juger comme il se doit. Il n'aura plus aucun pouvoir ; vous pourrez annexer Abyss.

– Une partie de la Flèche noire est composée de montagnes difficilement praticables… »

« – En chemin, nous sommes passés à Atmet. Il m'a semblé que vous aviez fait des progrès significatifs avec les Ingalais.

– Nous avons fini par les vaincre, oui. Les tribus se sont réunies pour nous affronter lors d'une terrible bataille, mais notre triomphe est aujourd'hui total.

– Ne souhaitez-vous pas avoir le profit complet de cette voie commerciale, plutôt que de la partager avec Abyss ?

– Je dois y réfléchir.

– Je vous propose également une solution pour les Ingalais. Une alternative aux *places of endless pain*.

– Pardon ?

– Les camps où vous enfermez les Ingalais.

– Là-bas, ils travaillent et rapportent de l'argent, au lieu de semer le trouble dans la société. Que suggérez-vous ?

– Donnez-leur les montagnes de Cyan et laissez-les vivre en paix. Ils sont trop peu nombreux pour vous nuire. Je me chargerai d'eux.

– Vous bouleversez beaucoup de projets. Accordez-moi quelques jours pour réfléchir à vos propositions. »

Non. Elle ne lui permettait aucun délai. Il devait accepter, maintenant. Mettre un terme aux camps ingalais. L'aider à reconquérir Alma.

Pour la première fois, Émilie lança consciemment sa volonté à l'assaut du monde.

Cela ne lui avait jamais paru aussi difficile, aussi insensé.

Pourtant, lentement, très lentement, sa vision se floua. La peau noire de l'empereur brilla d'une lueur rouge. Ses yeux bleus fixant le vide, le Prométéen lutta contre elle avec une énergie inattendue. Pétri de certitudes, ses forces ne faiblissaient pas.

Émilie avait beau répéter ses attaques, il ne cédait pas.

Elle n'avait pas le droit d'échouer…

Pour Solace.

Au souvenir de l'Ingalaise, une puissance nouvelle s'éveilla en elle. Ce fut sa souffrance, ses larmes, son désarroi qu'elle lança à l'assaut de l'empereur. Une lueur d'étonnement traversa son regard ; Émilie s'y engouffra.

Elle entrevit sa pensée, ses plans de développement pour Promété, ses espoirs pour l'île Wilderness, son agacement devant la réticence commerciale du prince de Zénit, ses amours frivoles à la volée. Grain doré au milieu des images, une idée nouvelle attira son attention. L'empereur songeait déjà à la lettre qu'il enverrait au roi d'Abyss pour le prévenir de l'arrivée des Almalites.

Non. Cette idée n'aboutirait pas. Elle ne le laisserait pas faire.

Son esprit se refermait… Émilie eut tout juste le temps de broyer le projet de l'empereur avant de s'affaler sur sa chaise, très affaiblie. Hagard, l'empereur prit appui sur un meuble.

« Je… Je suis fatigué, murmura-t-il. Vous pouvez compter sur ma discrétion… »

Les Ingalais. Alma. Émilie avait à peine eu la force d'empêcher l'empereur de les trahir… Elle n'obtiendrait rien d'autre. Muette de rage et de frustration, elle ne répondit pas à l'empereur.

« Le défrichage de l'île Wilderness est en bonne voie… Nous y avons trouvé de nombreuses ressources minières. Je voudrais les exporter à Zénit, le Doyen est intéressé… Mais le prince refuse. Il mène ses réformes avec un acharnement inattendu… Je dois le voir. Je suis si près de réussir… Le Progrès est le seul chemin possible. Le pacte de non-agression envers Alma me liait à ce pays et non à votre personne… Je ne l'ai pas transgressé en vendant des armes au roi d'Alma. Cet équipement était destiné aux soldats almalites… Quand j'étais enfant, je vous ressemblais. Mon père m'a appris à me faire une raison. Le progrès technologique résoudra tous nos problèmes. Il réclame quelques sacrifices mais… C'est pour le plus grand bien. J'en suis intimement persuadé… »

L'empereur sembla se ressaisir.

« J'ignore pourquoi je vous raconte tout cela. Retournez chez Sophie… Accordez-moi quelques jours pour réfléchir à vos propositions. »

Dégoûtée d'elle-même, trop faible pour résister, Émilie obtempéra.

◆

Ils languirent une semaine dans les appartements de Sophie, reprenant contact avec l'actualité grâce aux journaux qu'elle leur fournissait. Le roi d'Abyss dirigeait Alma d'une poigne de fer. Il promettait une récompense irrésistible à quiconque lui apporterait une réponse sur le sort d'Émilie, dont il présentait les actes comme une conséquence malheureuse de sa folie. Il se disait prêt à la reprendre sous son aile malgré sa démence, afin d'éviter à jamais qu'une telle guerre se reproduise. Il se montrait impitoyable face aux traîtres, maintenant toutes les grandes villes sous une étroite surveillance. Belladone avait été bombardée pour servir d'exemple ; le duc de Caracol et la marquise de Mycènes avaient été exécutés en place publique. En apprenant la nouvelle, Lionel se mura dans le silence jusqu'au lendemain matin.

Enfin, ils furent convoqués à la Torsade. Sophie les conduisit dans l'un des étages les moins fréquentés, où ils patienteraient pendant qu'elle irait chercher l'empereur.

Émilie ne comprenait pas. Incapable de le contraindre à les aider, elle avait lu en lui après avoir anéanti son idée qu'il ne comptait jamais les recontacter…

La porte s'ouvrit plus vite qu'ils ne s'y attendaient, sur les dernières personnes qu'Émilie espérait voir à Pandora. Le prince de Zénit et Madeleine parurent non moins surpris de se trouver face à eux.

« Majesté, Monsieur de Belladone, Madame d'Arrimande, que faites-vous là ? s'exclama le prince.

– Cela sent le piège à plein nez, lança le marquis de Belladone. Qui vous a envoyés ici ?

– L'empereur, à l'instant même, répondit Madeleine. Nous sommes en voyage d'affaires, nous tenions à garder notre présence discrète…

– Pas autant que nous, dit le marquis.

– Vous avez donc survécu à la bataille de Babylone, murmura le prince. Vos épreuves ont laissé des traces sur vous…

– Allez-vous dire à votre frère où nous sommes ? lança Émilie à Madeleine.

– Pourquoi lui posez-vous la question ? l'invectiva le marquis. Il est évident qu'elle nous trahira !

– Détrompez-vous. J'ai changé. »

En l'observant attentivement, Madeleine semblait bel et bien différente. Son expression s'était adoucie, elle n'avait plus cet air hautain et renfermé qu'à Corasone elle gardait encore. Émilie surprit de la tendresse dans le regard que le prince de Zénit jeta sur son épouse. Se pouvait-il qu'il en soit venu à l'aimer, après trois ans de vie commune ?

« Francesco m'a ouvert les yeux sur bien des aspects, reprit Madeleine. Je désapprouve la tournure du règne d'Armand ; il est devenu obnubilé par une idéologie trop stricte. Aussi humble soit-il, chaque être humain a le droit de vivre : les exactions qu'il a commises sont en dessous de lui. Un roi, une nation, une religion, c'est pousser trop loin les enseignements de notre père. Chacun a sa place dans l'ordre du monde. Il est interdit de torturer et de mutiler des hommes comme il l'a fait. Francesco m'a fait comprendre tout cela.

– Et Madeleine m'a appris à être plus ferme envers mes ministres, sourit le prince. Nos réformes sur le droit des femmes viennent tout juste d'aboutir. »

Son regard brillait d'amour.

« Si l'affection que vous portez au prince a produit un tel miracle sur votre personne, peut-on espérer que votre frère s'adoucisse ? finit par demander Émilie.

– Je crains que non, répondit Madeleine. Armand a été élevé dans la croyance qu'il représentait ce que le monde avait fait de mieux. Notre père lui a légué sa vision d'un royaume fort et d'un roi au pouvoir absolu. Avec la guerre contre Alma, mon frère s'est retrouvé confronté à une menace qu'il était déterminé à éradiquer. Les conseils de notre grand prêtre ont si bien flatté sa vanité qu'il s'est mis en tête de faire disparaître le théisme et le croyantisme. Il a accru les taxes afin de renflouer les caisses d'Alma, privant ses ennemis de tout secours financier. Je l'ai approuvé du bout des lèvres, jusqu'à ce qu'il en arrive à la torture et à l'emprisonnement systématiques. Zénit a suivi la même pente jadis : cela l'a conduit au bord de la révolution. Armand n'a pas tiré de leçons du passé ni des ouvrages de notre belle bibliothèque ; il est trop orgueilleux, je ne crois pas qu'il puisse en guérir.

« – Quant à moi, renchérit le prince, j'ai trop écouté mes ministres et reculé devant les décisions. Aujourd'hui, les joutes rhétoriques ont pris le pas sur les actions politiques. Grâce à Madeleine, j'espère rétablir l'équilibre. Pour que gouverner ait un sens : pour que ce ne soit plus l'aboutissement d'une carrière, et la domination d'un homme sur les autres. »

Ils furent interrompus par l'arrivée de l'empereur. Quand il les vit ensemble, il parut comme frappé par la foudre.

« Que… Comment vous êtes-vous trouvés ici ?

– C'est sur votre invitation que nous sommes venus, lui rappela le prince.

– Sophie nous a dit de vous attendre dans cette pièce, l'informa Émilie.

– N'ayez crainte, nous ne vous trahirons pas auprès de mon frère, sourit Madeleine. Nous désapprouvons sa conduite.

– Je vous remercie pour votre discrétion, répondit l'empereur. Suivez-moi, je vais vous recevoir dans le salon bleu. Majesté, Madame d'Arrimande, Monsieur de Belladone, je vous enverrai chercher afin que l'on vous raccompagne, je ne peux vous rencontrer aujourd'hui. »

Ils furent ramenés sans tarder chez Sophie.

« C'est un piège, affirma le marquis dès qu'ils furent seuls. Cet accident n'a pas eu lieu par hasard. Nous devons fuir.

– Sophie et l'empereur ont pu mal se comprendre, tempéra Céleste.

– La sœur du roi d'Abyss est la dernière personne que je souhaitais voir. Je vous répète qu'il y a trahison.

– Madeleine n'est plus la même, observa Émilie. L'empereur a paru véritablement surpris, presque en colère, de nous trouver ensemble. Je ne crois pas que cette rencontre ait été de son fait ; s'il y a un félon, il connaît fort mal la princesse de Zénit.

– Seuls Sophie et l'empereur sont au courant de notre présence ici… commença le marquis.

– Je me refuse à soupçonner Sophie, le coupa Émilie. Elle risque beaucoup en nous accueillant et nous a ouvert sa porte sans une once d'hésitation. Quant aux domestiques, s'ils devaient nous trahir, ce serait chose faite depuis longtemps. »

♦

Le lendemain, l'empereur leur fit savoir par Sophie qu'il ne les aiderait pas.

« Pourquoi ? s'indigna Émilie. Est-ce à cause de notre rencontre accidentelle avec le prince et la princesse de Zénit ?

— Je l'ignore, répondit Sophie. Je suis terriblement désolée… J'étais persuadée d'obéir à Abel. Je n'aurais pas dû accepter de vous amener de jour à la Torsade… Vous devez fuir. Madeleine peut vous trahir à tout moment…

— Madeleine a changé, la rassura Émilie. Elle nous a juré le secret.

— À votre place, je ne lui ferais pas trop confiance.

— Je refuse de retourner mendier sur les routes, intervint Céleste. Que nous conseillez-vous ?

— Il est hors de question que vous repartiez comme vous êtes venus, bien sûr. Que vous voyagiez à cheval ou en voiture, Alma recèle de nombreux dangers… Vous devriez tenter de rallier la République d'Outremont. C'est un territoire neutre : là-bas, vous serez en sécurité.

— Outremont ? répéta le marquis. Mais c'est à l'autre bout d'Alma, par-delà les montagnes de Cyan…

— C'est pourquoi je vous offre d'y aller en dirigeable.

— Je refuse d'abandonner Alma aux mains du roi d'Abyss, protesta Émilie.

— Il est trop tard, Émilie. Vous n'arriverez plus à vaincre le roi par la force…

— Il me reste la ruse. S'il le faut, je mourrai en essayant ; je n'aurai pas de répit tant qu'il régnera. Je suis l'unique héritière du royaume d'Alma ; en me tuant, il perdrait sa légitimité. Je dois tenter quelque chose, ou je ne pourrai plus jamais me regarder en face.

— Vos intentions sont louables, mais vous devez être réaliste, maintint Sophie. Peut-être trouverez-vous à Outremont l'alliance que Promété vous a refusée. Ce serait pure folie d'attaquer maintenant, alors que le roi d'Abyss est sur la défensive. Démunie

413

comme vous l'êtes, vous ne pouvez l'atteindre ni par la ruse ni par la force. Suivez mon conseil, allez à Outremont. Mon dirigeable peut vous mener jusqu'à Palatine : de là, vous passerez les frontières. Ce pays est très fermé, mais d'après ce que m'a dit l'empereur il semble plus développé encore que Promété.

– Cela me paraît utopique, maugréa le marquis de Belladone. Plus nous attendons, plus le roi sera difficile à atteindre.

– C'est à votre reine que revient la décision, opina Sophie. Émilie, que choisissez-vous ?

– J'accepte d'aller à Palatine. Je ferai ce qu'il faudra pour obtenir l'aide qui me permettra de regagner Alma. Quand partons-nous ?

– Dès demain, si vous le désirez. Le temps pour moi de préparer le dirigeable. »

Le marquis de Belladone passa le reste de la journée à tenter de faire changer d'avis Émilie, tandis que Céleste l'encourageait dans ses positions.

« Cessez, je vous en prie ! finit par s'exclamer Émilie. Croyez-vous que je ne suis pas consciente de tout ce que vous me dites ? Oui, Outremont est une terre inconnue, dans laquelle nous ne sommes même pas certains de pouvoir entrer, tandis que Palatine est l'alliée d'Abyss. Oui, l'être humain est lâche, faible et corrompu, et il y a fort à parier pour que personne n'accepte de m'aider une fois là-bas. Je ne sais plus quoi faire, pourtant je n'abandonnerai pas. Il doit exister une solution : je la chercherai jusqu'à la fin de mes jours ! »

Émilie quitta ses compagnons sans leur laisser le temps de répondre. Elle aurait voulu partir, loin, retrouver la force d'espérer. Mais les images qui la hantaient la poursuivraient toujours... La mort de Solace, les ballets de Farandol, les ruines antiques de Cotylédone, la souffrance et l'art, la haine et la beauté, elle ne comprenait plus. Il lui semblait être la seule créature logique dans un monde d'absurdités. Son impuissance augmentait proportionnellement à sa volonté de rétablir la justice. Devrait-elle perdre son âme et sa joie de vivre pour retrouver le pouvoir et le conserver ?

Le jour du départ, ils se levèrent à l'aube. Ils devaient disparaître avant que Pandora ne s'éveille. Les dirigeables étaient encore assez rares pour être remarqués, surtout en partance de la demeure de l'une des femmes les plus influentes de l'empire. Sophie leur laissait une coquette somme d'argent, et avait chargé le zeppelin de vêtements et de nourriture. Elle les accompagna jusqu'au pied de l'appareil.

« Au revoir, Sophie. Merci pour tout.

– Adieu, Émilie. J'espère que vous me pardonnerez.

– N'y comptez pas trop. La reine peut avoir la rancune tenace. »

Émilie n'eut pas le temps de se retourner. Déjà, des mains l'immobilisaient avec ses compagnons, alors que l'estrade sur laquelle ils se trouvaient remontait lentement vers le dirigeable.

« Quoique, poursuivit le roi d'Abyss en ôtant la capuche qui lui couvrait le visage, cette reine est tellement fantasque, elle serait tout aussi capable de vous innocenter.

– Vous… Sophie, que… »

Émilie n'arrivait plus à parler. À ses côtés, Céleste et son cousin se débattaient contre les gardes qui les retenaient.

« Traîtresse ! lança le marquis. Vous aviez prévu de nous vendre depuis le début.

– Abel s'est mystérieusement désisté. J'espérais que Madeleine le fasse à ma place…

– Pourquoi ? lâcha Émilie. J'avais confiance en vous…

– Je suis désolée. »

L'estrade réintégra le dirigeable avec un bruit mat.

« Envoyez le marquis et sa cousine dans les cellules qu'ils n'auraient jamais dû quitter, ordonna le roi. Quant à la reine, emmenez-la dans la suite préparée pour elle. »

Émilie fut conduite dans une chambre aux allures de prison. Son lit était au milieu d'une grande cage aux barreaux trop étroits pour y passer la main. Elle y fut jetée sans ménagements ; le roi s'assit sur un fauteuil à l'extérieur.

« Madame, vous me voyez ravi de vous retrouver. Malheureusement, je dois avouer que vous avez perdu beaucoup de votre beauté, depuis votre fuite de Corasone.

– Que voulez-vous de moi ?

– Je vous l'ai déjà dit. J'attends de vous l'enfant qui, mêlant nos deux sangs, me succédera, maître incontesté de nos deux pays.

– Vous ne l'aurez jamais.

– C'est ce que nous verrons.

– Comment Sophie a-t-elle pu nous vendre ainsi ?

– C'est elle qui m'a persuadé. Elle m'a prouvé que ma sœur m'avait trahi et m'a définitivement convaincu de rompre mon alliance avec Zénit. Les négociations sont en cours pour remarier Madeleine avec l'empereur de Promété.

– Que deviendra le prince de Zénit ?

– Cette chère Madame Dalmeida s'assurera qu'il ne contracte aucun autre engagement.

– Et moi…

– Votre arrivée à Pandora a tout déclenché. Sophie s'est empressée de me contacter et d'organiser l'affaire. L'empereur lui-même ignore le rôle qu'il a pu jouer… À présent que j'ai retrouvé l'insaisissable reine d'Alma, je vais enfin pouvoir fonder la dynastie qui manque à mon pouvoir.

– Et si je refuse ?

– Vous verrez mourir vos amis les uns après les autres. Je commencerai par ce bellâtre de marquis, puis ce sera sa misérable cousine.

– Vous n'avez pas le droit !

– Un roi a tous les droits. J'ai réduit votre armée à néant. Votre royaume m'appartient. Il est temps pour vous d'accepter la défaite… Nous serons à Corasone dans deux jours. N'oubliez pas : le salut du marquis et de sa cousine dépend de votre bonne volonté. »

Le roi quitta la pièce sans un regard en arrière.

Émilie se laissa tomber à terre. Dans une autre vie, elle aurait tempêté, hurlé, frappé contre les barreaux ; au lieu de cela, elle resta immobile, les yeux fixes. Après avoir vu Solace mourir, elle pensait que rien ne la ferait plus jamais souffrir. Était-ce pour cela qu'elle demeurait si calme ? Son cœur pleurait la trahison de Sophie… Mais sa décision était prise.

« La façon la plus sûre de préserver Alma eût été de l'assassiner tant qu'il était encore temps. »

Les paroles du marquis de Belladone s'étaient instillées en elle, jusqu'à envahir et posséder chaque fibre de son être. Elle ne laisserait plus passer l'occasion. Tandis qu'elle contemplait cet objectif, toute sa colère s'évanouit.

Elle se leva, répéta les exercices appris auprès du marquis d'Albigeois. Feinte, recul, défense, attaque, encore et encore. Renforcer les bras, renforcer les jambes. Elle n'attendrait plus.

◆

Ils arrivèrent à Corasone en fin de journée. Une décharge de détermination parcourut Émilie à la vue de son château ; la flèche d'or resplendissait dans le soleil couchant.

Devant la foule des courtisans rassemblés à l'extérieur du palais, le roi expliqua comment il avait sauvé Émilie de sa propre folie. Il était prêt à la reprendre pour reine, en tant que légitime et unique héritière d'Alma. Il ferait venir les meilleurs médecins pour la soigner et veillerait personnellement à sa sécurité.

Un tonnerre d'acclamations répondit à ce discours ; Émilie regagna sa chambre sans avoir prononcé un mot.

« Dormirai-je dans la flèche d'or, ce soir ? demanda-t-elle lorsqu'elle fut de nouveau seule avec le roi.

– Cela dépend de vous. Avez-vous réfléchi à ma proposition ?

– Oui.

– L'acceptez-vous ?

– Oui.

– Ce soir, durant le souper, promettez-vous de ne parler que quand je vous y inviterai ?

– Oui.

– Cela paraît trop beau pour être vrai.

– Qu'avez-vous fait de Céleste et de Monsieur de Belladone ?

– Ils resteront en prison, sous bonne garde, jusqu'à ce que j'obtienne ce que je désire.

– Vous engagez-vous à les libérer ?

– Cela dépend de votre attitude dans les mois à venir.

– Bien.

– Prenez garde. Au moindre faux pas, l'un d'eux perdra la vie... De manière lente et douloureuse. »

Durant le dîner, la tenue d'Émilie fut irréprochable. Elle n'eut aucune difficulté à subtiliser un couteau en souriant à ceux qui lui adressaient la parole. Elle n'eut aucune difficulté à le cacher dans ses sous-vêtements pour éviter qu'une servante le remarque et à attendre placidement le roi dans sa chambre. Elle n'eut aucune difficulté à le laisser s'allonger sur elle, à planter le couteau dans sa poitrine, d'un geste sûr et efficace. Trop ébahi pour crier, elle n'eut aucune difficulté à retirer le couteau, pour le planter, mieux cette fois, plus profondément, dans le cœur du roi.

Elle resta longtemps sans bouger, bien après que le dernier soubresaut de vie eut quitté le corps du roi. Il était mort les yeux ouverts, encore sous l'effet de la surprise. Le sang coulait lentement de ses deux plaies, teintait les draps de rouge. Émilie se rappelait la mort de Solace. Elle revoyait les corps brûlés et méconnaissables de Babylone.

Comme cette fin semblait calme, après tant de tumulte.

Aux premiers rayons du soleil, la raison lui revint. Elle ne pouvait pas rester ainsi. Le roi l'avait accusée de folie ; pour mettre fin à ce doute, elle devait prouver qu'elle ne l'avait pas tué.

Son plan fonctionna étonnamment bien. Quand la servante trouva le cadavre du roi, quand elle vit les blessures d'Émilie au bras et à l'épaule, elle crut sans peine qu'on les avait attaqués durant la nuit. Mais qui ? Toute la Cour était en émoi, et se demandait qui.

Le premier geste d'Émilie fut de s'entretenir avec le marquis de Belladone. Elle ne fit pas venir Céleste ; elle aurait désapprouvé ce plan. Il était trop tôt encore, trop tôt pour la regarder en face, et Émilie ne devait rien trahir. Toute sa volonté la poussait au contraire vers le duc, vers Lionel ; son salut ne pouvait venir que de lui.

« Nous devons accuser quelqu'un du meurtre, lui conseilla-t-il. Sinon, tout le monde vous soupçonnera.

– Ne peut-on simplement dire la vérité ?

– Oubliez cela. Vous avez suivi ma suggestion, et voyez : vous voici à nouveau reine, seule sur le trône, sans effusion de sang inutile. Suivez ma deuxième proposition : inculpez quelqu'un d'autre à votre place. La Cour et le peuple ont besoin d'un coupable. Si vous ne le faites pas, vous en paierez le prix.

– Mais qui accuser ? Le responsable devra être puni de mort. Je ne veux pas tuer un innocent.

– Il faudra pourtant vous y résoudre, ou perdre votre couronne ! »

Émilie ne répondit pas tout de suite. Ce meurtre de sang-froid la faisait plus souffrir qu'elle ne l'aurait cru. Comme un abîme silencieux qui menaçait de l'engouffrer, lentement, irrémédiablement. Un abîme qu'une partie d'elle cherchait désespérément à fuir, tandis que l'autre partie, cette deuxième âme étrangère qu'elle avait fini par accepter comme étant elle-même, la poussait vers lui de toutes ses forces.

« Nous accuserons messieurs de Salmonel et de Malraison. Je m'arrangerai pour que l'arme soit trouvée chez l'un, et une fausse lettre chez l'autre. Ainsi, je pourrai me débarrasser définitivement de ces comploteurs. »

Avait-elle vraiment prononcé ces mots ?

Ici encore, elle ne rencontra aucune résistance. Le marquis de Salmonel et le duc de Malraison furent arrêtés et décapités sous les huées de la foule. Émilie se souvint de l'exécution manquée du marquis de Belladone ; cette fois, personne n'intervint pour sauver les deux condamnés.

Elle ne détourna pas les yeux lorsque la hache tomba ; le spectacle de la mort ne l'horrifiait plus. Une partie d'elle hurlait, de plus en plus lointaine ; l'autre se résignait peu à peu à la violence.

Le lendemain, Émilie apprit le décès de Madeleine. Elle s'était éteinte à Pandora, des suites d'une longue maladie.

« Une longue maladie… murmura Lionel. Si vous voulez mon avis, les symptômes décrits par l'empereur ressemblent beaucoup à ceux qui ont emporté le mari de Sophie.

– Vous pensez que Sophie l'a empoisonnée ?

– La mort du roi d'Abyss a mis fin aux tractations de mariage avec l'empereur, et à toute menace de la part d'Abyss ou d'Alma. Vous savez comme moi ce que Sophie éprouve pour le prince ; elle a vu ici une occasion unique. »

Occasion… Comme ce mot l'avait hantée, pendant son voyage en dirigeable. La réalité était si noire à présent ; le cœur humain la dégoûtait.

♦

Dans les mois qui suivirent, assistée de Lionel et d'un Conseil des pairs recomposé, Émilie mena les réformes qui lui tenaient tant à cœur. Main de fer dans un gant de velours, elle abolit progressivement les privilèges, répartit plus équitablement les impôts, écrivit une Constitution et y inscrivit la liberté de religion et d'expression. Un lointain cousin du roi monta sur le trône d'Abyss et se garda bien de troubler la paix retrouvée d'Alma.

Émilie gagna à ce jeu subtil autant d'amis que d'ennemis, et prit garde de se faire trop aimer, ou trop craindre. La seule personne avec qui elle ne s'obligeait pas à une certaine distance était le marquis de Belladone. Conseiller avisé, il la soutenait dans toutes ses réformes.

Depuis six mois à présent, plus aucun complot n'entravait la marche de son royaume. Ses adversaires n'étaient pas si insatisfaits qu'ils voulussent la détrôner. Le règne du roi d'Abyss avait marqué les esprits : on espérait que la modération et la relative équité d'Émilie tiendraient dans le temps. Aucun royaume, aucun système politique ne pouvait être parfait : le sien ne faisait pas exception. Il fallait toujours qu'il y ait des mécontents : chacun limitait la justice à ses privilèges. Les lois de l'économie exigeaient que certains sujets soient riches, d'autres pauvres, et la majorité entre les deux. La taille d'Alma rendait tout équilibre difficile ; les disparités préexistantes empêchaient un changement massif des habitudes. Tout contrôler, tout organiser, sans rien omettre, représentait un travail de titan, d'autant plus à l'échelle d'un pays aussi grand, soumis à des mécanismes aussi complexes, aussi imbriqués. Si imbriqués, qu'un grain de sable dans l'un créait un séisme dans l'autre.

Aidée du marquis de Belladone, Émilie s'évertuait à trouver un équilibre résorbant la misère de chacun, sans engendrer de révolution. Cela demandait une subtilité, une clairvoyance et une vigilance constantes : Émilie était reconnaissante envers le marquis, qui la soutenait infatigablement.

Cela parut naturel, dans la droite ligne du normal, bien que non dénué d'ironie, quand Émilie annonça ses fiançailles avec Lionel. La raison et ce qui lui restait de cœur la poussaient vers le même homme. Son passé… Un brouillon qu'elle voulait effacer pour réécrire sa vie au propre.

Dans les semaines qui précédaient leur mariage, elle apprit la mort du prince de Zénit. Il s'était éteint dans la fleur de l'âge, aussi subitement que Madeleine était morte lentement. Une étrange substance noire avait été découverte sur les terres zénitiennes. Ana se retrouva promise à l'empereur de Promété : leur union devait se célébrer dans un mois.

Émilie ne pouvait s'empêcher de penser que l'apparition de la matière noire, que certains nommaient pétrole, sonnait le glas du Triangle de Lumière. Malgré certaines inégalités, Zénit avait été un exemple positif pour elle. La mort du prince l'attristait beaucoup ; il aboutissait enfin dans ses projets de réformes si longtemps rêvés… Un soupçon désagréable venait renforcer ce mauvais pressentiment ; un soupçon aux cheveux bordeaux et aux mains blanches, plein d'un amour passionné et inassouvi, d'un amour si terrible qu'il rendait l'amour même effrayant.

Son mariage avec le marquis de Belladone fut beaucoup moins clinquant qu'avec le roi d'Abyss. La cérémonie eut lieu dans la flèche d'or. Émilie voulait donner l'exemple en minimisant les dépenses fastueuses et inutiles. Elle portait une robe modeste, dont le raffinement était seul visible à l'œil exercé, et un bouquet de lys.

Afin de saluer le peuple, ils se rendirent sur les immenses balcons de la tour, à l'emplacement même où Émilie, une éternité auparavant, avait appris la mort du roi Arès. Là où tout avait commencé.

Ils se dirigeaient vers la balustrade quand une silhouette courut vers eux, sans que personne ait le temps de la retenir.

« Céleste ! »

Une étrange émotion envahit Émilie à la vue de son amie. Elle n'avait plus pensé à elle depuis l'assassinat du roi. Pas une seule fois elle n'avait songé à la faire sortir de prison. Elle s'étonnait de l'avoir ainsi oubliée ; la voir ravivait des sentiments enfouis, éveillait soudain une part d'elle-même qui s'était endormie sans qu'elle s'en rende compte, et qui résistait encore, comme si quelque chose la retenait.

« Céleste, dit calmement Lionel. Quelle agréable surprise.

– Relâche-là, Jean. Tu ne gagneras pas.

– Tu arrives trop tard. J'ai déjà gagné. Émilie m'a épousé ; c'est ma voie qu'elle a choisie.

– Tu l'y as obligée. Tu as pris possession d'elle.

– Elle m'a suivi sans aucune difficulté. »

Émilie écoutait sans comprendre. Les mots s'entrechoquaient dans sa tête, ne faisaient plus sens. Jean. Il s'appelait Lionel... Et cette part d'elle qui cherchait en vain à ouvrir les yeux, mais elle ne dormait pas, non, on l'étouffait...

« Arrête de lutter, Émilie. Tu ne peux rien contre moi. »

Lionel parlait, mais une autre voix sortait de sa bouche. Une voix déjà entendue en rêve...

Jean.

Antonie.

La Bibliothèque.

Il fallut à Émilie un effort surhumain pour retrouver ces noms, formuler en pensée ces mots oubliés.

Soudain, le voile se déchira.

II

Émilie fut propulsée hors du livre et heurta de plein fouet le plancher de la Bibliothèque. Jean et Antonie se tenaient à ses côtés, immobiles, tout leur corps tendu dans une lutte invisible.

Émilie ne comprenait plus. C'était un rêve, bien sûr... Mais elle était persuadée de l'avoir commencé seule.

« Sors d'ici, ordonna Antonie.

– Tu ne peux pas me chasser. Tu n'es pas assez forte. Vois le temps qu'il t'a fallu pour me retrouver ! Tu n'es pas parvenue à me tuer.

– Tel n'était pas mon objectif.

– Émilie m'a rejoint : tu ne peux plus rien contre nous.

– Non ! s'exclama Émilie. Je n'ai rejoint personne, je... »

Un regard de Jean la fit taire.

Elle résistait de toutes ses forces à l'impulsion de s'aplatir contre le plancher. Mais la volonté de Jean était plus forte que la sienne... Il la commandait, il s'appropriait ses pensées. Elle ne savait plus qui elle était, ce qu'elle voulait. Elle avait tué le roi, elle serait prête à tuer encore s'il le fallait. C'était la seule solution pour conserver un monde équilibré et prospère. Les humains étaient incapables d'être heureux par eux-mêmes. Il fallait tout faire pour eux, les empêcher d'aimer, les empêcher de vibrer, les empêcher de vivre… Le Revery les maintenait à leur juste place. La Bibliothécaire devait contrôler leurs rêves…

« Non. »

Ce petit mot vida Émilie de son énergie.

Jean fut projeté en arrière. Une lumière bleue intense le poussait vers la porte de la Bibliothèque. Antonie glissait vers lui, il ne parvenait pas à résister.

« À bientôt, Émilie… J'espère que la leçon t'a plu ! »

À peine eut-il crié ces mots qu'il disparut hors de la Bibliothèque.

Les portes se refermèrent derrière lui avec un claquement violent.

La force qui oppressait Émilie s'évanouit ; elle se sentit merveilleusement libre. Son livre était toujours ouvert sur la table, à la dernière page ; le signe final symbolisait le choix dont on peut tirer n'importe quelle conclusion.

« Antonie… »

Pâle, la Bibliothécaire tremblait.

« Il est parti ? murmura Émilie.

– Je ne pourrai pas maintenir la porte fermée éternellement. Il reviendra.

– Jean… Jean était Lionel de Belladone depuis le début ?

– Oui, et j'étais Céleste.

– Comment est-ce possible ?

– Nous sommes devenus ces personnages, de la même manière que tu as pris la place de l'enfant du roi Arès.

– Mais j'ai gardé mon nom ! Pourquoi le vôtre a-t-il été modifié ?

– L'histoire autorisait seulement le nom de l'enfant d'Arès à changer, afin de faciliter l'incarnation du rêveur : le nom des autres protagonistes reste le même quel que soit le lecteur. Tu étais le personnage principal : tout le rêve tournait autour de toi. Céleste et Lionel n'étaient que des acteurs secondaires, derrière lesquels nous nous sommes cachés, pour intervenir lorsque nous le souhaitions.

– Comment avez-vous fait ? J'étais obligée d'incarner l'enfant d'Arès. J'ai voulu fuir tant de fois…

– Il faut une certaine maîtrise pour vivre un rêve avec le point de vue d'un personnage qui n'a pas été prévu pour cela. Sa personnalité est beaucoup plus forte et tu ne peux t'immiscer en lui que si un autre rêveur prend la place du personnage principal.

– Pourquoi n'ai-je pas remarqué que vous étiez rentrés dans le livre avec Jean ?

– Tu es encore une lectrice inexpérimentée. Tu as pu le percevoir sans t'en rendre compte, dans les moments où le caractère du marquis de Belladone ou de Céleste changeait sans raison. Nous sommes longtemps restés cachés derrière nos personnages, afin de demeurer invisibles l'un à l'autre. J'ai commencé à soupçonner le marquis lors de notre escale à Belladone, quand tu t'es disputée avec son père… Jean s'est dévoilé en t'obligeant à parler contre ton gré.

– Et moi… J'étais l'enfant d'Arès ?

– Oui. Tu t'es heurtée contre sa volonté plusieurs fois.

– Comment le savez-vous ?

– N'avais-tu pas des souvenirs qui ne t'appartenaient pas ? N'as-tu pas fait des choix que tu n'aurais jamais acceptés de ton propre chef ? »

Lentement, l'esprit d'Émilie s'éclaira. L'Autre… C'était donc cela, un personnage ? Pourquoi ne l'avait-elle pas ressenti, dans son premier livre ?

« Les livres écrits pour les Bibliothécaires sont différents des autres, expliqua Antonie. La personnalité du héros principal est spécialement travaillée, affirmée ou effacée pour laisser l'ampleur voulue aux apprentis. Tu as pu être toi-même dans ton voyage précédent ; ici, tu as été forcée de cohabiter avec un être distinct de toi. C'était nécessaire, car la reine d'Alma a des souvenirs et des habitudes indispensables au bon déroulement de l'histoire.

– Parfois, nous ne faisions qu'un. Nous désirions tous les deux quitter Corasone et visiter Abyss, Zénit et Promété… Mais il détestait le marquis de Belladone, tandis que je souhaitais m'en faire un ami. À Farandol, nous avons commencé à nous parler…

– Que veux-tu dire ?

– Je ne supportais pas d'être contrainte à suivre un chemin contre mon gré. Sur la flèche d'or, après avoir signé le traité de paix avec le roi d'Abyss, l'Autre a relâché son emprise sur moi. Lorsqu'il a tenté de la reprendre, j'ai refusé. Je l'ai obligé à parler en son nom. À Farandol, quand il m'empêchait d'être moi, je dialoguais avec lui en pensée. D'abord contraints, ces échanges sont devenus de plus en plus faciles et fréquents... L'Autre a même commencé à avoir des opinions propres. Il m'a de moins en moins seriné que l'histoire devait suivre son cours. Puis, alors que j'étais dans la montgolfière à Promété, il a disparu... Deux fois, il m'a parlé d'une manière étrange, il disait que quelqu'un lui volait sa voix...

– Jean. Il a pris possession de toi pendant ton séjour à Promété. Il s'est servi de tes doutes pour entrer en toi et te forcer à obéir au roi d'Abyss. Ce faisant, il a étouffé celui que tu appelles l'Autre... Mais savait-il seulement ce qu'il faisait ? S'est-il rendu compte de ce que tu avais accompli ?

– Qu'ai-je fait de si extraordinaire ?

– Tu as donné vie à un être de papier ! »

Émilie ne comprenait pas l'enthousiasme d'Antonie.

« L'enfant d'Arès est un personnage faible, poursuivit la Bibliothécaire. Il a été conçu pour être tantôt homme, tantôt femme, selon l'identité du Bibliothécaire qui s'incarne en lui. Toute l'histoire peut être retournée pour s'adapter à cette éventualité : les rois deviennent reines, les filles garçons, tous les protagonistes changent de sexe, afin que le rêve puisse être vécu exactement de la même manière par quiconque le lit. L'enfant d'Arès, en tant que personnage principal, a été écrit en vue d'accueillir un être supplémentaire. Il se définit par ses souvenirs et son éducation et veille au bon déroulement de l'histoire.

– Il m'a obligée à monter sur le trône...

– Et il t'a encouragée à voyager à Abyss, Zénit et Promété. L'eusses-tu refusé, il t'y aurait contrainte. Mais il n'était pas censé s'exprimer ! Simplement t'imposer certains passages au début du livre, pour que le rêve suive son cours normal. Le faire parler en son nom a dû te demander un effort considérable ! Tu as écrit Émilie, écrit sans même t'en rendre compte, regarde... »

Antonie revint au début du rêve. Le symbole de l'enfant d'Arès se trouvait partout : un carré, au centre duquel on avait dessiné une silhouette à l'intérieur d'un cercle. Contrairement aux symboles des autres personnages, celui de l'enfant d'Arès n'avait pas de visage précis. Au fil des pages cependant, le signe se dédoublait, de manière infime au début, puis de plus en plus visible, jusqu'à ce qu'un visage flou se dessine systématiquement à côté du symbole initial. Dans la montgolfière de Promété, une tache d'encre noire écrasait brutalement les traits orangés qui avaient mis tant de pages à se dégager du trait rouge d'origine.

« Tu as créé ton premier personnage, Émilie, reprit Antonie.

– Comment est-ce possible ? Je n'ai pas de plume...

– Mais tu as une volonté. Que tu as refusé de mêler à celle de l'enfant d'Arès. Jean voulait soumettre ta volonté. Ce faisant, il a détruit l'être que tu avais créé. Il ne restait de celui que tu appelles l'Autre qu'un squelette nécessaire au maintien de l'histoire.

– C'est donc Jean qui m'a obligée à insulter le duc de Caracol...

– Dans les jardins du roi, après l'audience, il a tenté de te persuader d'épouser l'empereur de Promété. Je l'ai forcé à s'éloigner de toi et j'ai envoyé l'empereur de Promété à ta rencontre, pour que tu te fasses ton propre avis. Il est revenu à la charge à Zénit, pendant le bal, en essayant de prendre possession de toi. L'Autre t'a certainement aidée à résister... Son besoin vital de cohérence s'ajoutait à ton instinct. Enfin, pendant la promenade sur les ponts, il t'a obligée à faire cette proposition à l'empereur de Promété... Après ton retour de l'île Wilderness, il t'a poussée à lui révéler ce que tu ressentais, afin de s'infiltrer en toi. Voyant qu'il ne pourrait te faire épouser l'empereur, il t'a laissé suivre le roi d'Abyss, et t'aurait maintenue dans cet état second si je n'étais pas intervenue par le biais d'une lettre.

– Après le bal de Zénit, je me suis évanouie pour la deuxième fois...

– La première fois était à Abyss. Tu as voulu lutter contre la cohérence exigée par l'Autre.

427

– Pendant mon sommeil, je vous ai entendus parler. Tout revient maintenant… Pourquoi ai-je oublié ? À plusieurs reprises, j'ai failli me souvenir…

– L'enfant d'Arès t'a permis de te battre, de monter à cheval et de t'exprimer comme il sied à une reine. Il t'a laissée peupler les ornements des palais avec les images de ton rêve précédent, tout en t'interdisant de te rappeler la Bibliothèque. L'oubli est la condition absolue du rêve, de celui-ci en particulier. Toute l'histoire a été conçue pour te pousser à aller de l'avant.

– L'Autre ne parvenait pas à identifier Jean. Il en avait peur…

– Jean ne faisait pas partie du livre : ton personnage ne pouvait pas le reconnaître. Exister en tant qu'être à la double identité devait déjà lui paraître si étrange…

– Il ne m'a pas révélé son nom. Au début, il n'aimait pas dire « Je » et ne donnait jamais son avis.

– C'est toi qui as créé cet avis au fil du rêve. Nos personnages étaient beaucoup moins souples que le tien : Céleste et Lionel parlaient en leur nom propre, agissaient et pensaient par eux-mêmes. Jean et moi étions pour eux ce que l'Autre était pour toi au début de l'histoire.

– Mais l'Autre n'était pas toujours là. Seulement dans les moments critiques, ou quand mes émotions risquaient de briser le décorum. Il m'a permis de mentionner le Revery à l'empereur…

– Il ne t'a pas uniquement laissé de l'ampleur en pensée. La plupart du temps, tu étais libre d'imposer ta volonté à n'importe quel personnage. Ainsi, pour le bon déroulement de l'histoire, tu as contraint l'empereur de Promété à te parler de l'Âge Sombre, tu l'as obligé à te croire après le Cirque de la Lune, puis tu t'es téléportée pour accélérer ta rencontre avec les Ingalais. Tu as encouragé Solace à te faire confiance. Tu as forcé le soldat abyssin à te conduire auprès du marquis d'Albigeois, au lieu d'attendre qu'un messager se présente le lendemain, et tu es intervenue à Castelroc…

– Je l'ai fait sans m'en rendre compte. J'obéissais à des impulsions subites…

– En créant l'Autre, tu t'es dotée d'un allié imprévu, qui t'a permis de contrer Jean à Zénit, puis de dominer l'empereur à

Pandora. Sans cette deuxième volonté, tu n'aurais dans doute rien tenté avant d'arriver à Castelroc.

– Pourquoi ?

– Maîtriser le rêve est le privilège des Bibliothécaires. L'oubli inhérent au rêve rend cette capacité très difficile à utiliser : le livre que je t'ai fait lire était aussi un entraînement. Pour qu'un apprenti influence la réalité du rêve quand celui-ci lui en laisse la possibilité, il doit être porté par des sentiments exacerbés, ou par la nécessité de cohérence du personnage qu'il incarne. À Castelroc, tu n'avais pas d'autre solution que de te servir de ton pouvoir. Il est lié à ta volonté : le Bibliothécaire qui a écrit ce livre place en toute connaissance de cause le rêveur dans une situation extrême, en vue de briser les verrous de la raison. Tu ne pouvais sortir de prison autrement qu'en prenant le contrôle des soldats. Sans l'enfant d'Arès pour t'aider, cela a dû être plus difficile qu'auparavant.

– Cela n'explique pas que je me sois téléportée à Promété. J'étais calme, apaisée…

– Tout rêve a des lois qui lui sont propres. Tu avais plusieurs fois donné libre cours à ta volonté : il t'était plus facile de jouer avec la réalité. L'Autre a dû t'encourager, car cette solution lui paraissait plus élégante, plus cohérente que celle initialement prévue, où des Ingalais attaquent votre expédition.

– J'ai… Sauté un bout de l'histoire ?

– Exactement.

– Pourquoi ne me suis-je pas rendu compte que je pouvais utiliser ce pouvoir presque à ma guise ? Et pourquoi les autres personnages restaient-ils aussi indifférents à ces retournements inexplicables ? L'empereur de Promété est le seul à m'avoir posé des questions sur ma téléportation…

– Ce rêve n'a pas été imaginé uniquement pour que les apprentis prennent conscience de leur pouvoir. Il poursuit d'autres buts qui exigent que de le lire sans interruption. Le Bibliothécaire qui l'a inventé l'a donc écrit de sorte que les personnages ne tiennent pas trop compte d'éventuelles incohérences. Tu l'as senti : l'Autre abhorrait l'incohérence. C'est le pire ennemi des

Bibliothécaires, qui s'efforcent de maintenir une certaine logique dans chacun de leurs rêves.

– Pourquoi ?

– Parce que si un rêveur remarque une incohérence, il s'éveille. Cela vaut aussi pour les âmes : leur rêve doit leur paraître profondément sensé, même si elles en oublient la majorité et n'y voient aucune logique à leur réveil. Ce qui est vrai pour elles l'est plus encore pour nous. C'est pour cette raison qu'après l'épisode de Castelroc, tu avais la nausée dès que tu repensais à ton pouvoir. C'est aussi à cause des incohérences que, deux fois, tu as failli sortir de ton rêve.

– Mais l'Autre ne pouvait pas m'empêcher de me remémorer le Technomonde…

– Non. Il a été conçu pour lutter uniquement contre les souvenirs liés à la Bibliothèque.

– Au fur et à mesure du livre, je me rappelais de mieux en mieux mon ancienne vie. Je la partageais avec lui…

– Parce que ta puissance grandissait. Plus tu exerces ta volonté, plus tu brises la barrière d'oubli imposée par le rêve… Jusqu'à un certain point.

– Malgré la nausée, j'ai tenté de me servir à nouveau de mon pouvoir sur l'empereur de Promété…

– L'histoire le voulait. Tu devais revenir à Promété, et voir le sort réservé aux Ingalais. »

À ce souvenir, Émilie retint les larmes qui lui montaient aux yeux.

« J'ai échoué, soupira-t-elle. Je tenais Alma entre mes mains, j'avais l'occasion d'en faire un royaume parfait… La guerre et l'assassinat, voilà tout ce à quoi mes idéaux m'ont conduit.

– Ne t'accuse pas trop vite. Ce rêve a plusieurs lectures possibles : aucune ne permet une fin satisfaisante. C'est ce que j'ai tenté de te faire comprendre dans le *Nautilus*. Souviens-toi, je t'ai demandé pourquoi tu cherchais tant à éviter la guerre. C'était moi qui te parlais alors et non Céleste.

– J'ai tout fait pour empêcher que la guerre se déclenche.

– Il est malheureusement des circonstances où elle est inéluctable. »

Émilie resta silencieuse. Une aura de paix réconfortante émanait d'Antonie, si intense qu'elle aurait pu la palper, mais elle parvenait difficilement à percer son propre voile de peur et de déception.

« Vous voulez dire que... Je n'étais pas obligée d'épouser le roi d'Abyss ?

– Non. Mais dans tous les cas, ton choix menait à la guerre. Si tu avais opté pour l'empereur de Promété, les Abyssins auraient été réduits au rang des Ingalais : pour les protéger, tu aurais rejoint leur camp et combattu ton époux. Choisir le prince de Zénit revenait à perdre la guerre contre Abyss, et à subir toi-même le sort des Ingalais. Quant au marquis de Belladone, l'histoire t'interdisait de l'épouser avant d'avoir visité Abyss, Zénit et Promété : en t'alliant avec lui ou en restant seule, tu te serais vue contrainte d'affronter le roi d'Abyss avec le même résultat que celui que tu viens de vivre.

– Jean... Pourquoi voulait-il que je choisisse l'empereur ?

– Parce qu'il a décidé de suivre Promété quand il a lu ce livre. »

Une lueur de compréhension brilla dans les yeux bruns d'Émilie.

« Après mes évanouissements, à Abyss et à Zénit... Je vous ai entendus. Jean a choisi Promété... Et vous avez choisi Zénit.

– À deux reprises, tu as failli sortir du rêve. La lutte contre l'Autre, puis contre Jean, t'avait vidée de l'énergie nécessaire au rêve. Ton personnage a fait en sorte de transformer ces éclairs de lucidité en rêves. »

Nouveau silence. Lentement, les paroles oubliées lui revenaient...

« Pourquoi la guerre est-elle la seule issue possible ?

– Parce que c'est la vérité. Tout ce que tu viens de vivre s'est produit dans le monde des hommes. Le Bibliothécaire qui a écrit ce livre n'a fait que mélanger les époques, les modes, les noms, les causes et les conséquences, mais les atrocités que tu as vues, les bizarreries, les beautés, tout a réellement existé. »

Émilie ne répondit pas. L'art de Farandol, le massacre des Ingalais, riches et pauvres, femmes et hommes, Blancs et Noirs, l'Aphrodite de l'Exposition universelle... Réels. Et maintenant, le

Technomonde… Le traitement des femmes à Zénit, l'enfant sur le marché de Farandol, l'Enquête des théistes… Réels. Pourquoi ? Pourquoi fallait-il que le Technomonde lui semble désormais le meilleur des mondes possibles ?

« Alors… Jean n'a pas influencé l'histoire ? murmura-t-elle.

– Très peu au début. Il a provoqué la dispute avec le duc de Caracol pour t'isoler, et t'a peu à peu imposé sa volonté. Pour renforcer votre intimité, il a exploité les moindres failles du rêve : il a déclenché la course entre Bellérophon et Cyrus à Farandol, s'est téléporté à côté de toi pour surprendre le baiser entre Céleste et le roi d'Abyss, t'a sauvée pendant le carnaval de Lucibel pour susciter ta reconnaissance, t'a obligée à raconter ton expérience chez les Ingalais. C'est à ce moment-là qu'il t'a vaincue : tu lui as ouvert ton cœur et il en a pris possession. Il t'a contrainte à épouser le roi d'Abyss, étouffant ton instinct de révolte, que j'ai tenté en vain d'éveiller peu avant la montgolfière. Il voulait attendre que le roi d'Abyss enferme théistes et croyantins dans des camps similaires à ceux des Ingalais. Une fois Alma transformé en véritable charnier, il aurait mené lui-même la guerre en te faisant contempler l'être humain dans toute son horreur pour mieux t'ébranler. Mais je t'ai soustraite à son influence en t'écrivant et en t'aidant à t'échapper de Corasone… Nous t'avons tous deux rejointe après la guerre, alors que tu aurais dû te rendre seule à Promété. Je l'ai surveillé de près jusqu'à l'arrivée du roi d'Abyss. Après t'avoir épousée, il t'a conduite à voir dans une société semblable au Technomonde l'unique solution possible pour Alma.

– Vous êtes-vous amusés longtemps à me faire changer de camp et d'idées ?

– Ce n'était pas un jeu. Nous avons lutté tout au long du rêve, lui pour t'étouffer, moi pour te libérer. Il m'a reconnue en prison : ne parvenant pas à me tuer, il a tout fait pour m'effacer de ton esprit.

– J'ai l'impression d'être une marionnette, cracha Émilie. Je croyais que j'étais libre en rêvant, mais aucune de mes actions ne m'appartient ! Quand l'enfant d'Arès ne m'obligeait pas à parler, penser et agir d'une certaine manière, c'était vous qui me manipuliez ! Vous m'avez dit à la fin de mon premier rêve que je devrais être libre pour affronter Jean. Vous m'aviez promis que je resterais moi lorsque j'ai accepté d'être votre apprentie... J'ai lu deux livres, rêvé deux vies, et à chaque fois j'ai dû obéir à des mots, troquer ma personnalité contre une autre... Je ne suis pas libre !

– Pour devenir libre, tout Bibliothécaire doit apprendre l'échec. Toi en particulier. Si tu veux vaincre Jean, il est vital que tu perdes tes illusions : c'est pour cette raison que je t'ai fait lire ce livre.

– Vous pouvez être satisfaite, j'ai tout perdu. Je suis incapable de faire quelque chose de bien. J'avais la possibilité de construire un monde meilleur et j'ai reproduit le Technomonde... Je n'ai pas réussi à sauver les Ingalais ! Même eux... Ce qui leur est arrivé, la guerre contre Abyss... Des êtres humains l'ont réellement vécu ? »

Antonie acquiesça.

Émilie voulait pleurer. Elle voulait mourir, fermer les yeux et oublier. Réel... Le couteau dans le cœur du roi d'Abyss. Cela ne pouvait pas être réel.

La colère ; seule la colère permettait de repousser les larmes. De ne pas céder au désespoir.

« Pourquoi avez-vous autorisé Jean à entrer dans mon livre ? Il aurait pu me tuer !

– Tu venais de commencer à rêver. Il m'a prise de court... Je l'ai attaqué afin de mesurer sa résistance. J'aurais pu le renvoyer tout de suite hors de la Bibliothèque mais... Il serait revenu. Encore et encore, peut-être à mon insu. J'ai donc décidé de le faire rêver avec toi. Tu devais l'affronter tôt ou tard : j'ai estimé qu'il valait mieux que la première confrontation ait lieu sous mon contrôle. J'ai pris le risque de le laisser te posséder, pour que tu apprennes à le craindre. J'ai toujours été là pour te relâcher à temps ; je n'aurais pas permis qu'il menace ta vie.

– Je refuse d'être un jouet entre vos mains !

– Tu n'es pas un jouet. Nous voulons faire de toi une arme. Jean pour que tu écrases toute velléité de rébellion dans le Technomonde ; moi pour que tu le combattes. Je t'ai prévenue quand tu as accepté de me rejoindre que tu devrais l'affronter.

J'entends faire de toi la meilleure Bibliothécaire de tous les temps. Je compte affûter ta volonté pour en faire la plume qui détruira ce monstre en rendant leurs rêves aux hommes. »

Interloquée, Émilie ne savait que répondre. Pourquoi n'éprouvait-elle aucune fatigue, aucune faiblesse ? Pouvait-elle seulement être dévastée ? Une arme pour combattre le Technomonde… Une plume pour faire rêver les hommes, n'était-ce pas ce qu'elle voulait être à travers chacun de ses rêves ? Une conteuse d'histoires…

Antonie posa sa main sur son épaule ; un frisson glacé la parcourut. Son regard fut irrésistiblement attiré par les yeux bleus de la Bibliothécaire.

« Émilie, ne me crains pas. Je ne cherche pas à t'effacer. Je ne t'imposerai pas une voie que tu refuses de suivre. Malheureusement, le chemin qui te permettra d'être libre est semé d'embûches. Tu as vu comment Jean procède : il se sert de tes désirs et de tes doutes pour s'emparer de ton âme. Pour le vaincre, il est vital que tu n'aies aucune illusion, sur toi, sur moi, sur lui. Vital également que tu établisses autour de ton âme une barrière de certitudes. Écoute-moi, écoute la vérité. Quand Jean est apparu, je souhaitais un apprenti pour partager ma passion du rêve. La Bibliothèque m'a donné un apprenti doté d'une volonté hors normes, capable de contrôler les âmes et d'interpréter les livres comme personne. Cette qualité, que j'ai encouragée sans mesure, l'a conduit à sa perte et menace aujourd'hui les âmes. Pour lui faire face, j'ai désiré un apprenti qui puisse le combattre… La Bibliothèque t'a choisie.

– Alors… Le Bibliothécaire peut choisir les caractéristiques de son apprenti ? Comme un simple personnage de jeu vidéo…

– Détrompe-toi. Chaque Bibliothécaire est unique : chaque apprenti l'est aussi. La Bibliothèque ne t'a pas fait exister : elle t'offre de déployer toutes les potentialités de ton être. Les Bibliothécaires projettent souvent leurs désirs sur leurs apprentis, mais c'est la Bibliothèque qui les choisit pour eux. Comment procède-t-elle ? Nul ne le sait. Seul un fait demeure certain : la Bibliothèque est le lieu de la volonté. Hors du temps et de l'espace, l'esprit est maître du corps : vouloir, c'est agir. J'ai souhaité un être pour combattre Jean et tu es arrivée : ce désir t'influencera forcément. Dois-tu pour autant te réduire à cela ? C'est à toi de le décider, à toi de forger ton identité. Pour y parvenir, tu dois être consciente de toutes les volontés qui t'entourent.

– Je ne comprends pas. Suis-je ici pour mes qualités propres ou parce que je réponds à votre exigence ? Est-ce la même chose ?

– Tu es là parce que la Bibliothèque t'a choisie. Probablement à la fois pour tes qualités et à cause de mon exigence. Il n'en reste pas moins que tu as, comme tous les Bibliothécaires avant toi, la chance de vivre plusieurs vies, d'aller jusqu'au bout de toi-même, de réaliser tes désirs les plus fous. Mais pour être pleinement heureuse, tu dois être libre. Aucune illusion sur toi, sur moi ou sur Jean ne doit barrer ton chemin. »

Colère… Antonie partageait avec Céleste une honnêteté à toute épreuve. Elle ne lui mentait pas. Elle avait été utilisée… Oui. Non. Peut-être. Mais sans la Bibliothécaire, elle serait morte en Centre d'Aptitude, perdue dans le monde artificiel du Revery. Antonie lui offrait une autre voie… Bien sûr, elle aurait préféré savoir tout cela dès le départ. Mais à dix ans, elle était bien trop jeune pour comprendre de telles implications… Maintenant, à vingt ans, elle avait changé. Elle devait faire le deuil de ses illusions, oui… Elle n'avait pas le choix. Le Technomonde ne lui laissait pas le choix. Jean ne lui laissait pas le choix. Si Antonie s'était contentée de lui expliquer le danger, elle ne l'aurait jamais compris avec cette acuité. Même si la mort de ses idéaux et ce sentiment de trahison l'avaient anéantie… Rêver. Que signifiait ce mot ?

« Je ne sais pas comment combattre Jean.

– Tu dois lui imposer ta volonté, comme il t'a soumise à lui. Ce que tu veux, il doit le vouloir, sa conscience doit devenir tienne ; alors, si tu veux qu'il meure, il mourra. C'est extrêmement difficile : non seulement car désirer la mort de quelqu'un du plus profond de soi est ardu, mais en plus parce que Jean a une volonté peu commune. Au milieu d'un rêve, les choses sont plus faciles. Les Bibliothécaires ne peuvent pénétrer les livres que par le truchement des personnages. Si son coup est porté à lui et non à l'être de papier derrière lequel il se cache, un personnage peut tuer un Bibliothécaire. Là encore, tout est question de volonté. Or, dans un livre, la volonté s'incarne dans des mots. Pour être certain de tuer un Bibliothécaire, il faut imposer ta volonté non à un être humain, mais à un livre, à un ensemble de mots qui ne t'appartiennent pas. Cela reste complexe, mais moins que d'obliger quelqu'un à t'obéir, sans intermédiaire. Le rêve fausse les perceptions, introduit des obstacles, fait diversion, offre des cachettes ; un ennemi est plus facile à surprendre ainsi. Pour tuer Jean, il faudrait devenir le Maître des Mots.

– Le Maître des Mots ?

– C'est le but ultime de tout Bibliothécaire. Le Maître des Mots peut fondre son encre à celle de n'importe qui, réécrire n'importe quelle histoire selon sa pensée. Réécrire le rêve que tu viens de vivre en évitant la guerre… Une fois à l'intérieur, il est conscient de chaque mot comme de son propre corps ; il devient facile, alors, de tuer l'intrus qui se cache derrière l'un des personnages, de le tuer sans nul retour possible. J'ai tenté de le faire à travers Céleste.

– Mais vous n'y êtes pas parvenue…

– Je ne connaissais pas assez bien le livre. J'étais trop concentrée sur toi, sur Jean, pas assez sur le rêve dans son ensemble. Devenir le Maître des Mots demande un certain renoncement… C'est là le paradoxe le plus complexe. Il faut te détacher de ta volonté pour mieux l'accomplir. Tu as dû entendre Jean me dénigrer… Lui aussi a essayé en vain d'être le Maître des Mots. »

Plus elle repensait à ce qu'elle venait de traverser, plus Émilie se dégoûtait de tout. Ce réveil était une libération : plus d'Alma, plus de responsabilités, de royaume à gérer, de régime politique à inventer… Mais elle était l'apprentie Bibliothécaire. Un jour, elle devrait s'occuper des âmes, et cette charge ne lui avait jamais paru si lourde.

Pour regagner un royaume, elle n'avait pas hésité à assassiner un homme. Que serait-elle prête à faire pour les âmes ? Elle avait été incapable de résister à la volonté de Jean, dans la Bibliothèque comme dans son rêve… Il reviendrait. Il tuerait d'autres âmes, elle aurait à l'affronter de nouveau…

« Entre l'enfant d'Arès et Jean, comment être sûre que mes choix ont vraiment été les miens ? Trois personnes cohabitaient dans ma tête... Jean a raison, je l'ai suivi, j'ai tué le roi d'Abyss.

– Ne laisse pas ses paroles te dominer. Il n'y a que toi qui puisses savoir ce dont tu es véritablement responsable.

– J'ai enlevé la vie à un homme de sang-froid... Que Jean m'y ait forcée, que j'aie été entraînée par mon personnage ou que je l'aie fait de mon propre chef, j'ignore ce qui est le pire. Le marquis de Belladone...

– Le marquis a fini par disparaître derrière Jean. D'abord il a perdu son titre, usant d'un prénom qui n'était pas de circonstance ; il allait changer d'apparence quand je suis intervenue. Il ne pouvait plus tenir longtemps. Lionel était trop déformé ; regarde. »

Émilie feuilleta les dernières pages du livre. Le symbole qui représentait le marquis était de plus en plus flou, comme une encre qui a bavé ; sur la fin, ce n'était plus qu'une tache noire.

« Sommes-nous obligées de tuer Jean ?

– Changer son être serait encore plus difficile. Ce serait comme recréer sa personnalité, la lui imposer définitivement... L'anéantir pour le ressusciter. Aucune volonté n'est assez forte pour cela. Pas même celle du Maître des Mots.

– Comment puis-je développer ma volonté ? Je suis loin d'égaler votre puissance ou la sienne. À chaque fois que j'ai utilisé mon pouvoir, j'étais éreintée...

– Tu dois lire, déclara Antonie. Continuer à lire, apprendre à connaître les âmes, trouver ta plume, écrire. Pour résister à Jean, tu dois être pleinement maîtresse de toi-même. Tu l'as rencontré, tu sais ce que j'attends de toi : à présent agis. Aiguise tes souhaits dans tes rêves, joue avec les mots pour t'affranchir de leurs règles.

– Mais je ne crois plus à rien ! J'ai perdu tous mes idéaux, je ne sais plus qui je suis ni ce que vaut véritablement le Technomonde... Quand je lis, j'oublie la Bibliothèque, j'oublie ce que je peux réinterpréter, tout se fait inconsciemment et je suis le jouet des symboles. Je ne contrôle pas mes propres rêves !

– C'est la prochaine étape de ton apprentissage. Jean s'est servi d'une âme pour franchir la frontière : j'ai vu ses tentatives dans les rêves des hommes, mais j'ignore comment il est parvenu à son but. Pour le savoir, nous devrons lire avec des âmes et sonder leurs pensées avec plus d'acuité que jamais.

– Jean… Il pourrait revenir avec n'importe quelle âme ?

– Oui. Toutefois, je ne le laisserai plus s'approcher de toi sans t'avertir. Je te le promets. »

Émilie ne lui rendit pas son sourire.

« Ouvre la porte quand tu te sentiras prête, murmura Antonie en lui tendant une clé de diamant. C'est un risque à prendre : nous le savons toutes les deux. Je t'attendrai ici. »

Antonie s'installa à son bureau, plume à la main ; Émilie s'éloigna dans les rayons de la Bibliothèque. Elle voulait être seule quelque temps, au milieu des volumes chargés de possibles.

Personnages, réalité, volonté… Tant de questions déchiquetaient ses certitudes. Les âmes méritaient-elles d'être sauvées ? Le Technomonde n'était-il pas le meilleur des mondes envisageables ? Les hommes pouvaient-ils être autre chose que bizarres, monstrueux et contradictoires ? Jusqu'à quel point ses propres actes étaient-ils déterminés par Jean, Antonie et les personnages qu'elle avait incarnés au cours de ses deux rêves ? Qui avait planté le couteau dans le cœur du roi d'Abyss ?